HEYNE <

BERNHARD
HENNEN

SCHATTENELFEN
DIE BLUTKÖNIGIN

Roman

WILHELM HEYNE VERLAG
MÜNCHEN

Sollte diese Publikation Links auf Webseiten Dritter enthalten,
so übernehmen wir für deren Inhalte keine Haftung,
da wir uns diese nicht zu eigen machen, sondern lediglich
auf deren Stand zum Zeitpunkt der Erstveröffentlichung verweisen.

MIX
Papier aus verantwortungsvollen Quellen
FSC® C014496
FSC www.fsc.org

Penguin Random House Verlagsgruppe FSC® N001967

2. Auflage

Neumarkter Str. 28, 81673 München
Redaktion: Uta Dahnke
Umschlaggestaltung: Das Illustrat, München,
unter Verwendung einer Illustration von Kerem Beyit
Karten im Innenumschlag: Andreas Hancock
Illustration Elfenknoten: Olaf Sigel
Herstellung: Mariam En Nazer
Satz: Leingärtner, Nabburg
Druck und Bindung: GGP Media GmbH, Pößneck
Printed in Germany

ISBN: 978-3-453-27332-0

www.heyne.de

Für die Schöne vom großen Fluss

»Wer sich nicht bewegt, spürt seine Fesseln nicht!«

(Rosa Luxemburg zugeschrieben)

Ein letztes Mal

Ein letztes Mal würde er seine Abscheu überwinden und mit aller Hingabe das Falsche tun. Sobald diese Jagd jedoch vorüber war, würde er mit dem Gemetzel an wehrlosen Tieren für immer aufhören, schwor sich Laurelin.

Der Elf lauschte den Geräuschen des erwachenden Waldes. Das Holz knarrte in der Kälte. Der Ruf eines Eisvogels erklang vom nahen Bach. Nebel trieb zwischen den mit Raureif überkrusteten Bäumen. Goldene Lichtbahnen stießen durch den Dunst und ließen Eiskristalle aufblinken, als habe der Wald diamantenen Schmuck angelegt, um den Winter zu begrüßen.

Doch der ließ sich Zeit in diesem Jahr. In der Nacht hatte ein eisiger Nordwind sein Nahen angekündigt. Aber noch war kein Schnee gefallen. Noch bedurfte es eines wachen Auges, um die Fährten im Laub zu sehen. Die beiden Füchse waren gekommen, ganz wie Morwallon es vorausgesagt hatte.

Der würzig bittere Duft des Herbstlaubs hing in der Luft. Laurelin roch die Losung eines Bären, dicht bei den frostweißen Brombeerbüschen, weiter links am Hang.

Die Hand des Jägers tastete nach dem Köcher an seiner Hüfte.

»Er ist längst fort«, sagte Morwallon mit der Bestimmtheit, die wie stets seinen wenigen Worten das Gewicht unverrückbarer Wahrheit verlieh. Es folgte keine Erklärung, wie er zu seiner Gewissheit kam. Man konnte von ihm kaum lernen, konnte ihn nur beobachten und spekulieren. Das Wissen, das ihn zu dem gemacht hatte, der er war, gab er nicht preis. Aber er war ein Jäger, dem das Glück hold war, und deshalb war Laurelin mit ihm gegangen. Morwallon hatte ihn tief in die Snaiwamark geführt, in das Königreich der Trolle.

Laurelin blieb dem Elfen, der so viele Jahrhunderte älter war, auf den Fersen. Lautlos bewegte sich Morwallon. Er knickte keinen Ast, keinen der fahlen Grashalme. Eine sanfte Brise, die durch den Wald ging, hätte nicht mehr Spuren hinterlassen als er.

Morwallon folgte dem Hang. Er schritt, ohne zu zögern, stur und von sich selbst überzeugt. Gegen jede Vernunft hoffte Laurelin, dass sich der alte Jäger irrte. Der stieß ein selbstgefälliges Schnauben aus und deutete auf einen kleinen Durchschlupf im Brombeerdickicht.

Laurelin sah das Weiß zwischen den Ästen. Es war seidig und nicht kristallen wie der Raureif. Die beiden Füchse trugen schon den schneeweißen Winterpelz.

»Gier«, zischte Morwallon und bedachte Laurelin mit einem bedeutsamen Blick. Der alte Jäger wusste, dass er nur mitgekommen war, um seine Pelze nach Rosan zu bringen, damit sich die Pforten nach Langollion für ihn öffneten. Langollion, das Fürstentum, in dem jeder frei nach Erfüllung in seinem Leben suchte. Ein Ort ohne Zwänge, an dem alle glücklich waren.

Laurelin trat zu seinem Gefährten, der bei dem Dickicht kauerte und vorsichtig die Ranken auseinanderbog. Bei dem Kadaver des Hasen, den sie hierhergebracht hatten, lagen die beiden Schneefüchse. Die Zungen hingen ihnen aus den Schnauzen. Morwallon jagte bevorzugt mit Drahtschlingen. So nahmen die kostbaren Felle keinen Schaden.

»Gier und Liebe ohne Verstand ...« Der Jäger griff nach dem ersten Fuchs und löste die Drahtschlinge von dessen Hals.

Auch wenn Laurelin längst nicht die Meisterschaft des alten Jägers besaß, vermochte er die Spuren zwischen den Ranken zu lesen. Es war alles genauso gekommen, wie Morwallon es vorausgesagt hatte.

Sie hatten den Köder auf den Wildpfad im Dickicht gelegt, wo sie die Füchse zwei Tage zuvor gesehen hatten. Offenkundig war der Fuchsrüde zuerst gekommen und hatte sich in einer der Schlingen verfangen. Dann hatte die Fähe versucht ihn zu befreien. Morwallon hatte das vorausgesehen und mehrere Schlingen so ausgelegt, dass sie sich darin verfangen musste, wenn sie versuchte dem Rüden zu helfen.

»Ist noch Leben in dir?« Morwallon hatte jetzt die Hand nach dem Weibchen ausgestreckt, das zu zucken begann, obwohl es eben noch wie tot im Dickicht gelegen hatte.

»Zähes, kleines Biest«, sagte der alte Jäger voll Anerkennung, als sich seine schlanke Hand um die Kehle der Fähe schloss.

Ein Geräusch ließ Laurelin herumfahren. Ein Rascheln im trockenen Laub. Er kniete sich in seinen Eibenbogen und zog die Sehne auf.

Auf dem Hügelkamm über ihnen zeigte sich ein Eber mit mächtigen Hauern. Die Flanken des Tieres waren ergraut, wie er wusste. Es zitterte, sein Atem ging schwer. Abwägend blickte es zu ihnen hinab.

»Da stimmt was nicht«, flüsterte Morwallon. »Schieß!«

Es war seltsam, wie der Eber sie betrachtete. Gar nicht tierhaft. Gestern war er schon einmal hier gewesen. Auch da hatte Laurelin das Gefühl gehabt, dass das mächtige Tier sie beobachtete. Dabei stand der Eber so, dass er ein schlechtes Ziel bot. Vor allem sein Kopf war zu sehen, die Flanken verdeckt, als wüsste das Biest, dass ein Pfeil seinen dicken Schädelknochen auf diese Entfernung nicht durchschlagen konnte.

Ein Schauder überlief Laurelin, und die feinen Härchen in seinem Nacken und auf seinen Armen richteten sich auf. Er vermeinte eine abschätzende Bosheit im Blick des Ebers zu erkennen …

»Schieß!«, zischte Morwallon.

Der Eber senkte seinen massigen Schädel, als wolle er den Hang hinabpreschen. Er schnaubte. Sein Atem wogte in weißen Wolken um seine Nüstern.

Laurelin tastete nach seinem Köcher. Er musste eines der Augen seitlich am Kopf treffen. Kein leichtes Ziel.

Die Finger des Elfen tasteten über die Befiederung der Pfeile. Sein Blick blieb fest auf den Eber gerichtet.

Plötzlich warf sich der Eber herum und verschwand hinter dem Hügelkamm.

»Das ist nicht geheuer.« Morwallon hielt noch immer die Kehle der Fähe umklammert. Das Tier zuckte nicht mehr. »Lass uns von hier verschwinden. Schnell!« Er nahm die toten Füchse und ging ohne ein weiteres Wort, als seien düstere Ahnungen etwas, wovor man davonlaufen konnte.

Laurelin glaubte nicht an Omen oder ein vorherbestimmtes Schicksal. Was aus ihm wurde, hatte nichts mit dem Erscheinen eines seltsamen Ebers zu tun, sondern nur damit, wie er sich nun verhielt. Er nahm die Hand vom Köcher. Der kleine Finger seiner Rechten juckte, und er rieb ihn fahrig an seiner Kleidung. Dieses Jucken quälte ihn stets, wenn er angespannt war. Mit weiten Schritten folgte er Morwallon. Sie sollten die Jagdgründe der Trolle verlassen. Die weißen Füchse waren ein kleines Vermögen wert. Ihre Pelze glänzten und waren besonders dicht. Makellos! Sie hatten genug Beute gemacht. Endlich würde er das Leben führen können, von dem er schon so lange träumte.

In der Haut des Tieres

Goldmähne hatte einen Flugzahn aus dem Lederrund ziehen wollen.

Er aber war alt und erfahren. Er stürmte den Hang hinab und hinein ins Dickicht. Er kniff die Augen zu. Äste griffen in sein dichtes Fell, aber sie vermochten ihn nicht aufzuhalten. Seine Hufe trommelten auf dem weichen Boden. Sein Atem ging schnell. Er war so weit gelaufen.

Und immer noch war da dieser Geschmack von Blut. Er erinnerte sich, wie sich seine Hauer in das weiche Fleisch gegraben hatten, wie er kraftvoll den Kopf hin und her geworfen hatte. Wie seine Hauer das Fleisch zerfetzten und Blut sprühte. Und an das wütende Gebrüll.

Aber er war den grauen Schreiern davongelaufen.

So lange war er gelaufen. Er sehnte sich nach einem Versteck im Unterholz. Nach Rast. Danach, dass er nicht mehr hechelnd vor Erschöpfung atmete.

Seine Hufe zerdrückten das Herbstlaub.

Er musste weiterlaufen. Da war wieder ein Bild, tief in ihm. Ein Kreis aus Steinen, in dessen Mitte alles schwarz war. Der Geruch von Häuten und Tod. Er war dort schon einmal gewesen, hatte Goldmähne und den Alten betrachtet, obwohl er mit den Zweiläufigen nichts zu tun haben wollte. Alle Zweiläufigen waren gefährlich! Es war klug, sich von ihnen fernzuhalten.

Er hatte einmal gesehen, wie ein Flugzahn an einem langen Stock eine Hirschkuh mit nur einem Biss getötet hatte. Sie waren so schlimm wie die großen Adler, die im letzten Winter eine seiner Bachen geholt hatten.

Und dennoch strebte er ihrem Lager entgegen. Etwas zwang ihn, das zu tun und nicht bei seiner Rotte zu sein. Er wollte seine Läufe zwingen, ihn in eine andere Richtung zu tragen, doch gehorchten sie ihm nicht. Er brach aus dem Dickicht und eilte in Richtung Sonnenaufgang. Er preschte durch das hohe Gras, das sein saftiges Grün verloren hatte, vorbei an der Suhle, die er so gerne besuchte, wo das Wasser, das aus der Tiefe drang, warm und schmeichelnd war und der Boden sich in Herbst und Winter stets in Nebel hüllte.

Hinter dem Nebel fand er seine alte Fährte und folgte ihr zu dem Platz, wo ein Fels den Wind abhielt und ein Kreis von Steinen die Schwärze umschloss, die blieb, wenn die beißende Hitze gegangen war. Hier hatten die Zweiläufigen ihr Lager, zu dem sie immer wieder zurückkehrten, so wie er zu seiner Suhle.

Er umrundete das Lager, immer und immer wieder. Seine Läufe gehorchten ihm nicht. Endlich wandte er sich ab, grunzend vor Erschöpfung. Ein kühler Wind fuhr ihm durch das Fell. Er wollte rasten, wollte seine Hauer in schwarzem Erdreich vergraben, bis er die köstlichen, weichen Knollen fand. Aber die fremde Rastlosigkeit ließ ihm keine Ruhe.

Er sah den großen, grauen Stein mit den tiefen Narben. Das Bild war nicht vor seinen Augen, es war tief in ihm. Unwillig warf er seinen schweren Kopf hin und her. Er wollte nicht dorthin. Der Platz machte ihm Angst. Nie ließ sich ein Vogel auf diesem Stein nieder. Selbst der Wind schien vor ihm zurückzuschrecken.

Er warf sich herum, fiel in einen leichten Trab, getrieben dorthin zu hasten, wohin er nicht wollte.

Das Jagdrudel

Morwallon zog sein Messer und durchtrennte den Strick, an dem sie den Sack mit den Fellen an dem Baum hinaufgezogen hatten.

Mit dumpfem Laut fiel er dicht neben Laurelin zu Boden. Der Bogenschütze bückte sich nach dem Rucksack mit dem Eisenkessel und den Vorräten.

»Lass das hier!«, fuhr Morwallon ihn an. »Das hält uns nur auf.«

»Wovor laufen wir fort? Was hast du in dem Eber gesehen?«

Mit geübten Schnitten zog der Jäger den beiden Füchsen das Fell ab. Bei ihm sah es so leicht aus, wie einen Wollstrumpf vom Bein zu streifen. Hastig schlug er die Felle in ein altes Leinentuch ein. Plötzlich hielt er mitten in der Bewegung inne. Er drehte den Kopf und blickte nach Westen. Seine Nasenflügel zitterten wie bei einem Raubtier, das Witterung aufnahm.

Hastig stopfte Morwallon die beiden Felle in den Sack mit der restlichen Beute. »Lauf!«

Laurelin folgte seinem Blick. Ein breiter Streifen glühenden Rots am Horizont war der letzte Gruß des sterbenden Tages. In den Niederungen der sanft geschwungenen Landschaft sammelte sich Nebel, aus dem die Kuppen der Hügel wie Inseln ragten. Auf einem graste eine Herde von Büffeln. Hier und dort gab es kleine Wälder. Laurelin bemerkte einige auffliegende Raben, etwa eine Meile entfernt. Was hatte sie aufgescheucht?

Morwallon war fast im Nebel verschwunden. Mit einem leisen

Fluch folgte Laurelin dem alten Jäger. Was fürchtete er? Ein paar Trolle? Laurelin wusste, dass Morwallon ihn vor allem wegen der Trolle mitgenommen hatte. Es gab eine berühmte Geschichte über ihn. Morwallon war bei den Maurawan gewesen, die ins Fjordland gezogen waren, um Königin Emerelle zu retten. Als Späher war er allein von drei Trollen gestellt worden. Sie hatte ihn im Wald angegriffen. Nur fünfzig Schritt entfernt waren sie aus einem Versteck hervorgebrochen. Er hatte jeden von ihnen mit einem Schuss ins Auge getötet. Der dritte war ihm so nahe gekommen, dass er sterbend auf ihn stürzte. Zwei Tage hatte Morwallon im Schnee unter dem Troll begraben gelegen, unfähig, sich unter dem massigen Hünen hervorzuwinden. Er war halb erfroren, als die Maurawan, die nach ihm suchten, in den kleinen Wald kamen.

Jeder Elf im Norden kannte diese Geschichte. Doch Morwallon war nicht mehr der Krieger, der er einst gewesen war. Seine Hände zitterten manchmal, wenn er den Bogen hielt, und sein Blick war nicht mehr scharf wie der eines Falken. Er hatte ihn, Laurelin, ausgewählt, um diese Heldentat zu wiederholen, sollten sie von einem Jagdrudel Trolle überrascht werden. Die grauen Hünen schlossen sich selten zu größeren Rudeln zusammen, wenn sie auf die Pirsch gingen. Laurelin war sich sicher, drei oder vier von ihnen töten zu können, solange ihm fünfzig Schritt blieben, um zu reagieren. Aber es wurde Nacht, der Nebel erhob sich aus den Senken, und er wusste nicht einmal, ob sie vor Trollen davonliefen oder vor etwas ganz anderem. Wenn Morwallon nur reden würde!

Laurelin lauschte in die Dunkelheit. Da war kein verdächtiges Geräusch. Keine Witterung, die nicht zu den ziehenden Büffeln passte. Die Trolle rieben ihre Haut gern mit Fett ein. So roch man sie oft schon, bevor man sie sah.

Das hohe Gras war feucht vom Nebel. Ein Wind kam von Norden auf und schnitt Laurelin scharf ins Gesicht. Er spielte mit dem

Nebel. Zerpflückte ihn. Gaukelte dem Blick Gestalten vor, wo es nur wogenden Dunst gab.

Ab und zu hielt Morwallon an und nahm Witterung.

Die ganze Zeit über hielt Laurelin den Bogen in der Linken. Seit Stunden schon war die Sehne aufgezogen. Bei jedem Herzschlag rechnete er damit, die wilden Schlachtrufe von Trollen zu hören. Das Eibenholz und die Sehne würden an Kraft verlieren, wenn er die Waffe immerzu gespannt ließ.

Laurelin blickte zum Mond hinauf. Er war zu zwei Dritteln voll. Keine Wolke zog über den Himmel. Das silberne Licht ließ die Hügelkuppen aussehen, als schwebten sie über dem Nebel. Es war eine Nacht voll magischer Schönheit. Eine Nacht, die er vielleicht auch dann durchwacht hätte, wären sie nicht auf der Flucht.

Etwa eine halbe Meile vor ihnen erblickte Laurelin den Wolvesdrüzzel, einen großen, grauen Felsen, der sich in einer Senke aus dem verdorrten Gras erhob. Er erinnerte entfernt an eine Wolfsschnauze. Es war der Ort, der ihnen die Flucht ermöglichen würde.

Plötzlich hob Morwallon den rechten Arm und ging in die Hocke. Das Gras wuchs hier besonders hoch, es verbarg sie fast ganz, als auch Laurelin niederkniete.

Er sog scharf die Luft durch die Nase ein. Er roch nichts Verdächtiges. Aber es mochte sein, dass der Geruchssinn des alten Jägers schärfer war als der seine.

»Wenn sie uns erwarten, dann hier«, flüsterte Morwallon.

Am Wolvesdrüzzel lag einer der zwei großen Albensterne im Umkreis von mehr als hundertfünfzig Meilen. Es war leicht vorhersehbar, dass sie zu einem der beiden Albensterne flüchten würden, wenn eine Hetzjagd begann. Aber wovor liefen sie davon?

»Wir trennen uns«, zischte Morwallon. »Du näherst dich dem Stein von Süden, ich von Norden. Und sei vorsichtig. Du wirst sie eher riechen als sehen.«

Ohne seine Antwort abzuwarten, verschwand der alte Jäger im Nebel. Laurelin fühlte sich verraten. Warum teilte Morwallon seine Befürchtungen nicht mit ihm? Was ging hier vor? Oder wollte der Jäger ihn einfach loswerden?

Laurelin wartete, horchte in die Nacht. Da war kein Geräusch. Er blieb im hohen Gras knien und wog seine Möglichkeiten ab. Etwas war dort im Dunkel. Etwas suchte nach ihnen. Aber er verstand nicht, was es mit dem Eber zu tun hatte. War das Tier besessen? Oder vermochte es zu zaubern? Oder war es Morwallon, der besessen war? Vielleicht war sein Gefährte einfach zu alt. Vielleicht hatte er zu vieles gesehen, und die Erinnerung an die Schrecken der Vergangenheit verstellte ihm den Blick auf das, was in der Gegenwart tatsächlich vor sich ging.

Laurelin wandte den Kopf in alle vier Himmelsrichtungen. Er roch die Feuchtigkeit und den schweren, schwarzen Boden. Da war ein Hauch von nassem Pelz im Süden. Aber es war ihm unmöglich zu sagen, was für ein Pelztier es war. Und etwas Kleines bewegte sich im Westen durch das hohe Gras. Ein Fuchs vielleicht?

Laurelin richtete sich auf. Vorsichtig hielt er das Gras zur Seite, setzte jeden Schritt mit Bedacht und wagte kaum zu atmen. Jetzt erkannte er den Geruch. Diese unverwechselbare Mischung von Ausdünstungen. Irgendwo vor ihm verbarg sich ein Keiler im hohen Gras.

Der Elf verharrte. Einen Herzschlag. Zwei. Er tastete nach dem Köcher an seiner Seite, schlug die Klappe zurück, die seine Pfeile vor der Feuchtigkeit schützte. Seine Fingerkuppen tasteten über die Nocken aus Horn und die Befiederung der Schäfte. Sie alle unterschieden sich. Er fand den Pfeil, den er gesucht hatte. Den mit der schweren, dreikantigen Spitze. Er war dazu gefertigt, Plattenrüstungen zu durchschlagen. Traf er im rechten Winkel auf, vermochte er fast jeden Helm zu durchdringen. Dieser Pfeil würde vielleicht auch den dicken Schädelknochen des Ebers durchschlagen, wenn er nahe genug an ihn herankam.

Er hakte den Pfeil in die Sehne. In der Finsternis würde er den Eber erst im allerletzten Augenblick sehen. Er sollte sich mehr auf seine anderen Sinne verlassen.

Eine sanfte Bö entlockte dem hohen Gras ein leises Rauschen. Der Nebel geriet in Bewegung. Wie ein Reigen tanzender Geister wirkte er im Mondlicht.

Der Geruch des Eberfells war nun sehr deutlich. Der Schwarzkittel konnte nicht mehr weit entfernt sein. War da ein leises pfeifendes Geräusch?

Laurelin fand eine Gasse niedergetrampelter Halme. Und dann sah er ihn. Gestalt gewordene Dunkelheit. Keine drei Schritt entfernt. Der Eber! Er lag am Boden.

Mit angehaltenem Atem näherte sich Laurelin und zog die Sehne durch.

Die Läufe des Ebers zitterten schwach.

Angespannt beobachtete der Elf den Schwarzkittel. Mit dem Tier stimmte etwas nicht.

Er nahm den Pfeil von der Sehne und schob ihn zurück in den Köcher. Vorsichtig näherte er sich.

Noch ein Schritt.

Er beugte sich vor.

Der Atem des Ebers war nur noch ein sachtes Pfeifen. Laurelin berührte die drahtigen Borsten. Der Körper fühlte sich kalt an. Das Herz schlug schwach und unregelmäßig. Der alte Keiler war zu Tode erschöpft. Er würde sich nicht mehr erheben.

Dunkle Augen blickten zu ihm auf. Da lag nichts Lauerndes mehr in dem Blick. Nichts, was unnatürlich wirkte. Nur das Wissen um den nahen Tod.

Der Nebel über Laurelin zerriss. Fahles Licht leuchtete den

letzten Ruheplatz des Ebers aus. Da war etwas ... Laurelin stieg über den Schwarzkittel hinweg und fand noch mehr niedergedrücktes Gras. Etwas hatte hier gelegen. Viele Stunden lang.

Laurelin flüsterte ein Wort der Macht. Er konzentrierte sich auf das Licht. Fasste es zusammen, lenkte es. Er legte die Rechte flach und mit weit ausgestreckten Fingern in die Mitte des niedergedrückten Grases. Da war ein Hauch von Wärme. Es war noch nicht viel Zeit verstrichen, seit sich derjenige erhoben hatte, der hier auf den Eber gewartet hatte.

Laurelin kratzte sich nervös am kleinen Finger seiner Rechten. Da war wieder dieses unerträgliche Jucken. Er musste sich beherrschen, sonst würde er sich den Finger blutig kratzen. Dieses verfluchte Jucken!

Das Licht, das er eingefangen hatte, zerstreute sich wieder. Derjenige, der den Eber erwartet hatte, war wahrscheinlich zum Albenstern gegangen. Durch das magische Portal konnte er überallhin fliehen. Seiner Fährte im Netz der magischen Pfade zu folgen überstieg Laurelins Möglichkeiten.

»Komm!«

Das war die raue Stimme Morwallons. Bestimmt war der Jäger schon an dem Portal. Laurelin blickte auf den sterbenden Eber und das niedergedrückte Gras. Er würde nicht mehr herausfinden, wer hier geruht hatte. Und was scherte es ihn? Nur noch ein Tag, und er wäre in Langollion.

Entschlossen wandte er sich ab und strebte durch das hohe Gras dem Menhir entgegen. Tief sog er die nebelfeuchte Luft ein. Es war kalt. Der Atem stand ihm in kleinen Wolken vor dem Mund. Da war kein ungewöhnlicher Geruch. Kein Geräusch.

Er kratzte sich am kleinen Finger. Nur dieses verfluchte Jucken.

Morwallon kauerte vor dem großen Stein. Im Mondlicht wirkten die verschlungenen Muster in der Oberfläche des Menhirs wie Narben.

Der alte Jäger war ganz in sich versunken. Leise murmelte er die Worte der Macht, um das verborgene Tor am Schnittpunkt der sieben Albenpfade zu öffnen.

Laurelin schlug die Klappe seines Köchers zurück und strich über die Nocken seiner Pfeile, um sich von dem unerträglichen Jucken abzulenken.

Zwei Lichtsäulen wuchsen rechts und links von Morwallon aus dem Gras, dick wie die Stämme zwanzigjähriger Eichen. Das Licht hatte das satte Gelb von Butterblumen. Ein weiteres Licht kam hinzu. Blassorange. Es wand sich um die Säulen wie Efeu, das einen alten Baum erdrosselte.

Weitere Lichtstränge rankten empor. Fahlgrün, rot, blau, als wollten sich die Farben eines Regenbogens um die Säulen versammeln. Die Säulen selbst aber krümmten sich und strebten einander entgegen, bis sie sich zu einem Torbogen vereinten.

Laurelins Fingerspitzen tasteten über eine Nocke, erfassten ihre Form, die Art, wie der leimgetränkte Faden um den Schaft darunter gewickelt war. Dies war ein Pfeil mit einer breiten Blattspitze, dazu geschaffen, klaffende Wunden zu schlagen. Wunden, durch die viel Blut rann …

Eine schwarze Fläche erschien im Torbogen und versperrte den Blick auf den Menhir. Einen Herzschlag lang nur, dann war ein goldener Pfad zu sehen. Und riesige Gestalten. Nackt, mit narbenübersäten Körpern, grau wie Granit. Sie hielten Keulen und Steinäxte in ihren plumpen Händen. Starrten sie mit bösartigen, kleinen Augen an.

Eine Gestalt stach zwischen den Hünen hervor. Sie war als einzige bekleidet, wenngleich ihr Gewand wie Lumpen wirkte. Es bestand ganz und gar aus Streifen von altem Fell und Leder, die ohne Ordnung zusammengenäht waren. Die großen Hände waren mit schmutzigem Leinen umwickelt. Vor dem Gesicht trug die

Gestalt eine Maske aus verschrumpelter Haut. Kalte graue Augen blickten auf Laurelin herab.

»Wir haben euch erwartet, Elflein«, ertönte eine tiefe Stimme hinter der Maske.

Laurelin riss den Pfeil aus dem Köcher. Mit einer fließenden Bewegung hakte er die Nocke in die Sehne.

Morwallon drückte den Arm, mit dem Laurelin den Bogen hielt, nieder. »Zu viele, zu nah.«

Am seidenen Faden

Adelayne drückte die Flamme auf der Öllampe neben dem großen Bett aus und flüsterte ein Wort der Macht. An der Aura der jungen Elfe konnte sie beobachten, wie diese aus einem unruhigen Halbschlaf in einen tiefen Schlummer hinüberglitt.

Ruhig betrachtete die Zauberweberin den Fürsten. Er war alt ... Es gab Heldenlieder über Bonnefays große Taten in der Vergangenheit. Seine Taten der letzten Jahrzehnte würden keinen Barden je zu einem Lied inspirieren. Über sie wurde nur getuschelt. Er holte sich die jungen Mädchen aus den Elfenfamilien, die seiner Macht und seinem Namen nichts entgegenzusetzen hatten. Manche legten ihm ihre Töchter freiwillig ins Bett, weil sie sich Vorteile davon erhofften. Bei den meisten war es nicht so. Adelayne hatte nicht lange suchen müssen, um eine Familie zu finden, deren Tochter bald in das gefährliche Alter kam und die gern eine beträchtliche Summe Goldes gegen das Leben Bonnefays eintauschen wollte.

In der völligen Dunkelheit des Zimmers vermochte Adelayne allein die Auren der beiden zu sehen. Während die Aura des Mädchens blassgrau vor Angst war und fast unsichtbar blieb, erstrahlte die des Fürsten im Scharlachrot der Selbstgefälligkeit und übertriebenen Sinnlichkeit.

Im Licht der Aura vermochte die Zauberweberin sein Antlitz gerade noch zu erkennen. Das übrige Zimmer blieb im Dunkel. Bedächtig nahm Adelayne den dicken Seidenfaden aus der Tasche an ihrem Gürtel und rollte ihn ab. Mit ausgestrecktem Arm hielt sie ihn über Bonnefays Gesicht. Sein Mund war leicht geöffnet. Der Faden pendelte im Atem des Fürsten.

Mit der Linken nahm Adelayne die kleine Phiole aus der Gürteltasche. Viele Tage hatte sie an dem Gift gewirkt. Es aus den Schwefelpilzen zu destillieren war nicht schwer gewesen, doch ihm seinen Geruch und den bitteren Geschmack zu nehmen hatte sie endlose Stunden gekostet. Es würde Bonnefays Herz immer schneller schlagen lassen, bis es schließlich vor Anstrengung zerspringen musste. Ein schneller und dennoch sehr schmerzhafter Tod. Vor allem aber würde es so aussehen, als habe ihm diese letzte Liebesnacht zu viel abverlangt. Niemand würde an einen Mord denken.

Sie hob die Phiole, bis sie spürte, dass diese die Seide berührte. Dann ließ sie den Faden ein wenig sinken. Undeutlich sah sie das selbstgefällige Antlitz des Fürsten im pulsierenden Licht der Aura. Das Ende des Fadens fand seinen Mundwinkel. Bonnefay gab ein unwilliges Knurren von sich. Adelayne verharrte, wagte nicht einmal mehr zu atmen. Sie wusste nur zu gut um seinen Ruf als Krieger. Wenn er aufwachte, bevor das Gift wirkte, würde er sie binnen weniger Herzschläge überwältigen.

Geduld, ermahnte sie sich stumm. Albenmark würde nach dieser Nacht ein besserer Ort sein. Sie nahm Gold für ihre Morde, ja, aber sie suchte sich ihre Opfer sorgfältig aus. Sie hatte nie jemanden getötet, der unschuldig war.

Bonnefay fuhr sich im Schlaf mit der Zunge über die Lippen. Adelayne hob die Phiole. Ein einzelner Tropfen rann den Seidenfaden hinab zum Mundwinkel des Fürsten. Das mochte er vielleicht noch überleben, doch es würde eine schreckliche Nacht für ihn werden. Sie hob die Phiole erneut und dachte an all die Mädchen, die er sich geholt hatte. Wahrscheinlich hielt er sich auch noch für einen unwiderstehlichen Liebhaber. Er sah nicht schlecht aus, hatte hohe Wangenknochen, eine scharf geschnittene Nase und sinnliche Lippen. Wann hatte er begonnen, innerlich zu verrotten?

Der zweite Tropfen erreichte seinen Mundwinkel. Sein Tod war jetzt unabwendbar. Aber bei dieser Dosis mochte es bis zu einer halben Stunde dauern, bis er verreckte. Er sollte schnell und lautlos sterben, auch wenn er einen leichten Tod nicht verdient hatte.

Ein weiterer Tropfen, klar wie eine Träne, rann den Faden entlang.

Der regelmäßige Atem des Fürsten brach ab, noch bevor das Gift seinen Mundwinkel erreichte. Er schlug die Augen auf und blinzelte verwundert. Dann griff er sich mit der Rechten an die Brust und tat einen tiefen Seufzer.

Der dritte Tropfen versickerte zwischen seinen Lippen. Adelayne zog den Seidenfaden hoch und trat einen Schritt vom Bett zurück.

»Wer ist da?«, fragte Bonnefay und rang um Luft. Er presste sich auch die zweite Hand auf die Brust und richtete sich im Bett auf.

Adelayne wich weiter zurück und beobachtete, wie sich die Aura des Fürsten veränderte. Das Scharlachrot wurde zu einem dunklen Rot, das beinahe die Farbe von Blut hatte. Es flackerte unruhig. »Wer bist du?«, keuchte der Fürst mit sich überschlagender Stimme. Er tastete, über den Körper des schlafenden Mädchens hinweg, nach dem großen Spiegel an der Wand. Seine Aura brannte nun hell wie eine Fackel und bildete Tentakel aus, die in Adelaynes Richtung griffen, sie jedoch nicht erreichten.

»Ich bin der Tod«, sagte die Elfe leise. Sonst waren melodramatische Phrasen so gar nicht ihre Art, doch dem Fürsten dabei zuzusehen, wie das Leben aus ihm wich, erfüllte sie mit einer tiefen Genugtuung.

Bonnefays Atem wurde zu einem hektischen Hecheln. Die Tentakel verblassten. Löcher fraßen sich aus dem Inneren seiner Aura nach außen. Er sank auf die Kissen zurück, gab Laute von sich, die sich nicht mehr zu Worten fügen wollten. Dann war er still. Das Leuchten der verbliebenen Aura verlor an Strahlkraft. Es erinnerte an die ersterbende Glut eines Feuers.

Adelayne schlich zur Tür. Sie würde in das Bett des Hauptmanns Lavalle zurückkehren. Sie hatte dem Krieger einen leichten Schlaftrunk verabreicht. Morgen würde sie das prächtige Herrenhaus verlassen und ihrer Wege gehen. Es gab noch viele Ungeheuer, gegen die niemand das Schwert zu führen wagte. Sie würde nicht lange nach der nächsten Herausforderung suchen müssen.

Ein falsches Wort

Der Gestank des groben Ledersacks, den sie ihm über den Kopf gestülpt hatte, nahm Laurelin den Atem. Wieder kämpfte er gegen den Brechreiz an. In dem Sack mussten die Innereien von Tieren gelegen haben. Länger, viel länger, als gut war. Warum nahmen sie ihm das Ding nicht ab? Er konnte verstehen, dass die Trolle geheim hielten, wohin sie ihn gebracht hatten. Es war für sie wohl irgendein bedeutsamer Ort. Aber jetzt war er hier. Seit Stunden. Er schien in einer Höhle zu sein. Trotz des Sacks konnte er Rauch riechen. Er spürte die Wärme eines nahen Feuers. Nicht weit entfernt hörte er gedämpfte Stimmen. Allerdings verstand er die grobe, kehlige Sprache der Trolle nicht. Für ihn klang es wie das Grunzen wilder Tiere, wenn sie sich unterhielten.

Die Trolle hatten sie durch den Albenstern gebracht. Der Ort, an dem sie nun waren, konnte sich überall auf der Welt befinden. Aber es war kalt in dieser Höhle, und er hoffte, dass sie die Snaiwamark nicht verlassen hatten. Als sie nach ihrer kurzen Reise durch das Nichts aus dem Albenstern getreten waren, hatte sie noch ein langer Fußmarsch über felsigen Grund erwartet. Es war fast die ganze Zeit über bergauf gegangen. Vielleicht waren sie ja irgendwo in der Nähe des Königssteins?

Schritte schreckten Laurelin aus seinen Gedanken.

»Wir sollten etwas von ihnen abschneiden«, drängte die Stimme der Kreatur mit der Maske, die ihnen auf den Albenpfaden bei dem Menhir aufgelauert hatte. Sie sprach Elfisch, damit er verstand, was ihn erwartete.

»Es hilft immer, wenn man etwas abschneidet. Nichts löst Zungen so gut wie ein paar abgetrennte Finger.«

Der Ledersack wurde Laurelin vom Kopf gezogen. Das Licht des nahen Feuers blendete ihn nach der völligen Finsternis. Er blinzelte die Tränen aus den Augen. Verschwommen sah er zwei hünenhafte Gestalten.

»Erstaunlich, in seiner Aura sehe ich kaum Anzeichen von Angst.«

Es war die andere, die nun gesprochen hatte. Sie klang alt wie die Zeit.

»Vielleicht ist er ja zu dumm, um zu verstehen, in welcher Lage er sich befindet«, bemerkte das Trollweib, das ihm an der magischen Pforte aufgelauert und den Sack über den Kopf gestülpt hatte.

Langsam klärte sich Laurelins Blick. Neben der Hünin mit der Maske stand eine gebückte Gestalt. Sie trug ein langes Kleid, das mit so vielen Flicken besetzt war, dass seine ursprüngliche Farbe nicht mehr zu erkennen war. Unzählige Amulette hingen an Lederriemchen von ihrem Hals. Vogelfüße, deren Krallen sich wie die kunstvollen Fassungen eines Goldschmieds um seltsame Steine geschlossen hatten, als sie vertrockneten und schrumpften. Merkwürdige Federn, so bunt, wie Laurelin sie noch bei keinem ihm vertrauten Vogel gesehen hatte. Äste und Knochen. Holzscheiben, in die Runenzeichen geschnitten waren. Ein Daumen, der beunruhigend rosig aussah, als sei er gerade erst abgeschnitten worden. Das unheimlichste an der gebückten Gestalt waren jedoch nicht die Amulette, sondern ihre Augen, die von einer schleimig weißen Schicht überzogen waren und ihn dennoch durchdringend ansahen.

»Du bist die Schattenweberin«, flüsterte Laurelin.

Das Trollweib stieß ein keckerndes Lachen aus. »Wie ich sehe, erzählt man sich noch Geschichten über mich.« Sie lachte erneut. »Jetzt verändert sich seine Aura, Birga. Das leuchtende Grün wird blasser und immer grauer. Langsam kriecht die Angst in sein Herz.«

Laurelin kämpfte dagegen an. Er zitterte nicht, er wich dem Blick der blinden Schamanin nicht aus. Er vermochte seinen Körper zu beherrschen, aber wie er verbergen konnte, dass seine Gefühle sich in seiner Aura spiegelten, wusste er nicht.

Die Blinde legte ihm ihre riesige Hand auf die Schulter. »Recht hast du, Angst zu haben.«

»Morwallon und ich haben nur Wild genommen, das Trolle nicht jagen würden. Wir haben uns zwar in eure Jagdgründe geschlichen, aber wir haben keinen Schaden angerichtet.«

»Frech ist der Wicht«, murmelte die Schamanin mit der Maske

und streckte ihre bandagierten Hände nach ihm aus. »Darf ich ihm einen Daumen ausreißen, Skanga? Ich wüsste gern, wie er wimmert.«

Die Blinde schüttelte den Kopf. »Bring den anderen her.«

»Mit ihm werden wir keinen Spaß haben«, grollte Birga. »Wir haben doch schon gesehen, dass er nicht redet. Aber dieser hier ...« Sie gab einen lustvollen Seufzer von sich. »Er wird reden, da bin ich mir sicher.«

Laurelin biss sich auf die Lippe. Was würden sie ihm antun? Er war zuversichtlich, dass er der Folter widerstehen würde. Das karge Leben in den Slanga-Bergen machte hart. Aber Skanga war eine Zauberweberin. Ganz sicher kannte sie Wege, die er sich nicht einmal vorzustellen vermochte, um ihm die Zunge zu lösen. Es hieß, dass sie in der Blutmagie bewandert war, jenem dunklen Pfad der Zauberei, der seine Kraft aus der Lebensessenz anderer schöpfte.

»Morwallon«, sagte Skanga nachdenklich, als ihre Gefährtin im Dunkel der Höhle verschwunden war. »Jetzt verstehe ich, warum uns dein Freund seinen Namen nicht genannt hat. Ich werde Herzog Orgrim rufen lassen. Soll er ...«

Laurelin entschied sich für die Flucht nach vorn. Gnade durfte man von Trollen nicht erwarten, aber vielleicht schätzten sie Mut und Aufrichtigkeit. »Warum wir hier sind? Wir sind nur einfache Jäger, und wir ...«

Der Schlag kam so überraschend wie heftig und riss Laurelin zu Boden.

»Halte mich nicht für dumm, Elflein!«, grollte die Blinde. »Unsere Jäger haben die Spuren gelesen. Der Keiler, der Orgrims Sohn getötet hat, kam aus eurem Lager. Er war auch nach dieser Bluttat bei euch. Und wir haben seinen Kadaver bei dem Albenstern gefunden, durch den ihr flüchten wolltet. Wir wissen, dass es Mord und kein Jagdunfall war. Wir wollen nur noch hören, wer der Dritte war, der euch begleitet hat, und wer euch geschickt hat.«

Laurelin war von dem Schlag noch ganz benommen. Er schüttelte den Kopf. »Wir haben nicht...« Eine Ohrfeige, die seinen Kiefer knirschen ließ, traf ihn.

»Wenn du aufhörst zu lügen, werde ich aufhören, dich zu schlagen«, sagte die blinde Schamanin ruhig.

Laurelin begriff, dass er in dieser Höhle sterben würde. Von dem Mord und was der Keiler damit zu tun hatte, wusste er nichts. Also konnte er nicht sagen, was die Schamanin hören wollte. Trolle hatten Respekt vor Mut und Zähigkeit, aber sie waren so nachgiebig wie Granit. Sie würde auf ihn einprügeln, bis er verreckte.

Die gewählte Haut

Melvyn krümmte sich vor Schmerz. Das war Freiheit! Seine Gelenke krachten. Der Zauber zerrte an seinen Sehnen und Muskeln. Es fühlte sich an, als wollten sie ihm von den Knochen reißen.

Mit einem wilden Schrei bäumte er sich auf, schrie den Schmerz in den frostklaren Himmel hinauf. Echos hallten von den kahlen Felswänden des weiten Tals.

Ein Wolf antwortete mit einem lang gezogenen Heulen. Mit einer Strophe aus dem Lied, das sie gemeinsam in den Vollmondnächten sangen. Melvyn hätte die Stimme unter Hunderten erkannt. Es war Silberohr, sein Bruder, mit dem er schon so oft zusammen auf die Jagd gegangen war. Vor einer Stunde noch hatten sie gemeinsam nach der Kehle des großen Elchbullen geschnappt, den das Rudel einen Tag und eine Nacht lang gehetzt hatte. Sie waren den mächtigen

Hufen des Elchs ausgewichen, der hart um sein Leben gekämpft hatte. Rotrücken war zu alt für diesen Tanz gewesen. Ihn hatte ein Tritt erwischt. In den Nacken. Die Säule aus Knochen, die den Geist und die Glieder miteinander verband, war zerbrochen. Er hatte sich nur noch mit den Vorderläufen vorwärtsschleppen können. Lange hatte sein Leiden nicht gedauert. Ein weiterer Huftritt hatte ihm den Kopf zerschmettert.

Sieben Welpen hatte dem Elch den rechten Hinterlauf durchgebissen. Selbst danach hatte der Bulle noch fast eine Stunde gekämpft. Er hatte sich in ein Eibendickicht zurückgezogen, sodass sie ihn nicht mehr von allen Seiten hatten angreifen können.

Die Verwandlung war beendet. Melvyn hatte wieder jene Gestalt angenommen, die er so sehr hasste. Halb Elf, halb Mensch, war er anders als jedes andere Geschöpf in Albenmark. Er gehörte nicht dazu. Nur die Wölfe behandelten ihn wie einen der Ihren. Oft nahm er Wolfsgestalt an. Sich zu verwandeln war ein lustvoller Schmerz. Von der Haut, in die er geboren war, in jene Haut, die er sich erwählt hatte, zu schlüpfen machte ihn glücklich. Wenn er mit dem Rudel durch die Berge und Wälder streifte, war er frei.

Er vermochte auch lediglich in den Geist eines Tieres einzudringen. Ihm die Taten zu diktieren. Sich seinen Körper und seine Sinne leihen. Er mochte diese Spielart der Magie nicht, wenngleich sie manchmal nützlich war. Gedankenverloren streckte er sich und blickte in den Himmel. Er schmeckte noch Blut auf seiner Zunge.

Wieder heulte sein Bruder Silberohr. Dieses Mal lag eine Mahnung in dem melancholischen Lied.

Melvyn wusste, dass sie da war. Er hatte ihre Witterung aufgenommen. Fast sein ganzes Leben hatte er in der Wildnis verbracht. Ihm entging nur wenig. Selbst wenn er Gedanken an die Jagd nachhing und in den Himmel blickte.

Es roch nach Fuchs, nach feuchtem Leinen und gefettetem Leder.

Und da war auch ein Hauch von Duftwasser. Ein schwerer, fremder Geruch. Er erinnerte sich von seinen Reisen in den tiefen Süden daran. Lange war es her ... Eine gelbe Frucht. Maracuja. Ein wenig Vanilleduft war auch dabei.

»Was willst du?«, fragte er ungehalten und ohne sich der Besucherin zuzuwenden.

»Ich bin nur eine Botin.« Die Stimme klang sachlich. Und es lag keinerlei Furcht in ihr. Das nötigte Melvyn Respekt ab. Ein großes Rudel Wölfe strich durch das Tal. Obwohl der Elchbulle ein guter Fraß gewesen war, waren viele noch hungrig.

»Es war schwer, dich zu finden«, fuhr die Botin ruhig fort. »Fünf Tage suche ich nun schon nach dir.«

»Ich bin eben ein unsteter Wanderer.« Melvyn drehte sich auf den Bauch. Etwa zwanzig Schritt entfernt, nahe einem herbstkahlen Birkenhain, stand die Lutin. Die fuchsköpfige Koboldin trug ein hoch geschlitztes grünes Kleid, darunter rote Hosen und Stiefel, die teuer aussahen. Ein breiter Gürtel, von dem ein Dutzend Taschen und Beutel hingen, ließ sie etwas füllig erscheinen. Sie hatte den Kopf schief gelegt und sah ihn keck an.

»Wer schickt dich?«, fragte er mürrisch.

»Das weißt du doch«, entgegnete die Lutin ruhig. »Die, deren Wünsche Befehlen gleichkommen. Es gilt, eine alte Schuld zu begleichen, Melvyn.«

Der Krieg im Schatten

Nanduval zerrieb ein gelbes Rosenblatt zwischen den Fingern. Dann hob er die Hand an sein Gesicht, schloss die Augen und gab sich ganz dem Duft hin. Er rang um Gleichmut. Seit Tagen wartete er nun schon in der Rosenlaube nahe dem Albenstern. Es war ein goldener Herbst. Die Luft war noch mild. Die Sonne schmeichelte seinem Antlitz, doch ihre Kraft reichte nicht mehr aus, um den Stein der Marmorbank, auf der er saß, warm werden zu lassen.

Gleichmut, ermahnte er sich in Gedanken. Er versuchte das Bild einer vollkommenen Rose hinter seinen geschlossenen Lidern erstehen zu lassen. Blattkranz um Blattkranz baute er sie in Gedanken auf. Er zwang sich, tief und regelmäßig zu atmen.

Am liebsten wäre er losgezogen, um mit einem langen Stock in dem Brennnesselfeld zu wüten, das keine zwanzig Schritt von der Laube entfernt lag. Ein kindlicher Gedanke, das war ihm klar, und doch wäre es erleichternd, all den angestauten Gefühlen endlich freien Lauf zu lassen. Er brauchte etwas, worauf er eindreschen konnte. Eine Fechtstunde wäre auch nicht übel. Er würde gleich drei der jungen Rekruten auf einmal fordern.

Nanduval schlug die Augen auf. Er war nicht der Mann für stille Einkehr. Meditation lag ihm nicht. Er war der Hauptmann der Leibwache der Fürstin von Langollion. Das helle Lied der Schwerter, das war sein Leben! Er hörte das Gezwitscher der Amseln, die hinter ihm im dichten Geäst der Rosenlaube hockten.

Nanduval blickte zu dem nahen Albenstern. Eine geborstene

Marmorsäule markierte den Ort, an dem das magische Tor lag. Vier Tage war es her, dass seine Fürstin Alathaia es geöffnet hatte und hindurchgeschritten war. Natürlich ohne ihn. Sie hüllte sich in Geheimnisse, wie andere Fürstinnen sich in kostbare Stoffe hüllten. Sie hatte ihn nicht an ihrer Seite geduldet. Ja, sie hatte ihm nicht einmal gesagt, wohin sie reiste. War sie in Gefahr?

Er zupfte eine ganze Blüte vom Rosenbusch und zerdrückte sie in seiner Rechten. Wie sollte er sie beschützen, wenn sie sich seiner Obhut entzog? Sie hatte viele Feinde. Kein Tag verging, an dem nicht irgendwo in Albenmark ein Dolch gewetzt wurde, der in ihr Herz gestoßen werden sollte. Und alles, was er tun konnte, war, hier zu sitzen und darauf zu hoffen, dass sie wohlbehalten zurückkehrte, von wo immer sie auch gerade war.

Wieder sah er zu der geborstenen Säule. Blutrote Rosen umrankten den alten Marmor. Es hieß, die Säule stamme noch aus den Zeiten der Himmelsschlangen. Nanduval war nicht gut darin, die magischen Pforten zum Goldenen Netz zu öffnen. Er seufzte. Er war in so vielem nicht gut. In der Leibwache galt er als einer der besten Fechter, doch gegen Alathaia vermochte er nicht zu bestehen. Sie war geradezu unheimlich geschickt mit der Klinge. Sie brauchte keinen wie ihn, um sich einen Feind vom Hals zu halten. Zumindest keinen Feind, der so dumm war, sie zum stählernen Tanz zu fordern.

Das Vogelzwitschern verstummte. Plötzlich lag eine Spannung in der Luft. Selbst die leichte Brise erstarb. Es schien die Natur den Atem anzuhalten, als sich schlangengleich Licht aus dem Boden erhob. Sich windend, stiegen die Stränge empor und formten einen Bogen, dessen Inneres kurz von vollkommenem Schwarz erfüllt war. Dann sah Nanduval einen Goldenen Pfad. Darauf eine schattenhafte Gestalt, die durch das Tor ins helle Licht des Herbstnachmittags trat: Alathaia. Die Fürstin von Langollion trug ein schlichtes schwarzes Kleid mit weit ausgestellten Ärmeln. Das rabenschwarze

Haar floss offen über ihre Schultern. Große grüne Augen beherrschten das schmale Gesicht mit den hohen Wangenknochen. Alathaia war blass und wirkte erschöpft. Einen Herzschlag lang verlor sich Nanduval im Anblick ihrer sinnlichen Lippen von der Farbe der Rosen, die sich um die Säule rankten.

»Willkommen zurück, Herrin.«

Sie nickte ihm geistesabwesend zu. Kurz sah sie hinüber zum Rosenturm am Ende des weitläufigen Parks, der zum Palast der tausend Blüten gehörte. Die verfluchte Ruine erhob sich auf einer Steilklippe am Meer. Der Turm war der älteste Teil des Palastes und der gemiedenste.

Nanduval trat an ihre Seite. Ein leichter Duft von Herbstlaub und Gras haftete ihr an. »Zwei gesattelte Pferde stehen bereit, Herrin.«

Wieder nickte sie nur geistesabwesend, um dann erneut zu der unheimlichen Ruine zu blicken. Manchmal zog sie sich dorthin zurück. Meist mit ihrem Gemahl. Der Leibwache war es verboten, sich dem Turm auf mehr als hundert Schritt zu nähern. Was dort vor sich ging, gehörte zu Alathaias vielen Geheimnissen.

»Du wirst die Wachen für mich und meine Familie verdreifachen, Hauptmann«, sagte sie so ruhig, als erteile sie lediglich Anweisungen, wie die Tafel für ein Festmahl zu decken sei.

»Was ist geschehen?« Kaum waren die Worte über seine Lippen, da bereute er sie. Sie erklärte sich niemals.

Alathaia sah ihm direkt in die Augen. »Der Krieg im Schatten wird wieder aufleben. Meuchler werden kommen. Die besten Albenmarks. Es wird Blut fließen, und du, Nanduval, wirst meine Augen sein, wo ich nicht hinblicke. Leuchte die dunklen Winkel aus. Misstraue jedem Fremden, der kommt. Achte auf heimtückische Schützen auf den Dächern. Ich weiß nun um ein Geheimnis zu viel. Deshalb ist mein Leben verwirkt. Verkaufe meine Haut so teuer wie möglich, Nanduval.«

»Eure Haut wird keinen ...«

Sie hob die Rechte. Ihre Finger senkten sich auf seine Lippen. »Versprich nicht, was du nicht halten kannst. Ich vertraue dir. Ich weiß, du würdest dein Leben für mich geben. Aber jene, die kommen werden, sind genauso entschlossen, wie du es bist. Einen Meuchler, der bereit ist, sein eigenes Leben aufzugeben, kann man fast nicht aufhalten.« Ein trauriges Lächeln umspielte ihre Lippen. »Ich weiß, wovon ich rede.«

Er kannte die zahllosen Gerüchte, die sich um die Fürstin und ihre Vergangenheit rankten. Es gab einen Grund, warum sie so schnell mit der Klinge war. Aber wie sollte er, der er ihr in fast allen Belangen unterlegen war, aufhalten, wovor selbst sie sich fürchtete?

Der gefrorene Augenblick

Adelayne fragte sich immer noch, was sie falsch gemacht hatte. Nicht zu wissen, warum der Mord so schnell entdeckt und ihr zugeschrieben worden war, setzte der Elfe mehr zu als die Tatsache, dass ihr vielleicht nur noch wenige Stunden zu leben blieben. Als sie sich entschieden hatte, zur Meuchlerin zu werden, war sie sich darüber im Klaren gewesen, dass es nur eine Frage der Zeit sein würde, bis sie ein gewaltsamer Tod ereilte. Sei es, weil sie eines ihrer Opfer unterschätzt hatte, sei es, weil sie einen Fehler machte und entdeckt wurde.

Die Zauberweberin strich über ihre linke Hand. Gestern hatte Hauptmann Lavalle ihr die vier Finger und den Daumen gebrochen, als er sie befragte, wer den Auftrag für den Mord an dem Herzog gegeben hatte. Adelayne war stolz auf sich, dass sie trotz der Schmerzen bei ihrer Geschichte geblieben war und behauptet hatte, es sei ihr eigener Entschluss gewesen, dieses Ungeheuer zu töten. Nach der Befragung hatte sie ihre Hand geheilt. Die gebrochenen Knochen waren wieder unversehrt. Doch der Schmerz war nicht ganz vergangen. Und vor allem nicht die Angst, dass sie es wieder tun könnten oder vielleicht andere, perfidere Methoden der Folter versuchen würden.

Adelayne vertiefte sich, auf der Suche nach innerem Frieden, in die Betrachtung der Flamme ihrer Öllampe. Das warme, gelbe Licht ließ ihren Kerker fast heimelig erscheinen. Die Wände der kleinen Kammer waren aus unbehauenem Naturstein gemauert. Es gab kein Fenster. In der Ecke links von ihr stand ein Holzeimer für die Notdurft, den man immerhin mit einem Deckel verschließen konnte. In der flachen Holzschale vor ihrem Lager trockneten die Reste mit Honig gesüßten Haferbreis. Ihr Lager war schlicht. Zwei Wolldecken auf einer Schütte voll Heu. Die trockenen Halme trugen den Duft des vergangenen Sommers in ihren Kerker.

Sie dachte an den Morgen vor drei Tagen zurück. Als Lavalle erwacht war, hatten sie einander geliebt. Der Hauptmann war überraschend leidenschaftlich und zugleich zärtlich gewesen. Als sie sich aneinander erschöpft hatten, lagen sie eng umschlungen bis fast zum Mittag. Dann waren die Alarmrufe erklungen. Lavalle war sofort auf den Beinen gewesen und, nur mit einem langen Hemd bekleidet, aus dem Zimmer gestürmt.

Er war mit einem Schwert in der Hand zurückgekehrt. Woher er mit unumstößlicher Gewissheit gewusst hatte, dass sie die Mörderin seines Fürsten war, war ihr ein Rätsel. Er hatte sie gepackt und sie nackt über den Hof in die Kerkerzelle gezerrt. Die wenigen Blicke, die ihr auf diesem kurzen Weg begegnet waren, hatten eher mitleidig als erzürnt gewirkt.

Adelayne versuchte sich das Gesicht des Mädchens in Erinnerung zu rufen, das neben Bonnefay gelegen hatte. Die Kleine würde nie wieder dem lüsternen Fürsten zu Willen sein müssen. Und so viele andere waren gerettet. Mit einem Lächeln blickte die Zauberweberin in das warme Licht der Flamme. Sie hatte das Richtige getan! Mit sich selbst im Reinen, begann sie leise ein Kinderlied zu summen, das ihre Mutter oft für sie gesungen hatte.

Schritte erklangen auf dem Gang vor der Zellentür. Die Flamme tanzte in einem plötzlichen Luftzug. Scharrend glitt der Riegel der Kerkertür zurück. Eine Elfe, ganz in Weiß gekleidet, trat ein und musterte Adelayne mit hellbraunen, neugierigen Augen. Sie war klein, von zierlicher Gestalt, und doch hatte sie etwas Unnahbares. Die Weisheit ungezählter Jahrhunderte lag in ihrem Blick. Adelayne war ihr nie zuvor begegnet, doch wusste sie sofort, wer dort vor ihr stand.

»Meine Königin«, sagte sie demütig und überrascht, dass ihre Tat Emerelle zu Ohren gekommen war.

»Du kannst nun entscheiden, ob du dich ohne Wenn und Aber in meinen Dienst stellst oder lieber in dieser Zelle darauf warten möchtest, dass dein Urteil vollstreckt wird.« Es lag eine Härte in der Stimme der Königin, die so gar nicht zu ihrer zarten Erscheinung passen wollte.

»Ich gehöre dir«, antwortete Adelayne, ohne zu zögern, und erhob sich von ihrem Lager. Verlegen zupfte sie an dem schäbigen, grauen Leinenkleid, das Hauptmann Lavalle ihr statt ihrer Gewänder in den Kerker gebracht hatte.

»Folge mir. Die Zeit drängt!« Emerelle wandte sich ab und verließ die enge Zelle.

Adelayne fragte sich, ob dies ein Traum war. Rasch folgte sie der Herrscherin. Im Gang vor dem Kerker lagen zwei Wachen hingestreckt. Sie lächelten, gefangen in tiefem Schlummer.

An der Treppe nach oben saß der weißhaarige Schlüsselbewahrer. Sein Kopf ruhte, auf seine Arme gebettet, auf der Tischplatte. Er schnarchte leise.

Es schien Adelayne, als sei sie in ein Märchen geraten. Als sie die Treppe hinaufstieg, ließ sie die Rechte über den rauen Stein der Wand gleiten. Deutlich spürte sie die unebene Oberfläche unter den Fingerkuppen.

Der Hof des großen Herrenhauses war in klares Licht getaucht. Keine Wolke zeigte sich am Himmel. Ein Stück vor ihnen lag ein großer Ackergaul hingesunken in seinem Geschirr. Er war vor einen hoch beladenen Heuwagen gespannt, auf dem ein Fuhrknecht friedlich schlummerte.

Gänse lagen schlafend neben einer schlammigen Pfütze. Eine Kriegerin in hohen Reitstiefeln hielt drei Pferde an den Zügeln. Sie war die Einzige außer ihnen, die wach war.

Adelayne war aufgewachsen mit den Geschichten über Emerelle, der Gerechten. Niemals wurde sie es müde, Unheil von Albenmark abzuwenden. Unablässig führte sie einen Krieg im Verborgenen gegen jene, die aus Selbstsucht und Machtgier den Frieden der Welt störten. Emerelle war ihr ein Vorbild gewesen, auch wenn sie nicht verstanden hatte, warum so viele Männer wie Herzog Bonnefay mit ihren Untaten davonkamen. Sie selbst hatte es besser machen wollen und hatte dabei so kläglich versagt.

»Warum ich?«, fragte Adelayne beschämt.

Emerelle hielt an. Sie drehte sich zu ihr und wirkte tatsächlich überrascht. »Ich bin deinen Spuren auf den Albenpfaden gefolgt. Ich weiß, was du getan hast, und bekenne, du hast mich beeindruckt. Ich empfand es als ungerecht, dass ein dummer Zufall dein Ende sein sollte. Du hast alles richtig gemacht. Von nun an soll dein Talent im Dienst der rechten Sache stehen.«

»Was für ein Zufall?«

»Du weißt es also nicht...« Die Königin bedachte sie mit einem schmallippigen Lächeln. Dann wandte sie sich zum Haupthaus. »Folge mir!«

Sie querten den Hof. Bei den eingeschlafenen Wachen am Portal des Herrenhauses entdeckte Adelayne Hauptmann Lavalle. Sein Antlitz war eine Grimasse des Schreckens, als habe er noch begriffen, was geschah, bevor ihn der Schlaf übermannte.

In der Eingangshalle nahmen sie die Treppe zur Linken. Ein Zauber war in das Mauerwerk der Halle gewoben. Er gaukelte dem Betrachter den Blick in einen herbstlichen Wald vor und ließ die Wände verschwinden. So schien die Treppe nirgendwohin zu führen, ebenso wie die Türen, die zwischen den Bäumen standen. So vollkommen war das Zauberwerk, dass sich die Blätter an den Ästen in einer leichten Brise zu bewegen schienen und man ihr Rascheln hörte.

Emerelle blieb von dem Zauber unbeeindruckt. Sie stieg die Treppe hinan und trat auf den langen Flur, der zum linken Flügel des großen Hauses führte. Als kenne sie den Ort ganz genau, hielt sie vor der Tür zum Schlafgemach des Herzogs. »Tritt ein, und sieh dir die Schlafstätte an. Das wird dir die Augen öffnen.«

Adelayne folgte den Worten der Königin. Ein Hauch von Parfum hing in der Luft. Das Gemach lag im Halbdunkel. Zwei goldene Lichtbahnen drangen durch die fast geschlossenen Läden vor den großen Fenstern. Staubflocken tanzten im Licht. Ein schwerer Teppich schluckte das Geräusch ihrer Schritte. Das Gewand des Herzogs hing über einer Stuhllehne neben dem großen Bett. Die Laken waren zerknüllt. Man konnte ahnen, wo Bonnefay gelegen hatte, als der Tod ihn endlich fand.

Dann sah Adelayne den Spiegel. Der Augenblick, in dem der Herzog nach dem Rahmen gegriffen hatte, war im Spiegelglas gefroren. Obwohl Bonnefay in seinem Grab lag und das viel zu junge

Mädchen hoffentlich bei seiner Familie war, zeigte der Spiegel die beiden noch immer im Bett. Und sie waren nicht allein. Auch sie war in dem Spiegel zu sehen.

Adelayne beugte sich vor, um ihr Bild eingehender zu betrachten. Da lag eine Härte in ihren Zügen, die ihr fremd war. Das braune Haar, die blauen Augen, dieses Gesicht ... Hatte der Spiegel es verändert? »Wie hat er das gemacht?«

»Die einzige Grenze, die es für einen begabten Zauberweber gibt, ist seine Vorstellungskraft, Adelayne.« Die Königin berührte sanft ihre Hand. »Komm mit mir, und ich verspreche dir, ich lasse deine Vorstellungskraft bis zum fernsten Horizont fliegen, um das Licht der Gerechtigkeit dorthin zu tragen, wo unsere Welt am dunkelsten ist.«

Die Kunst, den Richtigen zu fragen

»Der Jüngere wird nicht sehr lange widerstehen«, sagte Birga entschieden. Sie kannte sich aus mit der Folter. »Zwei, drei Stunden vielleicht. Wenn wir ihm alle Zähne herausgerissen und ein paar Finger und Zehen abgeschnitten haben, wird er reden, da bin ich mir ganz sicher. Der Alte ist hart wie Eisenholz. Mit dem können wir uns tagelang mühen und werden nichts erfahren. Aber der Jüngere ...« Sie lachte leise. »Es heißt doch, er sei ein großartiger Bogenschütze. Fangen wir also mit den Fingern an.«

Skanga grunzte. Birga war der mürrische Laut nur allzu vertraut. So grunzte sie, wenn Darmwinde sie quälten oder etwas sie verärgert hatte.

»Bei dem Alten stimme ich dir zu, Birga. Der wird nicht einmal reden, wenn wir ihm das Fleisch von den Knochen reißen. Dennoch werden wir Morwallon foltern. Er hat es sich verdient, und Fürst Orgrim wird darauf bestehen.«

Birga verdrehte die Augen. »Welchen Nutzen hat das?«

»Wir schenken dem Herzog die stille Genugtuung, die aus Rache geboren wird. Außerdem werden wir Laurelin von nun an bei allem, was wir seinem Gefährten antun, zusehen lassen. Ich bin mir ganz sicher, er wird sehr schnell anfangen zu reden, um die Leiden Morwallons zu beenden.«

Birga blickte zu den beiden Elfen, die gefesselt neben dem Feuer lagen. »Bist du sicher, dass sie uns nicht verstehen können, Skanga?«

Die blinde Schamanin rieb ihren neuesten Talisman zwischen Daumen und Zeigefinger. Es war der abgeschnittene Mittelfinger Morwallons. »Ich glaube nicht, dass Laurelin uns versteht. Bei Morwallon hingegen bin ich mir fast sicher, dass er unsere Sprache beherrscht. Aber was ändert das schon? Soll er seinem Gefährten nur sagen, was wir vorhaben. Laurelin wird trotzdem anfangen zu reden, wenn wir dem Alten genug zusetzen.«

Von Romantikern und der Welt

Laurelin musste immer wieder auf Morwallons linke Hand starren. Die Trolle hatten den alten Jäger übel zusammengeschlagen. Seine Lippen waren aufgeplatzt, die Augen so zugeschwollen, dass er sie kaum noch öffnen konnte. Aus seinem linken Ohr troff Blut. Aber am meisten entsetzte Laurelin der Anblick der linken Hand. Sie sah aus, als sei jeder einzelne Knochen darin gebrochen. Und der Mittelfinger war abgeschnitten. Und dennoch lächelte Morwallon. »Du bist ein Romantiker.« Das Sprechen fiel dem Jäger schwer. »Deshalb habe ich dich mitgenommen.«

Laurelin glotzte ihn an. »Ich verstehe nicht … Ich dachte, ich begleite dich als Bogenschütze.«

»Ich hab dich ausgewählt, weil du mir, ohne zu zögern, zu Hilfe geeilt wärst, sei ich auch von hundert Trollen umringt.«

»Am Albenstern …« Laurelin senkte beschämt das Haupt. »Ich habe nicht einmal einen Pfeil abgeschossen.«

Morwallon schnaubte. »Sie haben uns überrumpelt. Es waren zu viele, und sie waren zu nah. Gräm dich deshalb nicht. Du magst die Balladen über Farodin und Ollowain, nicht wahr? Und über Emerelle, als sie noch als fahrende Ritterin durch das Land zog. Und über Falrach.«

Laurelin fühlte sich ertappt. All die Wochen, die sie gemeinsam gereist waren, hatte Morwallon ihn nie darauf angesprochen. »Das stimmt …«

»Albenmark ist nicht so wie in diesen Geschichten. Ich habe im letzten Trollkrieg gekämpft. Hier in der Snaiwamark und sogar in der Welt der Menschen. Der Krieg ist nicht so, wie die Dichter ihn schildern. Die Trolle sind keine Ungeheuer …« Er stockte und rang pfeifend um Atem.

Laurelin betrachtete die zerquetschte Hand. Sie war auf fast das Doppelte ihrer eigentlichen Größe geschwollen.

»Ich habe nichts Unrechtes im Krieg getan. Aber es waren nicht alle so. Ich habe zugesehen, wie sie Frauen und Kinder niedergemetzelt haben. Edle Elfenfürsten, die unvergleichlich Laute spielten und im Gespräch Gedanken von solcher Schönheit spinnen konnten, dass die Welt ein besserer Ort war, wenn sie redeten. Ich habe mich ihnen nicht in den Weg gestellt, als sie mordeten. Ja, ich habe nicht einmal meine Stimme erhoben. Ich habe weggesehen und geschwiegen. Ich glaube, du hättest anders gehandelt.«

Morwallon hatte jetzt mehr gesprochen als sonst in einer halben Woche in der Wildnis. Laurelin erkannte in ihm nicht mehr den Mann, für den er den alten Jäger gehalten hatte.

»Die Welt braucht Romantiker wie dich. Männer, denen das Lächeln einer Frau genügt, um sich zu verlieben und bis ans Ende der Welt zu gehen. Männer, die niemals akzeptieren, dass etwas aussichtslos sein könnte. Deshalb wirst du aus dieser Höhle herausgelangen ... Mich aber werden meine alten Sünden einholen. Ich werde ...«

»Wir gelangen hier zusammen heraus oder gar nicht!«, stellte Laurelin klar.

Morwallon lachte auf. Es war nicht zu übersehen, wie sehr ihn das schmerzte. »Genau das meine ich.«

»Wir werden ...«

Sein Gefährte wandte sich von ihm ab. »Still, sie kommen zurück.«

Auch Laurelin hörte nun die schweren Schritte. Und es waren nicht nur die beiden Schamaninnen. Da war noch ein dritter Troll. Er blieb außerhalb des Lichtkreises stehen, den das kleine Feuer in die Dunkelheit der Höhle schnitt.

Es war die unheimliche Gestalt mit der Maske, die sich vor ihnen niederkniete. Sie hielt etwas silbern Glänzendes in der Hand. Es erinnerte an eine Schere, nur dass die Schnittblätter gekrümmt und massiger waren.

»Soll ich nicht doch mit dem Jüngeren beginnen?« Birga blickte zu der blinden Schamanin zurück.

»Nein!«

Die Trolle redeten Elfisch. Laurelin hatte das Gefühl, dass alles genau abgesprochen war, was geschah. Ihre Peiniger wollten, dass sie alles verstanden. Nein, dass *er* sie verstand. Morwallon beherrschte ja ihre Sprache.

Birga nahm die rechte Hand des alten Jägers. Sie setzte die Schere am Ringfinger an und trennte ihn mit einem metallisch klackenden Schnitt ab.

Morwallon stöhnte auf.

»Das geht nicht!«, empörte sich Laurelin. »Ihr habt ihn ja nicht einmal etwas gefragt. Das ist gegen alle Regeln.«

Bitteres Gelächter erscholl in der Dunkelheit. »Ein Elf, der von Regeln redet. Noch einen Finger, Birga!«

Die Schamanin setzte die gekrümmte Schere an den rechten Daumen. Ein Klacken. Morwallon bäumte sich auf. Er schaffte es, einen Schrei zu unterdrücken, doch das gequälte Keuchen besiegte er nicht.

»Bitte fragt etwas!«, rief Laurelin verzweifelt. »Bitte! Ich werde reden.«

Die Schamanin mit der Maske gab ein mürrisches Grunzen von sich und sah zu der Blinden. Die lächelte.

»Wer hat euch geschickt?«, fragte die Gestalt im Dunkel.

Laurelins Gedanken überschlugen sich. Was sollte das? »Geschickt? Niemand hat uns geschickt!«

»Den anderen Daumen!«, befahl der Troll im Dunkel.

Birga griff nach Morwallons Linker.

»Nein, nicht!«, schrie Laurelin. »Nicht den Daumen. Er wird nie wieder etwas richtig halten können. Erklärt mir bitte die Frage. Ich bin …«

»Den Daumen!«, forderte die Stimme im Dunkel.

Die gekrümmte Schere klackte.

Jetzt wimmerte Morwallon leise.

»Still die Blutung!«, befahl die Stimme ohne Gnade. »Er soll noch länger durchhalten.«

Die Schamanin mit der Maske packte beide Hände und stieß sie in die Glut des Feuers.

Jetzt schrie Morwallon. Er bäumte sich auf, aber das Trollweib war unendlich viel stärker als er. Er war wie ein Kind, das gegen die Kraft eines Erwachsenen ankämpfte.

»Wer war der Dritte im Bunde, Morwallon?«, fragte die Stimme im Dunkel.

Der alte Jäger stieß nur ein Grunzen aus. Die Schamanin drückte seine Hände noch immer in die Glut. Der Geruch von bratendem Fleisch stieg Laurelin in die Nase.

»Bitte, ich habe es gesehen, das niedergedrückte Gras bei dem Eber. Wir beide wissen nicht, wer dort gelegen hat. Was auch geschehen ist, wir haben nichts damit zu tun!«

»Lügen!« Eine riesige Gestalt trat ins Licht des Feuers. Der Troll überragte die beiden Schamaninnen um gut zwei Köpfe. Seine Haut war von dunklem Grau mit hellen Einsprengseln. Er trug nur einen blutbesudelten ledernen Lendenschurz. Gnadenlose bernsteinfarbene Augen blickten auf Laurelin hinab. »Glaubt ihr, dass ich meine Feinde nicht kenne? Morwallon ist der Halbbruder Fingayns. Des Fingayn, den Fürst Elodrin einst schickte, um die Nachtzinne auszuspähen. Er hat sie beraten, wie der Angriff zu führen war. Stimmt das, Morwallon?«

»Ja«, keuchte der alte Jäger.

»Du warst unter den Angreifern, Morwallon, ebenso wie Fingayn. Wart ihr auch unter den Mördern? Unter den Bestien, die meine Weiber und meine Welpen niedergemacht haben? Mein ganzes Rudel habt ihr ausgelöscht.« Der Troll ging in die Hocke und blickte auf Morwallon hinab. »Nimm seine Hand aus dem Feuer, Birga.«

Die Schamanin gehorchte augenblicklich. Sie ließ den alten Jäger los, und Morwallon drehte sich keuchend auf den Rücken.

»Dein Halbbruder hat Mörder in meine Höhlen geführt …« Tränen glänzten in den Augen des Trolls. »Und nun warst du hier, als erneut ein Welpe von mir starb. Er war klug und stark, mein Drau. Er hätte in wenigen Jahren ein Rudel angeführt. Ja, vielleicht hätte Drau irgendwann uns alle angeführt. Und dann fanden wir dich hier, den Halbbruder des Elfen, der einst Unglück über die Meinen brachte. Glaubst du, ich halte das für einen Zufall, Morwallon? Wer hat dich geschickt, Elf? Und wer war der Dritte, der mit euch gekommen ist? Erkennst du mich, Elf?«

»Du bist Herzog Orgrim«, stieß Morwallon hervor. »Ich wusste, eines Tages …« Seine Stimme erstarb in einem Keuchen.

»Noch einen Finger!«, befahl der Troll.

»Nicht!« Laurelin sprang auf, um die Schamanin aufzuhalten, und strauchelte fast. Um seine Knöchel war ein zähes Lederseil gewickelt. »Ich sage euch alles.«

Birga hatte die grässliche Schere bereits am Zeigefinger von Morwallons rechter Hand angesetzt. Sie sah fragend zum Herzog.

»Du hast uns also etwas zu erzählen?« Der Herzog sah ihn durchdringend an. »Bitte.«

»Wir sind nur zwei Wilderer. Wir sind nicht in irgendwelche Intrigen verwickelt. Wir hätten nicht hier sein sollen. Wir wussten, dass Trolle keine Elfen auf ihrem Land dulden. Das ist unsere Schuld«, bekannte Laurelin. »Bitte glaubt mir, Herzog. Ich lüge niemals.«

»Schöne Worte«, schnaubte der Herzog. »Sie gehen euch Elfen immer so leicht von den Lippen. Birga! Skanga! Streckt ihn!«

Die beiden Schamaninnen packten Morwallons Arme und Beine und streckten sie, sodass sie weit gespreizt waren. Der alte Jäger leistete keinerlei Widerstand. Hilflos lag er auf dem Boden der Höhle, während der Herzog im Dunkel verschwand.

Laurelin hörte den Troll keuchen. Schwere Schritte folgten. Orgrim trug einen mächtigen flachen Felsbrocken auf den Armen, als er in den Lichtkreis des Feuers zurückkehrte. Mit großer Vorsicht legte er den Fels auf Morwallons Brust.

Laurelin konnte die Rippen des Jägers knacken hören. Sein Atem klang jetzt wie das Hecheln eines Hundes.

»Du bist ein harter Bursche, Elf.« Orgrim klang fast freundlich. Es lag kein Hass in seiner Stimme. »Ich verspreche dir einen würdigen Tod, wenn du dem Tod meines Welpen Würde gibst. Sag mir, wer war der Dritte? Wer hat im Gras gelegen? Wer hat sich in den Geist des Ebers geschlichen und meinen Welpen ermordet?«

»Weiß ... nicht ...«, keuchte Morwallon.

»Wir haben damit nichts zu tun!«, beteuerte Laurelin. »Bitte hört auf. Wir können nicht verraten, was wir nicht wissen.«

Der Troll blickte zu ihm herüber und schüttelte den Kopf. »Dass ihr Elfen nie aufhören mögt zu lügen! Wisst ihr, was eure Tat für das Andenken an meinen Welpen bedeutet? Solange ich zuhöre, wird man in meinem Volk gut über ihn reden ... Aber draußen an den Lagerfeuern, da werden sie spotten über den jungen Jäger, der von dem Wild, dem er nachstellte, erlegt wurde. Ihr habt meinen Sohn nicht nur getötet, ihr habt ihm auch seine Würde genommen. So seid ihr Elfen!«

»Du irrst dich ...«

»Schweig!«, fuhr der Trollfürst Laurelin an. »Ich bin den Spuren gefolgt. Der Eber war vor und nach dem Mord bei euch und in eurem Lager. Warum hätte er das tun sollen, wenn ihr nichts mit alldem zu tun habt? Und du warst auch an dem Platz, an dem jener lag, der ihn beherrscht hat.« Er wandte sich an Birga. »Noch einen Stein!«

Laurelins Gedanken überschlugen sich. Der verfluchte Eber hatte die Trolle zu ihnen beiden geführt. Aber warum?

Birga brachte zwei Steine. Jeder war so groß wie ein Trollkopf. Der Herzog nahm sie ihr ab und legte sie auf die schwere Felsplatte.

Morwallon gab ein gurgelndes Geräusch von sich.

»Er ist unschuldig«, rief Laurelin. »Jemand lenkt euch ab. Ihr verfolgt uns statt des Mörders.«

Orgrim schüttelte den Kopf. »Unschuldig ist dein Freund ganz sicher nicht.«

Birga brachte zwei weitere Steine.

Der Herzog wandte sich an die blinde Schamanin. »Du wirst tun, worum ich dich gebeten habe?«

Skanga nickte knapp.

»Er kann doch nicht mehr reden, wenn er tot ist«, versuchte Laurelin an die Vernunft des Trolls zu appellieren. »Er kann jetzt schon nicht mehr reden mit dieser Last auf der Brust.«

Birga brachte weitere Steine, die sie auf die Felsplatte legte.

Morwallon warf den Kopf hin und her. Sein Mund war weit aufgerissen. Es sah aus, als versuche er die Luft, die ihm fehlte, mit den Zähnen zu fangen.

Birga legte noch zwei Steine nach.

Ein grässliches Knacken ertönte.

Die Felsplatte sackte tiefer und stellte sich schräg. Die großen Steine gerieten ins Rollen und schlugen krachend auf den Höhlenboden. Blut sickerte aus Morwallons Mundwinkel.

Der Herzog sah Laurelin finster an. »Du glaubst, er kann nicht mehr reden, wenn er tot ist? Du irrst! Das Einzige, was er jetzt nicht mehr kann, ist lügen. Und wenn seine Antworten mich nicht zufriedenstellen, dann machen wir mit dir weiter.«

Der Totentänzer

Diese verdammten Höflinge und Ohrenbläser reden heute noch schlecht von ihm, obwohl Jahrhunderte vergangen sind, seit er Langollion verließ. Ich kann ihr Geschwafel nicht ertragen. Ich bin in diese prächtige Burg gezogen, um von seinem Tod zu berichten, und sie wirken erleichtert. Dass er so lange einfach nicht sterben wollte, dieser verträumte Rosenzüchter, dieser Verseschmied, der mir eine halbe Nacht von der unglaublichen Schönheit, mit der sich das raureifverkrustete Gras vor dem Nordwind verbeugt, erzählen konnte, um dann wieder tagelang zu schweigen, dieser Schöngeist mit den blutigen Händen. Alles an ihm war ihnen unangenehm. Einzig die Königin hat mir zugehört. Eine halbe Stunde nur, dann hatte sie ein bedeutenderes Tagwerk zu verrichten, als einem traurigen Helden die letzte Ehre zu erweisen. Wortefurzer sind sie, diese verdammten Elfen. Die Königin selbst hielt eine kurze Trauerrede, das war alles. Tränen wurden keine vergossen für Vanduin Totentänzer, einst Bannerträger des Fürsten Gyldion von Langollion und Schwertmeister Ilaks, die Ängstliche die Blutkönigin nannten.

Aber ich, Zachri Büffelfuß, werde es nicht dulden, dass sie ihn mit Vergessen strafen. Deshalb schreibe ich diese Zeilen. Ich bin kein Mann, der Worte so kunstvoll zu weben versteht, dass die Wahrheit hinter ihnen letztlich so vage bleibt wie die Gestalt eines Wanderers an einem nebelverhangenen Herbsttag. Manches wird fehlen oder nicht ganz richtig berichtet sein, aber hütet euch, mich einen Lügner und Aufschneider zu schelten. Es liegt einfach daran, dass ich

Vanduin Totentänzer erst in seinen letzten Jahren kennenlernte und ihn zum Reden zu bringen so schwierig war, wie einem besoffenen Kentauren einen Bandwurm zu ziehen. Man bekam nie alles aus ihm heraus. Ich habe aus vielen dieser Gespräche zusammengesetzt, was ich für seine Vergangenheit halte. Anderes wiederum habe ich selbst erlebt. Gewissheiten gibt es hier wenige, außer der, dass ihn am Ende sein Fürst verraten und zerbrochen hat, den großen und edlen Schweiger. Aber ich, ein Kobold, ein Geschöpf ohne Ehre in den Augen anderer, ich trage mein Herz am rechten Fleck und stelle mich gegen das Schweigen. Und anfangen will ich mit dem, was ganz gewiss ist: dem letzten Tag mit meinen vier Brüdern, meinem zweitglorreichsten Tag als Jäger.

Es war spät im Herbst. Erster Schnee war gefallen, es war lausig kalt, und wir hatten einen altersschwachen Büffel von seiner Herde getrennt. Viele Stunden drängten wir ihn immer weiter ins Grasland ab und setzten ihm mit unseren Speeren zu. Er hatte nicht mehr die Kraft, uns zu vertreiben. Wunde um Wunde brachten wir ihm bei, bis mein Speerstoß ihn tötete. Schnell war ein Feuer aus trockener Bisonscheiße gemacht. Das Fleisch war zäh wie der Keuschheitsgürtel einer alten Jungfer … doch mein Stolz auf die Jagd machte es zu dem Besten, was ich je gegessen hatte. Wie haben wir fünf uns den Wanst vollgeschlagen! Wir haben gelacht, zotige Lieder gesungen und von den Mädels geträumt, die niemals die unseren sein würden.

Wir haben sie nicht bemerkt, bis sie über uns waren. Drei Trolle. Sie waren hungrig und nicht in der Stimmung zu jagen. Jossi haben sie den Kopf zerquetscht, Gollo ins Feuer geworfen und mit dem Fuß in der Glut niedergehalten, bis er nicht mehr zuckte. Marno haben sie bei Armen und Beinen gepackt und sie ausgerissen, wie man einer Fliege die Flügel auszupft. Raffa hat ein Schlag mit einer Keule alle Knochen zerschmettert.

Mich jedoch hat der Hieb, der mich töten sollte, nur gestreift. Ich wurde fünf Schritt weit durch die Luft gewirbelt und fiel vor ein paar Stiefel, an denen nicht das kleinste Stäubchen haftete. Über mir stand ein Elf, ganz in weißes Hirschleder gekleidet. Der Rauch des Feuers umspielte ihn. Er wirkte wie ein Geist, aus Nebel geboren. Sein langes Haar war von einem fahlen Blond, sein Gesicht hager, ausgezehrt von zu vielen Gedanken, die umschatteten Augen so grün wie ein tiefer Waldsee.

Nie werde ich die ersten Worte vergessen, die ich von ihm hörte: »Eure Auffassung von Gastrecht würde selbst eine Hyäne beschämen. Ihr solltet Abbitte leisten.«

Die Trolle glotzten ihn einige Herzschläge lang an.

»Lauf, Schneeflöckchen, und wir werden dir nicht folgen«, knurrte der größte der Trolle.

Der Elf legte den Kopf schief, als dächte er über die Worte nach. Nur das Fett, das aus dem Fleisch zischend ins Feuer troff, war zu hören.

»Nein«, sagte der Elf schließlich. »Ihr drei kniet nun nieder, bittet meinen kleinen Freund um Verzeihung, und dann zieht ihr davon. Solltet ihr euch anders entscheiden, werde ich den Abend damit verbringen, für die Verstorbenen Totenhemden aus eurer zähen Haut zu schneidern.«

Als Antwort kam ihm eine Keule, gefertigt aus einem wohl zwei Schritt langen Fichtenstamm, entgegengeflogen.

Vanduin wich gerade so weit aus, dass sie ihn um vielleicht zwei Zoll verfehlte. Dabei zog er seine kurzen Schwerter, die krumm wie Adlerkrallen waren. Vollkommen gelassen ging er den drei Trollen entgegen, von denen selbst der kleinste noch einen Schritt größer war als er und gewiss fünf Mal so viel wog wie der hagere Elf.

Vanduin duckte sich unter einem Faustschlag des Keulenwerfers weg und hieb ihm im Vorübergehen ein Schwert in die Kniekehle.

Dem zweiten schleuderte er ein Schwert entgegen, und es bohrte sich dem grauen Hünen tief in die Brust.

Da stand der dritte Troll hinter ihm und hob eine gewaltige Steinaxt. Ich dachte, es sei alles vorbei. Aber als hätte er auch hinten am Kopf Augen, ließ sich Vanduin rücklings fallen, entging dem Hieb und rammte dem Troll sein zweites Schwert zwischen die Schenkel, dass dieser quiekte wie ein angestochenes Schwein. Als der entmannte Troll auf die Knie sackte, war Vanduin längst wieder auf den Beinen. Wie ein Tänzer wich er anmutig zur Seite aus und stach dem Troll sein Schwert tief ins Auge.

Nachdem er die Klinge befreit hatte, hob er sie grüßend in meine Richtung. »Gedulde dich nur einige Herzschläge, mein kleiner Freund, das Spektakel ist bald vorüber.«

Ich hatte mich aufgesetzt. Drei meiner Rippen waren gebrochen, jeder Atemzug eine Qual.

Der weiße Elf war nun bei dem Troll, dem das Schwert in der Brust gesteckt hatte. Der graue Hüne hatte die Klinge aus der Wunde gezogen, wirkte schwach und gab gurgelnde Laute von sich.

Der Elf nahm ihm die Waffe aus der riesigen Pranke. »Ich entschuldige mich bei dir. Ich war nachlässig. Die Klinge hätte dein Herz treffen sollen. Mir scheint, deine Lunge wurde verletzt und läuft nun mit Blut voll. Eine sonderbare Fügung, in einem Landstrich zu ertrinken, in dem es weit und breit weder Fluss noch See gibt.«

Der Troll blickte ihn aus kleinen Augen verständnislos an. Ich dachte, das Ungeheuer würde den Elfen jeden Augenblick packen, um ihm die Kehle zu zerquetschen.

»Es heißt, kurz vor dem Ertrinken hätte man wunderschöne Visionen.« Er betrachtete den Troll abwägend. »Ich fürchte, der Schönheit hast du in deinem Leben nie auch nur einen Augenblick der Hingabe gewidmet. Machen wir es also kurz.« Mit diesen Worten schnitt er dem Troll die Kehle durch, sodass ein Sprühregen von Blutstropfen in

den Schnee spritzte. Vanduin wandte sich ab, um dem Troll, dem er ganz zu Beginn des Kampfes die Sehnen in der Kniekehle durchtrennt hatte, den Rest zu geben. Doch plötzlich blieb der Elf wie angewurzelt stehen und blickte in den zertrampelten Schnee.

Er regte sich einfach nicht mehr. Vanduin schien alles um sich herum vergessen zu haben. Auch der Troll bemerkte das. Er kam in meine Richtung gekrochen. Ich sprang auf und hinkte zu dem Elfen. Keuchend rief ich. Ich zupfte ihm an den Hirschlederhosen. Ich schrie ihn an, dass ich dachte, meine gebrochenen Knochen würden mir das Herz aufspießen. Er indes starrte einfach nur vor sich hin, als habe er alles um sich herum vergessen.

Der Troll hatte sich seine Keule geholt und nutzte sie als Krücke. Schnaubend und mit Mordlust in den Augen kam er in unsere Richtung gehumpelt.

Ich schrie auf Vanduin ein. Ich habe ihm sogar vor die Schienbeine getreten, aber er starrte wie versteinert auf die Blutstropfen im Schnee. Dann habe ich sie zertrampelt. Bei den Alben, niemals werde ich den Blick vergessen, den er mir zugeworfen hat. Da lag eine stählerne Kraft in den dunkelgrünen Augen.

Zum Glück stieß der Troll einen wilden Kriegsschrei aus. Er war auf drei Schritt heran. Fast nah genug, um die Keule zu nutzen, die seine Krücke war. Als er es tat, unterlief Vanduin den Hieb mit einem Geschick, als vermochte er die Bewegungen des Trolls vorauszuahnen, und schlitzte dem Hünen auf ganzer Breite den Bauch auf, dass ihm die dampfenden Gedärme vor die Füße fielen.

Der Elf kehrte zurück an den Platz, an dem er starrend gestanden hatte, doch was er im Schnee gesehen hatte, fand er nicht mehr wieder. Als er mich nun ansah, war die Härte aus seinem Blick gewichen. Er wirkte nur noch unendlich müde. »Verscharr das Gebratene im Schnee. Ich kann den Geruch von geröstetem Fleisch nicht ertragen.«

Ich beeilte mich, ihm zu gehorchen, und dankte stumm den Alben, dass ich mir bereits den Bauch vollgeschlagen hatte. Und dann bereute ich es wieder, denn er machte wahr, was ich nur für eine Drohung gehalten hatte. Er zog den Trollen die Haut ab und nähte daraus Totenhemden für meine Brüder.

Ich war zu schwach, ein Grab auszuheben. Auch das tat er, während ich nur zusah. Als er aus der Grube stieg, waren seine Kleider immer noch so makellos weiß wie in dem Augenblick, als er durch den Rauch getreten war, um mich zu retten. Er fand ergreifende Worte für meine Brüder, obwohl er sie nicht einmal gekannt hatte.

Als das Grab geschlossen war, nahm er mich auf den Arm, wie man ein neugeborenes Kind auf den Arm nimmt. Er hatte einen halben Tag und eine ganze Nacht damit verbracht, Jossi, Gollo, Marno und Raffa in ihre Totengewänder zu kleiden und zu beerdigen.

Er ging mit mir nach Norden, dem eisigen Winterwind entgegen, und er musste wohl einen Zauber gewoben haben, denn ich spürte weder Schmerz noch Frost.

»Hast du je ein Gedicht von Alissa Federhand im letzten Sonnenlicht eines Sommertags gelesen oder eine Rubinrose bis zur ersten Blüte gehegt?«

Ich hütete mich, darauf zu antworten.

»Ich glaube, wir alle wurden geboren, um die Schönheit der Welt zu mehren. Leider versagen die meisten, doch du wirst diese Prüfung bestehen. Du hast mir das Leben gerettet, das habe ich nicht vergessen, und ich werde dir diese Schuld vergelten, indem ich dich lehre, die Welt zu einem schöneren Ort zu machen.«

Zitiert aus: Der Bannerträger der Schönheit
Seite 3–11 (Manuskript auf Birkenrinde)
Verfasst von: Zachri Büffelfuß
Verwahrt in der Bibliothek von Iskendria, Halle des Lichts

Eine alte Schuld

Das Dröhnen des Wassers war so gewaltig, dass es jede Faser seines Körpers erschütterte. Es durchdrang ihn, rüttelte ihn, als wolle es ihn aus einem bösen Traum wecken. Melvyn hatte gewusst, dass dieser Tag kommen würde, und doch hatte er sich der törichten Hoffnung hingegeben, er könne ihr entfliehen, er müsse nur fern genug sein, wild genug, und die Eine würde niemals wiederkehren, um nach ihm zu suchen.

Nun ritt sie durch den Schleier aus Gischt, der über der Shalyn Falah wogte. Die weiße Brücke, die sich über dem Abgrund spannte, hinter dem das Herzland lag, war aus dem Knochen einer Riesin gefertigt, so hieß es. Kaum zwei Schritt war sie breit, spiegelglatt und zur Mitte hin leicht gewölbt. Das Sprühwasser der kleinen Bäche, die in den Abgrund stürzten, machte sie zu schlüpfrigem Grund. Es gab keine Geländer.

Aber die Gestalt auf dem großen Schimmel, die sich aus den Dunstschleiern löste, kannte keine Angst. Ganz in Weiß gekleidet, saß sie im Damensitz, die Beine seitlich des Sattels übereinandergeschlagen, auf dem stolzen Ross.

Sie verkörperte alles, was er nie sein konnte – er, das Halbblut. Der Elf mit dem Makel, einen Menschenvater zu haben. Er gehörte in keine der beiden Welten, und er wusste, wie unerbittlich die Königin schon einmal ein Kind gejagt hatte, das so gewesen war wie er.

Emerelle erreichte das Ende der Brücke. Anmutig glitt sie aus dem Sattel. Ihr Schritt war so leicht, als schwebe sie. »Du siehst gut aus nach all den Jahren«, grüßte sie ihn.

Melvyn ballte die Fäuste. Es lag so viel in diesen wenigen Worten. »Du hast sie nicht gerettet«, presste er hervor. »Nicht meine Kinder und auch nicht meine über alles geliebte Leylin.«

»Aber ich habe alles versucht«, sagte die Königin sanft. »Am Tod Leylins trifft mich keine Schuld. Sie hat ihr Schicksal selbst gewählt. Und deine Kinder ...« Emerelle machte eine vage Geste.

Er wusste, dass es sein Blut war, das seine Kinder dazu verdammt hatte, vor der Zeit zu altern und zu sterben. Das Blut des Alfadas, seines Menschenvaters. Emerelle hatte es ein wenig verlangsamt, und sie hatte niemals versprochen, dass sie mehr bewirken könnte. Dass dieser Tag heute kommen mochte, war Teil ihres Paktes gewesen. Er war ihr Schuldiger. Er hatte versprochen, dass er alles für sie tun würde, wenn sie eines Tages käme, um einen Ausgleich für ihre Dienste zu fordern.

»Du wirst für mich nach Langollion reisen«, sagte die Königin ruhig.

Er senkte den Blick. »Wen soll ich jagen und töten?«

»Du hast so viele Talente, Melvyn. Wie kommst du darauf, dass du für mich morden sollst?«

Er hob den Kopf und sah ihr direkt in die Augen. »Womöglich, weil dir deine Meuchler ausgehen.«

Sie hielt seinem Blick stand und ging auf seine Vorhaltungen nicht ein. Sie wirkte so zart und zerbrechlich. Aber er wusste um ihre dunklen Seiten.

»In drei Tagen zur Mittagsstunde erwarte ich dich in meinem Thronsaal. Dort werde ich dir sagen, was ich von dir verlange.« Wieder lächelte sie. »Vertraue mir, ich werde dich überraschen.«

Spiegelfechten

Nanduval wich dem Schwertstoß aus, trat zurück und blockte den Dolchstich, der auf seine Kehle zielte. Kreischend schrammte Metall auf Metall. Ringsum ertönte das schrille Lied der Klingen.

Schon folgte ein weiterer Angriff. Sie kannte keine Gnade, ließ ihm keinen Augenblick Zeit, zum Gegenangriff überzugehen. Unbarmherzig drängte sie ihn zurück. Erneut parierte er einen Stich, der diesmal auf die Innenseite seiner Oberschenkel gerichtet war. Dies war kein ritterlicher Kampf, es ging einzig und allein darum zu siegen. Schnell und blutig.

Ein Dolchstoß zielte auf sein Gesicht. Er riss den linken Arm hoch und lenkte den Angriff ab. Nur um Haaresbreite verfehlte ihn die Klinge.

Aus dem Augenwinkel sah er einen seiner Männer zu Boden gehen. Ein anderer sprang über ihn hinweg, um seinen Platz einzunehmen. Die Schattenkrieger, die handverlesene Leibwache der Fürstin Alathaia, drohten zu unterliegen.

Wütend schlug er das Schwert zur Seite, das dieses Mal auf sein Knie gezielt hatte. Seine Gegnerin hielt nicht dagegen. Sie zog die Klinge zurück, sodass ihn die Wucht seines Angriffs aus dem Gleichgewicht brachte. Er taumelte einen Schritt nach vorn.

Die schlanke Fechterin wich aus und legte ihm den Dolch an den Hals. »Zorn ist nie ein guter Ratgeber, mein lieber Nanduval.« Sie trat zurück, nahm den Helm ab, den zu tragen er sie genötigt hatte, und schüttelte ihr langes schwarzes Haar.

Deprimiert verbeugte er sich nach höfischer Manier. »Ich gratuliere Euch zu Eurem Sieg, meine Fürstin, und bedaure zutiefst, solch ein unwürdiger Gegner zu sein. Mir scheint, Ihr habt wieder einmal einen Lorbeer ohne Mühe errungen.«

»Niemand in dieser Halle hätte meinen Angriffen so lange standgehalten wie du, mein lieber Nanduval.« Alathaia wandte sich um und verfolgte die Kämpfe im weiten Fechtsaal. Es war ihr Vorschlag gewesen, ihre Familie gegen die Schattenkrieger antreten zu lassen. Ihre Kinder und ihr Mann fochten gut. Einzig Morwenna war bislang ausgeschieden und hatte sich auf eine der Marmorbänke an der Südwand der Fechthalle zurückgezogen. Sie sah ihre Bestimmung darin, Wunden zu heilen, statt sie zu schlagen. Und dennoch war sie jedem durchschnittlichen Krieger mehr als nur gewachsen. Sie strich über ihre linke Wange, die nach einem Treffer leicht geschwollen war, und bedachte Nanduval mit einem ärgerlichen Blick. Ihre fast völlig schwarzen Augen wirkten erbarmungslos. Sie war gegen diese Fechtübung gewesen, hielt sie für Zeitverschwendung.

Der Hauptmann sah zu Eldarian. Er hatte dem Gemahl Alathaias einen Rekruten der Leibwache als Gegner zugeteilt, und selbst gegen den hatte Eldarian einen schweren Stand. Nanduval hatte nie begriffen, was die Fürstin an Eldarian fand. Er war in allem, was zählte, bestenfalls durchschnittlich. Er war ihr nicht einmal treu. Als Befehlshaber der Leibwache entging Nanduval selbstverständlich nicht, in welche geheimen Zimmer, Abstellkammern und Sattelstuben sich der Fürst von Langollion gelegentlich zurückzog und wen er dort traf. Es hieß, er sei ein herausragender Liebhaber.

»Danke.«

Das Wort war im Schwertergeklirr fast untergegangen. Alathaia stand dicht neben ihm. Sie hatte es nur gehaucht. Niemand anders hatte es hören können.

»Wofür dankt Ihr mir, Herrin?«

»Ich weiß, was du getan hast. Du hast dafür gesorgt, dass er nicht das Gesicht verliert.« Sie lächelte. »Bei Morwenna warst du weniger gnädig.«

»Er ist der Fürst. Es würde …«

Alathaia hob flüchtig die Hand und ließ ihn verstummen. Sie machte selten viele Worte. Sie war klar in allem, was sie tat. Es wäre nur schön, wenn sie ihm etwas mehr über ihre Sorgen verraten würde, dann wäre es leichter, sie zu beschützen.

»Eine Fechtstunde bei Kerzenschein hatten wir noch nicht.« Die Fürstin wirkte gut gelaunt.

Mehr als dreihundert Kerzen waren in dem großen Saal aufgestellt. Sie bildeten Hindernisse für die Fechter. Eine umzustoßen bedeutete, dass man aus dem Wettkampf ausschied.

Voller Bewunderung beobachtete Hauptmann Nanduval die ganz schwarz gewandete Atossa. Sie war die beste Fechterin der Schattenkrieger. Leider war sie etwas zu übermütig und in ihr Können verliebt. Sie hatte sich geweigert, einen Helm zu tragen. Ihre einzige Rüstung war eine leichte lederne Brustplatte. Atossa hatte darauf bestanden, nicht gegen die Familie der Fürstin anzutreten. Vermutlich in der Sorge, sie müsse sich zurückhalten, um Morwenna oder Tiranu siegen zu lassen. Xylon und Assanael, der wohl tödlichste Fechter, den Langollion je hervorgebracht hatte, fehlten. Diese beiden Söhne Alathaias hätte sie wohl als gleichwertig willkommen geheißen. Doch niemand war Assanael gleichwertig. In Nanduvals Augen übertraf Assanael selbst seine Mutter. Doch er war kaum einmal bei der Familie. Stets reiste er in Angelegenheiten, über die man besser keine Fragen stellte.

Atossa hatte in ihrem Übermut gleich drei Fechter der Schattenkrieger herausgefordert, und bislang hielt sie sich die drei mit Leichtigkeit vom Leib. Zehn Herzschläge lang zuzusehen genügte, um selbst einen ungeübten Fechter erkennen zu lassen, dass Atossa mit ihren Gegnern spielte.

Die Fechterin duckte sich unter einem Hieb weg, machte einen Ausfallschritt und zwang einen ihrer drei Gegner zu einem Rückwärtssatz. Der Krieger stieß eine Kerze um. Resignierend ließ er sein Schwert sinken und zog sich zurück.

Nanduval hatte gesehen, dass Atossa nicht ernsthaft versucht hatte, den anderen zu treffen. Sie hatte gewollt, dass er die Kerze niedertrat. Auf diese Art auszuscheiden war weniger ehrenvoll. Gegen Atossa zu verlieren war keine Schande. Auch Nanduval würde nur schwer gegen sie bestehen. Aber eine der Kerzen umzutreten ließ den Fechter wie einen Tollpatsch erscheinen.

»Nicht sehr ritterlich«, bemerkte der Hauptmann.

Alathaia hatte ihre Brustplatte abgelegt. Darunter trug sie eine schwarze Bluse. Deutlich zeichneten sich ihre Brustwarzen unter dem Stoff ab. Nanduval bemühte sich, nicht hinzusehen. Manchmal hatte er den Eindruck, dass es der Fürstin gefiel, ihn in Verlegenheit zu bringen.

»Es ist helllichter Tag.« Die Fürstin fächelte sich mit übertriebener Geste mit der Linken Luft zu. Es war heiß im Fechtsaal – der Preis, den die Kerzen forderten. Die großen Fenster an Süd- und Nordseite des Saals waren mit schwarzen Tüchern verhängt. »Findest du es nicht übertrieben, die Sonne auszusperren, Hauptmann?«

»So wird sich kein Bogenschütze auf eines der umliegenden Dächer schleichen, um nach einem leichten Ziel in der Fechthalle Ausschau zu halten«, entgegnete er trocken.

»Du lässt die Dächer doch bewachen, Hauptmann.«

»Das wird nicht helfen, wenn der Meuchler bereit ist, sein Leben gegen das Eure einzutauschen, Herrin. Wenn ich mehr über die Gefahr wüsste, in die Ihr Euch verstrickt habt …«

Alathaia schüttelte sacht den Kopf. »Du wirst mich nicht zum Reden bringen, Nanduval. Es ist das Geheimnis, das ich vor dir verberge, dass die Meuchler anlockt. Jeder, mit dem ich es teile, wäre ebenfalls dem Tode geweiht. Du liegst mir am Herzen, Hauptmann. Und ich vertraue dir wie keinem anderen. Vier Mal hast du die Meuchler, die an meinen Hof kamen, zur Strecke gebracht. Du wirst es auch ein fünftes Mal schaffen.«

Eldarian gelang es, den Rekruten mit dem Schwert am Knie zu berühren. Daraufhin ließ dieser seine Waffe fallen und verbeugte sich.

»Großartig!«, jubelte Alathaia, obwohl ihr klar sein musste, dass nichts an diesem Kampf ein solches Lob verdient hatte.

Nanduval hatte den Rekruten angewiesen, sich besiegen zu lassen, wenn sich der Kampf zu lange hinzog. So stand der Fürst gut da und hatte sein Gesicht gewahrt. Wieder einmal.

Versonnen blickte der Hauptmann zu den abgehängten Fenstern. Wenn der letzte Kampf beendet war, würde Alathaia mit ihren Kindern und Eldarian ein leichtes Mahl einnehmen. Brot, Käse, ein wenig Obst, klares Wasser. Sie mochte Luxus nicht sonderlich. Verschwenderische Festgelage wie an anderen Fürstenhöfen gab es im Palast der tausend Blüten nur selten. Die Festgelage ihrer niedersten Untertanen unterschieden sich kaum von denen der Fürstin. Dafür liebte Nanduval sie, ebenso wie er sie für ihr Ansinnen liebte, eine bessere Welt zu erschaffen.

Voller Sorge sah er sich im Saal um. Hier war sie sicher. Eine Stunde vielleicht noch. Dann würde sie hinaustreten ins helle Licht des Tages und sich ohne Rücksicht auf ihre Sicherheit ihren Pflichten als Fürstin stellen.

Er würde sein Leben geben, um sie vor den Meuchlern zu bewahren, die insgeheim auf sie lauerten, um all ihre Träume von einer besseren Welt zu beenden. Und Nanduval wusste, ganz gleich, was er tat, der Tag würde kommen, an dem er versagte und der Tod einen Weg zu seiner geliebten Fürstin fand.

Das Handwerk des Todes

»Du wirst Alathaia für mich töten.«

Adelayne blieb abrupt stehen. Es war früher Nachmittag. Der Geruch des Herbstes lag in der Luft, doch die Sonne hatte noch einmal an Kraft gewonnen und sandte einen letzten Gruß des Sommers.

Adelayne stand an der Seite der Königin. Sie hatten sich in das Heckenlabyrinth zurückgezogen. In ihrer unmittelbaren Nähe war niemand zu sehen. Aber wenn jemand auf der anderen Seite der Hecke stand ...

Hoch über ihren Köpfen tanzten einige Blütenfeen am Himmel, kaum fingerlange Geschöpfe mit Flügeln von Schmetterlingen oder Libellen. Es hieß, sie seien immer fröhlich und würden seltsame Gedichte schreiben. Adelayne waren sie suspekt. Ob sie Emerelles Worte gehört hatten?

»Es heißt, es sei nicht leicht, in ihr Fürstentum zu gelangen«, beeilte sich Adelayne zu sagen, bevor das Schweigen zwischen ihnen beiden zu lange währte.

Emerelle neigte den Kopf und sah sie durchdringend an. Offensichtlich hatte die Königin ein Gespür dafür, wenn etwas unausgesprochen blieb. »Silber wird dir den Weg ebnen, und das wird nicht auffallen. Manch einer erkauft sich seinen Platz auf der Insel der Träumer. Aber eigentlich treibt dich die Frage um, warum sie zu sterben hat, nicht wahr?«

»Bislang habe ich mir meine Opfer selbst ausgesucht. Ich war mir stets ganz sicher, dass sie den Tod verdient hatten.« Adelayne entschied sich, die Flucht nach vorn anzutreten. »Es waren Männer, die über den Gesetzen Albenmarks zu stehen schienen. Die niemand mehr zu richten wagte.«

»Erwartest du, dass ich mich dafür rechtfertige, dass Bonnefay noch lebte?«, fragte die Königin ruhig, aber die Art, wie sie dabei die Braue hob, jagte Adelayne einen Schauer über den Rücken.

»Ich würde mich freuen, wenn Ihr es mir erklären könntet, Herrin. Ich ... Ihr seid die Königin, gewählt von den Fürsten Albenmarks. Ihr müsst Euch nicht ...«

»Rechtfertigen? Ich muss nicht einmal etwas erklären, geschweige denn rechtfertigen.« Emerelle ging ein Stück weiter durch das Labyrinth und ließ sich dann auf einer Marmorbank an einer Wegkreuzung nieder. Zwei Blütenfeen schwebten herab, ließen sich auf ihren Schultern nieder und spielten mit ihrem dunkelblonden Haar.

»Weißt du, Bonnefay hat zu mir gestanden, als die Trolle Vahan Calyd niederbrannten. Er hat treu zu mir gehalten, als die Mehrzahl der überlebenden Fürsten zögerlich abwartete, wer in diesem Kampf obsiegen würde. Das wog schwer. Aber ich bin nicht blind. Ich sorge mich um das Wohl aller Albenkinder, und es war mir bewusst, wie sehr sich Bonnefay in den letzten Jahrzehnten verändert hat. Manche von uns sind nicht für ein Leben geschaffen, das nach Jahrhunderten zählt. Er hat seinen Nordstern im Leben verloren – das Licht, das einem den Weg weist. Wärest du nicht gewesen, dann hätte es nicht mehr lange gedauert, bis ich jemanden geschickt hätte, um die Last des Lebens von ihm zu nehmen. Es war an der Zeit, dass seine Seele frei wurde zur Wiedergeburt und nun neue Wege auf ihrer Reise hin zum Mondlicht nehmen kann.«

Adelayne war mit dieser Argumentation wohlvertraut. Einen Mord zur Befreiung der Seele zu stilisieren und somit letztlich zum Wohltäter am Toten zu werden erleichterte das Gewissen. »Meine Taten gründen nicht auf einem Vielleicht. Mir ist vollkommen gleichgültig, ob meine Opfer als bessere Elfen wiedergeboren werden. Mir genügt die Gewissheit, dass Albenmark eine bessere Welt ist, wenn Fürsten wie Bonnefay ihren Weg ins Grab gefunden haben.«

Emerelle bedachte sie mit einem schmallippigen Lächeln. »Ich wusste, dass wir uns verstehen würden. Weil du so denkst, bist du die Richtige, um zu Alathaia zu gehen. Die Fürstin von Langollion steht unmittelbar davor, sich mit Kräften einzulassen, die sie nicht beherrschen kann. Sie muss sterben, bevor ganz Albenmark mit Strömen von Blut für ihre Selbstüberschätzung zahlt.«

Adelayne war sich nicht sicher, ob sie den Worten der Königin trauen konnte.

»Einst war mir Alathaia auf die gleiche Art zu Diensten, wie du es nun sein sollst. Sie war ausgezeichnet. Ich kann dich nur vor ihr warnen. Wenn du ihr verdächtig wirst, bist du so gut wie tot.«

Die Meuchlerin nickte. Sie hatte Gerüchte über die blutige Vergangenheit Alathaias gehört. Aber es wurde auch viel Gutes über sie erzählt. Dass sie eine bescheidene und gnädige Fürstin war. Ihre Insel Langollion war ein Ort wie aus einem Märchen. Jeder war eingeladen, dort nach seinem Glück zu suchen, wenngleich nicht jeder dieses verwunschene Fürstentum betreten durfte. Das wandernde Volk auf den Straßen, die Bettler, Vogelhändler, Kesselflicker, Heilerinnen und Quacksalber erzählten sich Abend für Abend Geschichten von Langollion. Jeder träumte davon, dort eines Tages sein Glück zu finden. Doch die meisten begannen nicht einmal die Reise.

Adelayne lächelte. Auch sie hatte sich schon ein Leben in Langollion ausgemalt. Aber es war nur ein Tagtraum gewesen. Sie hatte sich nie ernsthaft bemüht, ihn Wirklichkeit werden zu lassen. Und nun wurde sie geschickt, ihren Traum zu leben, um ihn dann zu zerstören, denn dass dieses Fürstentum so einzigartig war, lag allein an Alathaia.

»Du findest meinen Auftrag amüsant?«

»Ich habe mich stumm gefragt, ob es nicht einfacher gewesen wäre, mich für die Hinrichtung im Kerker zu lassen. Wie kann ich Alathaia besiegen, wenn sie schon war, was ich erst noch werden soll: deine auserwählte Meuchlerin.«

»Ich werde noch jemanden schicken, der sehr viel Aufmerksamkeit auf sich zieht. Das solltest du nutzen.« Emerelle verscheuchte die beiden Blütenfeen mit einer sanften Handbewegung. »Greife Alathaia nie direkt an. Du wirst sie nicht hinterrücks erdolchen können. Und du wirst auch nicht einfach ihr Vertrauen gewinnen. Gerade jetzt wird sie alle Fremden an ihrem Hof unter Beobachtung halten. Mache es wie am Hof von Bonnefay. Gewinne das Vertrauen von jemandem, der Alathaia nahesteht. Morde mit Heimtücke, und nimm dir viel Zeit. Gift sollte die Waffe deiner Wahl sein. Sei vorsichtig! Es gibt noch viele kleine und große Tyrannen, die sich einen Besuch von dir verdient haben.«

Adelayne lächelte zu den aufmunternden Worten, doch insgeheim fragte sie sich, ob Emerelle dem zweiten Meuchler wohl dieselbe Rede gehalten hatte. Womöglich war sie, Adelayne, ja die Ablenkung.

»Dich als reisende Heilerin auszugeben ist eine gute Tarnung. Ich habe deinen Karren vom Hof Bonnefays holen lassen. Eine Vertraute von mir wird dich zu deinem Karren bringen. Er befindet sich weit fort von hier ... Wir müssen deine Spuren verwischen, wenn du über die Albenpfade gehst. Du wirst durch viele Albensterne treten, damit dein Weg nicht hierher zurückzuverfolgen ist. Wenn Alathaia nur den geringsten Verdacht hegt, dass du mit mir in Verbindung stehst, wirst du sterben. Sie ist gut im Handwerk des Todes.« Die Königin wandte sich um. »Zafira?«

Eine Lutin trat aus einem der Wege des Labyrinths. Sie war klein, kaum kniehoch, und trug ein blaues Kleid mit einem kindlich wirkenden weißen Blümchenmuster. Ihre verschrammten Reitstiefel und die roten Hosen standen in eigentümlichem Kontrast dazu, ebenso wie die breite grüne Bauchbinde, aus der Pfeifenköpfe und Dolchgriffe ragten.

Adelayne betrachtete die Lutin voller Misstrauen. Von allen Koboldvölkern hatten diese fuchsköpfigen kleinen Biester den übelsten Ruf. Man munkelte, dass sie Kinder stahlen und auch allerlei anderes Diebesgut beschafften. »Habe ich das richtig verstanden? Wir werden mit einem Karren ins Netz der Albenpfade fahren?« Die Wege aus goldenem Licht waren nur wenig mehr als zwei Fuß breit.

Emerelle tat ihr Unbehagen mit einer lässigen Geste ab. »Die Albenpfade sind stets so breit, wie es für die Reisenden notwendig ist. Zafira wird deinen Wagen lenken. Dies ist der ungefährlichste Teil deines Weges, meine Liebe. Hast du noch einen Wunsch, bevor ihr aufbrecht?«

Das klang in Adelaynes Ohren nach einem letzten Wunsch, bevor es zum Galgen ging. Da sie nichts mehr zu verlieren hatte, entschied sie sich, frech zu sein. »In der Tat, ich habe einen Wunsch. Ich brauche …«

Rote Rosen

»Du wirst mir von hier an nicht folgen!«

Nanduval nickte mit versteinerter Miene. Der Hauptmann widersprach ihr so gut wie nie, aber es war ihm deutlich anzusehen, was er von diesem Befehl hielt. Sie konnte ihm nicht verraten, wie sicher sie hier war. Er sah nur den riesigen Rosenpavillon, der sich hinter dem Palast der tausend Blüten erstreckte. Alle nannten ihn Pavillon, doch über diesen Namen war er seit vielen Jahrhunderten hinausgewachsen. Die Rosenhecken fassten ein Gelände von fast zweihundert mal zweihundert Schritt ein.

Säulen ragten aus der etwa zehn Schritt hohen Heckenwand mit ihren blutroten Blüten auf. Sie trugen verwittertes Eichengebälk, das den Pavillon gitterförmig überdachte. An Säulen wie Balken rankten Rosen. Der Boden war mit Mosaiken geschmückt, doch es gab etliche kreisrunde Aussparungen, aus denen weitere Rosen hervorwucherten. Niemand stutzte je die Ranken. Und nur sehr wenige wussten, dass es sich in Wahrheit nur um einen einzigen Rosenbusch handelte, alt wie die Zeit: Matha Blouta, eine beseelte Pflanze. Die Albenkinder erzählten sich viele Geschichten über derlei Gewächse. Manche widersprachen einander. Gewissheit gab es keine. Alathaia mochte am liebsten die Geschichte, dass es sich bei diesen Pflanzen um die jeweils ersten ihrer Art handelte und dass die Alben selbst sie einst erschaffen hatten.

Matha Blouta machte ein Geheimnis daraus, was sie war. Sie hatte sich nur Alathaia und ihren Kindern offenbart. Nicht einmal Alathaias Gemahl Eldarian wusste um das wahre Wesen des Rubinrosenbuschs. Er hielt ihn, so wie fast alle anderen, nur für unendlich alt.

Alathaia ließ im Vorübergehen die Fingerspitzen über einige Rosenblüten streichen. Die Blätter waren zart wie Seide, nicht eines von ihnen welk. Matha Blouta strotzte nur so vor Leben.

Ein leises Rascheln lief durch die Blätter, obwohl es windstill war. Es schien, als erschauere der Rosenbusch unter der sanften Berührung.

Die Fürstin betrachtete die mächtigen Äste dicht über dem Boden. Manche waren dick wie Baumstämme. Matha Blouta hatte schon gelebt, als die Himmelsschlangen über Albenmark herrschten. Sie war Teil der Liebesgeschichte zwischen dem Goldenen und der Elfe Aillean.

Alathaia sah zurück zu Nanduval, der sie nicht aus den Augen ließ. Sie nahm auf einer Marmorbank Platz und wandte sich von dem Hauptmann ab. Sanft streichelte sie die Rosenranken und drückte sich einen der Dornen in den Handballen. Nanduval stand im falschen Winkel zu ihr, um sehen zu können, was nun vor sich ging. Ihm musste es scheinen, als habe sie den strahlenden Herbsttag erwählt, um den Rosenpavillon zur stillen Einkehr zu besuchen.

Sie blickte auf die Blutstropfen, die an dem Dorn hinabrannen. Matha Blouta machte keine Geschenke. Sie verlangte Opfer.

Es ist schön, dich wieder auf heimischer Erde zu sehen, mein makellosester Spross.

Die Stimme der Rose erklang in ihrem Kopf. Und Alathaia wusste, dass Matha Blouta ihre Gedanken lesen konnte. Auch vor dem Blutopfer schon. Wie weit die Macht des Rubinrosenbusches reichte, vermochte sie nicht zu ermessen, doch sie war sich sicher, dass auf Langollion nur wenig geschah, was ihr entging.

Ich freue mich, dass ich zum kommenden Fest anwesend sein werde, dachte die Fürstin und drückte sich den Dorn noch ein wenig tiefer in die Hand.

Ich weiß, was du getan hast, meine düstere Blüte. Du hast dich wider besseres Wissen mit der einzigen Macht eingelassen, vor der ich mehr als nur Respekt habe. Ich bin mir sicher, dein Leben ist in Gefahr. Und dieses Mal werden sie es geschickter anfangen als bei allen bisherigen Versuchen. Es wäre klug, die Insel zu verlassen. Ich kenne Orte, an denen man dich nicht finden wird …

Eine Flucht kam für Alathaia nicht infrage. Sie war noch nie vor einer Gefahr davongelaufen.

Eine Tugend, die viele, deren Leben dahinwelkte, mit dir teilen, mein geliebter Spross.

Die meisten Opfer jeder Schlacht finden sich unter denen, die sich zur Flucht wandten und hofften, entkommen zu können, wusste Alathaia nur zu gut aus ihrer blutigen Vergangenheit.

Wieder lief ein leises Rascheln durch die Blätter des Rosenbuschs. An manchen Stellen war die Hecke, die den Rosenpavillon bildete, mehr als drei Schritt breit, und nahm man das Labyrinth, das dahinter lag, noch hinzu, war sie fast eine Meile lang. Matha Blouta war gewiss das größte Lebewesen auf Langollion. Vielleicht sogar in ganz Albenmark.

Du hast in vielen Kämpfen gefochten, mein geliebter Sprössling. Ist es weise, dem Gegner den Angriff zu überlassen?

Alathaia war noch nicht bereit für einen großen Krieg. Ihr Kampf musste im Verborgenen, im Schatten ausgetragen werden. Noch genügte ihre Macht bei Weitem nicht, um zum Angriff überzugehen. Aber sie hatte Geduld. Und sie wusste, auf welche Weise sie am Ende siegen konnte.

Dein Mut hat dich zu der gemacht, die du bist. Aber es zieht ein Sturm herauf, der dich entwurzeln wird. Sei nicht hier, wenn er losbricht.

Du könntest mich tiefer in die Geheimnisse der Blutmagie einweihen, dachte Alathaia. Wenn meine Wurzeln tief genug reichen, wird mir kein Sturm mehr gefährlich werden.

Du weißt um den Preis, den dieses Wissen hat. Und ich sehe in dein Herz. Die Zeit ist noch nicht gekommen. Du musst erst Demut lernen, bevor du begreifst, dass mancher Preis schlichtweg zu entrichten ist.

»Ich kann nicht noch mehr Feste feiern!«, platzte die Fürstin heraus.

Dann wird deine Macht nur langsam wachsen.

Ich bin eine Elfe, mein Leben zählt nach Jahrhunderten, und Jahrhunderte liegen noch vor mir.

Oder nur noch so viele Tage, bis du einem Meuchler begegnest, der etwas tut, was weder du noch dein braver Hauptmann euch vorstellen konntet.

Alathaia dachte an all die Morde, die sie begangen hatte. An das schuldige wie das unschuldige Blut, das sie vergossen hatte. Sie wusste, wie man sich vor der Heimtücke von Meuchlern schützte, denn einst war sie die Königin unter allen Meuchlern gewesen.

Und deshalb ist dein Tod unausweichlich. Du weißt zu viel. Vor allem nach deiner letzten Bluttat. Zahle deinen Preis, und ich werde dir den Weg zum Thron Albenmarks weisen.

Alathaia erhob sich. Mit entschiedenen Schritten verließ sie den Pavillon.

»Fürstin?«

Sie ignorierte den fragenden Blick Nanduvals. Kurz sah sie zu ihrem weitläufigen Palast, der in unzähligen Jahrhunderten gewachsen war. Dort warteten nur Pflichten. Sie war noch nicht bereit, sich den tausend Banalitäten zu stellen, die zu meistern eine gute Fürstin von einer Tyrannin unterschied.

Sie umrundete den Pavillon und wanderte tiefer in den Park hinein, der sich über Meilen vom Palast der tausend Blüten bis hin zum Rosenturm erstreckte, jener Ruine, in der einst die Geschichte der Fürsten von Langollion begonnen hatte. Die meisten Albenkinder fürchteten diesen Ort, doch ihr war er immer schon eine Zuflucht gewesen. Sie dachte an das eine Gemach, das inmitten des Verfalls wieder hergerichtet worden war. An den großen Kamin und die Schaffelle. An die Stunden des Friedens und der Lust, die ihr der Rosenturm geschenkt hatte.

Alathaia blickte über den Wald hinweg zu der fernen Ruine, die sich weiß vor dem strahlend blauen Herbsthimmel abhob. Sie war viel zu lange nicht dort gewesen.

Die Geschichte der Fürsten Langollions wurde vom ersten Tag an mit Blut geschrieben, ertönte die Stimme, der sie entfliehen wollte, in ihrem Kopf. *Dem wirst auch du dich nicht entziehen.*

Trotzig verschloss sich Alathaia vor der ungeliebten Wahrheit. Sie kreuzte den Kiesweg, der an dem Teich voller schneeweißer Lotusblüten vorüberführte. Hier hatte sich einst Asamee, die Gemahlin des Fürsten Gyldion, das Leben genommen, nachdem sie die Nachricht vom Verrat ihres Gatten erhalten hatte. So erzählte man sich zumindest. Sie hatte sich aus großer Höhe zu Tode gestürzt und in ihrem Wahn auch ihre Kinder ermordet. Wie ihr das gelungen war, war ein Rätsel geblieben.

Dichte Buchsbaumhecken erhoben sich hinter dem düsteren Gewässer und schützten die Blumengärten vor den Sturmwinden vom nahen Meer. Es war ein grüner Wall voller Leben. Ganz anders als die Rosenhecken des Pavillons, in deren Tiefe manchmal Schatten zu lauern schienen, die nicht vom Stand der Sonne erzeugt waren.

Alathaia trat durch einen Bogengang, der in die grüne Heckenwand geschnitten war, und betrachtete die Schneerosen, die sie sich aus Carandamon hatte bringen lassen. Sie waren nun dunkelrot wie die Rubinrosen des Pavillons. Das geschah mit jeder Rose, die nahe dem Rosenpavillon gepflanzt wurde. Alathaia wusste das seit Langem, doch dieses Mal nahm sie es als Erinnerung daran, dass auf diesem Land schon oft das Blut der Fürstinnen Langollions vergossen worden war.

Tote lügen nicht

Nachdem Morwallon gestorben war, hatte niemand mehr Laurelin angerührt. Ausgerechnet die blinde Schamanin hatte dafür gesorgt. Er lag gefesselt auf dem kalten Boden der Höhle, und es kam ihm so vor, als seien Tage vergangen. Sie hatten ihm nichts zu essen und nichts zu trinken gegeben. Ihm war schwindelig, obwohl er hingestreckt dalag. Die Dunkelheit der Höhle schien sich in die Unendlichkeit zu erstrecken wie der nächtliche Himmel, nur dass über ihm keine Sterne standen.

Dann störten Schritte die stille Harmonie der Dunkelheit. Er vermochte sie zu unterscheiden. Das Schlurfen der Blinden. Die anderen Schritte, die sich dem Schlurfen unterordneten und stets bei ihm blieben, das war die Schamanin mit der Maske. Und dann war da der feste Schritt, zielstrebig und unerschütterlich. Das war der Herzog.

Laurelin war sich bewusst, dass nun seine Stunde gekommen war. Mit den Schritten kam kein Licht. Der Elf erinnerte sich, dass die Trolle einst in den tiefen Höhlen von Phylangan gelebt hatten. Vermochten sie besser im Dunkeln zu sehen?

Nun, die blinde Schamanin lebte immer im Dunkel. Es genügte, dass sie allein den Weg fand. Die beiden anderen brauchten ihr dann nur zu folgen.

Laurelin lag still. Vielleicht würden sie ja an ihm vorübergehen?

Es war so kalt in der Höhle, dass von Morwallon noch kein Verwesungsgeruch ausging.

Die Schritte kamen näher. Dann plötzlich verharrten sie. Sehr nah.

»Ich kann sein Herz schlagen hören.«

Die Blinde sprach Elfisch, damit auch er sie verstand.

»Hah! Seine Angst lässt sein Herz rasen.«

Laurelin verfluchte sich, aber er vermochte seine Furcht nicht zu beherrschen.

»Bam-bam, bam-bam«, ahmte die Blinde den Rhythmus seines Herzens nach. Ihr Schlurfen kam näher, bis sie ihm schließlich mit einem ihrer riesigen Füße in die Seite stieß. »Heute wirst du das Licht der Wahrheit sehen.« Ihre unzähligen Amulette klickten leise, als sie neben ihm in die Hocke ging. Derbe Finger tasteten über sein Gesicht.

Die Blinde murmelte leise vor sich hin. Es waren keine Worte, eher eine Abfolge gutturaler Laute. Aber ihnen wohnte eine dunkle Melodie inne. Eine Erinnerung an ein Grauen, das so alt war, dass es noch vor dem ersten gesprochenen Wort existierte.

Ein ziehender Schmerz peinigte Laurelin. Die Hand der Schamanin schien etwas aus seinem Innersten zu ziehen.

Eine Bö heulte durch das Labyrinth der Höhlen. Ein unnatürlich tiefer Ton wurde aus dem alten Fels geboren und vereinte sich in düsterer Harmonie mit der Stimme der Blinden.

Plötzlich war da Licht, ein schmaler Streifen nur. Es drang zwischen den rissigen Lippen Morwallons hervor. Dann troff es aus seinem Mundwinkel. Es verhielt sich wie Harz, das einen Kiefernstamm hinabrann. Widernatürlich.

Ein herzerweichender Seufzer erfüllte die Höhle. Der Laut griff direkt nach Laurelins Herz und ließ ihn den ziehenden Schmerz vergessen.

»Hörst du mich?«, hauchte Skanga.

Laurelin wollte ihr antworten, doch es fühlte sich an, als sei sein Mund mit Sand gefüllt.

»Hörst du mich?« Die Stimme der Blinden klang jetzt drängend.

Immer noch troff Licht aus Morwallons Mundwinkel. Doch statt eine Pfütze neben seinem Kopf zu bilden, verlor es sich. Der bernsteinfarbene Schein genügte jedoch, um Laurelin die Maske von Skangas Gehilfin im Dunkel sehen zu lassen, ebenso wie die granitgraue Miene des Herzogs.

»Spürst du die Qual des letzten Augenblicks, als wir dir dein Leben abgepresst haben?«, fragte die Blinde.

Aus dem Seufzen wurde ein Wimmern, wie Morwallon es selbst im Todeskampf nicht von sich gegeben hatte.

»Du verharrst in den Qualen, die du bei deinem letzten Herzschlag empfunden hast, wenn du mir nicht gehorchst. Dein Fleisch beginnt bald zu verrotten, doch der Schmerz folgt dir selbst über den Tod hinaus. Erlöse dich davon. Erlaube mir, dich für immer ziehen zu lassen. Sag mir, wer euch geschickt hat!«

Die Augen des toten Jägers öffneten sich. Gleißendes Licht erfüllte die Höhle und tilgte jeden Schatten.

»Den Namen!«, forderte die Schamanin.

»N...« Grelles Licht brach nun auch zwischen Morwallons Lippen hervor. Laurelin hatte das Gefühl, es würde ihm die Augen aus dem Kopf brennen. Selbst als er die Lider schloss, umfing ihn kein Dunkel, sondern das Licht bekam lediglich einen roten Ton.

»Er kann nicht...«, brach es aus Laurelin hervor.

»Den Namen!«, beharrte die Schamanin.

»N...«

Alles, was Laurelin über den Tod zu wissen geglaubt hatte, schien nun falsch. Er hätte Frieden bringen sollen. Eine Wiedergeburt, befreit vom Wissen um vergangene Leben, eine Seele, die von allen Makeln gereinigt war, um erneut die Reise zu einem unbekannten Ziel anzutreten, das sie, einmal erreicht, in den Frieden des Mondlichts führen würde.

Dass so etwas wie dies hier möglich war, widersprach allem, was die Welt erklärte.

Ein Wimmern hallte von den Höhlenwänden wider, das so gar nicht zu dem Morwallon passte, den er einmal gekannt hatte. Jenem kaltherzigen Jäger, der lieber gestorben war, als den Trollen nachzugeben.

»Den Namen!«, wiederholte die blinde Schamanin mit einer Ruhe, die ahnen ließ, dass sie dieses ungeheuerliche Ritual nicht zum ersten Mal durchführte.

»Nie…«, stammelte der tote Jäger.

»O doch, du wirst reden!«, blaffte der Trollherzog.

»Niemand!«, kreischte das Ding, das einmal Morwallon gewesen war.

Skanga gab einen zischenden Laut von sich, und völlige Finsternis umfing sie.

»Er lügt«, begehrte Fürst Orgrim auf.

»Nein.« Die Schamanin klang plötzlich sehr müde. »Birga, entfache das Feuer.«

»Das kann nicht sein!«, widersprach Orgrim. »Er ist der Halbbruder Fingayns, der die Nachtzinne und mit ihr mein Rudel an die Elfen ausgeliefert hat. Das kann kein Zufall sein!«

»Tote lügen nicht«, beharrte die blinde Schamanin, als die Glut im verloschenen Lagerfeuer durch ein Wort der Macht wiedererweckt wurde.

»Ich kann nicht…« Der Fürst der Trolle klang nun eher verzweifelt als von seinen eigenen Worten überzeugt.

»Es tut mir leid um deinen Sohn«, sagte Laurelin leise. »Wir hatten wirklich nichts damit zu tun. Der Eber hat uns belauert, das ist die ganze Wahrheit. Wir haben ihn nicht geschickt. Ich töte keine Kinder.«

Der Trollfürst starrte ihn voller Hass an.

»Es muss die Wahrheit sein.« Skanga streckte ihre Finger der Glut entgegen. »Zeige Größe, Orgrim. Lass ihn laufen. Er ist unschuldig.«

»Kein Elf ist je unschuldig!«, knurrte Orgrim. »Die beiden haben auf unserem Land gewildert. Sie müssen gewusst haben, dass wir sie töten werden, wenn wir sie entdecken. Und das hat sie nicht abgeschreckt. Du weißt, wie diese verfluchten Elfen sind. Nur Furcht bringt sie dazu, einen Hauch von Respekt zu haben. Wenn wir ihn ungestraft ziehen lassen, werden weitere kommen. Belege ihn mit einem Fluch, Skanga!«

Die Schamanin krümmte die Finger. Sie vermochte sie nicht mehr zu Fäusten zu ballen. Die Alte widersprach ihrem Fürsten nicht.

»Aber das ist nicht gerecht«, begehrte Laurelin auf.

»Weißt du, was nicht gerecht ist, Elflein? Dass mein Junge tot ist. Drau, der Letzte aus meinem Rudel. Er hatte seine Mutter bei der Geburt zerrissen. Sie ist verblutet. So wie er nun verblutet ist. So wie mein Rudel bei der Nachtzinne unter den Schwertern von Elfen verblutet ist. Erzähle mir nichts über Gerechtigkeit! Morgen im ersten Tageslicht wirst du deine Strafe dafür bekommen, dass du als Wilddieb in unser Land eingedrungen bist. Du wirst dich meinem besten Krieger stellen. Wenn du ihn besiegst, dann darfst du gehen.«

Laurelin biss sich auf die Lippe, um die Worte, die ihm auf der Zunge lagen, zurückzuhalten. Der Herzog mochte ein Held unter Trollen sein, aber er war dennoch ein Ungeheuer. Ihn um Gnade zu bitten würde nur bewirken, dass er, Laurelin, wie ein wimmernder Welpe erschien. Er schuldete es Morwallon, seine Würde nicht aufzugeben.

Skanga griff nach seiner rechten Hand. Es kam so unerwartet wie schnell. Die Alte zupfte ein Muschelamulett von ihrem Hals und zog es über seine Haut. Die Wunde war nicht tief, aber sie blutete stark.

Unverständliche Worte murmelnd, bog sie seinen Arm hoch.

Laurelin versuchte sich zu widersetzen, doch die Kraft der Trolle war legendär.

Mit einer ruckartigen Bewegung brachte sie ihn dazu, sich mit der blutenden Hand vor die Stirn zu schlagen. Dabei zischte sie ein Wort der Macht. Dann rief sie ihrer Gehilfin etwas in der gurgelnden Sprache der Trolle zu, und Birga zog sich zurück.

Skanga drückte seine rechte Hand nun auf den Boden der Höhle. Laurelin bäumte sich auf, kämpfte mit aller Macht gegen die Kraft der alten Schamanin, aber ebenso gut hätte er versuchen können, mit ausgebreiteten Armen eine niedergehende Lawine aufzuhalten.

»Finger spreizen!«, befahl ihm die Schamanin in seiner Sprache.

Laurelin ballte die Hand zur Faust. Es war eine Geste verzweifelten Trotzes. Er würde nicht gegen sie bestehen, aber er wollte sich auch nicht einfach fügen.

Birga erschien aus dem Dunkel. Klirrend landete die schreckliche gekrümmte Schere, mit der sie Morwallon die Finger abgeschnitten hatten, vor ihm. »Ein Geschenk für dich, Elflein!«

Skanga blaffte sie an, was Birga nicht sonderlich beeindruckte. Kichernd zog sie eine lange weiße Nadel aus ihrem schmuddeligen Gewand.

Skanga nahm sie und hielt sie Laurelin dicht vor die Augen. Erschrocken zuckte der Elf zurück, vermochte sich aber nicht aus dem eisernen Griff der Schamanin zu befreien. »Das Einzige, wofür Schneehasen taugen. Ihre Unterschenkelknochen geben gute Nadeln ab.«

Was sollte jetzt kommen? Er war doch unschuldig. Würde sie ihn blenden? Von Trollen sollte man keine Gerechtigkeit erwarten.

»Die Nadel ist ziemlich dreckig«, bemerkte Birga.

»Ist das so?« Skanga hob den Hasenknochen vor ihre milchig weißen Augen. Eine breite, purpurne Zunge schob sich zwischen ihren Lippen hervor, und sie zog die Knochennadel darüber. »Besser?«

Birga nickte.

Laurelin verlagerte sein Gewicht und wollte sich mit einem überraschenden Tritt aus dem Griff der Blinden befreien, als Birga ihn mit ihren bandagierten Händen packte und zu Boden drückte.

»Wir tun dir einen Gefallen, Elfenwicht!«, erklärte Skanga und rief etwas Unverständliches, um ihm dann mit der Nadel unter den rechten Daumennagel zu stechen.

Der Schmerz ließ Laurelin aufkreischen. Er spürte, wie sich sein Nagel über dem Hasenknochen wölbte und riss.

Wieder rief die Blinde etwas in einer Sprache, die älter als die Zeit klang, und stach ihm nun unter den Nagel des Zeigefingers.

»Es ist der Fluch des blutigen Glücks, mit dem Skanga dich belegt. Wahrscheinlich ein Geschenk. Wenn du den Tag morgen überlebst, dann nur, weil Skanga Ungerechtigkeit verabscheut.«

Die Nadel stach unter den Nagel von Laurelins Mittelfinger. Er biss sich auf die Lippe, um nicht erneut zu schreien, bäumte sich unter dem Schmerz aber auf.

Gnadenlos stach die Nadel unter den Nagel des Ringfingers, der sich löste und zur Seite klappte.

Tränen standen Laurelin in den Augen, sosehr er auch dagegen ankämpfte. »Was ist das für ein Fluch?«, keuchte er, als der Nagel von seinem kleinen Finger abriss.

Birga nahm den blutigen Fingernagel und schob ihn unter einen der Fellstreifen ihres grob genähten Kleids. »Dieser Fluch wird dir helfen zu überleben, wenn du eigentlich sterben solltest. Du hast einfach Glück...« Sie stieß ein keckerndes Lachen aus. »Aber du wirst meine Schere brauchen.«

Skanga griff nach seiner linken Hand und setzte ihre Nadelfolter fort, während sie Unheil verkündende Laute ausstieß. Es wurde kälter in der Höhle.

Die Nadel bohrte sich unter den Nagel seines Zeigefingers.

Laurelin versuchte seine Gedanken von dem Schmerz zu lösen. Er blickte nicht länger auf seine Hände, sondern starrte die Schamanin mit der Maske an. »Was ist mit der Schere?«

»Schneide dir einen Finger ab, und du überlebst, selbst wenn alle um dich herum sterben. Das Glück hat eben einen Preis. Aber was ist ein Finger schon für dein Leben?«

Die Nadel verkantete sich unter dem Nagel des Mittelfingers und drückte ihn aus seinem Bett. Laurelin keuchte auf und sah wieder auf seine Hand.

»Ich bin Bogenschütze. Verliere ich nur einen Finger an meiner Linken, kann ich den Bogen nicht mehr halten. Das werde ich niemals ...« Die Nadel stach unter den Nagel des Ringfingers.

»Ich werde niemals ...«, setzte er keuchend noch einmal an, als Skanga auch seinen kleinen Finger misshandelte.

Die blinden Augen der Schamanin starrten auf ihn herab. »Morgen früh werden wir sehen, ob du lieber ein toter Bogenschütze bist oder den Mut besitzt, jemand anderes zu werden.« Sie schob ihm die gekrümmte Schere in den Stiefelschaft.

111134

Blaugrauer Himmel zeigte sich hinter dem Portal, auf das der Goldene Pfad zulief. Adelayne hielt den hölzernen Griff seitlich des Kutschbocks mit der Linken fest umklammert. Zafira führte die Zügel des schweren Wagens, und unter ihren aufmunternden Worten blieb der große graue Wallach sicher auf dem Pfad aus Licht.

»Ist das Rosan?«, fragte Adelayne die fuchsköpfige Koboldin neugierig.

»Bin ich eine Lutin oder ein stümperhafter Elf?«, kam es mürrisch zurück.

Adelayne war froh, dass sie mit Zafira nicht viel zu schaffen hatte. Bei Reisen durch das Goldene Netz konnte es zu Zeitverschiebungen kommen, die einen um Wochen oder gar Jahrzehnte in die Zukunft schleuderten. Die Lutin hatte diesen Pfad geöffnet. Noch nie hatte sich Adelayne dem Können einer anderen Zauberweberin anvertraut. Wenn diese mürrische kleine Füchsin fort war, würde sie Zafira nicht vermissen. Sie kannte unzählige Geschichten über die Lutin, und in einem Punkt waren alle diese Geschichten gleich: Man konnte diesen Kobolden nicht trauen!

Jetzt sah Adelayne mehr als nur Himmel. Ein windschiefer Giebel kam in ihr Blickfeld. Ein steiler Dachfirst mit drei Reihen von Erkerfenstern. Die Fenster waren alle ein wenig schief und auch nicht ordentlich in einer Reihe angelegt. Das Holz der Fenster war von Wind und Wetter grau. Dicke Moospolster wucherten auf den Schieferschindeln des Daches. Jetzt erkannte Adelayne Wäscheleinen, die sich von der untersten Fensterreihe ins Nirgendwo spannten.

Zwei Elfenkrieger in geschwärzten Rüstungen blickten durch das Portal. Sie griffen in die Zügel, kaum dass der Wallach den ersten Huf über die Schwelle des Portals setzte.

Rote Federbüsche wippten auf den Helmen der Krieger. Ihre Gesichter wirkten unter dem geschwärzten Stahl ungewöhnlich bleich.

Lärm brandete auf Adelayne ein. Sie blinzelte gegen das Licht des graublauen Himmels an. Im Nichts hatte – abgesehen vom Goldenen Pfad, dem sie gefolgt waren – völlige Finsternis geherrscht. Keinen Laut hatte es dort gegeben. Marktgeschrei umtoste sie. Der

Hufschlag ihres Wallachs auf marmornem Untergrund klang nach der Stille unnatürlich laut.

Zafira schnappte sich den großen Rucksack mit den merkwürdigen dunklen Flecken entlang seiner Bodennähte, der auf dem Kutschbock zwischen ihnen stand, und sprang vom Wagen. Die Lutin warf einer der Wachen eine Silbermünze zu und lief hinter den schweren Karren.

Adelayne sah sich, überwältigt von all den neuen Eindrücken, um. Ihr Wagen stand auf einem großen Marmorpodest, von dem breite Rampen auf einen überfüllten Marktplatz führten. Hunderte Stände unter bunten Sonnensegeln wetteiferten um ihre Aufmerksamkeit und erstreckten sich weit in die angrenzenden Straßen. Es roch köstlich nach frisch gebackenem Fladenbrot, nach gegrilltem Hund, gepressten Limonen, Zimt und Muskatnuss. Der salzige Duft des Meeres hing in der Luft und der vertraute Geruch von Pferdeäpfeln.

»Willst du nach Langollion reisen oder nur Handel treiben?«, fragte der Rechte der beiden Gewappneten. Er trug eine geschwärzte Brustplatte und darunter ein brüniertes Kettenhemd. Lederstiefel mit hohen Stulpen schützten seine Beine.

Emerelle hatte sie auf diese Fragen vorbereitet. »Ich träume von Langollion«, entgegnete sie mit einstudierter Schüchternheit.

»Fünfhundert Florin, und deine Träume werden wahr.« Der Krieger musterte sie mit harten blauen Augen.

»Die hat nichts«, bemerkte sein Kamerad. »Da genügt ein Blick. Ein alter Gaul, ein noch älterer Wagen und ein billiges Kleidchen …«

Der topasblaue Blick hielt sie gefangen. »Man weiß nie …«

Emerelle hatte sie mit genügend Silber ausgestattet, aber es missfiel Adelayne, auf diese Art einen Traum wahr werden zu lassen. »Ich fürchte, ich werde auf mein Glück hoffen müssen«, sagte sie verschämt.

»Hab ich's dir nicht gesagt?«

Der Elf mit den blauen Augen musterte sie immer noch durchdringend, und Adelayne fragte sich, was er in ihr sah. »Du bekommst deine Nummer«, sagte er schließlich.

»Nummer?«, fragte sie.

Er lächelte sie müde an. »Träumerin.« Dann winkte er seinem Kameraden zu, und dieser ging zu einer großen, mit Eisenbändern beschlagenen Kiste, die vor dem Geländer der Marmorplattform stand. »Es kommen viel mehr Albenkinder nach Langollion, als unsere Insel aufnehmen und ernähren kann. Wir roden Wälder, erschließen neues Ackerland, schicken immer mehr Fischer hinaus aufs Meer und bauen unentwegt neue Häuser ...« Er schüttelte resignierend den Kopf. »Es ist schwerer, Träume zu leben, als ihnen nachzuhängen. Und dennoch will Fürstin Alathaia, dass jedem gewährt werde, hier sein Glück zu finden. Deshalb gibt es zwei Wege, die das Tor nach Langollion öffnen. Wenn du mit fünfhundert Florin im Gepäck durch diesen Albenstern trittst, dann erwartet dich ein Leben jenseits der Stadtmauer von Rosan. Kannst du diese Summe nicht aufbringen, dann musst du auf dein Glück hoffen. Für jeden, der sich seinen Traum kauft, losen wir drei aus, die ihre Träume geschenkt bekommen. Sie dürfen Rosan verlassen und sein, was immer sie sein wollen.«

Der zweite Wächter kehrte zurück und hielt ihr ein ovales Bronzeplättchen hin, in das die Zahl 111134 graviert war. Das Amulett der Träume hing an einer robust wirkenden Bronzekette, die weit genug war, um sie über den Kopf zu ziehen.

Adelayne nahm es entgegen und rieb das kühle polierte Metall zwischen Daumen und Zeigefinger.

»Wie heißt du?« Tiefe Falten in den Mundwinkeln ließen den blauäugigen Wächter hart und verbittert wirken.

»Adelayne.«

Der zweite Wächter ging zur Truhe zurück, nahm eine Kladde heraus und begann sich Notizen zu machen.

»Wie ist dein Name?«, fragte Adelayne und lächelte scheu. Es war besser, als arglos und naiv zu gelten, hatte sie für sich entschieden. Männer redeten dann lieber.

»Schwertführer Kayne«, entgegnete der Krieger betont sachlich und fuhr fort: »Sie hat himmelblaue Augen mit Einsprengseln, die wie Bernstein aussehen.«

»Gehst du jetzt unter die Dichter, Schwertführer?«, spottete der zweite Wächter, machte aber weiterhin Notizen.

»Am Ringfinger der linken Hand sehe ich, dem Mittelfinger zugewandt, ein kleines Muttermal am untersten Fingerglied.«

»Was wird das?« Adelayne fühlte sich plötzlich wie ein Zuchtbulle kurz vor der Versteigerung, wenn der Auktionator sich Notizen zu Besonderheiten des Tieres macht.

»Sie hat ungewöhnlich kleine Füße«, sagte der Schwertführer. »Miss sie gleich aus, Bailyn.«

»Sie bekommt langsam ungewöhnlich schlechte Laune.« Kaum, dass die Worte über ihre Lippen waren, wurde sich Adelayne bewusst, dass sie so gar nicht zu der schüchternen, jungen Elfe passten, die sie bislang gespielt hatte.

Kaynes Augen verengten sich. Sein Blick bekam etwas Lauerndes. Doch nur für wenige Herzschläge. Dann schüttelte er erneut den Kopf. »Ich hatte gedacht, du wärst nicht so. Die meisten werden unhöflich, wenn wir ihre unverwechselbaren Merkmale erfassen. Was glaubst du, warum wir das tun?«

»Weil ihr genau festhalten wollt, wer auf eure Insel kommt?« Adelayne bemühte sich, freundlicher und wieder ein wenig naiv zu klingen.

»Das interessiert die Fürstin nicht. Langollion ist die Insel der Freiheit und der Träumer. Die Namensbücher verlassen Rosan nicht.«

Er wandte sich an seinen Gefährten. »Sie hat keine hellen Halbmonde über den Nagelbetten.«

Adelayne hasste es, in diesem Buch zu stehen. »Warum geschieht es dann?«

Wieder folgte einer dieser durchdringenden Blicke. Adelayne hielt ihm stand und wusste, dass sie damit erneut von ihrer gewählten Rolle abwich. Plötzlich schoss ihr ein Gedanke durch den Kopf. Wo war eigentlich Zafira?

Im selben Augenblick machte Kayne eine weitschweifige Geste zum überfüllten Marktplatz hin. »Fast alle, die du dort unten siehst, sitzen auf den Trümmern ihrer Träume. Nur eine letzte Mauer trennt sie noch von Langollion, doch die ist unüberwindlich. Manche hoffen auf ihr Glück. Einige von ihnen schon seit Jahrzehnten, sie sind verbittert. Viele sind auch wieder dahin zurückgekehrt, woher sie kamen. Und dann gibt es einige wenige, die zu allem bereit sind, um ihr Glück zu erzwingen. Sollte deine Nummer gezogen werden, trägst du ein Amulett um den Hals, das fünfhundert Florin wert ist. Oder deutlicher: Dein Tod verspricht dem Mörder die Erfüllung seines Lebenstraums. Damit niemand auf den dummen Gedanken kommt, ein Dolchstoß könne der Schlüssel zu Langollion sein, schreiben wir nieder, was den Träger eines Nummernamuletts auf den ersten Blick unverwechselbar macht.« Ein bitteres Lächeln umspielte seine Lippen und vertiefte die Falten in den Mundwinkeln. »Wir lernen aus den Fehlern der Vergangenheit.«

Adelayne hob die Kette des Amuletts über den Kopf und legte sie sich um den Hals. Sie blickte zu den hohen Häusern, die den Platz einfassten. Einst waren es schöne Marmorbauten gewesen. So nah an einem großen Albenstern waren es vermutlich die Stadtpaläste von Adeligen und Kaufherren. Nun aber hatten sie ihre Pracht verloren. Aus den Marmorwänden ragten Holzstreben, die zusätzliche Etagen trugen, welche in billigem Fachwerk ausgeführt waren. An vielen Stellen war der Lehmverputz der Wände abgeplatzt und zeigte schmutziges Weidengeflecht. Anbauten wucherten in den Gärten der Paläste. Windschiefe Dächer grüßten den Himmel. Ein Spinnennetz aus Wäscheleinen spannte sich über den Straßen.

»Das sind noch die besseren Behausungen.« Bailyn schlug die Kladde zu und legte sie in die Kiste mit den Amuletten zurück. »Fast alle Reichen haben Rosan längst verlassen. Ein paar Handwerker sind geblieben, ein paar Händler im Hafen. Sonst gibt es hier nur noch die Träumer.« Er bedachte sie mit einem abfälligen Lächeln.

»Sind es nicht die Träumer, die neue Welten wie die jenseits der Stadtmauern erschaffen?«, sagte Adelayne mehr aus der Lust heraus, Bailyn zu widersprechen, denn aus Überzeugung. Sie umrundete den Wagen, wie um zu überprüfen, ob sie alles von Wert nach innen geschafft hatte. Das magische Portal, durch das Zafira sie geführt hatte, hatte sich wieder geschlossen, und die Lutin war verschwunden. Verschluckt vom Gewühl unten auf dem Marktplatz.

Adelayne griff nach dem Zaumzeug des Wallachs. »Wie finde ich dort unten ein Fleckchen, an dem ich meinen Wagen abstellen kann, um meine Künste als Heilerin anzubieten, Kayne?«

»Gar nicht. Alles ist belegt. Niemand, der hier einen Platz hat, wird ihn aufgeben.«

Adelayne lächelte. Dieser Ansicht war sie nicht. Allerdings war sie überrascht, welche Wirkung ihr Lächeln auf den Schwertführer hatte. Er wirkte ernstlich besorgt.

»Ich bitte dich, sei vorsichtig, schöne Fremde. Rosan ist ein dunkler Ort, voller Verzweifelter. Du findest hier Mörder und Vergewaltiger, Diebe und Betrüger, und sie alle lauern auf die Neuen, denn die sind leichte Beute.«

Ihn wissen zu lassen, dass sie auf sich aufpassen konnte, würde seinen Verdacht erwecken. »Ich habe immer Glück«, sagte sie stattdessen zuversichtlich, denn sie wusste schon, wie sie ihren Platz auf dem Markt bekommen würde.

Kayne schaute sie an, als sei er sicher, sie nicht mehr lebend wiederzusehen.

Überzeugungen

»Aufstehen, Elfenwicht!«

Ein derber Stoß gegen die Schulter riss Laurelin aus seinen Träumen. Blinzelnd und leicht benommen, setzte er sich auf. Ein übler Geschmack lag ihm im Mund. Er sah sich nach Wasser um, doch es gab keins.

Das kleine Feuer in der Höhle war erneut entfacht. Daneben stand noch die grob geschnitzte Holzschale, die ihm Skanga letzte Nacht gebracht hatte. Ein Rest schwarzer Suppe spiegelte die Flammen des Feuers. Er hatte davon, so viel er vermochte, heruntergewürgt. Skanga hatte versprochen, dass es gegen seine Schmerzen helfen würde, aber wahrscheinlich hatte sie auch ein Schlafkraut hineingegeben.

»Kannst du die Hände zu Fäusten ballen?«

Laurelin versuchte es. Sofort schoss ein stechender Schmerz durch seine geschundenen Finger, und er keuchte auf.

»Hört sich nicht gut an«, murmelte die Schamanin. »Orgrim wird es dir nicht leicht machen. Eigentlich ist er kein schlechter Anführer. Aber die Trauer um seinen Jungen hat ihn verändert. Er will dich sterben sehen ...« Sie gab ein Schnauben von sich. »Du hast eine besondere Aura, Laurelin. So etwas habe ich bei einem Elfen noch nicht gesehen. Du wirkst unschuldig ... Du hast das nicht verdient.« Ihre letzten Worte gingen in ein ärgerliches Knurren über.

Laurelin betrachtete seine blutverkrusteten Fingernägel. Was hätte sie ihm wohl angetan, wenn sie ihn nicht gemocht hätte?

»Das musste sein!«

Er zuckte zusammen. Las sie nicht nur seine Aura, sondern auch seine Gedanken?

»Jeder Finger muss mit dem Fluch verbunden sein. In jedem liegt nun die Kraft, dein Leben zu retten, wenn du ihn opferst. Es gehörte zu dem Ritual, dass dein Blut fließt und du Schmerzen leidest.«

»Wenn ich meine Finger verliere, werde ich nicht mehr sein können, was ich sein will. Was ist mein Leben dann noch wert?«

Die milchigen Augen musterten ihn. »Vielleicht bist du ja mehr als nur ein Bogenschütze? Vielleicht bringt der Fluch dich ja auf einen neuen Weg in deinem Leben ...« Skanga tastete nach den Amuletten, die an Lederschnüren von ihrem faltigen Hals hingen. »Das hier ...« Sie angelte eins aus der klickernden Masse. »Es hat etwas Dunkles an sich. Es wird dich den Wert deines Lebens mit anderen Augen sehen lassen.«

Sie drückte ihm ein flaches, mit Grünspan überzogenes Amulett in die Hand, das als stilisiertes Auge gestaltet war. »Wenn du es auf der bloßen Haut trägst und in deiner Sprache die Worte *Blicke voraus* sagst oder auch nur denkst, dann wird es dir deine nahe Zukunft zeigen. Vielleicht wägst du dann noch einmal ab, was schlimmer ist – der Verlust eines Fingers oder der Verlust deines Lebens.«

Laurelin wusste nicht, was er von dem Geschenk halten sollte. Er verknotete die zerrissene Lederschnur. »Was hat es denn Dunkles an sich?«

»Das ist schwer in Worte zu fassen. Jedes Mal, wenn ich es benutzt habe, fühlte ich mich danach geschwächt. Vielleicht, weil ich es stets nur in großer Gefahr berührt habe oder weil …«

»Skanga!«, erscholl die Stimme des Herzogs. »Bring den Wicht! Seine Stunde ist gekommen.«

»Ganz gleich, was du glaubst – zu leben ist immer die bessere Wahl«, zischte die Schamanin. »Und jetzt geh! Er ist unglaublich zornig. Er will deinen Tod. In ein paar Tagen wird es ihm leidtun. Aber heute nicht. Reize ihn nicht. Geh!«

Laurelin bemerkte, dass der Leichnam Morwallons verschwunden war. Mit Grauen dachte er daran, was Trolle mit Feinden taten, vor denen sie Respekt empfanden. Sie fraßen die Herzen mutiger Gegner. War ein Feind besonders klug gewesen, schlugen sie seinen Schädel auf und nahmen sein Hirn.

Laurelin wurde übel. Er taumelte und stützte sich an der Höhlenwand ab. Ein kaum erträglicher Schmerz fuhr durch seine Fingerspitzen, als er den Fels berührte.

Er folgte einer weiten Kehre. Fahles Tageslicht wies ihm den Weg zum Ausgang der Höhle. Jetzt erkannte er Bilder, die auf die Wände gemalt waren. Kunstlose Zeichnungen, ausgeführt mit verkohlten Stöcken, gefärbt mit Ocker und Rötel. Er erkannte Büffel, Mammuts und Hirsche mit mächtigem Geweih, dazwischen jagende Trolle. Je länger er die Bilder betrachtete, desto mehr war er geneigt, ihnen eine wilde Schönheit zuzubilligen.

»Steh nicht rum! Komm!« Orgrim trat in den Höhleneingang. Der Herzog der Nachtzinne sah ihn finster an. »Wir warten auf dich.«

Mit einem mulmigen Gefühl ging Laurelin dem legendären Anführer entgegen.

»Du wirst uns ein wenig unterhalten, Elfenwicht. Was macht eigentlich einen herausragenden Bogenschützen aus? Sein scharfes Auge? Seine starken Arme?«

Die Frage verwunderte Laurelin. »Alles«, entgegnete er schließlich. »Kraft und gute Augen sind wichtig. Und viele, viele Jahre des Übens. Warum fragst du?«

»Ich habe mit meinen Leibwachen darüber beraten, was wir von dir essen, solltest du dich wirklich als herausragender Bogenschütze erweisen.«

Wie vom Donner gerührt, blieb Laurelin stehen. »Ich … ich dachte, es gäbe einen Zweikampf.«

Orgrim nickte. »Den gibt es, aber ich bin mir ganz sicher, dass du ihn nicht gewinnen wirst. Kein Elfenwicht kann gegen einen Troll bestehen, wenn es in dem Kampf mit rechten Dingen zugeht.« Der Herzog trat an Laurelins Seite, legte ihm seine Pranke zwischen die Schultern und schob ihn auf den Ausgang der Höhle zu.

Der Höhleneingang befand sich in der Mitte einer Hügelflanke. Am Fuße des Hügels erstreckte sich ein ausgetrocknetes Flussbett voller Geröll und Felsbrocken. Hunderte Trolle hatten sich auf dem Hang des Hügels und am Steilufer versammelt. Sie alle gafften ihn an. Hünenhafte Gestalten mit granitgrauer Haut. Die meisten waren nackt. Nur wenige trugen lederne Lendentücher. Wulstige Narben überzogen ihre Bäuche und Arme. Laurelin wusste, dass diese für die Trolle Schmuck und Ehrenzeichen waren. Jede Narbe hatte eine Bedeutung. Viele hatten sie sich absichtlich beigebracht.

»Blo!«, rief Orgrim.

Eine riesige Gestalt löste sich aus der Masse. Ein Troll, der selbst Orgrim um mehr als Haupteslänge überragte. Der Kerl hatte sein Gesicht mit Kalk weiß gefärbt. Die Augenhöhlen und Lippen waren mit Ruß geschwärzt. Er sah unheimlich aus.

»Dein Gegner, Laurelin«, verkündete der Herzog. »Ich schätze, euer Kampf wird nicht lange dauern. Aber vorher wollen wir dich noch ein bisschen kennenlernen, Elfenwicht.« Er deutete nach links zu einem großen, flachen Stein. Darauf lagen mehrere Steinäxte. Zwei

Keulen, jede so lang wie ein Bein. Ein Kampfstab, der neben den wuchtigen Waffen zerbrechlich wirkte. Auch sein Bogen war dort und der Köcher mit Pfeilen. Außerdem gab es noch einen dunklen Ledersack.

Laurelin atmete erleichtert auf. Mit seinem Bogen in der Hand brauchte er keinen Troll zu fürchten.

»Zeig uns, wie du schießen kannst«, forderte Orgrim. »Siehst du die krumme Kiefer dort hinten?« Der Herzog deutete auf den einzigen Baum weit und breit. Er stand am gegenüberliegenden Flussufer. Bunte Bänder waren um seine Zweige geschlungen, von denen Windspiele aus Tierschädeln und hohlen Knochen hingen.

Der Baum war etwa hundert Schritt entfernt, schätzte Laurelin.

»Triff den Stamm«, befahl ihm der Trollfürst.

Laurelin schirmte die Augen mit der Hand ab. Die tief stehende Wintersonne blendete ihn. Ein leichter Nordwind würde den Pfeil nach links driften lassen. Der Kiefernstamm war kaum zwei Hand breit.

Keiner der Trolle gab einen Laut von sich. Sie alle gafften ihn an. Laurelin war überrascht, wie wenige Kinder er unter den Hünen sah. Auch gab es kaum Frauen.

»Du zögerst?« Die Genugtuung in der Stimme des Fürsten war nicht zu überhören.

»Ich finde, es ist ein zu leichtes Ziel«, entgegnete Laurelin gelassen. »Siehst du das Astloch im Stamm? Ein wenig unterhalb des Zweiges, von dem die Hasenschädel hängen?«

Orgrim gab ein Knurren von sich. »Ich sehe das Astloch nicht auf diese Entfernung. Aber ich kenne den Baum. Ich weiß, wo es ist.«

»Das wird mein Ziel sein«, erklärte Laurelin leichthin. Sein Leben war ohnehin verwirkt. Wenn er nicht traf, dann spielte es keine Rolle. Aber wenn er es doch schaffte, waren die Trolle vielleicht so beeindruckt, dass sie ihn ziehen ließen.

»Große Worte für einen kleinen Wicht«, bemerkte Orgrim trocken.

Laurelin nahm seinen Bogen, öffnete den Köcher und wählte einen schweren Pfeil mit Gänsebefiederung. Prüfend blickte er über den Schaft. Er war vollkommen gerade, wie er genau wusste, denn jeden Pfeil im Köcher hatte er selbst gefertigt. Er nahm eine Sehne aus der kleinen Ledertasche an der Innenseite der Kappe, mit der er die Pfeile im Köcher vor den Elementen schützte.

Die Trolle sahen ihm gebannt zu. Er versuchte abzuschätzen, wie viele es waren. Siebenhundert? Oder mehr? Kein Laut kam über ihre Lippen. Es herrschte eine angespannte Stille. Niemals hätte er gedacht, dass diese Barbaren so diszipliniert sein könnten.

Orgrim rief etwas. Dann deutete er auf den Baum. Wahrscheinlich erklärte er, welches Ziel ausgewählt war.

Jetzt ging ein leises Raunen durch die Menge.

Laurelin trat einen Schritt vor. Er zog die Sehne auf den Bogen und sah zu, wie der Wind mit den Federn spielte, die unterhalb der Nocke an dünnen Seidenfäden hingen. Andere mochten sie für Schmuck halten, aber sie halfen ihm, den Wind einzuschätzen. Ihr Spiel verriet ihm die Beständigkeit und Stärke des Windes.

Laurelin hakte den Pfeil ein. Es war ein Glücksspiel. Doch immerhin blies ein stetiger Wind. Die Entfernung, das Gefälle, das winzige Ziel ... Er lächelte. Was bedeutete es schon? Sie wollten ihn umbringen, da war er sich sicher. Es spielte keine Rolle, ob er vorher als ein Idiot dastand.

Laurelin schloss die Augen und stellte sich die Flugbahn des Pfeils vor, den Druck des Windes, die ballistische Kurve. Er könnte einen Zauber in den Schuss weben. Er wusste, welche Worte er zu raunen hatte, und doch hatte er es nie getan. Auf diese Art zu treffen war keine Kunst mehr.

Laurelin dachte an Langollion. Daran, wie er sich ganz der Kunst des Bogenschießens hingeben würde. An die Schüler, die er haben wollte.

Er atmete ein. Die Luft war kühl, der Winter nicht mehr fern. Zeigefinger und Mittelfinger schlossen sich um die Sehne. Er zog sie mit einer gleichmäßigen Bewegung zurück. Er spürte den Druck in seinen Schultern, war sich der Kraft seiner Linken bewusst, die trotz der Anstrengung nicht zitterte. Dann dachte er nur noch an das Ziel.

Laurelin atmete aus und ließ los. Der Pfeil schnellte davon. Er sah ihm nicht nach, doch er dachte den Weg, den er nehmen sollte.

Ein Aufschrei ging durch die Schar der Trolle.

Jetzt erst hob Laurelin den Blick. Er beschattete seine Augen mit der Rechten und war enttäuscht von dem, was er sah. Es war kein vollkommener Schuss geworden. Die Hälfte der Pfeilspitze steckte im wulstigen Rand des Astlochs.

Die Trolle stampften mit den Füßen auf den Boden. Einige stießen kehlige Rufe aus. Sie waren anders als jedes Publikum, das er bisher bei einem Bogenschützenturnier gehabt hatte. Einige der Blicke, die auf ihm ruhten, wirkten furchtsam, ja regelrecht verängstigt. In anderen loderte Hass. Manche zollten ihm auch Anerkennung und nickten ihm zu.

»Ich nehme an, du würdest auf die Augen zielen, wenn du einen Troll mit einem Schuss töten wolltest«, sagte Orgrim hinter ihm leise.

»Ein schwieriges Ziel«, erwiderte Laurelin kühl. »Ein Schuss in die Brust genügt völlig, um einen Troll aufzuhalten.«

»Wir haben starke Rippen«, knurrte der Herzog.

»Unter der Brustwarze gibt es nie eine Rippe. Nur Fleisch und den Herzmuskel.« Laurelin drehte sich um und sah zu Orgrim auf. Er hatte keine Ahnung, ob das stimmte, was er gerade gesagt hatte. Er hatte noch nie in seinem Leben auf einen Troll geschossen. Aber er genoss das kurze Schweigen, das auf seine selbstsicheren Worte folgte.

»Bewegliche Ziele sind weniger leicht zu treffen, nehme ich an.« Orgrim nickte in Richtung des Ledersacks. »Ich hab hier was für dich. Blo, zeig dem Elflein sein nächstes Ziel.«

Der Hüne mit dem weiß gekälkten Gesicht nahm den Lederbeutel und griff hinein. Erst sah Laurelin nur blutverkrustetes Haar. Dann erkannte er das Gesicht. Morwallon!

»Wir haben sein Aas an die Jagdhunde verfüttert. Das da haben wir für dich aufgehoben.«

Laurelin zitterte. Doch nicht vor Angst, sondern vor Wut.

»Für Elfen wie ihn sind wir Trolle nicht mehr als Wild, das man erlegt. Er und sein Halbbruder …« Der Herzog ballte seine großen Hände zu Fäusten. »Los, Blo, geh ein Stück, und wenn ich *Halt!* rufe, bleibst du stehen und wirfst mit aller Kraft den Kopf in die Luft.«

Der Krieger nickte und stapfte los.

»Du, Elfenwicht, schießt auf den Kopf, wenn er durch die Luft wirbelt. Schieß ihm durch ein Auge, großer Bogenschütze, und ich lasse dich ziehen.«

»Nein!«, sagte Laurelin entschieden und so laut, dass es weithin zu hören war. »Ich werde seinen Leichnam nicht schänden. Mir hat er nie ein Unrecht getan.«

»Du willst nicht erleben, was mit dir geschieht, wenn du nicht gehorchst!«, grollte Orgrim. »Nimm einen Pfeil!«

»Ich habe noch nie gegen meine Überzeugungen gehandelt«, beharrte Laurelin und wusste, kaum dass die Worte über seine Lippen waren, dass dies eine Lüge war. Es war gegen seine Überzeugungen, Wild mit heimtückischen Schlingen zu erlegen. Es war gegen seine Überzeugungen, Tiere ihres Pelzes wegen zu töten. Er hatte es getan, um seinen großen Traum wahr werden zu lassen.

»Du warst also aus Überzeugung Wilderer auf unserem Land«, folgerte der Herzog. »Du glaubst, unsere Gesetze gelten nicht für dich.«

»Es war eine Notwendigkeit, keine Überzeugung ...«

»Ausflüchte!« Der Herzog wandte sich von ihm ab. »Blo! Wirf den Kopf in die Höhe.«

Laurelin sah Morwallons Haupt in den stahlblauen Himmel steigen. Das blutverklebte Haar flatterte in wirren Strähnen. Es war ein Fehler gewesen, mit Morwallon hierherzukommen. Das konnte er nicht mehr ändern. Aber er konnte seinem Gefährten die letzte Ehre erweisen, indem er sich nicht an der Schändung seiner Leiche beteiligte.

Laurelin ließ seinen Bogen fallen.

Drei Herzschläge später schlug auch Morwallons Haupt ins trockene Gras.

Die Wahl der Waffen

Laurelin erwartete, dass Orgrim ihn packen würde. Dass die Trolle wütend losstürmen würden, um ihm die Glieder auszureißen oder ihn zu häuten oder in irgendeinem barbarischen Ritual langsam zu Tode zu foltern. Doch nichts geschah. Sie standen still und starrten ihn an. Er vermochte in ihren derben Gesichtern nicht zu lesen. Manche bleckten die Zähne, sodass die gewaltigen Hauer in ihren vorspringenden Kiefern zu sehen waren. Oder sah so ihr Lächeln aus?

»Du hast Mut, Elfenwicht«, sagte Orgrim leise. »Ich werde dein Herz essen, wenn es vorüber ist.« Er nahm den Bogen vom Boden auf. »Kommen wir also zu deinem Zweikampf mit Blo.«

»Ich bin bereit!« Laurelin wollte seine Waffe nehmen.

Doch der Herzog hob den Arm, hielt den Bogen über seinem Kopf, außer Laurelins Reichweite. »Glaubst du, ich würde dich mit diesem Ding kämpfen lassen? Es sind genug aus meinem Volk durch Elfenpfeile gestorben. Du hast mir eben einen Gefallen getan.« Der Herzog blickte über die Versammelten. »Fast alle von ihnen haben nie gegen Elfen gekämpft. Sie hatten Zweifel an den Geschichten über euch. Sie wollten nicht glauben, wie gefährlich ihr seid. Wie tödlich eure Pfeile sind. Nachdem du auf hundert Schritt ein Astloch treffen konntest, werden diese Zweifel zerstreut sein. Sie werden die Geschichte weitererzählen. Und das ist gut. Genau so habe ich es gewollt.«

»Du wolltest dein Volk ängstigen?«, fragte Laurelin fassungslos.

»Aber nein.« Der Herzog bleckte die Zähne. »Ich will nur, dass sie Elfenpfeile nicht unterschätzen. Jetzt gleich werden sie sich ansehen können, wie jämmerlich ihr im ehrlichen Kampf Mann gegen Mann seid. Das wird ihnen Mut machen.«

»Ich bekomme den Bogen nicht zurück?«, fragte Laurelin.

»Ich mag Blo, ich will ihn nicht sterben sehen. Aber ihr sollt natürlich unter gleichen Voraussetzungen antreten.« Orgrim deutete zu dem flachen Felsen. »Du darfst sogar als Erster eine Waffe auswählen. Du sollst dich nicht übervorteilt fühlen, Elfenwicht.«

Laurelin blickte auf die schweren Steinäxte, die mächtigen Klumpen schwarzen Obsidians an armdicken Stielen. Er würde diese Waffen kaum heben können, geschweige denn mit ihnen kämpfen. Das Gleiche galt für die Keulen, die viel zu schwer für ihn waren. Seine Pfeile nutzten ihm nichts ohne Bogen. Es blieb lediglich der Kampfstab, kaum zwei Finger dick und etwa zwei Schritt lang. Er blickte zu Blo, der mit gebleckten Zähnen auf ihn herabsah, und nahm den Kampfstab. Es fühlte sich an, als würde er mit einem Zahnstocher bewaffnet gegen den grauen Hünen antreten.

Blo nahm gleich zwei der Streitäxte. Er ließ sie prüfend durch die Luft wirbeln. In seinen massigen Pranken wirkten sie leicht wie Federn, auch wenn die Obsidianblätter wohl wuchtig genug waren, um einem Mammutbullen den Schädel einzuschlagen. Das graue Licht brach sich an den messerscharfen Schlagkanten des Gesteins.

»Das Duell endet, wenn einer von euch beiden tot ist«, erklärte Orgrim, um gleich darauf etwas in der kehligen Sprache der Trolle zu rufen. Vermutlich die Übersetzung.

»Fangt an!«, befahl er.

Laurelin griff sofort an. Ihm war klar, dass er Blo an Kraft und Ausdauer unterlegen war. Er konnte nur gewinnen, wenn es schnell ging und er den riesigen Troll überraschte. Mit einem geraden Stoß zielte er auf das linke Auge des Trolls. Er wollte es mit dem Stockende durchbohren und seinem Gegner die Fähigkeit des räumlichen Sehens rauben.

Doch Blo neigte sich mit einer Leichtigkeit zur Seite, die Laurelin dem Hünen nicht zugetraut hatte. Der Kampfstab stieß ins Leere. Gleichzeitig sauste die linke Axt in einem tiefen Schwinger auf den Elfen zu und zwang ihn, mit einem wenig eleganten Hüpfer auszuweichen.

Sofort folgte ein Angriff mit der rechten Axt. Ein Hieb, der seinen Kopf gespalten hätte, wäre er nicht in die Knie gegangen. Und schon schnellte ihm die linke Axt wieder entgegen.

Laurelin ließ sich auf den Boden fallen und rollte durch das Gras.

Blo setzte ihm ohne Eile nach. Der Troll war unübersehbar ein sehr erfahrener Kämpfer. Laurelin hingegen war nur ein Bogenschütze ohne Bogen. Es gab keinen Zweifel, dass dieses Duell zu Orgrims vollster Zufriedenheit enden würde. Und das sehr schnell.

Laurelin rollte zur Seite und entging gerade noch einem Axthieb. Das schwere Obsidianblatt grub sich tief ins frostharte Erdreich. Die Lederschnüre, die Axtblatt und Stiel zusammenhielten, verschoben sich ein wenig. Die Schnüre wirkten alt. Vielleicht war es eine Waffe, die nur zu rituellem Gemetzel eingesetzt wurde?

Laurelin kam mit einem Satz auf die Beine und musste sich sofort wieder nach hinten fallen lassen, wäre er doch fast in die vorschwingende zweite Axt hineingesprungen.

Das Publikum johlte vor Begeisterung. Der Boden erbebte unter Hunderten stampfenden Trollfüßen.

Ein Tritt traf Laurelin in die Seite und ließ ihn hangabwärts auf das Steilufer zurollen. Jetzt schaffte er es, wieder auf die Beine zu kommen. Jeder Atemzug wurde von einem stechenden Schmerz begleitet, wo ihn der Tritt getroffen hatte. Vielleicht war eine Rippe gebrochen.

Er richtete den Kampfstab mit der Spitze voran auf Blo und war sich nur zu bewusst, wie lächerlich das aussehen musste. Der Troll kam gemessenen Schrittes den Hang herab. Er war sich seiner Sache völlig sicher.

In einem Anflug von Trotz stürmte Laurelin dem Hünen entgegen. Er unterlief einen Axthieb, hielt sich links von Blo und schlug ihm den Kampfstab mit aller Kraft in die Kniekehle.

Der Troll gab ein ärgerliches Knurren von sich, aber er knickte nicht ein. Verzweifelt wich Laurelin den Hang hinauf zurück. Wie konnte er siegen? Er dachte an das Amulett. Er machte mit rechts einige wedelnde Bewegungen mit dem Kampfstab, die Blo nicht im Mindesten beeindruckten. Aber immerhin hinkte der Troll leicht, bemerkte Laurelin mit einiger Zufriedenheit, während er mit seiner Linken nach dem Amulett griff. »Blicke voraus«, sagte er leise.

Ein unangenehmes Ziehen folgte. Dann fühlte sich seine Hand taub an. Er vermochte die Finger, die sich um das Amulett geschlossen hatten, nicht mehr zu bewegen. Sie waren wie versteinert. Die verdammte Schamanin hatte ihn hereingelegt. Jetzt war er noch leichter zu besiegen! Laurelin wich weiter zurück.

Einige der Trolle lachten, und er musste ihre Sprache nicht verstehen, um zu begreifen, dass sie über ihn spotteten.

Sein Blick verschwamm, so als sei er betrunken. Er blickte hastig über die Schulter. Einzelne Felsbrocken lagen hier auf dem Hang. Ein falscher Schritt zurück, und er würde straucheln. Aber … Sein Herz setzte aus. Da lag er, am Hang. Sein Kopf war eine einzige klaffende Wunde. Blo war dort!

Hastig sah Laurelin nach vorn. Da war der Troll ebenfalls. Er hob seine rechte Axt zu einem mörderischen Hieb.

Laurelin riss den Kampfstab hoch.

Die Axt fuhr nieder und schmetterte ihm den Stab aus der Hand, der unter der Wucht des Treffers splitterte.

Entsetzt wich Laurelin zurück und konnte nicht widerstehen, noch einmal hastig über die Schulter zu blicken. Dort war der zweite Blo. Er hob etwas aus dem Gras auf und hielt es mit ausgestrecktem Arm hoch. Laurelin erkannte sich! Es war sein Gesicht. Der Troll musste ihn mit der Axt so getroffen haben, dass sein Kopf quer gespalten worden war.

»Eh!«

Laurelin fuhr herum. Er hatte Blo zu lange aus den Augen gelassen. Nach hinten zu blicken, um zu sehen, was in naher Zukunft geschehen würde, war töricht. Zu dumm! Zu … Der Troll überraschte ihn mit einem Tritt vor die Brust. Laurelin wurde von den Beinen gerissen und ein Stück den Hang hinauf geschleudert.

Blo setzte dieses Mal schnell nach und stieß ein triumphierendes Grunzen aus.

Laurelin sah seine Beine doppelt. Er lag an dem Ort, an dem der Axthieb seinen Schädel spalten würde.

Der Fluch des blutigen Glücks

Bevor er sich noch einmal aufrappeln konnte, war Blo schon über ihm. Der Troll setzte Laurelin einen Fuß auf die Brust, drückte ihn ins Gras nieder und rief etwas, was nach Triumph klang.

Es war vorbei! Es sei denn ... Der Elf tastete nach der gekrümmten Schere, die in seinem Stiefelschaft steckte. Seine Linke war nicht mehr länger taub. Vielleicht war genügend Zeit vergangen, seit er die Worte gesprochen hatte, die den Zauber des Amuletts entfesselten?

Er bekam die Schere zu packen und riss sie empor.

In dem Augenblick sah Blo auf ihn herab. »Du mich damit besiegen?« Der Troll lachte auf.

Laurelin war überrascht, dass dieser tumbe Hüne zumindest ein paar Worte Elfisch beherrschte, wohingegen er nicht ein einziges Wort der Trollsprache kannte.

Welcher Finger? Seine Gedanken überschlugen sich. Es blieb keine Zeit mehr. Er nahm die Schere in die Linke und setzte sie an den kleinen Finger der Rechten an. Die blinde Schamanin hatte recht behalten. Er wollte leben.

Der Fuß des Trolls drückte schwer auf seine Brust. Er würde Blo nicht mehr entkommen. Er vermochte sich auch nicht vorzustellen, wie er das hier überleben sollte.

Laurelin drückte die Griffe der Schere zusammen. Ohne Mühe durchschnitt das kalte Metall Fleisch und Knochen.

Blo sah ihn verwundert an.

Laurelin krümmte sich vor Schmerz, doch der Fuß des Hünen

hielt ihn gnadenlos am Boden. Ohne ein letztes Wort, ja ohne eine Miene zu verziehen, riss der Troll die Streitaxt in seiner Rechten hoch, um ihn hinzurichten.

Die Zeit schien langsamer zu laufen. Alle Empfindungen waren überdeutlich. Laurelin roch das zerdrückte Gras. Sah letzte Eiskristalle auf den braunen Halmen, die dem schwachen Licht der Herbstsonne trotzten. Sah die wulstigen Narben auf Blos Brust und Bauch und erkannte erst jetzt, dass sie sich zu einem stilisierten Wolfskopf fügten.

Auf der kunstvoll geschlagenen Schnittkante der Obsidianaxt spiegelte sich Licht. Der schwere Stein ruckte gegen die Lederriemen, die verrutscht waren und nun rissen. Das Axtblatt wirbelte weiter hoch, dem grauen Himmel entgegen. Blo sah ihm nach. Der Hüne wirkte verblüfft.

Die zerrissenen Lederriemen fielen an den Schmucknarben auf seiner Brust vorbei.

Laurelin hörte den Wind im Gras. Immer noch vibrierte der gefrorene Boden unter den stampfenden Füßen der Trolle.

Das Axtblatt hatte den Zenit seines Fluges erreicht. Es stürzte zurück.

Einzelne überraschte Rufe ertönten unter den versammelten Trollen.

Das schwere Axtblatt schlug Blo ins Gesicht. Dicht neben der breiten, flachen Nase, halb in die Stirn.

Laurelin spürte, wie sich die Zehen des Fußes krümmten, der ihn zu Boden drückte. Dunkles Blut rann über Blos Gesicht und tropfte vom Kinn auf seine Brust. Der Hüne schwankte. Dann stürzte er zu Boden.

Fassungslos blickte Laurelin zu dem toten Troll. Ungläubig sah er auf die blutende Wunde an seiner Hand und den schlanken kleinen Finger, der neben ihm lag.

Skanga rief etwas.

Unter den Trollen erhob sich ein Murren.

Erneut sprach die Schamanin. Ihre Stimme war hart und befehlsgewohnt. Das Murren verstummte.

Sie half Laurelin, sich aufzusetzen.

Orgrim trat neben die Schamanin. »Ich weiß nicht, wie du es gemacht hast, Elfenwicht, aber dieser Sieg hätte dir nicht gehören dürfen. Dennoch stehe ich zu meinem Wort. Du kannst gehen. Einen Tag und eine Nacht hast du.« Er deutete auf die fahle Sonnenscheibe am Himmel. »Ab morgen, wenn die Sonne ihren höchsten Stand erreicht, darf jeder Troll dich töten, wenn du noch auf unserem Land bist. Du solltest laufen, Elfenwicht. Blo war sehr beliebt. Ich bin mir sicher, etliche meiner Krieger werden dir folgen.«

»Wo ist der Beutel mit den Fellen?« Ihn zu besitzen würde darüber entscheiden, ob er nach all den Schrecken seinen Traum Wirklichkeit werden lassen konnte.

Orgrim sah ihn verwundert an. »Was für Felle?«

»Seine Jagdbeute«, mischte sich Skanga ein. »Birga hat mir davon erzählt. Sie haben die Felle zurückgelassen.«

»Warum?«, entfuhr es Laurelin.

»Sehen wir aus, als ob wir Felle brauchen?« Orgrim schnaubte verächtlich. »Dies ist unser Land, und die Alben haben uns so erschaffen, dass wir hier leben können. Unsere Haut und das Fett darunter schützen uns selbst im härtesten Winter. Felle sind für uns wertlos. Wir jagen für Fleisch, Knochen und Sehnen. Aber Felle … dafür haben wir keine Verwendung.«

»Du solltest nach Osten gehen«, riet Skanga. »Wenn du ausdauernd bist und die ganze Nacht hindurch wanderst, wirst du den Albenstern dort morgen noch vor der Mittagsstunde erreichen. Den im Westen erreichst du nicht. Überleg dir gut, ob ein paar Felle, die vielleicht schon von Wildtieren zerfetzt wurden, dein Leben wert sind.«

»Meinen Bogen!«, forderte der Elf.

Orgrim, der die Waffe die ganze Zeit über in der Hand gehalten hatte, gab sie ihm zurück.

Laurelin nahm den Köcher, dann hielt er den Bogen mit seiner verstümmelten Rechten hoch über seinen Kopf. »Ihr habt gesehen, wie ich schieße. Folgt mir, und ihr werdet es fühlen!«

»Du hast unter meinen Männern mehr Feinde, als du Pfeile hast«, sagte Orgrim ruhig. »Du hast Mut. Du bist kein Wicht, Elf. Ich werde einer von denen sein, die dir folgen. Morgen zur Mittagsstunde werde ich dein Herz essen.«

Pferdedung und Hühnerfüsse

Adelayne entfernte sich immer weiter vom Markt. Nieselregen hatte eingesetzt. Schwer klang der Hufschlag ihres Wallachs auf dem nassen Pflaster. Es war gekommen, wie Kayne es vorausgesagt hatte. Sie hatte keinen Platz für ihren Wagen gefunden. Selbst für einige Florin war keiner der Händler bereit gewesen, seinen Stand abzubauen und ihr die Fläche zu überlassen. Auch in den Straßen, die zum Markt führten, gab es keinen freien Platz. Nie zuvor hatte sie eine Stadt besucht, in der alles so dicht zusammengedrängt wirkte. Und nie zuvor war ihr ein solches Völkergemisch begegnet. Es gab Trolle und Kentauren, Faune, Elfen, Minotauren und noch weit absonderlichere Geschöpfe, die sie bislang nur aus Geschichten über den

Fleischschmied kannte, jenen Alben, der einst all die Chimären dieser Welt erschaffen hatte: die Silenen mit ihren Bocksbeinen, die Selkies, die als Otter im Meer lebten, aber ihre Tierhaut abstreifen konnten und dann wie junge Elfen aussahen, und all die anderen.

Adelayne spähte durch Torbögen in finstere Hinterhöfe und enge Seitengassen. Überall lehnten notdürftige Unterkünfte an Hauswänden. Verschläge, gezimmert aus Abfallholz und Strandgut, mit Dächern aus altem Segeltuch. Der schwere Rauch brennenden Pferdedungs zog durch die Gassen, gemischt mit dem Gestank von Kohlsuppe und köchelndem Fischgekröse. Es war der Geruch der Armut, der diesen Teil der Stadt beherrschte.

Wieder beugte sich Adelayne vor, um in eine Gasse zu spähen. Dutzende Fässer lehnten dort an einer Hauswand, deren Putz mit dunklen Flecken durchsetzt war und sich an etlichen Stellen aufwölbte wie die Haut eines Pockenkranken.

»Suchst du 'nen Platz für die Nacht, Liebchen?«, erklang eine heisere Stimme aus den Tiefen der Gasse.

Adelayne zog die Zügel an. Die eisenbeschlagenen Räder knirschten auf dem Kopfsteinpflaster. Der schwere Wagen kam zum Halt. »Wer fragt?«

Ein Glutauge leuchtete im Schatten auf. »Broja, König der Fässer, Herzog der Gosse … Ich habe viele Namen, Liebchen. Wie man mich heißt, hängt davon ab, wen du fragst. Ich entscheide, wer in dieser Gasse schläft. Du kannst hier deinen Gaul und deinen Wagen unterstellen, wenn du zahlst.«

Adelayne nahm die schwere eiserne Blendlaterne von ihrem Haken und stieg vom Kutschbock. Der schleimige Dreck auf dem Pflaster schmatzte unter ihren Stiefeln. Sie öffnete die Blende. Ein breiter goldener Lichtstrahl fiel ins Dunkel. »Was ist der Preis für eine Nacht?«

Eine kleine Gestalt trat ins Licht. Ein Kobold, dessen Hose aus grobem, braunem Tuch von einem Tau als Gürtel gehalten wurde. Sein fleckiger moosgrüner Mantel besaß keine Knöpfe mehr, und Adelayne sah seine schmale nackte Brust darunter. Der Kobold schlenderte lässig und selbstbewusst auf sie zu. Seine bloßen Füße waren schwarz vor Schmutz. Sein Antlitz blieb unter der breiten Krempe eines formlosen Huts verborgen. Nur die Glut in seiner Pfeife war sichtbar.

»Wir passen auch auf deinen Gaul auf, wenn du hier die Nacht verbringst, Liebchen.« Er hob den Kopf und blickte dem Wallach zwischen die Beine. »Wie ich sehe, sind Teile deines Gauls schon im Topf gelandet. Ich sag dir, wenn keiner auf ihn achtgibt, dann geht der Rest von ihm denselben Weg, bevor der Morgen graut.« Er machte eine weitschweifige Geste mit den Armen. »Es gibt einfach zu viele hungrige Mäuler hier.«

Adelayne musterte den dreisten Kobold. Der kleine Kerl reichte ihr nicht einmal bis zum Knie. »Der Preis?«, fragte sie kühl.

»Zwei Florin, Liebchen. So billig hast du noch nie ein Pferd bekommen.«

»So teuer habe ich noch nie für ein Pferd bezahlt, das ich bereits besitze.«

Broja schob sich den Hut in den Nacken, sodass sie nun endlich sein Antlitz betrachten konnte. Eine Nase wie eine Messerklinge beherrschte sein Gesicht. Zwischen schmalen Lippen steckte eine billige Pfeife, die aus einem Maiskolben geschnitzt war. »Nun gut, ich leg noch einen Teller Suppe drauf«, bemerkte er grinsend. »Aus köstlichen Hühnerfüßen gekocht. Das hält die Haut jung, Liebchen.«

Adelayne hatte mit Kobolden kaum gute Erfahrungen gemacht. Sie verdrehten einem das Wort im Munde, hatten eine diebische Freude daran, einen hinters Licht zu führen, und die Schlimmsten von ihnen schreckten nicht davor zurück, jenen, die so dumm waren, ihnen zu vertrauen, die Kehle durchzuschneiden. »Was genau bekomme ich für die zwei Florin?«

»Einen Stellplatz für die Nacht, Schutz für dein Pferd und einen Teller Suppe mit mindestens zwei Hühnerfüßen als Einlage.« Er grinste schief. »Für noch einen Florin beschützen wir auch dich und den Wagen.«

Sie lachte. »Und wenn ich noch fünf Florin dazugebe, werdet ihr es schaffen, dass es aufhört zu regnen.«

Broja nickte ernst. »Für fünf weitere Florin spanne ich selbst eine Segeltuchplane über die Gasse und wische morgen früh deinen Nachttopf aus, Liebelein.«

»Bleiben wir bei zwei Florin.« Adelayne war zu müde, um noch weiterzusuchen, und sie vermutete, dass es ohnehin keinen Stellplatz in der Stadt gab, für den sie keinen Obolus zu entrichten hatte. Rosan war das genaue Gegenteil von dem, was man sich über Langollion erzählte.

Emerelles Geschenk

Adelayne lauschte dem leisen Trommeln des Regens. Sie hatte die Tischplatte ausgezogen, die sich fast über die gesamte Länge des Wagens erstreckte. Es war ein schmales, hartes Bett, aber sie fühlte sich dort wohler als auf dem Boden des Wagens.

Broja hatte es sich nicht nehmen lassen, seine spitze Nase in ihren Wagen zu stecken, und sie lange über all die Schubfächer und Tiegel befragt. Dem Kobold gefiel es, eine Heilerin zu kennen.

Adelayne hatte das Gefühl, dass er bereits Pläne mit ihr machte. Ein Gedanke, der ihr ganz und gar nicht gefiel. Gewiss war Broja ein guter Geschäftsmann. Ihm gehörten die Fässer in der Gasse. Er vermietete sie als Unterkünfte an andere Kobolde. Und ab und an, wenn ein neues Branntweinfass zu seinem Bestand hinzukam, vermietete er es sogar nur stundenweise an jene, die sich durch die Ausdünstungen der Fassdauben einen Rausch erschlafen wollten.

Ein leises Knirschen der Deckenbretter des Karrens ließ Adelayne aufhorchen. Sie tastete nach dem Dolch an ihrer Seite. Als Broja ihr erklärt hatte, dass der Schutz für den Wagen und sie noch weiteres Silber kosten würde, war sie sich sicher gewesen, dass ihr keine ruhige Nacht bevorstand.

Prüfend drückte sie den Daumen gegen die Klinge, die sie neben sich unter der Wolldecke verbarg. Broja stand die Überraschung seines Lebens bevor, wenn er glaubte, dass sie wehrlos sei.

Adelayne spürte einen leichten Luftzug. Jemand hatte die Luke im Dach des Wagens lautlos angehoben. Wann immer sie diese Luke öffnete, ächzte sie wie ein gichtkranker Ziegenbock.

Mit halb geöffneten Lidern spähte sie zur Decke hinauf. Es brannte kein Licht im Inneren des Wagens. Auch durch die kleinen Fenster drang kein Licht ein. Die Gasse draußen war vollkommen finster. Was bei der Luke geschah, konnte sie nur ahnen. Aber sie wusste, wie es enden würde.

Vermutlich spähte der Dieb gerade genauso angestrengt in die Finsternis, wie sie es tat. Ein leises Rascheln war zu vernehmen. Unter der Decke des Wagens hingen Dutzende Bündel getrockneter Kräuter. War es der Wind, der sie bewegte, oder tastete der Dieb nach ihnen?

Plötzlich erscholl ein scharfer Atemzug. Die Decke knarrte, als würde sich das Holz verziehen.

Adelayne flüsterte ein Wort der Macht. Sie wurde eins mit dem magischen Netz, griff hinaus in die Gasse und die nächtliche Stadt. Sie fand das Licht aus Fenstern, das sich in Regentropfen spiegelte, fand den Abglanz eines Wachfeuers auf einem polierten Kettenhemd. Sie nahm hier und dort etwas, verstärkte es durch die Macht, die im magischen Netz wohnte, und ließ ein warmes, bernsteinfarbenes Licht aus den Brettern der Decke sickern.

Braunes Haar, durchsetzt mit blonden Strähnen, hing wirr von der Decke herab. Ein schmales, schmutzstarrendes Gesicht war zu erkennen. Zwei dürre Arme, die in schlanken, zierlichen Händen endeten, stemmten sich gegen das Holz. Die Kräuterbündel unter der Decke wogten hin und her. Trockene Blätter und feiner Blütenstaub rieselten in den Wagen hinab.

Das Geschenk Emerelles hatte sich bewährt. Die Elfenkönigin hatte den Wagen verzaubert. Wann immer jemand ohne die ausdrückliche Einladung Adelaynes versuchte, in sein Inneres einzudringen, erwachte das Holz zum Leben und schloss sich wie eine eiserne Faust um den unerwünschten Gast. Und das war noch nicht alles. Wehe dem, der versuchte, sich gewaltsam aus dieser misslichen Lage zu befreien!

Die Einfassung der Dachluke hatte sich um den Brustkorb des Elfenjungen zusammengezogen, der kopfüber von der Decke hing, während seine strampelnden Beine draußen im Regen gegen das Dach des Wagens trommelten.

Aus angstweiten braunen Augen blickte er zu Adelayne hinab. »Es ist nicht so, wie es aussieht«, stammelte er.

»Du bist also kein Dieb?« Adelayne war sich nicht sicher, ob sie verärgert oder amüsiert sein sollte. Auch wenn sie grundsätzlich geneigt war, Diebereien mit aller Härte zu bestrafen, hatte der Junge etwas entwaffnend Unschuldiges an sich.

»Ich … Ich bin ein Wechsler.«

»Ein Wechsler? Was soll das sein?«

»Ich wollte ein Bündel Minze ausleihen.« Der Junge presste die Arme nicht länger gegen die Decke. Er gab den Versuch auf, sich aus dem hölzernen Griff des Lukenrahmens zu befreien. »Ich hätte dir morgen, wenn du nicht hinschaust, ein frisches Brot auf den Kutschbock gelegt.«

»Und ich nehme an, das hättest du dann bei irgendeinem Bäcker ausgewechselt …«

»So funktioniert das. Auf die Weise habe ich am Ende nur einen einzigen Diebstahl begangen, denn für alles davor habe ich ja Ersatz geleistet.« Er lächelte sie scheu durch das strähnige Haar an, das ihm nun, da er den Kopf angehoben hatte, ins Gesicht hing.

Adelayne war sich nicht sicher, ob der Kleine sie foppte oder diesen Unsinn wirklich ernst meinte. »Ich glaube nicht, dass es auch nur einen Richter in Albenmark gibt, den du von deinen Ansichten überzeugen könntest. Und jetzt sag mir, was du mit meiner Minze willst. Es gibt hier weit wertvollere Kräuter und Tinkturen.«

Der Junge presste die Hände gegen die Decke und versuchte erneut, sich zu befreien. Plötzlich ertönte ein trockenes Knacken, und er keuchte auf.

»Lass es!«, ermahnte Adelayne ihn. »Wann immer du versuchst, dich ihm zu entziehen, wird der Griff fester, bis er dir schließlich die Knochen bricht und deine zersplitterten Rippen deine Lungen durchbohren. Gleiches geschieht übrigens, wenn du mich belügst.« Letzteres war erfunden. Wie hätte ein Zauber schon zwischen Wahrheit und Lüge unterscheiden sollen? Aber Adelayne hoffte, der Junge würde es glauben, was seine Befragung sehr vereinfachen würde. »Warum Minze?«

Der junge Dieb hielt nun vollkommen still. »Weil meine Mutter hohes Fieber hat«, antwortete er leise.

Adelayne schüttelte den Kopf. Minze wäre für ein Kupferstück auf dem Markt zu bekommen. Dafür alles zu wagen war einfach nur dumm! »Woher kommt das Fieber?«

»Sie hat mir gestern einen kleinen Bruder geboren. Seitdem geht es ihr schlecht.«

Adelayne setzte sich auf. Es war an der Zeit, das Schauspiel zu beenden. »Wagen! Lass ihn los.« Der Junge stürzte ihr in die Arme, und sie war erschrocken, wie spindeldürr er war.

»Du bringst mich jetzt zu deiner Mutter!«

Er versuchte, sich ihr zu entwinden, kam jedoch gegen ihre Kraft nicht an. Sie mochte zierlich erscheinen, aber Jahre der Übung, Mauern und Dächer zu erklimmen, um dem Geschäft des Mordens nachzugehen, hatten ihren Körper gestählt.

»Sag ihr bitte nicht, was ich getan habe ... Meine Mutter würde vor Scham sterben.«

»Ich an ihrer Stelle wäre stolz auf dich«, bekannte Adelayne und ließ ihn los, sodass er neben ihr auf dem Tisch sitzen konnte. »Ich finde es nicht verwerflich, alles zu wagen, um seine Mutter zu retten. Jetzt sag mir, wie du heißt, und dann bring mich zu ihr.«

»Tallan«, erwiderte er mit gesenktem Blick.

»Bring mich zu deiner Mutter!«

Der Junge schwang sich von dem schmalen Tisch und ging, ohne zu zögern, auf die Tür des Wagens zu. Kurz überlegte Adelayne, ob dies ein Trick sein mochte, um sie von ihrem Wagen fortzulocken, aber dann dachte sie an den Schutzzauber der Elfenkönigin. Sollten sie nur kommen!

Adelayne folgte dem Jungen in den Regen. Sie bemerkte einen Kobold, der sich in den Schatten eines Hauseingangs kauerte. Gewiss gab es noch mehr Wächter.

Tallan führte sie zurück auf eine der sieben Hauptstraßen Rosans. Bettler und zwielichtiges Gesindel scharten sich um vereinzelte Feuer, die in Eisenschalen brannten. Die meisten hatten Decken oder Umhänge um Kopf und Schultern geschlungen. Sie hielten sich geduckt, als würde der Regen ihnen dann weniger anhaben können.

Adelayne bereute, keinen Mantel mitgenommen zu haben. Ihr Kleid war durchnässt. Die Kälte kroch ihr in die Glieder.

»Woher wusstest du von mir und meinem Wagen?«

»Koboldtratsch«, murmelte Tallan in einem Tonfall, als sei damit alles gesagt.

Sie würde Broja am nächsten Tag zur Rede stellen, entschied Adelayne. Das Gerede über sie war mit Sicherheit mit Hintergedanken in die Welt gesetzt. Jetzt würde sie wohl keine Nacht mehr ohne Wachen auskommen.

Tallan führte sie in die Ruinen eines niedergebrannten Palasts. Nur ein paar umgestürzte Säulen, Berge von Schutt und die Grundmauern waren geblieben. Überall waren Segeltuchplanen aufgespannt. Hier und dort loderten kleine Feuer in dem, was von den einst weitläufigen Zimmern übrig war. Unzählige Augen folgten ihnen auf dem Weg durch das Labyrinth. Ganz in der Nähe vernahm Adelayne das Stöhnen zweier Liebender.

Tallan winkte sie nach links durch ein Torgewölbe, unter dem eine Gruppe zotteliger Faune Schutz vor dem Regen gefunden hatte. Die gespaltenen Hufe ihrer Ziegenbeine klackten auf den rissigen Marmorplatten, als sie mit perlweißem Lächeln Platz machten, um sie beide passieren zu lassen. Sie hatten muskulöse Oberkörper. Gekrümmte Hörner waren halb verborgen in lockigem Haar. Zerzauste Bärte rahmten die sonnengebräunten Gesichter. Ihre selbstsicheren Blicke waren fast genauso aufdringlich wie der Gestank von nassem Ziegenfell, den sie verströmten.

Adelayne und der Elfenjunge folgten einem verfallenen Flur und mussten schließlich über einen schlafenden Troll hinwegsteigen, der sich schnarchend an eine umgestürzte Säule klammerte, als sei sie seine Geliebte.

Endlich winkte Tallan Adelayne durch eine Tür in eine winzige Kammer.

»Wo warst du?«, zischte eine Stimme im Dunkel.

»Ich habe Hilfe geholt, während du einfach nur zusiehst.«

»Du …«

Adelayne schob den Jungen zur Seite. »Ich brauche Licht!«, sagte sie bestimmt.

»Wer bist du?«

»Eine Heilerin.« Adelayne raunte ein Wort der Macht und konzentrierte sich darauf, Licht zu sammeln.

»Wir können uns keine Heilerin leisten«, kam es bitter aus der Dunkelheit.

Ein leichter silberner Schimmer legte sich über den rissigen Putz der Wände. Adelayne erkannte eine Elfe, die zusammengekrümmt in schmutzigen Decken auf dem kalten Boden lag. Sie zitterte am ganzen Leib. Neben ihr kauerte ein Mann mit verhärmtem Gesicht, der ein Neugeborenes in einer Wolldecke in den Armen hielt. Hinter ihm schliefen zwei weitere Kinder.

Adelayne kniete nieder und tastete nach der Stirn der Elfe. Sie war nasskalt. Ihre Augen waren glasig. Minztee würde sie nicht mehr retten. Der metallische Geruch von Blut hing in der Luft. So kalt, wie sich die junge Mutter anfühlte, musste sie bei der Geburt stark nachgeblutet haben. In diesem schmutzstarrenden Loch ein Kind zu bekommen … Adelayne nahm die Elfe samt Decken auf die Arme und richtete sich auf. Hier würde sie nicht helfen können.

»Was tust du da?«, herrschte sie der abgehärmte Mann an.

»Ich bringe sie an einen Ort, an dem ich vielleicht ihr Leben retten kann.« Adelayne hörte ein gepresstes Keuchen hinter sich. Tallan hatte ihre Worte gehört, ebenso wie seine beiden Geschwister. Aber jetzt war nicht die Zeit, die Dinge schönzureden! Die Elfe in ihren Armen war erschütternd leicht.

»Wir können dich nicht bezahlen«, sagte der Elf mit tonloser Stimme. »Geh!«

»Wenn sie hierbleibt, wird sie den morgigen Tag nicht überleben.«

»Wir sind arm, aber keine Bettler…«

»Und ich verschenke nichts. Du wirst deine Schulden bei mir begleichen. Aber nicht heute! Heute geht es nur um das Leben deiner Frau. Wie heißt sie eigentlich?«

»Sylvelle.«

»Nimm deine Kinder, pack alles zusammen, was dir wichtig ist, und dann folge mir.«

Es bedurfte nur weniger Handgriffe, die bescheidenen Habseligkeiten der Familie einzusammeln. Ihr größter Schatz war ein verbeulter kleiner Kupferkessel.

»Los jetzt!« Adelayne trat entschlossen unter der Plane hervor in den kalten Nieselregen. »Tallan, komm her! Du führst uns zurück zu meinem Wagen.« Die Elfe in ihren Armen rührte sich nicht mehr. Sie hatte sich auf einen Kampf eingelassen, der kaum noch zu gewinnen war, dachte Adelayne ernüchtert.

Der Sud des Lebens

»Was tust du da in den Sud?« Broja stand auf dem schmalen Arbeitstisch, der ihr eine Stunde zuvor noch als Nachtlager gedient hatte. Neugierig verfolgte er jeden ihrer Handgriffe, während Sylvelle, nun in saubere Decken gehüllt, zu ihren Füßen lag.

Tallan hielt sich hinter dem Kobold und sah ebenfalls neugierig zu, was sie tat. Sein Vater stand nahe der Tür des kleinen Wagens, mit dem Neugeborenen auf dem Arm, das leise wimmerte. Die beiden anderen Geschwister hatten sich mit einer Schüssel voll kalter Hühnerfußsuppe unter den Tisch zurückgezogen.

»Liebelein, ich hab dich was gefragt«, insistierte Broja und beugte sich so weit vor, dass seine Nasenspitze fast den Rand des Tiegels berührte, in dem sie den Sud für Sylvelle anrührte.

Adelayne strich ein paar letzte Krümel von der Messerspitze und verschloss den grauen Topf, in dem sie ihren Schatz verwahrte, mit einem dicken Stück Kork. »Das ist Seidenraupensand.«

»Seidenraupensand?« Broja hob die Brauen, und seine Stirn legte sich so sehr in Falten, dass sie an ein Waschbrett erinnerte. »Seidenraupensand ... Ist das eine nette Umschreibung für die Scheiße von Seidenraupen?«

Adelayne öffnete eine der zahlreichen kleinen Schubladen in der Wagenwand und nahm ein Stück Ginseng heraus, um mit einem scharfen Messer ein paar hauchdünne Scheiben davon abzuschneiden.

»Du willst meine Frau Scheiße trinken lassen?«, empörte sich der Elf.

»Seidenraupensand wird mit Gold aufgewogen«, erklärte sie geduldig. »Er nimmt Sylvelle die Schmerzen, und anders als Opium, das müde machen würde, stimuliert er ihr Blut, schneller durch ihre Adern zu rinnen.« Sie nahm die hauchzarten Scheiben und ließ sie in den Tiegel fallen. »Der Ginseng wird ihr Kraft geben. Die Geburt und der Blutverlust haben sie zu Tode erschöpft.« Adelayne füllte aus einem Krug weiteres Wasser in den Tiegel. Einige Herzschläge lang zögerte sie. Der Sud musste köcheln, um seine Kraft zu entfalten. Und es musste schnell gehen. Sie hatte zwar einen kleinen Ofen im Wagen, aber die Kohlen darin zur Glut zu bringen und dann das Wasser im Tiegel zu kochen würde zu lange dauern.

Adelayne streckte sich, um einen Topf aus grünem Glas mit einem fein geschliffenen Deckel aus dem Regal über den Schubladen zu heben. »Das hier sind rote Datteln aus den Oasen am Rande des Verbrannten Landes.« Vorsichtig setzte sie den Topf auf den Tisch und nahm den Deckel ab. Adelayne hoffte, dass das kostbare Gefäß die Blicke des Kobolds fesseln würde. Sie griff mit großer Geste mit der Rechten in den Topf und nahm einige der getrockneten Datteln heraus. »Riechen sie nicht köstlich?« Sie hielt Broja die Datteln unmittelbar unter die Nase, während sie mit der Linken unter die Tischplatte griff und nach dem verborgenen Fach tastete.

»Was machen diese Datteln?«, fragte Tallan neugierig.

»Sie helfen, das verlorene Blut zu ersetzen.« Adelayne schaffte es, das verborgene Fach zu öffnen und den Stein, der nicht größer als eine Bohne war, herauszunehmen. Sie hob die Linke und begann mit beiden Händen, die Datteln zu zerpflücken und in den Tiegel fallen zu lassen. Dabei ließ sie auch den Stein fallen.

»Guter Taschenspielertrick«, bemerkte Broja trocken. »Was ist das für ein Stein, Liebelein?«

»Nenn mich noch einmal Liebelein, und ich reiße dir deine lästerliche Zunge aus deinem Schandmaul und ramme sie dir in deinen Arsch, damit du schmecken kannst, wie sich das Wort Liebelein in meinen Ohren anhört!«

Das Wasser in dem Tiegel begann zu köcheln.

Broja stieß einen leisen Pfiff aus. »Ist das etwa ein Dohlenstein?«

Adelayne antwortete ihm nicht. Stattdessen gab sie kleine Bambusstücke in den Sud. Sie würden helfen, das Fieber zu senken. Zuletzt fügte sie noch etwas Zimt hinzu. Er würde eine wohlige Wärme in Sylvelles Körper tragen, die ganz anders war als die zerstörerische Hitze des Fiebers.

»Was ist ein Dohlenstein?«, fragte Tallan leise.

»Ein Märchen aus den Zeiten der Himmelsschlangen. Einst

herrschten diese riesigen Drachen über Albenmark.« Der Kobold ließ, während er erzählte, den Tiegel nicht aus den Augen. »Den Speichelleckern, die ihnen besonders nahestanden, haben sie großartige Geschenke gemacht. Dazu gehören auch die Dohlensteine. Angeblich haben Dohlen diese Steine zu den Beschenkten getragen, daher der Name. Die Steine sehen aus wie ganz normale Kiesel, aber lässt man sie in Wasser fallen, werden sie so heiß, dass das Wasser zu kochen beginnt. Holt man sie wieder heraus, dann sind sie binnen eines Herzschlags erkaltet. Dohlensteine sind sehr kostbar.«

»Märchen«, bemerkte Adelayne abfällig. »In Wahrheit war es nur ein geflüstertes Wort der Macht, das dieses Wasser zum Kochen brachte.«

»Das war aber sehr leise geflüstert.« Broja grinste sie herausfordernd an, und Adelayne entschied, dass sie den Dohlenstein nicht mehr in das Fach unter der Tischplatte zurücklegen würde, solange der Kobold ihr zusah.

»Könnte ich …«, begann Broja, als das quengelnde Neugeborene plötzlich lauthals zu schreien begann.

»Gibt es Ammen unter den Koboldfrauen hier in der Gasse?« Adelayne war dankbar, das Thema wechseln zu können.

»Natürlich, Liebe!…«

Sie legte die Hand auf den Griff des Messers, mit dem sie den Ginseng geschnitten hatte.

»Zwei Ammen haben wir hier, meine Dame«, sagte Broja in spöttischem Tonfall. »Ihre Brüste sind prall wie das Euter einer jungen Ziege, und sie werden …«

»Nein!«, sagte Tallans Vater scharf. »Meine Tochter wird nicht an der Brust irgendwelcher Koboldfrauen liegen. Sylvelle hat sie bereits gestillt. Sie wird …«

»Deine Frau wird keine Milch haben«, wies Adelayne den Trottel zurecht. »Die Geburt hat all ihre Kräfte aufgezehrt. Sie ringt mit dem

Tod. Wie soll sie da deine Tochter nähren? Wenn du willst, dass das Mädchen lebt, dann gehst du jetzt mit Broja und bist jeder Kobold-Amme bis ans Ende deiner Tage dankbar, die ihr auch nur einen Tropfen ihrer Milch überlässt. Und bevor du aus meinen Augen verschwindest, sag mir endlich, wie du heißt.«

»Omoran …« Die Stimme des Elfen klang gebrochen. Wovon auch immer er geträumt haben mochte, als er hierherkam – dieser Traum war in dieser Nacht endgültig zerbrochen.

»Und wie heißt deine neugeborene Tochter?«

»Gryanne. Das … Es …« Omoran war nun endgültig den Tränen nahe. »Sylvelle hat den Namen ausgesucht. Sie …«

»Weißt du, als ich klein war, hatte ich eine Kentaurin als Amme«, log Adelayne und rührte weiter im Tiegel. »Mir hat das nicht geschadet. Und jetzt raus mit euch allen! Die Kleinen unter dem Tisch dürfen bleiben. Den Rest von euch will ich nicht mehr sehen, solange ich mich um Sylvelle kümmere.«

Omoran und Tallan gehorchten, ohne zu widersprechen. Nur Broja blieb auf dem Tisch stehen und sah sie mit vor Begeisterung funkelnden Augen an. »Du bist weit mehr als nur eine fahrende Heilerin«, flüsterte er. »Eine Elfe wie du gehört an einen Fürstenhof. Dass du hier im elendsten Teil von Langollion gestrandet bist, kann nur heißen, dass du auf der Flucht bist.« Er grinste breit. »Ich glaube, das heute ist der Beginn einer wunderbaren Freundschaft, Liebe! … meine Dame.«

»Raus!«, herrschte Adelayne ihn an.

Broja sprang vom Tisch, blieb in der Tür aber noch einmal kurz stehen. »Ich glaube, das mit der Kentauren-Amme hat doch Spuren hinterlassen. Du hast Haare auf den Zähnen, meine Dame.«

Bevor sie ihm einen alten Topf hinterherwerfen konnte, war er im Dunkel der Nacht verschwunden.

Schulden

»Der Platz ist für dich!«, verkündete Broja freudestrahlend und stellte sich neben ihr auf den Kutschbock, um auf eine große Lücke zwischen den Marktständen zu deuten.

Ein paar welke Kohlblätter und ein halb verfaulter Apfel waren alles, was noch von denen kündete, die hier einmal ihr Geschäft betrieben hatten. Adelayne hatte das Gefühl, dass Händler aus der Nachbarschaft sie ängstlich musterten. »Was ist mit denen geschehen, die hier vorher ihren Stand hatten?«

Broja zuckte mit den Schultern. »Dringende Familienangelegenheiten. So was passiert manchmal ...«

»Du hast doch niemanden umgebracht?«, raunte Adelayne erschrocken.

Der Kobold hakte seine dürren Daumen in die Ärmelausschnitte seiner Weste und drückte stolz seine knochige Brust raus. »Sehe ich aus, als würde ich irgendjemanden umbringen lassen? Das habe ich gar nicht nötig. Ich habe Beziehungen in dieser Stadt. Das ist viel besser als Dolche in der Nacht. Das wirst du auch noch lernen, meine Dame. Beziehungen sind kostbarer als Silber hier in Rosan.«

Adelayne sprang vom Kutschbock, nahm die Zügel ihres Wallachs und brachte den Wagen in die Lücke, sodass die Seitenwand, die man nach oben klappen konnte, zur Gasse zwischen den Marktständen zeigte. Von dem Platz, den Broja ihr besorgt hatte, hatte sie einen guten Blick auf das marmorne Podest, auf dem sich der Albenstern öffnete, durch den sie am Vortag hierhergekommen war.

Broja sprang vom Kutschbock und gesellte sich bestens gelaunt an ihre Seite. »Prima Platz hier, nicht wahr? An den Ständen ringsum wird kein Dreck verkauft. Hier wird gute Kundschaft vorbeikommen. Ich bin sicher, dass sich schnell herumspricht, dass du anders als diese schmierigen Schlangenölverkäufer bist, die den Leuten alle möglichen Wunder versprechen und längst das Weite gesucht haben, wenn herauskommt, dass sie nie Wort halten.«

Adelayne kniete neben dem Kobold nieder, um wenigstens ungefähr auf Augenhöhe mit ihm zu sein. »Was schulde ich dir?«

Broja hob abwehrend die Hände. »Gar nichts! Mir hat sehr gefallen, was du gestern über Kobold-Ammen gesagt hast. Die meisten Elfen rümpfen die Nase über uns Kobolde. Sogar Elfen, die im Dreck der Gosse leben, halten sich noch für was Besseres. Es war erfrischend zu sehen, dass es Elfen gibt, die anders sind.«

»Und das genügt dir?« Adelayne traute den Worten des Kobolds nicht.

Ein breites Grinsen Brojas war die Antwort. »Fast, meine Liebe. Ich hätte einen Wunsch ... Nach allem, was ich gestern gesehen habe, hege ich den Verdacht, dass du keine gewöhnliche Heilerin bist. Ich werde von dir erzählen. Und sollten Kobolde zu dir kommen, dann behandele sie genauso gut wie die Elfen letzte Nacht. Wenn sie kein Silber in ihren Taschen tragen, schick sie nicht fort. Ich werde ihre Schulden begleichen.«

»Habe *ich* Schulden bei dir?«

Brojas Augen wurden schmal, so breit grinste er. »Das zu entscheiden überlasse ich dir, schöne Elfendame. Ich sagte ja schon: Beziehungen sind kostbarer als Silber hier in Rosan. Ich lege großen Wert darauf, gute Beziehungen zu dir zu haben.« Der Kobold machte eine linkische Verbeugung, die selbst am Hof eines Provinzfürsten nur zu mitleidigem Lächeln geführt hätte, dann wandte er sich ab und marschierte pfeifend den engen Weg zwischen den

Marktständen hinab. Er drehte sich nicht mehr zu ihr um, und Adelayne fiel auf, dass jeder, der ihm entgegenkam, dem kleinen Kobold auswich.

Sie schirrte den Wallach aus, führte ihn hinter den Wagen und fütterte ihn mit Hafer. Dann eröffnete Adelayne ihr Geschäft. Sylvelle lag immer noch im Fußraum des Wagens. Sie hatte der Elfe am Morgen mit großer Mühe etwas Rinderbrühe und einen Becher des Suds, den sie in der Nacht angesetzt hatte, eingeflößt. Jetzt schlief Sylvelle wieder wie ein Tote. Sie war noch sehr schwach, aber Adelayne war zuversichtlich, dass sich die junge Mutter in ein paar Tagen wieder erholt haben würde.

Adelayne sortierte einige Phiolen mit Tinkturen, die bei häufigen Leiden Linderung brachten, als es an der Tür ihres Wagens klopfte.

Sie öffnete und war überrascht, Omoran zu sehen. Der Elf hatte sich offensichtlich gewaschen. Sein feuchtes Haar war ordentlich gekämmt, und seine Kleider waren ausgeklopft. Sie zeugten nicht von Reichtum, waren jedoch auch nicht ärmlich, wenngleich sie sehr abgetragen wirkten. Er trug eine grüne Hose, die ihm bis knapp über die Knie reichte, dazu ein weißes Hemd, dessen Brust ein paar ausgefranste Rüschen schmückten. Darüber eine Weste aus gutem Leder, die mit schäbigen Knöpfen aus Horn besetzt war. Silberknöpfe hätten besser gepasst, dachte sie und konnte sich vorstellen, welchen Weg diese Knöpfe gegangen waren.

»Wie geht es Sylvelle?«, fragte er mit gesenktem Haupt.

»Sie ruht. Du solltest ihren Schlaf nicht stören.«

Er nickte. Immer noch brachte er es nicht über sich, sie anzuschauen. »Die Kobold-Ammen haben Gryanne gestillt«, sagte er mit tonloser Stimme. »Sie kümmern sich wirklich rührend um sie …« Jetzt endlich hob er den Blick. Ihm war die Verzweiflung ins Gesicht geschrieben. »Ich habe mich auch über Seidenraupensand erkundigt. Ich schulde Euch dreißig Florin.«

Adelayne lächelte. »Warum so förmlich? Gestern Nacht hast du mich noch geduzt.«

»Es ist mir unangenehm, Schulden zu haben.« Sein Blick wurde härter. Tiefe Falten zeigten sich in seinen Mundwinkeln. »Sylvelle und ich haben nicht immer so ein elendes Leben geführt. Einst hatten wir einen eigenen Hof. Wir besaßen dreißig Rinder und hatten so viel Land zu beackern, dass wir uns sogar drei Knechte leisten konnten. Es war ein gutes Leben ...« Er schnitt eine Grimasse. »Wäre da nicht unser Fürst gewesen. Er war ein Held im letzten Trollkrieg. Vielleicht hast du einmal von ihm gehört, vom großartigen Bonnefay. Er ist nicht mehr der Mann, der er in diesen Geschichten ist. Er ...« Omoran blickte wieder zu Boden. »Er holt sich die Töchter seiner Vasallen ins Bett, kaum dass ihre Brüste zu reifen beginnen. Ganz gleich, ob sie dies wollen oder nicht. Und niemand kommt, um den großen Helden dafür zu strafen. Keiner widersetzt sich ...« Er atmete schwer. »Als unsere beiden Töchter geboren wurden, haben Sylvelle und ich entschieden, alles, was uns gehört, zu Silber zu machen und ins gelobte Langollion zu kommen, wo unsere Kinder ein glückliches Leben haben würden.«

Er sah wieder zu Adelayne auf, und sie blickte in graue Augen, aus denen alle Hoffnung gewichen war. »Wir haben nicht gewusst, wie teuer es sein würde, die Tore von Rosan zu durchschreiten. Zweitausendfünfhundert Florin für die fünf, die wir damals waren. Ganze siebzehn Florin haben uns gefehlt ... Und so blieben wir in Rosan.«

»Siebzehn Florin?« Adelayne konnte es nicht fassen, dass das Glück der Familie an einer so geringen Summe zerbrochen war.

»Sie geben hier keinen Kredit.« Omoran blickte auf seine nackten Füße. »An einem Ort wie Rosan war ich nie zuvor gewesen. Sie haben uns hier belogen und bestohlen, bis wir gar nichts mehr hatten. Ich habe meine Familie nicht beschützen können. Aber ich bin nicht mehr der arglose Bauer, als der ich einmal hierhergekommen bin. Ich weiß nun, wie man in Rosan überlebt und was zu tun ist, um mein Silber zurückzuholen.«

Adelayne hatte ihre Zweifel daran, aber sie war zu höflich, es zu sagen.

»Ein paar Tage noch«, beteuerte Omoran. »Ich habe alles, was ich noch hatte, in ein sicheres Geschäft investiert. Nur ein paar Tage noch, dann kommt ein Boot, und dann geht es wieder bergauf.«

»Ich würde vorschlagen, Sylvelle und die Kinder schlafen die nächsten Nächte in meinem Wagen.« Adelayne hatte das sichere Gefühl, dass er auf dem besten Weg war, sich in noch größere Schwierigkeiten zu stürzen.

Es war Omoran anzusehen, dass ihm der Vorschlag nicht gefiel. Ihm fehlte jedes Talent, sich zu verstellen. Schließlich nickte er. »Vielleicht ist das klüger. Es wird höchstens eine Woche dauern ... Und dann bezahle ich Euch. Ich habe noch immer alle meine Schulden gezahlt. Ich bin ein Mann von Ehre!«

Du bist ein Mann mit schmutzverkrusteten, nackten Füßen, der noch immer nicht begriffen hat, an was für einen Ort ihn das Schicksal geschleudert hat, dachte Adelayne. Aber sie lächelte. »Ich erkenne einen Mann von Ehre, wenn er vor mir steht. Ich hege nicht den geringsten Zweifel daran, dass man Eurem Wort trauen kann.«

Zum ersten Mal, seit sie ihn kannte, lächelte Omoran. »Ich werde Euer Vertrauen nicht enttäuschen, meine Dame. Und ich werde auch meine Familie kein weiteres Mal enttäuschen. Nun beginnen bessere Zeiten.«

Der Dachs

Laurelin blickte gehetzt über die Schulter. Er konnte keine Verfolger sehen, aber er war sich sicher, dass sie dort waren. Oder vielleicht beim Albenstern. Warum sollten sie es nicht wie beim letzten Mal machen? Weil es eine ehrliche Jagd war? Orgrim wollte ihn tot sehen...

Weiter! Er war die ganze Nacht gelaufen. Seine rechte Hand pochte. Bei jeder Erschütterung durchfuhr sie ein dumpfer Schmerz. Er blickte auf den notdürftigen Verband. Die Stoffstreifen waren blutdurchtränkt. Er wollte seinen Schmerz und seine Wut herausschreien. Warum war er nur hierhergekommen? War sein Traum alle diese Opfer wert?

Noch ein Hügel, dann sollte er den Felsen sehen, bei dem der Albenstern lag. Den einsamen Menhir inmitten dieses trostlosen Hügellands. Vorwärts! Seinen Selbstzweifeln konnte er sich noch hingeben, wenn er entkommen war.

Gefrorenes herbstgoldenes Gras raschelte spröde unter seinen Stiefeln. Noch ein Dutzend Schritte bis zum Hügelkamm. Aus dem Augenwinkel sah er einen Dachs, der sich neben einen grauen Felsen duckte und ihn misstrauisch beobachtete. Er war wohl gerade weit genug entfernt, um ihn nicht zu kopfloser Flucht zu treiben. Einen Schritt auf das Tier zu, eine hektische Bewegung, und der Dachs würde davonhuschen. Er hatte sich fett gefressen für den Winterschlaf. Vielleicht war er deshalb ein wenig träge. Nicht weit entfernt lag ein dichtes Gebüsch. Ein kurzer Lauf, und er wäre in Sicherheit. Stattdessen duckte er sich und lauerte.

Laurelin eilte dem Hügelkamm entgegen. Nur wenige Schritte noch, und er würde den Menhir sehen. Dreihundert Herzschläge trennten ihn nun von seinem neuen Leben.

Er hatte den höchsten Punkt des Hügels kaum erreicht, da sah er sie. Laurelin blieb abrupt stehen. Am Fuße des Hügels standen vier Trolle, die im selben Augenblick auf ihn aufmerksam wurden, in dem er sie entdeckt hatte.

Ein Krieger, dessen vernarbter Wanst wie ein schlaffer Sack über seinem Lendentuch hing, hob seine Keule aus einem entasteten Fichtenstamm und winkte Laurelin zu. »Dich holen, Elflein«, grölte er in grausam verstümmeltem Hochelfisch.

Laurelin schlug die Klappe des Köchers zurück. Seine Finger tasteten über die Befiederung der Pfeile. Er war zuversichtlich, den Hängewanst töten zu können. Vielleicht auch noch einen zweiten Troll, aber dann wäre es vorbei. Die beiden letzten würden ihn erreichen. Auf diese Weise konnte er nicht siegen.

Die vier kamen im Laufschritt die Hügelflanke hinauf. Laurelin konnte die Jagdlust in ihren Augen sehen. Er wich zurück. Einen Schritt. Zwei.

»Wir schneller laufen«, grölte der Troll mit der Fichtenkeule.

Laurelin wünschte, er hätte ihnen in ihrer Sprache etwas entgegnen können. Etwas Heldenmütiges und Todesverachtendes.

Er wich noch einen Schritt zurück. Der Hügelkamm nahm ihm jetzt die Sicht auf die grauen Hünen.

Fieberhaft suchte er nach einem Ausweg. Er war zu erschöpft, um vor ihnen davonzulaufen. Er war auch kein großer Zauberweber. Ihm fiel keinerlei Magie ein, mit der er sie hätte aufhalten oder gar überwinden können. Und im Kampf konnte er sie auch nicht besiegen. Dennoch zog er einen Pfeil aus dem Köcher und hakte ihn in der Sehne ein.

Gleich wären sie so nah, dass sie ihn über die Hügelkuppe hinweg sehen könnten! Die Hügelkuppe ... Sie war seine letzte Hoffnung. Laurelin stürmte vor. Er riss den rechten Arm hoch, sobald die Trolle ihn wieder sehen konnten, und schwenkte ihn wild. »Jagdgruppe Löwe, geht links um den Hügel! Jagdgruppe Wolf, bleibt hinter mir. Schießt, sobald ihr freie Sicht auf die Bastarde habt. Es sind nur vier.«

Der Troll mit dem Hängewanst lachte auf, und Geifer sprühte von seinen Lippen. »Glauben, wir fürchten das?«

Laurelin riss erneut den rechten Arm hoch. »Wölfe, bleibt hinter dem Hügelkamm. Rückt nicht vor. Lasst sie kommen.«

Jetzt wurden die Trolle langsamer. Sie waren keine zwanzig Schritt mehr entfernt. Einer der Krieger fragte den Anführer etwas in seiner kehligen Sprache.

»Zielt auf ihre Augen!«, befahl Laurelin ruhig.

Der Anführer der Trolle knurrte etwas, was barsch und abweisend klang. Er glaubte den Schwindel mit den Bogenschützen nicht.

»Löwen!«, rief Laurelin und schwenkte erneut den Arm. »Wenn ihr im Rücken der Trolle seid, zielt auf ihre Kniekehlen. Ich möchte, dass keiner entflieht. Von den Kriegern nehmen wir nur die Köpfe. Den Anführer will ich lebend vor Emerelle bringen.«

»Eme–rell!«, hörte er einen der Trollkrieger entsetzt aufschreien.

Der Anführer grunzte ärgerlich. Im selben Moment war deutlich das Knacken von Ästen zu vernehmen. Endlich hatte der Dachs, von seinem wilden Armschwenken aufgescheucht, die Flucht ergriffen und war in das Dickicht eingedrungen, um sich tief im Gebüsch zu verstecken.

Die Trolle hielten inne. Auch sie mussten das Geräusch vernommen haben. Laurelin konnte die Panik in den Augen der drei Krieger sehen, und selbst ihr hartgesottener Anführer verharrte mitten in der Bewegung.

Laurelin hob den Bogen. Es war eine ruhige, fließende Bewegung.

Er zog die Sehne, spürte die Spannung in seinen Schultermuskeln, sah das Blut, das durch seinen Verband sickerte und ins Gras troff.

Der Troll mit dem Hängewanst stieß einen röhrenden Schlachtruf aus und riss seine mächtige Keule hoch.

Laurelin atmete aus und ließ den Pfeil davonschnellen. Er verschwand im Maul des Trolls. Deutlich war das Knacken zu hören, mit dem die stählerne Spitze den Knochen durchschlug, wo er am dünnsten war, um tief ins Hirn einzudringen. Die Wucht des Treffers riss den Kopf des Trolls in den Nacken. Die schwere Keule entglitt seiner Pranke.

Die übrigen Krieger starrten Laurelin erschrocken an, während er einen weiteren Pfeil aus dem Köcher zog.

Das genügte, um ihnen den letzten Mut zu nehmen. Entsetzt wandten sie sich zur Flucht und liefen, so schnell ihre Beine sie trugen.

Laurelin war sich bewusst, dass es nicht allzu lange dauern würde, bis sie die Täuschung durchschauten und merkten, dass er allein war. »Für Emerelle!«, schrie er aus Leibeskräften den Namen der Königin, die so erbarmungslos Krieg gegen die Trolle geführt hatte.

Deutlich sah er den Menhir vor sich. Er war vielleicht noch sechshundert Schritt entfernt. Eine Senke, in der sich eine Nebelbank gehalten hatte, trennte ihn noch von seinem Ziel.

Die Trolle verschwanden im wogenden Dunst. Dort, wo die Sichtweite keine drei Schritt betrug, waren sie vor den Bogenschützen, die sie auf ihren Fersen wähnten, in Sicherheit.

Laurelin hielt sich ein Stück links der Trolle, als er in das Nebelfeld trat. Das Gras in der Senke reichte ihm fast bis zu den Schultern. Hier irgendwo hatte der Eber geruht, der so viel Unglück über ihn und Morwallon gebracht hatte.

Der Elf hielt inne und lauschte. Es gab kein Geräusch. Nicht einmal ein leises Wispern des Windes im hohen Gras. Vermutlich kauerten die Trolle irgendwo und hofften, indem sie sich nicht mehr bewegten, ihren vermeintlichen Verfolgern zu entgehen.

Laurelin sog witternd die Luft ein. Da war kein Geruch von ranzigem Fett, mit dem die Trolle manchmal ihre Leiber einrieben.

Vorsichtig suchte sich der Elf seinen Weg durch das hohe Gras. Bald ging es hügelan, und als er aus dem Nebel trat, war der mit Spiralmustern geschmückte Menhir keine hundert Schritt mehr entfernt.

Eilig rannte Laurelin das letzte Stück des Weges. Der große Ledersack voller Pelze lag noch neben dem grauen Felsen, wo sie ihn verloren hatten, als sie Birga in die Falle gegangen waren.

Laurelin kniete nieder und presste die Rechte in das schwarze Erdreich. Er zwang seinen Atem zur Ruhe und spürte, wie sein Herzschlag langsamer wurde. Sorgfältig betont, sprach er die Worte der Macht und wurde eins mit dem magischen Netz, das – gleich einem unsichtbaren Gespinst – allgegenwärtig war. Es durchdrang jeden Grashalm und jeden Felsen, war im Wind und im weiten Himmel. Hier, bei dem Albenstern, an dem sich sieben große Kraftlinien kreuzten, pulsierte das Netz geradezu von der Magie, die durch es floss.

Das Tor zu den Albenpfaden öffnete sich, als Laurelin hinter sich einen wütenden Schrei hörte. Die drei Trolle brachen aus dem Nebel hervor. Sie mussten gespürt haben, wie er seinen Zauber wob.

Laurelin griff nach dem großen Ledersack und trat durch das Portal auf den Goldenen Pfad in der Finsternis. Nun waren es nur noch ein paar Schritte bis Rosan.

Angebissene Äpfel

Melyssana blickte zu dem neuen Wagen, der die Marktstände deutlich sichtbar überragte. »Wer ist das?«

Ihr Begleiter schaute nicht von dem Korb mit Äpfeln auf, den er neugierig inspizierte. »Die sehen gut aus.« Der hochgewachsene Elf hatte eine angenehm dunkle Stimme. »Ich frage mich, wie Kentauren an Äpfel kommen. Ihr seid ja nicht gerade berühmt als Obstbauern, nicht wahr?«

Der Händler scharrte unruhig mit den Hufen.

Melyssana verfolgte interessiert, was geschah. Sie hatte es oft genug gesehen. Und der Kentaur hatte mit Sicherheit davon gehört. Jeder hier auf dem Markt kannte Andarion. Auf seine Art war er der Fürst von Rosan. Er war nicht von adliger Geburt, und Alathaia hatte ihn nicht in Amt und Würden eingesetzt. Er war ein Herrscher im Schatten. Keiner, der sich seinen Ruhm auf den Schlachtfeldern längst vergangener Kriege verdient hatte. Er kämpfte in den Gassen von Rosan. Dort, wo es nach Kohl und Pisse stank und wo man ängstlich seinen Namen flüsterte: Andarion.

»Ich habe die Äpfel am Westtor von einem der Händler gekauft, Herr«, beteuerte der Kentaur. Der Pferdemann war zwei Köpfe größer als Andarion, aber in sichtlich schlechter Verfassung. Die Rippen stachen ihm durch das rotbraune Fell. Seine Schneidezähne waren eingeschlagen, die Wangen eingefallen. Das strohblonde Haar wich ihm weit aus der Stirn zurück, und seine himmelblauen Augen waren wässrig wie die eines Säufers.

»Ich glaube, du hast sie gestohlen«, sagte Andarion ruhig. »Groß, wie du bist, kannst du höher in die Bäume hinaufgreifen als andere Diebe. Deshalb sind die Äpfel so wunderbar rot. Sie haben an den oberen Ästen mehr Sonne abbekommen.« Andarion nahm einen aus dem Korb und biss herzhaft hinein. Er seufzte. »Köstlich! Fast so süß wie Honig. Du solltest auch von ihm kosten, meine Liebe.« Er warf ihn ihr mit einer lässigen Bewegung zu.

Melyssana fing den Apfel aus der Luft. Ohne zu zögern, biss sie dort ab, wo auch Andarion abgebissen hatte. Sie wusste, dass er sie aus dem Augenwinkel beobachtete, und er war heute schlechter Laune, obwohl ihr schleierhaft war, warum.

»Ich bin mir sicher, wenn ich mich ein wenig umhöre, dann finde ich ein paar Zeugen, die dich bei deinen Diebstählen beobachtet haben, alter Gaul.« Andarion blickte zu dem Kentauren auf.

»Jetzt, da Ihr es sagt, Herr, erinnere ich mich wieder. Ich habe sie wirklich gestohlen. Euch kann man nichts verheimlichen, Herr.«

Andarion lachte. Es war ein warmherziges, gefälliges Lachen. »Du hast großes Glück gehabt. Eigentlich mag ich Kerle wie dich, und deshalb werde ich auch nicht zu Alathaias aufgeblasenen Gockeln dort oben auf dem Marmorpodest gehen und deinen Diebstahl melden. Du bringst den Korb mit den Äpfeln einfach zu meinem Haus und gibst ihn dort ab. Damit lassen wir die Sache dann auf sich beruhen.«

»Zu gütig, Herr«, murmelte der Kentaur.

Andarion klopfte ihm gönnerhaft auf die Flanken. »Husch, husch, alter Gaul.«

Der Kentaur bückte sich nach dem Apfelkorb, dann preschte er davon.

»Dieser Wagen da hinten, der sollte dort nicht stehen.« Andarion wandte sich zu ihr um, und der Blick seiner hellgrauen Augen war kalt wie der Nordwind in einer Raunacht. Sein weißes Seidenhemd war weit geöffnet, sodass jeder die Ketten sehen konnte, die er um den Hals trug und die ihm bis auf die Brust herabreichten. Ketten aus schneeweißen Schneidezähnen. Andarion kleidete sich nur in feinste Stoffe. Der Gürtel um seine Hüften und die Scheide des Stoßrapiers mit dem vergoldeten Griff und der riesigen Perle im Knauf waren aus Drachenleder gefertigt. Das gelbe Leder seiner Stiefel stammte angeblich von Schlangen aus den Mangroven nahe Vahan Calyd. Es waren Biester, die ihr Gift ihren Opfern in die Augen spritzten. Es hieß, er habe zwei solcher Schlangen in seinem Keller.

»Dieser Wagen«, zischte er.

Melyssana hatte ihn noch nie so wütend gesehen. Er schüttelte den Kopf, und sein seidiges schwarzes Haar wogte um seine Schultern. »Dort sollten eigentlich zwei Faune billiges Gemüse verkaufen. Ich hatte ihrem Vater vor mehr als dreißig Jahren diesen Stand besorgt, und sie haben stets brav ihre Abgaben gezahlt. Dieser miese kleine Kobold hat sie verjagt.«

»Soll ich den Wagen ins Meer stoßen, Herr?«, fragte Sekui, der Minotaurus, der Andarion auf Schritt und Tritt folgte. Die grässliche Kreatur war größer als ein Troll. Der Kopf eines schwarzen Stiers wuchs ihm aus den breiten Schultern. Mächtige Hörner, mit goldenen Ringen besetzt, schmückten sein Haupt. Seine Augen waren rot, als seien sie eingeblutet. Der übrige Leib ähnelte einem unnatürlich muskulösen Elfen. Er war eingeölt, um die Muskeln noch besser zur Geltung zu bringen. Abgesehen von dem Öl, trug Sekui nichts auf der Haut. Der Stiermann stützte sich mit beiden Händen auf dem Blatt seiner zwei Schritt langen Axt ab. Die Doppelklingen aus feinstem Silberstahl erinnerten vage an die ausgebreiteten Schwingen eines Schmetterlings.

»Lass den Wagen, wo er ist«, murmelte Andarion übellaunig. »Die Hälfte der Kobolde auf dieser Insel buckelt vor Broja, und die andere Hälfte fürchtet ihn wie den Tod. Mit ihm eine Fehde zu beginnen hätte unabsehbare Folgen. Wir werden das subtiler angehen müssen …« Andarion maß sie mit abschätzigem Blick. »Hast du heute Morgen auch beschlossen, es subtil angehen zu lassen, oder bringst du mir mein Geld, Melyssana?«

Sie bedachte ihn mit ihrem verführerischsten Lächeln. Sie hatte Andarion schon einmal für sich gewonnen, und das würde ihr wieder gelingen. »Über dein Geld wollte ich in der Tat mit dir reden und über einen Zins, der dir gefallen wird.« Sie sah ihm tief in die Augen, und dann biss sie kokett in den Apfel. »Mein Honig ist süßer«, raunte sie.

»Nur, dass ich schon von ihm gekostet habe. Ist dir aufgefallen, dass ich von jedem Apfel nur ein Mal abbeiße? Ein erster Bissen ist stets voller Verheißungen. Wird es die süßeste Frucht sein, von der ich je gekostet habe? Mit welchen Aromen wird sie mich überraschen? Ein zweiter Bissen hat nichts von alledem mehr.« Er sah sie verächtlich an. »Du birgst keine Überraschungen mehr für mich, Melyssana.«

Sie zwang sich zu einem Lächeln, obwohl sie noch nie zuvor so beleidigt worden war. »Ich glaube schon, dass ich mehr zu bieten habe als ein Apfel …«

»Und doch bist du in meinen Augen nicht mehr als ein angebissener Apfel.« Er strich über die Zahnketten in seinem offenen Hemd. »Du weißt, welchen Zins ich nehme, nicht wahr? Und heute ist der Tag, an dem deine Schuld fällig ist.«

Bevor sie etwas erwidern konnte, war Sekui hinter ihr. Mit eisernem Griff zwang der Minotaurus ihr die Arme auf den Rücken und drückte sie auf die Knie, wobei er selbst niederknien musste.

Die Gespräche ringsum auf dem Markt verstummten. Alle Augen hafteten an ihr. Jeder hier wusste, was kommen musste, denn Andarion war noch nie davor zurückgeschreckt, seine Schulden in aller Öffentlichkeit einzutreiben.

Der Elf zog eine gekrümmte Zange aus seiner Hosentasche. »Hast du vielleicht nur vergessen, mein Silber mitzubringen, und ich kann jemanden schicken, es zu holen?«

Melyssana versuchte, sich gegen den Griff des Minotaurus aufzubäumen. Vergebens.

»Du solltest jetzt deinen Mund aufmachen, sonst werden auch deine Lippen Schaden nehmen.« Andarion beugte sich vor. Das kühle Metall der Zange strich fast zärtlich über ihre Lippen.

»Du kannst mein Haus jenseits der Mauer haben«, stieß sie verzweifelt hervor.

Der Elf machte eine abwehrende Geste. »Ich habe schon mehr als ein Dutzend Häuser jenseits der Mauer. Und ich bin fast nie dort.« Er seufzte. »Die Geschäfte hier in Rosan lassen mir einfach keine Zeit, die schönen Seiten des Lebens zu genießen. Ich brauche kein weiteres Haus.« Er sah gnadenlos auf sie herab. »Und es würde den Geschäften in Rosan schaden, wenn man hier glauben würde, ein hübsches Lächeln könnte genügen, um einen säumigen Zins zu begleichen.« Seine Augen wurden schmal. »Mach den Mund auf!«, fuhr er sie an.

»Ich könnte in einem deiner Häuser arbeiten«, stieß sie verzweifelt hervor.

»Das wirst du.« Andarion nickte fast väterlich. »Das wirst du. Dort arbeitest du deine Schuld ab. Aber nun geht es um den Zins.« Er zwängte mit der Zange ihre Lippen auseinander. »Lächle für mich. Lass mich deine schönen Zähne sehen.«

Melyssana gehorchte.

Die Zange tippte gegen einen ihrer oberen Schneidezähne. »Dieser hier wird es sein.«

»Willst du meine Schönheit zerstören?«, fragte sie verzweifelt. »Meine Dienste sind dann viel weniger wert …«

Andarion lachte. »Dann stecke ich dich eben in eines der billigen Häuser. Mir ist gleichgültig, wie lange es dauert, bis du deine Schulden abgearbeitet hast.« Die Zange schloss sich um den Zahn.

»Du kannst den Zins erhöhen.« Mit dem stählernen Instrument im Mund war ihre Stimme nur noch ein Nuscheln. Aus dem Augenwinkel nahm sie wahr, wie sich ein weiter Kreis von Gaffern gebildet hatte, um sich an ihrem Elend zu ergötzen. Ihr war klar, dass es die Sache nur noch verschlimmerte. Vor so vielen Zeugen würde sich Andarion niemals weichherzig geben.

»Ein höherer Zins?« Er ruckte leicht an dem Zahn.

Melyssana schmeckte Blut.

»Ich mache dir einen Vorschlag«, sagte der Elf in gönnerhaftem Ton und zugleich so laut, dass alle Umstehenden ihn gut hören konnten. »Mein Zins ist ein Zahn für jeden Tag, an dem du deine Schulden nicht bedienst. Ich gebe dir noch fünf Tage, Melyssana. Kannst du dann deine Schulden nicht tilgen, nehme ich all deine Zähne.« Der Griff der Zange löste sich. Er nahm das Folterwerkzeug aus ihrem Mund. »Am Nachmittag in fünf Tagen wirst du hier auf dem Markt sein. Dort oben auf dem Marmorpodest. Und wenn du dann deine Schuld nicht begleichst, können alle hier zusehen, was säumigen Schuldnern geschieht.«

»Aber wer wollte mich denn noch, wenn ich keine Zähne mehr habe? Ich zahle das Doppelte! Ich ...«

Andarion schüttelte den Kopf. »Kein Interesse. Mir geht es um das Spektakel. Glaubst du, du bist der erste angebissene Apfel? Ich habe genug wie dich. Aber eine Elfe, die mir vor aller Augen alle ihre Zähne überlässt ...« Ein unheimliches Lächeln umspielte seine Lippen. »Das ist etwas Neues. All meine Schuldner werden danach ihre Anstrengungen verdoppeln.«

»Aber ich könnte dir viel mehr Silber bringen ...«

Seine Ohrfeige kam hart und überraschend. Im Griff des Minotaurus gab es keine Möglichkeit, ihr auszuweichen.

»Widersprich mir nicht! Und begreife, es geht mir nicht um das Silber ... Das Beispiel, das du bieten wirst, ist mein eigentlicher Schatz.

Wenn ich mit dir fertig bin, bringt dich Sekui in das billigste meiner Häuser am Hafen, wo sich selbst Schauerleute den Wein und die Dienste der Lustknaben und Huren leisten können. Dein Gesicht wird kleiner und runder wirken ohne Zähne. Deine Wangen werden einfallen …«

Melyssana sah, welch düstere Freude es ihm bereitete, ihr das Schicksal auszumalen, das ihr bevorstand. Der Minotaurus ließ sie auf einen Wink seines Herrn los.

»Weißt du, es gibt Dienste, die haben einen besonderen Reiz, wenn kein Zahn stört. Und dort, wo du sein wirst, ist es den meisten Gästen ohnehin gleich, wie du aussiehst. Da geht es nur um deine Gefälligkeiten.« Andarion blickte zu seinem Minotaurus auf. »Ist es dir wichtig, wie die Hure aussieht, die du besteigst, wenn du dort verkehrst, Sekui?«

»Nein«, blaffte der Leibwächter.

Melyssana stand auf und drehte sich um. Eisiges Grauen erfüllte sie beim Anblick des riesigen nackten Stiermanns.

»Fünf Tage!«, mahnte Andarion. »Ich glaube nicht, dass du deine Schulden wirst begleichen können, Kürschnerin. Und ich bekenne, dass mich diese Aussicht nicht traurig stimmt.«

Ein guter Preis

Laurelin trat aus dem Dunkel und war überrascht. Irgendwie hatte er es sich anders vorgestellt. Strahlender. Er blickte zum Himmel empor. Graue Wolken hingen tief über dem größten Markt, den er je gesehen hatte. Nieselregen ging nieder, und es stank hier zum Erbarmen.

»Kommst du, um zu handeln, oder willst du bleiben?«

Er blinzelte verwirrt den Krieger an, der ihn gefragt hatte. Statt zu antworten, hob er den Ledersack mit den Fellen. »Ich … ähm … Ich mach das hier zu Silber.«

Der Gewappnete nickte beifällig und deutete mit weit ausholender Geste über den Markt. »Das sollte dir hier gelingen. Nimm nicht gleich das erste Angebot an. Und lass jemanden nach deiner Hand sehen. Der Verband sieht übel aus.«

Laurelin vermied es, auf die durchgebluteten Stoffstreifen zu blicken. Ein unablässig pochender Schmerz erinnerte ihn bei jedem Herzschlag an seinen verlorenen Finger. Aber er würde das überwinden, dachte er entschlossen, und dann würde er die Tore Rosans durchschreiten und in Langollion sein Glück machen. Einen Tag noch! Länger würde es gewiss nicht dauern, einen guten Preis für die Pelze auszuhandeln.

Er blickte noch einmal über den weiten Markt, der von hohen Häusern eingefasst war. Der Lärm unzähliger Stimmen scholl zu der marmornen Plattform hinauf. Wohin sollte er sich wenden?

Der Krieger deutete über die bunten Sonnensegel der Marktstände hinweg auf einen Wagen mit massivem Kastenbau. »Heute Morgen hat sich eine neue Heilerin hier niedergelassen. Orientiere dich an dem Wagen. Den kannst du auch unten im Gedränge sehen. Sie wird dir sicher mit deiner Hand helfen können …«

Dankbar, ein Ziel vor Augen zu haben, schritt Laurelin hinab zum Markt. Ein ganzer Pulk ungewaschener Gestalten erwartete ihn am Fuß der Rampe: Kobolde, zwei Kentauren, bocksbeinige Silene, ein Troll.

Erschaudernd wich Laurelin vor dem hünenhaften Kerl zurück.

Der Troll deutete mit seinem dicken Zeigefinger auf ihn. »Du mich suchen, Elflein! Gut Preis! Sehr gut Preis für dich.«

»Hör nicht auf den Trottel«, ereiferte sich ein Kobold. »Der verzählt sich jedes Mal, wenn er mit einem Jäger abrechnet. Und es ist nie zu seinem Schaden ...«

»Ich tret dich platt wie Wanze, Lügenmaul!«, grollte der Troll, und ein Kentaur neben ihm beeilte sich, aus dem Weg zu kommen, als der Hüne mit beiden Armen ausholte, um den Worten Taten folgen zu lassen.

»Komm mit mir«, raunte ihm eine Elfe zu, die einen verstörend unbekannten würzigen Duft verströmte.

Der Troll versuchte vergebens, den Kobold zu erwischen, der ihn mit immer neuen Beleidigungen reizte.

»Verwirrend, nicht wahr?«

Laurelin drehte sich halb um und blickte in die schönsten blauen Augen, die er je gesehen hatte. Sie erinnerten an helle Türkise und waren mit feinen Einsprengseln in der Farbe von Bernstein durchsetzt, und sie schienen direkt in seine Seele zu blicken. »Ja, verwirrend ...«, stammelte er.

»Hier gleich an der Rampe ist es am schlimmsten. Lass uns ein Stück gehen.«

Sie verstand, wie er fühlte, dachte er unglaublich erleichtert. Und sie wirkte, als ginge es ihr nur um ihn. Sie sah ihm geradewegs in die Augen und schien gar kein Interesse an dem Sack zu haben, den er über der Schulter trug. Und sie war so schön. Sie war, wie er sich Langollion vorgestellt hatte. Vollkommen! Langes, goldblondes Haar fiel in großen Locken weit über ihre Schultern. Es wirkte ungebändigt, ja leicht zerzaust. Ein schelmischer Zug umspielte ihre waldbeerroten Lippen. Sie trug ein bis über die Hüften geschlitztes Kleid aus cremefarbenem Wildleder. Etwa auf Höhe der Knie war es mit schwarzem Schlamm besudelt, als sei sie vor Kurzem gestürzt. Das Kleid schmückte eine seltsame Fibel, besetzt mit bunten Perlen. Groß wie eine Hand lag sie auf ihrer Brust und zeigte einen fliegenden

Falken mit schillerndem Gefieder. Dieses Schmuckstück hatte, im Gegensatz zu dem Sonnenamulett um ihren Hals, etwas Wildes, ganz und gar nicht Höfisches. Es gefiel ihm.

»Heh, Melyssana«, schimpfte der Kobold, der immer noch um den erzürnten Troll herumtänzelte. »Ich hab den Kerl zuerst gesehen. Der gehört mir!«

Die Vorstellung, einem Kobold zu gehören, gefiel Laurelin ganz und gar nicht, und er erinnerte sich auch nicht, etwas getan zu haben, was den Wicht zu dieser Behauptung ermutigt haben könnte.

»Ich gut Preis!«, behauptete der Troll erneut.

»Und ich mache dir von allen den besten Preis!« Schneeweiße Zähne blitzten in einem dichten rabenschwarzen Bart auf. Dunkle Augen voller Lebensfreude funkelten ihn an. Der Silen, der aus der Menge getreten war, strich mit selbstbewusster Miene über die prall gefüllten Lederbeutel an seinem Gürtel. »Komm mit mir, Jäger. Ich betrachte deine Beute und mache dir einen guten Preis. Ich verkaufe an den Hof der Fürstin. Du kannst mir vertrauen.«

»Du wirkst gehetzt«, sagte die Elfe einfühlsam. »Komm erst zur Ruhe, iss etwas, schlaf eine Nacht an einem geschützten Ort, sammle in Ruhe deine Kräfte, und dann stell dich dieser Meute. Du wirst sie jeden Tag hier an der Rampe treffen. Sie laufen dir nicht davon, und du kannst …«

»Warum aufschieben, was man sofort erledigen kann?«, fragte der Silen. »Du wirst Silber benötigen, um die schönen Seiten der Stadt zu genießen. Und ich biete dir genug davon, um den ganzen Winter über all deine Träume wahr werden zu lassen.«

Wie konnte der Kerl wissen, ob die Pelze im Sack so viel wert waren?, fragte sich Laurelin verwundert. Das alles hier war ihm zu viel! Sie hatte recht. Er war gehetzt. Gefühlt war es keine tausend Herzschläge her, dass er den Trollen entkommen war.

Er suchte den Blick der türkisfarbenen Augen. Er könnte darin versinken, dachte er und entschied sich.

Die Jägerin

»Und du hast sie ganz allein in die Flucht geschlagen?« Melyssana klatschte vor Begeisterung in die Hände.

»Nein, nein …«, wandte Laurelin verlegen ein. »Ohne den Dachs hätte ich das niemals geschafft.«

»Du bist so bescheiden.« Melyssana seufzte. »Das trifft man selten bei Männern.« Sie pflückte eine Traube aus der roten Schale vor der Massagebank und schob sie Laurelin zwischen die Lippen.

Noch nie hatte er Trauben gekostet. Sie gediehen im hohen Norden einfach nicht. Was für ein Verlust! Er lag bäuchlings auf einer großen grauen Steinbank, die angenehm warm war. Melyssana hatte ihn in ein Badehaus geführt. Noch ein Luxus, den er nie zuvor genossen hatte. Während ein Kobold vorsichtig das letzte verkrustete Blut von seiner Hand tupfte und den Fingerstummel mit Bienenwachs versiegelt hatte, massierte ihm eine Nymphe mit den Füßen die Schulterblätter und den Nacken. Es war unglaublich, wie sie mit ihren Zehen die Verspannungen und Knoten löste. Alle Schrecken der letzten Tage verschwammen in nie gekanntem Wohlgefühl.

Melyssana war gerade erst dem Badebecken entstiegen. Sie nippte an einem Becher mit blutrotem Wein. »Ich würde mich niemals ins Land der Trolle wagen …«

»Du schaffst es, hier zu überleben«, entgegnete Laurelin und bemühte sich, nicht auf ihre Brüste zu starren. Er hatte nur ein Mal für ein halbes Jahr eine Gefährtin gehabt, und sie hatten nie gemeinsam gebadet. Und hier waren gleich zwei Frauen. Die Nymphe und Melyssana. Dieser Ort wäre sicher nach Morwallons Geschmack gewesen, dachte er mit einem Anflug von Reue. Hätte er ihn retten können?

»Wo sind deine Gedanken?«

Wie sie ihn ansah! Er könnte ewig in ihre wunderschönen Augen blicken. »Mein Gefährte, Rosan ... das ist alles ...« Er rang um die richtigen Worte.

»Verwirrend?«, schlug Melyssana vor.

»Ja«, stimmte er zu.

»Ich kenne das Gefühl noch so gut.« Sie rollte eine Traube zwischen Daumen und Zeigefinger. »Es ist jetzt über zwanzig Jahre her, dass ich nach Rosan gekommen bin. Ich habe lange tief im Süden gelebt ...«

Ein leichter goldener Schimmer lag noch immer auf ihrer Haut, und ein fremder Akzent umschmeichelte jedes ihrer Worte.

»Das Waldmeer war meine Heimat. Ich habe Krokodile gejagt und Schlangen. Und manchmal auch den gefleckten Jaguar. Dann kam das Fest der Lichter, und ich habe mit meinen Häuten und Fellen ein kleines Vermögen verdient. Nach dem großen Fest dachte ich, ich sei vorbereitet, als ich hierherkam.« Sie zerdrückte die Traube zwischen den Fingern. »Aber Rosan ist anders. Es überwältigt jeden ...«

»Du bist also auch eine Jägerin!«

Sie schüttelte den Kopf. »Ich bin schon lange nicht mehr auf die Pirsch gegangen, um Wild zu stellen ...«

Laurelin hatte das Gefühl, dass etwas unausgesprochen blieb, aber er wollte sie nicht mit Fragen bedrängen.

»Jetzt bin ich Kürschnerin.«

»Aber du hast es geschafft«, platzte er heraus. »Diese Stadt hat keine Schrecken mehr für dich, du ...«

Er musste etwas Falsches gesagt haben. Ihre Augen wirkten plötzlich unendlich traurig. »Ich war so dumm«, bekannte sie. »Ich bin in einem teuren Gasthof abgestiegen und dachte, ich könnte dort ruhig schlafen. Als ich am nächsten Morgen aufwachte, hatte man mein Silber gestohlen. Ich habe in der Gosse gelebt. Aber ich habe mich wieder daraus erhoben. Ich habe meine Lektionen gelernt.«

Er wagte es nicht, sie zu fragen, was für Lektionen das waren, denn sie wirkte plötzlich so abweisend. »Gibt es denn ein Gasthaus, in dem ich sicher schlafen könnte?«

Melyssana lächelte. »Nein. Hier lauern überall Diebe, aber ...« Sie senkte den Blick. »Du könntest bei mir übernachten. Nur die ersten paar Tage, bis du dich eingelebt hast und ... Ich ...« Sie sah ihn erschrocken an. »Wie das klingt! Solch eine Frau bin ich nicht. Entschuldige. Was musst du von mir denken?«

»Ich denke nur, was für ein wunderbar großes Herz du hast«, beteuerte Laurelin, der sich nicht ganz sicher war, wovon sie überhaupt sprach. Und er hoffte, dass in diesem großen Herzen ein wenig Platz für ihn war.

»Ich habe ein kleines Haus, nicht weit vom Hafen. Wenn du magst ...« Sie sah ihn an und lächelte. »Es ist nichts Besonderes. Dort ist meine Werkstatt. Du könntest in meinem Bett übernachten. Ich bereite mir dann aus ein paar Decken ein Lager im ...«

»Ich nehme die Decken!«, entschied er. »Ich versichere dir, ich werde mich ehrenhaft verhalten und ...«

Ihr Lächeln wurde breiter. »Du könntest gar nicht anders«, sagte sie mit Bestimmtheit. »Du bist der aufrichtigste und freundlichste Mann, dem ich je begegnet bin. Das Gift Rosans hat dich noch nicht verdorben.«

Sie stand auf, und Laurelin blickte verlegen zur Seite. Mit ein paar freundlichen Worten entließ sie den Kobold und die Nymphe. Jetzt erst fiel Laurelin auf, wie seltsam stumm die beiden gewesen waren.

Die Maurawan, sein Volk, waren nicht bekannt für Geschwätzigkeit, aber so stumm waren selbst sie nicht. Merkwürdig, diese Stadt und ihre Bewohner.

»Kleiden wir uns an!«, forderte Melyssana. »Und dann gehen wir zu mir. Es ist nicht weit.«

Die Laute der Nacht

Da war ein Geräusch gewesen. Etwas, was es in einer Stadt wie Rosan nicht hätte geben dürfen. Laurelin war sich nicht ganz sicher, ob er es geträumt hatte oder ob es dem eigenwilligen Zusammenspiel von Wind und Donner entsprungen war. Ein Herbststurm wütete über der Stadt und gebar eine Kakofonie unvertrauter Geräusche. Das Klappern von losen Dachschindeln, das Heulen des Windes in Kaminen und verwinkelten Gassen, ein Fensterladen, der immer wieder gegen eine Hauswand schlug. Das metallische Knirschen der Ketten, von denen die Schilder der Werkstätten hingen, die jene kleine Straße säumten, an der Melyssana lebte. Dazu unendlich viele Laute, die er sich nicht erklären konnte. Und dann das Geräusch, das ihn geweckt hatte. Wäre er in den Bergen um das Albenhaupt unterwegs, dann hätte er keinen Zweifel. Es hatte wie das Brüllen eines Silberlöwen geklungen. Aber hier in der Stadt? Das war unmöglich. Und so nah. Als stünde die Bestie draußen vor der Tür.

Laurelin lauschte in die Nacht. Er hatte das Gefühl, dass etwas vor der Tür lauerte. Bei dem Sturm würde er einen Silberlöwen auf der Pirsch niemals hören. Er gab sich Hirngespinsten hin! Dies alles hier war zu fremd. Zu überwältigend. Er hatte sein Leben in Bergen und Wäldern verbracht, und manchmal war er auch durch das weite Grasland der Kentauren gestreift. Aber Rosan … Er wäre froh, wenn er seine Felle zu Silber gemacht hätte und die Tore der Stadt durchschreiten könnte, und doch …

Er wollte Melyssana nicht mehr missen. Vielleicht würde er ja genug Silber machen, um mit ihr gemeinsam nach Langollion zu gehen. Sie jeden Tag um sich zu haben, sie als Erstes an jedem Morgen zu sehen und als Letztes, bevor er abends die Augen schloss, das wäre das vollkommene Glück. Er wusste – ganz gleich, was ihn in Langollion erwartete –, ohne Melyssana würde sein Leben nicht mehr vollkommen werden.

Vielleicht war er ja tatsächlich ein romantischer Dummkopf, wie ihm Morwallon manchmal vorgeworfen hatte? Letzte Nacht noch war er durch die frostklirrende Snaiwamark geflohen, und es hatte keine Melyssana in seinem Leben gegeben, und jetzt wollte er sich nicht mehr vorstellen, ohne sie zu sein.

Lächelnd streckte er sich auf seinem harten Lager. Er hatte es sich auf dem Boden ihrer Werkstatt eingerichtet. Ein nasskalter Luftzug kam unter der Tür zur Straße hindurch. Die Holzdielen arbeiteten in der kühlen Nacht. Das alte Haus knarrte und knarzte, während draußen der Wind, der vom Meer kam, das Schindeldach bestürmte. Ein Rest Wärme ging von dem eisernen Ofen in der Ecke aus, auf dem Melyssana ihnen eine dicke Suppe gekocht hatte. Es hatte eine Weile gedauert, bis sie nachgegeben hatte und ihn hier auf den Dielen schlafen ließ.

Es war wie ein Traum, dachte Laurelin, und plötzlich überkam ihn die Furcht, dass er erwachen könnte. Melyssana war zu schön. Sie war zu einfühlsam … Nie war er einer solchen Frau begegnet. So viel Glück hatte er einfach nicht! Oder gehörte das noch zum Fluch der Trollschamanin?

Er tastete über die Holzdielen, strich mit der Hand über die groben Wolldecken. Das alles war echt. Und da ... Wieder überkam ihn das Gefühl, dass etwas draußen vor der Tür herumschlich. Zugleich fühlte er sich beobachtet. Er hielt den Atem an und lauschte. Doch da waren nur die Geräusche des Sturms. Es musste die unvertraute Umgebung sein, die ihn so unruhig machte. Es war ...

Gleißendes Licht drang durch die Spalten des Fensterladens und schnitt die Finsternis der Werkstatt in Streifen. Fast augenblicklich folgte der Donner, so heftig, dass Laurelin fühlte, wie der Boden unter ihm vibrierte, und die Werkzeuge auf dem Tisch leise klirrten.

Nur für einen Herzschlag war es hell gewesen, aber er hatte sie überdeutlich gesehen. Melyssana stand neben ihrem Arbeitstisch. Sie hatte ihn angeschaut. Und sie war nackt.

Laurelin setzte sich auf. Was hatte das zu bedeuten? Was ...

»Der Sturm«, sagte sie leise, und wieder war es, als habe sie in seinen Gedanken gelesen. Sie waren einander so nah, dass sie jederzeit zu wissen schien, was in ihm vorging. »Ich finde keine Ruhe. Und ich mag nicht allein sein.«

Wie hatte sie es geschafft, über die Holzdielen zu gehen, ohne dass sie knarrten? Er hatte sie nicht kommen hören. War es der Sturm, der alle anderen Geräusche überdeckt hatte und ... Nein, dachte er. Die Antwort war ganz einfach. Sie hatte es ihm ja erzählt. Einst war auch sie eine Jägerin gewesen, und sich lautlos zu bewegen lag ihr gewiss immer noch im Blut.

»Magst du in meine Kammer kommen?« Sie klang schüchtern, was gar nicht zu ihrem bislang so selbstsicheren Auftreten passte.

»Macht der Sturm dir Angst?«

Die Dunkelheit hatte sie wieder verschlungen, sodass er nicht in ihrem Antlitz lesen konnte. Einige Herzschläge herrschte Schweigen, bis sie schließlich antwortete: »Am Waldmeer gibt es manchmal Stürme, die ganze Dörfer verschlingen. Sie bauen ihre Häuser dort auf Pfählen, dicht am Wasser. Ich habe das einmal erlebt ... Alles war einfach weg. Die Häuser, die Boote, alle Bewohner ...«

Laurelin stand auf und ging zu ihr hinüber. Sanft nahm er sie in die Arme und drückte sie an sich. Ihre Haut war zart wie Seide. Ihr warmer Atem liebkoste seinen Hals. Erregung überkam ihn. Und zugleich auch Scham. Sie musste sein Sehnen gespürt haben, so dicht, wie sie beieinanderstanden.

»Gehen wir«, flüsterte sie, und ihre Lippen berührten seinen Hals.

Gleißendes Licht schnitt durch die Stube. Der Silberstahl der Werkzeuge leuchtete auf. Inmitten der Schabeisen und kleinen Messer lag ein gekrümmter Dolch. Laurelin war sich sicher, dass die Waffe dort nicht gelegen hatte, als sie sich zur Ruhe begeben hatten. Sie musste wirklich Angst vor dem Sturm gehabt haben.

Melyssana zog an seiner Hand, und er folgte ihr in das winzige Schlafgemach. Der Wind rüttelte an dem Laden des kleinen Fensters über dem Kopfende. Das Bett war nicht für zwei gemacht. Als sie sich niederließen und Melyssana die Decke über sie zog, lagen sie eng aneinandergeschmiegt.

Laurelin war sich unsicher, wie er sich verhalten sollte. Er begehrte sie und hatte zugleich Angst, sie zu vergraulen, wenn er jetzt zu aufdringlich wurde. Doch wenn er sich zurückhielt, mochte sie vielleicht denken, dass er nichts von ihr wollte. Hätte er nur mehr Erfahrung im Umgang mit Frauen! Er dachte an die wenigen Geschichten, die Morwallon über seine galanten Abenteuer in den Städten des Südens erzählt hatte. Doch das war auch nicht hilfreich. Wo Frauen ihre Gunst gegen Silber feilboten, war alles anders. Da konnte es wohl kaum Missverständnisse geben.

Ihre Lippen streiften wie zufällig die seinen, und ein wohlig warmes Gefühl durchflutete ihn. Ohne es unterdrücken zu können, stöhnte er auf. Er griff in ihr Haar, zog ihren Kopf wieder zu sich.

Und dieses Mal war er es, der sie küsste, wild und verzehrt von unerfüllter Leidenschaft.

Sie schob sich auf ihn. Ihre Hände schienen überall zu sein, und wo sie ihn berührten, entfachten sie Brände des Wohlgefühls. Wo sie über seine Haut glitten, zogen sie Bahnen des Feuers. Er bäumte sich auf vor Lust. Sie drückte ihn nieder. Und dann richtete sie sich auf, saß auf ihm und machte ihm das schönste aller Geschenke.

Kein Mann von Seide und Silberglöckchen

Kalter Regen rann Melvyn über das Gesicht. Doch das elende Herbstwetter machte ihm nichts aus. Es war Burg Elfenlicht, die ihm zusetzte. Die Burg war mehr Schloss als Festung. Die weißen Mauern, die mit dem steilen grauen Felsen verwachsen schienen, auf dem sich der Königssitz erhob, wirkten, als hätten sie sich selbst an diesem grauen Tag noch einen Rest von sommerlichem Licht bewahrt.

Mit langen Schritten eilte Melvyn den Weg hinauf. Das hohe Tor mit den verschlungenen Bronzebeschlägen war nicht bewacht, doch Melvyn konnte spüren, dass er beobachtet wurde. Emerelle hatte ihn zur Mittagsstunde in den Thronsaal einbestellt. Sie kannte ihn gut. Sie wusste, um wie viel lieber er sich im Garten mit ihr getroffen hätte oder auf den Feldern oder in einem der Eichenhaine auf den Hügeln rings um die Burg.

Er betrat den weiten Innenhof. Auch hier zeigte sich niemand. Ein gelber Rosenstrauch, der am Mauerwerk emporrankte, schmückte sich mit vollkommenen Blüten, denen der Herbstregen nichts anzuhaben schien. Pfützen sammelten sich auf dem Pflaster. Alles hier wirkte makellos. Nirgends lagen Pferdeäpfel, obwohl Melvyn den strengen Geruch nassen Kentaurenfells witterte. Aus irgendeinem ihm unbegreiflichen Grund liebte Emerelle es, sich mit den Pferdemännern aus den weiten Steppen des Windlands zu umgeben. Doch auch sie ließen sich nicht blicken.

Er querte den Hof. Melvyn wusste, wohin er zu gehen hatte. Voller Bitternis dachte er an seine letzten Besuche auf Burg Elfenlicht. Leylin hatte Hoffeste geliebt. Sie hatte die prächtige Burg und all die anderen Paläste Albenmarks geliebt, und dennoch war sie ihm in die Wildnis gefolgt. Ihr glockenhelles Lachen klang Melvyn noch in den Ohren. Er war sich so sicher gewesen, sie für immer von ihrer Melancholie geheilt zu haben. Das war, bevor das Unheil ihre Kinder heimgesucht hatte.

Er straffte sich und stieg die von Säulen flankierte Treppe zum vorderen Empfangssaal hinauf. Wie von Geisterhand bewegt, schwangen die beiden mächtigen Torflügel zurück.

Er trat in eine weite Halle, erfüllt von einem diffusen Licht, das geradewegs aus dem weißen Mauerwerk zu strahlen schien. Eine leichte Brise liebkoste sein Antlitz. Von der Decke hingen unzählige farbenprächtige Seidenbanner, die sich sanft in dem Windhauch bewegten. Melvyn erkannte die silberne Nixe auf blauem Grund, das Wappen der Fürsten von Alvemer; das Banner mit der Schwanenkrone aus Vahan Calyd; die weiße Lotusblüte vor dunkelgrünem Grund, das Banner der Apsaras. Viele der Fahnen zeigten getrocknetes Blut, oder sie waren zerrissen. Manche hatte er in der Schlacht beim Mordstein gesehen. Er verdrängte die Erinnerungen an diesen blutigen Tag, senkte den Blick zum Mosaikboden und ging zu dem Portal auf der gegenüberliegenden Seite der Halle. Auf den weichen Sohlen seiner Wildlederstiefel schritt er fast lautlos dahin. Doch in seinen Ohren hallten das Waffengeklirr und die Schreie der Schlacht am Mordstein.

Auch das Portal am Ende des Saals schwang auf, ohne dass ein Diener oder Torwächter zu sehen gewesen wäre. Ein weiterer Saal lag vor ihm, beherrscht von einem großen Brunnen, in dessen Mitte sich, umringt von Elfenkriegern, ein wasserspeiendes Ungeheuer erhob. Melvyn hatte keinen Blick für die lebensechten Skulpturen. Er passierte den Brunnen und eilte dem nächsten Portal entgegen, und als sich dieses öffnete, sah er in den großen runden Thronsaal.

Nur Emerelle und die Lutin, die ihn geholt hatte, warteten dort. Er war erleichtert, nicht unter den neugierigen Augen des ganzen Hofstaats mit der Königin sprechen zu müssen.

Der Thronsaal war zum Himmel hin offen. Ein Zauber schützte ihn vor dem Regen, der fiel. Dafür rannen Sturzbäche an seinen Wänden hinab. Es sah so aus, als sei er ganz und gar von silbern rauschenden Wasserflächen umgeben. Melvyn hatte flüstern hören, dass es von der Stimmung der Königin abhing, ob ein leise plätschernder Wasserschleier über den Wänden lag oder weiß rauschende Kaskaden an ihnen hinabdonnerten.

Mit Widerwillen ging er in den Saal. Den Boden füllte ein Mosaik, das sieben verschiedenfarbige Schlangen zeigte. Melvyn hatte schon gesehen, wie diese Schlangen zum Leben erwachten und was sie taten. Als er voranschritt, achtete er sorgsam darauf, dass er auf keine der in trügerischer Ruhe verharrenden Windungen der geschuppten Leiber trat.

»Ich freue mich, dich zu sehen«, begrüßte ihn Emerelle. Die Königin erwartete ihn am Fuße der sieben Stufen, die zu dem Podest führten, auf dem ihr Thron stand. Sie trug ein weißes, ärmelloses Kleid mit Stehkragen. Das leicht gelockte dunkelblonde Haar fiel offen auf ihre Schultern. Sie lächelte gewinnend, doch Melvyn stand nicht der Sinn nach höflichen Floskeln.

»Warum bin ich hier?«

Das Lächeln der Königin wurde kühler. »Wie ich sehe, bist du immer noch ein Freund des offenen Wortes. Dann also zur Sache. Ich wünsche, dass du als mein Gesandter an den Hof der Fürstin Alathaia reist und beobachtest, was dort vor sich geht.«

»Ein Gesandter? Ich?« Melvyn war fassungslos. »Dafür bin ich nicht geeignet! Schick mich in die Snaiwamark, um Trolle zu jagen, oder in die Mangroven des Waldmeers, um mich dem Echsengezücht dort zu stellen und in verfallenen Tempeln nach verlorenen Schätzen zu suchen. Schick mich als deinen Streiter in ein Duell an einem Fürstenhof oder meinetwegen sogar in die Welt der Menschen, um die Ritter des Aschenbaums zu bekriegen. Aber ein Höfling …« Er schüttelte den Kopf. »Sieh mich an, Königin. Ich lebe in der Wildnis. Paläste verachte ich.«

»Ich bin überzeugt, dass du an dieser Herausforderung wachsen wirst, Melvyn«, entgegnete Emerelle ruhig.

Leeres Geschwafel, dachte er, beherrschte sich aber, seine Gedanken in Worte zu kleiden. »Sehe ich aus wie ein Höfling?«

Die Königin betrachtete ihn mit einem süffisanten Lächeln. Mit seinen kniehohen Wildlederstiefeln, dem Lendenschurz aus grobem Stoff und der fleckigen Lederweste hatte er eindeutig gar nichts von einem Höfling. Vor allem seine breiten Armschienen, aus denen die Krallen eines Riesenfaultiers ragten, waren etwas, was eher in die Höhle eines Trolls passte als in den Palast einer Elfenfürstin. Ballte er die Hände zu Fäusten, ragten die Krallen über seine Handrücken hinaus. Er benutzte weder Pfeil und Bogen noch Lanze oder Schwert. Er kämpfte mit den Krallen eines Tiers.

»Ich erinnere mich, dass gerade deine Andersartigkeit stets viel Interesse bei den Damen meines Hofes geweckt hat.«

Er schnaubte verächtlich. »Du erwartest also, dass ich meine Schlachten zwischen Seidenlaken schlage?«

»Das auch«, erwiderte die Königin ernst. »Ich erwarte, dass du an jeden Ort gehst, der dich den Geheimnissen Alathaias näherbringt, seien es Hofbälle, Schlafzimmer oder verborgene Lichtungen in dunklen Wäldern. Alathaia wird einen Krieg entfesseln, in dem ganze Städte vergehen, wenn du sie nicht aufhältst. Du musst aufdecken, was sie plant.«

»Wäre es nicht leichter, wenn ich einfach hingehe und ihr die Kehle durchschneide?«

Die Lutin an Emerelles Seite grinste.

»Alathaia die Kehle durchzuschneiden ist ganz gewiss nicht einfach. In diesem Geschäft hat sie es selbst zur Meisterschaft gebracht. Wenn sie stirbt, muss ihr Tod wie ein Unfall wirken. Anderenfalls werden sich die Fürsten Albenmarks gegen mich, *die blutrünstige Tyrannin*, erheben, und es wird zu einem Bürgerkrieg kommen, der Tausende unschuldiger Albenkinder das Leben kostet.«

Melvyn blickte zu der flachen, mit Wasser gefüllten Silberschale, die auf einer niedrigen Säule neben den Stufen zum Thron stand. Emerelle konnte darin die Zukunft lesen, und er zweifelte nicht daran, dass sie die Wahrheit gesagt hatte.

»Zafira, der Brief!«

Die Lutin zog einen versiegelten Lederzylinder zwischen den Pfeifen und Dolchen, die in ihrem Wickelgürtel steckten, hervor und überreichte ihn der Königin.

Emerelle hielt ihm den Lederzylinder hin. »Hierin befindet sich ein Brief für Eldarian, den Gemahl Alathaias. Diese Nachricht darf nur ihn erreichen. Niemand darf dabei zugegen sein. Am besten überreichst du sie ihm in seinen Gemächern, wenn er dort allein ist.«

»Das klingt für mich so, als wäre deine kleine Lutin viel geeigneter als ich, diese Aufgabe zu erfüllen.«

Eine Falte erschien zwischen den Brauen der Königin. »Lutin sind am Hof Alathaias nicht wohlgelitten. Selbst wenn sie in meinem Auftrag und unter dem Schutz meines Siegels dorthin ginge, würde man sie ermorden.« Die Königin blickte zu der Silberschale. »Ich habe diesen Weg erwogen und weiß, wohin er führt. Du, Melvyn, bist der Einzige, der den großen Krieg verhindern kann, wenn du es über dich bringst zu tun, was zu tun dir nicht behagt. Sei mein Bote und mein Spitzel.« Sie maß ihn erneut mit Blicken. »Keiner hält dich für einen Höfling und Intriganten. Das wird es dir leichter machen.«

Er nahm den versiegelten Lederzylinder. »Wann soll ich reisen?«

Statt zu antworten, klatschte Emerelle in die Hände. Die Flügeltüren zum Thronsaal öffneten sich, und zwei Kentauren trabten herein. Ihre beschlagenen Hufe schlugen Funken aus dem Mosaik. Die beiden Pferdemänner mit wilden schwarzen Bärten und dunkelbraunen Augen, in denen der Schalk funkelte, hielten kaum einen Schritt vor der Königin. Ihre Hufe schlitterten auf dem glatten Mosaikboden. Sie schienen ihren Auftritt zu genießen. Der eine führte eine prächtige Schimmelstute am Zügel. Das rote Zaumzeug des Rosses war mit silbernen Glöckchen geschmückt, der rote Sattel mit Silber beschlagen. Die Stute tänzelte nervös und sah Melvyn aus weiten Augen an.

Der zweite Kentaur trug auf seinen Unterarmen ein großes Kissen. Darauf lagen seidene Gewänder und ein mit Silber bestickter roter Umhang. An Schnüren um seinen Hals hingen lange rote Stiefel.

»Als mein Gesandter solltest du wie ein Fürst aussehen und nicht wie ein ...« Emerelle hielt inne. Sie lächelte schmal. »Nun, du solltest jedenfalls nicht aussehen, wie du nun einmal aussiehst. Das ist nicht angemessen.«

»Du kannst mir befehlen, unter Höflingen zu wandeln, obwohl ich diese Speichellecker und Ohrenbläser zutiefst verachte, Königin.

Aber du wirst mich niemals dazu zwingen, dass ich mich wie einer von diesen parfümierten Bastarden kleide!«

»Sieh dir meine Gaben zumindest an!« Emerelle mochte klein und zierlich sein, doch in ihrer Stimme lag eine Macht, geboren aus Jahrhunderten der Herrschaft. Eine Macht, die keinen Widerspruch duldete, wenn sie in diesem Ton sprach.

Er ging zu dem Pferdemann, der ihn hämisch angrinste. »Lächele weiter, und ich schlage dir die Zähne ein, wenn ich zurück bin«, zischte Melvyn.

»Versuch es, und ich trete dir die Rippen ein.«

»Wir sind also verabredet, wenn ich zurückkomme?« Der Kerl gefiel ihm, dachte Melvyn. Vielleicht würden sie sich nach der Schlägerei gemeinsam besaufen.

»Dann oder wann immer du willst, kleiner Mann.« Der Kentaur war gut zwei Köpfe größer. Er beugte sich leicht vor, sodass Melvyn besser die Kleider auf dem Kissen betrachten konnte.

»Ich friere nicht so schnell.« Er nahm den prächtigen Umhang und ließ ihn zu Boden fallen. Dann nahm er das weiße Seidenhemd darunter. »Keine drei Stunden bei Hof, und Rotweinflecken würden diesen wunderbaren Stoff verunzieren. Das sieht sicher nicht gut aus bei einem Gesandten.« Er strich über seine fleckige Weste. »Hierauf sieht man keinen Rotwein.« Er ließ auch das Hemd zu Boden fallen, betrachtete die Hose darunter und schüttelte den Kopf. »Darin würde ich mich zu beengt fühlen. Ich kann nicht klar denken, wenn mein Gemächt in einem lichtlosen Kerker schmachtet.«

Der Kentaur lachte leise.

Als Melvyn die Hose anhob, kamen darunter zwei Armschienen aus dunklem, abgewetztem Leder zum Vorschein, die bis über den Handrücken gingen. In jede der Armschienen waren ab dem Handgelenk vier lange Klingen eingearbeitet, die sich über den Fingern wie Krallen krümmten. Kurz vor den Knöcheln verband eine massive

Stahlstange die Klingen miteinander. Sie würde es erlauben, mit den Krallenhänden Schwerthiebe abzufangen, ohne dass dabei die Hand verletzt wurde. Diese Krallenhände waren ohne Zweifel besser als seine eigenen. Und wer immer sie erschaffen hatte, hatte es verstanden, sie aussehen zu lassen, als seien sie schon lange im Gebrauch. Der Silberstahl war geschwärzt. Kein Mondlicht würde sich darauf spiegeln, wenn er durch die Nacht schlich.

Emerelle lachte leise, und er begriff, dass es die ganze Zeit über nur um diese Krallenhände gegangen war. Sie hatte gewusst, wie er sich verhalten würde.

Er nickte ihr zu. »Ja, die nehme ich.«

Melvyn schnallte seine Armschienen ab und legte die neuen an. Sie passten so vollkommen, als hätte der Waffenmeister der Königin Maß bei ihm genommen.

»Zafira! Öffne den Weg nach Rosan«, befahl die Herrscherin.

Die beiden Kentauren zogen sich hastig vom Schlangenmosaik zurück. Die Schimmelstute schnaubte nervös, als die fuchsköpfige Koboldin zur Mitte des Mosaikbodens ging, wo die sieben Schlangen einander berührten.

Zafira presste die Rechte flach auf den Boden und flüsterte etwas.

Das Brausen des Wassers, das an den Wänden hinabstürzte, nahm zu. Feine Dunstschleier wogten von den Wänden in den Saal hinein.

Ein schleifendes Geräusch mischte sich unter das Tosen des Wassers. Ein Geräusch, als würde Stein über Stein reiben.

Die Stute wieherte erschrocken auf, als sich die Schlangen im Mosaikboden zu bewegen begannen. Die Schlangen wanden sich übereinander und wölbten sich auf. In steinernen Augen leuchtete der Funke des Lebens.

Die Stute schnaubte ängstlich. Melvyn legte ihr vorsichtig die Hand auf die Stirn, darauf bedacht, dass seine neuen Krallen das Fell nicht berührten. »Ruhig, meine Schöne. Gleich ist es vorbei.«

Die kleine Lutin blieb inmitten der sich windenden Schlangenleiber knien, als sei nichts dabei. Selbst als sich hinter ihr ein jadegrüner Schlangenkopf aus dem Boden erhob, regte sie sich nicht. Dann hob auch die Schlange aus schneeweißem Marmor ihren Kopf aus dem Mosaikboden. Sie beide richteten sich auf und neigten sich einander zu. Es sah aus, als küssten sie sich. Licht in allen Regenbogenfarben umspielte die Schlangen, die gemeinsam einen Torbogen bildeten. Zwischen ihnen war eine tiefe Finsternis, in der ein schmaler Pfad aus goldenem Licht erschien.

Melvyn trat einen Schritt von der Stute zurück. Sie hatte sich beruhigt. Die Dunkelheit schien sie nicht zu ängstigen. Er hingegen wollte nicht nach Rosan. Aber er stand in Emerelles Schuld.

Er ballte die Hände zu Fäusten, sodass die Krallen über seine Knöchel hinausragten. Mit einem Schwinger durchtrennte er die dünnen Kettchen, von denen die Silberglöckchen am Zaumzeug hingen. Dann griff er nach dem Sattel und saß auf. Er blickte zur Königin. »Du weißt, du schickst keinen Mann von Seide und Silberglöckchen«, sagte er grimmig, wendete die Schimmelstute und ritt in die Finsternis.

Der Schimmelreiter

»Er wird alles für mich tun«, beharrte Sylvelle. Sie war ein wenig zu Kräften gekommen, auch wenn sie immer noch die meiste Zeit schlief.

Insgeheim wünschte sich Adelayne, dass die junge Elfe mit ihren Kindern den Wagen verließ. Jede Nacht schlief Sylvelle mit ihrem

Ältesten, Tallan, den Zwillingsmädchen und dem Neugeborenen im Wagen. Für Adelayne gab es dort keinen Platz mehr. Sie richtete sich auf alten Marktkisten ein Lager unter dem Wagen ein. Solange es trocken war, ging das auch ganz gut, aber während des Gewitters in der letzten Nacht hatte sie sich für ihre Großherzigkeit verflucht. Sie war nass bis auf die Knochen geworden und hatte kaum ein Auge zugetan.

»Omoran wird dich für all deine Heiltränke bezahlen«, erklärte Sylvelle, und es lag ein so weltfremdes Vertrauen in ihren Worten, dass Adelayne ihr nicht widersprechen wollte, sondern sich wünschte, eines Tages würde es jemanden geben, der sie so bedingungslos und ohne jeden Zweifel liebte. Dabei hatte sie Omoran seit dessen vollmundigem Versprechen, er werde bald zu Geld kommen, nicht mehr gesehen.

»Hey, Hexe!«, ertönte draußen vor dem Wagen eine gehässige Stimme. »Lass dich blicken!«

»Der lohnt gar nicht, dass du nachsiehst«, flüsterte Sylvelle.

Adelayne richtete sich dennoch auf. Die Wagenwand zur Marktgasse war hochgeklappt. Adelayne stützte sich auf die schmale Theke und blickte auf einen ergrauten Silen herab. Sein Haupthaar war verschwunden, aber ein üppiger weißer Bart spross aus seinen Wangen. Er trug nur einen Schurz und eine offene Weste. Außer auf seinem Haupt wucherte so ziemlich überall Haar.

»Na endlich!«, murrte der Alte. »Hast du ein Wässerchen, mit dem du hier oben etwas wachsen lassen kannst?« Während er sprach, tippte er auf seine Glatze.

»Die Ödnis auf deinem Schädel rührt von der Ödnis unter deiner Hirnschale, Tattergreis. Dagegen ist kein Kraut gewachsen.« Adelayne genoss es, ihrer üblen Laune Luft zu machen.

Der Greis bedachte sie mit einem zahnlosen Grinsen. »Dir muss man wohl noch beibringen, wie man ein Geschäft führt, dämliche

Hexe.« Er klopfte auf die Geldbörse, die an einem Lederriemen um seinen Hals hing. »Prallvoll mit strahlenden Kupferstücken. Lass mir wieder Haare auf dem Kopf wachsen, und du wirst eine Woche genug zu essen haben. Vielleicht auch zwei, so mager, wie du bist.«

Adelayne hatte auch auf anderen Märkten schon Erfahrungen mit Rüpeln und unverschämten Sprücheklopfern gemacht, aber so schlimm wie hier war es noch nirgends gewesen. Fast jeder Zweite kam, um sie zu beleidigen oder nach etwas zu fragen, was es einfach nicht gab – wie etwa ein Trank, der einem die Jugend zurückschenkte. Sie fragte sich, ob es an der Stadt lag oder ob es vielleicht jemanden gab, der diesen Pöbel schickte, um sie zu vergraulen.

Ein paar Neugierige waren stehen geblieben, um dem Streit zuzusehen.

»Na, Hexe, hat dir mein großzügiges Angebot die Sprache verschlagen?«

»Hat man dir als kleinem Jungen keine Geschichten über Hexen und böse Zauberinnen erzählt?«, entgegnete sie ruhig. »Hat dich niemand gewarnt, welchen Preis du zahlst, wenn du eine wie mich verärgerst? Hexen bestrafen nicht durch Flüche, sondern dadurch, dass sie denen, die sie verärgern, ohne Ausflüchte die Wahrheit sagen.«

Der Silen glotzte sie mit großen Augen an. Für einen Zwist und übles Gekeife war er sicherlich gewappnet gewesen, aber eine solche Antwort hatte er offensichtlich nicht erwartet.

»Ich habe mir ein wenig Zeit genommen, deine Aura zu betrachten … Das wenige, was davon noch zu sehen ist«, log Adelayne. »Hast du manchmal plötzlich Schmerzen in deinem linken Arm? Fühlt es sich zuweilen so an, als schnürten dir eiserne Fassdauben die Brust zu?«

Der Greis tastete nach seinen Rippen, als spürte er in diesem Augenblick, wovon sie gesprochen hatte.

»Spare dir deine Münzen, Alter. Selbst die wirkmächtigste Tinktur wird nicht verhindern, dass, lange bevor sich auch nur ein einziges Haar auf deinem kahlen Schädel erhebt, büschelweise Unkraut auf deinem Grab wuchert.«

Der Silen erbleichte und taumelte vor ihr zurück.

Adelayne wollte ihm gerade ein Gift empfehlen, das seine Leiden verkürzen würde, als sich ein strahlendes Licht über der Marmorplattform erhob und sich ein Tor über dem Albenstern öffnete. Ein Reiter auf einem Schimmel preschte hindurch. Er zog an den Zügeln des großen Hengstes, sodass dieser tänzelnd auf die Hinterbeine stieg.

Irgendwo über den Dächern erscholl ein Signalhorn. Schwertführer Kayne wich zur südlichen Rampe des Marmorpodests zurück, während Bailyn sich mit einem ungelenken Sprung vor den wirbelnden Hufen in Sicherheit brachte.

Der Reiter war so seltsam, wie das Pferd prächtig war. Er trug nur einen Lendenschurz und eine schäbige Lederweste. Sein blondes Haar war zu Dutzenden dünnen Zöpfen geflochten und wirbelte wild um sein Haupt.

Unter dem Marmorpodest stürmten plötzlich mit Speeren bewaffnete Krieger hervor. Es musste dort unten, hinter wohlverborgenen Türen, einen Wachraum geben. Sie hätte ahnen müssen, dass das wichtigste Tor nach Rosan nicht nur von zwei Kriegern bewacht wurde, dachte Adelayne.

Die Speerträger umringten das Podest. Dann schlossen sich ihnen noch Bogenschützen an.

Der Lärm des Marktes war verstummt. Alle blickten zu dem Albenstern und dem ungewöhnlichen Besucher, der eingetroffen war.

Der Reiter streckte Kayne etwas entgegen. Adelayne konnte nicht erkennen, was es war, doch der Schwertführer gab einen bellenden Befehl, und die Speerspitzen senkten sich.

Der Fremde lenkte sein Ross die Rampe hinab, und eine Eskorte von etwa zwanzig Kriegern umringte ihn. Sie geleiteten ihn auf die Straße zum Südtor.

»Das muss Melvyn, der Wolfself, sein«, flüsterte Sylvelle ergriffen. Sie war aufgestanden, vermutlich, um zu sehen, warum es auf dem Markt so still geworden war.

Adelayne kannte einige der Geschichten, die sich um ihn rankten. Einst hatte er einem Elfenfürsten die Frau geraubt. Melvyn galt als ebenso verwegen wie ungehobelt. War er der zweite Meuchler, den Emerelle geschickt hatte? Bei Hof würden ganz gewiss alle Augen auf ihn gerichtet sein.

Das war nicht ihr Weg, dachte Adelayne und war froh, sich nicht freigekauft zu haben, um nach Langollion zu gelangen. Sie würde vorsichtig agieren, sich Zeit lassen und aus dem Verborgenen zuschlagen. Sie würde Alathaia töten, schwor sie sich, und alle Welt würde es für einen tragischen Unfall halten.

Ironische Brechung

Das war eine bodenlose Frechheit! Melvyn war in einem wunderschönen Gemach einquartiert worden. Hoch in einem der Hauptgebäude des Palasts der tausend Blüten gelegen, boten die Westfenster einen Blick auf das etwa eine Meile entfernte Meer. Die Erkerfenster auf der anderen Seite wiesen auf den Innenhof vor den fürstlichen Ställen. Ein riesiges, viel zu weiches Bett beherrschte das Gemach, das groß genug war, dass hier ein Dutzend

Kentauren ein Saufgelage hätte feiern können, ohne einander anzurempeln.

Auf dem Bett lag sein zusammengerollter Umhang. Darin hatte er eine Zunderbüchse, zwei Streifen Trockenfleisch und ein paar andere Kleinigkeiten verstaut. Das war sein Gepäck.

Er hatte keinen Hehl daraus gemacht, dass er ein Gesandter Emerelles war und erwartete, von Alathaia empfangen zu werden. Jetzt war es bereits dunkel geworden, und noch immer wartete er. Mehr als drei Stunden nun. Selten war er so beleidigt worden. Hatte Emerelle das beabsichtigt? Hatte sie ihn, den *Wilden*, geschickt, damit er beleidigt und ihr ein Vorwand geliefert wurde, auf die Respektlosigkeit Alathaias zu reagieren?

»Verdammte Ränkeschmiede!«, fluchte er lauthals. Dies war nicht seine Welt. Er hätte nicht hier sein sollen! Und noch weniger hätte er Werkzeug irgendwelcher undurchsichtiger Machtspiele sein sollen. Er hatte lange genug gewartet! Er würde das jetzt auf seine Art lösen. Wenn Alathaia ihn nicht zu sich rufen ließ, dann würde er sie eben finden und zur Rede stellen. Und ihm war verflucht noch mal egal, dass das vermutlich gegen die höfischen Regeln war.

Kurz überlegte er, ob er die Krallenhände von seinem Gürtel schnallen und in seinem Gemach zurücklassen sollte. Dann entschied er sich dagegen. Auf dem Weg durch den Palast hatte er mehrere Höflinge gesehen, die neumodische schlanke Schwerter um die Hüften gegürtet trugen. Warum sollte er dann unbewaffnet herumlaufen?

Entschlossen stieß er die schneeweiße Tür auf und trat in einen verwaisten breiten Flur. Üppige Rosensträuße auf kleinen Beistelltischen an den Wänden verströmten einen schweren Duft.

Die weichen Sohlen seiner Stiefel erlaubten es ihm, ohne dass er sich hätte anstrengen müssen, lautlos über den Steinboden zu gehen. Die leeren Flure trugen Geräusche sehr weit. Er hörte Frauenstimmen und ein helles Lachen, doch es war schwer einzuschätzen, aus welcher Richtung sie kamen. Er beschloss, sich nach links zu wenden. Er musste, sobald sich die Möglichkeit ergab, die nächsten beiden Abzweigungen nach rechts nehmen, dann würde er zu der Treppe gelangen, die ihn in die oberen Etagen geführt hatte.

Als er in den ersten dieser Flure einbog, sah er zwei junge Elfendamen. Sie starrten auf die Wand vor ihnen und kicherten erneut. Was sie dort sahen, fesselte sie so sehr, dass sie gar nicht bemerkten, wie er näher kam.

Die Wand vor ihnen war nicht mehr aus massivem Stein, sondern nun halb durchsichtig. Melvyn erhaschte einen Blick auf eine Elfe, die weiße Stiefel trug und mit einer Reitgerte eine Gruppe von Kobolden dazu animierte, alberne Kunststückchen zu vollführen. Gerade gebärdeten sie sich wie steigende Pferde.

»Ist das eure Art, in den Wäldern mit Frauen anzubandeln, Barbar? Sich von hinten anzuschleichen?« Die Hofdame, die ihn fragte, trug ein blassgelbes Kleid und sprach so gelassen, dass Melvyn zutiefst überzeugt war, sie nicht überrascht zu haben. Ihre Freundin, eine Schönheit mit hüftlangem rotem Haar, die ein etwas zu eng anliegendes grünes Kleid trug, zuckte zusammen und wich einen Schritt zurück.

»Ich bespitzele zumindest niemanden, der sich hinter festen Wänden vor Blicken sicher fühlt«, entgegnete Melvyn.

»Das tun wir auch nicht!«, ereiferte sich die Elfe, die gerade noch vor Schreck vor ihm zurückgewichen war. Sie hatte ihre Schönheit durch Puder auf den Wangen und grell gefärbte Lippen verunstaltet. »Lanessa hat uns eingeladen, ihr zuzusehen!«

»Und die Kobolde wissen davon auch?«

»Es sind nur Kobolde«, entgegnete die Geschminkte herablassend.

»Und ich dachte, dies hier sei das Land der Freiheit, wo jeder seine Selbsterfüllung findet. Ich glaube nicht, dass diese Kobolde davon geträumt haben, sich vor den Augen gelangweilter Hofdamen zu Narren zu machen, als sie hierherkamen.«

»Und du glaubst, zwischen Wölfen und Dreck aufgewachsen zu sein erlaubt es dir, ein Urteil über höfisches Leben zu fällen, Barbar? Ich vermute, feingeistige Unterhaltung ist dir so fremd, wie ein sauberes Hemd zu tragen.«

»Feingeistige Unterhaltung?«, schnaubte Melvyn.

»Was du dort siehst, spielt auf den dritten Akt des berühmten dramatischen Schauspiels *Die Klage der Nachtigall* von Meliander an«, bemerkte die gelb gewandete Elfe herablassend. »Aber ich nehme an, dieses anspruchsvolle Stück wird nur selten in verschneiten Wäldern vor Rehen und Hasen aufgeführt.«

Melvyn hatte das Stück nie gesehen, aber seine Gemahlin Leylin hatte ihm gern von den großen Theateraufführungen an den Fürstenhöfen Arkadiens erzählt, wo sie aufgewachsen war. Auch hatte sie vor ihm und den Kindern gern Gedichte rezitiert. »Wenn ich mich recht erinnere, war es das Anliegen Melianders, in seinem Stück *Die Klage der Nachtigall* die höfische Verderbtheit und die Arroganz jener Elfen anzuprangern, die sich allen anderen Völkern Albenmarks überlegen fühlen.«

Die Dame klatschte und bedachte ihn mit einem abfälligen Lächeln. »Welch Überraschung, einen funkelnden Brillanten der Weisheit inmitten der finsteren Nacht der Barbarei zu entdecken, in der dein Verstand gefangen sitzt. Freilich genügt dies nicht, um das feingeistige Stilmittel ironischer Brechung zu erkennen, selbst wenn du es unmittelbar vor Augen hast.«

Melvyn betrachtete das Schauspiel hinter der durchscheinenden Mauer. So, wie die Kobolde sich aufführten, lag der Gedanke nahe, dass die Wand nur in eine Richtung durchsichtig war. Jetzt hatten sie sich im Kreis um die Elfe niedergelassen und gebärdeten sich wie bettelnde Hündchen, während Lanessa ein Stück Zuckergebäck hochhielt.

»Ironische Brechung?«, fragte er spöttisch. »Ein Scheißhaufen stinkt, ganz gleich welchen schönen Namen man ihm gibt.«

Die Elfe in Gelb griff in ihr Dekolleté, zog ein seidenes Tüchlein hervor und schlug es ihm ins Gesicht. »Du nennst mein Leben einen Scheißhaufen, Barbar? Für diese Beleidigung fordere ich Genugtuung!«

»Ein Duell?« Melvyn lachte laut auf. »Du willst mir irgendeinen armen Wicht schicken, der sich für dich schlägt, bis ihm die eigenen Eingeweide vor den Füßen liegen?«

»Ich trage meine Ehrenhändel selbst aus«, entgegnete sie selbstbewusst.

Melvyn musterte sie überrascht. In ihrem mit Rüschen besetzten Seidenkleid mit dem etwas zu tief geschnittenen Dekolleté glich sie den unzähligen affektierten Hofdamen, die ihm schon in anderen Palästen begegnet waren. Aber in ihrem Blick lag eine selbstsichere Härte. Er schaute nach ihren Händen. Sie waren lang und sehnig. Die Handflächen presste sie gegen ihre Oberschenkel, sodass er nicht sehen konnte, ob es dort jene Schwielen gab, die jeden geübten Fechter verrieten.

»Ich hätte eine Bitte, Barbar.«

Melvyn schmunzelte in Erwartung eines Rückziehers.

»Geh zurück in dein Gemach, Wolfsmann. Ich habe Sorge, dass du es auf dem Weg zur großen Halle schaffst, dir noch zwei weitere Herausforderungen zum Duell einzuhandeln, und ich möchte mich nicht mit anderen darum streiten, wem die Ehre gebührt, dir dein Barbarenherz herauszuschneiden.«

»Abgelehnt.« Die Aussicht, den nächsten Tag damit zu verbringen, irgendwelche Höflinge zu verprügeln, erschien ihm unendlich viel attraktiver, als tatenlos darauf zu warten, dass sich Fürstin Alathaia dazu herabließ, ihn irgendwann zu empfangen.

»Dann noch ein Rat ...« Sie hatte eine so aufreizend überhebliche

Art, dass er sich von ihr angesprochen fühlte, zumal sie auf Puder und Lippenfarbe verzichtete. Sie war blass und hatte ein schmales Gesicht, eingefasst von dunkelbraunem Haar. In ihren braunen Augen funkelten Stolz und Spott. Sie hatte keine Angst vor ihm, sondern brannte offensichtlich genauso auf das Duell, wie er es tat.

Sie deutete auf die Krallenhände an seinem Gürtel. »Ich kann dir nur raten, eine richtige Waffe mitzubringen. Ich werde mit einem Stoßrapier fechten, was mir einen Reichweitenvorteil von mehr als einem Schritt gegenüber diesen Dingern verschafft.«

»Wann und wo?«, fragte Melvyn, statt auf die Sticheleien einzugehen. Er wusste, was er an den Krallenhänden hatte und wie man überhebliche Schwertkämpfer tötete.

»Zum Morgengrauen, im großen Rosenpavillon. Um diese Zeit sollte uns dort niemand stören. Ich schlage vor, wir tragen leichte Kleidung. Eine Rüstung anzulegen oder auch nur angemessen bekleidet zu sein scheint ja nicht deine Sache zu sein, Barbar.«

Melvyn musterte sie erneut. Da lag eine Spannung in ihrer Körperhaltung, die ihm bei anderen Hofdamen nie aufgefallen war. Sie hatte sicherlich einige Fechtstunden genossen. Vielleicht war sie sogar gut. Morgen würde sie lernen, dass es einen erheblichen Unterschied dazwischen gab, ob man sich mit seinem Fechtlehrer maß oder mit jemandem, der willens war, Blut zu vergießen. Sie reizte ihn. Er deutete zu dem Flur, durch den er gekommen war. »Du findest mich dort hinten, hinter der vierten Tür. Wir könnten heute Abend schon ein wenig den Nahkampf proben, bevor wir uns morgen erneut aufspießen.«

Sie lachte. Es war ein Laut voller Verachtung. »Nennt man das in dem Wald, aus dem du hervorgekrochen bist, ein galantes Kompliment? Hast du schon vergessen, dass du mich einen Scheißhaufen genannt hast? Man muss wohl ein Barbar sein, um auf die Idee zu verfallen, sich mit einem Scheißhaufen zu paaren.«

Melvyn räusperte sich. Ihm entging nicht, dass die Elfe in Grün ihren Schrecken überwunden hatte und ihn inzwischen mit einiger Neugier betrachtete. Vielleicht stand ihr ja der Sinn nach einem Abenteuer mit einem Barbaren.

»Wie heißt du eigentlich?«, wandte er sich an ihre Freundin.

»Mein Name ist Atossa«, kam die schneidend kühle Antwort.

»Ich heiße Melvyn«, entgegnete er höflich. »Und übrigens betrachtet man das, was ich vorhin sagte, in dem Wald, aus dem ich hervorgekrochen bin, nicht als Kompliment, sondern als ironische Brechung.«

Ehrenhändel

Hunderte Kerzen tauchten den weiten Fechtsaal in taghelles Licht. Alathaia hob ihr schlankes Rapier zum Gruß, verbeugte sich elegant vor ihren beiden Gegnern und kehrte zu ihrer Bank am Rande des Fechtsaals zurück. Dort wartete ihr jüngster Sohn Tiranu. Sein langes schwarzes Haar war zu einem Pferdeschwanz zusammengebunden, um ihn beim Fechten nicht zu stören. Mutter und Sohn steckten die Köpfe zusammen und begannen sich zu unterhalten.

Nanduval hätte Alathaia lieber allein gesprochen, aber die Angelegenheit drängte. Er durfte nicht länger warten. Sich dicht an der Wand haltend, um keines der Fechterpaare in dem großen Saal zu stören, ging er zu der Bank hinüber.

»Auf ein Wort, meine Fürstin.« Er verbeugte sich formvollendet.

Alathaia wandte sich zu ihm um. Es war nicht zu übersehen, dass sie gerade lieber nicht gestört worden wäre. »Hauptmann.«

Er räusperte sich. »Es geht um eine delikate Angelegenheit, meine Fürstin.«

Sie bedachte Tiranu lächelnd mit einem flüchtigen Blick. »Ich habe keine Geheimnisse vor meinen Kindern.«

»Atossa hat den Gesandten Emerelles zu einem Duell herausgefordert. Das muss verhindert werden, Fürstin!« Es war ihm unangenehm, sie zu bedrängen. Aber Mitternacht war nicht mehr fern, und es blieb nicht viel Zeit, dieses unselige Duell abzuwenden.

»Du bist schlecht unterrichtet, Nanduval.« Die Fürstin reckte ihr Kinn vor und sah ihn durchdringend an. »Soweit ich weiß, hat sich dieser ungehobelte Wolfssohn in weniger als einer halben Stunde drei Duelle eingehandelt.«

Das war zu viel, um reiner Zufall zu sein, ging Nanduval auf. »Ihr habt …«

»Ganz richtig«, bekräftigte Alathaia. »Atossa hat auf meinen Befehl in der Nähe seines Gemachs auf ihn gewartet. Es war mein ausdrücklicher Wunsch, dass sie ihn zu einem Duell provoziert. Sieben meiner besten Fechter haben im Palast auf eine Gelegenheit gelauert. Drei hat er gefunden.«

Nanduval rang um Fassung. So kannte er seine Fürstin nicht. Ein so leichtfertiges Handeln passte nicht zu ihr. »Ich bin sicher, wenn Ihr den Wunsch äußert …«

»Nein!«, unterbrach sie ihn. »Mein Wunsch ist, dass er morgen früh verreckt. Einen Wilden wie ihn an meinen Hof zu schicken ist eine maßlose Beleidigung.«

»Ebenso, wie einen Gesandten der Königin Emerelle nicht zu empfangen, eine Beleidigung ist«, erlaubte sich Nanduval zu bemerken.

»Er ist kein Diplomat. Er kleidet sich nicht einmal passend für einen Aufenthalt bei Hof. Und er hat einen üblen Ruf. Er zieht mit Kentauren umher. Er hat die Gemahlin des Fürsten Shandral geraubt ... Dieser Melvyn ist ein Mann ohne jede Moral. Entweder ist er hier, um mich durch seine Anwesenheit zu beleidigen, oder Emerelle hat ihn geschickt, um mich meucheln zu lassen.«

»Wäre das nicht ein wenig zu offensichtlich, Herrin?«, versuchte Nanduval ihren Zorn zu mildern. »Er wäre der Erste, auf den ein Verdacht fällt.«

»Vielleicht betrachtet Emerelle ihn ja als entbehrlich.«

Nanduval war dankbar für den Lärm der Fechter. Niemand, der nicht in unmittelbarer Nähe von ihnen stand, konnte hören, was gesprochen wurde.

»Er ist gesehen worden, wie er nach Einbruch der Nacht auf das Dach des Palastes gestiegen ist«, mischte sich nun auch Tiranu ein. »Vermutlich ist er auf der Suche nach einem Weg zu den Gemächern meiner Mutter, um sein Bluthandwerk als Meuchler auszuüben.«

»Ich kann Euch beruhigen, junger Fürst. Selbstverständlich habe ich auch auf den Dächern Wachen. Er ist in die Gemächer der Dame Zantissa eingestiegen, und meine Spitzel haben mir berichtet, dass ...« Er überlegte, wie er das Gehörte möglichst wenig anzüglich formulieren konnte. »Die Laute, die man durch die Tür vernehmen konnte, und die Dauer des Aufenthalts lassen darauf schließen, dass es nicht zu einer Gewalttat gekommen ist.«

»Zantissa?«, fragte Tiranu verärgert. »Wer ist das? Welche Elfendame gibt sich mit diesem Wolfsmann ab?«

»Sie kommt aus einer Sippe südlich der Blutbucht. Ihre Familie ist berühmt für die Schiffe, die sie bauen.« Plötzlich war sich Nanduval unsicher, wie viel er noch sagen sollte. Vor allem die Art, wie Tiranu ihn aus seinen schwarzen Augen ansah, missfiel ihm. Würde Tiranu Zantissa bestrafen?

»Ich erinnere mich«, sagte Tiranu. »Eine Rothaarige mit einer Vorliebe für grüne Kleider.«

»Ganz gleich, wie das Duell morgen endet, Langollion wird Schaden daran nehmen«, wechselte Nanduval das Thema. »Siegt Atossa, wird Emerelle Rache für ihren toten Gesandten nehmen. Siegt Melvyn, verliert der ganze Fürstenhof sein Gesicht.«

»Wir könnten dem Barbaren ein Schlafgift verabreichen, das ihn langsamer macht, wenn er kämpft«, schlug Tiranu vor.

Alathaia schüttelte entschieden den Kopf. »Deine Spitzel sollen ihn weiter beobachten, Hauptmann. Sind es genügend?«

»Ich habe fünf, die alle Dächer im Blick behalten.«

Die Fürstin nickte. »Wenn sich Melvyn meinen Gemächern nähert, sollen sie ihn vom Dach schießen. Tut er das nicht, wird Atossa morgen sein Blut vergießen. Wir laden noch ein paar andere Gesandte ein. Es soll Zeugen dafür geben, dass lediglich ein Ehrenhandel ausgefochten wurde. Dann kann Emerelle keine Rache fordern. Ich wünsche, dass dieser Wolfself noch vor dem Mondfest übermorgen tot oder abgereist ist.«

Sechs Sonnen

Adelayne schreckte aus dem Schlaf. Sie hatte einen Schrei gehört, wie ihn kein Albenkind hätte ausstoßen können. Voll grausamer Wildheit. Und er war sehr nah erklungen.

Sie schlug die Decken zurück und horchte in die Finsternis. Wie in den Nächten zuvor schlief sie noch immer unter ihrem Wagen und überließ Sylvelle und deren Kindern den geschützten und warmen Platz im Wageninneren.

In das stete Geräusch des Regens mischte sich der Laut torkelnder

Schritte. Adelayne rollte sich von ihrem Lager aus alten Kisten und suchte hinter einem der Speichenräder des Wagens Deckung. Sie schob die Rechte in den weiten Ärmel ihres Wollmantels. Am linken Unterarm trug sie einen langen Dolch. Dessen lederumwickelten Griff zu ertasten versetzte sie in kämpferische Stimmung. Es gab nur wenig, wovor sie sich fürchtete. Ganz gewiss vermochte sie sich besser ihrer Haut zu erwehren, als es die meisten von einer Heilkundigen erwarten würden.

Die Schritte kamen in ihre Richtung. Trotz des Regens waren sie auf dem Pflaster des Marktes deutlich zu hören. Bei Nacht waren die meisten Marktstände verlassen. Obwohl viele noch lange im trüben Licht billiger Funzeln ihre Waren feilboten, leerte sich der Markt üblicherweise, noch bevor Mitternacht erreicht war. Kaum jemand übernachtete bei seinem Stand. Und die Wachen beim Albenstern verließen ihre Posten nicht. Was immer dort im Dunkeln vor sich ging – sie war auf sich allein gestellt, wenn sie die Deckung verließ.

Ihr großer Wallach schnaubte nervös hinter dem Wagen. Irgendwo hörte sie das ausgelassene Lärmen von Betrunkenen. Etliche Schenken der Stadt schlossen die ganze Nacht über nicht. Auch brannte in einigen der Fenster der spitzgiebeligen Häuser, die den Markt umringten, noch Licht. Nur hier, wo an mehr als sechzehn Stunden jeden Tag das Leben pulsierte, war es still geworden.

Ein Fauchen erscholl. Bösartig und erschreckend nah. Es folgte ein Schrei. Etwas schlug klatschend auf das nasse Pflaster. Ein tiefes, kehliges Knurren ertönte. Schmerzenslaute ... Adelayne sprang aus der Deckung.

Die erleuchteten Fenster waren zu weit entfernt, um in ihrem Licht mehr als nur unförmige Schatten erkennen zu lassen. Eine Gestalt am Boden streckte verzweifelt die Hände empor, um etwas Massiges, Dunkles abzuwehren. Das Geräusch von reißenden Kleidern störte das gleichmäßige Rauschen des strömenden Regens.

Adelayne zog den Dolch aus ihrem Ärmel, sprang vor und stieß einen wilden Schrei aus.

Streulicht brach sich an langen weißen Fängen. Die Kreatur starrte sie einen Herzschlag lang an, dann wich sie ärgerlich fauchend zurück, warf sich katzenhaft anmutig herum und verschwand im Labyrinth der verlassenen Marktstände.

Adelayne eilte zu der Gestalt, die am Boden lag. Sie murmelte ein Wort der Macht, um das regennasse Pflaster um den Verletzten herum zum Leuchten zu bringen. Tiefe Schrammen hatten das Gesicht des Elfen entstellt, und doch erkannte Adelayne ihn auf Anhieb. Omoran!

Seine Augen suchten ihren Blick. Mit letzter Kraft hob er die Rechte. Seine Finger krallten sich um einen Lederbeutel. »Dein Lohn … Heilerin«, stieß er, schwer atmend, hervor. »Ich … halte mein … Wort.«

»Still!«, zischte sie und drückte seinen Arm herab. Das Licht war alles andere als günstig. Aus mehreren Wunden sickerte dunkles Blut durch seine zerfetzten Kleider. Sein linker Fuß war über dem Knöchel fast abgetrennt und stand, an letzten Muskelsträngen und Sehnen hängend, in einem grotesken Winkel vom Bein ab. Auch dort bildete sich eine schnell größer werdende Blutlache auf dem Pflaster.

»Alles wird gut«, sagte sie leise und eindringlich. Sie hielt noch immer sein rechtes Handgelenk umschlossen. Deutlich fühlte sie seinen rasenden Puls, der sein Verhängnis nur noch beschleunigen würde. Es waren zu viele Wunden, um darauf hoffen zu dürfen, sie versorgen zu können, bevor er verblutet war. Sie sprach ein Wort der Macht und redete beruhigend auf ihn ein. »Alles wird gut.«

Weit aufgerissene Augen, in denen sich blanke Todesangst spiegelte, starrten sie an. Seine Lippen bewegten sich, doch sie hatte anderes zu tun, als den dahingestammelten Silben zu lauschen.

Adelayne schloss die Augen und konzentrierte sich auf das magische Netz, das alles und jeden durchdrang. Sie folgte den Kraftlinien in seinen Leib. Dort zerfaserten sie in ein hauchzartes Gespinst, verglichen mit dem Spinnenfäden dick wie Ankertrossen wirkten. Und indem sie sich darauf einließ, eins mit ihm zu werden, teilte sie auch seinen Schmerz. Sie spürte all die grässlichen Wunden und verharrte einige Herzschläge vor Entsetzen. Nie hatte sie sich in einen so grausam verstümmelten Leib versetzt. Wo sollte sie anfangen? Gleich mehrere der Wunden würden ihn in kurzer Zeit töten.

Ein gellender Schrei störte ihre Konzentration. Sie versuchte ihn aus ihrem Bewusstsein zu bannen, doch die Emotionen, die ihn begleiteten, waren so stark, dass sie bis in das magische Netz durchschlugen.

Adelayne konzentrierte sich darauf, die Adern des Beinstumpfs zu veröden. Sie zwang das Gewebe von Arterien und Venen, sich zusammenzuziehen, bis kein Blut mehr verloren ging. Doch Omorans Herz schlug nur noch unregelmäßig. Es war völlig aus dem Rhythmus geraten. Die vier Kammern füllten sich lediglich unvollständig mit Blut.

Sie verlangsamte seinen Herzschlag. Langsamkeit war das Gebot der Stunde! Langsamkeit und Gleichmut mochten sein Leben retten.

Sie sah ihn kurz an. Selbst im schwachen Licht, das sie gewoben hatte, war zu erkennen, wie unnatürlich blass er war. Das war ein gutes Zeichen, dachte sie. Das Blut floh aus seiner Haut, den Händen und Füßen. Es war nicht mehr genug, um überall zu sein. Sein Hirn und seine inneren Organe wurden nun bevorzugt versorgt. Omorans Körper half ihr, ihn zu retten. Sie konnte siegen, sagte sie sich, wenn sie sich nur genug anstrengte, wenn sie sich ganz und gar hingab. Sie durfte einzig und allein dieses eine Ziel vor ihrem geistigen Auge haben: ihn zu retten. Erneut schloss sie die Lider und nahm mit einem Hauch von Hoffnung den Kampf wieder auf.

Adelayne hörte die gestammelten Laute Sylvelles, doch ihr

Verstand war zu sehr in das Ringen um Omorans Leben verstrickt, um die Silben zu Worten zu fügen und ihnen Sinnhaftigkeit zu schenken. Sie spürte die langen Wunden auf dem Rücken des Elfen. Krallen hatten sich dicht unterhalb der Schultern in sein Fleisch gegraben und es bis fast zu den Hüften hinab aufgeschlitzt. Acht parallele Striemen waren es.

Adelayne konzentrierte sich erneut auf die verletzten Gefäße. Sie gab von ihrer Lebenskraft, um die Zauber, die sie wob, zu nähren. Und behutsam nahm sie auch Kraft aus dem Goldenen Netz. Dabei war sie äußerst vorsichtig, wusste sie doch, was ihr geschehen würde, sollte sie zu gierig sein. Die Welt der Magie verlangte nach Ausgleich. Wer nahm, musste auch geben. Außer … Sie konnte auch von der Lebenskraft derer, die sich unterdessen in der Dunkelheit um sie versammelt hatten, stehlen. Ein wenig nur. Dann würden die Gaffer wenigstens zu etwas Nutze sein. Sie zögerte … Es war eine dunkle Spielart der Zauberei, sehr machtvoll und natürlich verboten. Sie würde die Grenze zur Blutmagie überschreiten, wenn sie sich dazu hinreißen ließe.

Ein Zittern durchlief die Glieder Omorans. Sein Herz schlug wieder ungleichmäßig. Jetzt erst bemerkte Adelayne die tiefe Bisswunde unterhalb des rechten Rippenbogens. Die Reißzähne der Bestie hatten die Leber punktiert. Das Blut sammelte sich in der Bauchhöhle.

Verzweifelt überlegte sie, wie sie das verlorene Blut ersetzen konnte. Wie ein solcher Zauber zu weben war, überstieg ihr Vorstellungsvermögen. Omoran musste seinen Herzschlag beherrschen. Er musste ihr helfen, ihn zu retten. Stattdessen bäumte er sich auf und vergeudete seine Kraft damit, Worte der Liebe zu stammeln.

Adelayne griff im Goldenen Netz nach seinem Herzen, wollte es zur Ruhe zwingen, seinen Schlag verlangsamen. Doch stattdessen machte es einen letzten wilden Satz … und hörte auf zu schlagen.

Die Heilerin stellte sich vor, wie sich die Kraft des Goldenen Netzes um Omorans Herz schloss. Im Geiste presste sie und versuchte das Herz zu zwingen, erneut zu schlagen. Doch der Muskel blieb schlaff und leblos. Sie hatte den Kampf um Omoran verloren.

Benommen öffnete sie die Augen.

Sylvelle kauerte bei Omoran. Sein Haupt hatte sie auf ihren Schoß gebettet. Das braune Haar fiel ihr in nassen Strähnen ins Gesicht. Ihre Schultern bebten, aber Adelayne hörte sie nicht schluchzen. Tallan stand hinter ihr, das Gesicht verkniffen, die Hände zu Fäusten geballt. Die Zwillinge und das Neugeborene waren wohl im Wagen geblieben.

Die Kälte hatte sich Adelayne bis tief in die Knochen gefressen. Sie wusste nicht, wie lange sie um Omorans Leben gerungen hatte, doch war sie inzwischen vom Regen völlig durchnässt. Und sie hatte so viel von ihrer eigenen Lebenskraft in die Zauber gelegt, dass sie zu geschwächt war, um ohne Hilfe aufzustehen.

Der Kreis der Neugierigen war enger geworden, und sie tuschelten. Immer wieder fiel der Name Andarion. Er wurde nur geflüstert, als genüge es, ihn laut auszusprechen, um etwas Böses herbeizurufen.

Adelayne ärgerte sich über die Schaulustigen. Der Markt hätte verlassen sein sollen. Sylvelle und Tallan hätten in Frieden um Omoran trauern sollen! Doch Unglück zog stets Gaffer an.

»Verpisst euch!«, ertönte eine heisere Stimme. »Los! Glotzt in Bierhumpen oder auf die Ärsche von Huren oder eure Kopfkissen! Hier gibt es nichts mehr für euch zu sehen.« Eine kleine Gestalt mit einem wuchtigen Knüppel erschien hinter Tallan. Es war Broja! Und der widerborstige Kobold hatte gleich einen ganzen Trupp Schläger mitgebracht. Zum ersten Mal war Adelayne froh, ihn zu sehen.

Die Gaffer zerstreuten sich. Bis auf zwei. Beides hochgewachsene Gestalten in schwarzen Kapuzenumhängen.

Broja ließ seinen Knüppel in die offene Handfläche klatschen.

»Entweder ihr geht, oder ich schlage euch die Kniescheiben ein. Dann werdet ihr davonkriechen.«

»Du hast Talent«, sagte eine freundliche Stimme. »Fast hättest du ihn gerettet.« Eine der beiden schwarzen Gestalten schlug die Kapuze zurück. Adelayne sah in ein blasses Gesicht, umgeben von nachtschwarzem Haar.

Die Worte der Fremden waren wohl freundlich gemeint, und doch fühlte Adelayne sich verspottet. Das *fast* war das Salz in der Wunde der Niederlage. Klar zu verlieren war leichter zu ertragen. *Fast* bedeutete Versagen. Hätte sie nur ein wenig härter gekämpft. Hätte sie ein wenig mehr über die Art der Verletzungen nachgedacht, statt sich sofort um den beinahe abgetrennten Fuß zu kümmern. Wenn sie stattdessen die verletzte Leber zuerst versorgt hätte …

»Ich bin müde«, sagte sie mürrisch und wünschte, in Ruhe gelassen zu werden. Sie blickte zu Broja, in der Hoffnung, dass er auch die letzten beiden Gaffer vertreiben würde.

Doch der Kobold sah nur mit offenem Mund zu der Fremden auf. »Eure Durchlaucht«, murmelte er ergriffen.

Obwohl sie zu Tode erschöpft war, zwang sich Adelayne, die blasse Elfe näher zu betrachten. Sie trug ein schmuckloses, doch elegant geschnittenes blutrotes Kleid und strahlte ein Selbstbewusstsein aus, das im Einklang mit dem Titel stand, mit dem Broja sie angesprochen hatte.

»Darf ich vorstellen?« Broja verbeugte sich linkisch und deutete in ihre Richtung. »Meine Heilerin, die großartige Adelayne von Arkadien.«

Adelayne zuckte innerlich zusammen. Erstens stammte sie nicht aus Arkadien, und zweitens war sie ganz gewiss nicht *seine* Heilerin.

»Und dies hier ist Morwenna«, fuhr er fort. »Tochter der Fürstin Alathaia und des Fürsten Eldarian.«

»Ich habe gesehen, was du getan hast.«

Morwenna sagte das zwar in freundlichem Tonfall, doch missfiel Adelayne die Vieldeutigkeit dieser Worte. Was genau hatte sie gesehen? Dass sie etwas mehr Kraft aus dem Goldenen Netz genommen hatte, als klug war? Wie viel ihrer eigenen Lebenskraft sie geopfert hatte? Oder den kurzen Augenblick der Versuchung, die Grenze zur dunklen Seite des Zauberwebens zu überschreiten und von der Lebenskraft der anderen zu stehlen?

»Es wäre schön, wenn du jenseits der Mauer deine Kunst ausüben würdest, Adelayne. Wir alle dort haben uns der Hingabe an unsere Talente gewidmet. Manche gehen einen langen Weg, bis sie herausfinden, worin ihre Erfüllung liegt, und selbst wenn sie sie gefunden haben, sind nur wenige zu so selbstloser Hingabe fähig, wie du sie gerade gezeigt hast. Es sind Albenkinder, wie du eines bist, die meine Mutter um sich versammeln möchte, um eine neue, bessere Welt zu erschaffen. Eine Welt, die nicht länger in der trügerischen Sicherheit von Emerelles Herrschaft verharrt, ohne sich zu verändern.« Die Elfe streckte ihr die Hand entgegen. »Komm mit mir!«

Das war der Weg in den Palast, in die unmittelbare Nähe von Alathaia, begriff Adelayne, und doch sträubte sich etwas in ihr, einfach zuzustimmen. Sie blickte auf Omoran. Seine Suche nach dem Glück hatte auf dem verdreckten Pflaster dieses Marktes der Hoffnungslosen geendet. »Er hat genauso viel Hingabe gezeigt. Er hat sein Leben gewagt für seine Familie. Er hat alles gegeben …« Sie sah zu der Fürstentochter auf. »Sein Opfer war größer als meines, und es darf nicht vergebens gewesen sein.«

Die Fürstentochter sah sie fragend an.

»Wenn du seiner Frau und seinen Kindern eine neue Heimat in Langollion schenkst, dann werde auch ich mit dir kommen.« Sie hatte Zweifel, ob ihr Mord an Alathaia die Welt besser machen würde. Aber wenn Sylvelle und ihre Kinder endlich ihr erträumtes neues Zuhause fanden, dann hatte sie zumindest etwas Gutes bewirkt.

Morwenna neigte den Kopf und musterte Sylvelle abschätzig. »Wie viele sind sie?«

»Fünf«, erwiderte Adelayne fordernd.

Morwenna ließ sich Zeit mit der Antwort.

»Wir gehen nicht ohne ihn«, sagte Sylvelle leise und strich Omoran die nassen Haarsträhnen aus der Stirn. »Sein halbes Leben hat er von Langollion geträumt. Er soll dort zumindest begraben sein, soll ...« Ein Schluchzen erstickte ihre Stimme. Sie beugte sich vor und küsste die bleiche Stirn. »Er soll bei uns bleiben. Und sei es im Grab«, sagte sie so leise, dass der Regen beinahe ihre Worte verschlang.

»Sechs Sonnen also!«, sagte Morwenna entschlossen. »So sei es. Doch es gibt eine Bedingung, Heilerin. Du wirst nicht völlig frei sein. Ich bringe dich in den Palast der tausend Blüten, und meine Mutter wird entscheiden, wie du Langollion am besten dienen kannst. Von nun an gehörst du uns.«

»Aber sie ...«, begann Broja.

Ein erhobener Zeigefinger Morwennas genügte, um den Kobold zum Schweigen zu bringen. »Deine Antwort, Heilerin.«

»Ich gehöre Euch, Durchlaucht«, stimmte sie zu, ohne die geringste Ahnung zu haben, was *sechs Sonnen* zu bedeuten hatte.

Lippen so rot

Leicht benommen setzte sich Melvyn auf. Das war seltsam. Er fühlte sich geschwächt. Müde blinzelnd, sah er nach Zantissa. Ihr Antlitz war halb unter wallendem rotem Haar verborgen. Ihre dunkelroten

Lippen wirkten im schwachen Kerzenlicht fast schwarz. Sie hatte gut geküsst, dachte Melvyn. Mit einer Leidenschaft, die er ihr zunächst gar nicht zugetraut hatte. Die Farbe auf ihren Lippen war verschmiert. Ihr Mund ein verschwommener dunkler Fleck über einem makellos weißen Kinn. Fünf Mal hatte sie im Laufe der Nacht neue Farbe auf ihre Lippen aufgetragen.

Er stand auf, schwankte leicht, fing sich aber sofort wieder. Das große Gemach, geschmückt mit einem Meer roter Rosen, verschwamm vor seinen Augen. Melvyn schüttelte den Kopf, um die Benommenheit zu überwinden. Er machte ein paar Schritte, dann musste er sich schwer auf die große Kommode an der Wand gegenüber vom Bett stützen. Ein fremder Geschmack füllte seinen Mund. Bittersüß. Unvertraut. Seine Zunge fuhr über seine Lippen.

Diese Farbe, dachte er. Vor ihm, zwischen zwei mit üppigen Rosensträußen gefüllten Vasen, stand aufgeklappt die kleine goldene Dose mit der Lippenfarbe. Ein Spiegel war an der Innenseite des Deckels eingelassen. Neben der Dose lag der Pinsel, mit dem sie die Schminke aufgetragen hatte.

Wieder musste er gegen das Schwindelgefühl ankämpfen. Sein Blick blieb an der Schminkdose haften. Es fehlte nur wenig von dem Rot, ganz so, als sei es in dieser Nacht zum ersten Mal benutzt worden. Mit einem wütenden Schnauben fuhr er herum. Jetzt begriff er. Er stürmte zum Bett, griff nach Zantissas flammend rotem Haar. Ihre Küsse waren vergiftet gewesen!

Obwohl er so grob ihr Haar gepackt hatte, erwachte sie nicht. Ihr Atem ging flach.

Melvyn unterdrückte seinen Zorn. Das war die Art, wie man bei Hof kämpfte. Mit Intrige, Heimtücke und Gift. In weniger als einer Stunde musste er zum Duell antreten. Nicht zu erscheinen hieße, das Gesicht zu verlieren. Aber so zu kämpfen …

Er tastete nach Zantissas Hals. Ihr Herzschlag war unnatürlich langsam. Sie musste viel mehr von dem Gift abbekommen haben als er. Es fühlte sich an, als schliefe sie dem Tod entgegen. Ob sie das gewusst hatte? War sie genauso Opfer dieser Intrige wie er? Hatte man sie nicht vor der Gefahr gewarnt?

Er schloss die Augen und konzentrierte sich ganz auf sein inneres Licht. Bis er Leylin kennengelernt hatte, hatte ihn niemand in der Kunst des Zauberwebens unterrichtet. Er war auch viel weniger begabt als die meisten Elfen, vielleicht, weil zum Teil Menschenblut in seinen Adern floss. Aber schon während seiner Kindheit unter den Wölfen hatte er das Licht in seinem Inneren entdeckt und die Verbindung zu dem unsichtbaren Strahlen, das alles durchdrang. Später hatte er gelernt, dass die Elfen Begriffe dafür hatten, doch er war bei den Namen geblieben, die er selbst gewählt hatte, um die Welt zu benennen. Dem Strahlen wohnte eine Kraft inne, die er in sich hineinziehen konnte. Sie half ihm, Krankheiten zu überwinden und leichte Wunden heilen zu lassen. Erst Leylin hatte ihn gelehrt, dass die meisten Elfen verdammten, was er tat, wenn er nach dem Strahlen griff, um es in sich hineinzuziehen.

Melvyn spürte das Leben, das noch in den prächtigen Blumengebinden steckte. Doch sie alle würden ohnehin vergehen. Er griff danach, zog alles an sich und sparte nur das schwach flackernde Licht zwischen den Seidenlaken aus.

Als er die Augen öffnete, war das Schwindelgefühl überwunden. Ein übler Modergeruch hing in dem Gemach. Die Blumen waren verfault, das Wasser, in dem sie standen, verdorben.

Er ging zum Bett, griff erneut nach dem roten Haar und zerrte Zantissas Kopf hoch. Als sie nicht erwachte, versetzte er ihr eine schallende Ohrfeige. Dann noch eine. Und eine dritte. Endlich blinzelte sie. Blanke Angst lag in ihrem Blick. Sie hatte begriffen, dass er wusste, was sie getan hatte.

»Schlaf nicht wieder ein!«, ermahnte er sie eindringlich.

»Atossa …«, stammelte sie. Ihre Lider flatterten. Der Kopf sank ihr auf die Brust.

Melvyn weckte sie mit einer weiteren Ohrfeige. »Bleib wach!«, ermahnte er sie. »Du hast viel mehr von dem Gift abbekommen als ich. Schlaf nicht wieder ein! Du wirst sonst nicht mehr erwachen. Tu alles, was nötig ist, um bei Bewusstsein zu bleiben. Beiß dir in die Knöchel, stell dich nackt in die kalte Morgenluft, suche eisiges Wasser – was auch immer –, aber schlaf nicht ein!« Er zerrte sie zwischen den Laken hervor. In dem weichen, warmen Bett war die Versuchung, neuerlich einzunicken, zu groß.

»Aufstehen!«, forderte er, doch sie schaffte es kaum zu sitzen.

Wütend sah er zum Fenster. Ein silberner Lichtstreif am Horizont war der erste Bote des Morgengrauens. Er würde sein Duell nicht verpassen! Diese Genugtuung wollte er Atossa nicht gönnen.

»Du kommst mit!« Er zog Zantissa auf die Beine und schlang ihren rechten Arm über seine Schultern. Er öffnete die Tür ihres Gemachs. Gemeinsam taumelten sie auf den Flur. Eine Wache nahe der Treppe sah angestrengt in die andere Richtung, als sie vorüberkamen. Melvyn war darauf bedacht, einen unbeholfenen Eindruck zu machen.

Ohne dass jemand sie anhielt, erreichten sie sein Gemach. Er holte den Wasserkrug, den er auf seine Fensterbank gestellt hatte. »Austrinken!«, befahl er barsch. Er hoffte, die Kälte würde helfen, sie wach zu halten.

Anschließend nahm er das kleine, verbeulte Silberfläschchen aus seinem schmalen Gepäck, schüttete ein wenig des rotbraunen Pulvers darin in eine flache Schale und verrührte es mit Wasser.

Zantissa sah schweigend zu. Auch als er begann, mit dem Bandag verschlungene Muster auf seinen Leib zu malen. Er war sich gewiss, je mehr er wie ein verrückter Barbar aussah, desto überzeugter wäre Atossa von einem leichten Sieg. Sollte dieser ganze verdammte Hofstaat doch bekommen, was man von ihm erwartete!

Fünf

»Der ist betrunken«, hörte Melvyn einen der Kobolde flüstern, die nahe bei der dichten Rosenhecke standen.

»Barbaren tun so etwas, bevor sie in die Schlacht ziehen«, antwortete ein zweiter Koboldklugscheißer, als habe er eine Ahnung, wovon er sprach.

Melvyn bedachte die beiden mit einem finsteren Blick, und sie verstummten sogleich. Etwa zwei Dutzend Höflinge hatten sich versammelt. Auch Fürstin Alathaia war gekommen. Es war lange her, dass er sie zuletzt gesehen hatte. Leylin hatte damals noch gelebt. Die Herrscherin Langollions strahlte noch immer die kühle Arroganz aus, die ihm schon damals an ihr missfallen hatte. Er hob grüßend eine seiner Krallenhände. »Fürstin.« Er sprach bewusst ein wenig gedehnt, als sei er völlig übermüdet. »Wir müssen reden, wenn das hier vorüber ist.«

Statt etwas zu antworten, bedachte die Fürstin ihn nur mit einem abweisenden Lächeln. Wie sie wollte, dachte Melvyn und drehte sich um, sodass sie auf seinen fast nackten Hintern blickte. Er trug nur einen Gürtel, durch den er ein Tuch über seine Scham gezogen hatte, das vorn wie hinten ein wenig über den Gürtel drapiert war.

Auf die Brust hatte er sich einen großen stilisierten Wolfskopf gemalt. Spiralmuster, getupfte Punktreihen und weit verzweigte Ranken rundeten das barbarische Erscheinungsbild ab. Zuletzt hatte er sich beide Handflächen mit dem rotbraunen Saft eingefärbt und sie sich dann fest auf die Pobacken gepresst. Von seinem

Auftritt würde man hier noch nach Jahrzehnten reden, dachte er schmunzelnd.

»Darf ich um deine geschätzte Aufmerksamkeit bitten, Wolfsmann?« Atossa stand etwa acht Schritt entfernt auf diesem seltsamen, zweihundert mal zweihundert Schritt großen Duellplatz, der an drei Seiten von hohen Rosenhecken eingefasst war. Der Boden war mit schönen Mosaiken geschmückt und bot seinen nackten Füßen sicheren Halt.

»Ich sehe dich«, sagte Melvyn gedehnt, als müsse er sich an jedes Wort mühsam erinnern. Dann wackelte er mit dem Hintern, den er den Schaulustigen zuwandte. »Bis zum ersten Blut?«

»Da ich die Beleidigte bin, steht es mir zu, die Bedingungen festzusetzen«, entgegnete Atossa. »Wir kämpfen, bis der Erste von uns nicht mehr aus eigener Kraft aufzustehen vermag.«

Jetzt wünschte sich Melvyn, er hätte den Schaulustigen nicht den Rücken zugewandt. Zu gern hätte er in ihren Gesichtern gelesen. Atossas Forderung entlockte ihnen kein Raunen, keinen empörten Aufschrei. Sie waren nicht überrascht. Dieses Duell war ein Vorwand, ihn zu töten. Und alle wussten das.

»Ich halte das für überzogen«, meldete sich nun doch eine klare Männerstimme zu Wort.

»Ihr wart nicht zugegen, Hauptmann Nanduval, und vermögt die Schwere der Beleidigung, die ich hinnehmen musste, nicht zu ermessen. Ich bleibe bei meiner Forderung.« Sie deutete mit ihrem Stoßrapier in seine Richtung. »Nimmst du an, Wolfsmann?«

Melvyn verbeugte sich und tat so, als würde er dabei leicht ins Taumeln geraten. »Die Wünsche schöner Frauen erfülle ich immer gern.«

»Ihr seht doch, dass er nicht in guter Verfassung ist!«, empörte sich der Hauptmann.

Atossa kam mit vorgestreckter Klinge einen Schritt näher. »Willst du kneifen, Wolfsmann?«

»Auf keinen Fall.«

Sie hob die Waffe zum Fechtergruß. »Dann kann der Spaß ja beginnen.« Mit fünf schnellen Schritten schloss sie zu ihm auf und zielte mit geradem Stich auf sein rechtes Auge.

Melvyn nahm den Kopf zur Seite. Dabei war er ein wenig zu langsam. Die Klinge schlitzte seine Wange auf. Es war kein tiefer Schnitt, aber die Wunde blutete stark.

Jetzt ging ein Raunen durch die Schaulustigen.

»Wir werden ein wenig spielen«, erklärte ihm Atossa mit gesenkter Stimme. »Ich verpasse dir sieben Schnitte, Barbar, und dann schenke ich dir einen langsamen Tod. Du wirst am Boden liegen, wimmern wie ein Kind und nach deiner Mutter schreien.«

Dass diesen aufgeblasenen Wichtigtuern nie etwas Besseres einfiel bei ihren Duellbeleidigungen. Melvyn wich einem weiteren Stich aus, dieses Mal, ohne sich einen Schnitt einzufangen. Dann versuchte er sich an einem Angriff, torkelnd und unbeholfen.

Mit triumphierendem Lächeln wehrte Atossa die Krallenhand ab.

»Ganz schön schnell.« Melvyn pfiff anerkennend durch die Zähne und wandte sich halb zu den Schaulustigen um. Aus dem Augenwinkel behielt er Atossa im Blick, die sich die Gelegenheit natürlich nicht entgehen ließ. Sie schnellte vor.

Melvyn täuschte an, über die eigenen Füße zu stolpern. Atossa wechselte beängstigend schnell vom Stich zu einem wischenden Hieb aus dem Handgelenk und versetzte ihm einen Schnitt über den Rücken.

Melvyn landete fast auf dem Bauch. Er stützte sich mit beiden Armen ab, rollte zur Seite, und Atossas Klinge schrammte funkenstiebend über das Mosaik.

Er sprang auf. Das Rapier folgte in eindrucksvollem Tempo seiner Bewegung. Er beugte sich zurück und fing sich dennoch einen

Schnitt dicht unter dem linken Schlüsselbein ein. Dann endlich war er ganz in der Balance. Den nächsten Hieb fing er mit der Rechten ab. Die Klinge des Rapiers verkantete sich zwischen den langen Krallen. Er drehte die Hand. Atossa sprang zurück und schaffte es gerade noch zu verhindern, dass er sie entwaffnete.

»Bei fünf lässt du besser dein Rapier fallen, und das alles endet, oder ich schneide dir dein Lächeln aus dem Gesicht.« Auch nicht übermäßig originell, dachte Melvyn, sah aber, dass seine Worte ihre Wirkung nicht verfehlt hatten. Atossa runzelte die Stirn und hatte sichtlich an Selbstsicherheit eingebüßt.

Ihr nächster Angriff war ungestüm. Eine wilde Abfolge von Stichen und Hieben. Sie trieb ihn vor sich her, vermochte ihn aber nicht zu treffen. Er hatte seine Maske fallen lassen. Er gab nicht mehr vor, halb betäubt zu sein. Dann trat er plötzlich vor, lief in einen ihrer wilden Schläge hinein. Die Klinge ritzte gerade eben seinen Oberschenkel.

»Vier!« Jetzt war es Melvyn, der die Treffer ansagte.

Atossa schüttelte den Kopf. »Was tust du?«

»Ich gebe dir Gelegenheit nachzudenken.« Sie waren mehr als zwanzig Schritt von den Zuschauern entfernt, und er sprach leise. Die anderen würden ihn nicht hören. »Du wurdest geschickt. Man hat dir gesagt, ich sei ein leichtes Opfer. Dir etwas versprochen, was du begehrst. Liege ich richtig?«

Atossas Gesicht verhärtete sich. Sie wäre eine schöne Frau, wenn sie loslassen könnte, dachte Melvyn. War es Ehrgeiz? Oder eine alte Schuld? Wurde sie vielleicht erpresst? Er ging in die Hocke und hob die beiden Krallenhände. Das erste Morgenlicht wurde von den langen geschwärzten Krallen geschluckt, die über seine geballten Fäuste hinausragten. Der Trieb zu jagen war in ihm erwacht. Er wollte seine Beute reißen. Wollte heißes Blut rinnen sehen.

Die Fechterin griff an. Sie glaubte immer noch, dass sie die Jägerin in diesem Spiel war. Er schnellte vor. Machte lange Sätze auf allen vieren, wie er es manchmal tat, wenn er mit seinen Wolfsbrüdern jagte. Da waren Laute des Entsetzens bei der Hecke. Staunen. Rufe und dann eine Stimme, die es gewohnt war zu befehlen.

Melvyn hörte nicht hin. Seine Sinne waren ganz und gar auf die Fechterin gerichtet. Er hörte ihr Herz schlagen. Ihr Atem war unregelmäßig geworden. Er roch ihre Angst, die klebrig ihre Seidenbluse durchtränkte. Er roch die Schuhwichse, mit der sie ihre hohen, schwarzen Lederstiefel poliert hatte. Und an der engen roten Hose, die sie trug, haftete ein Hauch des Parfüms, das Zantissa benutzt hatte.

Wieder versuchte Atossa ihn zu treffen. Doch sie kannte nur den Zweikampf mit Fechtern. Sie hatte sich noch nie mit einer Kreatur gemessen, die wie ein Raubtier über den Boden tänzelte.

Er wich zurück, schnellte wieder vor, wich erneut zurück. Sie hatte noch nicht einmal gemerkt, dass sie die Getriebene war. Seine Krallen schrammten über den Boden, wenn er geduckt hin und her sprang. Er hetzte sie, so wie er mit seinem Rudel den großen Elch gehetzt hatte.

Ein weiter Satz brachte ihn an ihre Seite. Seine Krallen zerfetzten ihren linken Stiefel. Es war ein vorsichtiger Hieb gewesen. Er hatte ihre Haut nur ein klein wenig geritzt. Doch er roch ihr Blut.

Er war zu nah, als dass sie ihn mit der Klinge erwischen konnte. Also hieb sie mit dem Korb der Waffe nach ihm. Er ließ zu, dass der Korb seine linke Wange schrammte.

»Fünf!«, sagte er mit lauter Stimme und wich mit einem Sprung zurück. Dann riss er den Kopf in den Nacken und stieß ein lang gezogenes Wolfsgeheul aus. Es war das Lied des Mondes, das er in glücklichen Nächten mit seinem Rudel sang.

Atossa kam entschlossen auf ihn zu. Sie hielt das Rapier quer vor der Brust. Sie war vorsichtig geworden, mehr auf Verteidigung als auf Angriff aus. Aber sie kam auf ihn zu! Sie würde nicht aufgeben, begriff Melvyn. Sie war bereit gewesen, ihre Freundin Zantissa zu opfern, um ihn in diesem Kampf besiegen zu können. Sie hatte ganz sicher gewusst, welche Gefahr das Schlafgift barg. Ihr musste klar gewesen sein, dass Zantissa davon mehr abbekommen würde als er. Und dennoch hatte sie ihrer Freundin die goldene Dose mit der Lippenfarbe gebracht.

»Lass dein Rapier fallen, und du entgehst den Krallen!« Er fauchte ihr die Worte entgegen, laut genug, dass jeder sie hören konnte.

Die Fechterin hielt nicht inne. Ihre Hand zitterte. Der Geruch der Angst war übermächtig geworden, und dennoch wollte sie unter dem Blick ihrer Fürstin nicht aufgeben, obwohl ihre schönen braunen Augen weit vor Furcht waren. Das überhebliche Lächeln, das Melvyn bei ihrer ersten Begegnung anziehend gefunden hatte, war von ihren Lippen geschwunden.

Wenn sie die verfluchte Waffe fallen ließe, wäre alles vorbei, entschied er.

Sie war nur noch zwei Schritt entfernt. Ihr Blick änderte sich, wurde stählern. Das Rapier schwenkte nach vorn. Die mörderische Spitze deutete auf Melvyns Brust.

Er ließ das Tier in sich los. Mit wildem Geheul sprang er ihr entgegen. Die linke Krallenhand fegte ihr Rapier zur Seite, die Rechte schoss nach oben. Die vier Krallen zerteilten ihren Unterkiefer, zerfetzten ihre Lippen und ihre Nase. Der Stahl spaltete ihre Augäpfel sowie die Knochen ihrer Brauen und zerfurchte ihre Stirn bis zum Haaransatz.

Die Wucht des Hiebes schleuderte sie zurück. Sie schlug schwer auf ein Mosaik, das einen Tisch mit Trauben zeigte, an denen strahlend blaue Indigofinken und Kieferntangare mit sommergelber Brust und schwarzen Schwingen pickten.

Atossas Blut füllte die dunklen Fugen des Mosaiks. Dann ertränkte es das bunte Gefieder der Vögel.

»Bringt die neue Heilerin!« Es war die Stimme des Hauptmanns, der gegen das Duell gesprochen hatte, die Melvyn dazu brachte, den Blick zu heben.

Alathaia und der größere Teil der Höflinge waren verschwunden. Nanduval kniete neben der Fechterin. Zornig sah der Hauptmann zu ihm auf. »War das notwendig? Ihr habt von Anfang an mit ihr gespielt, nicht wahr?«

»Es war deine Fürstin, die dieses Spiel wollte«, entgegnete Melvyn müde. Sein Blut pulsierte nicht mehr, befeuert vom Rausch des Kampfes. Er fühlte sich zutiefst erschöpft. »Frag sie, warum das hier notwendig war.«

Eine Elfe, die nach nasser Wolle stank, kniete neben Atossa nieder.

»Ihr blutet«, sagte der Hauptmann mit tonloser Stimme. »Die Heilerin kann auch Eure Wunden versorgen.«

Melvyn schüttelte den Kopf. Er wollte allein sein. Langsam ging er auf die Heckenwand an der Rückseite des offenen Karrees zu. Dort gab es einen Durchgang zwischen uralten Ranken und blutroten Blüten. Und dort war eine Düsternis, die ihn ansprach, ein dunkler Spiegel seiner Seele. Und es kam ihm vor, als sei da eine Stimme in seinem Kopf, die ihn lockte. Doch das war natürlich Unsinn.

Gute Geister

Adelayne war am Ende. Nie zuvor hatte sie so schreckliche Wunden gesehen wie bei der Fechterin. Eine Stunde oder länger kämpfte sie nun schon. Sie hatte die Blutungen gestillt und es sogar geschafft, eines der Augen zurückzuholen. Aber hatte sie Atossa damit einen Gefallen getan? Wäre es nicht gnädiger gewesen, sie blind zu lassen? Ihrem Gesicht wieder die stolze Schönheit zu verleihen, mit der sie dem Wolfselfen entgegengetreten war, war unmöglich.

Was diese Krallen angerichtet hatten, war unbeschreiblich. Wo ihr Unterkiefer hätte sein sollen, gab es nur noch Knochentrümmer und zersplitterte Zähne.

Adelayne hatte die Fechterin in einen tiefen Schlaf versetzt, damit sie das Grauen nicht bei Bewusstsein erlebte. Sie versuchte die Splitter wieder in die richtige Ordnung zu bringen, schob und drückte mit beiden Händen, während sie sich im Geiste darauf konzentrierte, wie das feine Gespinst aus Kraftlinien in der ursprünglichen Form des Unterkiefers ausgesehen haben mochte.

Was wie ein Netz hätte aussehen sollen, verwandelte sich in eine glühende Sonne. Adelayne schwankte.

Kräftige Hände schlossen sich um ihre Schultern. »Ihr müsst ruhen, Heilerin«, befahl eine samtene, selbstbewusste männliche Stimme.

Sie widersprach nicht. Wenn sie so erschöpft, wie sie war, versuchte Atossa weiterzubehandeln, würde sie am Ende noch zusätzlichen Schaden anrichten.

»Meine Tochter Morwenna wird nun weitermachen. Sie hat Talent, obwohl ich glaube, dass sie von Euch noch einiges lernen könnte. Ihr seid wahrlich so eindrucksvoll, wie Morwenna Euch beschrieben hat.«

Adelayne versuchte aufzustehen. Halb kam sie hoch, dann sank sie kraftlos in sich zusammen. Sie wurde aufgefangen, fühlte sich, als würde sie schweben, und war nur noch halb bei Bewusstsein. Blinzelnd sah sie den strahlend blauen Himmel über sich und ein markantes Kinn. Sie brauchte einige Herzschläge, um zu begreifen: Sie wurde getragen! Seit sie ein Kind gewesen war, hatte sie niemand mehr so in den Armen gehalten.

Obwohl sie den Elfen nicht kannte, fühlte sie sich sicher, ja sogar geborgen. Ihr Kopf sank gegen seine Brust. Ein seltsamer Duft von Meer und Rosen ging von ihm aus. Angenehm …

Erschrocken schlug sie die Augen auf. Über ihr wölbte sich eine weiß getünchte Decke. Sie lag in einem weichen Bett. Ein prächtiger Rosenstrauß stand neben ihr. Rasch tastete sie über ihren Leib. Sie trug noch immer den feuchten Wollmantel.

»Keine Sorge, ich habe Euch nicht angerührt, meine Dame. Ich habe mir lediglich gestattet, Euch zuzudecken.«

Adelayne drehte den Kopf. Rechts von ihr saß der ungewöhnlichste Mann, den sie je gesehen hatte. Er trug ein langes schwarzes Gewand, das sein marmorweißes Gesicht noch blasser aussehen ließ. Er hatte ein breites Kinn, sinnliche Lippen und Augen von beunruhigender Farbe. Seine Iriden wirkten wie poliertes Silber. Die hohe Stirn wurde von einem schmalen, schlichten Silberreif geteilt. Sein Haar war von so hellem Blond, dass es beinahe weiß erschien. Obwohl er saß, war er groß. Stehend musste er etwa zwei Schritt messen. Seine Schultern waren ungewöhnlich breit für einen Elfen.

»Bald sollten hier einige dienstbare Geister erscheinen, die trockene und saubere Kleidung für Euch bringen. Ich werde dieses Gemach dann selbstverständlich verlassen, meine Dame.«

Diese Stimme. Sie war wie warmer Honig, den er in ihr Innerstes träufelte. Angenehm süß, melodisch, aber nicht aufdringlich oder gar klebrig. Sie könnte ihm immerzu zuhören. Doch etwas an seinen Worten war eigentümlich. »Dienstbare Geister? Ihr meint Dienerinnen?«

Er lächelte und neigte sanft den Kopf. »Es gibt im Palast der tausend Blüten keine Dienerinnen und Diener. Wer hier hilft, ist aus eigenem Entschluss hier und verrichtet lediglich Arbeiten, die ihm innere Zufriedenheit bescheren. So ist es überall auf Langollion.

Wir wünschen, dass ein jeder von seiner Arbeit erfüllt ist. Und das Verständnis von persönlichem Glück ist so vielfältig, dass am Ende keine Arbeit ungetan bleibt.«

Adelayne konnte sich nicht vorstellen, dass es irgendjemanden geben mochte, den das Säubern von Latrinen glücklich stimmte, doch sie wollte den Fremden nicht durch Widerspruch verärgern. Sie erinnerte sich, dass er gesagt hatte, dass Morwenna seine Tochter sei ... »Ihr seid Fürst Eldarian?« Sie musste etwas missverstanden haben. Das war nicht möglich! Kein Fürst, den sie je kennengelernt hatte, würde sich auch nur einen Deut um eine fremde Heilerin scheren, die, statt ihre Pflicht zu erfüllen, vor Erschöpfung zusammenbrach.

»So, wie Ihr es aussprecht, klingt es, als sei es ein Makel, der Fürst von Langollion zu sein.«

Seine Stimme war noch immer einlullend, aber Adelayne war sich der unterschwelligen Drohung bewusst, die in seinen Worten lag, unterstellte er ihr doch, es sei ihre Absicht gewesen, ihn zu beleidigen.

»So meinte ich es nicht ...« Das Sprechen fiel ihr schwer. Ihre Lider flatterten. Die Kraft, die ihr der kurze Schlummer in seinen Armen geschenkt hatte, war fast aufgebraucht.

Sein Lächeln wirkte freundlich und echt. »Sorgt Euch nicht, meine Dame. Langollion ist so grundlegend anders, dass fast jeder, der neu auf unsere Insel kommt, anfangs verwirrt ist. Ihr habt mich nicht erzürnt, sondern im Gegenteil zutiefst beeindruckt. Ihr habt von Eurer Lebenskraft gegeben, um eine Fremde zu heilen, die obendrein nur deshalb zu Schaden kam, weil sie eine Dummheit begangen hat. Selbstlosigkeit und Hingabe wissen wir hier auf Langollion zu schätzen. Und um Eure Frage zu beantworten: Ja, ich bin Eldarian, Fürst von Langollion.«

Drei dienstbare Geister erschienen, junge Elfendamen, in makelloses Weiß gekleidet. Er erhob sich aus dem hohen Lehnstuhl.

Adelayne wurde bewusst, dass er über ihren Schlaf gewacht haben musste. Wenn er von Selbstlosigkeit und Hingabe sprach, schienen das keine leeren Phrasen zu sein.

»Mein Wagen ...«, fiel ihr plötzlich ein. Er stand irgendwo in einem abgelegenen Hof bei einem Seitenflügel der großen Schlossanlage.

»Sorgt Euch nicht, meine Dame. Euer Wallach wurde bereits ausgespannt. Auf meinen Wunsch wurde er in die fürstlichen Ställe gebracht. Vermutlich wird er gerade gestriegelt und mit dem besten Hafer gefüttert. Lasst los, meine Dame. Wir sorgen nun für Euch. Die dienstbaren Geister werden Euch waschen und neu einkleiden, und dann müsst Ihr all Eure Sorgen hinter Euch lassen und schlafen. Es wird Tage dauern, bis Ihr die Kräfte zurückerlangt, die Ihr so freizügig verschenkt habt.« Er beugte sich vor und küsste sie sanft auf die Stirn. »Lasst Eure Kümmernisse hinter Euch. Ihr seid angekommen.«

Der Rat der Rose

Mit weiten Schritten eilte Alathaia an der Rosenhecke entlang. Ihre Stiefelsohlen knallten auf das Mosaik. Das Blut des Morgens war verschwunden, alle Spuren des unseligen Duells beseitigt.

Sie hörte die leisen Schritte Nanduvals hinter sich. Der Hauptmann war alarmiert. Er hatte versucht, ihr den Anschlag auf Melvyns Leben auszureden. Hätte sie nur auf seinen Rat gehört! Atossa war eine ausgezeichnete Fechterin gewesen. Sie fallen zu sehen war schlecht für die Moral bei Hof. Und dann noch auf diese Art. Fürs

Leben gezeichnet. Sie konnte Atossa nicht vom Hof verbannen. Schließlich hatte die Fechterin in ihrem Auftrag gehandelt. Sie fortzuschicken wäre niederträchtig. Und es würde zu Gerede führen.

Alathaias Finger glitten über die Blätter der Hecke. Sie benötigte Rat. Rat, geboren aus der Weisheit der Jahrtausende. Ein Dorn stach ihr in den Finger.

Geh ins Labyrinth, mein Sprössling.

Den wachsamen Blicken des Hauptmanns würde sie auch dort nicht entgehen, aber ansonsten würde sie dort wohl niemandem mehr begegnen. Dunkelgraue Wolken zogen vom Meer über die Klippen. Bald würde ein Herbststurm losbrechen. Wer keine Pflichten außerhalb des Palasts zu erledigen hatte, würde ganz sicher nicht die schützenden Mauern verlassen.

Die Fürstin schritt durch den gewölbten Gang aus dicht verflochtenen Ranken.

Halt dich links.

Alathaia stutzte. Es war das erste Mal, dass Matha Blouta sie anwies, welchen Weg sie nehmen sollte. Sie war überall, wo hier Rubinrosen wuchsen. Es war unnötig, einen bestimmten Ort im Labyrinth aufzusuchen, denn sie war das Labyrinth – ebenso, wie sie der Rosenpavillon war.

Vertraue mir.

Alathaia bog links ab und blieb erschrocken stehen. Der Gang, den sie betreten hatte, war nur wenig mehr als einen Schritt breit und erstreckte sich etwa fünf Schritt weit, bevor er vor der nächsten Heckenwand im rechten Winkel abknickte.

Der Boden vor ihr war dicht bedeckt mit welken Blütenblättern. Das Laub an den Ranken war verdorrt.

»Was …«, entfuhr es Nanduval überrascht, der hinter ihr in den Gang getreten war.

Das war dieser Wolfself. Ein wirklich ungewöhnlicher Bursche.

»Was ist hier geschehen, meine Fürstin?«

»Melvyn!«, stieß Alathaia voller Zorn hervor. »Das soll er büßen!«

»Ihr wollt ihn dafür bestrafen, dass er einen Abschnitt eines Heckenlabyrinths verwüstet hat?«

Der Tonfall, den Nanduval anschlug, verärgerte Alathaia. Er war nur der Hauptmann ihrer Leibwache und nicht ein für seine Weisheit gerühmter Berater.

Und doch hat er recht. Mäßige deinen Zorn, mein Spross. Jene, die nicht davor zurückschrecken, unwillkommene Wahrheiten auszusprechen, sind die kostbarsten Freunde einer Fürstin. Du magst vielleicht nicht gern hören, was er sagt, aber du wirst niemanden finden, der so bedingungslos loyal zu dir steht wie Hauptmann Nanduval.

Auch du nicht? Alathaia hütete sich, scheinbar Selbstgespräche zu führen, solange Nanduval in der Nähe war. So stellte sie die Frage nur in Gedanken.

Wie könnte ich derart loyal sein wie er? Auch wenn ich dich sehr schätze, bist du doch nur ein Augenblick in meinem Leben. Für Nanduval hingegen bist du der Mittelpunkt all seiner Gedanken.

Alathaia sah zu dem Hauptmann. Sein Blick war unruhig. Ohne Unterlass auf der Suche nach verborgener Gefahr. Und doch war er unfähig, das größte aller Geheimnisse zu entdecken. Für ihn war dies hier nur ein uraltes Heckenlabyrinth. Womöglich auch ein Ort, der ihm nicht geheuer war. Matha Blouta hatte ein perfides Vergnügen daran, die Besucher des Labyrinths zu manipulieren. Meist geschah dies über den Duft der Blüten. Sie vermochte euphorische Gefühle zu erwecken, aber auch den Wahn, von etwas Dunklem, das tief in den Hecken hauste, beobachtet zu werden.

Vielleicht ist das ja kein Wahn?

Alathaia hasste es, dass der beseelte Rosenbusch alle ihre Gedanken zu lesen vermochte. Sie gab Nanduval einen Wink. »Zieh dich bis zum Eingang des Pavillons zurück. Hier droht mir keine Gefahr.«

Er machte sich nicht die Mühe, seinen Unwillen zu verbergen, doch gehorchte er.

Du hättest dieses Duell vermeiden sollen, mein Sprössling. Obwohl ich es sehr aufschlussreich fand, Melvyn zu beobachten.

»Er hat dir geschadet«, zischte Alathaia. Sie empfand all die welken Blätter und die zerstörte düstere Schönheit dieses Ortes als Angriff auf ihre Person.

Ich habe viel mehr gewonnen, als ich verloren habe. Allerdings solltest du dich Atossas annehmen. Ich schlage vor, du lässt einige meiner Blüten am östlichsten Ausgang des Labyrinths schneiden und in ihr Gemach bringen. Das wird ihr helfen, ihre Bestimmung zu finden.

Alathaia ahnte, was Atossa geschehen würde, und war sich unschlüssig. Die Fechterin hatte ihr treu gedient. Außerdem schätzte Alathaia es nicht, wenn Matha Blouta in Orakeln sprach. Mehr gewonnen als verloren ... Sie fragte nicht nach, was Matha Blouta damit meinte.

Eine lange Zeit herrschte Schweigen, nur gestört vom stetig auffrischenden Wind, der in den Blättern raschelte und den nahenden Sturm ankündigte.

Du solltest den Wolfselfen empfangen, statt ihm aus dem Weg zu gehen.

Alathaia wollte nicht hören, was er zu sagen hatte. Sie hasste es, sich irgendwelchen Befehlen Emerelles zu fügen. Natürlich war ihr bewusst, dass sie die Begegnung mit Melvyn nicht ewig hinauszögern konnte ... Aber diesen Barbaren zu schicken war eine maßlose Beleidigung!

Je länger du ihm ausweichst, desto länger musst du ihn hier bei Hof erdulden.

»Und wenn er hier ist, um zu bleiben? Ich kann ihn nicht fortschicken, ohne Emerelle zu brüskieren. Das wiederum wäre ihr ein Anlass, die anderen Fürsten gegen mich aufzuhetzen. Vielleicht ist er auch nur ein Spitzel. Oder er ist der Meuchler, der gekommen ist zu vollenden, woran all die anderen scheiterten ...« Alathaia musste sich eingestehen, dass die Anwesenheit dieses Wilden sie in einem Maße beschäftigte, das letztlich unangemessen war.

Vielleicht ist genau das seine Aufgabe, meine hübsche Blüte. Dich von etwas abzulenken. Hast du dein eigentliches Ziel vielleicht schon lange aus den Augen verloren?

»Ist er eine Gefahr für mich?«

Auf vielfache Art, mein Spross. Wenn er dich überrascht, dann ist er in der Lage, dich zu töten. Du bist die bessere Kämpferin, aber er hat nichts mehr zu verlieren. Ihm ist es gleich, ob er stirbt. Du weißt, was es bedeutet, wenn ein Meuchler diese Einstellung hat. Wenn es ihm egal ist, ob er nach dem Mord an dir entkommt, dann eröffnen sich für ihn unzählige Möglichkeiten. Aber die größte Gefahr ist die Ablenkung.

Alathaia mochte das nicht einsehen. Sie war sich immer treu geblieben und versuchte Langollion auf jede erdenkliche Art so stark zu machen, dass Emerelle diese Insel der Freiheit nicht einfach unterjochen konnte. Alle, die diesseits der Mauern von Rosan lebten, mussten sich an jedem siebten Tag Waffenübungen unterziehen, und wer sich talentiert zeigte, wurde auf subtile Art ermutigt, den Weg des Kriegers zu gehen. Kein Fürstentum Albenmarks verfügte auch nur über annähernd so viele Streiter wie Langollion. Durch Hinterlist und Mord hatte Assanael, ihr ältester Sohn, die Karfunkelsteine der Fürstin Emerelle an sich gebracht. Sobald Alathaia zumindest sieben Karfunkelsteine aus den Schädeln der Himmelsschlangen besaß, würde sie eine Macht entfesseln ...

Ein Traum, dem du seit Jahrhunderten nachhängst, und doch will er sich einfach nicht erfüllen.

Matha Blouta versuchte schon lange, sie von diesem Plan abzubringen. Aber seit Xylon sich mit den verrückten Schatzsuchern aus dem Volk der Zwerge verbündet hatte, bestand wieder Hoffnung.

Sie hatten die Blaue Halle entdeckt, die unterirdische Bibliothek, an der die Himmelsschlangen einst die Weisheit der Welt gesammelt hatten. Jeden dritten Neumond erhielt sie Nachricht von Xylon.

Und dort suchen sie seit Jahren. Was eigentlich?

»Emerelle wird die Macht eines Albensteins gegen mich einsetzen, wenn der Krieg der Schatten zum Krieg der Heerscharen wird. Sie wird unsere neue Welt nicht dulden. Sie ist ganz und gar im höfischen Denken gefangen. Mit ihr kann es keine bessere Gesellschaft geben. Aber auch wenn wir für die richtige Sache kämpfen, gilt, solange ich ihr keine Macht entgegenstellen kann, werde ich sie nicht besiegen können. Die Einzigen, die sie je für einige Jahre von ihrem Thron zu vertreiben vermochten, besaßen ebenfalls einen Albenstein so wie sie.«

Dann suche ein Bündnis mit den Trollen. Sie lieben Emerelle nicht.

Die Vorstellung, Trollen etwas schuldig zu sein, missfiel Alathaia zutiefst. »Unterweise mich in der hohen Kunst der Blutmagie. Mache mich so mächtig, wie es einst Ilak, die Blutkönigin, war. Sie vermochte Emerelle die Stirn zu bieten.«

Und doch wurde sie besiegt.

»Nicht durch Emerelle«, beharrte Alathaia.

Ich kann dir geben, was du begehrst. Du weißt, um welchen Preis.

»Nein! Nicht ihn.«

Er würde es tun, wenn du ihn bittest. Ich brauche unschuldiges Blut, nicht jene Hingabe, die du mir erweist. Große Macht erwächst stets aus einem großen Opfer, Alathaia. Emerelle weiß das. Ich bin sicher, sie hat ihren Preis gezahlt. Deshalb ist sie die Königin. Du wirst im Krieg der Schatten gegen sie unterliegen, wenn du nicht dasselbe Opfer bringst.

»Aber welchen Sinn hat es zu siegen, wenn man dafür opfern muss, was man liebt?« Sooft sie Matha Blouta auch besuchte, immer wieder nahm ihr Gespräch diese Wendung.

Die Antwort darauf musst du selbst finden. Und das schnell. Emerelle ist entschlossen, den Krieg im Schatten zu einem baldigen Ende zu bringen. Wenn du dich darauf beschränkst, ihre Angriffe nur abzuwehren und deinen Träumen von Karfunkelsteinen nachzuhängen, dann ist dein Schicksal bereits besiegelt, meine Blüte. Melvyn umgibt eine Aura des Verderbens. Die Düsternis, die er in sich trägt, verschlingt jeden, dem er nahekommt. Stell dich ihm, oder er wird dein Untergang sein.

In tiefster Finsternis

Melvyn hatte schon vor einer Weile das letzte Licht in seinem Gemach gelöscht. Es musste nach Mitternacht sein. Der Sturm nahm immer noch an Stärke zu. Wütende Böen umtosten den Palast der tausend Blüten, und obwohl dieser solide gebaut war, spürte der Elf, wie das Gemäuer unter dem Zorn der Elemente erbebte. Regen peitschte fast waagerecht gegen die Fenster. Das Holz, in das die Scheiben eingelassen waren, knarrte.

Der schwere Regen beschränkte die Sicht auf wenige Schritt. Soweit er sehen konnte, waren an der dem Meer zugewandten Seite des Palastes nur noch sechs Fenster erleuchtet. Verschwommene Lichtflecken hinter einer Wand aus Wasser. Auf seinem Ausflug, der ihn letzte Nacht zu Zantissa geführt hatte, waren ihm fünf Wachen aufgefallen. Drei standen auf den schlanken Türmchen, welche die Dachfirste des Palastes um etliche Schritt überragten. Zwei hatten sich hinter Schornsteinen verborgen gehalten, die zu

Dutzenden aus dem Schiefer der Dächer wuchsen. Der Sturm war ein Geschenk der Alben. Selbst wenn die Wachen weiterhin auf ihren Posten standen, würden sie kaum etwas sehen können, und als erfahrener Jäger wusste er, wie er sich selbst vor magischen Blicken verbergen konnte.

Er hatte Zantissa entlockt, wo die fürstlichen Gemächer lagen. Es war möglich, sie über diesen Teil des Dachs zu erreichen. Doch bei diesem Sturm war es fraglos eine selbstmörderische Torheit. Melvyn lächelte bitter. Ihm war nur zu bewusst, dass Emerelle ihn auch deshalb ausgewählt hatte, weil er vor solchen Gefahren nicht zurückschreckte. Was ihn schreckte, war das Schreiben auf schwerem Papier, das ihm am Abend ein Kobold mit großer Geste überreicht hatte. Es war eine Einladung zum Mondfest in der kommenden Nacht. Sich den Gaffern auszusetzen und inhaltsleere Höflichkeiten auszutauschen ... Lieber würde er allein und nur mit einem morschen Knüppel bewaffnet eine Trollhöhle ausnehmen.

Seit zwei Stunden war er bereit zum Aufbruch. Er raunte ein Wort der Macht, das er vor langer Zeit von der beseelten Eiche Atta Aikhjarto erlernt hatte. Der Zauber, den er damit wob, würde ihn vor jedem schützen, der in der Dunkelheit nach seiner Aura Ausschau hielt. Nun war alles getan. Er trug nur noch seinen Gürtel, an dem er die wenigen Dinge, die er benötigen mochte, befestigt hatte. Die Krallenhände lagen eng an. Auf Bäumen wären die scharfen Krallen eine Kletterhilfe, aber hier auf dem Palastdach ... Er würde es herausfinden, entschied er und öffnete das Fenster. Dahinter befand sich ein schmaler Sims, gerade so breit wie sein Fuß. Eine Windböe begrüßte ihn und versuchte ihn durch das offene Fenster zurückzustoßen. Eisiger Regen peitschte auf ihn nieder.

Vorsichtig trat er auf das Dach, über das die Wassermassen strömten, um von einer gemauerten Rinne aufgefangen zu werden. Melvyn ließ sich hinabrutschen. Die Rinne lag nur einen Schritt tiefer. Weiß strudelnd schäumte das Wasser darin. In kurzen Abständen reckten sich kunstvoll aus Stein gehauene Wasserspeier über den Hof. Maiden mit Füllhörnern, Drachen und Meeresungeheuer bevölkerten die Dachkante, um das Regenwasser in weitem Bogen in den Hof hinabzuspucken. Doch in dieser Nacht vermochten sie der Wassermassen nicht Herr zu werden. Allerorten lief die Rinne über. Eine Bö drückte Melvyn gegen die glatten Schieferplatten. Das Gewirr der steilen Giebel verwirbelte den Wind, sodass er aus wechselnden Richtungen an ihm zerrte. Wie tausend Nadeln stachen die vom Sturm getriebenen Regentropfen nach ihm. Er hielt die Augen halb geschlossen und tastete sich geduckt durch die Regenrinne vorwärts. Der Mond, der eigentlich fast voll sein sollte, blieb hinter schwarzen Wolken verborgen.

Melvyn zählte seine Schritte, um die Orientierung nicht zu verlieren. Er hatte Glück, der Regen wurde nicht von Blitzschlägen begleitet. Er musste nicht befürchten, dass ein plötzliches Himmelslicht seine Silhouette aus der Finsternis schälte. Nur sah auch er so gut wie nichts.

Regen rann über sein Gesicht. Machte er kleinere Schritte, weil der Untergrund schlüpfrig war und die starke Strömung in der Rinne ihn behinderte?

Schon sechzehn Schritte. Bei achtundzwanzig müsste er am Ort der Entscheidung sein. Dann würde sein Mut auf die Probe gestellt.

Rechts vor ihm schimmerte goldenes Licht. Eines der wenigen erleuchteten Fenster. Er hatte gestern schon einen Blick in Atossas Gemach geworfen. Hatte man sie hierhergebracht? Hatte ihr die Heilerin helfen können? Wohl eher nicht. Die stolze Fechterin hatte fünf Gelegenheiten gehabt, das Duell zu beenden, ohne ihr Gesicht zu verlieren.

Melvyn schluckte, als ihm bewusst wurde, mit welch entsetzlicher neuer Bedeutung er diese Phrase gefüllt hatte.

Das gelbe Licht zog ihn an wie eine Motte. Sie war nun blind. Atossa konnte nicht bemerken, wenn er einen Blick durch ihr Fenster warf. Selbst dann nicht, wenn sie auf der anderen Seite der Scheibe stand.

Warum zündete eine Blinde Licht an? Die Dunkelheit würde nie mehr von ihr weichen.

Melvyn duckte sich, als er an dem Fenster vorüberging. Dies war der Ort, an dem trotz der Finsternis und des Regens ein Beobachter seinen Schattenriss entdecken konnte. Dennoch blickte er in das Gemach. Atossa hatte ihre Rüstung angelegt. Sie stand in der Mitte ihrer Kammer. Stand auf einem Stuhl …

Melvyn achtete darauf, dass nur sein Kopf vor das Licht des Fensters geriet, als er ihn reckte.

Atossa stand nicht mehr. Sie schwebte. Pendelte sanft hin und her. Ihre Füße zuckten. Gelbes Kerzenlicht brach sich auf dem polierten Silberstahl von Schwertern, Dolchen und Rapieren, die ordentlich an der Wand aufgehängt waren.

Zwei üppige Rosensträuße schmückten kleine Tische links und rechts des Bettes. Alles war penibel aufgeräumt. Nur der umgestürzte Stuhl störte die Ordnung. Er hätte nicht gedacht, dass sie diesen Weg gehen würde. Sie war durch und durch eine Kämpferin gewesen.

Er blickte in ihr Gesicht. Es war hinter weißen Binden verborgen. Ihr Kopf lag auf der linken Schulter. Ihr Mund klaffte. Das linke Auge war von den Verbänden ausgespart. Es starrte blicklos zum Fenster.

Hatte er den Kampfeswillen aus ihr herausgeschnitten? War sie so schnell zerbrochen? An nur einem einzigen Tag?

Er atmete schwer aus. Das hatte er nicht gewollt. Plötzlicher Zorn hatte ihn übermannt, als sie nach der fünften Wunde, die sie ihm beigebracht hatte, immer noch weiterkämpfen wollte. »Sie hat es sich selbst zuzuschreiben.« Seine Stimme verklang im Rauschen des Regens. Und ganz gleich, was er sagte, er wusste es besser. Sie so zu zeichnen war seine Entscheidung gewesen.

Er duckte sich. Viel zu lange hatte er vor dem Fenster verharrt. Bestimmt waren nicht alle Wachen abgezogen. Er durfte jetzt nicht leichtfertig werden. Das Fürstengemach war nur wenige Schritt entfernt. Er würde tun, was Emerelle von ihm verlangte. Wenn er ihren Worten trauen konnte, würde Frieden aus seiner Tat erwachsen.

Die fürstlichen Gemächer waren nicht mit dem Hauptflügel verbunden. Es war keine weite Distanz zu überwinden. Etwas mehr als drei Schritt.

Melvyn zählte jeden seiner Schritte. Siebenundzwanzig, achtundzwanzig ... Die Finsternis war undurchdringlich. Lag sein Ziel zum Greifen nah hinter den eisigen Regenschleiern? Die Kälte hatte sich bis in seine Knochen gefressen. Er stierte in die Nacht. Es war zwecklos, da war nichts zu erkennen.

Er atmete tief ein und blinzelte das Regenwasser aus den Augen. Auch auf der anderen Seite gab es eine gemauerte Regenrinne, wenn er an der richtigen Stelle stand. Hatte er sich geirrt, würde er einfach ins Nichts springen, um zwanzig Schritt tiefer auf das Pflaster des Hofs zu schlagen.

Er lachte leise. Er sollte das Gute an seiner Lage sehen. Niemand würde damit rechnen, dass jemand so verrückt war, bei diesem Wetter über die Dächer in die fürstlichen Gemächer einzudringen.

Melvyn spannte sich an und sprang.

Tintengift

Ein gewaltiges Krachen riss Eldarian aus dem Schlaf. Das Klirren von Glas folgte. Eisiger Wind zerrte an seinen Seidenlaken. Mit einem Satz war er aus dem Bett. Der Sturm! Er hatte das Fenster aufgedrückt.

Regen peitschte durch das offene Fenster. Der Wind heulte wie ein Geist. Eines der großen Blumengebinde wurde umgerissen. Die Vase zerschellte auf dem Steinboden.

Regen stach Eldarian ins Gesicht, als er sich dem Fenster näherte. Zerbrochenes Glas knirschte unter seinen nackten Füßen. Das beschädigte Fenster schwang im Wind hin und her. Er bekam den Rahmen zu packen. Entschlossen drückte er das offene Fenster zu und war überrascht vom heftigen Widerstand des Windes, der sich nicht aus dem Gemach aussperren lassen wollte. Ganz würde das auch nicht gelingen, war doch eine der vier Scheiben im Fensterkreuz zerbrochen.

Eldarian legte den Sperrriegel vor. Noch nie zuvor war dieses Fenster unter dem Druck des Sturmwindes aufgesprungen. Wurde das Holz im Rahmen mürbe? Oder … Erschrocken warf er sich herum, sodass er mit dem Rücken zur Wand stand. Bei der unbedachten Bewegung schnitt eine Scherbe in seinen Fuß. Der Wolfself! Hatte Melvyn das Fenster geöffnet? War er hier?

Der Fürst hielt den Atem an. Drei Herzschläge später wurde ihm bewusst, wie sinnlos es war zu lauschen. Melvyn war ein Jäger. Sicherlich war er ein Meister darin, sich lautlos zu bewegen. Und der Wind, der durch das zerbrochene Fenster pfiff, spielte ihm zu.

Gewiss war der Wolfself wegen Alathaia hier. Aber seine Gemahlin teilte nur noch selten mit ihm das Lager. Ihre Gemeinschaft war seit vielen Jahrzehnten darüber hinausgewachsen. Ihre Seelen standen einander nah.

Obendrein schlief Alathaia zurzeit, auf Drängen Nanduvals, an keinen zwei aufeinanderfolgenden Nächten im gleichen Gemach.

»Sie ist nicht hier«, sagte Eldarian leise und darum bemüht, seine Stimme fest und entschlossen klingen zu lassen. Er hatte das zerfetzte Antlitz Atossas vor Augen. Keine Heilerin Albenmarks würde ihr je ihre Schönheit zurückgeben können. Stand ihm ein ähnliches Schicksal bevor, wenn der Wolfself erneut in Raserei geriet und enttäuscht, Alathaia verfehlt zu haben, über ihn herfiel?

Der Boden unter seinen Füßen erbebte, als eine weitere Bö das Gemäuer traf. In den Dachtraufen sang der Wind ein Lied von so trauriger Schönheit, dass Eldarian ein Schauer über den Rücken lief. Er sprach ein Wort der Macht, griff nach dem Goldenen Netz und ließ einen winzigen, sanft blau leuchtenden Funken in der Mitte des Gemachs schweben. Das Licht schien bis in den hintersten Winkel. Er war allein!

Erleichtert lachte er auf. Doch das Lachen blieb ihm im Halse stecken, als er den schmalen ledernen Zylinder sah, der mitten in seinem Bett lag. Nur wenig dicker als ein Speerschaft, waren solche Zylinder dazu geschaffen, Pergamente vor den Elementen zu schützen.

Noch bevor er das feuchte Leder in die Hand nahm und das Siegel sah, wusste Eldarian, von wem diese Nachricht stammen musste. Der Fürst erbrach das Siegel und ließ den gerollten Brief aus dem Zylinder gleiten. Er spürte die Magie, die in das Pergament gewoben war.

Mein geschätzter Eldarian,

es beglückt mich, wenn die Weisheit über die Unvernunft triumphiert und Leben gerettet werden. Ich versichere Dir und Deinen geschätzten Kindern noch einmal, dass ich keine Blutfehde führe. Es ist nur ein Leben verwirkt. Da gesprochene Worte billig sind, erhältst Du dieses Dokument mit meinem Siegel und meinem Dank für Deine Hilfe.

Emerelle

Blankes Entsetzen überkam Eldarian. Er hatte nie Verbindung zu Emerelle aufgenommen. Und er war sich auch ganz sicher, dass keines seiner Kinder einen solchen Verrat begangen hatte. Es gab keine Absprache. Dieses Pergament durfte niemand bei Hof je zu Gesicht bekommen! Er musste es verbrennen!

In einem windgeschützten Winkel entzündete er eine Kerze und hielt das Pergament an die Flamme. Doch es wollte kein Feuer fangen. Es verschrumpelte nicht einmal in der Hitze. Nur ein paar Rußspuren blieben zurück. Zeugen dessen, was er versucht hatte. Er befeuchtete seinen Daumen und versuchte den Ruß fortzuwischen. Es gelang nicht. Dieses verfluchte Pergament war von Magie durchwoben! Die Schrift war nicht zu verwischen, ebenso wenig wie die dunklen Spuren, welche die Kerzenflamme hinterlassen hatte. Emerelle musste vorhergesehen haben, was er versuchen würde.

Ihm blieb jetzt nur noch ein einziger Ausweg: die Flucht nach vorn. Er musste das Schreiben Alathaia zeigen. Aber die Rußspuren würden ihr Misstrauen noch zusätzlich anstacheln. Warum hätte er versuchen sollen, das Pergament zu verbrennen, wenn er nicht in eine Verschwörung verstrickt war? Und so, wie es klang, waren auch ihre Kinder in diesen Verrat eingeweiht.

Er war Emerelle in die Falle gegangen. Diese wenigen Zeilen mochten genügen, um der Seelenverwandtschaft zwischen ihm und

Alathaia ein tödliches Gift zu verabreichen. So gehetzt wie seit der Rückkehr von ihrer Reise hatte er Alathaia noch nie erlebt. Sie fühlte sich verfolgt, und das völlig zu Recht, wie dieses intrigante Schreiben bewies.

Eldarian seufzte schwer. Der Schattenkrieg zwischen den beiden Herrscherinnen strebte einem blutigen Höhepunkt entgegen. Wenn Alathaia diese Zeilen im falschen Augenblick zu Gesicht bekam, würde er das nächste Opfer dieses geheimen Krieges sein. Und womöglich würde sie auch ihre Kinder hinrichten lassen …

Aber er musste ihr diesen Brief zeigen! Es gab keinen anderen Ausweg. Sie musste in einer Stimmung sein, in der seine Worte schwerer als ihre Ängste wogen und ihre Seelenverwandtschaft stärker als aller Zweifel war.

Vielleicht vermochte er sie ja zu einem Ausritt zum Rosenturm zu überreden? Sie beide hatten dieses verfallene Gemäuer mit seiner düsteren Geschichte immer geliebt. Alathaia hatte stets behauptet, dass kein Wort, das sie dort sprachen, belauscht werden konnte. Ja, sie waren selbst vor der verfluchten Silberschale sicher, die es der Elfenkönigin erlaubte, Ereignisse zu sehen, die kommen mochten.

Eldarian rollte das Pergament zusammen und schob es in den Lederzylinder zurück. Er würde seine Familie und Langollion vor den Intrigen der Elfenkönigin schützen. Auch wenn es ihn das Leben kostete.

Das melancholische Lied des Regens

Der schwere Regen hatte Laurelin mitten in der Nacht geweckt. Er lauschte dem Trommeln auf dem Dach und dem helleren Klang der Tropfen, die von der Decke herabfielen. Als der starke Regen begonnen hatte, hatte er mit Melyssana Töpfe, Pfannen und Krüge aufgestellt, wo das Nass einen Weg in das kleine Haus fand. Der Macht, mit der das Wasser niederging, vermochte das einfache Schindeldach nicht mehr zu trotzen. Rings um ihr schmales Bett erklang das Konzert der Tropfen. Nur unmittelbar über der Schlafstatt war das Dach vollkommen dicht. Melyssanas Haus war winzig. Es bestand bloß aus der Werkstatt und dem kleinen Schlafgemach, das sich daran anschloss. Einen Speicher gab es nicht. Die Dachschrägen beengten den Raum, der ohnehin nur drei mal vier Schritt maß. Ein Tisch, zwei Stühle und eine wuchtige Kiste ließen kaum noch Platz, sich hier zu bewegen, und dennoch war es der schönste Ort, an dem er je gelebt hatte. Auf einem schmalen Brett über dem Bett, gleich neben dem kleinen Fenster, stand eine Öllampe, deren Docht fast ganz zurückgeschnitten war. Ein winziges Flämmchen glomm dort gegen die Finsternis an. Es war gerade hell genug, ihn das Kopfkissen erahnen zu lassen, während der Rest der Kammer im Dunkel lag.

Abgesehen von einem kurzen Ausflug zum Markt und einem zweiten Besuch im Badehaus, hatten sie das Schlafgemach nicht verlassen. Laurelin verspürte auch keinerlei Bedürfnis, irgendwo anders hinzugehen. Er stützte den Ellenbogen auf und betrachtete die schlafende Melyssana. Sie war so unglaublich schön. Dass er ihr hatte begegnen dürfen … Nach all den Schrecken der Snaiwamark waren die Alben ihm nun endlich wohlgesinnt. Oder war es eine Nachwirkung des Fluches, den Skanga auf ihn gelegt hatte? Vielleicht hatte ihm sein so teuer erkauftes Glück ja nicht nur das Leben gerettet, sondern ihn auch zu Melyssana geführt.

Sie hatte ihm erzählt, dass sie ein schönes Haus jenseits der Mauer besaß. Laurelin war sich nicht sicher, was er von der Geschichte halten sollte. Sie trug ein Sonnenamulett, in dessen Rückseite eine Zahl geprägt war. Das schlichte Schmuckstück legte sie nicht einmal im Bett ab. Eine solche Sonne bekamen all jene, die in Langollion leben durften. Melyssana hatte behauptet, dass sie ausschließlich nach Rosan zurückkam, um Felle von Jägern aufzukaufen. Felle, wie man sie auf Langollion nicht finden konnte. Von Leoparden und Silberlöwen, Schwarzbären, Hermelinen … Die Liste war lang. Dennoch verstand er nicht, warum sie hier ein Haus unterhielt. Aber musste er das verstehen? Ihre Liebe genügte ihm. Nach seinen Fellen hatte sie nicht gefragt. Er war es gewesen, der sie am zweiten Tag dazu gedrängt hatte, seine Jagdbeute zu betrachten. Zu jedem der Felle hatte sie sich die Geschichte erzählen lassen. Bei den beiden Füchsen war sie sich sicher gewesen, dass sie diese an Alathaia oder eine ihrer Töchter verkaufen konnte. Sie hatte ihm vorgeschlagen, in der kommenden Nacht mit ihr zum Mondfest zu gehen, das die Fürstin an ihrem Hof gab. Er wusste zwar nicht, wie er ohne ein Sonnenamulett Rosan verlassen sollte, aber Melyssana schien das keine Sorgen zu bereiten. Sie war so zielstrebig und so unglaublich schön.

Wieder versank Laurelin in die Betrachtung der Schlafenden. Dann schloss er die Augen, um sie mit seinen anderen Sinnen intensiver wahrzunehmen. Die Berührung ihres Rückens und ihrer Beine war zarter noch als die einer fein gegerbten Lammhaut. Er lauschte auf ihren leisen, regelmäßigen Atem, der im melancholischen Lied des Regens fast unhörbar war. Genoss den Duft ihrer Haare und glaubte auf seinen Lippen ihre Küsse immer noch gleichermaßen zu schmecken wie zu spüren. Er lächelte. Vielleicht hatten sie sich auch so viel geküsst, dass seine Lippen wund waren und das Brennen auf ihnen eine weniger romantische Erklärung hatte.

Nie war er so glücklich gewesen, dachte Laurelin, ganz und gar durchdrungen von diesem ungewohnten Gefühl. Sie hatte ihn mit ihrer Liebe und ihrer Gastfreundschaft so unglaublich beschenkt. Und was hatte er ihr gegeben? Nichts! Das sollte sich ändern. Morgen, wenn sie erwachte, würde er ihr ihre Güte und Liebe vergelten. Seine Morgengabe würde sie überzeugen, dass auch seine Liebe keine Grenzen kannte.

Im Labyrinth

Adelayne war schon im ersten Morgenlicht auf den Hof getreten. Sie betrachtete einen wunderschön gewachsenen Rosenbusch, behielt dabei aber auch den Weg zur Fechthalle im Blick. Gestern noch hatte sie diskret Erkundigungen über Fürst Eldarian eingezogen. Er war in gleichem Maße Quell nicht enden wollenden Tratsches und einer Bewunderung, die an Götzenverehrung grenzte. Er schien unzählige Geliebte unter den Hofdamen gehabt zu haben, und wie man in der Küche, den Stallungen und dem Speisesaal erzählte, war es Alathaia gleichgültig, mit wem ihr Gemahl das Lager teilte. Dennoch schienen die beiden einander in ungebrochener Zuneigung zugetan zu sein. Und bewundert wurde Eldarian dafür, wie mustergültig er nach den Idealen Langollions lebte. Er stand mit der Sonne auf, seine Speisen unterschieden sich nicht von denen der dienstbaren Geister, und er behandelte jeden mit dem gleichen Respekt, sei es ein Kobold oder ein Elfenfürst. Und es hieß, dass er jeden Morgen eine ausgedehnte Fechtstunde nahm.

Er musste also hier vorüberkommen, war Adelaynes Kalkül. Und so betrachtete sie die Rose mit den eigentümlich dunkelroten Blüten. Ein schwerer, sinnbetörender Duft ging von der Blume aus. Nie zuvor hatte sie so viele Rosen wie hier in Langollion gesehen. Sie schienen allgegenwärtig zu sein. Sie rankten sich an den Mauern des Schlosses empor, bildeten Hecken, wo man anderenorts Mauern errichtet hätte, wuchsen in Parks entlang der Straßen und in den Gärten der malerischen kleinen Häuser, die sie am Vortag von ihrem Zimmer aus gesehen hatte. In einem dieser Häuser mit ihren fleckig roten Ziegeldächern waren Sylvelle und ihre Kinder untergebracht worden. Ob sie Omoran schon begraben hatten? Gewiss würden auch auf den Gräberfeldern Rosenbüsche wachsen. Dies hier war …

»Wie schön, Euch wieder bei Kräften zu sehen, meine Dame.«

Adelayne fuhr herum. Sie war so sehr in die Betrachtung der Blüten und ihre Gedanken versunken gewesen, dass sie den eigentlichen Zweck ihres Aufenthalts bei dem Rosenbusch vergessen hatte. Sie hatte nicht mehr auf Eldarian geachtet. Wäre sie dem Fürsten nicht aufgefallen, sie hätte ihn verpasst.

»Ein wenig schwach bin ich schon noch.« Das stimmte zwar nicht, aber ihrer Erfahrung nach war vorgegaukelte Schwäche stets ein zusätzlicher Ansporn für Männer wie den Fürsten, sich in galanten Angeboten zu überbieten.

»Vielleicht wird Euch ein kleiner Spaziergang guttun, meine Dame.« Er reichte ihr höflich den Arm. »Natürlich nur, wenn ein solcher Ausflug nicht Eure Kräfte übersteigt.«

Sie hakte sich ein. Eine angenehme Wärme ging von ihm aus. In seinem Blick lag fürsorgliches Bedenken. Seine silberfarbenen Augen wirkten immer noch befremdlich auf sie. Auch heute trug Eldarian Schwarz. Dieses Mal eng anliegende Reithosen, ein weit geschnittenes Hemd und einen knielangen Umhang, mit dem die leichte Morgenbrise spielte.

»Habt Ihr bereits vom Mondfest gehört, meine Dame?« Er führte sie auf eine hohe Rosenhecke zu, in die ein Torweg geschnitten war, durch den auch die größten Wagen fahren konnten.

»Ich hörte davon reden«, bekannte sie, »doch habe ich es nicht ganz verstanden, glaube ich.«

»Wir streben nach Vollkommenheit«, erklärte er mit seiner tiefen, wohltönenden Stimme, »und die größte Vollkommenheit, die wir erreichen können, liegt darin, unsere Bestimmung zu finden. Wer sein Schicksal erfüllt, der geht ins Mondlicht. Der beendet den Zyklus aus Tod und Wiedergeburt. An manchen Orten, wie etwa dem Alten Wald im Herzland, fällt es leichter, diesen Weg zu gehen. Und so ist es auch im Rosenpavillon. Welche Magie dort wirkt, kann ich dir nicht sagen. Es ist ein alter Ort, an den schon die Himmelsschlangen kamen.« Er deutete zu der Turmruine, die durch den Weg in der Heckenwand zu sehen war. »Den Rosenturm dort hat einst der Goldene errichtet, um das Geheimnis der Liebe zu ergründen.«

Adelayne kannte die Geschichte Ailleans und ihren tragischen Ausgang. Sie hatte mit ihrem Blut dafür bezahlt, dass ihre Sippe die Fürstenwürde erhielt. Bis in die Tage der Blutkönigin hatten sie hier geherrscht.

Inzwischen hatten sie den Durchgang erreicht. Ein Pfad aus schneeweißen Kieseln und zersplitterten Muscheln führte, gesäumt von schlanken Zypressen, zu einer Parkanlage hinter dem Schloss. Von dort eröffnete sich der Blick auf Säulenreihen, die fast völlig von Rosen verschlungen waren. Das war der Ort, an dem sie gestern dem blutigen Duell beigewohnt hatte.

»Dies ist der Rosenpavillon«, erklärte Eldarian mit nonchalanter Geste in Richtung der von Rosen umrankten Monstrosität.

»Pavillon?«

Der Fürst lächelte. »Nach herkömmlichem Verständnis ist er wohl ziemlich groß, doch muss er auch Hunderte von Gästen fassen.«

Adelayne blickte zweifelnd zum grauen Himmel. »Ein Fest im Freien, so spät im Herbst?«

»Es hat noch nie während eines Mondfestes geregnet«, behauptete Eldarian. »Albenkinder von der ganzen Insel kommen, wenn wir hier feiern, und niemand wird abgewiesen. Doch den Rosenpavillon dürfen nur auserwählte Gäste betreten.«

Auf einer Wiese links des Pavillons wurden in gemauerten Herdstellen Feuer entfacht. Dort ruhten auch lange Reihen von Amphoren im hohen Gras.

»Es ist ein ausgelassenes Fest. Ein Abend voller Musik und Tanz und Rausch. Zauberweber malen Feuerblumen in den Nachthimmel. Die besten Köche der Insel versuchen sich gegenseitig zu überbieten … Ihr müsst es erlebt haben, meine Dame, um zu verstehen, warum jeder dieses Fest liebt.«

»Und es wird bei jedem Vollmond abgehalten?«, fragte sie ungläubig. »Das muss doch ein Vermögen kosten.« Adelayne blickte zu den Amphoren. Es musste eine ganze Schiffsladung sein, die dort für das Fest bereitlag.

»Die Schönheit des Lebens mehren, das ist es, was wir hier auf Langollion tun«, erwiderte Eldarian mit einer Ernsthaftigkeit, die Adelayne zögern ließ, weitere Fragen zu stellen.

»Ich wäre nur allein unter Fremden«, sagte sie leise. »Ich glaube nicht, dass ich zum Mondfest kommen werde.«

»Ich bestehe darauf!«, insistierte der Fürst. »Ihr werdet Langollion nicht begreifen, wenn Ihr nicht teilhaben wollt. Darf ich um das Privileg bitten, Euch durch den Abend zu führen?«

»Ihr habt doch gewiss andere Pflichten …«

Er blieb stehen, und seine durchdringenden, silberfarbenen Augen hielten sie gefangen. »Eine meiner vornehmsten Pflichten besteht darin, jenen, die neu zu unserer großen Gemeinschaft stoßen, das Leben auf Langollion zu erklären. Viele verwirrt die Freiheit, der sie hier begegnen. Vor allem jene, denen ihr Leben lang gesagt wurde, was sie zu tun haben. Werdet Ihr mir die Gunst erweisen, Euch von mir durch diesen Abend führen zu lassen, schöne Adelayne?«

»Wie könnte ich meinem Fürsten einen Wunsch abschlagen?«

Er lachte. Es war ein warmes, freundliches Lachen, dem nichts Verletzendes anhaftete. »Ihr habt es noch immer nicht verinnerlicht, meine Dame. Wir sind hier alle gleich. Ihr habt jedes Recht, meine Wünsche zu ignorieren. Dies ist Langollion. Freiheit ist hier mehr als nur ein Traum. Wir leben sie!«

Er war eindrucksvoll, wie er so ganz und gar von diesem Ideal durchdrungen war. Einem Elfen wie ihm war sie nie zuvor begegnet. »Dann werde ich mit Freuden Eure Einladung annehmen, mein Fürst. Doch dieser Pavillon … Er erscheint mir bedrückend.«

»Nur, weil Ihr ihn unter so denkbar unschönen Umständen kennengelernt habt. Duelle gibt es nur sehr selten bei Hof. Und so etwas wie gestern ist hier noch nie geschehen.« Er wirkte aufrichtig empört. »Üblicherweise sind der Pavillon und das Rosenlabyrinth, das sich an ihn anschließt, Orte der stillen Einkehr und der Schönheit. Sie betören die Sinne. In das Labyrinth ziehen sich auch junge Liebende gern zurück.«

»Mögt Ihr mir dieses Labyrinth zeigen?« Sie konnte in seinen Augen lesen, dass er auf diese Frage gehofft hatte.

Zum ersten Mal wirkte er verlegen. »Ihr seid neu bei Hof, meine Dame. Ich muss Euch darauf hinweisen, dass es viele Gerüchte über mich gibt. Nicht alles, was gesprochen wird, ist wahr … Es könnte

Eurem Ruf schaden, wenn man sieht, dass ich an Eurer Seite bin, wenn Ihr das Labyrinth betretet.«

Das war unerwartet galant. Adelayne sah zu ihm auf. »Sehe ich aus, als würde ich mich vor Gerede solcher Art fürchten?«

»Je länger ich Euch kenne, desto mehr reift in mir die Überzeugung, dass Ihr Euch wohl nur vor sehr wenig fürchtet.«

Sie mochte das selbstbewusste Lächeln, das seine Worte begleitete. Als sie zum Pavillon gingen, hielt sie sich ein wenig näher bei ihm.

Auf dem Mosaikboden war kein Blut mehr zu entdecken. Nichts erinnerte an das schreckliche Ende des Zweikampfs. Im hinteren Teil des Pavillons bewunderte sie das Bild eines gewaltigen Drachen. Es war viele Schritt lang. Die Schuppen des Ungeheuers waren aus Goldplättchen gefertigt. Vor dem Kopf des Drachen kniete eine schöne Elfe. Sie sah winzig neben ihm aus.

»Dies ist lediglich eine allegorische Darstellung. Vermutlich hat sich der Goldene der schönen Aillean nie in Drachengestalt gezeigt. Wenn er sie besuchte, kam er stets als Elf.« Eldarian wies auf einen gewölbten Durchgang in der Rosenhecke. »Dort beginnt ein besonders schöner Abschnitt des Labyrinths, doch seid Ihr Euch noch sicher, dass Ihr das Wagnis eingehen wollt, es mit mir zu besuchen?«

»Sehe ich aus, als sei ich wankelmütig?«

»Dann geht voran, meine Dame. Entscheidet über den Weg, den wir gemeinsam beschreiten.«

Der Rosenduft in den engen Gängen war noch schwerer als im Pavillon. Ihm haftete eine andere Note an. Etwas Sinnliches. Kurz hatte sie die Vorstellung, dass tief in den Schatten der Hecke etwas Dunkles lauerte. Oder sah sie dort nur die Dunkelheit gespiegelt, die sie in sich trug? Eldarian hoffte darauf, sie zu verführen, und ahnte nicht, dass er es war, der sich mit jedem Schritt ins Labyrinth tiefer in ihren Netzen verstrickte.

Adelayne hegte keinen Zweifel daran, dass sie ihm in der Kunst der Verführung ebenbürtig war. Bald schon würde sie alles von ihm bekommen, was sie wollte. Ihn nah hinter sich zu spüren weckte ein warmes, wohliges Gefühl in ihr. Gewiss war er ein guter Liebhaber.

Plötzlich erscholl ein drohendes Summen. Hornissen, so lang wie die beiden vorderen Glieder ihres Zeigefingers, erhoben sich aus einem Loch zwischen den Wurzeln der Hecke. Sie wich zurück.

Ein Arm legte sich um ihre Hüften. Eldarian zog sie dicht an sich. »Wedelt nicht mit den Armen, meine Dame. Das würde diese Biester noch mehr reizen.«

Adelayne schmiegte sich an ihn. Ihr wäre nicht im Traum eingefallen, mit den Armen zu wedeln. Aber sie gab sich gern erschrocken. Männer blühten stets auf, wenn sie sich als Beschützer gebärden konnten.

Eldarian hielt sie fest umschlungen, während er langsam zurückwich. Sie beobachtete die Hornissen. Ihr Summen klang überaus bedrohlich. Und sie waren außergewöhnlich groß. Erschreckend. Vielleicht könnten sie ihr nützlich sein …

Sie zogen sich aus dem Heckengang mit den geflügelten Wächtern zurück. Der Fürst löste seinen Arm, und dann kniete er überraschend nieder. »Bitte verzeiht mir, dass ich Euch der Gefahr ausgesetzt habe, meine Dame. Ich bin zutiefst …«

Sie beugte sich vor und küsste ihn. Es war nur der Hauch einer Berührung, und schon wich sie zurück. »Verzeiht, mein Fürst. Ich hätte nicht …«

»Ich werde Euch nicht verzeihen.«

Sie spielte ihm vor, erschrocken zu sein, suchte seinen Blick und vermochte doch in diesen seltsamen silbernen Augen nicht zu lesen.

»Wie könnte ich verzeihen, dass Ihr mich vom Glück kosten ließet, ohne dass ich Hoffnung hegen darf, dass sich dieses Glück je wiederholen wird?«

Den scheu gesenkten Blick, das Erröten ihrer Wangen, all das hatte sie hundertfach vor dem Spiegel erprobt. »Seid nicht ohne Hoffnung«, flüsterte sie kaum hörbar.

Stürmisch ergriff er ihre Hände. »Ich werde mich Eurer Gunst würdig erweisen.«

Als sie zu ihm aufsah, traf sie nicht auf den Blick eines Eroberers, wie er ihr von anderen Gelegenheiten wie dieser so vertraut war. Eldarian wirkte ritterlich. Und er versuchte nicht, ihr einen Kuss zu rauben.

»Mein Wallach!«, rief sie plötzlich aus.

»Was ist mit Eurem Pferd?« Der Fürst wirkte überrumpelt.

»Ich habe ihn gar nicht gefüttert …«

Wieder lachte Eldarian. »Meine liebe Adelayne. Euer Wallach ist in den fürstlichen Ställen untergebracht. Ich bin mir ganz sicher, dass er dort nicht verhungern wird.«

»Aber er ist an mich gewöhnt. Er wird mich vermissen.« Sie hielt sich scheu die Hand vor den Mund. »Und man wird mich ganz gewiss nicht in die fürstlichen Ställe lassen.«

»Dort darf in der Tat nicht jeder ein und aus gehen.« Eldarian erhob sich. »Gestattet Ihr, dass ich Euch der Stallmeisterin vorstelle und sie darauf hinweise, dass Euch, meine Dame, von Stund an Zutritt zu den Ställen zu gewähren ist?«

»Ihr seid zu gütig!« Sie reichte ihm anmutig die Hand, wohl wissend, dass er sich mehr erhofft hatte.

ZARTE BANDE

Einander widersprechende Gefühle wollten Laurelin überwältigen. Er war fassungslos, zutiefst glücklich und verwundert. Melyssana hatte an dem kleinen Tisch gesessen, als er erwachte. Sie brütete über einem langen Schriftstück, die Worte niedergelegt auf billigem Papier. Melyssana hatte bemerkt, dass er sie beobachtete, war aufgestanden und hatte ihm wortlos das Schreiben gereicht. Es war ein Verlobungsvertrag! Und sie hatte ihn bereits unterzeichnet. Nur sein Name fehlte noch.

»Die letzten Tage waren eine Offenbarung für mich.« Melyssana sprach leise und eindringlich. Sie sah ihm dabei fest in die Augen. »Ich möchte, dass dieses Glück für den Rest meines Lebens andauert. Ich gehöre dir nun, Laurelin, und ich bitte dich, gehe achtsam mit mir um, denn das Leben hat mich auf vielfältige Weise verletzt.«

Er konnte nicht länger an sich halten. Er zog sie in seine Arme und presste sie fest an sich, entschlossen, sie nie wieder loszulassen. Tränen des Glücks standen ihm in den Augen. »Ich ...«, stammelte er. »Ich ... Ich werde dich nie wieder verlassen.«

»Ich weiß«, sagte sie und küsste ihn zärtlich.

Er wollte ihr dieses Geschenk vergelten. Er wollte eine ebenso große Geste. Aber was war mehr als ein Eheversprechen?

»Du musst unterschreiben, damit der Verlobungsvertrag gültig ist ...« Plötzlich wirkte sie schüchtern. »Oder ist *für immer* zu lang?«

Wie konnte sie das nur denken? »*Für immer* ist noch nicht lang genug!«, rief er aufgewühlt und wünschte, er könnte besser mit Worten umgehen. Er nahm ihr das Papier aus der Hand, schwang sich aus dem Bett und eilte zu dem kleinen Tisch. Dort tunkte er die Gänsefeder in das Tintenfass und unterschrieb. Und dann nahm er ein zweites Blatt, um ein weiteres Dokument aufzusetzen.

»Was tust du da, Laurelin?«

Hastig kratzte die Feder über das Papier. Er hatte lange nicht mehr geschrieben, seine Buchstaben waren ungelenk, doch leserlich. »Warte einen Moment«, antwortete er. Skeptisch überflog er die Zeilen noch einmal. Was dort stand, war eindeutig und konnte nicht missverstanden werden.

Er wandte sich zu ihr um. Melyssana saß nackt im Bett und sah ihn neugierig an. Seit sie sich begegnet waren, hatte sie immer nur gegeben. Sie hatte im Badehaus bezahlt, hatte das Essen gekauft, sie hatte ihn freimütig in ihr Haus eingeladen, ihm Dach und Bett angeboten und ihm ihre Liebe geschenkt. Und er hatte immer nur von ihr genommen. Wie erbärmlich! Und was für ein Wunder, dass sie ihn dennoch zum Manne haben wollte.

Seine Hand zitterte, als er ihr das Papier reichte. Hoffentlich hatte er nicht doch etwas unglücklich formuliert.

Als Melyssana die wenigen Sätze gelesen hatte, runzelte sie die Stirn. Sie wirkte verärgert. »Warum?«

»Ich dachte …«, stammelte er, »damit du etwas in Händen hältst. Du sollst dir ganz sicher sein, dass ich dir gehöre, mit allem.«

Jetzt lächelte sie, und Laurelin fiel ein Stein vom Herzen.

»Aber ich bin mir sicher, Liebster.« Sie wollte das Papier zerreißen.

»Nicht!« Er griff nach ihren Händen. »Worte sind nichts. Das ist für die Ewigkeit!«

Sie zögerte. Dann rollte sie das Papier zusammen und schob es unter das Kissen. »Ich werde das niemals brauchen.« Sie bohrte ihm ihren Zeigefinger in die Brust. »Ich bin Kürschnerin. Ich will dich mit Haut und Haar. So ein Papier ist nichts für mich.« Sie zog seinen Kopf zu sich herab und küsste ihn auf die wilde, fordernde Art, die er so sehr an ihr liebte.

Er ließ sich hinsinken, überließ ihr die Führung. Ihre Hände waren wie von Magie durchdrungen. Ganz gleich, wo sie ihn berührte, zuckte er unter wohligen Schaudern zusammen.

Plötzlich hielt sie inne und blickte musternd auf ihn herab. »So kannst du nicht mit mir auf das Mondfest gehen.«

»Was?«, fragte er in gespieltem Erstaunen. »Man geht hier nicht nackt auf die Feste eurer Fürstin?«

»Ich meine deine Kleider, Laurelin. Das ist kein Scherz. Du hast noch keine Sonne. Der Verlobungsvertrag ist eine wackelige Sache. Wir müssen einen Torwächter finden, den ich kenne … Und du musst was hermachen. Ungewaschene Wilde wollen sie nicht auf dem Fest.«

»Aber du hattest bisher nichts gegen diesen ungewaschenen Wilden einzuwenden«, neckte Laurelin sie.

Melyssana lächelte. »Hast du schon vergessen, wohin wir als Erstes gegangen sind? Ins Badehaus.«

»Und ich dachte, es wäre der Duft der Wildnis, dem du verfallen bist.«

Sie nahm das Kissen und schlug lachend nach ihm, bis er demütig die Hände hob. »Also gut, gehen wir auf den Markt und kaufen mir etwas Schönes.«

Melyssana schüttelte traurig den Kopf. »Du wirst allein gehen müssen.«

»Was? Aber ich kann …«

Sie legte ihm den Finger auf die Lippen. »Bitte, mein Liebster. Ich habe hier ein Geschäft. Ich werde mich um ein paar Dinge kümmern müssen, während du fort bist. Aber habe keine Sorge. Bevor du zurückkehrst, wird alles erledigt sein.«

Wo Koboldfresser fehlten

Endlich klopfte es. Eine kleine Gestalt mit breitkrempigem Hut stand vor Melyssana, als sie öffnete.

»Du kommst spät, Broja, und ohne Gehilfen«, zischte sie aufgebracht und winkte ihn hastig herein. Es war besser, wenn der Kobold nicht vor ihrer Tür gesehen wurde. Nicht einmal vor der Hintertür der Werkstatt.

»Meine Männer sind nah, Liebelein.« Eine Wolke stinkenden Tabakrauchs stieg unter der breiten Hutkrempe auf. »Aber es wundert mich, dass du mich rufst. Du bist doch eigentlich Andarions Liebchen.«

»Ich bin niemandes Liebchen«, giftete sie ihn an.

»Nicht?« Broja stieß ein meckerndes Lachen aus. »Ich glaube, der Elf, der hier haust, ist da ganz anderer Ansicht. So wie die anderen Jäger, die du ausgenommen hast.«

»Willst du mit mir über Moral reden?«

Der Kobold schob seinen Hut in den Nacken und sah über seine billige Pfeife hinweg zu ihr auf. »Wenn ich so ein hübsches Gesicht hätte wie du … und wenn es mir egal wäre, wer mich besteigt, würde ich es vielleicht genauso machen. Wie ich höre, hat Andarion schon Vorbereitungen für dich getroffen, Liebelein. Dann könnte sogar mir deine Gunst gehören, für eine halbe Stunde oder so, wenn ich wollte.«

Nichts anderes als Frechheiten hatte sie erwartet. Das war es, was einem blühte, wenn man Geschäfte mit Kobolden machte. »Triff jetzt die Entscheidung, ob du dein Silber in ein paar Tagen an Andarion weggeben möchtest oder ob du deinen Beutel hier mit weiterem Silber füllen willst.«

Broja zog nachdenklich an seiner Pfeife. Es würde hier nach dem verfluchten Tabak stinken, wenn Laurelin zurückkehrte. Hoffentlich war der Jäger nicht zu kurz entschlossen beim Kauf seiner Gewänder.

»Silber ist beständiger als ein wonnevoller Augenblick…«, murmelte der Kobold. »Was willst du?«

»Möchtest du Andarion ärgern?«

Die schwarzen Augen des Kobolds blitzten. »Ihn ärgern, ja, einen Krieg mit ihm beginnen, nein.«

Sie wies auf den großen Lederbeutel mit Fellen. »Du hast doch eine Sonne und auch ein paar Männer, die eine Sonne erhalten haben.«

Broja zog das Amulett aus der Tasche seines schäbigen grünen Mantels und ließ es an der Bronzekette baumeln. »In der Tat kenne ich ein paar Verrückte, die so wie ich die Sonne gezogen haben und sich dennoch lieber hier herumtreiben als auf der anderen Seite der Mauer. Hier hat das Leben irgendwie mehr Würze. Aber wem erzähle ich das? Sind das schöne Felle in dem Lederbeutel?«

Melyssana war klar, dass die Kobolde den Beutel ohnehin öffnen mussten, um die Lasten zu verteilen. Also konnte sie auch gleich sagen, was sie darin finden würden. Sie zählte die Schätze Laurelins auf, bis der Kobold einen leisen Pfiff ausstieß.

»Was hat das Jägerlein nur für ein Pech, dass es ausgerechnet dir in die Arme gelaufen ist.« Er schüttelte den Kopf. »Ich kann diesen Auftrag nicht annehmen. Wenn diese blasierten Helmträger an den Stadttoren solche Felle bei mir und meinen Männern finden…« Er schnitt eine Grimasse. »Sie werden uns für Diebe halten.«

»Nimm das Osttor. Mit den Wachen dort verstehe ich mich gut. Sie werden wissen, dass du kommst, und dich passieren lassen.«

Wieder zog der Kobold nachdenklich an seiner Pfeife. »Da die Felle aber dem Jäger gehören, wäre ich immer noch ein Dieb, wenn ich sie aus der Stadt trage. Das macht die Sache nicht unmöglich, aber doch ein wenig teurer.«

Melyssana hatte mit dergleichen gerechnet. Sie ging zur Werkbank, nahm die Schenkungsurkunde für die Felle und hielt sie dem Kobold vor die spitze Nase.

»Bei den Fürzen der Alben! Dem Jüngelchen hast du aber tüchtig den Kopf verdreht.« Der Kobold verschlang sie mit Blicken. »Vielleicht sollte ich dir doch nicht helfen, sondern warten, bis dich Andarion in eines seiner Hurenhäuser steckt. Du scheinst ja unglaublich gut im Bett zu sein.«

Melyssana vertraute darauf, dass seine Gier nach Silber das stärkste seiner Gelüste war. »Fünf Florin dafür, dass du die Felle in mein Haus jenseits der Mauer bringst.«

»Fünf Florin …« Broja sog schmatzend an seiner Pfeife, die ausgegangen war. »Du könntest für ein paar Kupferstücke einen Schauermann vom Hafen bekommen. Warum willst du mich und meine Männer?«

»Erstens habt ihr im Gegensatz zu den Schauerleuten Sonnen, und zweitens werden bei dir Andarions Leute nicht auf die Idee kommen, dich anzuhalten und einen Wegezoll zu verlangen.«

Der Kobold bedachte sie mit einem schiefen Lächeln. »Ja, ich bin schon etwas ganz Besonderes. Und deshalb kostet dich dieser kleine Handel auch zehn Florin.«

Sie hatte damit gerechnet, dass dieser kleine Mistkerl den Preis in die Höhe treiben würde. Aber zum Feilschen blieb ihr keine Zeit. »Du bekommst fünf Florin jetzt und holst die Felle am frühen Abend, sobald ich das Haus verlassen habe. Morgen Mittag besuchst du mich in meinem Haus jenseits der Mauer und bekommst weitere fünf Florin.«

»Soll mir recht sein.« Broja spuckte in seine Rechte und hielt ihr die knochige Hand hin.

Melyssana wusste, dass der Handel nur verbindlich war, wenn sie einschlug. Widerwillig ergriff sie die klebrige Hand. »Ich erkläre dir jetzt, wo mein Haus ist, damit du …«

Der Kobold winkte ab. »Ich kenne dein Haus. Kostspielig ist es, schön und viel zu groß für eine Elfe, die dort allein lebt. Aber vor allem unbewacht, wenn du wieder einmal in der Stadt Jagd auf Jäger machst.«

»Du kennst mein Haus?«

»Ich war sogar schon drin, Kürschnerin. Es ist wie du: schön, aber leer. Ich konnte nichts finden, was sich zu stehlen gelohnt hätte.« Broja wandte sich ab. »Ich finde allein zur Tür.«

Sie sollte sich ein paar üble Bluthunde zulegen, dachte sie, Koboldfresser. Sie ging zu dem Lederbeutel, öffnete ihn und streichelte über die wunderbaren weißen Fuchsfelle. Sie würde ein Vermögen dafür bekommen.

Melyssana war immer noch fassungslos, dass Laurelin von sich aus die Schenkungsurkunde aufgesetzt hatte. Seit dem ersten Tag hatte sie sich den Kopf zermartert, wie sie ihn dazu bringen könnte, so etwas zu schreiben, ohne dass er Verdacht schöpfte. Und dann tat er es einfach so. Der Trottel war wirklich bis über beide Ohren in sie verliebt.

Dennoch würde sie ihn heute Nacht loswerden. Sie würde ihm auf dem Mondfest aus einem nichtigen Grund eine Szene machen und die Verlobungsurkunde zerreißen. Und da er keine Sonne besaß, würden die Palastwachen ihn zurück nach Rosan bringen. In ihrem Haus jenseits der Mauer war sie dann unerreichbar für ihn.

Sie dachte daran, wie er sie immer ansah. Er war nett, aber nett war nur ein Vorgeschmack von langweilig.

Eine mondhelle Nacht

Nervös spähte Adelayne aus dem Fenster ihres Gemachs. Es lag im Erdgeschoss eines Seitenflügels des Palasts der tausend Blüten. Über dem Hof, auf den es wies, war nur ein enges Himmelsgeviert zu sehen. Dort hatten sich die Wolken so gut wie aufgelöst. Auf Regen und Sturm brauchte sie nicht mehr zu hoffen. Es war genauso gekommen, wie Eldarian es vorausgesagt hatte. Zum Mondfest gab es eine sternenklare Nacht. Schon war Musik vom Rosenpavillon zu hören und fernes Gelächter. Seit dem Nachmittag waren Hunderte von Gästen eingetroffen. Lange konnte sie dem Fest nicht mehr fernbleiben, ohne dass es auffiel. Bald würde Eldarian nach ihr suchen lassen.

Stundenlang hatte der Fürst sie noch begleitet. Vom Rosenpavillon waren sie zu den Ställen gegangen und dann zur Hofschneiderin. Dort hatte er darauf bestanden, für sie ein Kleid auszuwählen.

Adelayne drehte sich um und blickte auf das Bett, wo ihre Abendgarderobe lag. Ein knöchellanges Ballkleid im Rot der Rubinrosen des Pavillons. Die Seide, aus der es genäht war, stammte aus dem fernen Hawainan am Gelben Fluss. Es war über und über mit schwarzen Rosen bestickt. Vor dem Bett standen schmale Schuhe aus derselben Seide wie das Kleid. Die Hofschneiderin hatte in aller Eile auf Eldarians Geheiß einige kleine Änderungen daran vorgenommen. Erst vor einer halben Stunde war ihr das Kleid gebracht worden.

Nie zuvor hatte Adelayne etwas Vergleichbares besessen, ganz zu schweigen von der Halskette aus schwarzen Perlen, die in einer mit weißem Samt ausgelegten Schatulle auf der Kommode unter dem Spiegel stand. Noch nie war sie so reich beschenkt worden. Sie machte sich keine Illusionen darüber, was sich Eldarian erhoffte, und sie war geneigt, ihm nachzugeben. Nie zuvor war sie einem Mann begegnet, der es schaffte, auf so vollkommene Art die Balance zwischen Ritterlichkeit und unübersehbarem Interesse an ihr zu halten. Er war ein Galan wie aus den Liedern der Barden.

Obwohl er ihr Avancen machte, hatte er ihr auch erzählt, dass er am nächsten Tag mit der Fürstin entlang der Klippen einen Ausritt zum Rosenturm machen würde, um dort mit Alathaia den Bund ihrer Liebe zu erneuern. Danach hatte er ihr weitschweifig von der Freiheit der Liebe erzählt, aber sie hatte kaum noch hingehört, hatte doch ein ebenso kühner wie verrückter Plan in ihr zu reifen begonnen. Sollte er gelingen, würde Alathaia das nächste Abendrot nicht mehr sehen, und niemand würde je Verdacht schöpfen, dass ihr Ableben mehr als nur ein tragischer Unfall war.

Adelayne steckte die kleine Dose ein, in der sie ihre schlummernden Verbündeten verwahrte. Dann löschte sie alle Lichter in ihrem Gemach. Sie trug schwarze enge Reithosen, die in weichen Stiefeln steckten, eine schwarze Lederweste mit vielen kleinen Taschen und darunter eine Bluse aus robustem Leinen. Das Haar hatte sie unter einer Kapuze verborgen, ihr Gesicht mit Ruß geschwärzt. Ihre Hände steckten in schwarzen Stulpenhandschuhen aus feinstem Leder. In einer Nacht wie der letzten wäre sie so gut wie unsichtbar gewesen, aber jetzt stand ein strahlender Vollmond am wolkenlosen Himmel. Und dennoch musste sie es wagen. Eine Gelegenheit wie heute Nacht würde sich so schnell nicht wieder bieten.

Sie beobachtete die Fenster, die zum Hof wiesen. Hinter zu vielen brannte noch Licht. Doch nur selten zeigte sich ein Schatten an den Scheiben. Dafür strahlten die weißen Wände des Palastes knochenbleich im Mondlicht.

Vorsichtig öffnete Adelayne ihr Fenster und stieg hinaus. Sie musste es einfach wagen! Geduckt huschte sie über den Hof. Niemand zeigte sich. Alle waren mit ihren Gedanken beim Fest.

Unter dem Torbogen, hinter dem der Hof mit den fürstlichen Ställen lag, fand sie endlich einen Schattenfleck. Schräg vor ihr erhob sich ein Misthaufen. Von dort waren es noch zehn Schritt bis zu einem der drei Tore des Stalls.

Adelayne verharrte. Sie spähte an den Mauern empor. Hier gab es nur sieben erleuchtete Fenster. Die Musik war deutlicher zu hören. Ihr gegenüber lag die Hecke, hinter der sich der weitläufige Palastgarten erstreckte. Im Durchgang entdeckte sie ein Pärchen in leidenschaftlicher Umarmung. Ansonsten zeigte sich niemand.

Geduckt zum Stall zu laufen würde mehr Aufmerksamkeit erregen als ein dreisteres Handeln. Adelayne trat aus dem Schatten und ging zum Stall hinüber, als gehörte sie zu den dienstbaren Geistern des Schlosses. Die Verliebten würdigten sie keines Blickes, niemand rief sie an. Sie öffnete die Mannpforte im vorderen Tor und trat in die warme Dunkelheit des Stalls. Der Duft von Heu und Pferdeäpfeln umfing sie. Es roch nach Fell und gefettetem Leder. Sie wurde mit einem nervösen Schnauben begrüßt. Die Pferde waren mit ihrem Geruch nicht vertraut, obwohl sie am Nachmittag mit Eldarian hier einige Zeit verbracht hatte.

Streifen silbernen Mondlichts fielen durch die kleinen vergitterten Stallfenster. Ohne zu zögern, folgte sie dem Gang zwischen den Boxen bis zu ihrem Wallach. Er empfing sie mit leisem Wiehern. Hier und dort ertönten unruhige Huftritte. Sie blickte zu den beiden schmalen Treppen, die hinauf zu den Quartieren der Burschen führten, die oberhalb des Stalls lagen. Niemand ließ sich blicken. Vermutlich waren sie alle auf dem Fest, um sich ihren Anteil an den reich gedeckten Tafeln und den Strömen von Wein zu holen.

Ihr Grauer schnaubte freudig. Adelayne streifte die Handschuhe ab und holte Apfelstückchen aus den Taschen ihre Weste, um ihn zu füttern. Sanft streichelte sie ihm über die Nüstern. Sie liebte Pferde, und das, was zu tun war, war ihr ein Angang. Aber wenn es ihr glückte, durch ihre Tat einen Krieg zu verhindern, würde sie Tausende Leben retten. Drei Boxen links von ihrem Grauen stand der Rappe, der den Lauf der Welt verändern mochte.

Die Pferde hatten sich in der Zeit, die sie mit ihrem Wallach verbracht hatte, beruhigt. Sie sollte sich nun beeilen. Wenn sie in dieser Aufmachung in den Ställen entdeckt wurde, war ihr der Galgen sicher.

Sie ging nach links und hielt vor der Box mit dem prächtigen Hengst. Sein gestriegeltes schwarzes Fell schimmerte im Mondlicht. Misstrauisch musterte der Rappe sie.

»Ich hab etwas für dich, mein Großer.« Adelayne zog ein weiteres Apfelstück aus der Tasche. Sie legte es auf die flache Hand und streckte sie dem Hengst hin. Das Fruchtfleisch des Apfels war dunkel verfärbt. Sie hatte ein wenig süßen Honig daraufgestrichen und hoffte, dass der klebrige Duft den Geruch des Opiumextrakts überdecken würde.

»Komm, mein Schöner«, lockte sie.

Der Hengst machte einen zögerlichen Schritt auf sie zu. Er neigte den Kopf und schnupperte an dem Apfelstück auf ihrer Hand. Weiche, nasse Lippen berührten ihre Haut. Schmatzend verschlang der Rappe die Süßigkeit.

»Ich habe noch mehr für dich«, flüsterte Adelayne. Stück um Stück reichte sie ihm zwei geviertelte Äpfel.

Die Bewegungen des großen Hengstes wurden bereits träger, als ein schiefes Pfeifen ertönte und eine kleine Gestalt mit einem Weinkrug in der Linken und einer Blendlaterne in der Rechten durch das mittlere der Tore in den Stall trat.

Das ist nicht der Rappe, den du suchst

»Ich hab dir was zu saufen mitgebracht, Dicker!« Der Kobold klang ganz so, als habe er selbst bereits reichlich dem Wein zugesprochen.

Adelayne zog sich in die Box des Hengstes zurück und lauschte, ob der *Dicke,* nach dem der Säufer rief, schon eine der Stiegen hinabkam. Verdammte Kobolde! Nur zweihundert Herzschläge, und ihr Werk hier wäre vollendet gewesen.

Der Rappe stieß sie mit dem Maul an und schnaubte. Offensichtlich hoffte er auf weitere Apfelstücke.

Torkelnde Schritte kamen näher. Der Lichtstrahl der Blendlaterne schwankte zwischen den Boxen hin und her. »Sollst auch nicht leben wie ein Hund«, lallte der Kobold.

Adelayne zog sich bis in den hintersten Winkel der Box zurück. Noch immer waren keine Schritte auf den Stiegen zu hören. Es wäre ein Leichtes für sie, den Kobold zu überwältigen. Sie erwog, ihm die Luft abzudrücken und ihn in einen der Brunnen auf dem Hof zu werfen, wo er dann ertrinken würde. Aber sie konnte sich keinen Toten leisten. Man würde nach ihm suchen, wenn er verschwand. Und sicherlich würde man sich die Pferde der Fürstenfamilie genau ansehen.

Einfach warten, dachte sie, während ihr Herz immer schneller schlug. Gewiss vermisste Eldarian sie schon auf dem Fest. Wie lange würde es wohl dauern, bis er einen der dienstbaren Geister nach ihr schickte oder, schlimmer noch, womöglich selbst kam, um nach ihr zu sehen?

»Das ist bester Branntwein, Kumpel …« Ein grässlicher Rülpser war zu vernehmen. »Stoff für die ganz harten Kerle. Wirst sehen, das haut selbst dich von den Hufen.« Von albernem Kichern begleitet, schwenkte der Lichtstrahl der Laterne in die Box und leuchtete Adelayne ins Gesicht.

Der Rappe schnaubte. Es klang erfreut, und Adelayne begriff, dass der Kobold gar nicht mit einem Kameraden gesprochen hatte, sondern mit einem Krug Branntwein für den Hengst der Fürstin gekommen war.

Der kleine Kerl starrte sie mit weit aufgerissenen Augen an, während der Rappe schon neugierig am Krug in dessen Arm schnupperte. »Wo hast du deinen Elfen gelassen, Schatten?«, lallte der Kobold und machte einen schwankenden Schritt in ihre Richtung.

Adelayne ging in die Knie. Sie war nicht gut auf dem Gebiet der Beherrschungszauber, doch Kobolde galten als sehr anfällig für diese Art von Magie, und dass er obendrein stockbesoffen war, sollte es noch leichter machen. Sie sah ihm fest in die Augen und griff in Gedanken nach der Macht des Goldenen Netzes, um ihre Worte zur einzigen Wahrheit zu machen, die dieser vernebelte Verstand noch akzeptieren würde. »Das ist nicht der Rappe, den du suchst«, sagte sie freundlich, aber bestimmt. »Und du bist sehr durstig, mein Freund. Such dir eine dunkle Ecke, und leere deinen Krug.«

Der Kobold nickte und sah sie ernst an. »Du sagst es, Schatten.« Torkelnd wich er von der Pferdebox zurück und setzte pfeifend seinen Weg fort, als seien sie sich gar nicht begegnet.

Adelayne wandte sich dem Rappen zu. Auch er schien angeschlagen. Das Opium wirkte. Sie streichelte ihm über die Nüstern und redete beruhigend auf ihn ein. Seine Läufe begannen zu zittern. Er brach nieder und sah verblüfft zu ihr auf. Jetzt lag Angst in seinen schwarzen Augen.

»Alles wird gut«, sagte sie ruhig und tastete nach seinem linken Ohr.

Der Rappe ließ es geschehen, er zuckte nicht einmal. Als sie vorsichtig einen Finger in sein Ohr steckte, schnaubte er leise, leistete aber immer noch keinen Widerstand. Er war bereit!

Sie holte die kleine silberne Dose aus der Innentasche ihrer Weste und öffnete sie. Darin lagen drei schlummernde Hornissen. Mit spitzen Fingern nahm sie das größte der drei Tiere. Eine Hornisse sollte genügen. Kurz vor Sonnenuntergang war sie zu dem Nest im Labyrinth zurückgekehrt und hatte die schwirrenden Hornissen, die über den Eingang wachten, mit einem Schlafzauber belegt. Dieser Schlafzauber würde erst dann enden, wenn in ihrer Nähe jemand laut *Erster* sagte.

Wieder schnaubte der Rappe. Sein schweres Haupt lag im Heu. Ein weit geöffnetes Auge verfolgte jede ihrer Bewegungen.

Adelayne zupfte aus einer der Vordertaschen ihrer Weste ein Stück schwarze Gaze. Sie hatte den zarten, durchscheinenden Stoff bei der Hofschneiderin mitgehen lassen. Aus einer weiteren Tasche zog sie ein kleines Töpfchen mit Knochenleim.

Mit dem Zeigefinger tupfte sie vorsichtig Leim auf die Ränder des Gazefetzens und schob ihn dann so tief in das Pferdeohr, dass er wie ein Gitternetz den Fluchtweg für die Hornisse blockierte. Sobald es erwachte, würde das Insekt laut summend das Pferd in Panik versetzen. Vielleicht würde es ihm auch ins Ohr stechen.

Adelayne wischte den mit Leim besudelten Finger an ihrer Lederweste sauber. Das Augenlid des Rappen zuckte. Sie strich sanft über seinen großen Kopf, und er schlief ein.

Kurz tastete sie über ihre Taschen, ob alles wieder an seinem Platz verstaut war. Dann trat sie leise aus der Pferdebox, schloss deren Tür und eilte den Gang entlang. Es war höchste Zeit, auf dem Fest zu erscheinen.

Eine Frage des Stils

Melvyn strich über das lange grüne Gewand aus feinster Wolle. Dazu hatten sie ihm weite weiße Hosen und Stiefel aus hellbraunem Wildleder gebracht. Das Obergewand war an den Schultern mit Muscheln und Perlen aus Türkisen geschmückt.

Was für ein Dreck, dachte er wütend. Glaubten sie, dass ein Maurawan solchen Mist zu einem Fest trug? War das ihre Vorstellung, wie sich edle Wilde kleideten, wenn sie feierten?

Alathaia hatte ihm am frühen Abend die Gewänder schicken lassen. Die ängstliche Dienerin, die sie brachte, hatte den ausdrücklichen Wunsch der Fürstin vorgetragen, dass er auf diesem bedeutendsten Fest Langollions nicht wie ein Barbar erscheinen solle.

Melvyn fluchte. Eine halbe Stunde oder länger ging er nun schon in seinem Gemach auf und ab. Er hatte Emerelle versprochen, wie ein Diplomat aufzutreten. Aber er war kein verdammter Ohrenbläser, kein Intrigant, der höflich tat und falsch lächelnd den Untergang anderer plante. Was hatte Emerelle nur dazu bewogen, ausgerechnet ihn zu schicken? Alathaia würde einen groben Verstoß gegen die Hofetikette wahrscheinlich nutzen, um ihn am nächsten Tag davonzujagen. Außer, er zog diesen Dreck an.

Wütend sah er die Kleider an. Er würde nicht den dressierten Wilden geben. Auf gar keinen Fall! Noch war er nackt und über und über mit rotbraunem Bandag bemalt. Es würde etliche Tage dauern, bis sein Hautschmuck langsam verblasste. Wenn er es schaffte, dass man ihm nicht vorwerfen konnte, gar nichts von den Geschenken der Fürstin getragen zu haben, wäre sein Dilemma vielleicht gelöst. Die Stiefel gingen, dachte er und schlüpfte hinein. Sie passten, als seien sie eigens für ihn gemacht.

Als Nächstes nahm er seinen alten, abgewetzten Gürtel und schlang ihn sich um die Hüften. Das grüne Obergewand legte er auf den Boden seines Gemachs und schnitt mit seinen stählernen Krallen einen breiten Streifen Stoff heraus, den er als Lendenschurz unter seinem Gürtel drapierte. Dazu legte er seine kurze, ärmellose Weste an. Zuletzt schnitt er ein Hosenbein ab. Der Stoff war so zart wie Blütenblätter. Er legte ihn sich wie einen Schal um den Hals und betrachtete sich überaus zufrieden in dem hohen Spiegel neben der Tür. Niemand könnte ihm mehr vorwerfen, er habe die Gewänder der Fürstin nicht angelegt. Und dennoch würde er nicht wie ein herausgeputztes Büffelkalb aussehen.

Mit leichtem Bedauern ließ er die Krallen zurück. Die Dienerin, die ihm die Kleider gebracht hatte, hatte ihm auch deutlich gemacht, dass jegliche Waffen auf dem Fest verboten seien.

»Feste«, schnarrte er verärgert. Er konnte nicht kommen, wie es ihm angenehm war. Fernzubleiben war auch keine Möglichkeit, die ihm offenstand. Wieder begann er unruhig in dem Gemach auf und ab zu gehen. Würde er Alathaia endlich begegnen, um ihr die Nachricht Emerelles zu überbringen?

Er löschte die Lichter bis auf eine kleine Öllampe am Bett. Alles, womit er den Aufbruch hinauszögern konnte, war ihm willkommen. Durch das leicht geöffnete Fenster zum Innenhof war vom Rosenpavillon her Musik zu hören. Er wünschte sich, Leylin wäre noch an seiner Seite. Sie hätte diese Nacht geliebt. Mit ihr wäre es ihm eine Freude gewesen, auf dieses Fest zu gehen. Er hätte nur Augen für ihr Lächeln gehabt. Sehnsüchtig blickte er zum Mond, der wie ein vernarbter silberner Schild am Himmel stand. So viele Jahre war sie nun schon gegangen …

Eine Bewegung auf dem Innenhof erregte seine Aufmerksamkeit. Eine schattenhafte Gestalt trat unter dem Torbogen hervor. Mit dem Geschick eines erfahrenen Jägers auf der Pirsch schlich sie dicht an den Mauern entlang. Ihr Gesicht blieb trotz des hellen Mondlichts ein Schatten. Es war unmöglich zu erkennen, wer es war. Melvyn prägte sich das Bewegungsmuster ein.

Der Schatten verschwand aus seinem Gesichtsfeld. Sein Fenster lag in einem Erker, der weit aus der Schlossmauer hervorragte. Als Melvyn sich vorbeugte, war die Gestalt verschwunden. Sie musste durch eines der Fenster im Erdgeschoss gestiegen sein.

»Wer bist du?«, murmelte er tief in Gedanken. Emerelle hatte ihn beauftragt, den Geheimnissen des Fürstenhofs nachzuspüren. Endlich war er auf eines gestoßen. Und jetzt hatte er auch einen guten Grund, auf das Fest zu gehen. Niemand aus dem Palast blieb dem Mondfest fern. Er würde die Wachen beobachten, die Höflinge und die Gäste und den nächtlichen Schatten suchen.

Er blickte zurück zu den Krallenhänden auf dem Bett. Ohne sie würde er sich wie nackt fühlen. Ein böses Lächeln umspielte seine Lippen. Nach dem Ausgang des Duells war er gespannt, wer es wagen würde, sie ihm abzunehmen. Melvyn ging zurück, schnallte sie an seinen Gürtel und fühlte sich nun endlich für das Fest gewappnet.

Wo Scherben Namen tragen

Laurelin war ein wenig unbehaglich, als ihre geliehenen Pferde an den Zügeln davongeführt wurden. Er hatte die Koppeln auf der letzten Meile gesehen. Dort waren Hunderte von Pferden angepflockt.

»Mach dir keine Sorgen. Wir sind hier, um das Leben zu feiern! Sorgen gibt es heute Nacht nicht!«

Melyssanas glockenhelles Lachen ließ ihn die Frage vergessen, ob sie tatsächlich die richtigen Pferde wiederbekommen würden. Sie schienen spät dran zu sein. Vor ihnen führte ein gewundener Pfad leicht den Hang hinauf. Rosenbüsche und Zypressen behinderten die Sicht. Jenseits der schlanken Bäume glühte der Himmel vor Lichtern. Musik war zu hören, und der Duft von Braten und Backwerk hing in der Luft. Für eine Spätherbstnacht war es angenehm warm.

Sie folgten einem Weg, der mit weißem Kies ausgelegt war. Es war Laurelin unangenehm, dass jeder seiner Schritte von einem leisen Knirschen begleitet wurde. Als Jäger war er es gewohnt, sich lautlos zu bewegen. Ihm war auch ein wenig mulmig bei dem Gedanken, wie viele Albenkinder sich bei dem Fest drängen würden. Die überfüllten Straßen von Rosan, das Geschrei dort, die unendlich vielen Gerüche ... All das hatte ihm bereits Beklemmung bereitet. Aber sobald sie die Felle verkauft hätten, würden sie die Stadt für immer hinter sich lassen und in diesen Teil der Insel ziehen.

Kunstvoll aus buntem Glas geblasene Laternen beleuchteten den Weg vor ihnen. Sie erinnerten an Blüten und warfen kleine Inseln aus gelbem, rotem oder blauem Licht auf den Kies. Trotz der späten Stunde sangen noch Vögel in den Zypressen. Selbst die Natur schien am Fest dieser Nacht teilhaben zu wollen.

Zwei schlanke Gestalten traten aus den Schatten der Bäume, ein bocksbeiniger Faun und eine Elfe, die eine Maske aus bunten Federn trug. »Eure Scherben«, begrüßte sie die Elfe und reichte Laurelin eine gewölbte graue Scherbe, die aussah, als stamme sie von einem zerbrochenen Wasserkrug.

Der Faun reichte Melyssana ebenfalls eine Scherbe und dazu einen Griffel aus Silberstahl.

Jetzt hielt die Elfe auch ihm einen solchen Griffel hin.

»Du musst deinen Namen in die Scherbe kratzen«, erklärte Melyssana, während sie mit dem Griffel arbeitete.

»Wozu?«

»Diese Scherbe mag dich zur Erfüllung deines Schicksals führen«, raunte die Elfe mit der Maske geheimnisvoll. »Du kannst diese Nacht das höchste Glück erlangen.« Sie blickte auf den Verband an seiner Hand. »Aller Schmerz wird dann für immer vergessen sein.«

Laurelin gab ihr die Scherbe zurück. »Ich bin schon glücklich.« Er sah lächelnd zu Melyssana. »Mehr Glück, als ich jetzt schon habe, kann ich mir gar nicht vorstellen.«

»Wenn du deinen Namen nicht gibst, dann kannst du an dem Fest nicht teilnehmen«, mischte sich der Faun ein.

»Bitte, mein Lieber, zier dich nicht so.« Melyssana war mit der Arbeit an ihrer Scherbe fertig und reichte sie dem Faun. Laurelin sah, dass sie unter ihren Namen auch noch eine Reihe von Zahlen geritzt hatte. Wahrscheinlich die Nummer, die in die Rückseite ihrer Sonne geritzt war.

Widerwillig folgte er ihrer Bitte. Er wollte die Nacht nicht mit einem Misston beginnen lassen. Seine Nummer behielt er jedoch für sich.

Als sie gingen, hörte er, wie die Elfe und der Faun über ihn tuschelten. Melyssana beschleunigte ihre Schritte, und zum ersten Mal, seit er ihr begegnet war, wurde ihm bewusst, dass er, der Hinterwäldler, ihr peinlich war. Die Erkenntnis traf ihn bis ins Innerste. Unwissentlich hatte er sie wohl brüskiert. Ihr Ansehen und Äußerlichkeiten waren ihr wichtig, das hatte er bereits geahnt. Er würde mehr Rücksicht auf sie nehmen müssen.

Der kleine Finger seiner Rechten begann zu jucken, wie immer, wenn er unruhig war. Er rieb ihn am Hosenbein und zuckte vor Schmerz. Da war kein Finger mehr. Wie konnte jucken, was es nicht mehr gab? Und wie sollte er sich kratzen?

Melyssana ging so schnell, dass es fast schon eine Flucht war. Verzweifelt versuchte er den Finger zu ignorieren, schloss zu ihr auf und hakte sich bei ihr ein. »Du wirst mir Langollion erklären müssen, damit ich besser hierher und an deine Seite passe. Ich werde ein folgsamer Schüler sein.«

Sie blieb stehen, sah ihn auf eine Art an, die Laurelin nicht zu deuten wusste. Es lag Schmerz in ihrem Blick. Plötzlich küsste sie ihn. »Du bist wirklich nett.«

Sie klang aufgewühlt, aber etwas an ihren Worten ließ ihn aufhorchen. Da war eine Bedrohung, die er nicht klar erkennen konnte. Er schien sie tiefer verletzt zu haben, als er geahnt hatte. Besser, er leistete sich nicht noch einen Fehltritt.

Der Weg führte sie auf eine sanft ansteigende Wiese. Der Duft von Speisen war hier allgegenwärtig. Es gab etliche gemauerte Feuerstellen. Über zwei von ihnen brieten ganze Ochsen. Der herrliche Duft von gebratenem Fleisch ließ ihm das Wasser im Mund zusammenlaufen.

»Wie wunderbar«, frohlockte Melyssana. Hinter einer Halle aus Rosen, Marmorsäulen und schweren Balken stieg eine Lichtkugel auf, die sich hoch am Himmel zu einer strahlend blauen Blüte entfaltete.

Alle Gespräche auf der Wiese verstummten. Elfen, Kobolde, Kentauren, Faune und Trolle, alle waren sie in diesem Augenblick gleich. Sie legten den Kopf in den Nacken und sahen staunend in den Himmel empor, wo weitere Lichtblumen erschienen, eine jede größer und strahlender als jene, die ihr vorausgegangen waren. Nur die Musik spielte noch weiter. Sie schien auf das Schauspiel am Himmel abgestimmt zu sein und befeuerte das Hochgefühl, das Laurelin erfasst hatte. Nie zuvor hatte er etwas so Wunderbares gesehen. »Was ist das?«, fragte er leise.

»Die besten Zauberweber der Insel treten bei jedem Mondfest in Wettstreit miteinander«, flüsterte sie. »Was du hier siehst, steht für die neuen Ideen Langollions. Wir leben, um die Schönheit der Welt zu mehren.«

Ein Vogel aus Licht stieg in den Himmel empor. Er breitete seine Schwingen aus, und sein Gefieder erstrahlte in allen Farben des Regenbogens, schöner selbst als bei einem Pfau.

»Emerelle hat vor langer Zeit verboten, Vögel aus Licht zu erschaffen. Seit ein solcher Vogel am Himmel von Vahan Calyd stand und unmittelbar nach seinem Erscheinen der Angriff der Trolle begann. Alathaia setzt sich darüber hinweg. Es ist dumm, die Schönheit durch unsinnige Gesetze zu bannen.«

Wie um Melyssanas Worte zu unterstreichen, erschien ein weiterer Vogel am mondhellen Firmament, noch größer und prächtiger als der erste.

Laurelin war unwohl bei dem Gedanken, dass hier ganz offen gegen die Gesetze der Königin verstoßen wurde. Doch auch er vermochte nicht zu begreifen, warum etwas so Schönes und Harmloses wie aus Licht gewobene Vögel verboten war.

»Wir sollten schon jetzt in den Pavillon gehen«, flüsterte ihm Melyssana zu und begann sich durch die Menge in Richtung der gewaltigen Rosenhecken zu bewegen, aus denen Säulen aufragten.

Mit Bedauern blickte Laurelin zu den Feuern, über denen die Ochsen brieten. Fast jeder hier hielt eine Schale mit irgendwelchen Köstlichkeiten in der Hand. Lange Tische mit Obst, Käse, Brot und Honiggebäck bogen sich unter der Last der Speisen, die aufgetragen waren. Noch nie in seinem Leben hatte Laurelin so viele verschiedene Leckereien an einem Ort versammelt gesehen. Dieses Fest war wahrlich dazu angetan, alle Sinne zu erfreuen. Doch er würde sich hüten, Melyssana mit einem so banalen Anliegen wie Hunger ein zweites Mal zu verärgern.

Für das Fest hatte sie ein rotes Kleid angelegt. Es war an den Seiten geschlitzt, für Laurelins Geschmack ein wenig zu hoch, so wie ihr Dekolleté deutlich zu weit ausgeschnitten war. Dazu trug sie feingliedrige goldene Ohrringe, die bei jedem ihrer Schritte wippten. Ihm hatte das Wildlederkleid, das sie bei ihrer ersten Begegnung getragen hatte, deutlich besser gefallen. Ihm entging aber nicht, wie viele Blicke ihr trotz der wunderschönen Lichtbilder am Himmel folgten, als sie sich durch die Menge drängten. Für sich hatte er Hemd und Hose im Himmelblau ihrer Augen gekauft. Er hatte das für eine gute Idee gehalten. Jetzt fühlte er sich unbehaglich neben ihr. Ihm war bewusst, dass er bäurisch neben ihrer Eleganz wirkte. Und dennoch war er es, der ihr Herz gewonnen hatte, dachte er mit einem Lächeln, und nicht einer der herausgeputzten Männer, die ihr jetzt nachschauten.

»Was wird denn dort bei den Hecken geschehen?«

»Das größte Ereignis des Festes«, erklärte sie, in einer Weise aufgewühlt, die Laurelin nicht verstehen konnte. »Dies hier ist ein alter, von Magie durchdrungener Ort. Bei jedem der Feste gibt es eine oder einen Auserwählten, dessen Schicksal sich erfüllt und der ins Mondlicht gehen wird.«

Laurelin erschrak. Er war so glücklich wie nie zuvor in seinem Leben. Hatte sich damit sein Schicksal erfüllt? Kein Elf wusste, mit welchem Ziel seine Seele von den Alben erschaffen worden war. Dies war das große Geheimnis des Lebens. Bis dieses Ziel erreicht war, kleidete sich jede Elfenseele nach dem Tode erneut in Fleisch. Wenn aber der Augenblick der Erfüllung kam, verblasste die körperliche Hülle. Sie wurde zu silbernem Licht und verschwand ohne Spur, während die Seele in eine andere Welt ging, aus der noch niemand zurückgekehrt war, um von ihr zu berichten.

Jeder Elf war bemüht, dieses Ziel zu erreichen. Laurelin jedoch nicht. Er wollte das Glück, das ihm zuteilgeworden war, mit seinen Händen halten. Er wollte jetzt noch nicht gehen!

»Wie genau geschieht das?«

»Die Scherben«, erklärte Melyssana. »Nur Elfen durften ihre Namen geben. Alle Scherben werden in einem großen Kessel gesammelt. Nicht lange, nachdem die Himmelslichter verblasst sind, wird Sanassa, die älteste Tochter der Fürstin, eine Scherbe ergreifen, und das Schicksal selbst wird ihre Hand führen. Für diejenige, deren Name genannt wird, öffnet sich eine Pforte inmitten der Rosenranken. Und sie geht vor den Augen aller ins Mondlicht.«

Inzwischen hatten sie das mit Mosaiken ausgelegte Geviert zwischen den Hecken erreicht. Mehr und mehr Gäste strömten hierher, begierig, dem bevorstehenden Wunder nahe zu sein.

Melyssana strebte immer weiter nach vorn. Um dem dichtesten Gedränge zu entgehen, wich sie zur Hecke hin aus. Laurelin achtete darauf, sich zwischen ihr und den Dornen zu halten. Verwundert sah er, dass die Wurzelstöcke der Rose dicker als sein Oberschenkel waren. Sie waren so eng ineinander verschlungen, dass sie wie ein einziger großer Busch wirkten.

Er ließ den Blick über die gewaltigen Hecken wandern. War es möglich, dass alle diese Büsche ein gemeinsames Wurzelherz hatten, irgendwo verborgen unter dem Mosaik? Nein, das war absurd. Seine Unruhe wegen dieses Mondlichtrituals war der Nährboden für so dumme Gedanken. Er mochte diesen Ort einfach nicht, da er sein Glück bedrohte. Sein Leben durfte einfach noch nicht seine Erfüllung erreicht haben ... Nicht jetzt!

Ein Dorn stach in seinen Handrücken, als sie noch dichter an die Hecke abgedrängt wurden. Ärgerlich zuckte er zurück.

Dem Fest einen Namen geben

Nanduval hatte sie mit seinem Verfolgungswahn angesteckt, dachte Alathaia und blickte über die Masse der Gäste, die in den Rosenpavillon drängte. Gemeinsam mit ihren Töchtern Morwenna und Sanassa beobachtete sie das Fest, bereit, den Augenblick für den Höhepunkt des Abends zu wählen. Sie standen auf einer hölzernen Plattform, die etwa acht Schritt hoch in der Hecke an der Stirnwand des Rosenpavillons verborgen war. Für die Gäste unsichtbar, konnten sie von dort beobachten, wer gekommen war und auf die Erfüllung seines Schicksals hoffte.

Hinter Alathaia stand der äonenalte Bronzekessel, in dem sie die Scherben dieses Abends sammelten. Er war nahe dem Rosenturm in der Erde vergraben gefunden worden und stammte vielleicht noch aus den Tagen Ailleans. Drei bronzene Löwenfüße wuchsen aus seinem Bauch und trugen den schweren Kessel, um den sich geometrische Muster rankten, die Alathaia jedes Mal ein Schwindelgefühl bereiteten, wenn sie ihren Blick zu lange darauf richtete.

Sanassa rührte mit einer Eisenstange in den Scherben, was angesichts der Farce, die sich gleich abspielen würde, vollkommen überflüssig war. Aber das Klirren der Scherben war unten im Pavillon deutlich zu hören und steigerte die Spannung vor dem feierlichen Höhepunkt.

Wieder schweifte Alathaias Blick über die Gäste. Sie suchte nach Melvyn. Nanduval hatte sie eindringlich vor dem Wolfselfen gewarnt. Bis zuletzt hatte der Hauptmann versucht, sie zu überreden, dieses Mal nicht zum Fest zu kommen. Sobald sie sich unter die Menge mischte, wäre es kaum mehr möglich, sie vor einem zu allem entschlossenen Meuchler zu schützen.

Alathaia hatte lange genug im Auftrag Emerelles Blut vergossen, um sehr genau zu wissen, welche Gefahren das Mondfest barg. Aber sie hatte sich immer gezeigt. Es gehörte zu ihrer Vorstellung von einer vollkommenen Welt, dass sie dort unten war und ebenso mit Edelleuten wie mit den niedersten dienstbaren Geistern sprach. Auf ihrer Insel gab es keine Stände mehr. Gewiss zehrten noch einige der alten Familien von den Reichtümern, die in Jahrhunderten angehäuft worden waren, und ihrem Selbstverständnis nach waren sie immer noch Adelige, doch auch sie hatten ihre Frondiensttage für die Gemeinschaft abzuleisten, bevor der Mond sich das nächste Mal rundete. Selbst sie, die Fürstin, bildete da keine Ausnahme.

Morgen würde sie ausreiten, um mit Eldarian ein paar Tage im Rosenturm zu verbringen. Sie freute sich darauf, für kurze Zeit alle Pflichten hinter sich zu lassen. Aber danach würde sie in den Süden reisen, um beim Bau des großen Aquädukts zu helfen.

Hinter ihr stritten Morwenna und Sanassa leise darüber, wessen Namen das heutige Fest tragen sollte. Es wurde eine Liste geführt, welche Elfen dem Geist der neuen Gesellschaft, die auf Langollion entstand, nicht huldigten, sondern ihre Freiheiten nutzten, um selbstsüchtige Ziele zu verfolgen.

So sehr Matha Blouta sie auch bedrängte, ihr ein einziges Mal einen Elfen mit reinem Herzen zu opfern, hatte Alathaia der Rubinrose noch nie nachgegeben. Stets mussten nur jene gehen, die es auch verdient hatten. Matha Blouta nahm die Lebenskraft der Auserwählten in sich auf. Die Rubinrose wob die mächtigste Form der Blutmagie. Sie vervielfachte die Lebenskraft der Auserwählten und ließ sie in das Land fließen. So kam es, dass nirgends in Albenmark die Ähren der Kornfelder so viele Körner trugen wie hier auf Langollion. Nirgends waren die Obsthaine so fruchtbar oder die Fischgründe so reich wie hier. Nur so war es möglich, die stetig wachsende Zahl der Albenkinder auf der Insel zu ernähren.

Zu gern hätte Alathaia gewusst, was Matha Blouta anders machte. Wie diese geheime Spielart der Blutmagie zu weben war. Mit diesem Wissen hätte sie Emerelle entgegentreten können, dachte die Fürstin verärgert. Solange Emerelle den Albenstein besaß, der ihre Zaubermacht vervielfachte, konnte Alathaia der Königin nicht in offener Konfrontation entgegentreten. Wollte sie die Königin auf dem Thron ablösen, blieb ihr nur die Wahl, entweder die tiefsten Geheimnisse der Blutmagie zu ergründen oder zu versuchen, die Macht von mindestens sieben Karfunkelsteinen zu vereinen.

Solange aber nicht eines von beidem geschah, würde der Krieg im Schatten andauern.

Wenn sie Nanduval glaubte, dann war der Tag längst erreicht, an dem die Elfenkönigin sie töten lassen musste, um unumschränkte Herrscherin Albenmarks zu bleiben. Dabei wusste der Hauptmann nicht einmal, was sie in der Snaiwamark in Emerelles Auftrag getan hatte.

Alathaia atmete den Duft der Rosenhecke ein und straffte die Schultern. Es war dumm zu bedauern, was nicht rückgängig zu machen war. Orgrims Sohn hatte sterben müssen. Dieser Drau wäre nicht nur eine Gefahr für die Vorherrschaft der Elfen geworden, sondern wäre er erwachsen geworden, dann hätte dieser verfluchte Troll eines Tages auch ihre Kinder getötet. Emerelle hatte ihr in der

Silberschale gezeigt, was geschehen würde. Und die Silberschale log niemals!

Doch wie verlockend musste es für Emerelle sein, sie nun ermorden zu lassen und das Geheimnis um Draus Tod mit niemandem mehr zu teilen?

»Wir sollten Andarions Namen verlesen«, forderte Morwenna, und Alathaia stimmte ihr innerlich zu. Kein anderer Elf in Langollion hatte den Tod so sehr verdient wie er.

»Andarion ist aber wieder einmal nicht gekommen«, bemerkte Sanassa bitter. »Auch Broja nicht oder irgendein anderer der schmierigen Geschäftemacher aus Rosan. Dieses Pack meidet das Fest, als wüssten sie um unser Geheimnis.«

Dass jemand außerhalb ihrer Familie wusste, was auf dem Mondfest wirklich geschah, hielt Alathaia für unwahrscheinlich.

An Abenden wie diesem versuchte Matha Blouta sie meist im letzten Augenblick umzustimmen, ihr doch noch einen Elfen mit reinem Herzen zu überlassen. Heute Nacht schwieg die Rubinrose, und Alathaia war sich nicht sicher, ob dies ein gutes oder ein schlechtes Zeichen war. Erneut atmete die Fürstin tief ein. Da war bereits dieses ganz besondere Aroma im Duft der Rosenblüten. Etwas, das die Sinne betörte und den Rausch des Festes verstärkte. Niemand hier würde das, was hier geschehen würde, in Zukunft hinterfragen. Sie alle behielten den Rausch und die Glücksgefühle dieser Nacht in Erinnerung. Und sie würden den nächsten Vollmond herbeisehnen.

Alathaia wollte den Blick schon von der Festgesellschaft abwenden, um ihren Töchtern bei der Auswahl des Opfers von der Gästeliste zu helfen, als sie einen Elfen in einem seltsam unpassenden Himmelblau bemerkte. Zunächst war er ihr nur wegen seiner Kleidung aufgefallen, doch dieses Gesicht ... Sie hatte es schon einmal gesehen ...

Die Erinnerung traf sie wie ein Dolchstoß. Das war der jüngere der beiden Jäger aus der Snaiwamark, die sie als Opfer für die wütenden Trolle auserwählt hatte. Ganz bewusst hatte sie es so eingerichtet, dass die Fährte des Ebers den Lagerplatz der beiden kreuzte und auch nach der Bluttat dorthin zurückführte. Wie konnte es sein, dass der Jäger noch lebte? Wie hatte er es geschafft, den Trollen zu entkommen? Und warum war er hier? Wusste er, was sie ihm angetan hatte? Lebte auch der Ältere der beiden noch? Lag er hier irgendwo auf der Lauer?

»Mutter? Stimmt etwas nicht?« Morwenna trat an ihre Seite. Sie war die feinsinnigere ihrer beiden Töchter. Sanassa hingegen war kaltblütig und machtbewusst. Sie beaufsichtigte die Spitzel, die es überall auf der Insel gab. Diese heimlichen Beobachter waren ein unschönes, aber unvermeidliches Ärgernis auf dem Weg in eine vollkommenere Welt. Alathaia musste wissen, wer Langollion gefährdete, um das Fürstentum stark werden zu lassen.

Jetzt kam auch Sanassa an ihre Seite. »Gibt es einen unerwünschten Gast?«

»Der Elf in Himmelblau …« Alathaia deutete durch die Rosenranken, die sie vor Blicken verbargen, auf den Jäger. »Wer ist das?«

»Er heißt Laurelin«, antwortete Sanassa, ohne zu zögern. »Ein Jäger. Er kam erst vor ein paar Tagen in Rosan an und besitzt noch keine Sonne. Er ist nur deshalb hier, weil Melyssana, die Dirne in Rot an seiner Seite, ihm ein schriftliches Eheversprechen gegeben hat.«

»Du bist gut unterrichtet«, bemerkte Alathaia voller Anerkennung.

»Ich habe Melyssana und ihre Umtriebe schon seit einer Weile beobachtet. Sie fügt sich nicht gut in unsere neue Gesellschaft, sie strebt danach, mehr zu haben, als sie verdient hätte. Sie lebt weit über ihre Verhältnisse. Immer wieder gelingt es ihr, Jäger, die in Rosan ihre Felle verkaufen wollen, zu verführen. Und immer wieder nehmen diese Liebesgeschichten dasselbe Ende. Sie schafft es, dass ihre Opfer ihr das Eigentum an ihren Fellen überschreiben. Dann zieht sich Melyssana mit ihrer Beute in ihre Villa in diesem Teil der Insel zurück, während die mittellosen Jäger in Rosan stranden, von wo aus sie die Betrügerin jenseits der Stadtmauern nicht mehr erreichen können. Ich gestehe, über Melyssana ärgere ich mich schon lange.«

»Und dieser Jäger, Laurelin, besitzt ganz sicher noch keine Sonne?«

Sanassa lachte amüsiert. »Ganz sicher nicht. Melyssana wird das um jeden Preis verhindert haben, sonst würde ihr Fluchtplan doch nicht gelingen.«

»Dann soll das heutige Fest Melyssanas Namen tragen«, entschied Alathaia. »Ich werde nun hinuntergehen und mich unter die Gäste mischen. Sanassa, du führst das Ritual durch.« Sie wandte sich ab, ging an dem großen Kessel vorbei und stieg die schmale Treppe hinab, die im Inneren der Hecke verborgen lag. Sie wollte zu Laurelin und ihn aushorchen. Sie würde herausfinden, ob eine Intrige Emerelles oder doch nur ein unglaublicher Zufall den Jäger nach Langollion geführt hatte. Doch was es auch gewesen sein mochte, sein Schicksal war besiegelt.

Furchtlos

Nanduval hörte Schritte auf der hölzernen Stiege hinter sich und wusste, dass sie es war. Er hatte sie bekniet, nicht herunterzukommen. Dort oben, inmitten der Hecke, wäre Alathaia in Sicherheit.

Aber ihre eigene Sicherheit war stets das Letzte, woran sie dachte. Wenn sie sich nun unter die Feiernden mischte, dann war es ein Albtraum für ihn. Sie würde nicht dulden, dass sie von Wachen umringt war. Sie kannte keine Angst. Dafür verfluchte und verehrte er sie.

Alathaia verharrte einen Augenblick neben ihm.

»Herrin?«

»Ich weiß, was du denkst, Nanduval. Ich werde dennoch gehen. Wir huldigen hier der Freiheit. Du darfst an meiner Seite sein; sonst will ich keine Wachen in meiner Nähe sehen. Freiheit gedeiht nicht umstellt von Kriegern.«

Er nickte knapp. Sie war seine Herrin, sie entschied. Ohne zu widersprechen, folgte er ihr durch den kurzen Tunnel in der Hecke, der in das Labyrinth mündete.

Zwei Mal nur bogen sie ab, dann standen sie vor dem großen Mosaik, das der Rosenpavillon umschloss. Er gab den beiden Wächtern, die den Eingang zum Labyrinth bewachten, einen knappen Wink, und sie zogen sich zurück, noch bevor die Fürstin in ihre Nähe kam.

Hunderte füllten den Pavillon. Alathaia mischte sich unter die Gäste. Manchen nickte sie knapp zu, andere grüßte sie mit Namen. Eine Koboldin kam, um den Saum ihres Gewandes zu küssen. Auch ihren Namen wusste Alathaia und duldete nicht, dass die Koboldin in Demut vor ihr kniete. Stattdessen ging Alathaia in die Hocke und nahm ihre silberne Kette vom Hals. Sie bestand aus kunstvoll geschmiedeten Ahornblättern, die einander wie die Schuppen einer Rüstung überlappten.

»Ich weiß, es war ein schweres Jahr in den Bergen, Groona. Nimm dies hier, es wird helfen, dich und die Deinen durch den Winter zu bringen.«

»Herrin …«, begann die Koboldin, doch Alathaia erhob sich bereits wieder, um sich anderen Gästen zu widmen.

Nanduval hätte gern noch ein paar Worte mit Groona gewechselt und ihr erklärt, dass dies die Art der Fürstin war, aber er wagte es nicht, Alathaia länger aus den Augen zu lassen. Waffen waren auf dem Fest verboten. Dennoch wurden einige Schmuckdolche getragen. Offensichtlich hatte es wieder keine Kontrollen gegeben. Manchmal verfluchte er die Freizügigkeit der Insel. Doch genau genommen war das Verbot von Waffen ohnehin nur Augenwischerei. Zauberweber, die sich darauf verstanden, große Feuerblumen am Nachthimmel erblühen zu lassen, könnten ihr Talent ohne Weiteres auch für verderblichere Zauber einsetzen.

Einige seiner Kriegerinnen hatten sich wie Gäste gekleidet und blieben diskret in Alathaias Nähe. Er hatte sie unter den glühendsten Verehrerinnen der Herrscherin ausgesucht. Jede von ihnen würde, ohne zu zögern, ihren Leib zum Schild für die Fürstin werden lassen. Er hatte nur Frauen ausgewählt, da sie törichterweise häufig unterschätzt oder gar übersehen wurden. In diesem ungleichen Kampf, in dem es so gut wie unmöglich war, einen Attentäter aufzuhalten – sollte sich denn einer unter den Gästen befinden –, musste er auch den kleinsten Vorteil nutzen.

Alathaia war jetzt umringt von Untertanen. Nanduval sah sich unauffällig um, wo Eldarian wohl weilte. Wenn sich der Fürst an der Seite seiner Gemahlin hielte, wäre zumindest dies eine Richtung, aus der kein Dolch kommen konnte. Doch Nanduval vermochte den Fürsten nicht zu entdecken. Vermutlich vergnügte der sich wieder einmal mit einer der zahllosen Hofdamen, die ihm nur zu gern gefällig waren. Warum Alathaia ihren Gemahl in seinen amourösen Abenteuern stets gewähren ließ, war Nanduval unbegreiflich.

»Hauptmann!« Mandalyn, eine der Leibwächterinnen in einem Abendkleid, zupfte ihn am Ärmel. »Dort!«

Jetzt sah auch Nanduval ihn. Die Gäste wichen vor dem Wilden mit der entschlossenen Miene zurück, sodass sich trotz des Gedränges eine Gasse bildete. Melvyn hatte sich in irgendwelche Fetzen gekleidet und trug noch immer seine rötlich braunen Hautbilder zur Schau. An seinem Gürtel hingen die mörderischen Krallenhände, mit denen er Atossa so grausig verstümmelt hatte, dass sie sich das Leben genommen hatte. Und er ging entschlossen auf die Fürstin zu.

Die Botschaft der Königin

Endlich! Melvyn konnte sie deutlich sehen. Gerade noch hatte sie einer Koboldin ihre Halskette geschenkt, jetzt plauderte sie mit irgendwelchen Hofschranzen. Sie nahm sich für jeden Zeit, nur ihn verhöhnte sie, indem sie ihm seit Tagen keine Audienz gewährte. Aber hier konnte sie ihm nicht mehr ausweichen! Sie würde ihr Gesicht verlieren, wenn sie vor aller Augen vor ihm fortlief.

»Gesandter Melvyn, auf ein Wort.« Eine blonde Elfe von erstaunlicher Größe trat ihm in den Weg. Sie überragte ihn fast um einen Kopf.

»Wir reden später«, entgegnete er brüsk und versuchte links an ihr vorbei zu gehen.

»Es ist dringlich«, beharrte die Elfe.

Alathaia sah in seine Richtung. Die Fürstin hatte ihn bemerkt. Der verfluchte Hauptmann ihrer Leibwache redete auf sie ein und deutete dabei auf einen Durchgang in der Hecke.

Melvyn versuchte der aufdringlichen Elfe auszuweichen, doch sie verstellte ihm erneut den Weg.

»Vergiss nicht, ich bin ein Barbar«, zischte er wütend. »Ich könnte auf die Idee kommen, dich niederzuschlagen.«

»Inmitten der Gäste eines Festes?«, fragte sie freundlich, trat näher an ihn heran und rammte ihm ihr Knie ins Gemächt.

Der Angriff kam zu überraschend, um ihm auszuweichen. Keuchend knickte er ein.

»Er hat Mandalyn angegriffen!«, ertönte hinter ihm eine schrille Männerstimme.

Trotz des Schmerzes musste Melvyn lachen. Diese verdammten Hofschranzen! Mit der Wahrheit schienen sie alle auf Kriegsfuß zu stehen. Er widerstand dem Reflex, schützend seine Arme hochzunehmen, als er sich aufrichtete, und wurde mit einem Fausthieb empfangen.

Melvyn riss den Kopf zur Seite, und dennoch streifte die Faust der Blondine sein Kinn. Sie trug einen scharfkantigen Ring und hatte ihn verletzt. »Warst du Zeugin des Duells?«, fragte er in beherrschtem Zorn.

Mandalyn nickte.

»Eins«, sagte er leise. »Heute reicht meine Geduld nur bis drei.«

Obwohl der Pavillon überfüllt war, wichen die Gäste erschrocken zurück, und um sie beide bildete sich ein Kreis. Er hörte das Zischen und Tuscheln ringsum. Einige schienen bereit, jederzeit einzugreifen. Vielleicht weitere Wachen, die sich unter die Höflinge gemischt hatten.

»Du bist hier nicht in einem Wolfsrudel, Melvyn, in dem du mit Klauen und Zähnen deinen Platz behaupten musst.« Alathaia trat aus dem Ring der Gaffer.

»Endlich empfängst du mich.« Er wünschte, ihm wäre etwas Gescheiteres eingefallen, etwas mit Witz und Schärfe, aber geschliffene Worte lagen ihm einfach nicht.

Die Fürstin wandte sich an die Umstehenden und hob beschwichtigend die Hände. »Alles ist gut. Am Ende ist der Wolfself nicht so wild, wie sein Äußeres vermuten lässt. Wir hätten uns wohl besser auf einer Waldlichtung oder in einer Höhle als bei Hof getroffen. Das hier ist nicht ganz sein Revier.«

»Du bist mir ausgewichen …«

»Da irrst du. Ich bin dir nicht ausgewichen, ich habe dir keine Audienz gewährt. Dies ist das Land der Freiheit, Melvyn, und die gilt selbst für mich als Fürstin. Ganz gegen die Etikette habe ich mir die Freiheit genommen, einen rüpelhaften Gast, den Königin Emerelle mir aufgezwungen hat, nicht zu empfangen.«

»Recht so!«, rief eine dunkle Stimme hinter Melvyn.

Er stand auf verlorenem Posten, das hatte er schon gewusst, als Emerelle ihn beauftragt hatte. Er konnte den Hass der Menge förmlich spüren. Ein Wink von Alathaia, und sie würden über ihn herfallen. Dann spielte es keine Rolle mehr, wie geschickt er kämpfte. Es waren zu viele. Ganz wie bei seiner Jagd auf den Elch vor kaum mehr als einer Woche, nur dass er nun der Elch war, den Wölfe umstellt hatten. Es war dumm gewesen, auf das Fest zu kommen, um die Fürstin herauszufordern. Hier hatte sie alle Vorteile auf ihrer Seite. Und es war nicht nur der aufgebrachte Hofstaat. Seine Instinkte warnten ihn vor einer noch größeren Gefahr. Etwas Ungreifbares war hier und beschützte Alathaia vor ihm. Es war sogar in seinen Gedanken und ließ dort Bilder seines Todes entstehen. Unwillkürlich tastete er nach den Krallenhänden.

»Sag mir, was Emerelle mir auszurichten hat«, forderte die Fürstin.

Damit war der Bann gebrochen. Die Bilder waren fort. Ein wenig benommen sah Melvyn Alathaia an. Dann fasste er sich. »Ich danke dir für den letzten Dienst, den du Albenmark erwiesen hast. Der letzte Gefallen ist geleistet, und man wird sich deiner stets als tapferer Heldin und unbeugsamer Herrscherin erinnern.«

Eben noch hatten die Gäste geraunt und getuschelt, jetzt war es totenstill.

»Klingt ein wenig wie eine Grabrede«, sagte Alathaia und sprach damit aus, was auch Melvyn gedacht hatte, als Emerelle ihn die Botschaft hatte auswendig lernen lassen. »Aber wir kennen ja ihren morbiden Sinn für das Tragische. Diese Botschaft bedeutet nichts anderes, als dass die letzten Ketten gefallen sind. Sie hat uns von ihrer Herrschaft freigesprochen. Ich und auch sonst niemand auf Langollion wird ihr je wieder Frondienste leisten. Wir sind nun ein freies Fürstentum und nicht länger der Krone Albenmarks unterstellt!«

Melvyn war sprachlos, wie die Fürstin die düstere Botschaft zu ihren Gunsten verdrehte. Dennoch las er in den Gesichtern der Gäste Zweifel und Sorge.

Ob er an sie herankäme? Sie stand nur drei Schritt entfernt. Wenn es ihm gelänge, sie zu töten, hätte er zuletzt sein Leben für etwas Gutes gegeben. Wenn Emerelle ihren Tod wünschte, musste es dafür gute Gründe geben.

Er spannte sich an, bereit zum Angriff, als plötzlich leise sphärische Musik erklang. Sie schien von überallher zu kommen.

Der Name des Festes

Irgendetwas war vor sich gegangen, aber die Gäste standen zu dicht, und Laurelin konnte nicht sehen, was geschah. Seine Instinkte schrien auf. Er sollte Deckung suchen, aber Melyssana machte keine Anstalten zu fliehen. Sie reckte neugierig den Hals und wollte der Gefahr am liebsten entgegenstreben. Dabei hielt sie seine Hand, offensichtlich fest entschlossen, jeden Weg mit ihm gemeinsam zu gehen.

»Gehört das zum Fest?«, fragte er leise und fürchtete, schon wieder als Dummkopf dazustehen, als ein Wispern durch die Hecken lief und zu einer Sinfonie von sinnenverwirrender Schönheit anschwoll. Silberne Lichter tanzten tief im Grün an der Stirnwand des Pavillons, etwa acht Schritt über dem Mosaik, wo sie jeder deutlich sehen konnte.

Knarrend bogen sich die mächtigen Rosenranken auseinander. Das Licht wurde heller, und eine Elfe in einem Kleid, das aussah, als sei es aus lauterem Silber gewoben, hob grüßend die Hand.

»Das ist Sanassa«, raunte Melyssana, »die älteste Tochter der Fürstin, geradezu ihr Ebenbild.«

»Willkommen, Schicksalsgefährten.« Sanassas Stimme klang tief, fast schon wie die eines Mannes. »Der Augenblick ist gekommen, der enthüllen wird, wer von uns auserwählt ist, diesem Mondfest seinen Namen zu geben.«

Das Licht und ihr Kleid verschmolzen miteinander, und es sah aus, als sei sie in die silberne Aura gekleidet, die den Mond in sternenklaren Nächten umgab. Ein Knirschen und Mahlen mischten sich als Misstöne in die silberne Sinfonie.

Hinter der Tochter der Fürstin stand ein großer Kessel, aus dem eine eiserne Stange, dick wie ein Speerschaft, ragte. Sie drehte sich langsam, und der Misston schwoll weiter an. Scherben erhoben sich schwebend neben der Stange und kreisten mit ihr.

Bald waren es Hunderte Tonscherben, die um das Eisen schwebten wie Motten, die, verführt vom Licht einer Kerze, um den Tod tanzten.

»Schicksal, führe meine Hand!«, rief die Fürstentochter feierlich und griff in den Reigen der Scherben. Die sphärische Melodie schwoll an. Alle Augen ruhten auf der Hand, die sich um eine einzelne Scherbe schloss.

Sanassa hob das Fragment aus grauem Ton vor ihre Augen.

Die Musik steigerte sich zu einem Höhepunkt, der Laurelin das Herz schneller schlagen ließ, und verstummte abrupt.

»Der Name, den das heutige Fest tragen wird«, füllte die dunkle Stimme Sanassas die Stille, »lautet Melyssana!«

Melyssanas Hand umklammerte die seine. Ihre Finger fühlten sich eiskalt an.

Ein Raunen ging durch die Reihen der Gäste. Man sah sich um, wartete auf ein Zeichen.

Sanassa sah in ihre Richtung. Sie schien genau zu wissen, auf wen das Los gefallen war.

»Ich …«, stammelte Melyssana. Sie löste die Hand und winkte der Fürstentochter auf der Plattform hoch in der Hecke zu. »Ich bin Melyssana!«, rief sie begeistert.

Laurelin erstarrte, bis ins Innerste erschrocken.

»Ich bin die Auserwählte!« Melyssana wandte sich ihm zu. »Alles Gaukelspiel hat ein Ende. Alle Lügen, alle Mühsal … Meine Seele hat ihr Ziel gefunden!«

Laurelin verstand nicht, wie sie das meinte. Was für ein Gaukelspiel?

Musik schlich sich erneut in sein Bewusstsein. An keine Tonart gebunden, bestürmte sie ihn aus allen Richtungen. Es waren Laute, die tief in sein Innerstes griffen, die ein Sehnen weckten, das er zuvor nie empfunden hatte. Da war mehr im Leben als das Glück, nach dem er so selbstsüchtig gestrebt hatte … Etwas Größeres … Nebel zog in durchscheinenden Schlieren durch das Geäst der Hecke, verwirbelte und formte bleiche Finger, die über das Mosaik des Pavillons krochen. Funken silbernen Lichts glänzten wie gefallene Sterne tief zwischen den blutroten Rosenblüten. Sie begannen zu der sinnenbetörenden Musik zu tanzen und bewegten sich auf den Heckenabschnitt unterhalb der Plattform zu.

Die Gäste wichen zurück, sodass eine Gasse zwischen der Hecke und der schönen Kürschnerin entstand.

»Melyssana!«, rief Laurelin voller Schmerz.

Seine Geliebte schien ihn nicht mehr zu hören. Wie eine Schlafwandlerin ging sie gemessenen Schrittes der Hecke entgegen. Dort wichen die Ranken nun zurück, und es bildete sich ein kreisrunder Durchgang, an dessen Ende sich die silbernen Lichter sammelten. Sie verschmolzen miteinander, während der Nebel die Dornenranken hinter seinen Schleiern verbarg. Laurelin empfand eine tiefe Sehnsucht danach, in diesen Tunnel aus Nebel zu gelangen, um das silberne Licht zu erreichen, und zugleich war ihm bewusst, dass dieser Ort verboten war. Er gehörte Melyssana allein.

Die Kürschnerin hatte die Hecke nun fast erreicht. Nicht ein einziges Mal blickte sie zurück.

Als sie in den Tunnel trat, umgab sie feiner Dunst. Ihre Gestalt verschwamm, als sei sie schon nicht mehr ganz Teil dieser Welt.

Einige der Gäste hatten ein tiefes Summen angestimmt. Sie erschufen Laute, die im Innersten berührten, so wie es das Dröhnen großer Trommeln manchmal vermochte. Auch Laurelin stimmte in das Lied, das ohne Worte auskam, ein.

Als Melyssana im gleißenden Licht am Ende des Tunnels verschwand, wurde sich Laurelin bewusst, dass er weinte.

Der rechte Blick

Melvyn nahm gerade die Hände von den Ohren, als der Todesschrei ertönte. Schrill und durchdrungen von einem Entsetzen, wie es den Schreien der Sterbenden auf den Schlachtfeldern des letzten

Trollkriegs nie angehaftet hatte. Es erschütterte ihn, der schon so viele Tode gesehen hatte. Und immer noch bedrängte ihn diese disharmonische Musik. Er begriff nicht, warum die anderen alle wie Trunkene summten und glücklich grinsten. Die Musik verursachte ihm Übelkeit, ebenso wie die grellen, zitternden Lichter im Nebel.

War er der Einzige hier, der so empfand? Er taumelte, so sehr hatte ihm dieser Höhepunkt des Festes zugesetzt. Anfangs hatte er die Musik noch ertragen, doch sie war immer durchdringender und kreischender geworden, bis er schließlich kaum noch verstanden hatte, was die Fürstin sagte, und er hatte die Augen schließen müssen, um sich vor dem grellen Licht zu schützen. Als er die Augen wieder geöffnet hatte, war Alathaia verschwunden und mit ihr der Hauptmann und auch ihre angriffslustige Leibwächterin.

Melvyn blinzelte und wich weiter von der Hecke zurück. Das grelle Licht hatte seinen Augen geschadet. Für ihn sahen die Blüten wie große Blutstropfen aus, mit denen das sich träge rekelnde Rankenwerk über und über besudelt war. Diese Hecke war auf eine Art lebendig, wie keine Pflanze es je hätte sein sollen. Sie beobachtete ihn aus unzähligen Augen. Und diesem aufdringlichen Rosenduft haftete noch eine andere Note an. Ein Verwesungsgestank wie von den halb verzehrten Kadavern in der Höhle einer Berglöwin.

Ganz genau dieser Gestank hing hier in der Luft, und keiner merkte etwas! Die Sinne der Feiernden waren womöglich zu sehr abgestumpft. Von der Gefahr, die sie alle umgab, schienen sie nicht das Geringste zu ahnen.

Er konnte es nicht ertragen zuzusehen, wie sie nun wieder fraßen und sich betranken, wie sie erneut über Nichtigkeiten plauderten und das, was sich wirklich ereignet hatte, für niemanden eine Rolle spielte.

Melvyn trat rückwärts vom Mosaik auf den Kiesweg. Er wagte es nicht, die Hecke aus dem Blick zu lassen. Sie waren überall, diese verfluchten Rosen.

Noch immer fassungslos, dachte er an den Schrei. Dass keiner ihn gehört hatte! Er war schon Zeuge gewesen, wie Elfen ins Mondlicht gingen. Es war ein erhabener Augenblick von ätherischer Schönheit. Dies eben war einfach nur grell und fürchterlich gewesen.

Was nur mochte allen Anwesenden die Sinne vernebelt haben? Welche Art von Magie, welche verborgene Macht war hier am Werk? Und wussten Alathaia, ihre Familie und engsten Vertrauten davon? Oder stand der gesamte Hof unter einem Bann? Und was war Emerelle davon bekannt?

Er war nun weit genug von der Hecke entfernt, dass er es wagte, wieder in die Gesichter der Gäste zu blicken. Stumpf und selbstverliebt waren sie, verdeckten mit Schminke natürliche Schönheit, betäubten sich mit Wein. Kaum einer hielt kein Glas oder silbernen Pokal in der Hand. Auch waren sie viel zu viele!

Und dann überkam ihn die Erkenntnis, woran ihn das hier schon vom ersten Augenblick an erinnert hatte, ohne dass es für ihn greifbar gewesen wäre. Diese Völlerei, dieses Summen der Menge, der Gestank, das Gewimmel … Im Geiste sah er ein Stück Aas, das schon zwei oder drei Tage in der Sommerhitze gelegen hatte, umschwärmt von bunt schillernden Fliegen, durchdrungen von Hunderten von Maden, die in ihrer Gier zu fressen übereinanderkrochen, ohne sich um den Verwesungsgestank zu scheren.

Angewidert wandte er sich ab, und als er mit langen Schritten über den Kiesweg davoneilte, war es wie eine Flucht.

In Gedanken verloren

Laurelin versuchte gar nicht erst, seine Tränen zu trocknen oder seine Gefühle zu unterdrücken. Obgleich er sich für Melyssana hätte freuen sollen, war er am Boden zerstört. Hätte er doch niemals vom Glück gekostet! Ohne Melyssana hatte sein Leben jedes Ziel verloren. Sein einstiger Traum, Bogenschützen zu unterrichten, verhieß ihm nun keine Erfüllung mehr.

»Die Fürstin will dich sprechen!«

Laurelin schreckte aus seinem dumpfen Brüten auf. Vor ihm stand eine außergewöhnlich große Elfe, die finster wie ein Henkersknecht auf ihn herabblickte. Auch wurde er sich bewusst, dass ihn Gestalten umringten, die zwar Festkleidung trugen, aber ganz so wirkten, als würden sie sich in einem Fechtsaal wohler fühlen als auf diesem Fest.

»Folge mir!«, forderte die Hünin in einem Tonfall, der nichts Gutes verhieß.

Laurelin gehorchte ihr, ohne Fragen zu stellen. Es war, als sei er in einen Albtraum geraten. Seine Wahrnehmung schwankte. Da waren Sprünge in seiner Erinnerung, so wie in einem Traum. Er fand sich in einem Heckenlabyrinth wieder, ohne zu wissen, wie er dorthin gelangt war oder wie lange er sich bereits darin aufhielt. Die Musik des Fests war noch zu hören, aber so leise, als sei sie ein gutes Stück entfernt. Vielleicht schluckten die dicken Wände der Hecke auch die Geräusche. Das Raunen der Festgesellschaft war ganz verstummt.

Immer noch ging die ungewöhnlich große Elfe vor ihm. Er folgte ihr, ohne einen Gedanken daran zu verschwenden, wohin ihr Weg sie führte. Mochte dieses Labyrinth ihn ruhig verschlingen. Ihm war alles gleich. Er blickte auf den mit weißen Steinen bestreuten Pfad zwischen den grünen Wänden, ging weiter, bog ab, setzte einen Fuß vor den anderen … und plötzlich war Melyssanas Lachen in seinem Kopf. Es war nicht nur eine Erinnerung, sondern es schien ihm, als sei sie hier. Ganz nah!

Eher unbewusst nahm er wahr, dass die Elfe vor ihm stehen blieb, und er tat es ihr gleich. Doch seine Gedanken waren ganz bei Melyssana. Ihr Lachen verklang in ihm. Er versuchte es zu halten, es aus seinen Erinnerungen heraufzubeschwören, aber es wollte nicht gelingen, und inmitten des verzweifelten Kampfes wuchs in ihm ein Schrei, durchdrungen von einer Seelenpein, wie er es noch nie gehört hatte. Und so entstellt die gepeinigte Stimme auch war, erkannte er sie unzweifelhaft als die Stimme Melyssanas.

»Hörst du nicht?« Die Worte drangen kaum zu ihm vor. Er wurde sich bewusst, dass die Hünin ihn bei den Armen gepackt hatte. »Komm zu dir und antworte!«, zischte sie ihn an.

»Antworten …?«

»Der Fürstin, du … du …«

»Lass es gut sein, Mandalyn«, vernahm Laurelin eine ruhige, kühle Stimme. »Mir scheint, er ist noch verwirrt von seinem Verlust.«

Die Hünin trat zur Seite, und Laurelin sah eine Elfe in einem schlichten Kleid. Es wirkte elegant an ihr und kam dabei ohne jegliche Stickerei oder sonstigen Schmuck aus. Sie trug ihr langes schwarzes Haar offen. Aber da war etwas in ihrem Blick … Eine Härte, wie er sie selten zuvor gesehen hatte, und er begriff, wen er da vor sich haben musste.

»Du bist der Jäger, der mit Melyssana gekommen ist?«

»Ja, Fürstin.« Laurelin hatte das Gefühl, dass er bei jedem seiner Worte auf der Hut sein sollte.

»Wo hast du gejagt?«

Er fühlte sich ertappt. Sah den Schnee wieder vor sich, die Füchse in den Fallen, die mordlustigen Trolle ... Er hätte nicht auf ihrem Land sein sollen. Doch diese Gesetze waren nicht von Alathaia gemacht.

Dennoch hatte er den Eindruck, dass er sich besser an die Wahrheit halten sollte. »Ich war in der Snaiwamark.«

Sie bedachte ihn mit einem Lächeln, in dem keine Herzlichkeit lag. »Ein ungewöhnlicher Ort. Erzähle mir von deiner Jagd. Lass nichts aus. Beginne damit, was dich dazu brachte, in die Snaiwamark zu gehen.«

Wer keine Sonne trägt

Er war von fast bedrückender Aufrichtigkeit, dachte Alathaia. Und er hatte immer noch nicht begriffen, dass Melyssana ihn hintergangen hatte. Dass sie selbst ihm in der Snaiwamark begegnet und er nun hier war, schien tatsächlich dem Zufall geschuldet. Sollte er doch im Auftrag Emerelles hier sein, dann war er der beste Lügner, dem sie je gegenübergestanden hatte. »Lass mich deine Wunde sehen!«

Laurelin war anzumerken, wie sehr ihn der Befehl verwunderte. Dennoch nahm er gehorsam den Verband ab.

Alathaia ergriff seine Hand und betrachtete den schorfverkrusteten

Stumpf, der von seinem fehlenden Finger geblieben war. Die seltsame Geschichte über den Fluch Skangas schien auch zu stimmen. Gnädig zu sein passte jedoch nicht zu der Schamanin. Ihr Fluch würde diesen arglosen Tropf gewiss noch tiefer ins Unglück reiten. Es war besser, wenn er dann nicht mehr in Langollion war.

»Du trägst keine Sonne, Laurelin?«

»Ich bin mit Melyssana verlobt…«

»Aus einem Eheversprechen leitet sich kein Anrecht darauf ab, hier in Langollion zu verweilen. Insbesondere nicht, da Melyssana von uns gegangen ist. Bring ihn nach Rosan zurück, Mandalyn. Noch in dieser Stunde!«

Ein Loch in der Erde

Ich dachte wirklich, ich weiß schon alles über Elfen, und man kann die Koboldweisheit von Jahrhunderten in zwei Worten zusammenfassen: Arrogantes Pack! Und dann begegnete ich Vanduin Totentänzer, und er stellte meine Welt auf den Kopf. Rettet mich vor Trollen und trägt mich auf seinen Armen bis zu diesem unheimlichen Ort, der für lange Zeit mein Zuhause werden sollte.

Dachtet ihr auch, Elfen leben in Palästen oder zumindest in prächtigen Marmorhäusern? Meiner tat das nicht. Ich hab schon Erdlöcher von Dachsen gesehen, die wohnlicher eingerichtet waren als der Ort, den sich Vanduin ausgesucht hatte. Er lebte in einem Grab. Passt ja auch zu einem Kerl, der sich den Beinamen Totentänzer verdient hat. Aber ehrlich, mein Elf hatte einen so gewaltigen

Sparren, dass ich mir in den ersten Tagen bei ihm nicht sicher war, ob es nicht vielleicht besser gewesen wäre, wenn mich die Trolle verspeist hätten.

Ich war immer wieder weg, als mich Vanduin auf den Armen getragen hat, aber auf dem letzten Stück war ich bei Bewusstsein. Ich dachte, wir würden immer noch durch das frostige Hügelland wandern, als wir schon auf der Rückseite meines neuen Heims angekommen waren.

Kennt ihr diese Gräber von Kentaurenfürsten? Diese Halbpferde suchen sich ein paar wirklich große Steine und stellen sie im Kreis auf, und dann suchen sie sich einen noch verdammt viel größeren Stein und legen ihn quer obendrüber. Muss 'ne elende Plackerei sein. Kein Pferd auf dieser Welt käme auf so eine Idee! Aber Halbpferde ... Ich glaube, da ist auch nur der halbe Verstand da. Man könnte ja auch einfach ein Loch in die Erde wühlen, und gut ist. Aber die suchen sich noch dicke Baumstämme und füllen damit die Lücken zwischen den stehenden Steinen, sodass eine Höhle entsteht. Dann schütten sie Erde über das Ganze, bis ihr Fürstengrab aussieht wie die Hügel ringsum. Ich sag's euch, ich traue keinem Hügel mehr, seit ich in diesem wohnen musste. Mein Elf hatte an einer Seite ein Loch gegraben, und ich glaube, er hat schon verdammt lange in seinem Grab gehaust, bis ich gekommen bin, um da ein wenig Ordnung zu machen. Da, wo mein Elf das Loch gegraben hatte, hatte der Regen mit der Zeit ein gutes Stück vom Hügel weggespült, sodass zwei der stehenden Steine freilagen und auch die Vorderseite des riesigen Steins, der darüberlag. Rings um diesen Eingang rankte ein Rosenbusch, der den halben Hügel bedeckte. Und obwohl Raureif auf den Blättern und blutroten Blüten funkelte, waren sie nicht welk. Vor dem Loch im Hügel und im Wurzelwerk der Rose lagen Hunderte bleicher Knochen. Und auf einigen Pfählen hatte Vanduin Trollschädel aufgespießt, denn er erlegte jeden Troll, der sich in die Nähe des Grabes wagte. Eine verdammt dumme Idee, wie sich später noch zeigen sollte. Elfen sind eben doch nicht so schlau, wie alle immer denken.

In dieses Erdloch hat mich Vanduin geschleppt. Ein kurzer Tunnel führte in die Grabkammer. Dort standen auf Holzgerüsten, gehalten von Spießen, die quer durch ihren Leib gingen, drei vertrocknete Halbpferde, die mich mit einem Grinsen begrüßten, bei dem sie alle ihre riesigen schiefen Zähne zeigten.

Hinter ihnen stand ein Kutschwagen mit niedrigen Seitenwänden, auf dessen Pritsche Schilde und grün angelaufene Bronzewaffen lagen. In Wandnischen, zwischen den stehenden Steinen, waren noch weitere Halbpferde untergebracht. Aasig kalt war es in diesem Grab. Ich glaube, Vanduin hat irgendeinen Zauber auf mich gelegt, anders kann ich mir nicht erklären, warum ich in diesem Erdloch nicht erfroren bin. Jedes Mal, wenn ich ausgeatmet habe, stand mir der Atem wie Nebel vor dem Mund. Er hat mich unter den Kutschwagen gelegt und ein paar alte Decken um mich gewickelt, um es mir gemütlicher zu machen.

Aber dieses Grab war einfach kein Ort zum Wohlfühlen. Und schon gar nicht der Platz, an den er mich gelegt hatte, denn genau vor meiner Nase gab es eine Nische, in der etwas stand, was ganz sicher nicht die Halbpferde hierhergebracht hatten: eine Statue, fast so groß wie Vanduin, die aus einem roten Stein geschnitten war, wie ich ihn nie zuvor gesehen hatte. Sie zeigte eine Kreatur, die halb Elfe zu sein schien, aber von der Hüfte abwärts einen Schlangenleib hatte. In jeder Hand hielt sie ein Bronzeschwert. Hätte ich sie mir nur niemals näher angeschaut! Aber Kobolde sind nun mal neugierig, so war es wohl unausweichlich. Man musste ganz nah herangehen, um im schlechten Licht im Grab zu erkennen, dass sie am ganzen Körper eine Schuppenhaut hatte. Auch war ihr Gesicht schmaler als bei Elfen und ihre Nase flacher. Die Nasenlöcher wirkten wie Schlitze, und ihre Ohren waren länger und spitzer als die von Elfen. Und diese Augen … Sie waren das Schlimmste. Sie wirkten wie lebendig! Ich schwöre jeden Eid, dass sie mich wirklich angesehen haben, und seit ich so dumm war, dieser verdammten Statue zu nahe zu kommen, verfolgt mich dieses Schlangenweib in jedem meiner Albträume während meiner Zeit im Grab. Wenn sie erschien, war stets überall um sie herum Feuer. Und dann streckte sie die Hände aus, als wolle sie mich holen.

Aber am ersten Abend im Grab lebte ich noch in seliger Ahnungslosigkeit. Nur, dass mein Elf vor dieser Statue niederkniete und mit ihr redete. Erst dachte ich mir, man wird ein bisschen komisch, wenn man so allein in einem Grab voll toter Halbpferde lebt, aber je länger ich ihm zugehört habe, desto mehr überkam mich das Gefühl, dass diese unheimliche Schlangenfrau ihm auch geantwortet hat, obwohl ich nie ein Wort von ihr gehört habe.

Weil ich von Natur aus freundlich und gutherzig bin, dachte ich mir, es sei besser für meinen Elfen, wenn ich ein bisschen mit ihm plauderte. Also habe ich ihn höflich gefragt, was denn das für ein Schlangenwesen sei.

Da fuhr er herum und sah mich an, als wollte er mich jetzt auch mit einem seiner Schwerter durchbohren. »Das ist Ilak, die Blutkönigin«, erklärte er voller Ehrfurcht. »Sie war die größte Heerführerin aller Zeiten, und mich hat sie einst als ihren besten Schwertkämpfer geehrt.« Dann beugte er sich zu mir herab und zeigte mir ein Amulett, das er an einem alten Lederriemen um den Hals trug. Ein dünnes Bronzeplättchen, das ein stilisiertes Auge zeigte. »Ich habe sie verraten und bin deshalb verflucht. Um Buße zu tun, hause ich hier inmitten der Wildnis bei einem toten Kentaurenfürsten in einem Grab, denn unter den Lebenden gibt es keinen Platz mehr für mich.«

Ist das irre? Hörte der Kerl sich reden? In seinem Verstand war es noch finsterer als in diesem Erdloch. Völlig durchgeknallt, dachte ich, aber bald sollte sich zeigen, dass er zumindest mit einer Sache recht hatte. Diesen Fluch, den gab es wirklich, und dort, wo er war, war der Tod immer nah.

Zitiert aus: Der Bannerträger der Schönheit
Seite 14–22 (Manuskript auf Birkenrinde)
Verfasst von: Zachri Büffelfuß
Verwahrt in der Bibliothek von Iskendria, Halle des Lichts

Der Duft der vergangenen Nacht

Völlig durchnässt stand Laurelin vor der Tür des kleinen Hauses, das Melyssana gehört hatte. Er streckte sich nach der Dachschindel, unter der sie den Schlüssel versteckt hatte. Dabei beobachteten ihn Mandalyn und die übrigen drei Reiter seiner Eskorte.

Schon ein paar Meilen vor Rosan hatte der Regen eingesetzt. Nach dem Fest und dem langen Ritt über Land, der sie an unzähligen weiß getünchten Häusern vorbeigeführt hatte, in deren Fenstern warme, goldene Lichter glommen, kam ihm Rosan noch schäbiger vor. Trotz des Regens und der frischen Brise stank es nach Gosse und verfaultem Fisch. Auch schien es hier kälter zu sein als jenseits der Mauer.

»Lebe wohl, Jäger. Möge das wirkliche Glück sich an deine Fersen heften.« Mandalyn hob die Hand zum Gruß und wendete ihr Pferd. Von den übrigen Reitern grüßte ihn niemand. Er sah ihnen nach, bis die dunkle Gasse sie verschluckte und der Hufschlag auf dem regennassen Pflaster verklang.

Nachdem sie das Labyrinth verlassen hatten, war die Hünin

freundlich zu ihm gewesen. Sie hatte kein Wort über Melyssana verloren und war den übrigen Reitern der Eskorte über den Mund gefahren, als diese begonnen hatten, über die Kürschnerin zu reden. Laurelin waren ihre Anspielungen ein Rätsel geblieben. Melyssana war doch keine betrügerische Metze! Sie, die reinste, selbstloseste aller Frauen!

Er drehte den Schlüssel im Schloss und trat ein. Auf der Werkbank brannte noch eine Öllampe. Die winzige Flamme auf dem Docht zitterte, als der eisige Wind hereinfegte. Laurelin schloss hastig die Tür. Es fühlte sich falsch an, ohne Melyssana hier zu sein. Auf der Werkbank stand noch der Teller mit Brot und Käse. Dort hatten sie vor dem Aufbruch gegessen.

Er ging hinüber, nahm den schlichten Tonbecher, aus dem Melyssana getrunken hatte, und setzte ihn an seine Lippen, wo ihre Lippen ihn berührt hatten. Dann schloss er die Augen, verharrte und lauschte dem Regen. Er versuchte sich einzureden, dies sei wie ein letzter Kuss von ihr. Doch der Rand des Bechers war hart und kalt.

Er nahm den Becher herunter, hielt die Augen geschlossen. Irgendwo fielen Regentropfen in einen der Töpfe, die sie aufgestellt hatten. Jetzt war es keine melancholische Melodie mehr wie noch letzte Nacht. Seine Hand schloss sich eisern um den Becher. Gestern Nacht zu dieser Stunde war er trunken vor Glück gewesen, und nun war davon nichts mehr geblieben.

Er setzte den Becher ab, unschlüssig, was er tun sollte, sah zu der Tür, hinter der ihre Kammer lag. Einem Impuls folgend, ging er hinüber, und als er das kleine Zimmer betrat, in dem er die glücklichsten Stunden seines Lebens verbracht hatte, hing dort noch der Duft der gemeinsamen Nacht in der Luft.

Eine Zeit lang stand Laurelin benommen da, dann fiel ihm auf, dass der Sack mit den Fellen fehlte, der in der Ecke neben der großen Truhe gestanden hatte. Wie eigenartig. Er blickte in jeden Winkel, sogar unter das Bett, aber er war nirgends. Anschließend suchte er in der Werkstatt, ebenfalls ohne Erfolg. Die Felle waren fort. Vielleicht hatte sie die Jagdbeute in ihr Haus jenseits der Mauer bringen lassen. Dort wären sie ja jetzt auch, hätte das Mondfest nicht ihren Namen getragen.

Und dort waren die Felle nun unerreichbar für ihn. Er trug keine Sonne, die Tore nach Langollion würden sich für ihn nicht öffnen.

Laurelin stellte sich vor, wie der Sack mit der Jagdbeute irgendwo herumstand, wie das Leder hart wurde, wie der Zauber, der auf dem Sack lag, um Nager und andere Tiere fernzuhalten, langsam verging, weil ihn niemand mehr berührte. Morwallon wäre dann für nichts gestorben. Keiner ihrer Träume hätte sich erfüllt.

Laurelins Augen füllten sich mit Tränen. Er hielt es hier nicht mehr aus. Nie hatte er solchen Schmerz und solche Verzweiflung empfunden. All die Warnungen Melyssanas vor der Stadt dort draußen hallten noch in ihm wider, aber hier konnte er nicht bleiben, nicht in dieser Nacht, vielleicht nie mehr.

Er nahm seinen großen Jagddolch und stürmte hinaus in die Nacht. Er würde etwas tun, was er noch nie getan hatte.

Den Wilden Hengst reiten

»Noch einen Becher Wein und drei Kupferstücke, aber dann gehört er endgültig mir und ist nicht nur verpfändet!« Der Wirt sah ihn durchdringend an. »Ich rate dir, zu gehen und deinen Rausch auszuschlafen.«

»Den Wein«, entschied Laurelin. Dieser tiefrote Nektar dämpfte seinen Schmerz, auch wenn er ihn nicht verschwinden ließ.

»Schlechte Entscheidung«, murmelte der Wirt, füllte aber Laurelins Becher. Er war ein Damien, einer aus dem Volk vom Gelben Fluss. Sie sahen fast aus wie Elfen, nur dass ihre Ohren seltsam verkümmert waren. Sie liefen nicht spitz zu, sondern waren rund. Der Wirt trug ein weißes Stirnband, mit dem er sein langes blondes Haar bändigte. Tiefe Falten um seine Augen und in den Mundwinkeln ließen Laurelin vermuten, dass er einer war, der das Glück noch nicht gefunden hatte, nach dem jeder, der nach Rosan kam, suchte.

»Ich sehe dir an, du bist reif für einen Ritt auf dem *Wilden Hengst*, Elf.« Ein Faun lehnte sich neben Laurelin an die Theke. Er stank nach nassem Ziegenbock. Die Widderhörner in seinem schwarzen Lockenhaar waren mit Bronzedraht umwickelt. Sein Vollbart gabelte sich in zwei Zinken, die ebenfalls mit Bronzedraht umwickelt waren. Abgesehen von einer scheckigen Weste aus Kuhfell, hatte er auf jegliche Kleidungsstücke verzichtet.

»Wilder Hengst?« Laurelin verstand nicht. »Übles Wetter für einen Ausritt.«

Der Faun lachte und ließ klackernd zwei Würfel über die Theke rollen. »Das ist alles, was wir für unseren *Wilden Ritt* brauchen. Du würfelst. Dann zählst du die Augen zusammen und entscheidest, ob du eine Wette auf deinen Wurf abschließt. Wenn du glaubst, dass ich nicht höher würfeln werde, legst du ein paar Münzen auf den Tisch. Nehme ich die Wette an, muss ich genauso viele Münzen hinlegen. Dann würfele ich. Habe ich mehr Augen, gehören alle Münzen mir. Würfeln wir gleich hoch, behält jeder seinen Einsatz. Hast du mehr Augen, gehören dir meine Münzen. Wir würfeln immer abwechselnd als Erste.«

Laurelin nickte. Ihm war ein wenig schwummrig. »Warum heißt das Spiel Wilder Ritt?«

»Weil du verdammt schnell einen großen Haufen Münzen gewinnen kannst!«, erklärte der Faun voller Enthusiasmus. »Ich heiße übrigens Memnon. Man sollte immer wissen, mit wem man sein Glück wagt.«

»Du verlierst dein letztes Hemd, Elf«, mischte sich der Wirt ein. »Fordere dein Glück nicht heraus! Sei klug, geh nach Hause.«

Der Gedanke an das leere Bett in der Kammer hinter der Werkstatt raubte Laurelin die Kraft, sich aufzuraffen. »Ich versuche mein Glück.« Seine Zunge war schwer vom Wein. »Ich bin Laurelin.« Als er nach den Würfeln griff, rollte ihm einer davon.

Geschickt fing Memnon ihn auf und drücke ihn Laurelin in die Hand. »Dann los, mein Freund.«

Laurelin ließ die Würfel rollen. Als sie liegen blieben, zeigten sie eine Vier und eine Drei.

»In der Sieben liegen alle Möglichkeiten, Elf. Was setzt du?«

Alle Möglichkeiten … Wenn er genug gewinnen würde, dann könnte er sich den Weg zu Melyssanas Haus jenseits der Mauer erkaufen. Allerdings würde er sehr oft die Würfel rollen müssen, um aus drei Kupferstücken fünfhundert silberne Florin werden zu lassen. »Ich setze alles«, entschied er.

Der Faun grinste ihn breit an. »Ich liebe mutige Männer.«

Memnons Lächeln verschwand jedoch schlagartig, als Laurelin nur drei Kupferstücke über den Tresen schob.

»Nun gut …« Der Faun legte seinen Geldbeutel neben den Einsatz und kramte drei angelaufene Kupferstücke daraus hervor. Dann warf er die Würfel.

»Vier und vier. Gewonnen!« Memnon streckte seine haarige Rechte nach den Kupferstücken aus. »Hast du noch was anderes zu setzen? Es wäre doch schade, jetzt schon aufzuhören. Ich biete alle sechs Kupferstücke für das alte Amulett, das du um den Hals trägst.«

Laurelin tastete danach. Das Amulett, das Skanga ihm gegeben hatte, hatte er ganz vergessen. Ihm fiel wieder die grässliche Vision ein, wie er mit aufgeschlagenem Schädel am Hang vor der Trollhöhle gelegen hatte. Blicke voraus, dachte er, und der Tresen verschwamm vor seinen Augen. Er konnte die Hand des Fauns sehen, aber sie war durchscheinend. Zugleich sah er auch rollende Würfel. Sie zeigten erst eine Vier und eine Sechs, danach zwei Sechsen.

»Und, Elf?«, fragte Memnon.

»Lass es!«, zischte der Wirt.

»Spielen wir«, entschied Laurelin.

Der Faun würfelte eine Vier und eine Sechs. »Nicht schlecht ...« Seine Ziegenhufe klackten unruhig auf den Dielen. Er schob die sechs Kupfermünzen zusammen und sah Laurelin erwartungsvoll an.

»Ich habe hier schon Männer ohne Hosen herausgehen sehen, Elf. Ein trauriger Anblick«, bemerkte der Wirt trocken. »Behalte deine Würde und hör auf.«

»Ich setze mein Amulett.« Laurelin nahm die Würfel, pustete auf sie und wagte ein Wurf.

»Bei den Alben!«, stöhnte Memnon und starrte auf die beiden Sechsen.

»Das war wohl Anfängerglück.« Laurelin nahm seinen Gewinn. »Machen wir weiter?«

Das Ende des Spiels

»Du hast zu viel Glück, Elf!«, fluchte der Kobold und sprang von dem hochbeinigen Schemel.

Laurelin ließ die drei Florin, die er gerade gewonnen hatte, in den Geldbeutel fallen, der einst Memnons Besitz gewesen war. Zögernd blickte er auf den Talisman aus getrockneten Stierhoden und einer Hasenpfote, der ebenfalls zu seinem Gewinn gehörte, und entschied sich, ihn lieber auf dem Tisch liegen zu lassen. Der Geldbeutel war mit siebzehn Florin und Dutzenden Kupferstücken prall gefüllt. Er zog die aufgerollten Bronzedrähte heraus, um Platz für weitere Münzen zu schaffen.

»Wir schließen!«, verkündete der Wirt hinter dem Tresen.

»Memnon?« Der Faun hatte alles an ihn verloren. Laurelin hatte auch noch einige Kobolde und einen Elfen ausgenommen.

Memnon saß mürrisch über einem Becher Wein, den der Wirt ihm wohl spendiert hatte, um Ärger vorzubeugen. »Das hier steht dir besser als mir.« Laurelin warf ihm die zusammengerollten Drähte zu, und einen Herzschlag lang hellte sich die Miene des Fauns wieder auf.

»Raus jetzt!«, brummte der Wirt.

Memnon stürzte seinen Wein hinunter und ging. Die kleine Schenke leerte sich schnell.

»Du bleibst!«, forderte der Wirt und legte Laurelins Dolch auf den fleckigen Tresen.

»Ich dachte, den würdest du für immer behalten.«

Der Damien mit seinen unnatürlich runden Ohren ging zur Tür und sperrte sie hinter Memnon ab. Er schüttelte den Kopf, als er sich Laurelin wieder zuwandte. »Ich hab dich wirklich für einen netten Kerl gehalten. Wie man sich irren kann.«

Laurelin fühlte sich ein wenig schwach. Er stützte sich am Tresen auf. Seit er mit dem Würfeln begonnen hatte, hatte er keinen Wein mehr angerührt. Dennoch war ihm übel, und er fühlte sich so kraftlos, als sei er einen halben Tag lang gelaufen.

»Ich hab hier schon eine Menge Betrüger gesehen, aber einer wie du ist mir noch nicht untergekommen.«

»Ich habe nicht …«

Der Wirt schnitt ihm mit einer barschen Geste das Wort ab. »So oft wie du gewinnt niemand, der ehrlich die Würfel rollt. Ich weiß nicht, wie du es machst, aber ich bin mir ganz sicher, dass du beim Spiel betrügst.« Er wies auf den Dolch auf dem Tresen. »Für einen Florin gehört er wieder dir.«

Laurelin war überrascht. »Du willst nicht mehr, als du mir dafür gegeben hast?«

»Ich will, dass du nie wieder meine Schenke betrittst, also mache ich dir einen guten Preis.«

»Du wirfst mich raus?«

»Dir haftet Unheil an, Jäger. Du bist nicht der Mann, für den ich dich gehalten habe. Mein Fehler … Hast du nicht bemerkt, wie nah du einem Streit gekommen bist? Ich brauche es nicht, dass mir Besoffene und Glücksspieler meine Tische und Stühle zertrümmern. Halte dich fortan von meiner Schenke fern!«

Laurelin legte einen Florin auf den Tresen und nahm den Dolch zurück. »Wo wird in dieser Nacht noch gespielt?«

»Bei den Alben, hast du immer noch nicht genug?«

»Ich habe eine Tote zu ehren …«

»Wen ehrt man durch Betrug?«

Die Schwäche, die er eben noch verspürt hatte, war wie verflogen. Er deutete mit der Dolchspitze auf den Damien. »Beleidige meine Melyssana nie wieder …« Im Geiste sah er sie ins Mondlicht gehen. Wie sie mit beschwingtem Schritt dem Ziel ihres Seins entgegengeeilt war. Die Kehle wurde ihm trocken. Er legte noch einen Florin auf den Tisch und schob den Dolch in seinen Gürtel. »Verzeih … und gib mir einen Krug von deinem besten Wein mit auf den Weg.«

»Die *Muräne* ist der Ort, den du suchst, Elf. Aber ich warne dich, es ist eine üble Schenke. Dort werden die niedersten Wünsche erfüllt. Dort triffst du jene, die nicht einmal dann nach Langollion gehen würden, wenn man ihnen eine Sonne schenkte. Sie fühlen sich wohl in der Verkommenheit von Rosan. Wenn du dort hingehst und tust, was du hier getan hast, dann wirst du morgen mit durchschnittener Kehle im Hafenbecken liegen.«

Augen wie ein blinder Spiegel

Schwerer Regen schien alles Leben aus den Gassen gespült zu haben. Noch war das erste Morgenlicht fern. Seine Kleider für das Fest klebten Laurelin völlig durchnässt auf der Haut. Er zitterte am ganzen Leib und musste sich an einer Hauswand abstützen. Er fühlte sich, als hätten Trolle ihm das Mark aus den Knochen gesogen. Aber im Grunde war ihm Schlimmeres widerfahren. Die große Liebe seines Lebens zu finden, um sie nach ein paar Tagen auf diese Art zu verlieren ... Er hob den Weinkrug an die Lippen, leerte ihn und ließ ihn achtlos in die Gosse fallen.

Der Sturm, der über die Insel hinwegzog, hatte noch an Stärke zugenommen. Laurelin blickte zum düsteren Himmel hinauf. Eisiges Wasser peitschte ihm ins Gesicht. Er würde Melyssanas Andenken lebendig erhalten. Er würde ihr Haus auf der anderen Seite der Mauer hüten und den Garten pflegen, von dem sie ihm voller Begeisterung erzählt hatte. Doch dazu benötigte er die fünfhundert Florin, die ihm die Tore nach Langollion öffnen würden. Und er würde sie bekommen! Noch in dieser Nacht!

Wieder erschauderte er. Die Kälte des Regens war ihm bis ins

Herz gekrochen. Wasserfontänen sprühten aus undichten Regenrinnen. Wo es keine Rinnen gab, fiel der Regen in silbernen Schleiern von den Dachtraufen. Die Gosse entlang der gepflasterten Straße hatte sich in einen schäumenden Bach verwandelt.

Laurelin war allein. Immer wieder musste er sich an Hauswänden abstützen. Er konnte sich nicht erinnern, wann er sich je so schwach gefühlt hatte. Aber er würde das Ziel der Nacht erreichen. Taumelnd kämpfte er sich voran. Das Pflaster war abschüssig und schlüpfrig vom Regen. Er stürzte, kämpfte sich hoch, stürzte erneut. Fast wäre er in der Gosse gelandet. Selbst in den blassen Lichtstreifen, die durch einen geschlossenen Fensterladen fielen, war die üble gelbbraune Farbe der Fluten, die dem Hafenbecken entgegenströmten, zu erkennen.

Laurelin kam es vor, als sei er eine Ewigkeit durch die Gassen am Hafen geirrt, bis er schließlich die Tür fand, über der ein Holzschild schwankte, auf das eine Muräne mit weit aufgerissenem Maul gemalt war.

Er trat ein, schob einen schweren Vorhang von undefinierbarer Farbe zur Seite und blickte in eine überraschend große Schankstube.

»Tür zzzzzu!«, maulte eine große aufrecht gehende Echse.

Noch bevor Laurelin den Eisengriff zu fassen bekam, ließ eine Bö die große Tür donnernd ins Schloss fallen. Alle drehten sich zu ihm um. Was für eine Spelunke. Blaugraue Schwaden von Tabakrauch zogen durch die Luft. Es roch nach nasser Wolle und ungewaschenen Leibern. Der Schankraum sah aus, als sei alles aus Wrackteilen gezimmert, die schon eine Weile auf dem Meeresgrund gelegen hatten. Tische, Bänke, der Tresen, die Wände, die dicken Stützbalken unter der hohen Decke, alles war aus grauem, verzogenem Holz gezimmert, dem zum Teil noch Seepocken und zersplitterte Muscheln anhafteten. In der Mitte des Raumes gab es einen großen gemauerten

Kamin, in dem ein prächtiges Feuer brannte. Auch an den Kaminsteinen hafteten Seepocken. Wandnischen waren mit zerfetzten Segeln abgehängt. Das rhythmische Klatschen von Fleisch und falsches Stöhnen ließen erahnen, was dort außer Sicht geschah.

Laurelin stieg drei breite Stufen in den Schankraum hinab und ging auf den Kamin zu. Hungrig nach Wärme, streckte er seine Hände dem Feuer entgegen.

Eine Hand legte sich auf seine Schulter. »Ich kann dich auch wärmen«, raunte eine raue Stimme. Eine unnatürlich blasse Frau stand neben ihm. Sie war in ein zerrissenes Fischernetz gewickelt, das zwar ihren Leib bedeckte, aber doch nichts verhüllte. Ihr Gesicht wirkte seltsam, wie eingefallen, obwohl sie jung zu sein schien. Sie war eine Damien, wie ihre runden Ohren verrieten. Ihre grauen Augen erinnerten Laurelin an einen blind gewordenen Spiegel. »Ich mach dir einen guten Preis«, flüsterte sie.

Er winkte ab. Das war das Letzte, was er jetzt brauchte.

»Willst du ein anderes Mädchen?« Verzweiflung schwang in ihrer Stimme mit. »Oder vielleicht einen Knaben?«

»Ich will würfeln.«

Sie seufzte. »Ich zeig dir einen Tisch. Und ich bringe dir Glück, wenn ich hinter dir stehe. Du wirst sehen.«

Laurelin blickte zu dem Troll, der, zu groß für jeden Stuhl oder Schemel in der Schenke, auf dem Tresen saß und ihn aus ärgerlichen kleinen Schweinsäuglein anstarrte. Wahrscheinlich würde er gleich herüberkommen und ihm auf Art der Trolle verdeutlichen, dass Bettler, die sich vor den Kamin kauerten, nicht erwünscht waren. Und vermutlich würde er bei diesen Erklärungen ganz ohne Worte auskommen.

»Komm!«

Laurelin ergriff die ausgestreckte Hand der Damien. Ihre Finger waren sogar noch kälter als seine. Sie führte ihn zu einem Tisch, an dem zwei Kentauren lehnten. Der Echsenmann, der ihn angeschnauzt hatte, saß auf einem hohen Hocker. Neben ihm eine Kreatur mit einem Elfenleib und dem Kopf eines weißen Ziegenbocks mit armlangen, zu seinem Rücken hin gebogenen Hörnern.

Dass Echsenmänner irgendwo tief in den Mangroven des Waldmeers lebten, wusste Laurelin aus Erzählungen, aber von Ziegenmännern hatte er noch nie gehört.

»Zeig dein Silber«, forderte ihn einer der Kentauren auf.

Laurelin löste seinen Geldbeutel vom Gürtel, öffnete ihn und ließ ein paar Münzen auf den Tisch rollen.

»Herzlich willkommen!« Der Kentaur deutete auf einen freien Hocker, dessen Beine Laurelin bis zur Taille reichten. Er erklomm das Sitzmöbel und befand sich nun fast auf Augenhöhe mit den Pferdemännern.

»Spiel nicht gegen den Echsenmann«, raunte ihm die Damien zu. »Der betrügt.«

Laurelin drückte ihr drei Kupferstücke in die Hand. »Danke.«

Mit dem Geschuppten würde er beginnen, dachte er bei sich, wild entschlossen herauszufinden, wer von ihnen der bessere Betrüger war.

Von Monstern

Durchnässt kauerte Melvyn hinter einer Zypresse und spähte zu dem großen Pavillon. Noch nie war er vor etwas davongelaufen. Bisher hatte er sich stets jeder Gefahr gestellt. Er hatte nicht in jedem seiner Kämpfe gesiegt, aber einer Gefahr auszuweichen, das war gegen seine Ehre. Vermutlich hatte bei Hof niemand bemerkt, dass er sich nicht einfach nur in sein Gemach zurückgezogen hatte, sondern regelrecht davongelaufen war. Aber ihm war klar, was er getan hatte, und das war nicht mit seinem Verständnis von Ehre vereinbar. Er musste diese Scharte auswetzen, oder er wäre nicht länger der Mann, der er sein wollte.

Der strömende Regen hat es ihm erlaubt, seinen Bewachern unbemerkt zu entkommen. Sorgsam war er auf dem Weg hierher jedem Rosenbusch ausgewichen. Dass er einmal vor Rosen Angst haben würde ... Er ballte wütend die Hände zu Fäusten und drückte die langen Krallen in das durchnässte Erdreich. Die Art, wie Melyssana ins Mondlicht gegangen war, hatte sich falsch angefühlt. Hier war irgendetwas im Gange. Und er würde herausfinden, was!

Emerelle hatte recht mit ihren Befürchtungen. Hinter der schönen Fassade des Schlosses, hinter der Pracht von Alathaias Hofstaat verbarg sich etwas Dunkles.

Melvyn sprang aus der Deckung. Geduckt eilte er dem Rosenpavillon entgegen. Er war überzeugt, dass die Geheimnisse von Langollion sich dort verbargen. Seine Instinkte, die ihn in der Wildnis überleben ließen, warnten ihn, auch nur einen weiteren Schritt zu tun. Aber er schuldete es Emerelle. Er war ihr Spitzel, und er würde nicht mit leeren Händen zurückkehren. Und noch mehr schuldete er es sich selbst.

Als er das Mosaik betrat, nahm er eine Bewegung in den Schatten der Dornenranken wahr. Etwas beobachtete ihn.

Jeder Schritt vorwärts über den rutschigen Boden war ein Kampf gegen seine Angst. Das Rascheln in den Ranken rührte nicht vom Regen allein.

Er ballte die Fäuste und hob die schwarz brünierten Krallen.

Du glaubst, du könntest mich besiegen, Sprössling der Königin? Können die wenigen Dornen an deinen Händen über Tausende von Dornen triumphieren? Kann ein Wille, den Jahrhunderte formten, einen Willen bezwingen, so alt, dass er die Himmelsschlangen stürzen sah?

Melvyn versuchte die flüsternde Stimme in seinem Kopf zu unterdrücken.

Kämpfe nicht gegen mich an, Sprössling. Du müsstest dir dein Herz herausreißen, um mich in dir verstummen zu lassen. Ich bin ein Teil von dir geworden, und du selbst hast mich dazu eingeladen.

»Lüge!«, schrie er den Rosenranken entgegen und ging entschlossen auf jenen Abschnitt der Hecke zu, in dem Melyssana verschwunden war.

Bist du nicht zu mir gekommen? Hast du nicht aus freien Stücken von meiner Lebenskraft genommen, um deine Wunden zu heilen? Du hast mich in dich aufgenommen. Egal wie weit du nun gehst, ich werde immer bei dir sein. Ich werde wissen, was dich bewegt und was du denkst, denn du bist ein Teil von mir geworden. Du bist nun mein Sprössling, Wolfself. Und du selbst warst es, der sich dieses Schicksal erwählt hat.

Melvyn hatte die Hecke an der Stirnwand des Pavillons fast erreicht. Er würde sie zerfetzen, bis sie ihr Geheimnis preisgab!

Ich teile meine Geheimnisse auch ohne diese Wollust mit dir, mein süßer Sprössling. Frage mich einfach. Die Worte müssen nicht einmal über deine Lippen kommen. Ich weiß um jeden Gedanken, der sich in den blutdurchtränkten Windungen deines Hirns formt.

Er hatte die Hecke erreicht. Mit aller Wut, die sich in ihm angestaut hatte, hieb er in einen der mächtigen Äste, dicht über dem Erdreich. Die Krallen aus Silberstahl drangen tief in das zähe Rosenholz, doch seine Kraft genügte nicht, um den Ast, der fast so dick wie sein Oberschenkel war, mit einem einzigen Hieb zu durchtrennen.

Welch köstlicher Schmerz, jauchzte die Stimme in seinem Kopf.

Melvyn schlug mit der zweiten Krallenhand zu. Der Stahl der Rechten saß im eisenharten Holz der Rose fest, und so sehr er auch daran zerrte, vermochte er sie nicht freizubekommen.

Holzspäne flogen durch die Luft. Gleich würde es ihm gelingen! »Ich werde dich mit den Wurzeln ausreißen!«

Ein sinnliches Stöhnen marterte seinen Verstand. *Weiter, mein wilder Spross. Gib mir deinen Zorn. Lass mich im Schmerz frohlocken!*

Der dicke Ast gab nach. Melvyn bekam seine Rechte frei. Noch ein Hieb, und er hatte es geschafft! Er griff mit beiden Händen nach dem Ast, dessen unzählige Verzweigungen bis in die höchsten Höhen der Hecke reichten. Immer noch leistete die Rose Widerstand. Ihre Zweige waren dicht miteinander verwoben. Doch jedes wütende Rucken lockerte dieses Geflecht. Dann gab es nach. So groß wie eine junge Birke war der Ast, der sich aus der Hecke löste und eine deutlich sichtbare Lücke hinterließ.

Schwer schlug der Ast auf das Mosaik. Blütenblätter wirbelten im Regen.

Solange ich denken kann, kommen Albenkinder und schneiden Äste von mir ab, um ihre Häuser zu schmücken oder Kränze daraus zu winden. Glaubst du, mein Verstand hätte die Jahrtausende überdauert, wenn ich nicht gelernt hätte, süße Lust zu empfinden, wenn man mich stutzt und meiner schönsten Blüten beraubt? Es gibt kaum ein Zimmer im Palast, das meine Blüten nicht schmücken, und auch wenn sie von mir abgetrennt sind, stehe ich doch so lange mit ihnen in Verbindung, bis sie verwelkt sind. Sie sind meine Augen und Ohren. Ich war zugegen, als du Zantissa besucht hast, so wie die Bienen meine Blüten besuchen, um meine Pollen weiter zu tragen und mich fruchtbar sein lassen. Es gibt keine Rose auf der Insel, die nicht mit mir verbunden ist. Die fleißigen kleinen Bienen haben mir geholfen, mich auszubreiten. Es gibt kein Geheimnis, das vor mir verborgen bleibt. Ich habe Eldarian über die Schulter geblickt, als er den Brief gelesen hat, den du ihm überbracht hast. Ich weiß, auf welche Art Alathaia sterben soll und wer den Plan ersonnen hat.

Ranken griffen nach Melvyns Knöcheln. Er durchtrennte sie mit einem entschlossenen Hieb seiner Krallen, doch nun griffen von überall in der Hecke Dornenzweige nach ihm. Die weiter entfernten peitschten nur durch die Luft, doch allein in seiner unmittelbaren Nähe streckten sich schon Hunderte Pflanzenarme nach ihm aus.

Er wich zurück, wütete mit seinen Krallen, die dünnere Dornenranken so leicht durchschnitten wie eine Sichel das Korn. Doch auch die mächtigen Äste, dicht am Boden, begannen sich zu bewegen, und die Büsche, die sich aus den Aussparungen im Mosaikboden erhoben, streckten ihr Astwerk gleichmäßig nach rechts und links, um ihm den Rückweg zu verlegen.

Melvyn begriff, dass er in die Falle gegangen war. Die wenigen Rosenbüsche in der Mosaikfläche waren taktisch so geschickt angeordnet, dass sie ihm den Weg versperrten. Es sei denn …

Er stürmte auf den mittleren der Büsche zu und warf sich mit aller Wut in die Ranken, um so viele wie möglich zu zerhacken. Schneller als erwartet, schlangen sich die Dornenäste um seine Glieder, ja, sie wanden sich auch um seine Kehle und drückten sich unbarmherzig in das weiche Fleisch. Er fühlte sich wie ein Kaninchen, das sich in einer heimtückischen Drahtschlinge verfangen hatte und wusste, gegen diese Fesseln anzukämpfen beschleunigte das Ende nur.

So leichte Beute, jubelte die Stimme in seinem Kopf. *Ich werde nun von deinem Blut kosten, so wie du von meiner Lebenskraft gekostet hast.*

Melvyn flüsterte ein Wort der Macht und erlaubte seinem Verstand nur noch einen einzigen Gedanken. Während die Dornen sein Fleisch durchbohrten, entzog er dem Busch die Lebenskraft. Seine Wunden schlossen sich fast so rasch, wie sie entstanden, während die lebendigen Ranken verdorrten und brüchig wurden, bis er sie einfach abstreifen konnte.

Der Kampf mit dem Busch war so schnell gewonnen, dass es

Melvyn gelang, sich zu befreien, bevor ihn die ungleich mächtigeren Ranken der Hecke erreichten.

Unverzüglich verließ er den Pavillon. Erst als er mehr als hundert Schritt entfernt war, wandte er sich um. Die Wände der Hecken hatten ihre klar umrissene Form verloren, so als streckten sich ihre Ranken immer noch in alle Himmelsrichtungen, um nach ihm zu greifen.

Du hast mich überrascht, Sprössling der Königin.

»Ich bin nicht Emerelles Sprössling!«

Und doch bist du ihr zu Diensten, so wie mir jede meiner Ranken, ja jeder Rosenbusch auf dieser Insel zu Diensten ist. Sicherlich willst du ihr berichten, was für ein Ungeheuer ich bin.

Melvyn sah sich nach den kleineren Rosenbüschen um.

Das wird nicht helfen, behauptete die Stimme in seinen Gedanken.

Er trat zum nächsten Busch. Die Ranken versuchten gar nicht erst, ihn anzugreifen. Mit einem Hieb trennte er einen fingerdicken Zweig mit dunkelroten Blüten ab, nahm ihn und zog sich hastig zurück. »Ich werde der Königin nicht sagen, was du bist, ich werde es ihr zeigen!«

Dann bist du auch mir zu Diensten, Sprössling. Sie wird in mir lesen können … Du könntest ihr diese Mühe auch abnehmen und ihr berichten, dass Alathaia für einen Krieg mit ihr gerüstet hat. Sie träumt davon, die Himmelsschlangen zurückzurufen, und sie lässt alle waffenfähigen Untertanen an Bogen und Schwert üben. Kein Fürst Albenmarks kann ein größeres Heer aufstellen als Alathaia. Ich werde Emerelles Plänen nicht im Weg stehen, obwohl ich Alathaia jahrhundertelang unterstützt habe. Ich liebe den Frieden ebenso wie die Königin. Wir sind schon seltsame Monster …

Melvyn wünschte sich, er könnte die Stimme aus seinem Kopf verbannen. Er wandte sich ab und hoffte, sie würde verstummen, wenn er sich nur weit genug vom Rosenpavillon entfernte.

Du kannst nicht vor etwas davonlaufen, was du in dir trägst. Du hast ein zweites Mal von meiner Lebenskraft geraubt. Ich werde vielleicht nicht immer wissen, was du denkst, aber ich werde immer wissen, wo du bist.

Diese Rose war verrückt. Allein sich mit Emerelle zu vergleichen und die Elfenkönigin ein Monster zu nennen …

Man wird nicht so alt wie wir beide und herrscht nicht so lange, wenn man nicht zu Grausamkeit fähig ist, um zu erreichen und dann zu behalten, was man begehrt.

Unsinn!

Frag einen Troll, wie sie deine Königin sehen, Sprössling, und höre mit offenem Herzen zu, wenn sie von deiner Emerelle erzählen.

Kein gutes Gefühl

Laurelin steckte der Damien in dem zerfetzten Fischernetz einen Florin zu. »Sie bringt wirklich Glück!«, erklärte er breit grinsend und stapelte die neu gewonnenen Münzen auf die silbernen Türme, die sich vor ihm auf dem Tisch erhoben.

Die Gestalt mit dem Ziegenkopf starrte ihn feindselig an. Die gespaltene Zunge des Echsenmanns schnellte immer wieder aus dessen lippenlosem Maul, während die geschlitzten Pupillen Laurelin durchdringend musterten.

Die beiden Kentauren waren weniger verbissen. Sie hatten schon eine Weile kein Würfelduell mehr mit ihm gewagt und zuvor ihre Niederlagen mit einem Schulterzucken abgetan.

Dabei hatte Laurelin sich die Worte des Wirts, der ihn nicht mehr wiedersehen wollte, zu Herzen genommen. Er achtete darauf, ab und an zu verlieren, obwohl er es besser wusste, zeigte ihm das Amulett der Schamanin doch jeden Würfelwurf im Voraus.

Fast alle Gäste, die noch in der Schenke waren, hatten sich um den Tisch versammelt, an dem das Silber in Strömen floss. Laurelin hatte sein Ziel, fünfhundert Florin zu gewinnen, längst erreicht. Aber es war wie ein Rausch, immer mehr und mehr anzuhäufen. Auch wenn er bisweilen einen seiner silbernen Münztürme abgab, fiel die Bilanz des Abends doch deutlich zu seinen Gunsten aus.

Er trank keinen Wein mehr, sondern nur noch Wasser. Die Damien, die glaubte, ihm Glück zu bringen, hatte ihm eine Hammelkeule und später noch eine Schale Apfelmus gebracht. Laurelin fühlte sich hungrig wie ein Wolf am Ende des Winters, und wenn die Euphorie der Siege für einen Augenblick nachließ, fühlte er sich so erschöpft, dass er fürchtete, er würde zusammenbrechen, wenn er auch nur versuchte, sich von seinem hochbeinigen Hocker zu erheben.

Der Echsenmann legte drei große Goldmünzen mit einem quadratischen Loch in der Mitte auf den Tisch. »Jede zzzählt wie zzzehn Ffflorin«, zischte er.

Laurelin hatte keine Ahnung, ob das stimmte. Er sollte aufhören oder zumindest ein weiteres Mal verlieren.

Der Echsenmann griff mit seiner Krallenhand nach den Würfeln. Klackernd rollten sie über das zerfurchte Holz des Tischs. Eine Sechs und eine Drei.

Der Zackenkamm des Echsenmanns, der von der Mitte seines Kopfs bis weit auf den Rücken hinab verlief, schwoll an und leuchtete rot wie eine Mohnblume. Wieder zuckte die gespaltene Zunge aus dem Maul des Geschuppten. Er schob seine drei Goldmünzen in die Mitte des Tisches. »Gehsssst du mit?«

Laurelin entschied, nicht sein Amulett zu befragen. Er zählte dreißig Florin ab.

»Ich hab kein gutes Gefühl«, flüsterte die Damien ihm zu. »Es liegt Unheil über diesem Wurf.«

Laurelin schob seinen Einsatz zu den Goldmünzen und genoss das Gefühl, dass es gleichgültig war, ob er gewann oder verlor. Ganz gleich, was die Würfel zeigten, er war längst der Sieger in diesem Duell.

Er nahm die Würfel auf, wog sie einen Herzschlag lang in der Hand und ließ sie fallen.

Im selben Augenblick strich ein nasskalter Luftzug über seinen Rücken. Alle Gaffer, die eben noch das Würfelduell verfolgt hatten, blickten an Laurelin vorbei zu dem schweren Wollvorhang hinter ihm, der sich geteilt haben musste.

Nur der Echsenmann starrte auf den Tisch.

Die Würfel zeigten zwei Fünfen.

»Gewonnen.« Laurelin war selbst überrascht, dass er auch ohne das Amulett siegen konnte. Eigentlich hätte der Wurf ihm eine Niederlage bringen sollen. Der Geschuppte hatte beste Aussichten auf einen Sieg gehabt.

Seine Zunge schnellte aus dem Maul. »Du hassst sssehr viel Glück…«, zischte er.

»Ich bin auch überrascht«, gestand Laurelin und war sich bewusst, dass er nur noch einen Herzschlag von dem Augenblick entfernt war, vor dem ihn der Wirt in der ersten Schenke dieser Nacht gewarnt hatte.

»Läuft das Würfelspiel gut?«

Die Stimme klang freundlich, und doch wichen die Gaffer vom Tisch zurück.

Laurelin wandte sich um. Ein Elf in einem langen schwarzen Kapuzenumhang war eingetreten. Ihm folgte ein riesiger Minotaurus, auf dessen eingeölter Haut Regentropfen schimmerten. Der Stiermann hielt die größte Axt in Händen, die Laurelin je gesehen hatte.

Der fremde Elf warf lässig den Umhang von seinen Schultern, und Laurelin war überrascht zu sehen, wie der gewaltige Minotaurus sich hastig vorbeugte, um zu verhindern, dass das Kleidungsstück zu Boden fiel.

Der Elf trug ein weit offenes weißes Seidenhemd, dazu eine enge rote Hose. Die gelben Stiefel waren mit schwarzen Schlammspritzern gesprenkelt. Um die Hüfte hatte er ein langes Stoßrapier gegürtet.

»Würdest du sagen, dieser freundliche Elf hier betrügt beim Würfelspiel?«

Der angesprochene Echsenmann züngelte nervös. »Iccch würde sssagen, er hat sssehr viel Glück«, antwortete er zögerlich. »Vielleicccht liegt es ja an dem Mädccchen.«

»Dem Mädchen?« Der Elf hob fragend eine Braue.

Jetzt erst erkannte Laurelin, dass die weißen Ketten, die der Fremde um den Hals trug, aus unzähligen Schneidezähnen bestanden.

»Dasss Mädccchen.« Der Echsenmann deutete mit ausgestrecktem Klauenfinger auf die Damien an Laurelins Seite. »Sssie bringt ihm Glück.«

»Stimmt das, Kimmi?«

»Ich ... Das ist nur eine Redensart ...«, stammelte sie.

Laurelin konnte den sauren Gestank ihrer Angst riechen, der schlagartig alle anderen Düfte, die ihr anhafteten, überlagerte.

»Hattest du eine erfolgreiche Nacht?«, fragte der Fremde freundlich.

Die Damien kniete nieder. Sie hob dem Fremden ihre Hände entgegen und bot ihm alle Münzen an, die Laurelin ihr im Laufe des Spiels zugesteckt hatte.

»Oh, Kimmi!« Der Fremde tätschelte ihr gönnerhaft das strähnige schwarze Haar. »Du scheinst sogar dir selbst Glück gebracht zu haben! Endlich haben wir dein besonderes Talent gefunden. Du solltest lächeln, meine Kleine. Freust du dich etwa nicht?«

Ihre Mundwinkel hoben sich gehorsam.

Die Augen des Fremden wurden schmal. »Erfreuter, Kimmi. Ein breites Lächeln puren Glücks.«

Die Damien öffnete die Lippen. In ihren Augen stand nackte Angst.

Entsetzt sah Laurelin ihre rot entzündeten Kiefer, als sich ihre Lippen zurückzogen. Trotz ihrer Jugend besaß sie keinen einzigen Zahn mehr.

Der Fremde runzelte die Stirn. »Das ist doch kein so schöner Anblick.« Er legte mit affektierter Geste die Rechte auf die Ketten auf seiner Brust. »Aber was ist Schönheit? Nur Narren schätzen ein so vergängliches Gut. Nun haben wir ja dein wahres Talent entdeckt, meine Liebe. Würdest du mir die Freude machen und an meiner Seite stehen, um mir Glück zu bringen?«

»Ich, Herr …«, stammelte sie.

»Ja, ja, ich weiß, was ich dir für eine Freude mache«, sagte er und winkte ab. »Sekui, nimmst du bitte ihre Münzen. Heute hat sie endlich einen Teil ihrer Schulden abgetragen. Obwohl …« Er betrachtete die Münzen eingehender. »Ich glaube, das ist gerade genug, um ihre Schulden für Essen und Unterkunft in den letzten Wochen zu tilgen.«

»Bitte, Herr. Ich bringe kein …«

Der Elf legte einen Finger an seine Lippen. »Sag das nicht. So vertreibt man das Glück. Du stellst dich nun an meine Seite, und wenn du mir genauso viel Glück bringst wie unserem Gast hier, dann wirst du schon morgen eine freie Frau sein.« Er lächelte gewinnend und legte erneut die Rechte auf die Ketten an seiner Brust. »Vielleicht kannst du sogar deine Zähne zurückkaufen, zumindest die paar, die ich nicht in die Gosse geworfen habe.« Er trat an die Seite des Echsenmanns. »Du hast doch sicher nichts dagegen, wenn ich deinen Platz einnehme.«

Die Echse griff ihre Würfel und räumte den hohen Hocker so hastig, dass er fast stürzte.

»Ich heiße Andarion. Mir gehört dieses schöne Haus«, sagte der Elf, während er sich setzte. »Mir wurde zugetragen, dass es heute einen Gast mit außergewöhnlich viel Glück gibt.« Er legte einen Arm um Kimmis Hüfte und zog sie dicht an sich. »Ich bin gespannt, ob das Glück nun an meiner Seite ist. Du gestattest?«

Ohne eine Antwort Laurelins abzuwarten, griff der Kerl nach den Knochenwürfeln und wog sie prüfend in der Hand. Er ließ sie einige Male klackernd auf den Tisch fallen und betrachtete dann eingehend die abgerundeten Kanten.

Laurelin war der Kerl zuwider. Er wünschte sich, er wäre gegangen, als er genug Silber beieinandergehabt hatte, um die Stadt zu verlassen. Jetzt war es zu spät zur Flucht. Dieser Elf war wie ein Raubtier. Wenn er ihm den Rücken zuwandte, wäre er tot. Also blieb ihm nichts, als der Gefahr ins Auge zu blicken.

»Ich bin Laurelin«, sagte er höflich. »Gefallen dir meine Würfel?«

»Wie es scheint, sind sie nicht angebohrt und mit Bleigewichten versehen, die Zahlen sind richtig angeordnet, die Eins liegt der Sechs gegenüber, und auch die Kanten scheinen nicht unregelmäßig gefeilt zu sein, um zu beeinflussen, wie die Würfel rollen.« Andarion raunte ein Wort der Macht und hob die Würfel auf der flachen Hand dicht vor seine Augen.

In der Schenke herrschte fast absolute Stille. Nur das Wüten des Sturms draußen war zu vernehmen und das schwere Atmen des Minotaurus, der unmittelbar hinter seinem Herrn stand.

Die Gaffer hatten sich zwar ein Stück zurückgezogen, verfolgten aber immer noch aufmerksam jedes Wort und jede Bewegung. Laurelin saß mit Andarion allein am Tisch. Auch der Ziegenköpfige und die beiden Kentauren hatten diskret Abstand genommen.

»Mir scheint, deine Würfel sind auch nicht mit einem Zauber belegt.« Andarion schlug der Damien mit der freien Hand auf den Hintern, dass es laut klatschte. »Meine kleine Kimmi ist wohl wirklich ein Glücksbringer. Lass uns miteinander spielen, Laurelin.«

Zwei Herzen

Die goldenen Würfel Andarions stießen gegen Laurelins Silbertürme und blieben auf der vernarbten Tischplatte liegen. Sie zeigten eine Sechs und eine Drei. Fast jedes Mal brachte einer der beiden Würfel eine Sechs.

»Gewonnen.« Andarion lächelte und schob den Einsatz auf seine Tischseite.

Laurelin hatte dreißig Florin mit diesem Wurf verloren, und er hatte es kommen sehen. Bislang hatte er darauf geachtet, dass dieser Mistkerl mehr gewann, als er verlor. Er wollte ihn in Sicherheit wiegen und dann mit einem großen Wurf alles entscheiden.

Andarion schnippte dem Minotaurus einen Florin zu, den dieser geschickt auffing. »Deine Schuld wird kleiner, liebe Kimmi. Ich hoffe, dass du mich nicht verlässt, wenn du dich freikaufst. Es wäre eine Schande, dich zu verlieren, nun, da ich deine große Begabung entdeckt habe. Ich könnte dir falsche Zähne aus Knochen schnitzen lassen, dann siehst du vielleicht etwas weniger verkniffen aus.«

»Ihr seid zu gütig, Herr.«

Die Damien war leichenblass. Angstschweiß stand ihr auf der Stirn. Laurelin war wild entschlossen, sie mit seinem Gewinn freizukaufen. Sie durfte nicht bei diesem Ungeheuer bleiben.

»Laurelin …«, sagte Andarion sinnend. »Der Name kommt mir vertraut vor. Bist du vielleicht das Jägerlein, das Melyssana sich geschnappt hatte?«

»Ich glaube, ich verstehe nicht ganz …«, entgegnete Laurelin frostig.

Andarion lachte auf. »Bei den Alben, du bist es. Heute ist wahrlich dein Glückstag. Ich habe schon gehört, dass das Mondfest dieser Nacht Melyssanas Namen trägt. Hat sie angefangen, mit dir auf dem Fest zu streiten, um dann vor aller Augen und Ohren die Verlobung mit dir zu lösen?«

»Ich glaube nicht, dass ich verstehe, worauf du hinauswillst.« Laurelin nahm die Würfel. »Spielen wir.«

»Es ist wichtig, dass du es verstehst«, beharrte Andarion. »Wenn eure Verlobung nie gelöst wurde, bist du ihr Erbe. Sie hatte hohe Schulden bei mir, Laurelin. Das sind nun deine Schulden.« Der Elf blickte sinnend auf die Münztürme, die Laurelin aufgeschichtet hatte. »Ich fürchte, das da wird nicht genügen, um deine Schulden bei mir zu bezahlen.«

Laurelin stellte sich vor, wie er den Mistkerl mit einem Pfeil durchbohrte. »Ich fürchte, ich verstehe immer noch nicht«, presste er, um Fassung bemüht, hervor.

»Du bist der siebte oder achte Jäger, von dem ich weiß.« Andarion grinste breit. »Und ich habe mich wirklich nicht bemüht mitzuzählen, wie viele Beschäler sich diese kleine Hure in ihr Bett geholt hat.«

Laurelin ballte unter dem Tisch die Hände zu Fäusten, dann tastete er nach der gekrümmten Schere in seinem Stiefelschaft. Er fragte sich, ob er es schaffen würde, diesem Mistkerl und seinem Minotaurus die Kehle durchzuschneiden, wenn er dafür einen

Finger opferte. »Ich glaube, Ihr kanntet die Dame Melyssana nicht wirklich.«

»Hast du auch dieses kleine Muttermal unter ihrer linken Brust bemerkt, Laurelin? Es sah aus wie ein Herz. Sie hat gerne gesagt, dass sie zwei Herzen habe. Ich fand das auch. Da war dieses Muttermal und dann noch dieses Herz aus Eis in ihrer Brust.«

Laurelin schloss die Augen. Er erinnerte sich gut an dieses Mal. Wie konnte Andarion es kennen? Vielleicht war er Melyssana einmal im Badehaus begegnet.

»Sind deine Felle nicht mehr in dieser jämmerlichen Bruchbude, die die gute Melyssana ihre Werkstatt nannte? Hast du schon nachgeschaut? Sie hat sie immer wegschaffen lassen, bevor sie mit ihren Opfern auf das Mondfest ging.«

Laurelin dachte an den verschwundenen Sack. Doch was Andarion da behauptete, konnte nicht stimmen! Der Kerl war der übelste Haufen Dreck, dem Laurelin je begegnet war. Allein dafür, dass er Melyssanas Namen in den Mund nahm, sollte er ihm die Zunge herausschneiden.

Der Minotaurus schnaubte.

»Ruhig, Sekui«, sagte Andarion. »Unser Jägerlein sieht zwar ein wenig zornig aus, aber er ist doch kein Dummkopf. Hast du Sekuis Axt gesehen, Laurelin? Einmal hat er einen Elfen damit gespalten. Mit nur einem Hieb. Vom Schädel bis zu seinem ungewaschenen Schwanz hinab. Ich sag dir, das ist ein Anblick, wenn so ein Kerl in zwei Hälften zu Boden sinkt. Das vergisst man nie wieder. Und was für eine unglaubliche Sauerei das ist ... Das Blut spritzt in alle Richtungen.«

»Wollen wir würfeln oder reden?«

»Du bist doch vernünftig, Laurelin, oder?«

»Warum ...?«

Andarion hob beide Hände. »Ich mache mir ein wenig Sorgen,

dass das hier vielleicht in einem Streit endet und Sekui etwas tun könnte, was wir beide bereuen würden, Laurelin. Ich fürchte, wir müssen jetzt die Sache mit Melyssanas Schulden klären. Sie hat doch gewiss einen Verlobungsvertrag mit dir gemacht. Sonst wärst du ja gar nicht durch die Stadttore von Rosan gekommen. Hast du den vielleicht zufällig bei dir?«

Laurelin griff in sein durchnässtes Hemd und holte das Papier hervor. Ein Teil der Tinte war verlaufen, doch die Schrift war noch leserlich.

»Kimmi, mach dich nützlich, und hole den Kohlestift beim Kassenbuch hinter dem Tresen.«

»Was willst du?«

»Du wirst auf die Rückseite dieses Vertrags schreiben, dass du mir sämtliche Felle in Melyssanas Haus hinter der Mauer überträgst, um ihre Schulden zu tilgen.«

Laurelin atmete tief ein. »Wirst du dann aufhören, Melyssanas Namen zu beschmutzen?«

»Ich darf die Wahrheit nicht mehr aussprechen?« Andarion schürzte die Lippen. »Ach, sei's drum. Wenn es dein Wunsch ist, werde ich künftig mit seidener Zunge Lügen über die edelherzige Kürschnerin verbreiten. Wenn du ihre Schulden tilgst, ist das mein Geschenk an dich.«

Kimmi kehrte mit dem eingeforderten Kohlestift zurück. Mit fahriger Hand schrieb Laurelin auf die Rückseite des Vertrags. Er wünschte sich nichts so sehr, wie diesen Dreckskerl zu vernichten, aber er beherrschte sich. Dann dachte er die Worte *Blicke voraus*. Die Tischplatte, die Gesichter und der hünenhafte Minotaurus, der sich auf seine Axt stützte, verschwammen ihm vor den Augen, und was er sah, ließ Laurelins Herz für einen Augenblick aufhören zu schlagen. Dieses Mal hatte er ein wenig weiter in die Zukunft geblickt, wie es ihm schien.

Der grosse Wurf

Wieder überlagerten sich zwei Bilder vor Laurelins Augen. Deutlich sah er die neuen Zeilen auf der Rückseite des Verlobungsvertrags. Er sah die Würfel auf dem Tisch. Jetzt hob er den Blick. Er musste wissen, wie Andarion sich verhalten würde. Doch das Bild der Zukunft verblasste. Er konnte alles auf den großen Wurf setzen. Aber würde er das überleben? Könnte Andarion eine Niederlage ertragen, bei der er mehr als nur ein paar Münzen verlor?

Andarion schnippte mit den Fingern. »Bist du noch da? Du siehst nicht gut aus. Brauchst du einen Krug Wasser?«

»Nein.« Laurelin war zu schwach, um auch nur den Kopf zu schütteln. Er fühlte sich, als habe man ihn mit den Füßen an einem Ast aufgehängt und ihm zum Ausbluten die Kehle durchgeschnitten.

»Dann weiter!« Andarion rollte seine goldenen Würfel. Eine Sechs und eine Fünf ließen ihn auflachen. Seine grauen Augen wurden kalt wie Eis. »Dir ist klar, dass ich hier der Hausherr bin? Die *Muräne* gehört mir. Ich bestimme die Regeln. Und in diesem Spiel gilt nun eine neue Regel. Wenn du jetzt passt, verlierst du alles, was auf dem Tisch liegt. Aber da ich ein Herz aus Gold habe, werde ich dir Melyssanas Schulden erlassen.« Er klatschte Kimmi erneut auf den Hintern. »Du bringst wirklich Glück, Kleine.«

»Ich glaube, Melyssana hat mir von dir erzählt …« Die Worte gingen Laurelin nur schwer von der Zunge. Er war so müde, dass er befürchtete, er könne schon im nächsten Augenblick schlafend vom hohen Hocker fallen, ohne aufzuwachen, wenn er auf dem

Boden aufschlug. Er musste dieses Spiel zu einem schnellen Ende bringen!

»Deine Melyssana kannte mich recht gut«, sagte Andarion mit einem anzüglichen Lächeln, das Laurelins Lebensgeister weckte. Er würde diesen Drecksack demütigen!

»Sie hat von einem König der Banditen gesprochen, der sein Gold gegen Edelsteine tauscht und stets ein Säckchen voll davon bei sich trägt. Deinen Namen hat sie nicht genannt …«

Andarion strich über einen roten Lederbeutel an seinem Gürtel. »Es stimmt. Edelsteine sind leicht. Dieses kleine Säckchen ist zehntausend Florin wert.«

Laurelin griff nach dem Kohlestift. »Ich setze, zusätzlich zu allem hier auf dem Tisch, Melyssanas Haus und den großen Garten. Hältst du mit den Edelsteinen dagegen?«

Ein Raunen ging durch die Menge der Gaffer.

»Hast du dir meinen Wurf angesehen?« Andarion betrachtete ihn mit unverhohlenem Misstrauen.

»Ich setze dagegen«, sagte Laurelin müde.

Kimmi starrte ihn mit weit aufgerissenen Augen an und schüttelte kaum merklich den Kopf.

In Andarion rangen sichtlich Gier und Vorsicht miteinander. Er löste den roten Beutel von seinem Gürtel, öffnete ihn und ließ Laurelin die Edelsteine sehen. »Ich gehe mit, aber unter einer Bedingung. Dieses Mal benutzt du nicht deine Würfel, sondern meine.«

»Ich stimme zu.« Laurelin ergänzte die Zeilen, die er wenige Augenblicke zuvor in seiner Vision gesehen hatte, und griff nach den schweren goldenen Würfeln. Kraftlos ließ er sie fallen. Das Klacken auf dem Holz klang in der stillen Schenke unnatürlich laut. Sie rollten nicht, sie blieben sofort liegen. Und sie zeigten zwei Sechsen.

Andarion war knochenbleich geworden. »Du bringst wohl doch kein Glück, Kimmi«, sagte er sehr leise.

Laurelin nahm den Verlobungsvertrag, faltete ihn und schob ihn unter sein Hemd. Seine Hände zitterten vor Schwäche. »Komm morgen zu mir in Melyssanas Haus jenseits der Mauer. Dort bekommst du ihre Pelze, damit ihre Schulden beglichen sind. Ich bin sicher, du wirst dabei ein gutes Geschäft machen.«

Andarion presste die Lippen so fest zusammen, dass sein Mund wie eine blasse Narbe aussah.

»Diese Münzen hier«, sagte Laurelin und deutete auf alle Einsätze, die auf dem Tisch lagen, »genügen die, um Kimmis Schulden bei dir zu tilgen?«

Andarion nickte.

»Kimmi, hol deine Sachen. Wir gehen!« Vorsichtig streckte Laurelin die Hand nach dem Beutelchen mit den Edelsteinen aus.

Die breiten Nüstern des Minotaurus blähten sich. Sekui schnaubte und hob drohend seine riesige Axt.

Andarion wedelte ärgerlich mit der Hand. »Er hat ehrlich gewonnen. Ihm wird in diesem Haus nichts geschehen!« Die letzten Worte sprach er mit überraschender Schärfe. Er schob Kimmi von sich. »Geh mit deinem neuen Gönner. Ich nehme an, du sollst ihm Melyssana im Bett ersetzen.«

»Hol deine Sachen«, drängte Laurelin erneut, zu erschöpft, um auf die plumpen Sticheleien dieses Halsabschneiders einzugehen.

»Ich besitze nur noch, was ich auf dem Leib trage.« Kimmi hielt den Blick auf den Boden gerichtet. Ihre Wangen glühten vor Scham.

Fassungslos sah Laurelin die Damien an, die nichts als ein zerrissenes Netz trug. So konnte sie nicht hinaus auf die Straßen. Er blickte auf den Beutel in seiner Hand. Zehntausend Florin, das war mehr, als er in seinem ganzen Leben benötigen würde. Mit spitzen

Fingern holte er einen der Steine heraus. Er sah wie Glas aus. »Dieser Stein gegen deinen Umhang.«

Schallendes Gelächter war die Antwort. »Was für ein edler Ritter!« Andarion nahm sich den Stein. »Sekui, gib Kimmi meinen Umhang. Du hast hier wirklich ein großartiges Spektakel abgeliefert, Jäger. Ich neige mein Haupt vor dir.« Andarion klatschte ihm Beifall. »In ein paar Stunden wird jeder in der Stadt wissen, was für ein reicher Mann du nun bist. Hier in der *Muräne* hattest du deinen Frieden. Aber wir schließen jetzt. Leider …« Er bedachte Laurelin mit einem falschen Lächeln. »Rosan ist ein übler Ort. Ich rate dir, stets mit einem offenen Auge zu schlafen, Jäger. Sonst wirst du mit durchtrennter Kehle erwachen.«

Die Glücksbringerin

Der Jäger lag schwer wie Blei in Kimmis Armen. Kaum, dass sie durch die Tür der *Muräne* gegangen waren, war er zusammengebrochen. Sie wusste nicht, was ihm fehlte. Er schien zu schlafen … Tot war er jedenfalls nicht, aber es war ihr auch nicht gelungen, ihn wieder aufzuwecken. Eisiger Wind fegte vom Hafen herauf. Der Morgen war angebrochen, doch es gab kaum einen Unterschied zur Nacht. Der Himmel war hinter rabenschwarzen Wolken verborgen.

Sie hatte den Elfen unter den Achseln gepackt und zerrte ihn die Straße hinauf. Die wenigen Albenkinder, die sich bei dem Hundewetter blicken ließen, wichen ihnen aus. Man sah das Unheil, das ihnen anhaftete. Eine Damien, die einen Elfen durch die Straßen schleifte.

Sie war versucht, sich das rote Ledersäckchen mit den Edelsteinen zu nehmen und ihn einfach liegen zu lassen. Sie wusste, wo sie Unterschlupf suchen konnte. Sie hatte nur eine einzige Freundin in Rosan. Ichiko. Sie stammten aus derselben Stadt. Keiner hier konnte das wissen. Sie hatte Ichiko nicht mehr gesehen, seit Andarion sie gezwungen hatte, ihre Schulden in der *Muräne* abzuarbeiten. Mit dem Elfen konnte sie nicht zu Ichiko. Der Weg war auch zu weit, sie würde das nicht schaffen.

Es war ein Wunder, dass Andarion ihnen nicht schon im Nacken saß. Ängstlich blickte Kimmi die Straße hinab. Da war nur ein Troll, der in ihre Richtung starrte. Regen und Sturm schienen dem grauen Hünen nichts auszumachen. Sicher wurden sie auch durch halb geschlossene Fensterläden beobachtet. Wie sie den Elfen durch die Straßen zerrte, war zu auffällig!

Kimmi kniete nieder. Mit der Kraft der Verzweiflung bürdete sie sich den Jäger auf den Rücken. Wie konnte ein hagerer Elf nur so entsetzlich schwer sein? Und was machte sie hier überhaupt? Sie schuldete ihm nichts! Sie hatte nicht darum gebeten, gerettet zu werden. Aber diesem Laurelin schien klar gewesen zu sein, wie Andarion sie dafür bestrafen würde, kein guter Glücksbringer gewesen zu sein.

Der Regen wurde stärker. Der Troll, den sie eben noch deutlich gesehen hatte, war hinter den Wasserschleiern verschwunden. Die schwarze Wolkendecke hing so tief, dass sie an die Giebel der Häuser zu stoßen schien.

Kimmi biss die wunden Kiefer zusammen. Der dumpfe Schmerz trieb ihr Tränen in die Augen. Seit vielen Monden war der Jäger das erste Albenkind, das gut zu ihr gewesen war. Warum nur war er umgekippt? Warum wachte er jetzt nicht auf?

Gewiss hatte Andarion seine Häscher schon zu den Stadttoren und in den Hafen geschickt. Es war unmöglich, aus Rosan zu entkommen. Weil er das ganz genau wusste, ließ sich Andarion Zeit. Es gab keinen Fluchtweg für sie.

Ichiko hasste Elfen. Sie konnte mit dem Jäger nicht zu ihrer Freundin.

Der Sturm hatte ihr die Kapuze vom Kopf gezerrt. Das eisige Regenwasser rann ihr übers Gesicht und spülte ihre Tränen fort. Sie versuchte sich im Zwielicht zu orientieren. Es konnte nicht mehr weit bis zum großen Markt sein. Dort sollte sie sich besser nicht blicken lassen. Gewiss ließ Andarion auch den Albenstern beobachten.

Kimmi bog in eine der engen Seitengassen ab. Wohin? Verzweifelt schleppte sie sich voran. Schritt um Schritt. Hatte sie da ein Fauchen gehört? Oder war es nur eines der tausend Geräusche, die der Wind erzeugte?

Sie sah im Geiste, wie Andarion die Bestie an der Wolldecke ihres ärmlichen Schlafplatzes in der *Muräne* Witterung aufnehmen ließ.

Ein sengender Schmerz schoss durch ihren linken Knöchel. Sie knickte um und schlug hart auf das Pflaster. Der Elf entglitt ihrem Griff. Sie war in ein verdammtes Loch getreten.

Hastig richtete sie sich auf und lauschte. Kein Fauchen. Nur die Geräusche von Regen und Wind. Als sie versuchte, den linken Fuß zu belasten, kehrte der Schmerz sofort zurück. Es fühlte sich an, als habe man ihr einen Nagel durch den Knöchel geschlagen. Sie war alles, aber ganz gewiss kein Glücksbringer, dachte sie verzweifelt.

Bedauernd blickte sie auf den Elfen. Sie konnte ihn nicht mehr tragen. Und sie durfte ihn Andarion nicht in die Hände fallen lassen. Zumindest das war sie diesem Laurelin schuldig: ihm all die Qualen zu ersparen. Es gab nur eines, was sie noch für ihn tun konnte, bevor sie das Weite suchte.

Der Morgen eines einfachen Tages

Nanduval beobachtete, wie sich zwei Schlangen aus gleißendem Licht vor der geborstenen Säule aus dem goldenen Herbstgras erhoben.

Der Wolfself nickte ihm zum Abschied zu. »Ich kann nicht sagen, dass es eine Freude für mich gewesen wäre, an Alathaias Hof zu weilen.«

Der Hauptmann erwiderte den Gruß. »Ich kann nicht sagen, dass ich Euch mit Bedauern abreisen sehe.«

Melvyn lachte. »Ich glaube, das war mit Abstand das Ehrlichste, was ich im Palast der tausend Blüten zu hören bekommen habe.« Er schwang sich in den Sattel und ritt durch das magische Portal, ohne noch einmal zurückzublicken.

Endlich war der Unruhestifter fort, dachte Nanduval erleichtert. Noch in der vergangenen Nacht hatte der verdammte Wolfself es geschafft, sich über das Dach davonzuschleichen. Die Wachen hatten ihn erst bemerkt, als er im ersten Morgenlicht zurückgekehrt war. Wie lange er fort gewesen war und was er getan hatte, hatte Nanduval nicht herausfinden können. Allerdings hatte Melvyn ausgesehen, als sei er kopfüber in einen Rosenbusch gestürzt.

Mit dem Wolfselfen war die offensichtlichste Gefahr gebannt. Aber vielleicht war er ja nur eine Ablenkung gewesen? Nanduval war sich noch nicht sicher, was er von dieser Heilerin halten sollte, die so schnell Eldarians Vertrauen gewonnen hatte. Am meisten jedoch fürchtete er, dass eines von Alathaias Kindern in den Bann

Emerelles geraten könnte. Jemand aus dem nächsten Umfeld, der unbeschränkten Zugang zur Fürstin hatte, wäre die tödlichste aller Gefahren.

Der Albenstern hatte sich bereits wieder geschlossen. Zumindest eine Gefahr war gebannt, und heute erwarteten ihn leichtere Pflichten. Er hatte schon zwei Dutzend Krieger ausgesandt, die entlang des Klippenwegs zum Rosenturm nach verborgenen Meuchlern suchen würden. Alathaia hatte angekündigt, gegen Mittag mit Eldarian zum Turm zu reiten. Gewiss würde sie ein oder zwei Tage in der Ruine verweilen. Das einsame Gemäuer auf der Steilklippe ließ sich gut abschirmen.

Weit hinter dem Schloss, über Rosan, ballten sich nachtschwarze Wolken am Himmel. Die Hafenstadt würde die ganze Wucht des Sturms abbekommen, der die Nacht über stetig an Stärke zugenommen hatte. Auch im Westen, über dem Meer, zogen dunkle Wolken auf. Nicht mehr lange, und es würde wieder schütten wie aus Kübeln. Wer seine Sinne beisammenhatte, suchte sich einen Kamin oder Ofen, um in dessen Nähe den Tag zu verbringen. Aber Alathaia würde sich von dem Sturm sicher nicht abhalten lassen. Sie liebte es, dem Toben der Elemente zu trotzen.

Eine eisige Bö zerrte an Nanduvals Umhang. Er zog ihn enger um seine Schultern und dachte fröstelnd daran, dass die Launen der Fürstin auch ihm einen Ritt durch den Herbststurm bescheren würden. Aber alles war besser als das Mondfest, bei dem unter jeder Robe ein Dolch hätte verborgen sein können und Alathaia trotz all seiner Warnungen ungeschützt durch die Menge gegangen war. Der Ritt zum Rosenturm war ein Risiko, das sich beherrschen ließ.

Ein guter Kerl

Hämmernder Regen weckte Laurelin. Ihm war warm. Er lag in eine Wolldecke eingerollt, die leicht nach ranzigem Fisch roch. Er schreckte auf und stieß sich den Kopf. Er befand sich in einem leeren Fass, und vor ihm stand eine kleine Gestalt mit einer Pfeife im Mundwinkel, die aus einem Maiskolben geschnitzt war.

»Du hast nur zwei Stunden geschlafen«, bemerkte der Kobold, der vor ihm stand. »Nicht gerade lange für den Preis, den die Damien für dein Quartier gezahlt hat.«

Laurelin starrte den Kobold an und versuchte zu begreifen, wo er war. Das Letzte, woran er sich erinnerte, war, wie er, auf Kimmi gestützt, die *Muräne* verlassen hatte. Sie waren vor die Tür gegangen. Es hatte gestürmt. Die nasskalte Luft war erfrischend gewesen. Und dann war ihm schwarz vor Augen geworden.

Er tastete nach dem kleinen Beutel mit den Edelsteinen. Er steckte noch unter seinem Hemd.

»Die Damien hat nur zwei Steine herausgenommen, Laurelin. Einen, um mich zu bezahlen, und einen, um ein neues Leben beginnen zu können, schätze ich.«

»Du kennst meinen Namen?«

Der Kobold nahm die Pfeife aus dem Mundwinkel und begann mit einem Nagel Asche aus dem Pfeifenkopf zu kratzen. »Männer wie dich zu kennen – auch wenn wir uns nie begegnet sind – ist Teil meines Geschäfts.«

Der Kerl war seltsam, dachte Laurelin. Trotz des eisigen Regens trug er keine Schuhe. Seine ausgefranste Hose wurde von einem Tau statt einem Gürtel gehalten. Sein grüner Mantel wirkte alt. Er trug nicht einmal ein Hemd, und dennoch hatte er etwas von einem Fürsten an sich.

»Wie bin ich hierhergekommen?«

Der Kobold stopfte Tabak in die Pfeife. »Deine Freundin hat mich geholt. Bist ein schwerer Bursche, Laurelin. Es waren einige meiner Männer nötig, um dich zu schleppen. Die Damien hat mich dafür bezahlt.«

»Und wo ist sie jetzt?«

Der Kobold verzog den Mund. »Keine Ahnung. Sie war nicht in der Stimmung, es mir zu erzählen, und ich habe nicht gefragt. Aber ich habe sie bedrängt hierzubleiben. Ich glaube, für euch beide wäre ein Fass hier in dieser Gasse der sicherste Platz in der Stadt. Hierher kommen weder Andarion noch seine Häscher.«

»Du kennst Andarion?«

Der Kobold spuckte in die Pfütze vor dem Fass und sah dann in den grauen Himmel hinauf. »Jeder in dieser Stadt kennt Andarion. Aber im Gegensatz zu den meisten habe ich keine Angst vor ihm.«

»Dann bist du ein mutiger Mann.« Laurelin war sich nicht sicher, ob der Kobold nur ein Aufschneider war, aber der kleine Kerl schien zumindest keine Sorge zu haben, dass Andarion hier in dieser Gasse erscheinen würde.

»Ich bin ein vorsichtiger Mann«, berichtigte ihn der Kobold, schnippte mit den Fingern, und ein ungewaschener Elfenjunge kam durch den Regen gelaufen, um ihm einen rot glimmenden Kienspan zu bringen, mit dem er den Tabak in seiner Pfeife entzündete. »Andarion weiß, dass in den Dachfenstern der Häuser hier ringsum meine Männer sitzen und nur darauf warten, ihm und seinem Stiermann einen Armbrustbolzen in den Rücken zu schießen. Der Elf respektiert die Grenzen. Deine Damien wäre besser auch geblieben.

Er sucht überall in der Stadt nach euch.« Der Kobold grinste breit. »Und ich bekenne, mir gefällt, wie du dem Elfenarsch beim Würfelspiel die Hosen ausgezogen hast.«

»Ich muss die Stadt verlassen. Ich muss in Melyssanas Haus …«

»Die Stadt verlassen? Ja. Sehe ich auch so. Aber du solltest dich weder in Melyssanas Werkstatt noch in ihrer Villa blicken lassen. Ich bin mir sicher, dass man dich an beiden Orten bereits erwartet. Andarion will seine Edelsteine zurück, und dann wird er dir bei lebendigem Leib die Haut abziehen, oder er lässt sich noch etwas Unangenehmeres einfallen.« Der Kobold nahm einen tiefen Zug aus seiner Pfeife. »Vielleicht macht er dich zum Lustsklaven seines Stiermanns?«

Laurelin hatte schon gehört, dass Kobolde gern vulgär wurden, doch bislang hatte er kaum Umgang mit ihnen gehabt. »Ich muss meinen Bogen holen«, beharrte er.

Der Tabak in der Pfeife glühte auf. Eine Wolke übel stinkenden Rauchs füllte das Fass. »Kommt jetzt so ein schlauer Spruch wie: Ein Elf muss tun, was ein Elf tun muss?«

»Ich bin Jäger. Ich gehe nicht ohne meinen Bogen.«

Der Kobold nickte heftig. »Genau das meinte ich. Verbessere mich, aber solch einen Bogen kann man doch neu fertigen? Wenn du wegen Dummheit verreckst, ist das endgültig.«

»Ich werde auf mich aufpassen.«

Der Kobold drückte sich an die Wand des Fasses. »Bitte, geh nur. Aber willst du deine Edelsteine nicht hierlassen? Oder ist das Teil deines großartigen Plans, dass du sie zu Andarion zurückbringst?«

»Warum sollte ich diesen Schatz dir geben?« Der kleine Kerl verwirrte Laurelin. Er war sich nicht sicher, ob der Kobold es gut mit ihm meinte oder ihn schändlich hereinlegen wollte.

»Solltest du wider Erwarten die Suche nach deinem geliebten Bogen überleben, wirst du jemanden benötigen, der dich aus der

Stadt bringt. Deine einzige Hoffnung ist, dass ich einen Fischer auftreibe, der verrückt genug ist, um bei diesem Sturm auszulaufen. Wenn du auch nur ein wenig Hirn in deinem großen Kopf verwahrst, kommst du besser gleich mit mir, Elf.«

»Was machst du mit den Edelsteinen, falls ich nicht zurückkehren sollte?«

Der Kobold schob eine Hand in seinen Mantel und legte sie sich feierlich auf die nackte Brust. »Ich werde deinen Schatz dazu nutzen, das grausame Schicksal der zahlreichen Witwen und Waisen in dieser Stadt zu erleichtern.«

Laurelin nickte. »Ich wusste, dass am Ende ein guter Kern in dir steckt, Kobold.« Er nahm den Beutel mit den Edelsteinen und drückte ihn in die kleinen Hände.

Dem Kobold fiel die Pfeife aus dem Mund. »Das ist …«

Laurelin schnitt ihm mit einer knappen Geste das Wort ab. »Du musst mir nichts erklären. Ich sehe es in deinen Augen. Du bist kein übler Wicht, auch wenn du dich gern einer derben Sprache bedienst.«

Kopf oder Rose

Andarion mochte nicht glauben, dass er sich in diesem Hinterwäldler getäuscht hatte. Er spähte in das Zwielicht der schmalen Straße, an der Melyssanas Werkstatt lag. Der Regen hatte nicht nachgelassen, und der Wind frischte immer weiter auf. Es war der erste große Sturm in diesem Jahr. Bald würde der Winter kommen.

Er hatte das Haus des Kerzenziehers gegenüber dem Hintereingang zur Werkstatt besetzt. Den Vordereingang ließ er sicherheitshalber auch bewachen, aber so dämlich, von dort zu kommen, würde nicht einmal dieser Laurelin sein. Der Kerl hatte wahrscheinlich sein Leben lang nichts anderes als die Wälder des Nordens gesehen. Andarion wusste, dass es Jahre dauern mochte, einen guten Bogen zu fertigen. Manche Maurawan formten den Eibenzweig, aus dem sie ihren Bogen schneiden wollten, behutsam während des Wachstums. Und auch in jedem Pfeil im Köcher steckten unzählige Arbeitsstunden. Der Kerl würde zurückkommen.

Ralla lief unablässig in der Werkstatt auf und ab. Das leise Klicken ihrer Krallen auf den Holzdielen begleitete ihre Wanderschaft. Der Kerzenzieher, seine Frau und ihre beiden erwachsenen Söhne kauerten ängstlich neben dem Kamin. Sie ließen die große Silberlöwin nicht aus den Augen.

Seine Anspannung hatte sich auf Ralla übertragen, dachte Andarion. Sie beide waren nicht dafür geschaffen, endlos auf der Lauer zu liegen. Sie zogen es vor, ihr Wild zu hetzen.

Bald musste es Mittag sein. Wo blieb der Elf?

Ein Geräusch bei der Hintertür ließ ihn herumfahren. Sekui zwängte sich durch den für ihn viel zu niedrigen Eingang. »Die Kleine redet nicht. Noch nicht …«

»Wo hast du sie gefunden?«

Der Minotaurus schnaubte. »Ihre Freundin hatte wohl Angst, dass wir Kimmi bei ihr aufspüren. Da hat sie die Kleine lieber gleich selbst verraten.«

Andarion blickte wieder auf die Straße. »Es sind stets [illegible] die uns am nächsten stehen, die uns am tiefsten enttäuschen. Und Kimmi hat dir nichts über den Elfen gesagt? Als er die *Muräne* verließ, sah er aus, als ob er keine hundert Schritte mehr laufen könnte.«

»Die Kleine ist zäh …«

Schwang da etwa so etwas wie Anerkennung in der Stimme des Minotaurus mit? Andarion wandte sich zu seinem Leibwächter um. »Und du warst nicht in der Lage, sie zum Reden zu bringen?«

»Wenn ich weitermache, wird sie selbst in der *Muräne* nicht mehr arbeiten können. Da wollte ich lieber erst fragen.«

Andarion schüttelte den Kopf. »Ihre guten Zeiten sind vorbei ... Sie hatte in den letzten Wochen immer weniger Kunden. Ich glaube, wir können auf sie verzichten.« Er betrachtete die blonde Frau des Kerzenziehers. Sie sah nicht schlecht aus. Gut genug für das Halbdunkel eines Schankraums. »Kimmis Schulden sind bezahlt. Vielleicht sollten wir das Schicksal befragen, was aus ihr werden soll? Was denkst du, Sekui?«

»Bin ich das Schicksal?«

Andarion lachte leise. Manchmal war der Stiermann erstaunlich frech. Aber immerhin hatte er nicht versucht, für die kleine Schlampe zu sprechen.

Auf dem schmalen Tisch neben der Ladentür lagen ein paar Kupfermünzen. Sie zeigten auf der Vorderseite das Gesicht Alathaias und auf der Rückseite eine Rose. »Kopf oder Rose, Sekui?«

»Kopf.«

»Weil es für sie um Kopf und Kragen geht?«

Der Stiermann sah ihn ruhig aus seinen blutroten Augen an. »Weil ich die Rosen auf dieser Insel nicht mag. Es gibt zu viele davon.«

»Wenn du meinst ...« Andarion warf die Münze in die Luft, fing sie geschickt wieder auf und legte sie auf den Tisch zurück. Sie zeigte den Kopf der Fürstin.

»Ich werde also nicht weitermachen?«

Andarion rieb sich nachdenklich das Kinn. »Wenn ich es mir recht überlege, sollte man solche Entscheidungen nicht dem Zufall überlassen. Ich schätze, man erzählt sich schon jetzt überall in der

Stadt, dass mich dieser verdammte neunfingerige Jäger ausgeplündert und wie ein edler Ritter aus einem Bardenlied eine meiner Huren freigekauft hat, um sein Glück jenseits der Mauer zu suchen. Die beiden dürfen nicht davonkommen. Wenn ich Kimmi leben lasse, hält man mich für weich. Fass sie hart an, Sekui. Ich erwarte, dass sie dir verrät, wo der verdammte Elf steckt. Wenn du mit ihr fertig bist, brich ihr das Genick, und leg sie irgendwo in der Gosse ab, wo man sie finden wird. Ich will, dass sich herumspricht, was aus ihr geworden ist.«

»Wie du meinst, Herr«, erwiderte Sekui, ohne dass ihm anzumerken gewesen wäre, ob er die Entscheidung bedauerte.

»Genug gewartet!«, beschloss Andarion. »Wenn dieser verdammte Elf nicht zu uns kommt, dann soll Ralla ihn eben durch die Straßen der Stadt hetzen.«

»Bei Tag, Herr? Ist das klug?«

»Hast du deinen Rinderschädel mal aus dem Fenster gestreckt? Es ist so finster wie zur Abenddämmerung, obwohl wir noch nicht einmal Mittag haben. Keiner setzt einen Fuß vor die Tür, wenn er nicht unbedingt muss. Und der Sturm nimmt immer weiter zu. Selbst die Marktstände sind abgebaut. Ein jeder verkriecht sich. Aber ganz gleich, in welchem Loch dieser verdammte Laurelin steckt – Ralla wird ihn finden.«

Die große Silberlöwin kam zu ihm herüber. Sie wusste, dass er über sie gesprochen hatte. Zutraulich streifte ihr Kopf seinen Oberschenkel. Andarion tätschelte sie zwischen den Ohren. Er hatte sie seit zwei Tagen nicht mehr gefüttert. Sie war begierig zu jagen.

»Komm!« Er stieß die Tür zur Gasse auf. Eisiger Regen stach, vom Wind gepeitscht, in sein Gesicht. Er würde Ralla allein jagen lassen. »Sekui? Mach mir drüben auf!«

Sekui kam aus dem Haus des Kerzenziehers und trat gehorsam die Hintertür zu Melyssanas Werkstatt ein. Andarion hatte mehr als ein Jahr damit verbracht, Ralla zur Jagd auf Albenkinder abzurichten. Er war sich ganz sicher, dass die Silberlöwin Laurelin finden würde. Sie hatte ihn noch nie enttäuscht. Wie ein Schatten strich sie durch die Gassen und über die Dächer.

»Komm her, mein Kätzchen!« Er schob die Tür zur Schlafkammer hinter der Werkstatt auf. Der Bogen und der Köcher des Elfen waren noch da. Er wird wehrlos sein, dachte Andarion zufrieden, führte Ralla zum Bett und ließ sie Witterung aufnehmen. »Hol ihn dir, und reiß ihm die Kehle heraus!«

Duell der Jäger

Schon von Weitem war Laurelin der Faun aufgefallen, der sich im Schatten eines Tores herumdrückte und so gut, wie es eben ging, Zuflucht vor Wind und Regen suchte. Niemand war bei diesem Sturm ohne triftigen Grund unterwegs. Und hier, so nah bei Melyssanas Werkstatt, konnte sich Laurelin nur einen Grund vorstellen, dem Unwetter die Stirn zu bieten. Der verdammte Kobold hatte recht gehabt. Die Werkstatt wurde beobachtet. Man erwartete ihn.

Laurelin zog sich in den Eingang einer Gasse zurück. Was sollte er tun? Dies hier war Andarions Revier. Er wusste, wie man hier jagte. Alle Vorteile waren aufseiten dieses Halsabschneiders. Der Dolch, den er an seinem Gürtel trug, würde das nicht ausgleichen, dachte Laurelin. Aber vielleicht könnte er …

Eine Dachschindel zerbarst vor ihm auf dem Pflaster. Verdammter Sturm! Wenn er weiter an Kraft gewann, würde er die Dächer der

Stadt abdecken. Andererseits ... Er sah zur Dachtraufe hinauf. Niemand blickte bei diesem Wetter nach oben. Es gab noch einen Weg zu Melyssanas Haus.

Laurelin hatte unzählige Bäume erklettert, war durch die schroffen Berge um das Albenhaupt gewandert und hatte tief verschneite Gipfel erklommen, nur um, über den Wolken stehend, in den Himmel hinaufzusehen. Mit Dächern hatte er keine Erfahrungen. Aber sie zu ersteigen konnte auch nicht schwerer sein, als durch eine vereiste Klamm zu klettern.

Er eilte zum Ende der Gasse, stieg dort auf das Dach eines Schuppens, kletterte über eine halb verfallene Mauer, streckte sich nach einem Fenstersims und kauerte kurz vor verschlossenen Läden, von deren grauem Holz grüne Farbe abblätterte. Die plötzlichen Böen waren vermutlich das größte Risiko, wenn er über die Dächer lief. Er tastete nach einem sicheren Griff in der Hauswand, dann zog er sich hoch. Er hatte die Stirnwand des Hauses für den Aufstieg gewählt, um nicht von den vorstehenden Dachtraufen behindert zu werden. Eisige Kälte kroch in seine Finger. Stück für Stück zog er sich an der Wand hoch. Er war völlig durchnässt, und seine Kräfte schwanden schneller, als er erwartet hatte. Endlich war er auf dem Dach. Für einen Moment suchte er den relativen Schutz des Schornsteins. Dann raffte er sich erneut auf. Mit weit ausgestreckten Armen balancierte er über die Schräge. Schieferschindeln knirschten unter jedem seiner Schritte. Die Bewohner der Dachstuben würden ihn hören, aber er musste wohl nicht befürchten, dass sich einer von ihnen aufmachte, um nachzusehen, wer in diesem Sturm auf dem Haus herumkletterte.

Auf dem Schiefer wucherten Moospolster. Vor ihnen sollte er sich hüten, wenn er sich nicht binnen Augenblicken in der Gosse wiederfinden wollte. Er verharrte, musterte das Dach und plante seinen Weg. Wenn er es richtig anstellte, konnte er durch das kleine

Fenster über dem Bett in Melyssanas Haus einsteigen, sich eilig umziehen, seine Waffen nehmen und wieder verschwinden, bevor jemand bemerkte, dass er dort gewesen war. Er zog seine Stiefel aus, band sie zusammen und hängte sie sich um den Hals. Barfuß würde er sicherer auf dem schlüpfrigen Dach stehen.

Voller Zuversicht setzte er seinen Weg fort. Er würde Andarion ein weiteres Mal besiegen. Tief geduckt, arbeitete er sich voran. Der nasse Schiefer ließ ihn ab und an ein wenig rutschen. Er erreichte das Ende des Daches. Das nächste Haus war ein wenig niedriger. Ein Sprung mochte ihn durch die Schindeln brechen lassen. Eine Hand am Mauerwerk, ließ er sich vorsichtig hinab. Das Dach war in schlechtem Zustand. Jeden seiner Schritte begleitete ein bedenkliches Knirschen. Er spürte, wie sich die Sparren, welche die Schieferschindeln trugen, unter seinem Gewicht bogen.

Er beschleunigte den Schritt, trat auf ein großes Stück Moos und schlitterte ein Stück die Schräge hinab. Einige Schindeln lösten sich und stürzten klirrend in die Gasse.

Mit den Armen rudernd, fand er das Gleichgewicht wieder. Drei Schritt, und er erreichte die relative Sicherheit eines Schornsteins. Dieser ragte aus der Stirnwand des Hauses. Das Mauerwerk des Giebels war ein wenig höher als das Dach. Laurelin kauerte sich in den geschützten Winkel und lehnte sich gegen den Kamin. Sein Herz schlug wie rasend. Wer von der angrenzenden Straße hinaufblickte, würde ihn sehen. Doch dort unten zeigte sich niemand. Dass bei diesem Sturm Schindeln in die Gassen fielen, verwunderte keinen.

Die Sicht reichte kaum zehn Schritt weit. Das begünstigte seinen Plan. Noch ein Dach, dann konnte er in den Hof hinter der Werkstatt springen. Mannshohe Mauern grenzten die Hinterhöfe der anliegenden Häuser voneinander ab. Wenn er über die Mauerkämme lief, konnte er zu den Häusern und Schuppen auf der anderen Seite der Höfe gelangen – ein Fluchtweg, der ihn zur Nachbarstraße führen würde. Es war – trotz der schlechten Sicht – sicherer, auf einem anderen Weg davonzuschleichen als auf jenem, der ihn hergebracht hatte. Der Kobold hatte sich geirrt. Er würde hier herauskommen!

Laurelin ließ sich auf das nächste Dach hinab. Es war mit Holzschindeln gedeckt, die nass und moosbewachsen noch rutschiger als das Schieferdach waren. Aber er hatte nun Übung. Gegen Wind und Regen geduckt, kam er schnell voran. Er zog seinen Dolch, um den Riegel, der den Fensterladen versperrte, hochzuschieben, und sprang in den Hinterhof. Kaum, dass seine Füße den Boden berührten, löste sich ein Schatten aus einem finsteren Winkel bei der Hauswand.

Laurelin wich zur Mauer aus, griff nach der Krone und zog sich hoch. Ein großer Hund? Das Biest bellte nicht. Es stand nun mitten im Hof und blickte zu ihm empor. Jetzt duckte es sich, als erwarte es einen Schlag, dann plötzlich sprang es vor. Laurelin wich überrascht auf der Mauer zurück. Das war kein Hund, es war eine große Raubkatze.

Die Vordertatzen landeten auf der Mauerkrone. Mit den hinteren Tatzen drückte das Tier sich am Mauerwerk hoch und schaffte es schnell ganz hinauf.

Wie kam eine solche Raubkatze in die Stadt? Wäre er in den Bergen der Snaiwamark oder nahe dem Albenhaupt, würde er sagen, dass eine Silberlöwin ihm aufgelauert hatte. Aber hier in Rosan … Er hielt seinen Dolch tief, bereit, einen Angriff abzuwehren. Die Raubkatze war keine vier Schritt von ihm entfernt. Ein leises Knurren drang durch das Rauschen des Regens.

Einen Fuß hinter den anderen setzend, ohne die Bestie aus dem Blick zu lassen, bewegte sich Laurelin auf der Mauer rückwärts. Die Raubkatze folgte ihm. Ohne sichtliche Eile verkürzte sie den Abstand. Sie schien keine Jäger zu kennen, ging es Laurelin durch den Kopf. Nur Beute. Sie fürchtete sich nicht vor ihm.

Er wusste, dass die Mauer auf der anderen Seite der Höfe an einer Dachschräge endete. Aber wie weit war es noch bis dort? Fünf Schritt? Acht? Er wagte es nicht, sich umzudrehen. Die Raubkatze würde diese kurze Ablenkung nutzen, um zu springen.

Ein Ziegelstein wackelte unter seinem Tritt. Der Mörtel, der ihn halten sollte, schien verwittert zu sein. Laurelin tastete mit dem anderen Fuß nach einem sicheren Stand und verlagerte geschmeidig sein Gewicht. Er musste es bis zum Dach schaffen! Auf nassem Schiefer wären sie beide benachteiligt. Hier auf der schmalen Mauer, gezwungen rückwärtszugehen, lagen alle Vorteile bei der Raubkatze.

Das Biest duckte sich leicht. Es würde jeden Augenblick springen! Auch Laurelin ging in die Knie. Er machte eine hastige Bewegung mit der Rechten.

Die Silberlöwin zuckte zurück.

Mit der Linken tastete Laurelin über die Mauerkrone. Er fand den losen Ziegelstein und hob ihn auf. Nur mit einem Ziegel und einem Dolch bewaffnet gegen eine Silberlöwin anzutreten war ein Einfall von geradezu selbstmörderischer Torheit. Aber er war ein Jäger, keine Beute. Das würde dieses Biest jetzt lernen!

Laurelin schleuderte den Stein und traf die Raubkatze, die sich duckte, dicht über dem linken Auge. Im selben Moment sprang er vor und riss den Dolch hoch. Nach dem Kopf zu stechen wäre dumm, aber unter dem linken Schulterblatt lag das Herz.

Eine Pranke schnellte vor. Der Hieb traf ihn seitlich am Knie. Sein Dolch versank hinter dem Nacken der Bestie, doch der Treffer brachte ihn aus dem Gleichgewicht. Er stürzte von der Mauer in den Hof. Auch die Raubkatze fiel. Und sie landete nicht auf ihren Pfoten. Ihr Kopf schlug auf das Pflaster.

Laurelin rappelte sich auf. Er wollte seinen Dolch holen und sein Werk vollenden, da stemmte sich auch die Raubkatze hoch. Sie schwankte leicht. Er sah seinen Dolch aus ihrer Schulter ragen. Ein wütendes Fauchen überzeugte ihn davon, dass es ihr besser ging, als er sich erhofft hatte, auch wenn sie noch benommen wirkte.

Ohne den Blick von der Bestie abzuwenden, trat er den Rückzug an. Sein Knie schmerzte. Der Prankenhieb hatte seine Hose zerfetzt. Wie schlimm er verletzt war, konnte er nicht sehen.

Wenn er nur irgendetwas finden könnte, um sich zu verteidigen! Einen Besenstiel, eine Dachlatte. Er war in einen benachbarten Hof gestürzt. Hier kannte er sich nicht aus.

Laurelin hielt sich dicht an der Mauer, das schränkte die Angriffsmöglichkeiten der Raubkatze ein. Wie konnte man nur so viel Pech haben? Mitten in einer Stadt auf eine Silberlöwin zu treffen …

Plötzlich war das verdammte Biest verschwunden. Verschluckt von der Nacht. Der Regen war noch ein wenig stärker geworden. Die Raubkatze würde das ausnutzen! War sie an die Stadt als Jagdrevier gewöhnt, wüsste sie die Geräusche, die das Rauschen des Regens durchdrangen, zuzuordnen. Das Klappern der Schindeln, das Heulen des Sturms in den Gassen und unter den Dachtraufen. Eine quietschende Wetterfahne. Im Wald oder auch in den Bergen wäre er nicht unterlegen gewesen. Dort hätte ihn keine Kakofonie unvertrauter Geräusche abgelenkt.

Laurelin drehte den Rücken zur Mauer. So konnte sie ihn zumindest nicht von dort angreifen. Es sei denn … Panisch drehte er sich um und sah hinauf zum Mauerkamm. War die Raubkatze zu schwer verwundet, um noch nach dort oben zu gelangen? Ihn aus erhöhter Position angreifen, so würde ihn eine Silberlöwin in der Wildnis erlegen …

Er beschleunigte seine Schritte, so gut sein verletztes Knie es erlaubte. Hätte er nur auf den verfluchten Kobold gehört! Er hätte einen neuen Bogen fertigen können, auch wenn es ihn unzählige Monde gekostet hätte, eine so meisterliche Waffe herzustellen.

Wieder blickte er an der Mauer hoch. Wenn es nur nicht so dunkel wäre! Es musste fast Mittag sein, aber die dichten schwarzen Wolken machten den Tag finster wie die Nacht.

Undeutlich erkannte er ein dunkles Haus, das den Hof abschloss. Wenn die Aufteilung hier so ähnlich wie auf Melyssanas Grundstück war, würde ein schmaler Weg am Haus vorbei zur Straße führen. Dort würde er als Jäger lauern. Vielleicht in Deckung hinter einem Haufen Unrat oder einem Regenfass. Das war der offensichtliche Weg vom Hof zur nächsten Straße. Wenn die Raubkatze diese Gegend kannte, war dies der Ort, an dem sie ihn angreifen würde.

Aber er war auch ein Jäger. Er wusste, dass die Beute, die das Unerwartete tat, die Beute war, die dem Jäger entkam. Er hastete mit einigen langen Schritten zum Haus. Tastend fand er die Hintertür. Sie war nicht verriegelt. Vorsichtig schob er sie auf, unendlich erleichtert, dass die Angeln gefettet waren und kein metallisches Quietschen ihn verriet.

Behutsam schloss er die Tür. Er ertastete den Riegel und legte ihn vor. Ein schmaler Lichtstreif am Boden zeigte ihm den Weg zur nächsten Tür. Das Gebälk über ihm ächzte unter der Wut des Sturms. Laurelin tastete sich an einer Kommode vorbei. An der Schwelle verharrte er. Undeutlich vernahm er eine leise, beruhigende Stimme.

Laurelin legte die Hand auf den Türgriff und zögerte. Er musste schrecklich aussehen. Was würden sie von ihm denken? Aber welche Wahl blieb ihm? Der Weg durch das Haus war der Weg, der Bestie dort draußen zu entkommen.

Er öffnete die Tür und blickte in ein Zimmer voll niedriger Tische, auf denen Kissen, Stoffballen, halb genähte Kleidungsstücke, Garnrollen und Scheren lagen. Bei einem kleinen Kamin kauerte eine Elfe mit langem blondem Haar. Um sie herum saßen drei Kinder, in Decken gekuschelt. Alle sahen sie ihn überrascht an.

»Wer bist du?« Die Elfe erhob sich. Sie lächelte ihn an, stellte sich zugleich aber auch schützend vor die Kinder.

»Ein Unglücksrabe auf der Flucht vor dem Unwetter.« Laurelin hob verlegen die Hände. Er wollte, dass sie sah, dass er unbewaffnet war.

»Ein übler Tag.« Sie machte einen Schritt auf ihn zu. Sie trug einen weiten roten Rock und eine helle Bluse. Ihre Hand glitt wie zufällig über einen der Tische und blieb auf einer großen Schere liegen. »Du bist verletzt.« Sie deutete auf sein Knie.

»Nur ein Kratzer. Ich bin einer schlecht gelaunten Katze begegnet.«

Das Lächeln der Elfe erstarb. »Einer Katze? War sie grau?«

»Es ist zu dunkel draußen.« Laurelin machte eine entschuldigende Geste.

»War sie so groß wie ein Hund?«, bedrängte ihn die Elfe.

»Sie war ziemlich groß ...« Er hatte das Gefühl, dass das Gespräch eine ungünstige Wendung nahm.

»Hat er Ralla getroffen, Mama?«, fragte ein Mädchen in einem silbern bestickten dunkelblauen Kleid.

»Ralla?«, wiederholte Laurelin.

»Die Silberlöwin Andarions ...« Die Elfe sprach jetzt mit tonloser Stimme. »Du musst gehen. Sofort!«

Laurelin schluckte.

»Sofort!«, drängte die Elfe und packte ihn beim Arm.

»Wenn du mir vielleicht die Schere ...«

»Du wirst nichts von hier mitnehmen!«, fuhr ihn die Elfe an. »Du hättest nicht hierherkommen dürfen! Was hast du dir dabei gedacht, dich hier einzuschleichen, wenn Ralla dich jagt?«

»Wird Ralla auch zu uns kommen?«, wimmerte das Mädchen im blauen Kleid.

»Nein, meine Liebe«, erwiderte die Elfe beschwichtigend. »Hier sind wir ganz sicher. Vor dem Sturm und auch vor Ralla.« Sie führte

Laurelin durch den Laden zur Eingangstür. »Andarion will deinen Tod«, flüsterte sie, als sie die Türklinke herabdrückte und Laurelin hinaus in eine enge Gasse schob. »Wenn man dich hier sieht, wird Ralla auch zu uns kommen.«

Noch bevor er etwas erwidern konnte, schloss sich die Tür, und er konnte hören, wie von innen ein Riegel vorgelegt wurde.

Der Wind heulte durch die Gasse. Die Wolken über ihm hatten sich ein wenig gelichtet. Er konnte ein paar Schritt weit sehen. Die Gasse war so eng, dass er mit ausgestreckten Armen fast die gegenüberliegende Tür berühren konnte. Die angrenzenden Fachwerkhäuser waren in bunten Farben bemalt. Schilder, die an eisernen Armen von Ketten hingen, lockten mit Bildern und grellen Schriftzügen. Der abschüssige Weg krümmte sich nach Westen. Dort irgendwo musste der Hafen liegen.

Mit langen Schritten eilte Laurelin über das Pflaster. Alle Fenster und Türen waren verrammelt. Nicht einmal ein Bettler zeigte sich.

Er folgte der Krümmung des Weges, bis er vor einem großen weißen Haus am Ende der Sackgasse anlangte. Fluchend drehte er sich um und blickte in die gelben Augen der Silberlöwin, die, keine zehn Schritt entfernt, mitten in der Gasse stand.

Gestellt

Die Silberlöwin hinkte. Geduckt machte sie zwei Schritte in seine Richtung, bereit anzugreifen. Sie gab einen tiefen, grollenden Laut von sich.

Verzweifelt rüttelte Laurelin an der Tür des weißen Fachwerkhauses. Versperrt!

Alle hier hatten Angst vor Andarion. Auf Hilfe brauchte er nicht zu hoffen. Dafür gab es gewiss einige Zuschauer, die durch die Spalten der geschlossenen Läden zur Gasse hinabgafften.

Nackte Fäuste gegen Krallen und Reißzähne. Es gab für Laurelin keinen Zweifel, wie dieser Kampf enden würde. Und es machte ihn wütend, sich nicht einmal wehren zu können. Mit einem Schrei wagte er einen Ausfallschritt in Richtung der Silberlöwin. Diese zuckte erschrocken zurück. War verzweifelte Frechheit vielleicht eine Waffe, die zum Sieg führte? Er schrie und sprang vor. Doch dieses Mal legte die Raubkatze nur den Kopf schief und sah ihn aus ihren gelben Augen misstrauisch an. Sie durchschaute ihn. Sie wusste, dass es vorbei war.

Es sei denn … Laurelin kniete nieder und zog die gekrümmte Schere aus seinem Stiefelschaft. Eine lächerlich harmlose Waffe. Wenn er der Silberlöwin an die Kehle ging, könnte er mit viel Glück vielleicht eine ihrer großen Adern durchtrennen. Wahrscheinlich wäre sie vorher an seiner Kehle. Starrte sie seine Kehle sogar schon an? Sie duckte sich.

»Glaubst du, du hast schon gewonnen?«, schrie er sie an, doch das beeindruckte die Raubkatze nicht mehr.

Laurelin kniete immer noch. Jetzt war es egal, mit wie vielen Fingern er sterben würde. Er setzte die Schneiden an den Ringfinger seiner Rechten. Mit dem Mut der Verzweiflung schloss er die Schere. Der Schmerz trieb ihm Tränen in die Augen. Sein Finger fiel in eine schlammige Pfütze.

Der Elf blinzelte die Tränen weg. Er starrte zu der Silberlöwin. Was würde nun geschehen? War er ein Narr gewesen, auf Rettung zu hoffen? Hier gab es keine schwere Steinaxt, deren Schnüre im letzten Augenblick reißen würden. Der Löwin würden gewiss nicht die Krallen und Zähne ausfallen.

Knurrend schob sich die Raubkatze ein Stück vor. Jeden Augenblick würde sie springen. Ihr Fell war struppig vom Regen. Sie zog die Lefzen zurück, ließ ihn ihre langen Reißzähne sehen.

»Du willst mich fressen?« Er griff nach dem abgetrennten Finger. »Hier, ein Vorgeschmack auf mich!« Er schleuderte den Ringfinger der Raubkatze entgegen.

Ralla fing ihn mit einem Geschick, als seien ihr schon oft blutige Fleischstücke zugeworfen worden. Sie schluckte ihn, schüttelte den Kopf und sah witternd in seine Richtung. Dass er sie gefüttert hatte, schien sie durcheinanderzubringen. Das passte nicht zur Jagd, dazu, seine Beute gestellt zu haben.

Laurelin hob die Schere, entschlossen, sein Leben so teuer wie möglich zu verkaufen.

Die Silberlöwin schüttelte den Kopf, gab einen würgenden Laut von sich und spie blutigen Geifer auf das Pflaster. Ihre Glieder versteiften sich. Das Maul war weit aufgerissen, der Kopf vorgebeugt. Sie sah aus wie eine Katze, die ein Haarbüschel hochwürgte, nachdem sie ausgiebig ihr Fell geleckt hatte.

Noch mehr Geifer troff von ihren Lefzen. Das Würgen klang verzweifelt. Es wurde immer lauter, immer drängender. Die Silberlöwin stemmte die Vorderpfoten mit aller Kraft gegen das Pflaster. Sie zitterte vor Anstrengung. Jetzt gab sie auch japsende Laute von sich. Sie riss den Kopf in den Nacken, sah in den dunklen Himmel hinauf und kippte plötzlich zur Seite. Ihre Läufe zuckten.

Laurelin traute seinen Augen nicht. Er stand still im Regen und versuchte zu verstehen. Erstickte Ralla an seinem Finger?

Erst als die Silberlöwin still lag, wagte er einen zaghaften Schritt in ihre Richtung. Die weit aufgerissenen Augen der Raubkatze starrten ihn an.

Der Elf tastete nach seinem Fingerstumpf. Blut tropfte auf das regenüberspülte Pflaster. Der Fluch der Schamanin hatte ihn ein weiteres Mal gerettet. Doch Ralla war gewiss nicht allein auf der Suche nach ihm. Er durfte hier nicht bleiben. Und er durfte auch nicht zu Melyssanas Haus zurückkehren. Es war höchste Zeit, dem Rat des Kobolds zu folgen.

Wenn Yka vom Tod spricht

Endlich waren die dunklen Wolken am Himmel aufgerissen. Breite Bahnen von Licht zogen über die Stadt und das Meer. Laurelin hatte den Hafen erreicht. Er war genauso verlassen wie die Straßen Rosans. Der Wind hatte weiter aufgefrischt. Wütende Brecher zerstoben an der breiten Hafenmauer zu weißer Gischt. Wie zerfetzte Fahnen umspielten sie das massige graue Mauerwerk. Alles, was nicht fest verankert war, schwankte im Wind. Etwa drei Dutzend Fischerboote lagen an den Molen vertäut. Kränze aus geflochtenen Leinen schützten die Rümpfe, wenn die See die Boote gegen die Pfähle der Anlegestellen drückte.

»Schön, dass du es geschafft hast, Elf«, ertönte eine Stimme ganz in seiner Nähe. »Ich hätte, ehrlich gesagt, nicht auf dich gewettet.«

In einen Stapel alter Fischkörbe am Straßenrand kam Bewegung, und der Kobold, der ihm schon einmal geholfen hatte, kroch darunter hervor. Der Kleine klopfte auf einen der Körbe. »Das ist ein prima Versteck. Die Körbe stinken so sehr, dass Andarions Biest darin keine Witterung von dir aufnimmt. Du bist leider zu groß.«

»Um die Silberlöwin musst du dir keine Sorgen mehr machen.«

»Weil?«

Laurelin hob seine verstümmelte Hand. »Ich habe sie erlegt.«

Der Kobold glotzte ihn mit großen Augen an. »Erlegt?« Er pfiff durch die Zähne. »Die Einwohner Rosans werden dir sehr dankbar sein, auch wenn dir keiner von den Schissern das je sagen wird. Und Andarion …« Der Kobold grinste breit. »Dem solltest du besser nicht in die Hände fallen. Der wird wirklich üble Laune haben. Aber kommen wir zu den wichtigen Dingen. Hier sind deine Edelsteine.«

Laurelin hatte an die Edelsteine gar nicht mehr gedacht. Verdattert streckte er die Hand nach dem kleinen Säckchen aus.

Kopfschüttelnd zog der Kobold es zurück, ließ es binnen eines Lidschlags in seinem alten grünen Mantel verschwinden und stieß einen gekünstelten Seufzer aus. »Mein lieber Junge, im Leben gibt es nichts umsonst. Und hier in Rosan erst recht nicht. Du gibst mir einen deiner Edelsteine, egal welchen, und ich vermittele dir ein Boot und betrachte mich als angemessen bezahlt.«

Über den genauen Wert von Edelsteinen war sich Laurelin nicht im Klaren, aber er wusste, dass ein solcher Stein ein geradezu fürstlicher Lohn war. »Ich bin lebend im Hafen angelangt. Das war die Kunst. Hier ein Boot zu finden sollte nicht schwierig sein.«

Eine neue Bö fegte vom Meer heran und trieb einige der leeren Fischkörbe davon. Der Kobold hielt seinen unförmigen Hut mit beiden Händen fest. »Darf ich deine geschätzte Aufmerksamkeit auf das Wetter lenken, Elflein? Kein Fischer, der seinen Verstand beieinanderhat, wird bei diesem Wetter mit seinem Boot auslaufen. Du wirst nicht einmal einen Fischer hier am Hafen finden. Die hocken jetzt alle an ihren Herdfeuern und erzählen sich Schauergeschichten über die Seeschlange der Blutbucht und andere Meeresungeheuer.«

Laurelin betrachtete den verwaisten Hafen und die Fischerboote, die sich in der Dünung hoben und senkten. Ihm wurde klar, dass die mächtige Hafenmauer, an der die Brecher zu Gischt zerstoben, die schwere See vom Hafen fernhielt. Hier war das Fahrwasser vergleichsweise ruhig. »Vielleicht sollte ich doch bleiben?«

Der Kobold packte ihn beim Hosenbein und zerrte ihn in einen Hauseingang. »Bist du bescheuert?« Der Kleine musste schreien, damit er den Sturm übertönte. Über ihnen heulte der Wind unter der Dachtraufe, als sammele sich dort eine Heerschar wütender Geister. »Hier in Rosan gibt es keinen sicheren Ort für dich. Willst du enden wie deine Freundin? Für dich gibt es nur noch eines zu tun: Du steigst in ein verdammtes Boot und verschwindest für immer.«

Laurelin kniete vor dem Kobold nieder, um ihn besser verstehen zu können. »Meine Freundin ist ins Mondlicht gegangen …«

»Du glaubst, Melyssana sei deine Freundin gewesen?«, herrschte der Kobold ihn an. »Ich rede nicht von dieser Betrügerin, sondern von der kleinen Hure, die dich durch die Stadt geschleift hat. Von der Damien, die sich nicht einfach all deine Diamanten genommen hat und abgehauen ist, sondern sich darum gekümmert hat, dass du in einem meiner Fässer Unterschlupf fandest, bis du wieder so weit zu dir kamst, dass du neue Dummheiten anstellen konntest. Sie war die einzige Freundin, die du je in dieser verdammten Stadt hattest, auch wenn das offensichtlich noch nicht in dein lächerlich kleines Elfenhirn vorgedrungen ist.«

»Was ist ihr geschehen?«

»Nicht lange bevor du Traumtänzer in den Hafen getaumelt bist, ist Andarions Stiermann hier aufgetaucht. Er hatte sich die kleine Damien über die Schulter gelegt. Sie strampelte und schrie. Geholfen hat ihr das nicht.« Der Kobold zeigte zu der steinernen Hafenmauer. »Dort hinten hat er sie auf die Knie gezwungen. Dann hat er mit beiden Händen ihren Kopf gepackt und ihn nach hinten gedreht.« Zum ersten Mal wirkte der Kobold um Worte verlegen. Er starrte zu Boden, wo Fischschuppen blass glänzten. »Zumindest hat sie nicht lange gelitten. Er hat ihre Leiche ins Hafenbecken geworfen. Dir wird Andarion ganz anders zusetzen.«

»Kimmi?« Laurelin erinnerte sich nur undeutlich, wie sie ihn durch die Straßen gezogen hatte. »Sie ist tot?« Er konnte sich das nicht vorstellen. Wollte es nicht. Beim Würfeln war sie an seiner Seite geblieben. Hätte er sie nicht als seinen Glücksbringer gelobt …

»Ich merke mir die Namen der Mädchen aus der *Muräne* seit Langem nicht mehr.« Der Kobold musste immer noch schreien, damit er ihn verstehen konnte. »Aber es war ganz sicher die, die dafür gesorgt hat, dass wir dich auf der Straße aufgelesen haben.«

Sie war seinetwegen tot, dachte Laurelin verzweifelt. Hätte er sie nicht am Spieltisch geduldet, hätte er ihr keine Münzen zugesteckt … Und er hatte sie kaum angesehen, vor allem, weil sie eine Damien gewesen war. Selbst an ihr Gesicht konnte er sich kaum erinnern. Nur daran, dass sie ihm unnatürlich blass erschienen war. Was war er für ein jämmerlicher Lump! Der Frau, der er sein Leben verdankte, hatte er nur Unglück gebracht! »Ich bringe Andarion um«, zischte er.

Der Kobold hob beschwichtigend die Hände. »Mit acht Fingern, blutendem Knie und nichts als einem Dolch in deinem Gürtel trittst du gegen den riesigen Minotaurus, gegen ein Dutzend weitere Halsabschneider und Andarion an? Das nenne ich mal Heldenmut. Möchtest du neben der toten Damien im Hafenbecken treiben?«

»Sie ist meinetwegen gestorben. Ich kann doch nicht einfach so tun, als sei das nichts. Ich kann jetzt doch nicht weglaufen, ohne dass ihr Tod gesühnt wäre.«

»Glaubst du wirklich, das hätte sie gewollt?« Der Kobold schüttelte den Kopf. »Was würde es ihr nutzen, wenn du dein Leben fortwirfst? Du steigst jetzt in das Boot, das ich dir zeige, und dann lässt du dich nach Vahlemer oder Reilimee oder sonst wohin bringen. Nur weit weg von Langollion. Und in ein paar Jahren, wenn du in dich gegangen und ein unvergleichlicher Schwertkämpfer geworden bist oder den Leuten kraft deiner Gedanken das Genick brechen kannst oder sonst einen Firlefanz gelernt hast, in dem ihr Elfen gut seid, kommst du wieder und nimmst grausame Rache an Andarion. Aber heute ist nicht dein Tag. Und jetzt bringen wir unser Geschäft zu Ende, bevor Andarion und seine Schlächter auf die Idee kommen, hier im Hafen nach dir zu suchen.«

Laurelin betrachtete seine frisch verstümmelte rechte Hand. Der neue Stumpf hatte aufgehört zu bluten. Würde er noch immer Glück haben, wenn er sich Andarion jetzt stellte? Oder würde er einen weiteren Finger opfern müssen?

Der Kobold schnippte unmittelbar unter Laurelins Nase mit den Fingern. »Hallo, Elf?«

»Ich komme wieder«, sagte Laurelin feierlich.

Der Kobold nickte. »Natürlich. Aber jetzt wirst du erst einmal mit meiner Hilfe verduften. Und du solltest dir die Hand verbinden lassen. Das sieht ja gruselig aus.«

Laurelin nickte, tief in Gedanken, während der Kobold den kleinen Beutel wieder hervorholte und ihm gab. Als Laurelin versuchte die Lederschnur zu öffnen, zitterten ihm die Hände. Er konnte einfach nicht glauben, dass Kimmi tot war.

»Vielleicht sollte ich das besser machen?« Ohne eine Antwort abzuwarten, nahm ihm der Kobold den Beutel wieder aus der Hand. Mit spitzen Fingern löste er die Verschnürung und angelte einen der Steine heraus. »Es ist mir eine große Genugtuung, mich an Andarions Schatz zu vergreifen«, bekannte er und ballte die Hand um den Stein zur Faust. »Du solltest dir auch zwei oder drei Steine nehmen.« Er reichte Laurelin das Säckchen und tippte gegen eine aufgeplatzte Naht an Laurelins Stiefeln. »Verstecke sie hier, zwischen Leder und Futter.«

»Warum sollte ich das tun?«

»Weil der Kerl, zu dem ich dich bringe, ein gieriger Bastard ist. Er wird den ganzen Beutel verlangen, und er wird sich davon nicht abbringen lassen. Also schaffst du besser vorher etwas auf die Seite. Du wirst Geld brauchen, wenn du irgendwo auf dem Festland neu anfängst.«

»Ich will nach Langollion. Ich muss in Melyssanas Haus, jenseits der Mauer. Dort werde ich …«

»Schlag dir das aus dem Kopf!«, fuhr der Kobold ihn an. »Glaubst du, du kannst irgendwo an der Küste einfach landen und so die Mauer umgehen? Es gibt überall Wachtürme. Du kommst nur nach Langollion, wenn du eine Sonne trägst. Wenn sie dich jenseits der Mauer erwischen, werden sie dich nach Rosan bringen. Und dann wirst du Andarion nicht mehr entkommen. Du verpisst dich jetzt und wartest ein paar Jahre, bis man dich hier vergessen hat. Dann kannst du wiederkommen und Rache nehmen. Aber ich warne dich: Dieser Andarion hat mehr Leben als eine Katze. Bisher sind stets nur die verreckt, die ihn umbringen wollten. Also vergiss Langollion! Such dir irgendwo ein hübsches Mädchen, zeug ein paar Bälger mit ihr, und werde glücklich.«

Ihm gefiel die direkte Art des Kobolds nicht, dachte Laurelin. Doch wahrscheinlich war es wirklich das Beste, die Insel zunächst einmal zu verlassen. Aber er würde wiederkehren. Mit leichtem Zweifel blickte er hinaus auf die See. Mitunter schlugen die Brecher mit solcher Wut gegen die Hafenmauer, dass er selbst hier in der Straße, zweihundert Schritt entfernt, spürte, wie der Boden erbebte. »Hattest du nicht gesagt, man müsse verrückt sein, um bei diesem Wetter in See zu stechen? Was für ein Fischer ist das, zu dem du mich bringst?«

Der Kobold tippte mit einem seiner dünnen Finger gegen die aufgeplatzte Stiefelnaht. »Edelsteine?«

Vermutlich hatte der kleine Kerl auch damit recht. Laurelin fischte drei Edelsteine aus dem Beutel und schob sie tief ins Futter des Stiefels hinab.

»Gut!«, jubelte der Kobold, versetzte ihm einen freundschaftlichen Knuff und trat aus dem Windschutz des Hauseingangs. Sofort musste er wieder nach seinem Hut greifen, damit der Sturmwind diesen nicht davonblies.

»Was ist das für ein Fischer?«, drängte Laurelin.

»Golwyn ist regelrecht mit seinem Boot verwachsen. Er ist ein wirklich ausgezeichneter Seemann und mit Sicherheit der Einzige, der bei diesem Wetter auslaufen wird.«

Laurelin sah zweifelnd zu den Brechern. »Wie macht Golwyn das? Besänftigt er das Meer durch einen Zauber?«

Der Kobold winkte ab. »Er kennt einfach sein Boot und das Meer. Das ist der ganze Zauber. Er ist wirklich ein ausgezeichneter Seemann. Solange du auf dem Meer bist, bist du bei ihm sicher wie in Mutters Schoß.« Der Kobold eilte mit langen Schritten an den Anlegestellen vorbei. Deutlich war das Knirschen der Rümpfe an den massigen Pfählen des Bootsstegs zu hören. Auch die Pfähle waren mit Tauen umwickelt.

»Das dort, das ist es!« Der Kobold deutete aufgeregt auf das größte Fischerboot, das an diesem Steg vertäut war. Es war das einzige Boot mit einer gedeckten Kabine. »Golwyn!«, schrie er aus Leibeskräften. »Golwyn, beweg deinen Arsch. Er ist gekommen.« Der Kobold sah zu Laurelin auf. »Ich hab dich angekündigt. Er wird dich in Sicherheit bringen. Aber das kostet dich den ganzen Beutel mit Edelsteinen.« Er blinzelte verschwörerisch.

Die Kabinentür wurde aufgeschoben. Ein Kopf mit stoppeligem blonden Haar und ungewöhnlich großen spitzen Ohren schob sich heraus. Laurelin hatte noch nie einen Elfen gesehen, der sich die Haare so kurz geschnitten und sich die Ohren mit so vielen Ringen durchbohrt hatte. Es waren sechs am linken Ohr und rechts sogar acht. Mit grauen Augen blickte er gehetzt zur Mole empor. »Da bist du ja endlich, Broja. Hast du irgendwo ein Pferd gesehen?«

Der Kobold hob in großer Geste beide Hände. »Keine Pferde hier, Golwyn, du bist vollkommen sicher.«

Offensichtlich traute der seltsame Elf dem Kobold nicht. Er schob sich etwas weiter aus seiner Kajüte und musterte die Mole. »Meine Edelsteine!«, forderte er, ohne den Blick von der Mole zu wenden.

Laurelin bemerkte mehrere leere Weinflaschen, die am Heck kreuz und quer über das Deck rollten, wenn sich das Boot hob und senkte. Er kniete nieder. »Ist der nüchtern?«, flüsterte er dem Kobold zu.

»Ganz sicher nicht. Er verträgt die schwere Dünung nicht. Davon wird er seekrank. Aber wenn er erst einmal draußen ist, wird das schnell besser. Du wirst noch selbst merken, dass es, sobald du nichts mehr über die Reling speien kannst, mit der Seekrankheit rasch vorbei ist.«

Laurelin gefiel immer weniger, was er hörte. »Und was macht ihn zu einem so unvergleichlichen Seemann, dass er mich sicher durch diesen Sturm bringen wird?«

»Das hab ich gehört!«, rief Golwyn. »Hast du ihm nicht von Yka erzählt, Broja? Wie soll er mir da vertrauen?«

»Seh ich aus wie ein Tratschmaul?«, rief der Kobold beleidigt.

Golwyn stieg nun an Deck. Er war hager wie ein Skelett, seine Haut von der See gegerbt. »Yka ist eine Hellseherin, ein versoffenes kleines Koboldweib, und zu ihr zu gehen, als sie mit Pfirsichbrannt abgefüllt war, war vielleicht der größte Fehler in meinem Leben. Sie schwafelt genauso wie alle Wahrsagerinnen. Auf ihr Geschwätz über Liebe und Gold sollte man besser nicht zu viel geben, aber wenn sie betrunken ist, dann erzählt sie einem auch Dinge, nach denen man gar nicht gefragt hat.«

Broja nickte bedeutungsschwer. »Sie spricht dann vom Tod.«

Golwyn blickte wieder unruhig über die Mole.

»Und du weißt, wie du sterben wirst?«, mutmaßte Laurelin.

»Ein verdammter Pferdehuf wird mir den Kopf zermalmen. Das ist mein Ende. Deshalb kann dir die See an meiner Seite nichts anhaben. Ganz gleich, wie schlimm es auch stürmt, ich werde auf dem Meer niemals in Lebensgefahr geraten. Du bist bei mir vollkommen sicher.« Er streckte die Hand vor. »Genug geschwatzt. Die Edelsteine. Oder bleib hier und lass dir von Andarion die Haut abziehen.«

»Du kannst ihm vertrauen!« Der Kobold musste schreien. Ein besonders großer Brecher rollte gegen die Hafenmauer, und der Sturmwind trieb die sprühende Gischt weit in den Hafen hinein. »Bei Golwyn bist du dort draußen sicher. Wenn Yka vom Tod spricht, hat sie sich noch nie geirrt. Und ich sag dir, Elf, dort draußen gibt es verdammt wenige Pferde.«

Die Eine

Eldarian liebte es, an verregneten Tagen in den Ställen zu sein. Er mochte den Geruch von nassem Fell, feuchtem Heu und Dung. Auch wenn einige der dienstbaren Geister in den Ställen seine Vorliebe wohl ahnten und schmunzelten, wenn er gemeinsam mit ihnen die Ärmel hochkrempelte und den Stall ausmistete.

An diesem Morgen waren die Pferde nervös. Zum Heulen des Sturmes waren Blitz und Donner hinzugekommen. Wenn grelles Licht wie leuchtende Speere durch die kleinen Stallfenster stach und der Donner das Dachgebälk erbeben ließ, scheuten die Pferde und traten gegen die Holzwände der Boxen.

Ein Fuchs, den er erst vor wenigen Tagen neu erworben hatte, war besonders unruhig. Mit schreckensweiten Augen warf er den Kopf hin und her. Immer wieder keilte er aus. Schon war ein Brett seiner Box zersplittert. Er würde sich noch verletzen, wenn er sich nicht beruhigte.

Die Kobolde und Faune, die mit Eldarian zusammenarbeiteten, mieden das Pferd. Es war an ihm, den Roten zu besänftigen. Vorsichtig hob er die Rechte, um ihn abzulenken, und griff mit der Linken nach dem Türriegel der Box. Leise raunte er ein Wort der Macht. Er wob einen Zauber, der das Tosen des Sturms und den Donner, der die Blitze begleitete, rings um den Fuchs ein wenig dämpfte.

Mit vor Angst geweiteten Augen starrte der Hengst ihn an. Die Veränderung hatte ihn nicht beruhigt, sondern noch misstrauischer gemacht.

»Vielleicht solltest du es statt mit Magie mit einem süßen Apfel versuchen?«, erklang eine vertraute Stimme.

Alathaia! Obwohl sie Reitstiefel trug und über gepflasterten Boden schritt, bewegte sie sich lautlos wie eine Katze. Sie hatte einen weiten roten Umhang über die Schultern geworfen, von dem silberne Regentropfen perlten. Ein Stirnreif hielt ihr langes schwarzes Haar zurück. So viele Jahrhunderte waren sie nun schon ein Paar, fünf Kinder hatten sie gemeinsam gezeugt, und dennoch hatte sie nichts von ihrer Anziehungskraft verloren. Ihr selbstbewusstes Lächeln und das schelmische und manchmal überhebliche Funkeln in ihren Augen schlugen ihn nach wie vor in ihren Bann. Wäre sie nur nicht so oft fort oder mit ihren Intrigen gegen Emerelle beschäftigt. Sie war die Eine für ihn. Immer noch. Alle anderen Frauen waren nur eine Ablenkung.

Sie zog einen rotwangigen Apfel unter ihrem Umhang hervor. »Eigentlich war das ein Geschenk für meinen Schwarzen, aber der Neue scheint etwas Trost zu brauchen.« Ohne zu zögern, öffnete sie die niedrige Tür der Box. Eldarian versuchte erst gar nicht, sie aufzuhalten. Unzählige Male hatte er erlebt, wie ihre selbstsichere Art auf Albenkinder und sogar Tiere wirkte. Auch der Rote schien eher verwundert als erschrocken, als sie neben ihn trat und seinen Hals tätschelte. »Kein guter Tag, um ihn unter Fremden zu verbringen«, sagte sie einfühlsam. »Du bist hier unter Freunden.« Sie biss in den Apfel. »Köstlich. Du solltest ihn auch einmal probieren.« Sie spuckte den Bissen auf ihre Handfläche und hielt sie dem Fuchs hin. Er schnupperte kurz daran, dann schlossen sich seine Lippen um das helle Fruchtfleisch.

»Ich sag dir, das Beste hier in den Ställen sind die Äpfel. Dir wird es hier gefallen. Langollion ist der schönste Ort Albenmarks. Dir wird es nirgends besser gehen.« Sie hielt ihm den Rest des Apfels hin. Der Fuchs fraß ihr aus der Hand. Er war jetzt viel ruhiger.

Alle im Stall hatten in ihrer Arbeit innegehalten. Sie beobachteten Alathaia. Der Faun an der Schubkarre voller Pferdemist nickte ihr anerkennend zu, als sie aus der Box trat. Es waren Augenblicke wie dieser, die sie so beliebt in Langollion machten. Es gab Tausende Albenkinder, die Augenzeugen geworden waren, wie sie zupackte, wie sie Risiken einging oder einfach nur die schlichten Vergnügen eines Dorffestes teilte. Die Albenkinder Langollions liebten ihre Fürstin.

»Bist du bereit für den Ausritt?«

Eldarian traute seinen Ohren nicht. »Bei diesem Wetter? Ich hatte gedacht, du würdest ihn verschieben.«

»Das bisschen Regen wird uns doch wohl nicht aufhalten.«

Er schloss die Augen und seufzte leise. Das war auch ganz Alathaia, den ersten ausgewachsenen Wintersturm als ein bisschen

Regen abzutun. Er sollte dringend über Emerelles Brief mit ihr reden. »Es gibt da etwas, was wir besprechen müssen …«

Sie hob einen Finger an die Lippen. »Das besprechen wir nicht hier«, flüsterte sie. »Erst im Rosenturm. Ich vermute, wir werden bespitzelt. Ich glaube, die Rose spinnt Intrigen gegen uns. Im Turm kann uns niemand belauschen. Wir reden dort.«

Hatte Emerelle ihre Netze weiter ausgeworfen, als er ahnte? Ihm war zu Ohren gekommen, dass jemand die Rosen im großen Pavillon beschädigt hatte. Einer der ganz alten Triebe war abgehackt worden und etliche dünnere Zweige. Es waren eindeutig keine Sturmschäden. Nanduval vermutete Melvyn hinter dieser Untat. Aber vielleicht war das ja nur vorgetäuscht, um ihnen Sand in die Augen zu streuen. Vielleicht war Melvyn in Wahrheit hier gewesen, um im Auftrag Emerelles etwas mit Matha Blouta zu besprechen. »Wir reiten aus!«, entschied er.

Alathaia lächelte, als sei nichts gewesen. »Natürlich tun wir das. Jetzt, sofort. Sattle deinen Schimmel. Ich hol meinen Rappen.«

»Ich hab nicht einmal einen Mantel …«

»Der kleine Schauer wird dir doch nichts ausmachen, oder? Wenn wir im Rosenturm sind, werde ich dafür sorgen, dass dir wieder warm wird. Versprochen.«

Sie warf ihm einen dieser Blicke zu, denen er noch nie hatte widerstehen können. Sie war die Eine!

Der Weg nach Westen

Nanduval entfuhr ein Fluch, als er den Hufschlag hörte. Gerade hatte er seinen Reitern erlaubt abzusitzen. Er brauchte nicht zum Torweg zu blicken, um zu wissen, wer verrückt genug war, in den Sturm hinauszureiten. »Aufsitzen!«, rief er der kleinen Eskorte zu.

»Sollen wir ihr wirklich folgen? Ich nehme an, die Fürstin möchte mit ihrem Gemahl allein sein.« Mandalyn war zu groß für eine Reiterin. Auf einem Pferd machte sie stets eine schlechte Figur. Nanduval hatte den Verdacht, dass ihr Einwand nicht ganz uneigennützig war.

»Wir sind ihre Leibwache!«, knurrte er und schwang sich in den Sattel. »Das heißt, wir werden dort wachen, wo ihr Leib ist, und nicht in einem trockenen Stall herumlungern, wenn Alathaia ausreitet.« Er gab seinem Schecken die Sporen und ritt aus dem Stall der Wache. Sieben Schattenkrieger folgten ihm, allesamt handverlesene Fechter. Sie waren die besten unter Alathaias Kriegern, aber das mochte immer noch nicht genügen. Auch Atossa war eine exzellente Fechterin gewesen, und dennoch hatte Melvyn sie leicht besiegt. Es gab immer jemanden, der besser war. Und es war stets Nanduvals Furcht, dass so jemand irgendwo dort draußen wartete.

Es gab zwar noch die verborgenen Bogenschützen, die entlang des Weges lauerten. Aber genügte das? Obwohl Melvyn die Insel verlassen hatte, wollte Nanduvals ungutes Gefühl nicht weichen. Etwas beäugte die Fürstin, und wenn er unachtsam war, würde es zuschlagen.

Der Sturm zerrte am Umhang des Hauptmanns, als dieser aus

dem Windschatten des Palasts der tausend Blüten ritt. Alathaia war etwa fünfzig Schritt vor ihm. Mandalyn hatte recht, die Fürstin hasste es, dass er ihr auf Schritt und Tritt folgte. Sie schien überzeugt, dass die Gefahr gebannt war, nun, da Emerelles Bote den Hof verlassen hatte. Noch am Morgen hatte sie ihm den Befehl gegeben, die Wachen im Schloss zu reduzieren. Bislang hatte er nicht gehorcht. Er würde eine Ausrede finden, es bis zu ihrer Rückkehr vom Rosenturm hinauszuzögern.

Alathaia und Eldarian schwenkten auf den Weg nach Westen ein, der am Rand der Steilklippe entlangführte, und Nanduval war erleichtert. Rechts der Reiter befand sich der Himmel und fünfzig Schritt tiefer das Meer. Von dort könnte niemand angreifen. Die Gefahr auf dem Ritt war halbiert.

Der Preis des Glücks

»Halt die Ruderpinne!«, befahl Golwyn. Er deutete voraus auf eine Felsnase, die sich aus der Linie der himmelhohen Steilklippen weit ins Meer vorschob. »Peil das Drachengrab als Ziel an. Und achte darauf, dass wir die Wellen schön abreiten. Wir dürfen nicht querab zu ihnen kommen, sonst werden wir kentern, und ich schätze mal, du wirst ersaufen.«

»Warum musst du denn unter Deck?«, wollte Laurelin verzweifelt wissen.

»Die verdammte Gischt, mein Junge. Hab zu viel von dem Salzwasser geschluckt und muss mir dringend den Mund ausspülen.

Wird nicht lange dauern. Du schaffst das schon.« Mit diesen Worten zog er die Kajütentür zu und war verschwunden.

Laurelin hatte selten etwas so sehr bedauert, wie an Bord dieses Bootes gegangen zu sein. Noch bevor sie aus dem Hafen heraus waren, hatte er zum ersten Mal über der Reling gehangen. Und dort waren sie noch in ruhigem Fahrwasser gewesen. Laurelin hatte das Gefühl, dass die See das kleine Boot wie ein Stück Treibholz hin und her warf.

Ein Blitz spaltete den Horizont. Überdeutlich sah Laurelin die hohen Klippen zu seiner Linken. Sie mochten noch etwa eine halbe Meile entfernt sein, aber die Wellen drückten sie unerbittlich in Richtung der Felsen.

Regen peitschte unablässig auf das Boot herab. Verzweifelt krampften sich Laurelins Finger um das Holz der Ruderpinne. Golwyn hatte eine dunkle, harzige Masse auf seine frische Wunde gestrichen, um die Blutung zu stillen, und ihm einen Verband aus alten Segeltuchstreifen angelegt. Der Fischer war im Grunde nett. Bei gutem Wetter wäre die Überfahrt zum Festland bestimmt angenehm gewesen. Aber das hier …

Der Rumpf des kleinen Bootes schnitt durch eine Welle. Gischt sprühte über die Kajüte. Das Boot wurde angehoben. Laurelin konnte spüren, wie es wieder ein Stück weiter in Richtung Steilklippe gedrückt wurde, obwohl der Bug auf die offene See hinauswies.

Sie erreichten den Zenit der Welle. Einen Herzschlag lang verharrten sie dort. Dann stürzte das Boot in rasender Fahrt auf der anderen Seite der Welle hinab. Laurelins Magen bäumte sich auf, aber es gab nichts mehr, was ihn verlassen konnte. Noch nie in seinem Leben war ihm so übel gewesen, und er schwor sich, nie wieder einen Fuß in ein Boot zu setzen, sollte er diese Fahrt überleben.

Er schaute über die Schulter. Der Wellenberg füllte den größten

Teil seines Blickfelds aus. Er sah nur das oberste Stück der Steilklippe. Möwen tanzten im Wind. Ihnen schien es zu gefallen, auf dem Sturm zu reiten.

Der Himmel hatte die Farbe von altem Blei angenommen. Schwarz wie die Nacht ballten sich Wolken über der Stadt Rosan. Sie segelten nach Süden, die Küste Langollions entlang. Das Boot machte gute Fahrt. Laurelin stemmte sich mit aller Kraft gegen die Ruderpinne. Je näher sie den Steilklippen kamen, desto kabbeliger wurde die See. Die Wellen rollten nicht mehr in langen Linien heran. Sie schienen sich an Riffen, die der Küste vorgelagert waren, zu brechen. Hier und da sah Laurelin schwarze Felsen, umtost von weißer Gischt, aus dem Wasser ragen. »Golwyn!«, schrie er aus Leibeskräften. Es sollte jemand am Ruder sitzen, der wusste, wo diese verdammten Riffe lagen. »Golwyn, komm an Deck!«

Die Kajütentür blieb geschlossen. Laurelin entschied, den Kurs ein wenig zu ändern. Er peilte nicht länger die Felsnase an, die der Fischer Drachengrab genannt hatte, denn deutlich konnte er auf diesem Kurs Felsen sehen. Wie schwarze Zähne ragten sie in mehreren Kränzen aus der See.

Ein Blitz beleuchtete die zerfurchte Steilklippe. Etwa zwei Meilen entfernt stand ein schneeweißer Turm am Klippenrand. Er wirkte seltsam fremd in einer Welt, in der es, abgesehen vom gleißenden Licht der Blitze, nur noch die Farben Schwarz und Grau zu geben schien. Ein Ort der Verheißung. Wer dorthin gelangte, der war in Sicherheit.

Eine Welle, die querab das Fischerboot traf, schreckte Laurelin aus seinem Tagtraum. Gischt flutete über ihn hinweg. Das Boot neigte sich bedenklich auf die Seite. Wasser sammelte sich fast kniehoch an Deck, bevor es durch die Speigatten ablief.

Schwerfällig wie ein angeschlagener Kämpfer richtete sich das Boot wieder auf.

Die Tür zur Kajüte schnellte zur Seite. Golwyn schob sich an Deck. In der Linken hielt er eine Weinflasche. »Wasch tuscht du, verdammte Landratte?«, lallte er und torkelte zu Laurelin.

Eine weitere Welle rollte von Steuerbord heran. Es fühlte sich an, als würde sie das Wasser unter dem Rumpf des Bootes wegziehen, während sie sich immer höher aufbaute und schließlich das ganze Gesichtsfeld nach Westen ausfüllte.

Golwyn warf sich gegen die Ruderpinne. Er drückte mit aller Kraft. Der Rumpf schwang herum, sodass das Heck zur Welle zeigte.

Ihr Segel flatterte im Wind. Das kleine Boot machte aus eigener Kraft keine Fahrt mehr, sondern wurde ein Stück die Welle hinaufgezogen.

Golwyn packte ein Tau, das durch einen eisernen Ring unter der Ruderpinne lief, und schlang es Laurelin um die Hüften. »Nicht die Ruderpinne los…« Seine Worte ertranken im Sturzwasser, das auf ihr Boot niederging.

Laurelin wurde vom Sitz bei der Ruderpinne gerissen. Überall war nur noch Wasser. Er schwebte. Etwas zerrte an seinem Gürtel.

Ein Schlag spannte das Seil. Es schnitt ihm tief in die Hüften.

Das eisige Seewasser zerrte an ihm, als wolle es ihm die Kleider vom Leib reißen. Er schlug mit dem verletzten Knie gegen die Reling und wurde ins Meer gezogen. Etwas krallte sich an seinen Gürtel und hing schwer an ihm. Er sah nichts als Grau. Seine Augen brannten vom Seewasser. Verzweifelt griff er nach der Reling. Schmerz schoss durch seine verletzte Rechte, als seine Fingerstummel gegen das Holz stießen. Die Linke klammerte sich fest.

Plötzlich war das Wasser nicht mehr überall um ihn herum. Er schlug gegen die Bordwand. Das Tau um seine Hüften zog sich noch enger. Er kreischte vor Schmerz. Dann rang er prustend und hustend nach Luft.

Eine Hand krallte sich in seine Schulter. Golwyn hing an seinem

Gürtel und zog sich an ihm hoch. »Scheiße, haben wir ein Glück gehabt«, murmelte er und klang dabei überraschend nüchtern. Geschickt schob er sich über die Reling.

Laurelin hörte, wie der Fischer auf das Deck plumpste. Er selbst hatte keine Kraft mehr. Schreckensstarr sah er den ersten Kranz von Riffen keine zehn Schritt hinter dem Boot. Die riesige Welle hatte sie darüber hinweggehoben. Aber voraus lagen noch weitere Riffe. Die See vor ihnen schien zu kochen, so sehr wütete die Gischt zwischen den Felsen.

Kräftige Finger schlossen sich um sein linkes Handgelenk. Golwyn zerrte ihn an Deck. »Keine Zeit, faul herumzuhängen, Junge. Wir haben ein Boot zu steuern, und es sieht gut für uns aus! Du bist wohl mit einer Glückshaube auf dem Kopf geboren worden. Unglaublich, dass wir zwischen den Riffen hindurchgekommen sind. Und noch unglaublicher, dass wir genau in der Passage liegen. Los, hilf mir!«

Laurelin vermochte in der Gischt vor ihnen keine Passage zu erkennen, aber er begab sich gehorsam an die Ruderpinne. Mit vereinter Kraft brachten sie das Boot dazu, ein kleines Stück nach Steuerbord zu schwingen. Plötzlich fühlte es sich an, als würde sie die Hand eines unsichtbaren Riesen anschieben. Eine neue, niedrigere Welle flutete durch den äußeren Klippenkranz.

Steuerbord knirschte es. Golwyn zuckte bei dem Geräusch zusammen, als sei er es und nicht sein Boot, der an dem Felsen vorbeischrammte.

Keine hundert Schritt entfernt erhob sich die Felsnase, die aus der Linie der Steilklippen hervorragte.

Mit atemberaubendem Geschick brachte Golwyn sein Boot durch den zweiten Kranz von Klippen. »Dort vorne im Windschatten des Drachengrabs ist der beste Ankerplatz weit und breit. Es wird ein bisschen schaukelig in der Brandung, aber das werden wir überstehen. Du bringst Glück, Junge! Ohne eine Schramme über die äußeren Riffe zu kommen ... unglaublich! Das wird jeder für Seemannsgarn halten, der davon hört. Wenn ich es nicht selbst erlebt hätte ... Weißt du, in diese Bucht kommt nie jemand. Ist einfach zu gefährlich.«

Genauso unglaublich wie, dass ein Silberlöwe an einem Finger erstickte, dachte Laurelin, der um den Preis des Glücks wusste.

ERSTER

Alathaia genoss den Ritt durch den Sturm. Wie tausend feine Nadeln stach der Regen in ihr Gesicht. Der Wind war eisig. Gerade recht, um alle Sorgen für kurze Zeit zu vergessen. Bleich, wie aus Knochen errichtet, leuchtete der Rosenturm im Licht der Blitze. Obwohl er nur noch eine Ruine war, bot er einen einzigartigen Schutz. Emerelle konnte sie dort nicht durch ihre Silberschale sehen, und Alathaia war sich auch sicher, dass Matha Blouta sie dort nicht bespitzeln konnte. Es rankten zwar Rosen um die Ruine, aber in dem Gemach, das sie mit Eldarian teilen würde, standen keine Blumen. Es lag tief im Inneren des Gemäuers, sicher vor dem Zerstörungswerk vorüberziehender Jahrhunderte.

Der Weg verlief nun zehn Schritt vom Rand der Klippen entfernt. Fasziniert betrachtete Alathaia die Wellen, die gegen die Riffe unterhalb des Drachengrabs anrannten. Haushoch spritzte die Gischt empor, wo graues Wasser auf schwarzen Fels traf.

Vom Sturm geschüttelt, segelten kreischende Möwen über der

Klippe. Sie schienen den Aufruhr der Elemente genauso zu lieben, wie sie es tat.

Alathaia blickte über die Schulter. Eldarian ritt unmittelbar hinter ihr. In nassen Strähnen hing ihm das weißblonde Haar in die Stirn. Seine Lippen waren zusammengepresst. Er saß leicht vorgebeugt im Sattel und hatte sichtlich weniger Vergnügen am Sturm.

Ein Blitz beleuchtete den Park und den Palast der tausend Blüten. Eine Reiterschar folgte ihnen in etwa dreihundert Schritt Abstand auf dem Klippenpfad.

Alathaias gute Laune schwand. »Nanduval umkreist mich wie eine Krähe das Aas!«, schrie sie Eldarian zu.

Ihr Gemahl schüttelte unwillig den Kopf. »Du bist ungerecht. Er gibt alles, damit niemals wirkliche Aaskrähen über dir kreisen.«

Sie wusste um die Treue und das Pflichtbewusstsein Nanduvals, und dennoch fühlte es sich manchmal an, als sei sie eine Gefangene Langollions. Jeder in ihrem Fürstentum war aufgerufen, sich auf die Suche nach Erfüllung in seinem Leben zu machen; nur sie war die Gefangene unzähliger Pflichten. Sie musste ihr einzigartiges Fürstentum beschützen. Sie wusste, dass die Freiheit hier Emerelle ein Dorn im Auge war. Der Tag würde kommen, an dem die Königin Langollion in Ketten legen würde, weil sie es nicht länger ertrug, dass ihre Albenkinder davon träumten, auf diese Insel zu kommen. Und an diesem Tag musste sie stark genug sein, Emerelle entgegentreten zu können, wusste Alathaia.

Doch das würde nicht heute sein. Emerelles Spitzel war wieder abgezogen, und nun durfte auch sie sich ein paar Stunden der Freiheit gönnen. Und diese Freiheit würde damit beginnen, dass sie ihren Aufpassern davonpreschte.

»Hängen wir unsere Aufpasser ab? Los! Wer als Erster beim Rosenturm ist!«, rief sie ausgelassen Eldarian zu und gab ihrem Rappen die Sporen.

Der Hengst machte einen Satz nach vorn, dann warf er seinen Kopf zurück und stieß ein schrilles Wiehern aus. Er keilte aus, brach zur Seite aus und gebärdete sich, als sei er vor Schmerz wie von Sinnen.

»Ruhig«, versuchte Alathaia ihn zu besänftigen und beugte sich vor, als er erneut den Kopf zurückwarf, um ihn dann wild zu schütteln, als wolle er etwas abstreifen. Dabei bockte und sprang er wie ein Rind, das nach einem langen Winter zum ersten Mal wieder auf die Weide getrieben wurde.

Alathaia zog die Zügel stramm. »Ruhig!«, sagte sie mit fester Stimme.

Der Rappe warf den Kopf so heftig und überraschend zur Seite, dass die Querstücke der Kandare ihn verletzten.

Eldarian trieb seinen Schimmel heran und versuchte ihr in die Zügel zu greifen und zu helfen. Doch der Rappe war wie von Sinnen. Er wich zur Seite aus, setzte an, als gelte es, über eine Hecke hinwegzuspringen, und stürzte sich über den Rand der Steilklippe, noch bevor Alathaia sich aus dem Sattel werfen konnte.

Sicheres Fahrwasser

Erschöpft lehnte Laurelin an der Ruderpinne. Sie hatten es geschafft! Das Boot lag vor Anker. Die Wellen klatschten zwar ungestüm gegen die nahe Steilklippe, doch waren sie dem schlimmsten Wüten der See entronnen. Golwyn war auf das Kajütendach gestiegen und ließ das Segel herab. »Darauf trinken wir einen, Junge. Wie du dem Tod von der Schippe gesprungen bist, das gibt ’ne wirklich gute Geschichte. Du kannst damit …«

Ein seltsamer Laut mischte sich unter das Klatschen der Wogen. Es klang wie das Wiehern eines Pferdes, was hier auf See natürlich absurd war. Vermutlich war es nur eine Laune des heulenden Windes. Es schien von irgendwo über ihnen zu kommen. Laurelin blickte auf und sah etwas Schwarzes an der Klippe vorbei auf sie zustürzen.

Ein Pferd!

Der Rappe traf auf dem Mast auf. Das Rundholz durchbohrte den Pferdehals.

Ein Huf schmetterte Golwyn ins Gesicht und verwandelte es in eine blutige Masse. Der Pferdeleib schlug durch das Kajütendach.

Aus dem Augenwinkel sah Laurelin eine schwarzhaarige Elfe ins Wasser zwischen Boot und Steilklippe stürzen. Die Reiterin. Sie musste es während des Falls geschafft haben, sich aus den Steigbügeln zu befreien.

Das Boot bekam Schlagseite.

Von der Kajüte waren nur zersplitterte Planken geblieben. Der massige Pferdeleib hatte wohl auch den Rumpf beschädigt.

Golwyns regloser Körper glitt ins Meer. Wasser drang durch die Kajütentür.

Die Elfe! Laurelin erhob sich von der Bank an der Ruderpinne. Er sah langes Haar in der Gischt. Die Elfe trieb mit dem Gesicht nach unten im Wasser.

»Verfluchtes Glück!«, schrie er. Dann löste er das Seil um seine Hüften aus dem Eisenring und sprang ins Wasser. Auch wenn er ein miserabler Schwimmer war, würde er nicht tatenlos zusehen, wie die Fremde ertrank.

Drei Frauen

Laurelin griff in das Haar der Elfe und zog sie zu sich heran, während er auf die Steilklippe zutrieb. Das Boot verhieß keine Rettung mehr. Der Bug ragte steil aus dem Wasser, das Heck war bereits in der grauen See verschwunden.

Die Elfe regte sich schwach. Laurelin drehte sie auf den Rücken. Sie hustete Wasser. Ihre Lider flatterten. Blut quoll ihr aus der Nase.

Nur mit einem Arm paddelnd und verzweifelt mit den Beinen strampelnd, versuchte Laurelin die Felsen zu erreichen. Schwarze Muscheln hafteten in dichten Kolonien auf dem grauen Stein. Dazwischen ein Teppich von dunkelgrünen Algen. Laurelin versuchte Halt zu finden, packte fest zu. Einige der Muscheln splitterten unter seinem Griff und zerschnitten ihm Finger und Handfläche der Linken. Auch wenn das Meer hier nicht mit demselben Ungestüm gegen die Klippen donnerte wie auf der anderen Seite der Felsnase, so schlugen die Wellen ihn doch immer wieder gegen den Stein. Er driftete an der Steilklippe entlang. Der Fels neigte sich hier dem Meer zu, sodass Laurelin den oberen Rand der Klippe nicht sehen konnte.

Wie ein Stück Treibgut schlug die Brandung ihn gegen den Stein. Die Kälte des Wassers zog ihm die Kraft aus den Gliedern. Immer schwerer lag ihm die Reiterin in den Armen. Das Wasser hatte ihr die Haare aus dem Gesicht gespült. Im diesigen grauen Licht erkannte er das Antlitz. Er war zu erschöpft, um noch verwundert zu sein. In seinem Arm lag Alathaia, die Fürstin von Langollion, die vor kaum mehr als zwölf Stunden entschieden hatte, ihn vom Mondfest, das Melyssanas Namen getragen hatte, entfernen zu lassen.

Er schlug gegen eine Muschelbank. Scharfe Schalen schnitten in sein Gesicht. Laurelin spürte keinen Schmerz mehr. Seine Glieder waren taub vor Kälte.

Er war versucht, Alathaia loszulassen. Und er war es müde zu kämpfen. Wieder schlug er gegen den Felsen. Er war benommen wie ein Boxer, der zu viele Treffer eingesteckt hatte. Ein paar Wogen noch, und er würde nicht länger mit den Füßen paddeln. Er war am Ende.

Drei Frauen waren ihm in den letzten vierundzwanzig Stunden nahe gewesen. Melyssana war ins Mondlicht gegangen, Kimmi ermordet worden, und nun würde die Fürstin Langollions in seinen Armen sterben. Es war wahrlich ein blutiges Glück, das der Fluch der Trollschamanin ihm gebracht hatte. Es schien, dass alle Frauen, die ihm nahekamen, von ihm in einen Strudel des Verderbens gezogen wurden.

Wieder schlug er gegen den Felsen. Eine Muschelschale schnitt in seine linke Augenbraue. Blut rann ihm ins Auge. Vielleicht war es das Beste, wenn es hier endete. Dann würde der Fluch, der auf ihm lag, mit ihm vergehen.

Nicht auf diese Art

Nanduval sprang aus dem Sattel und rannte zum Rand der Klippe, wo Eldarian stand und wie versteinert in die Tiefe blickte. Der überhängende Fels erlaubte es nicht, den Fuß der Klippe zu sehen. Doch da war ein Wrack in den Wogen. Alathaias Rappe hatte sich auf dem Mast aufgespießt. Seine Vorderläufe bewegten sich. War es die Dünung? Oder lebte der Hengst noch?

Alathaia vermochte Nanduval nicht zu entdecken. »Wie konnte das geschehen? Sie war eine so erfahrene Reiterin!« Der Sturm riss dem Hauptmann die Worte von den Lippen.

»Ich … Pferd … seitlich ausgebrochen … versucht … Steigbügeln …« Eldarian sprach zu leise. Seine Worte gingen im heulenden Wind unter. Doch wie es geschehen war, war nun auch nicht wichtig. Nanduval streifte den Umhang ab und entledigte sich seines Schwertgurts. Er löste die Haken seines Wamses, als der Fürst ihn bei der Schulter packte. »Was tust du da?«

»Ich werde springen. Ich bin ein guter Schwimmer …«

»Ich verbiete es dir!«

Fassungslos sah er zu dem Fürsten auf. Eldarian war ein Hüne unter den Elfen. Eine ungewöhnliche Erscheinung mit seinen silberfarbenen Iriden, dem blassen Antlitz und dem fast weißen Haar. »Ich muss sie retten!«, beharrte Nanduval. »Ich habe geschworen, ihr Leben zu schützen, ganz gleich, ob es das meine kosten wird.«

»Unter dem Wasser sind Riffe. Dort hinabzuspringen ist ein sinnloses Spiel mit dem Tod. Alathaia würde das nicht wollen. Sie lebt …«

Da war etwas im Blick des Fürsten, was Nanduval noch nie an ihm gesehen hatte. Solange er ihn kannte, war er stets hinter Alathaia zurückgetreten. Nie hatte er versucht, über die Geschicke des Fürstentums zu entscheiden. Nie war ein lautes Wort oder gar ein scharfer Befehl über seine Lippen gekommen. Doch jetzt ließ sein Blick keinen Zweifel, wer hier das Kommando führte.

»Wir steigen die Klippen hinab.« Eldarian wies nach links. »Dort vorne, seitlich des Überhangs, könnte es uns gelingen. Wir werden Alathaia retten. Sie lebt! Sie kämpft gegen die Brandung an, da bin ich mir ganz sicher. Wir sehen sie nicht, weil uns der Blick zum Fuß der Klippe versperrt ist. Sie hat Kriege überlebt, die Heimtücke von Meuchelmördern. Sie kann nicht sterben, weil ihr Hengst durchgegangen ist. Wenn das Schicksal Alathaias Leben einfordert, dann nicht auf diese Art!«

Durch den Felsen

Laurelins Kopf schlug hart gegen den Fels der Steilklippe. Ihm tanzten grelle Lichtpunkte vor den Augen. Er war nur noch ein Stück Treibgut. Ohne Willen, ohne Ziel. Der Tod war jetzt ganz nah. Er würde diesen Körper ablegen. Und seine Seele würde sich erneut in Fleisch kleiden. Reingewaschen von den Bürden dieses Lebens, von jeglicher Erinnerung …

Die zurückrollende Brandung zog ihn einen Schritt weit von der Klippe fort. Er trieb nun an der Felsnase entlang. Hier gab es keinen Strand, auf den er sich hätte retten können. Kein Riff, das aussah, als würden seine Kräfte noch ausreichen, sich und die Fürstin hinaufzuziehen. Hier war nichts.

Die nächste Welle ergriff ihn. Er trieb wieder auf die Klippe, seinen Foltermeister, zu. Er versuchte erst gar nicht mehr, gegen die Brandung anzukämpfen. Er ließ sich treiben, erwartete den nächsten Schlag. Weiße Seepocken hafteten auf den grauschwarzen Muscheln. Einige Schalen waren zerbrochen. Lauernde Messer, die in sein Gesicht schneiden würden. Laurelin kniff die Augen zu.

Der Aufprall blieb aus. Er presste die Lider nur umso fester zusammen. Er würde kommen! Wenn er jetzt die Augen öffnete, dann würde sich eine Muschelschale hineinbohren. Sein blutiges Glück trieb grausamen Schabernack mit ihm. Jedes Mal, wenn die Erfüllung seiner Träume zum Greifen nahe schien, wurde alles noch schlimmer als zuvor. Er wünschte, er wäre in der Höhle der Trolle gestorben, so wie Morwallon, den dieses Schicksal ereilt hatte, weil er, Laurelin, so dumm gewesen war, dessen Namen zu erwähnen.

Das Geräusch der Brandung hatte sich verändert. Kein zurückflutender Brecher nahm ihn mit sich. Vorsichtig blinzelte er. Er war in eine Felsspalte hineingetrieben. Unstetes blassgrünes Licht schimmerte unter einer unregelmäßig gewölbten Decke. Die Felsspalte, oder vielleicht eher der Tunnel, krümmte sich nach links. Nachdrängendes Wasser schob ihn voran.

Er stieß sich von der Wand ab, ließ sich mit der Strömung treiben und wurde in eine gewaltige Höhle gespült. Dreißig Schritt über ihm spannte sich ein steinerner Himmel. Darunter wogte ein Leuchten, das ihn an das Himmelslicht erinnerte, das in manchen Winternächten hoch im Norden zu sehen war.

Keine zehn Schritt entfernt lag ein mit Geröll bedecktes, sanft ansteigendes Ufer. Die Kraft kehrte in Laurelins Glieder zurück. Er würde leben! Unter seinen tastenden Füßen fand sich fester Grund. Er watete dem Ufer entgegen. Dort lag ein merkwürdiger weißer Felsen.

Alathaia ins Trockene zu bringen überstieg dann doch fast seine Kräfte. Er war nicht in der Lage, sie auf den Armen zu halten, sondern zerrte sie ans Ufer und sah, dass sie doch verletzt war. Der Knochen ihres Schienenbeins ragte aus dem zerschundenen Fleisch. Sie trug nur noch einen Stiefel. Immer noch sickerte Blut aus ihrer Nase. Sie war bewusstlos.

Er musste ihr Bein versorgen, dachte Laurelin, blickte sich um … und sah sich mannlangen weißen Fangzähnen gegenüber.

Warme Decken

Fassungslos staunend, starrte Laurelin an, was er für einen weißen Felsen gehalten hatte. Keine zehn Schritt vom Ufer entfernt, lag ein Schädel. Hoch wie ein Haus mit Augenlöchern wie Höhleneingängen, musste er einem Drachen gehört haben. Nein, nicht irgendeinem Drachen. Dies waren die Gebeine einer Himmelsschlange. Kein anderer Drache, von dem Laurelin je gehört hätte, wäre auch nur halb so groß wie dieses tote Ungeheuer.

Wie war es wohl hierhergelangt? Die Felsspalte, durch die er hereingetrieben war, war viel zu klein, um einen solchen Kopf hindurchzuzwängen. Die alten Drachen waren Meister der Magie gewesen. Es hieß, dass sie die Welt nach ihrem Willen geformt hatten, bevor Emerelle ihnen den Krieg erklärte. Vielleicht hatte sich der alte Drache hier einst zum Sterben auf den Strand gelegt und hatte die Steilklippen in seinem letzten Traum um sich herum aus dem Ufer wachsen lassen?

Zögerlich ging Laurelin auf den Schädel zu. Jetzt erst erkannte er dahinter im Halbdunkel des unsteten Lichts eine lange Reihe von Rippenbögen. Die alten Drachen waren von schlangenhafter Gestalt gewesen, so hieß es in den alten Mären. Die Rippenbögen verloren sich im Dunkel. Wie tief die Höhle wohl in die Steilklippe reichte?

Neugierig tastete Laurelin über einen Reißzahn, groß wie eine Säule. Er war makellos glatt. Was hatte dieses Geschöpf von der Macht eines Gottes wohl getötet?

Er umrundete den Schädel, als etwas dort, wo die Rippen in die

Dunkelheit übergingen, seine Aufmerksamkeit erregte. Dort schien sich der Leib besser erhalten zu haben. Neugierig drang Laurelin tiefer in die Höhle vor. Spannte sich dort Haut über den Knochen? Das unstete Licht gaukelte ihm Bewegung vor. Kurz war er versucht zu rufen, doch dann entschied er sich dagegen. Wenn es in diesem Drachengrab etwas gab, was lebte, dann wollte er nicht dessen Aufmerksamkeit erregen – sofern er dies nicht ohnehin schon getan hatte.

Er duckte sich und achtete darauf, sich nah an den großen Rippenbögen zu halten und sie als Deckung zu nutzen. Die Verletzung an seinem Knie meldete sich mit pochendem Schmerz.

Das war keine Haut, erkannte er, als er vielleicht fünfzig Schritt gegangen war. Es waren Fetzen von Segeltuch, die über die Rippen gespannt waren.

Laurelin verharrte. Das unstete Licht erschuf geisterhafte Schatten, die zwischen den alten Knochen hindurchglitten. Er hielt den Atem an. Kein Laut war zu hören. Ab und an hing etwas Unförmiges zwischen den Rippenbögen.

Noch tiefer geduckt, schlich er voran. Ein Streifen Segeltuch war zurückgeschlagen, fast wie die Klappe eines Zelts, sodass man ins Innere sehen konnte. Wann dieser Unterschlupf wohl zuletzt bewohnt worden war? Hier, tief im Berg verborgen, würde die Zeit keine Spuren hinterlassen. Es würde kaum einen Unterschied machen, ob, wer auch immer hier Zuflucht gesucht hatte, vor wenigen Augenblicken oder vor Jahrzehnten sein seltsames Lager verlassen hatte.

Jetzt erkannte Laurelin, was da von den Rippenbögen hing. Windspiele aus Treibholz, getrockneten Fischen und Seetang. Doch wozu taugten sie, hier an einem Ort, an dem es keinen Wind geben konnte?

Er fand ein Lager aus zerknüllten Decken, eine Feuerstelle voll weißer Asche. Manche der Windspiele waren aus Fischköpfen und Ästen gefertigt. Es gab Wurzelwerk, gebleicht von Salz und Sonne, in das albtraumhafte Fratzen geschnitzt waren. Sie erinnerten an die Gesichter schreiender Kinder.

Laurelin duckte sich unter dem Streifen Segeltuch hindurch. In den Höhlenboden waren eigenartige Zeichen geritzt. Hier und da erkannte er Buchstaben, doch meist war es nur wirres Gekritzel.

Neben dem Lager aus verfilzten Decken lagen Nadeln und Messer aus Knochen, fein säuberlich aufgereiht. Dazwischen eine Lücke. Ein Messer schien zu fehlen! Alarmiert tastete er nach den Decken. Da war noch ein wenig Wärme. Hier hatte vor Kurzem noch jemand gelegen!

Er fuhr herum. Eines der Windspiele schwang sanft hin und her. Hatte er es berührt? Laurelin nahm eines der Knochenmesser. Alathaia! Sie lag wehrlos am Ufer. Er hätte sie nicht allein lassen dürfen! Die Alben allein wussten, was hier in dieser Höhle hauste. Er duckte sich an der Stirnseite aus dem Zelt. Schob die Windspiele zur Seite, die ihm im Weg waren. Klackernd schlugen sie aneinander. Das unstete Licht ließ die Fratzen im Treibholz schauerlich lebendig erscheinen.

So schnell ihn seine Beine trugen, hinkte er durch den Tunnel aus Rippenbögen. Der Drachenkopf versperrte ihm die Sicht auf den Uferabschnitt, an dem Alathaia lag.

Vielleicht hatte der Einsiedler sie ja nicht bemerkt, redete sich Laurelin ein und wusste es doch besser. Wer hier, tief im Berg, in der Stille lebte, den schreckte vermutlich schon ein veränderter Wellenschlag auf. Und spätestens das Scharren, als er Alathaia ans steinige Ufer gezogen hatte, war ganz gewiss weit zu hören gewesen.

Er erreichte den Schädel und verlangsamte den Schritt. Da war ein Geräusch. Eine Stimme. Doch sie formte keine Worte, nur unverständliche Laute.

Voll dunkler Vorahnungen ging er um den Schädel herum. Das geisterhafte Licht schien in die ferneren Winkel der Höhle zu fliehen. Es reichte gerade noch, um den Schemen einer kauernden Gestalt zu erkennen. Verfilztes weißes Haar fiel ihr in langen Strähnen über den Rücken bis zum Boden hinab. Sie trug etwas Unförmiges, Sackartiges. Ein Arm fuhr hoch. Dürre Finger umklammerten ein Knochenmesser, bereit, es der Fürstin in die Kehle zu stoßen.

»Nein!«, schrie Laurelin auf.

Der Kopf der kauernden Gestalt fuhr herum. Sie hatte einen Schweinerüssel. Ihr Maul war mit Hauern bewehrt, die Haut blaugrau, die Miene starr, als gäbe es nichts mehr, was das Herz dieser Kreatur noch berühren konnte.

Die Bienenhexe

So dicht gedrängt die Häuser Rosans auch stehen, gibt es doch einen Ort nahe dem Herzen der Stadt, an dem niemand es wagt, neu zu bauen oder ihn auch nur zu betreten. Es ist der Garten der Bienenhexe Lay le Fay. Eine Mauer umschließt diesen verwunschenen Ort, an dem zwischen hohen Rosenbüschen und blassen Totenlilien Blüten wachsen, die man nirgends sonst auf Langollion findet. Wie stets auf der Suche nach dem Außergewöhnlichen, um es in meinem Reisebrevier niederzuschreiben, kletterte ich eines Nachts über diese Mauer und ignorierte die warnenden Stimmen.

Es hieß, Lay le Fay habe das Rote Buch der Blutkönigin besessen und die Kunst beherrscht, von der Essenz der Lebenden zu stehlen, um ihre Macht zu mehren. Man raunte, sie habe eigene Bienenvölker gezogen, die ihr zu Diensten seien. Bienen, die in der Dämmerung ausschwärmten und sich auf kleinen Kindern niederließen, bis diese ganz und gar unter den gestreiften Leibern ihrer willigen Helferinnen verschwanden. Und wie andere Bienen Nektar aus Blüten sogen, so sogen diese die Lebenskraft aus ihren Opfern und machten Wiegen zu Särgen. Kamen die Eltern aber am nächsten Morgen an die Schlafstatt ihrer Liebsten, so fanden sie leblose Körper, und keine Wunde wies darauf hin, was ihren Kindern widerfahren war.

Die Bienen indes kehrten vor dem Morgengrauen zu ihrer Herrin zurück, und bevor sie in ihre Höhlen unter dem Haus der Hexe schlüpften, ließen sie sich auf Lay le Fay nieder, bis ihr Körper gänzlich von ihren kleinen Dienerinnen bedeckt war, und überantworteten ihr, was sie den Kindern gestohlen hatten. Die Bienenhexe nutzte ihre Macht, um Magie zu weben, wie sie sonst nur den Hütern von Albensteinen gegeben war. Sie ließ die Sommer länger und strahlender werden, zähmte den eisigen Biss des Winterfrostes und ließ die goldenen Ähren der Weizenfelder schwer vom Korn werden, das sie trugen. Und auch ihre eigene Lebenskraft mehrte sie, sodass sie mit bloßen Händen ins Feuer greifen konnte, ohne sich zu verbrennen, und ein flüchtiges Lächeln von ihr besaß die Macht, Männer trunken vor Glückseligkeit werden zu lassen.

Wie schal aber waren diese Gaben, wurden sie doch um den Preis gestohlener Kinderleben gewonnen. Viele Jahre verging keine Woche in Rosan ohne das Wehklagen von Eltern, deren Herzen vom grausamen Treiben der Bienenhexe gebrochen wurden. Niemand indes unterstellte der schönen Zauberin, einen Anteil an diesen Toden zu haben, war Lay le Fay doch berühmt für ihre Wohltaten und ihr freundliches Wesen.

Es war der leblose Säugling eines Schusters, der die Übeltaten Lay le Fays offenbarte, als seine Eltern eines Herbstmorgens in seinen toten, fest zusammengekrallten Händen zwei zerdrückte Bienen fanden, deren Fell einen rötlichen Schimmer hatte, wie er nur den Bienen Lay le Fays zu eigen war. Und so begann ein argwöhnisches Raunen unter den Bewohnern Rosans, das schließlich der Fürstin der Insel zu Ohren kam.

Als Alathaia an der Spitze ihrer Schattenkrieger in den verwunschenen Garten eindrang, wurden die Übeltaten der Zauberin offenbar, die ein gern gesehener Gast im Palast der tausend Blüten gewesen war. Ihre Bienen kämpften für die Hexe, und als alles verloren war, trugen sie das Rote Buch davon, das auf einem Sockel aus Marmor im Haus der Zauberin gelegen hatte.

Obwohl alle Bienennester mit Feuer und Rauch zerstört wurden und man überall im Garten suchte, konnte das Rote Buch nie wiedergefunden werden.

Die Hexe aber wurde vor Gericht gestellt. Fürstin Alathaia ließ ihr all ihre Zaubermacht nehmen, und Lay le Fay wurde dazu verurteilt, die schwersten Arbeiten im Steinbruch zu verrichten. Jahrzehnte der Buße erwarteten sie dort. Ihre Schönheit verging, und das Gewicht der Steine beugte ihren Rücken, bis dieser krumm ward wie ein Hirtenstab.

Zu den seltsamen Gebräuchen Langollions gehört, dass jeder der Einwohner an fünf Tagen in der Woche nur das zu tun hat, was ihn mit Glück erfüllt. Allen wird ein kleines Haus geschenkt sowie alles, was sie benötigen, um sich zu nähren und zu kleiden. Nun gibt es Fleißige unter ihnen, die Erfüllung darin finden, Kleider zu nähen oder Leder zu Schuhwerk werden zu lassen, andere hegen Obstgärten und Felder; nicht wenige frönen allein dem Müßiggang. An zwei Tagen in der Woche aber hat jeder Dienst für die Allgemeinheit zu verrichten. So werden die Ernten eingebracht, Straßen gebaut und alle großen Werke verrichtet. Lay le Fay jedoch war dazu verurteilt, an jedem verbleibenden Tag ihres Lebens der Allgemeinheit zu dienen, ohne je wiedergutmachen zu können, was sie den Eltern der verstorbenen Kinder angetan hatte. Und zuletzt waren es die Gebeine der Insel selbst, die sich erhoben, um Blut mit Blut zu vergelten. Ein Steinschlag verschlang die Zauberin, und so sehr man auch nach ihr suchte, wurde ihr Leichnam nie gefunden. Manche munkeln, ihre

Bienen seien des Nachts gekommen, ihre tote Königin zu holen. Andere erzählen, die Erde selbst habe Lay le Fay verschluckt.

Um den Eltern Rosans die Angst zu nehmen, legte Alathaia nach dem Verschwinden der Bienenhexe einen Zauberbann auf die Mauer um deren Garten, auf dass nichts diesen Ort verlassen möge, was an ihm geboren ward.

Und an diesen Ort begab ich mich, um zu erkunden, was Mär war und was wahrhaftig. Obwohl keines Albenkindes Hand den Garten mehr hegte, gediehen die Pflanzen gar prächtig. In mondheller Nacht entdeckte ich kein welkes Blatt, keine verdorrte Blüte. Auf den Wegen lag kein Laub. Inmitten der üppigen Blumenpracht stand ein verfallenes Haus. Das Dach war eingestürzt, die Mosaikböden bedeckt mit zerbrochenen Schindeln. Ruß an den Wänden kündete von einem Feuer, das hier gewütet haben musste. Dem Sonnenaufgang zugewandt, fand ich ein Zimmer, das auf dreien seiner Seiten große Fensteröffnungen besaß. Dort, inmitten einer Bahn silbernen Mondlichts, erhob sich ein Marmorsockel, und im Stein war der Abdruck eines Buches zu sehen, als habe das dunkle Wissen der verbotenen Schrift so schwer wie ein Berg auf dem Sockel gelastet.

Es war in diesem Augenblick, dass ich zum ersten Mal ein leises Summen wie von schwärmenden Bienen vernahm. Zunächst tat ich es als ein fernes Geräusch aus der Stadt ab, doch obwohl mein Verstand sich dagegen sträubte anzuerkennen, was meine Sinne ihm zutrugen, beschlich mich eine fast kindliche Angst.

Waren nicht fast zweihundert Jahre vergangen, seit Fürstin Alathaia die Hexe Lay le Fay aus ihrem Garten vertrieben hatte? Waren nicht alle Bienen in Feuer und Rauch umgekommen?

Wie um mich zu verhöhnen, ließ sich eine einzelne Biene auf dem Marmorsockel vor mir nieder, und deutlich sah ich im Mondenlicht den rötlichen Schimmer auf ihrem Pelz.

Da wandte ich mich zur Flucht, doch das Haus hallte schon wider vom Summen Tausender Bienen, und als ich den Eingang erreichte, sah ich, wie sich auf dem Gartenweg ganze Bienenvölker um eine geisterhafte Frauengestalt mit Haaren, so lang, dass sie bis zum Boden reichten, versammelten und dem, was zuvor nur ein Schemen gewesen war, Gestalt verliehen. Und diese Gestalt hob nun langsam ihren rechten Arm und wies mit ausgestrecktem Finger auf mich.

Ich floh zurück quer durch das Haus und sprang aus einem der großen Fenster in den Garten. Rosenranken griffen nach meinen Fußgelenken, und Äste schlugen mir wie Peitschen ins Gesicht, als ich mitten durch die Blumenpracht floh, die Ohren erfüllt vom Summen der Bienen.

Als ich die Mauer erreichte, da waren die Bienen über mir. Zwei landeten auf meinem Kopf, andere stachen mich in Arme und Beine, und es war, als würden mir glühende Nägel ins Fleisch getrieben, wo ihre Stacheln meine Haut durchdrangen.

Mit letzter Kraft zog ich mich über die Mauer. Kaum hatte ich diese überwunden, da ließen die Bienen von mir ab.

Eine Weberin fand mich im ersten Morgenlicht. Sie trug mich in ihr Haus, denn ich war zu schwach, um auch nur einen Schritt zu tun. Zwei Wochen pflegte sie mich, dann erst hatte ich die Kraft, meine Erlebnisse niederschreiben.

Und so wisse, Leser: Kommst du nach Rosan, so hüte dich vor dem Garten der Bienenhexe. Mag ihr Leib auch vergangen sein, hat doch ihr böser Geist die Insel nicht verlassen. Er lauert im Dunkel unter der Erde und sinnt auf Rache an den Lebenden.

Zitiert aus: Orte der Schönheit und des Schreckens
Seite 107 ff.
Verfasst von: Zinglin
Verwahrt in der Halle des Wissens von Meliamer

Der Sturm wird sie zermalmen

Eldarian blickte voller Grauen auf die See. Während des Abstiegs hatte er dem tobenden Meer den Rücken zugewandt. Nun standen sie am Ende eines tiefen Einschnitts in den Klippen, vielleicht hundert Schritt von der Stelle entfernt, an der Alathaia auf das Boot gestürzt war.

Regenwasser rann als Sturzbach durch den Spalt in der Steilklippe und sprühte in weitem Bogen hinab in die See. Der Abstieg war schwierig gewesen. Ständig hatte Wasser ihre Hände und Füße umspült. Nanduval hatte ihn immer wieder abgestützt. Dennoch waren sie beide etliche Male gestürzt. Nun hatten sie das Ende der Felsspalte erreicht, die wie der Axthieb eines Riesen die Klippe teilte. Doch selbst von hier waren es noch mehr als zehn Schritt bis hinab zu den Brechern, die gegen die Klippe schlugen.

Eldarian hielt etwas Abstand zur Felskante. Allein zu wissen, wie tief es dort hinabging, verursachte ihm ein flaues Gefühl im Magen.

Nanduval streifte seine Hose ab, dann sah er ihn an. Der Hauptmann war immer in allem so verdammt vorbildlich. Er schien keine Angst zu kennen. Auch Eldarian legte die letzten Kleider ab. Wahrer Mut war, seinen Ängsten die Stirn zu bieten, dachte er und trat an die Seite des Hauptmanns.

Der Blick in die Tiefe machte den Fürsten schwindelig. Zugleich wurde ihm übel. Eisiges Wasser umspielte seine Knöchel. Lange konnte er so nicht mehr stehen, sonst würde er zurückweichen. Und wie würde das aussehen? Er, Alathaias Gemahl, gab nicht alles, um sie zu retten? Es gehörte nicht viel Fantasie dazu, sich auszumalen, welche Gerüchte dann bald bei Hof die Runde machen würden. Also blickte er hinab in die brodelnde Gischt. Es galt zu entscheiden, wo sich unter dem Wasser keine Felsen verbargen. Jetzt einen Fehler zu machen hieß, in wenigen Augenblicken mit zerschmetterten Knochen zu sterben.

Sein Herz rebellierte. Es schlug wie rasend. Seinen Magen quälte ein ziehendes Gefühl. Und plötzlich war da der Wunsch in ihm, einfach zu springen. Alle Bedenken beiseitezuschieben, zu fallen, erlöst zu sein. Wenn er noch länger hier stand, dann würde er zurückweichen.

»Ich glaube, dort müsste es sicher sein.« Nanduval wies auf eine Stelle, leicht links von ihnen.

»Das glaube ich auch«, sagte Eldarian, und dann sprang er einfach. Es gelang ihm gerade noch, tief einzuatmen, bevor er ins eisige Wasser schlug. Die Brandung wirbelte ihn herum. Er verlor die Orientierung, wo oben und wo unten war.

Dicht neben ihm ragte ein muschelverkrusteter Stein auf. Seetang umwogte ihn wie strähniges Haar. Eldarian schwamm ein paar Züge und folgte den silbrigen Luftblasen, die von seinen Lippen perlten. Endlich durchbrach sein Kopf die Wasseroberfläche. Der Himmel hatte sich wieder zugezogen. Kein Blitz erhellte das Firmament. Böiger Wind trieb schweren Regen vor sich her. Eldarian hörte hinter sich die Brandung. In der schweren See fühlte er sich wie ein treibendes Stück Kork. Die Wellen nahmen ihn in ihrem endlosen Auf und Ab mit. Mit den Füßen strampelnd, achtete er darauf, der Steilklippe und den Riffen nicht zu nahe zu kommen. Weiß schäumende Brandung mahnte ihn, wohin er nicht schwimmen sollte.

Vergeblich versuchte er Nanduval in den Wogen zu entdecken. Die Sicht hatte sich zu sehr verschlechtert.

Links von ihm erschien eine blauweiße Lichtkugel. Es war unmöglich, in der Dunkelheit des Nachmittags die Entfernung abzuschätzen. Aber sie musste das Ziel sein. Wahrscheinlich hatte jemand aus Alathaias Eskorte einen Zauber gewoben, um ihnen den Weg zu weisen.

Eldarian schwamm dem Licht entgegen. Die schwere See zehrte an seinen Kräften. Obwohl er sich für einen guten Schwimmer hielt, ermüdete er viel zu schnell.

Weitere Lichtkugeln schwebten von der Steilklippe herab. Jetzt konnte er Gestalten an deren Rand sehen. Sie ließen die Lichter über dem Wasser tanzen, wo das Fischerboot gesunken war. Eldarian biss die Zähne zusammen. Alathaia war schon viel länger im Wasser als er. Sie war aus viel größerer Höhe gestürzt. Vielleicht hatte sie sich nicht aus den Steigbügeln befreien können und war gemeinsam mit dem Rappen auf dem Boot aufgeschlagen? Wie viel Hoffnung gab es, sie noch lebend zu finden?

Andererseits war sie eine mächtige Zauberweberin. Wer, wenn nicht sie, konnte solch ein Unglück überleben? Verbissen kämpfte der Fürst gegen den Seegang.

Etwas Großes, Dunkles trieb langsam an ihm vorbei. Eine Lichtkugel drehte ab und schwebte eilig in seine Richtung. Jetzt erkannte er den Rappen. Eldarian schwamm zu dem Kadaver. Keine Spur von Alathaia.

Mittlerweile kämpfte er nicht allein mit den Wellen, auch seine Erschöpfung setzte ihm immer mehr zu. Mit letzter Kraft erreichte er das Fischerboot. Ein halbes Dutzend leuchtender Kugeln tanzte jetzt über dem Wasser. In ihrem blendenden Licht war unnatürlich klar die Maserung des Bootsrumpfs zu sehen. Es war nach Steuerbord gekentert und trieb, auf der Seite liegend, im Wasser. Eldarian hielt sich an der Reling fest. Sein Atem ging keuchend.

Plötzlich tauchte ein Kopf neben ihm auf. Nanduval!

»Hilf mir!«, rief der Hauptmann gegen den Sturm an. »Unter dem

Boot, in den Leinen verheddert, treibt eine Leiche. Wir müssen sie befreien. Sie schlägt immer wieder gegen ein Riff. Der Sturm wird sie zermalmen!«

Eldarian wagte nicht zu fragen, ob es Alathaia war. Ohne zu zögern, tauchte er ins Dunkel unter dem Boot.

GERICHTIGKALEI

Laurelin fiel der Kreatur in den Arm, bevor deren Knochenmesser die Kehle Alathaias berührte. Obwohl hager, war das befremdliche Geschöpf erstaunlich stark.

»Gerichtigkalei arba drum!«, zischte es, riss sich aus Laurelins Griff los und wich ein wenig zurück. Immer noch richtete es sein Knochenmesser drohend auf die bewusstlose Fürstin.

»Verräterzum gab biena matakaba ...«

»Ich verstehe nicht«, murmelte Laurelin. In der Rechten hielt er das Knochenmesser, das er von dem seltsamen Lagerplatz mitgenommen hatte.

»Verratzerr darum zwacka hilu!«

Die Gestalt vor ihm, das erkannte er jetzt, trug eine Maske, die wie ein Schweinskopf aussah und deren Antlitz völlig verbarg. Sie schien aus Eisen und Blei gefertigt zu sein.

»Altaitata!«, rief die Kreatur aufgeregt. »Alalalaia!« Sie deutete auf die Fürstin.

»Das ist Ala ... thai ... a«, bestätigte Laurelin und wiederholte den Namen langsam, Silbe für Silbe. »Sie ist die Fürstin von Langollion.«

»Räterin!« Die Gestalt mit der Maske schüttelte den Kopf. Dann deutete sie mit der linken Hand auf ihre Brust. »Ich Lele ... Leynamfam ... Ley ...« Sie stieß einen verzweifelten Seufzer aus. Dann hob sie das Messer dicht unter ihre Kehle und machte eine Geste des Schneidens. Entschlossen deutete sie auf die Fürstin.

»Das werde ich nicht gestatten«, sagte Laurelin entschieden. »Alathaia hat ein Fürstentum für Träumer erschaffen. Sie hat Besseres verdient als einen Dolch an der Kehle.«

Die Gestalt verfiel in ein gackerndes Lachen, das von den Wänden der Höhle widerhallte. Sie wiederholte ihre Geste, legte den Kopf schief und sah ihn lange an.

Laurelin war sich sicher, dass sie darüber nachsann, wie sie auch ihn töten könnte. Einen Zweikampf wollte sie offensichtlich nicht riskieren. Schließlich wedelte sie mit der Hand, als sei er nicht mehr als eine lästige Fliege, die es zu vertreiben gelte.

»Ich werde nicht von ihrer Seite weichen.«

»Totototo ...« Die Gestalt deutete auf Alathaia, dann wieder auf sich. »Verrähmbatzu ... Balambzu ... Klulutumbazief!« Sie schluchzte und schlug plötzlich die Hände vor ihre Maske. Leise wimmernd, wiegte sie sich vor und zurück.

»Kann ich dir helfen?« Laurelin senkte das Knochenmesser, um zu zeigen, dass er keine Heimtücke hegte.

Die Gestalt deutete auf Alathaia und wiederholte die Geste des Kehledurchschneidens.

»Das werde ich nicht tun«, sagte Laurelin entschieden.

Die Gestalt nickte mit ihrem metallenen Schweinskopf. Es wirkte bedauernd. Schwerfällig stand sie auf. Ihr Rücken war krumm wie ein Hirtenstab. Sie brabbelte etwas vor sich hin und wandte sich ab.

Die Maske war mit Eisenbändern befestigt. Eines verlief um ihre Kehle, eines quer über den Hinterkopf, ein drittes längs über den Hinterkopf, vom oberen Ende der Maske bis hinab zu dem Eisenband um die Kehle. Es sah aus, als sei es unmöglich, die Schweinsmaske abzunehmen. Weißes verfilztes Haar hüllte die Fremde wie ein Umhang ein. Laurelin hatte das Gefühl, dass sie eine Frau war.

Sie zog sich zu dem Drachenschädel zurück, kletterte in eine der Augenhöhlen und begann zu singen. Wieder waren keine Worte zu verstehen. Ein Gebrabbel sinnloser Silben schwoll zu einer Kakofonie des Hasses an. Es brauchte keine Worte, um Laurelin erkennen zu lassen, dass die Fremde entschieden hatte, Alathaia auf eine andere Art als mit einem Messer an die Kehle zu gehen. Der Hass in dem Lied ließ das treibende Licht verblassen. Finsternis senkte sich über Laurelin. Es wurde kälter. Sein Atem stand ihm in weißen Wolken vor dem Mund. Seine nassen Kleider fühlten sich an, als sei Frost in sie hineingekrochen. Steif und eiskalt hafteten sie an seiner Haut.

Jetzt war auch das letzte Licht verschwunden.

Laurelin riss sein Knochenmesser hoch.

Der unheimliche Gesang erstarb. Kurz war ein meckerndes, boshaftes Lachen zu hören. Dann schlurfende Schritte. Sie schienen aus unterschiedlichen Richtungen zu kommen, als sei die Gestalt mit der Schweinsmaske nicht mehr allein.

Fast ein Minneheld

Wie sehr sich der weitläufige Garten von Burg Elfenlicht doch von dem Rosenpavillon im Park des Palastes der tausend Blüten unterschied, dachte Melvyn, während er an einem Bach stand und der

Melodie des Wassers lauschte. Er war am frühen Abend auf der Burg der Königin eingetroffen, und man hatte ihn gebeten, im Park auf Emerelle zu warten.

Die Eichen und Buchen hier hatten ihr Laub verloren. Schwarz und kahl streckten sich ihre Äste dem Mond entgegen. Im Bachbett leuchteten einige der Steine aus ihrem Inneren heraus. Inseln aus blassgrünem, himmelblauem oder bernsteinfarbenem Licht wurden vom Spiel des Wassers verzerrt. Lichtreflexe wanderten unstet über den steinigen Boden des Bachbetts. Hier und da streiften sie eine Forelle. Einmal schoss ein schwarz gestreifter Barsch zwischen den Steinen hervor und schnappte sich einen Wasserläufer, der inmitten eines blassroten Lichtflecks kurz innegehalten hatte.

Für einen Abend spät im Herbst war es noch angenehm warm. Melvyn dachte an das Rudel, das in den Wäldern nahe dem Albenhaupt auf ihn wartete. Wie es Silberohr und Sieben Welpen wohl ergangen war? Gewiss lag schon der erste Schnee. Es würde bald schwerer, noch Wild zu stellen. Vielleicht wanderte das Rudel ja nach Süden, in die weite Steppe des Windlands.

»So tief in Gedanken?«

Erschrocken fuhr Melvyn herum. Die Königin stand keine drei Schritt hinter ihm. Normalerweise entging ihm nicht das leiseste Geräusch. Aber sie vermochte sich völlig lautlos zu bewegen. Sie wäre die perfekte Meuchlerin, nicht er! Soweit er sah, begleitete niemand die Königin. Der große Garten lag verwaist. Und das war gut so.

»Ich dachte an mein Rudel.«

»Dein Rudel ...« Die Königin schenkte ihm ein mitfühlendes Lächeln. Sie wusste, wie er seine Familie verloren hatte und warum er die Gesellschaft der Wölfe vorzog. »Was hast du mir über den Palast der tausend Blüten zu berichten?«

Er erzählte vom Hofstaat, von seinem Duell und vom Mondfest.

Die Königin unterbrach ihn nicht ein einziges Mal. Als er bei seinem Besuch des Rosenpavillons in den frühen Morgenstunden anlangte, war er es, der um einen Moment Geduld bat. Er ging zu der Bank unter der Esche, auf der er unmittelbar nach seiner Ankunft gesessen hatte, und holte die in seinen Umhang gewickelte Gabe.

Ohne Worte kniete er nieder und legte der Königin den großen Rosenzweig vor die Füße. Die Blüten waren weder vom Stoff zerdrückt, noch wirkten sie welk.

Emerelle lachte. Es klang mädchenhaft, ja ein wenig kokett. »Wenn meine Bänkelsänger dich sehen könnten, würden sie dich zum Helden eines Minneliedes machen, und das, obwohl ich mir niemanden vorstellen kann, der sich in höfischer Gesellschaft unwohler fühlen würde. Was für eine schöne Geste, mir Rosen zu Füßen zu legen.« Auch in ihren rehbraunen Augen lag ein Lächeln. »Unerwartet.«

»Es ist nicht, wie es scheint, dies ist …«

»Matha Blouta«, unterbrach die Königin ihn. »Ich weiß um die beseelte Rose und ihr düsteres Wesen.«

Das hätte er sich denken können. Sie wusste immer alles. Es war ihm ein Rätsel, warum sie ihn nach Langollion geschickt hatte. »Vielleicht kannst du in ihr lesen, wenn du den Zweig berührst«, sagte er, ernüchtert von der Vergeblichkeit seines Tuns.

»Ich werde einen abgelegenen Winkel im Garten für den Zweig suchen und ihn austreiben lassen. Die Blüten sind schön, doch Matha Bloutas Seele erschien mir verderbt, als ich ihr begegnete. Auch hatte ich das Gefühl, dass sie etwas vor mir verbergen wollte … Vielleicht hilft der Zweig mir, ihre Geheimnisse zu ergründen. Doch wichtiger ist: Hat Eldarian meinen Brief erhalten?«

»Das hat er. Und ich sah, hinter einem Schornstein verborgen, dass er ihn gelesen hat. Es war mir allerdings nicht möglich, mit ihm zu reden.«

»Du bist auch unerwartet früh zurückgekehrt.« Ein Hauch von Vorwurf schwang in den Worten mit.

»Dieses Mondfest ... Ich habe schon gesehen, wie Elfen ins Mondlicht gingen. Was dort geschah, war anders. Es fühlte sich falsch an ...«

»Offensichtlich paktiert Alathaia mit der Rose. Vielleicht sind die Auserwählten des Festes ja Geschenke an Matha Blouta.« Die Königin strich sich nachdenklich eine widerspenstige Haarsträhne aus der Stirn. »Mir ist allerdings nicht klar, was ein großer Rosenbusch – und sei er Jahrtausende alt – Alathaia zu bieten hätte.« Sinnend betrachtete seine Königin den Rosenzweig.

»Da war noch etwas ... Gestern Nacht habe ich eine Gestalt aus den fürstlichen Ställen schleichen sehen. Sie bewegte sich mit dem Geschick einer Meuchlerin. Hast du noch jemanden in den Palast der tausend Blüten gesandt?«

»Interessant«, sagte sie, und ihr Blick wurde unerbittlich. »Ich verstehe nicht, warum du Langollion so schnell verlassen hast, nun, da du ersten Hofintrigen auf die Spur gekommen bist.«

»Diese Rose ... kennt mich. Sie war in meinen Gedanken. Was nutze ich noch, wenn sie Alathaia alles über mich verraten kann. Sie hat sogar behauptet, sie könne von nun an stets spüren, wo ich mich aufhalte. Ich bin dort nutzlos für dich geworden. Vielleicht würde ich sogar zur Gefahr, wenn die Rose meine Gedanken liest.«

»Ich glaube nicht, dass sie so mitteilsam gegenüber Alathaia ist, wie du befürchtest. Ganz gewiss treibt Matha Blouta ihr eigenes Spiel.« Die Königin bückte sich nach dem Rosenzweig und hob ihn auf. »Womöglich hätte ich mich an sie und nicht an Eldarian wenden sollen.« Sie strich über eine der Rosenblüten. »Ich hatte sie nicht mehr im Blick ... Für gewöhnlich interessieren sich beseelte Pflanzen nicht für die Umtriebe der Albenkinder. Die Feentanne hier im Garten lauscht lieber dem närrischen Geschwätz von Blütenfeen, und Atta Aikhjarto hat sogar einmal geduldet, dass dein Großvater eine ganze Wagenladung Weinamphoren über seinen Wurzeln zerschlagen hat. Es war wohl das einzige Mal in der Geschichte Albenmarks, dass sich ein beseelter Baum betrunken hat, und das gemeinsam mit einem Menschensohn ...«

Emerelle wirkte amüsiert, während sie das erzählte. Zu gern hätte Melvyn mehr über seinen Großvater gewusst. Er war Mandred nie begegnet. Er wagte es jedoch nicht, die Königin nach ihm zu befragen. Ein düsteres Geheimnis umgab ihn und seine beiden Elfenfreunde. Und seit vielen Jahrzehnten hatte niemand mehr von den dreien gehört. Man munkelte jedoch, dass sie sich den Zorn der Königin zugezogen hatten.

»Matha Blouta war immer schon ein wenig anders«, fuhr Emerelle fort. »Sie könnte eine Hilfe im Ränkespiel um Langollion sein. Ich danke dir für diese Minnegabe, Melvyn. Du bist nun frei von Pflichten.«

Das Messer an der Kehle

Er hatte lange durchgehalten, dachte Leynelle und betrachtete das Antlitz von Alathaias Leibwächter. Er trug seltsame Kleidung, gefertigt aus billigem Stoff. Wie einer der einfachen Gäste, die zum Mondfest kamen. Aber was hatte die Fürstin mit so einem zu schaffen? Warum waren sie gemeinsam in die Höhle gespült worden?

Er hatte kein böses Wort zu ihr gesagt. Kannte er sie nicht? Oder waren die Geschichten über sie bereits vergessen? Die Bienenhexe hatte man sie genannt. Und Kindesmörderin! Dabei war sie nur mörderisch gutgläubig gewesen. Und Alathaia hatte sie, ohne zu zögern, geopfert!

Das Knochenmesser in Leynelles Hand zitterte. Etwas mehr als drei Tage hatte Alathaias Leibwächter Wache gehalten. Nicht einen Lidschlag lang hatte er seine Augen geschlossen. Auch in der Finsternis des Drachen war er stets aufmerksam geblieben. Er hatte Angst gehabt, das hatte sie gespürt. Aber er war nicht gewichen. Jetzt endlich war er vor Erschöpfung eingeschlafen. Und ganz gewiss würde er so schnell nicht wieder erwachen. Die beiden gehörten nun ihr.

Schon nach einem Tag hatte Leynelle das Licht zurückkehren lassen. Oder besser gesagt, sie hatte den Drachen in Gedanken darum gebeten, denn Zauber würde sie nie wieder wirken. Hasserfüllt blickte sie auf Alathaia. Sie würde auch diesem seltsamen Leibwächter die Kehle durchschneiden müssen, wenn sie die Fürstin ermordete. Er würde Alathaias Tod nicht hinnehmen. Die Alben allein wussten, was er anstellen würde, wenn er neben seiner toten Herrscherin erwachte.

Sie strich Alathaia über das Gesicht. Einst hatten sie sich so nahegestanden. Die Haut der Fürstin war trocken und heiß. Sie hatte hohes Fieber. Vorsichtig tastete sie über Alathaias Brust. Sie spürte, wie sich Knochen unter ihrem sanften Druck bewegten. Mindestens zwei Rippen waren gebrochen. Und dann das Bein … Ihr Leibwächter hatte Alathaia eine notdürftige Schiene gefertigt und den Knochen zurück ins Fleisch gedrückt. Eine Arbeit, die mit mehr Hingabe als Können ausgeführt war. Ein Heiler war dieser Elf nicht.

Sie betrachtete die verbundene Hand des Fremden. Was ihn wohl zwei Finger gekostet hatte? Und warum war die Fürstin hier? Leynelle wusste nicht mehr, wie viele Jahre sie wie ein Tier in dieser Höhle gelebt hatte. So oft hatte sie sich gewünscht, dass sie nicht mehr aufwachen würde, wenn sie sich auf ihrem Lumpenlager ausgestreckt hatte.

Und nun waren die beiden hier in ihrer Höhle gestrandet. Alathaia, die ihr alles gegeben und dann alles genommen hatte. Das schöne Stadthaus mit dem Garten war ein Geschenk der Fürstin gewesen. Sie hatte die Rose in den Garten gebracht. Die Rose, die sie so hemmungslos manipuliert hatte.

Heiße Tränen rannen unter der Maske über Leynelles Wangen. Sie hatte es erst verstanden, als es zu spät war. Die Bienenzauber, die sie für harmlos gehalten hatte, die betörenden Düfte der Blüten … Noch heute träumte sie manchmal von diesen Wohlgerüchen und dem Rausch, in dem sie gefangen gewesen war, wenn sie nachts nackt hinaus zu der Rose ging. Der süße Schmerz der Dornen, das allgegenwärtige Summen der Bienen. Die Rose hatte sich ihrer Zaubermacht bedient …

Erst als sie vor Gericht gezerrt worden war, hatte Leynelle begriffen, dass sie am Tod der Kinder tatsächlich mitgewirkt hatte. Doch selbst als über ihr Leben verhandelt wurde, war sie noch vom Rausch des Rosendufts besessen gewesen. Sie hatte nichts gesagt, hatte sich nicht verteidigt und alle Lügen hingenommen. Und ihre falsche Freundin Alathaia hatte an dem Urteil mitgewirkt. Sie hatte die verfluchte Schweinsmaske fertigen lassen. Das Blei darin verhinderte, dass sie sich mit dem goldenen Netz verband. Sie, die meisterliche Zauberweberin, war von der Magie der Welt getrennt worden. Und das war noch nicht alles. Da war etwas in der Maske … Es gab Klingen, die in dem wulstigen Maskenansatz an ihrem Hals verborgen waren. Und die Eisenbänder. Sie würden sich enger zuziehen, wenn sie versuchte, sie zu lösen, bis ihr Schädel zerquetscht würde. Sie würde diese Maske bis zum Augenblick ihres Todes tragen. Nur ein einziges Mal hatte sie versucht, sich von dieser Schweinsfratze zu befreien. Seitdem saßen die Bänder schmerzhaft eng.

Und sie konnte niemandem sagen, was man ihr angetan hatte. Wenn sie versuchte, über sich zu reden oder über Alathaia und die Rose, verwirrten sich ihre Worte, und nur noch sinnloses Gestammel kam über ihre Lippen. Sie konnte nicht einmal mehr ihren Namen nennen. Und auch zu schreiben vermochte sie nicht mehr. So wie ihre Zunge ihr nicht mehr gehorchte, wenn sie versuchte, etwas von Bedeutung zu sagen, so brachte sie nur mehr ein sinnloses Gekrakel zustande, wenn sie versuchte niederzuschreiben, wer sie war und was man ihr angetan hatte.

Das war Alathaias Werk. Ein Zauberbann, den die Fürstin gemeinsam mit der verfluchten Rose gewoben hatte. Sie hatten sie nicht einfach sterben lassen. Jahrzehnte hatte sie in dem großen Steinbruch wie eine Sklavin geschuftet. Ihr Rücken war krumm und ihre zierlichen Finger waren breit und schwielig wie die eines Grobschmieds geworden. Die bezaubernde Leynelle, der die Männer allein für einen Blick und ein Lächeln zu Füßen gelegen hatten, war zerstört.

Und nun lag die vor ihr, die all dies getan hatte. Alathaia, der sie zwei Jahrhunderte des Schmerzes und der Einsamkeit zu verdanken hatte.

Leynelle setzte der Fürstin das Knochenmesser an die Kehle. Ein leichter Druck nur, und sie hätte die Genugtuung, Alathaia sterben zu sehen.

Aber wäre das wirklich eine Genugtuung? Ein schneller Tod im Fieberschlaf war keine Sühne für zwei Jahrhunderte der Qualen. Es wäre doch unendlich viel süßer, Alathaia leiden zu sehen. Statt sie zu bedrohen, könnte sie dem seltsamen Leibwächter Hilfe anbieten. Natürlich würde sie Alathaia nicht mit all ihren Möglichkeiten helfen. Es würde eine langsame und schmerzvolle Heilung sein. Vielleicht würde sie ihr ein Bein abnehmen müssen, wenn sich die Wunde des offenen Bruchs nicht schloss.

Leynelle schloss die Augen und gab sich der Vorstellung hin, wie sie mit einem stumpfen Knochenmesser ein Bein der Fürstin amputierte. Dann nahm sie die bleiche Klinge von Alathaias Kehle.

Sie lächelte in sich hinein. Am Ende gab es doch noch Gerechtigkeit. Ihre Todfeindin war in ihrer Hand, und Alathaia sollte erfahren, wie viel sie von ihr gelernt hatte.

Der mit toten Pferden redet

Es war tief in der Nacht. Vier Tage dauerte die Suche nach Alathaia nun schon an, und noch immer fehlte von der Fürstin jede Spur.

Nanduval ging rastlos in der Lagerhalle auf und ab. Er hatte das Wrack des Fischerbootes hierherbringen lassen. Auf einem Tisch, auf weißem Leinen aufgebahrt, ruhte Golwyn. Den toten Fischer hatte man nur an seinen Ohrringen erkennen können. Von seinem Gesicht war nichts geblieben. Ein Stück weiter auf einem Segeltuch lag der Kadaver des Rappen.

Nanduval hätte all dies als tragischen Unfall akzeptieren können, wäre da nicht das Beutelchen gewesen, das er in der Kajüte gefunden hatte. Golwyn war nicht als vermögend bekannt gewesen und auch nicht als Schmuggler, der für Andarion oder Broja arbeitete. Wie also kam ein Beutel voller Edelsteine in das Versteck in der Kajüte? Und was noch schlimmer war: Die Hälfte der Steine wies einen einzigartigen Schliff auf. Sie stammten aus Edelsteinminen auf Langollion und hatten zum Staatsschatz gehört. Nur die Fürstenfamilie hatte Zugriff auf solche Steine.

Nanduval fuhr sich erschöpft mit der Hand übers Gesicht. Vielleicht wäre es klug, all das auf sich beruhen zu lassen, denn offensichtlich würde er in ein Wespennest stechen, wenn er Fragen stellte.

Alathaia war eine ausgezeichnete Reiterin gewesen ... Sie war immer noch eine ausgezeichnete Reiterin! Dass man ihre Leiche nicht fand, konnte nur bedeuten, dass sie noch lebte. Die Fürstin hatte den Rappen selbst großgezogen. Sie hatte ihn eingeritten. Niemand kannte den Hengst so wie sie, und sie konnte gut mit Pferden umgehen. Was hatte den Hengst in Panik versetzt?

Nanduval war Augenzeuge gewesen. Außer Eldarian hatte sich niemand in der Nähe der Fürstin aufgehalten.

Nanduval hatte umgehend die Klippen und das nahe Hinterland absuchen lassen. Nichts wies darauf hin, dass es einen Bogenschützen gegeben hätte, der das Pferd mit einem Kreischer, einem Pfeil, der im Flug einen schrillen Ton von sich gab, erschreckt hatte.

Der Hauptmann nahm die Blendlaterne, die neben dem toten Fischer auf dem Tisch stand, und ging zu dem Rappen hinüber.

Er kniete sich neben das Pferd. Solch einen Hengst würde er sich niemals leisten können. Er war Kraft und Anmut in vollkommener Harmonie gewesen. Selbst im Stall der Fürstin gab es keinen zweiten wie ihn. Und dennoch war er es gewesen, der Alathaia in den Abgrund gerissen hatte.

Immer noch steckte ein Stück des Masts im Leib des Hengsts. Er und das Boot waren untrennbar miteinander verbunden gewesen. Nanduval war sich sicher, dass es der Beutel voller Edelsteine gewesen war, der Golwyn dazu verführt hatte, bei diesem mörderischen Sturm den sicheren Hafen zu verlassen. Aber was hatte er am Drachengrab zu suchen gehabt? War es möglich gewesen, all das zu planen?

Wie hatte der Fischer es durch die Riffe geschafft? Selbst bei ruhiger See war dies gefährliches Fahrwasser. Niemand wagte sich dorthin. Die Bucht wurde so gut wie nie besucht. Weder von Fischern noch von sonst jemandem. Sie war ein gemiedener Ort.

Nanduval lauschte dem Regen, der auf das Dach der Lagerhalle prasselte. Es war kalt, er hatte zu wenig geschlafen. Wie so viele. Die Kunde vom Unfall der Fürstin hatte sich wie ein Lauffeuer verbreitet. Hunderte Albenkinder waren in den Hafen gekommen und hatten ihre Hilfe bei der Suche angeboten. Jeder Fischer der Küste beteiligte sich inzwischen an der Suche.

Tag und Nacht waren trotz des Sturms Boote draußen. Zwei waren an den Riffen vor dem Drachengrab zerschellt. Es hatte bereits vier Tote und etliche Verletzte gegeben. Doch der Wille zu helfen war ungebrochen. Wohl kaum eine Elfenfürstin Albenmarks war so beliebt wie Alathaia. Und kein Fürstentum war wie Langollion. Es mochte Fürstentümer geben, in denen die Untertanen reicher waren. Aber hier gab es keine Untertanen mehr, und wenn man es schaffte, Rosan zu verlassen, dann war Glück, und nicht Silber, der Mittelpunkt des Lebens. Nirgends gab es so viele Künstler wie hier. Maler, Bildhauer, Dichter, Mosaikenleger, Musiker, Glasbläser ... Langollion war ein Ort der Schönheit und der Zufriedenheit geworden. Und alle wussten, dass dies Alathaias Werk war. Sie hatte auf ihrer Insel den Traum von einer neuen Welt Wirklichkeit werden lassen. Doch nun war sie fort ...

Nanduval tätschelte den Kopf des toten Rappen. »Wenn du nur reden könntest. Was hat dich über die Klippe getrieben?«

Er war völlig übermüdet, dachte der Hauptmann. Jetzt sprach er schon mit toten Pferden. Gut, dass sonst niemand hier war.

Seine Finger fuhren durch die salzverkrustete Mähne des Hengstes. »Ich werde schlafen gehen.«

Da war etwas am Ohr des Rappen. Bei einem flüchtigen Blick mochte man es für Fell halten, aber es war etwas anderes. Nanduval zupfte daran. Stoff! Er hielt ihn nah an das Licht der Laterne. Schwarze Gaze. Wie kam die in das Ohr des Hengstes?

Er hob die Laterne an und leuchtete in das Ohr. Da war etwas … Tief im Inneren. Stiche! Irgendein Insekt musste im Ohr des Rappen eingesperrt gewesen sein.

Der Hauptmann blickte auf den durchscheinenden Stoff. »Vielleicht eine Wespe? Aber warum bist du ruhig geblieben mit solch einem Biest im Ohr? Warum bist du erst bei den Klippen durchgegangen? Und wer kam dir nahe genug, um dir das anzutun?«

Die Edelsteine, die zum Schatz des Fürstenhauses gehörten, und ein Verrat im fürstlichen Stall …

Wenn er klug wäre, würde er mit den anderen auf dem Meer nach Alathaia suchen. Die Untiefen, in die ihn sein Verdacht führte, waren weit gefährlicher als die Klippen vor dem Drachengrab.

Die Lüge

Eldarian war verblüfft, auch seine älteste Tochter Sanassa in dem schäbigen Lagerhaus anzutreffen. Vor einer Stunde erst, in aller Frühe, hatte ein Bote Nanduvals ihm die dringliche Bitte überbracht, sich hier einzufinden.

Seit dem Unfall übernachtete er in Rosan. Jeden Tag war er hinausgefahren und hatte sich an der Suche beteiligt. Er blickte auf das Wrack, das inmitten des Lagerhauses lag, betrachtete den toten Hengst und den Leichnam des Fischers. Ihm war es ein Rätsel, was Nanduval hier trieb und wie es dabei helfen sollte, Alathaia wiederzufinden.

»Würdest du mir bitte erklären, was wir hier sollen, Nanduval? Ich muss hinaus auf See.« Er machte eine weit ausholende Geste. »Für mich sieht das alles nach gewaltiger Zeitverschwendung aus. Solltest du als Hauptmann der Leibwache Alathaias nicht an der Spitze der Suchenden stehen?«

»Das tue ich, mein Fürst«, entgegnete der Hauptmann ein wenig steif.

»Hier in dieser Halle?« Auch Sanassa wirkte verärgert über Nanduval.

»Im Wrack des Bootes gab es ein Versteck unter den Bodendielen ... Sagt man bei einem Boot Dielen? Ich bin kein Seefahrer.« Nanduval ging hinüber zu dem Tisch, auf dem der tote Fischer lag, und bedeutete ihnen, ihm zu folgen. »Dort habe ich eine Entdeckung gemacht, die mir einiges Kopfzerbrechen bereitet. Bislang habe ich noch mit niemandem darüber gesprochen.«

Neben der Leiche lag ein kleines rotes Säckchen. Der Hauptmann nahm es, schnürte es auf und schüttete den Inhalt auf ein schwarzes Samttuch, das wohl eigens zu diesem Zweck dort lag. Eldarian war verblüfft, ein Häuflein glasklarer Edelsteine zu sehen. »Das ist ja ein Vermögen«, entfuhr es ihm.

»In der Tat«, bestätigte Nanduval. »Golwyn, der Fischer, galt als ein mürrischer Kerl. Er war ein Eigenbrötler. Aber er war, soweit ich weiß, in keine Geschäfte verwickelt, die es ihm erlaubt hätten, einen solchen Reichtum anzuhäufen.« Der Hauptmann hob mit spitzen Fingern einen der Steine auf. »Dieser hier hat – wie fast die Hälfte der Steine – den Rosenschliff. Solche Steine kommen nur aus der Schatzkammer des Fürstenhauses.«

Jetzt begann Eldarian zu ahnen, worauf das hier hinauslaufen sollte. Und Sanassa war als Zeugin eingeladen. Dieser Mistkerl wollte sie gegeneinander ausspielen!

»Dafür gibt es womöglich eine Erklärung.« Sanassa war an den Tisch getreten. Sie strich über die Edelsteine. »Mein Bruder Assanael benutzt niemals die Albenpfade, wenn er reist. Er fürchtet, die Meuchler Emerelles könnten ihm anderenfalls auf die Spur kommen. Er beansprucht die Fährdienste kleiner Fischerboote, wenn er nach Langollion will. Er hat auch Kontakt zu irgendjemandem in Rosan, der diese Überfahrten für ihn regelt. Assanael führt stets solche Edelsteine mit sich. Sie sind leichter als Gold und können doch in jeder Stadt ohne Schwierigkeiten eingetauscht werden. Diese Steine müssen aus seiner Hand stammen.«

Nanduval runzelte die Stirn. Offensichtlich gefiel ihm die Erklärung nicht.

»Assanael wird in einigen Tagen hier sein«, fuhr Sanassa mit ihrer tiefen Stimme fort. »Ich habe ihn wegen des Unfalls benachrichtigt. Er wird dir ganz sicher sagen können, ob er diesen Fischer kannte. Sollte er derjenige sein, den Assanael bevorzugt für Fährdienste beschäftigte, erklärt sich die Herkunft der Steine.«

Eldarian war überrascht zu hören, dass seine Tochter Assanael gerufen hatte. Üblicherweise vermied sein Ältester es, nach Langollion zu kommen. Er war tief in den heimlichen Krieg gegen Emerelle verstrickt. Einst hatte er eine Lutin getötet, die die Karfunkelsteine der Königin gehütet hatte. Auch andere Vertraute Emerelles waren wohl seiner Klinge zum Opfer gefallen.

Der Fürst seufzte leise. Alathaia hatte ihn schon lange nicht mehr in diese blutigen Machenschaften eingeweiht. Er war stets dafür gewesen, einen Ausgleich mit Emerelle zu suchen. Aber Alathaia und die Kinder sahen das anders. Er hatte sich von ihnen allen entfremdet. Ganz besonders von Assanael. Sein Ältester hielt ihn für zu verweichlicht. Und doch war er es, der Alathaia vertrat, wenn sie ihre Pflichten als Herrscherin nicht wahrnehmen konnte.

»Dann warten wir auf die Rückkehr Assanaels, um die Herkunft der Edelsteine und die möglichen geheimen Geschäfte Golwyns zu klären«, sagte der Hauptmann reserviert. »Doch da gibt es noch etwas, wobei mir die Hoheiten behilflich sein könnten. Der Rappe … Ich weiß, warum er durchgegangen ist.«

Der Hauptmann ging zu dem Hengst hinüber und leuchtete ihm mit der Blendlaterne ins Ohr.

Sanassa folgte ihm neugierig.

Eldarian fand das alles hier grotesk, und er hatte das vage Gefühl, dass es gegen ihn gerichtet war. Dennoch würde er gute Miene zu diesem üblen Spiel machen. Er trat zu den beiden und blickte sogar in das Ohr des Pferdes, als der Hauptmann sie darum bat.

»Insektenstiche.« Sanassa beugte sich noch tiefer.

Auch Eldarian sah deutlich die Stiche tief im rosigen Inneren des Ohrs.

Nanduval hob einen schwarzen Stofffetzen auf, der neben dem Pferd auf der Segeltuchplane lag. »Gaze. Die habe ich im Ohr des Rappen gefunden. Ich glaube, sie wurde dazu benutzt, irgendein Insekt, vielleicht eine Wespe, im Ohr des Hengsts gefangen zu halten. Die Stiche waren der Grund, warum das Pferd sich plötzlich wie von Sinnen gebärdete und durchging.«

»Das ist doch absurd«, tat Eldarian diesen Unsinn ab. »Wie hätte man denn solch ein Insekt ruhig halten sollen? Das Summen hätte den Hengst schon im Stall verrückt gemacht.«

»Das ist erst die zweite Frage, die ich mir stelle«, sagte der Hauptmann mit einer distanzierten Ruhe, die Eldarian als bedrohlicher empfand, als hätte Nanduval ihm ins Gesicht geschrien. »Die erste Frage ist: Wer konnte das tun? Ich habe bereits mit den dienstbaren Geistern im Stall gesprochen. Sie alle wurden von Alathaia persönlich ausgewählt. Niemand ist in den letzten Monden neu in Dienst genommen worden. Neben Alathaia wart Ihr Hoheiten diejenigen, die am häufigsten die fürstlichen Ställe besucht haben. Ihr, mein Fürst, wart auch am Morgen des Unfalls lange im Stall.«

»Was willst du damit sagen?«, fuhr Eldarian den Hauptmann an.

»Ich zähle nur Fakten auf. Sie zu deuten vermag ich noch nicht.«

Eldarian sah ihn herausfordernd an.

»Du hast doch auch dein neues Flittchen in die Ställe gebracht«, bemerkte Sanassa eisig.

Seine Kinder nahmen seine Affären weit weniger entspannt, als Alathaia es getan hatte. Seine kleinen Liebschaften waren der Grund, warum sich sein Verhältnis zu ihnen in den letzten Jahrzehnten zunehmend abgekühlt hatte. Er hatte Sanassa sogar im Verdacht, eine seiner Geliebten vergiftet zu haben.

Eldarian versuchte sich seinen Ärger nicht anmerken zu lassen. »Du hast doch sicherlich Fragen im Stall gestellt. Hat irgendjemand Adelayne je allein in der Nähe des Rappen gesehen?«

»Sie war meist in Eurer Gesellschaft, Hoheit. Und soweit mir berichtet wurde, hat sie sich ausschließlich um ihr eigenes Pferd gekümmert«, bekannte Nanduval.

»Und in der Nacht des Mondfests?« Sanassa sah ihn anklagend an. »Die dienstbaren Geister des gesamten Palasts haben die Festtafeln besucht. In jenen Stunden muss es leicht gewesen sein, unbemerkt in den Stall zu gelangen.«

»Was für jeden gilt«, wandte Eldarian ein. »Zum Beispiel auch für diesen Wolfselfen. Ist er nicht erst unmittelbar, bevor das Fest seinen Namen bekam, dort erschienen? Ziemlich spät …«

»Wann ist denn deine Schlampe gekommen, Vater?«

Auch sie war erst spät zum Fest gekommen. Dafür musste es etliche Zeugen geben. Das würde Sanassa vermutlich als Beweis genügen. Wusste Nanduval, was er hier anrichtete? Ein weit geringerer Vorwand als dieser Verdacht würde Sanassa schon genügen, um über Adelaynes Tod nachzusinnen.

Er räusperte sich. »Auch ich bin etwas spät zum Fest gekommen. Es lag daran, dass ich mit der Heilerin das Lager teilte. Wir sind nicht gemeinsam zum Fest gegangen, um deine Mutter nicht zu beleidigen. Aber sie ist unmittelbar nach mir erschienen. Ihr wäre gar keine Zeit geblieben, sich in die Ställe zu schleichen.« Das war gelogen, aber er hoffte, dass es nicht leicht sein würde, das Gegenteil zu beweisen. Er musste Adelayne aufsuchen, um sich mit ihr abzusprechen. Nanduval würde sie bestimmt zu dem Abend befragen. »Hast du schon einen Boten an den Hof der Königin geschickt, Hauptmann? Ich wünsche, dass Melvyn hierher zurückkehrt und uns erklärt, warum er so spät zum Fest kam und am nächsten Morgen so überstürzt aufgebrochen ist. Ich persönlich werde einen Brief an Emerelle aufsetzen. Kümmere dich darum, dass ein Bote mit diplomatischem Fingerspitzengefühl ihn überbringt.«

»Einen Brief?«, grollte Sanassa. »Das ist doch lächerlich! Glaubst du, Emerelle wird uns ihren Meuchler ausliefern?«

Eldarian war erleichtert, dass sie so bereitwillig der neuen Fährte folgte. Der Hass auf die Königin war in seinen Kindern so tief verwurzelt, dass er andere Gedanken einfach ausblendete.

»Herrscher sollten einander Briefe schicken und keine Dolche in der Nacht«, bemerkte er mit feiner Ironie.

»Blut muss mit Blut vergolten sein und nicht mit Tinte!«

»Noch ist Melvyns Schuld nicht bewiesen«, gab Nanduval zu bedenken. »Er sollte Gelegenheit haben, uns über den Grund seines späten Erscheinens auf dem Fest Auskunft zu geben.«

Sanassa sah Eldarian durchdringend an. »Nanduval hat recht. Vielleicht war es ja doch deine Schlampe, Vater, und du nimmst sie hier in Schutz oder bist, schlimmer noch …« Sie wagte es nicht, die letzten Worte auszusprechen, aber Eldarian war sich sicher, dass Nanduval durchaus verstanden hatte, welche Ungeheuerlichkeit sie andeutete. Die Lüge für Adelayne könnte ihn den Kopf kosten, wenn sie aufgedeckt wurde.

Abschied von Alathaia

Eldarian winkte der prächtigen Galeasse, die den Hafen von Rosan verließ. Rubinrosen schmückten die Reling und die Takelage. Das Banner Langollions, eine rote Rose auf schwarzem Grund, wehte vom Heck und den Masten. Strahlendes Herbstlicht funkelte auf den vergoldeten Schnitzereien, die das Fürstenpaar inmitten ihres Hofstaats, gerahmt von Hunderten Rosen, zeigten.

Und hoch oben auf dem Achterdeck stand Alathaia. Sie hatte das langärmelige rote Kleid angelegt, das sie bei festlichen Anlässen spät im Jahr schon oft getragen hatte. Kragen und Schultern zierte schneeweißer Pelz.

Tausende Albenkinder säumten die Anlegestellen und die mächtige Hafenmauer. Selbst die Dächer der Speicherhäuser und Bootsschuppen waren mit Schaulustigen besetzt.

Eldarian winkte seiner Gemahlin feierlich. Er hasste dieses verlogene Spektakel, aber ihnen war keine Wahl geblieben. Die Nachricht von Alathaias Unfall hatte sich auf der ganzen Insel verbreitet und seltsame Blüten getrieben. Angst hatte um sich gegriffen, dass die Freiheit, die Alathaia ihnen geschenkt hatte, enden würde. Es waren Gerüchte aufgekommen, Königin Emerelle wolle sich in die Erbfolge einmischen und einen neuen Fürsten benennen. Kornlager waren geplündert worden. In Rosan hatte der Pöbel versucht, eines der Tore in der Mauer nach Langollion zu stürmen und aus der Stadt zu fliehen.

Eldarian vermutete, dass Spitzel Emerelles allerorts tätig waren, um die Ängste weiter zu schüren und Revolten zu entfachen. Daher war er mit seinen Kindern übereingekommen, diese Farce zu inszenieren. Es war eine äußerst frostige Familienzusammenkunft gewesen. Sanassa hatte ihren Geschwistern von dem Treffen mit Nanduval in der Lagerhalle berichtet. Auch wenn keiner es offen ausgesprochen hatte, war das Misstrauen seiner Kinder gegen ihn und Adelayne geradezu greifbar gewesen.

Sanassa, die ihrer Mutter schon aus einer Entfernung von wenigen Schritten zum Verwechseln ähnlich sah, war auserwählt worden, Alathaias Rolle zu übernehmen. Diese falsche Alathaia war, so die offizielle Version, auf einer der Langollion vorgelagerten Inseln gefunden worden, wo sie angeblich, an ein leeres Fass geklammert, angespült worden war. Nanduval und eine Handvoll weiterer Leibwachen der Fürstin waren in den Betrug eingeweiht worden. Doch ihre Zahl war gering.

Nun segelte Alathaia vorgeblich nach Reilimee, um sich von dort auf die lange Reise nach Burg Elfenlicht zu machen. Sanassa sollte dann in einigen Tagen vom Festland her über die Albenpfade nach Langollion zurückkehren.

Es gab also noch eine Frist, Alathaia zu finden.

Eldarian hätte sich bislang stets einen Optimisten genannt, aber er hatte keine Hoffnung mehr, seine Gattin noch einmal lebend wiederzusehen. Er winkte der falschen Fürstin, seiner Tochter, ein letztes Mal zu.

Als er von der kleinen Tribüne stieg, erwarteten ihn Adelayne und Hauptmann Nanduval.

»Ich halte Eure Pläne für kein gutes Vorgehen, Eure Hoheit«, flüsterte Nanduval, während Eldarian huldvoll den Albenkindern zuwinkte, die den umliegenden Kai säumten und begannen, sich in die Stadt zurückzuziehen.

»Weißt du, Nanduval, das Schöne daran, in Abwesenheit Alathaias der Herrscher zu sein, liegt darin, dass mir vollkommen gleichgültig sein kann, was du für klug hältst.« Er blieb stehen und sah den Hauptmann eindringlich an. Eldarian war sich nur zu bewusst, dass die meisten Albenkinder sich unter dem Blick seiner silberfarbenen Augen sehr schnell unwohl fühlten.

Nanduval indes hielt ihm ungewöhnlich lange stand, und als er endlich den Blick senkte, war Eldarian sich nicht sicher, ob er es nicht bloß getan hatte, um nicht als respektlos zu gelten.

»Liegt das Boot bereit, Hauptmann?«

»Ich habe Eure Befehle ausgeführt und dennoch ...«

»Sollten wir das nicht besser erst dort besprechen?«, mahnte Adelayne. »Hier gibt es zu viele Ohren.«

Sie war ebenso klug, wie sie schön war, dachte Eldarian. Und er musste sie vom Palast fernhalten. Womöglich war Assanael schon zurückgekehrt. Und wenn nicht, dann war mit seiner Heimkehr stündlich zu rechnen. Sein ältester Sohn hielt sich stets in den Schatten. Und es stand zu befürchten, dass seine Geschwister ihm bereits zugetragen hatten, was Nanduval in der Lagerhalle gesagt hatte. Wenn er davon hörte, war Adelaynes Leben kein Kupferstück mehr wert. Und sein eigenes vielleicht auch nicht, dachte Eldarian besorgt. Assanael würde niemanden am Leben lassen, der auch nur im Verdacht stand, am Tod seiner Mutter beteiligt gewesen zu sein.

Alte Freundinnen

Sie war keine Ausgeburt ihrer Fieberträume. Alathaia blinzelte, um sich ganz sicher zu sein. Sie war immer noch da, die schreckliche Schweinefratze aus rostverkrustetem Eisen und dunkel gewordenem Blei.

»Du«, sagte sie leise.

Die krumme Gestalt, die ihre fiebrige Stirn abtupfte, hielt inne. Ihre Augen lagen im Schatten der Maske. Einst hatte Leynelle schöne Augen gehabt, erinnerte sich Alathaia. Es hatte eine Zeit gegeben, da waren sie beide wie Schwestern gewesen. Sie hatte Leynelle nicht gern geopfert, aber die Zauberweberin hatte ihr keine Wahl gelassen.

»Frrreundin ...«, zischte Leynelle sie an.

Alathaia hatte keine Ahnung, wo sie hier war. Sie konnte sich nicht erinnern, wie sie hierhergekommen war. Der Sturz von der Klippe. Ein schwerer Schlag ... Danach war nur noch Finsternis. Leynelle hätte tot sein sollen. Alathaia war damals selbst in dem Steinbruch gewesen. Mehr als ein Dutzend Arbeiter waren umgekommen. Der halbe Berg war auf sie niedergegangen. Die Leichen der meisten hatte man nie gefunden. Wie hatte Leynelle das überleben können?

Alathaia wandte den Kopf zur Seite. Selbst diese geringfügige Bewegung erschöpfte sie. Jeden Atemzug begleitete ein stechender Schmerz. Da war dieser Jäger. Er stand ein Stück entfernt mit einem Fischspeer im seichten Wasser der Höhle. Wie kam er hierher? Das konnte doch kein Zufall sein. Erst folgte er ihr von der Snaiwamark zum Mondfest, und jetzt war er schon wieder in ihrer Nähe. Und dazu Leynelle, die längst hätte tot sein sollen.

Alathaia schloss die Augen. Das musste ein Fiebertraum sein.

Ein stechender Schmerz in der Brust riss die Fürstin aus ihren Gedanken.

»Heilt schlecht …«, nuschelte Leynelle. »Immerrr Fieberrr.«

Leynelle musste auf eine ihrer gebrochenen Rippen gedrückt haben, dachte Alathaia. Warum ging es ihr nicht schon besser? Wie schwer war sie verletzt? Und wie lange war sie bereits hier?

Alathaia schlug die Augen wieder auf. Sie war in eine verschlissene Decke gehüllt. Voller Angst blickte sie auf ihre Füße. Der Sturz. Da war ein Boot gewesen. Ein schwerer Aufprall … Sie spannte die Beine an und unterdrückte einen Aufschrei. Gleichzeitig sah sie, unendlich erleichtert, wie sich ihre Füße unter der Decke bewegten.

Solange sie lebte, hatte sie stets nach der Devise gehandelt, dass Angriff die beste Verteidigung war. Sie musste wissen, wie sehr Leynelle noch eingeschränkt war. Manche Zauber schwanden mit der Zeit. Und immerhin hatte die Bienenhexe es geschafft, aus dem Steinbruch zu entkommen. »Hast du ihm schon gesagt, was ich dir angetan habe?«

Leynelle starrte auf sie herab, erwiderte aber nichts.

»Ist lange her, dass du Männer mit deiner Schönheit in Bann geschlagen hast. Das wird nun wohl nicht mehr geschehen.« Alathaia wollte sie erneut zum Sprechen bringen, wollte sich sicher sein, dass der Zauber noch wirkte und dass Leynelle niemandem erzählen konnte, was sie wusste.

»Nicht sehr redselig, meine Liebe? Das ist eine Verbesserung … Früher hast du zu viel geredet. Selbst Matha Blouta fand das, und die Rose ist eigentlich sehr geduldig. Es hat sie auch immer amüsiert, wie gutgläubig du warst. Träumst du manchmal von den Kindern?«

Wenn sie ehrlich war, hatte auch sie nicht durchschaut, was für ein Spiel die Rose damals trieb. Die Lebenskraft der Kinder zu stehlen war eine Variante der Blutmagie gewesen. Alathaia hatte das damals zu spät erkannt. Kinder starben manchmal in der Nacht. Aber nicht so viele wie in Rosan. Als die Morde ruchbar wurden, hatte eine Schuldige hergemusst, und so hatte sie Leynelle dem Zorn der Stadtbewohner geopfert.

»Weißt du, dass sie sich nicht mehr an deinen Namen erinnern? Es gibt ein Schauermärchen über dich. Darin nennen sie dich Lay le Fay oder die Bienenhexe. Dein wahrer Name ist ausgelöscht. Erinnerst du dich noch an ihn? Ich glaube, mir ist er auch entfallen …«

Sie beobachtete die geschundene Zauberweberin genau. Leynelle ballte die Hände zu Fäusten. Hatte ihre einstige Freundin dazugelernt? Verbarg sie etwas? Oder waren die Bannzauber in der Maske immer noch mächtig?

»Ich glaube, ich habe noch niemals gehört, dass ein Name in der Erinnerung der Albenkinder noch vor seiner Trägerin gestorben ist. Du bist lebendig begraben.«

»Und du mit mirrr …«, zischte Leynelle sie an.

»Ich bin Alathaia. Ich vermag noch Zauber zu weben. Ich werde gesund werden und diese Höhle verlassen. Und dann werde ich vergessen, dass du noch lebst, so wie alle anderen dich auch vergessen haben.«

Leynelle versetzte ihr einen derben Stoß in die Rippen. Grelle Lichtpunkte tanzten vor Alathaias Augen. Sie keuchte vor Schmerz.

»Du gehörst mir, Für … Fü …Fülll …Ffff …«

Sie stammeln zu hören war Alathaia eine Genugtuung. Sie hatte dem Jäger ihre Geschichte also nicht erzählen können.

»Ala … Tai Tai … A …«

Laurelin kam aus dem Wasser herbeigeeilt. »Was ist los?«

»Ala … Al … Alauf …«

»Sie ist wieder aufgewacht?« Der Jäger kniete sich neben sie. »Wie fühlt Ihr Euch, Fürstin?«

»Schwach«, gestand Alathaia. »Bitte bring diese Schreckensgestalt fort. Sie beunruhigt mich. Ich glaube, ihr Geist ist verwirrt.«

Ein Funke in der Finsternis

Laurelin trat hinter sie. Seine Hände legten sich auf ihre Schultern. Leynelle spürte seine Kraft, doch schob er sie weder, noch zerrte er an ihr. Stattdessen beugte er sich zu ihr herab und flüsterte ihr ins Ohr: »Komm bitte mit mir. Alathaia braucht Ruhe.«

Es war das erste Mal seit ungezählten Jahrzehnten, dass andere Hände sie berührten. Sie spürte die Wärme Laurelins durch den groben Stoff ihres Lumpenkleids.

Ohne Widerstand zu leisten, erhob sie sich und ließ sich von Laurelin führen.

Alathaia hatte es wieder einmal geschafft, sie zu manipulieren. Sie musste lernen, ihre Gefühle zu beherrschen, dachte Leynelle niedergeschlagen. Wie peinlich war es gewesen, als stammelnde Irre vor der Fürstin zu knien. Sie hätte nur schweigen müssen, um zu gewinnen. Dann wäre Alathaia im Ungewissen geblieben. Die Fürstin hatte recht. Sie redete zu viel. Die Stille hier in der Höhle war ihr größter Feind gewesen. Sie hatte angefangen, mit sich selbst zu sprechen, ja zu schreien und auf das Echo ihrer Stimme zu lauschen. Vielleicht war sie längst wahnsinnig geworden? War man sich dessen bewusst, wenn es geschah? Wohl eher nicht.

Obwohl Laurelin die Hände von ihren Schultern genommen hatte, spürte sie noch die Wärme der Berührung. Das hatte so gutgetan. Es nahm der Niederlage gegen Alathaia den Stachel.

Der Jäger brachte sie zu ihrem Lagerplatz weit hinten zwischen den Rippenbögen des toten Drachen. Sie hockte sich auf eine große Seekiste, die das Meer vor Jahren in die Höhle gespült hatte. Die Wolldecke, die sie über Jahrzehnte aus Fäden und Fetzen im Treibgut gefertigt hatte, wärmte nun Alathaia. Ihr Lager indes bestand nur noch aus altem Segeltuch.

Sie versuchte ihre widerstreitenden Gefühle zu ordnen. Sie war kein Opfer! Seit Alathaia hier war und sie sich entschieden hatte, ihr nicht die Kehle durchzuschneiden, tat sie alles, um die Heilung der Fürstin zu verschleppen. Sie wollte Alathaia leiden sehen! Aus den Suppen aus Algen fischte sie heimlich alle Fischstückchen, wenn sie Alathaia fütterte. Sie lockerte die Verbände um deren Rippen, tat nichts gegen ihr Fieber, obwohl sie es vermocht hätte. Laurelin gegenüber ließ sie es aussehen, als bemühe sie sich um die Genesung der Fürstin. Das Gegenteil war wahr. Jedes schmerzhafte Stöhnen Alathaias, jeder Schrei in ihren Fieberträumen war Balsam auf Leynelles alten Wunden.

Laurelin setzte sich neben sie. Er tat es auf unaufdringliche Art, als seien sie schon lange Gefährten. Er schaffte es auch, sie ohne Abscheu anzuschauen. Leynelle wusste nur zu gut, wie sie aussah. Mit dem langen, verfilzten Haar, das sie wie ein Umhang einhüllte, krumm wie ein Angelhaken und dann noch diese Maske. Sie war ein Ungeheuer! Aber Laurelin ließ sie das nicht spüren.

Leynelle blickte auf ihre Hände. Auf die schwarzen Ränder unter den rissigen Nägeln. Sie hatte sich fast zwei Jahrhunderte lang gehen lassen. Es war das erste Mal seit sehr langer Zeit, dass es ihr etwas ausmachte, wie sie aussah. Anfangs, nach ihrer Verurteilung, als sie ihr die Maske angelegt hatten und ihr nichts als ein fadenscheiniges

Leinenkleidchen geblieben war, da war es überlebenswichtig gewesen, dass sie sich nicht mehr darum scherte, wie abstoßend ihr Anblick sein musste. Aber hier in der Höhle ... Sie hätte sich pflegen können. Das wäre auch eine Frage der Selbstachtung gewesen. Aber sie hatte alles aufgegeben, hatte nur noch existiert, nicht mehr gelebt.

Sie sah zu Laurelins Händen. Sie waren sauber, abgesehen von dem Verband, der ein wenig schmuddelig wirkte. Wie er wohl seine Finger verloren hatte?

»Darf ich die Hand sehen?«

Der Jäger blickte sie überrascht an.

Wenn es nicht um die Fürstin, die Maske oder irgendwelche Geheimnisse ging, konnte sie normal reden. Es tat gut, ihre Zunge wieder zu benutzen und als Antwort nicht nur die Echos der Höhle zu bekommen.

»Ich bin nicht verrückt ...« Leynelle senkte den Kopf. Sie schämte sich dafür, wie sie aussah und wie sie mit der Maske und oft unverständlich brabbelnd auf Laurelin wirken musste.

»Magst du mir deinen Namen nennen?«

Sie schüttelte den Kopf in stummer Verzweiflung. Wie gern hätte sie ihren Namen genannt! Aber er gehörte zu den Geheimnissen, die für sie unaussprechbar blieben.

»Deine Maske ... Kann man sie abnehmen?«

Wieder schüttelte sie den Kopf. Alathaia könnte das vermutlich, aber die Fürstin hatte sie eindringlich gewarnt, es zu versuchen. Unter ihrem Kinn gab es einen Wulst. Angeblich war darin eine Klinge verborgen, die hervorschnellte, wenn man an der Maske zerrte, und die Eisenbänder, die um ihren Kopf lagen, zogen sich enger zusammen, wenn man versuchte sie zu durchtrennen. Was die Eisenbänder anging, hatte Alathaia nicht gelogen. Leynelle hatte einen Arbeiter im Steinbruch verführt, als sie noch nicht krumm gewesen war. Er hatte mit einer Zange probiert, die Bänder zu kappen.

Und tatsächlich hatten sie sich zusammengezogen. Mondelang hatte sie fürchterliche Kopfschmerzen gehabt, bis sie sich langsam an den Druck gewöhnte. Nur ein einziges Mal hatte die Maske etwas Gutes gebracht. Als die Lawine im Steinbruch niederging, hatte sie einen schweren Schlag gegen ihre Stirn abgefangen. Jetzt, in diesem Augenblick, war sie froh darüber. Aber in den zurückliegenden Jahren hatte sie sich oft gewünscht, sie wäre unter den stürzenden Steinmassen gestorben.

Laurelin streckte ihr seine Hände entgegen.

Vorsichtig löste sie den Verband von der Rechten. Es tat ihr weh, seine Verstümmelung zu sehen. Die fehlenden Finger waren im untersten Glied durchtrennt. Mitten durch den Knochen. Auch wenn sie heilten, sahen die Wunden nicht aus, als seien sie gut versorgt worden.

»Du hast kalte Finger«, sagte Laurelin mitfühlend. Er nahm ihre Hände in die seinen, führte sie vor seine Lippen und hauchte seinen warmen Atem darauf.

Einen Herzschlag lang war sie versucht, die Hände fortzuziehen. Sie hatte sich an die Kälte in der Höhle gewöhnt, ebenso wie an die Einsamkeit. Laurelin und Alathaia würden diesen Zufluchtsort verlassen, sobald die Fürstin die Kraft hatte, mit dem Jäger ins Wasser zu steigen und gegen die Brandung zu schwimmen. Sie sollte sich nicht an Annehmlichkeiten und Nähe gewöhnen. Ihre Einsamkeit würde danach nur umso bitterer werden.

Andererseits würde Alathaia wahrscheinlich Assanael schicken, um zu Ende zu bringen, was im Steinbruch nicht geglückt war. Leynelle machte sich keine Illusionen. So wie sie aussah, würde sie nicht lange unbemerkt bleiben, wenn sie sich entschied, die Höhle zu verlassen. Assanael würde sie finden, er hatte selbst Lutin aufgespürt, die als Meister der Heimlichkeit galten.

Warum also sollte sie diesen Funken Glück in ihrem Leben nicht genießen, solange er glomm? Er würde früh genug verlöschen und sie der Finsternis überlassen.

Sie lehnte ihren Kopf an Laurelins Schulter.

Er ließ es geschehen, hielt weiterhin ihre Hände und schenkte ihr seinen warmen Atem.

Leynelle überkam ein schläfriges Wohlgefühl, wie sie es lange nicht mehr empfunden hatte. Sie schloss die Augen und ließ ihre Gedanken zu den fernen Gestaden jenes Lebens treiben, das sie vor so langer Zeit verloren hatte.

Das Zeichen der Kobra

Sanft bettete Laurelin die Elfe mit der Maske auf ihr ärmliches Lager. Was für ein schreckliches Geheimnis sie wohl hütete, dass sie kaum reden mochte? Anfangs hatte er geglaubt, die Einsamkeit hier in der Höhle habe sie wahnsinnig gemacht. Jetzt war er sich nicht mehr sicher, warum sie manchmal in unverständliches Gestammel verfiel.

In den letzten Tagen hatte er sie verstohlen beobachtet, wenn sie neben Alathaia kniete. Auch wenn sie nicht mehr versucht hatte, der Fürstin ein Messer an die Kehle zu setzen, war ihre angespannte Haltung mehr als beredt. Er konnte die beiden nicht allein lassen, um aus der Höhle hinaus in die Bucht zu schwimmen und Hilfe zu holen. Er musste abwarten, bis Alathaia genug Kraft zurückgewonnen hatte, um mit ihm zu schwimmen. Und das mochte dauern.

Laurelin breitete ein Stück Segeltuch über die schlafende Elfe. Sie hatte Arme und Beine angezogen. Auch wenn sie tief eingeschlafen war, war nicht zu übersehen, dass sie fror. Es tat ihm leid, dass er ihr die Decke aus Wolllumpen fortgenommen hatte, doch Alathaia brauchte sie dringender.

Er wandte sich ab und verließ diese seltsame Zuflucht mit ihren unbewegten Windspielen und den ins Treibholz geschnittenen Fratzen.

Alathaia lag wach. Behutsam zog er die Decke von ihrem Bein. Der offene Bruch war die schwerste ihrer Verletzungen, zumindest von denen, die sichtbar waren. Laurelin hatte den Knochen gerichtet und ihr Bein geschient, so gut er es vermochte. In ihrem Palast, der ganz in der Nähe sein musste, gab es gewiss bessere Heiler als ihn.

»Ich werde schon wieder auf die Beine kommen, Laurelin.« Die Stimme der Fürstin klang so schwach, dass sie ihre Worte Lügen strafte.

»Das ist gut«, pflichtete er ihr bei. Er hatte ihr Verhör nicht vergessen und nicht, dass er noch in der Stunde von Melyssanas Tod nach Rosan zurückgebracht worden war, ohne um seine Geliebte trauern zu können. »Was ist das zwischen Euch und der Frau mit der Maske?«

Die Fürstin seufzte. »Sie ist eine verurteilte Mörderin. Sie war für den Tod von mindestens siebzig Kindern in Rosan verantwortlich, die meisten davon im Säuglingsalter.«

»Was?« Er traute seinen Ohren nicht. Die Elfe, deren Hände er eben noch gewärmt hatte und die an seiner Schulter eingeschlafen war, eine Kindesmörderin?

»Keiner hätte das von ihr erwartet.« Alathaia sprach so leise, dass Laurelin sich zu ihr herabbeugen musste. »Sie war einst meine Freundin. Aber die Beweise gegen sie waren erdrückend. Ich habe ihr diese Maske anlegen lassen und sie zu lebenslanger Arbeit im

Steinbruch verurteilt. Das ist fast zweihundert Jahre her … Vor etwa zwanzig Jahren erhielt ich die Nachricht, sie sei in einem Steinschlag umgekommen. Das war offensichtlich ein Irrtum.«

Laurelin dachte an die unheimlichen Fratzen, die sie geschnitzt hatte. Die Fremde hatte ohne Zweifel eine dunkle Seite. Aber dass sie eine Kindesmörderin war, mochte er einfach nicht glauben. »Warum hat sie gemordet?«

»Zu ihrer Zeit war sie die schönste Elfe Langollions, und sie war eine machtvolle Zauberweberin … Sie hat Bienen ausschwärmen lassen, um Kindern ihre Lebenskraft zu entziehen. Diese Kraft hat sie für Zauber genutzt, die ihre Schönheit noch strahlender werden ließen … Sei auf der Hut vor ihr. Sie ist ganz gewiss keine harmlose Verrückte. Das Gericht hat ihre Strafe mit Bedacht gewählt. Ihr wurden ihre Zaubermacht und ihre Schönheit genommen.«

Er hatte keine Vorstellung vom Leben an den Höfen und in den Städten gehabt, dachte Laurelin niedergeschlagen. Das Leben in der Wildnis war so viel einfacher.

»Wenn wir hier heraus sind, wirst du deine Sonne bekommen«, versprach Alathaia. »Ich verdanke dir mein Leben … und ich entschuldige mich dafür, dass ich dich auf Melyssanas Mondfest so unfreundlich behandelt habe. Ich werde … Was ist dein Traum, Laurelin? Weshalb bist du nach Langollion gekommen?« Ihre Stimme wurde immer schwächer.

»Ich wollte Bogenschießen lehren. Wie es hilft, sich selbst zu finden und …«

»Was ist das für ein Amulett?« Die Fürstin schien ihm gar nicht zugehört zu haben. Stattdessen blickte sie auf das Geschenk der Trollschamanin. »Darf ich es sehen?«

Nur ungern hob er die Lederschnur über den Kopf, aber sie war die Fürstin dieser Insel, wie könnte er ihr einen solch banalen Wunsch abschlagen?

Alathaias Erschöpfung schien verflogen zu sein. Aufmerksam betrachtete sie das grün angelaufene Amulett, das ein stilisiertes Auge darstellte, von allen Seiten. »Woher hast du das?«

Laurelin erzählte ihr noch einmal die Geschichte von der Jagd, dem Eber und der Gefangenschaft bei den Trollen und ließ diesmal nichts aus.

»Skanga hat es dir gegeben?« Alathaia schien beeindruckt und zugleich auch verwundert. Sie kratzte mit einem Fingernagel über die Rückseite des Amuletts. »Ilak«, flüsterte sie.

Er hatte keine Ahnung, was das bedeuten sollte.

»Darf ich es für ein paar Tage behalten?«

Das gefiel Laurelin gar nicht. »Warum?«

Die Fürstin rieb an dem Amulett. Dann zeigte sie ihm ein seltsames Zeichen, das in die Rückseite geprägt war. Eine aufgerichtete Schlange mit einem seltsamen Nackenschild.

»Dies ist das Zeichen Ilaks, der Blutkönigin. Dein Amulett ist sehr alt. Es stammt aus der Zeit der Drachenkriege. Und die eingestempelte Kobra bedeutet, dass Ilak es selbst erschaffen hat. Es ist ein Schatz, Laurelin. Ich habe noch nie etwas in Händen gehalten, was die Blutkönigin selbst gefertigt hat. Sie war eine so machtvolle Zauberweberin und Heerführerin, dass selbst die Himmelsschlangen sie gefürchtet haben.«

»Ich habe noch nie von ihr gehört«, bekannte er. »War es nicht Emerelle, die diese Drachen besiegt hat?«

Alathaia lächelte spöttisch. »So erzählt man sich heute. Aber das ist nicht die ganze Wahrheit.« Die Hand der Fürstin schloss sich um das Amulett zur Faust, und Laurelin ahnte, dass er es nicht so schnell zurückbekommen würde.

Zum Erfolg verdammt

Das Wasser war in den letzten Tagen deutlich kälter geworden. Adelayne zitterte erbärmlich, als sie sich über die Reling des kleinen Fischerboots zog. Eldarian reichte ihr ein Tuch, damit sie sich trocken rubbeln konnte. Ein eisiger Wind wehte von Norden. Die See in der kleinen Bucht war kabbelig geworden, und das Boot schwankte unangenehm.

Sie kauerte sich in eine Ecke und schlang sich eine Wolldecke um die Schultern. Eldarian gab ihr einen irdenen Becher mit warmem Kräutersud. Dankbar legte sie die kalten Hände um das Gefäß und genoss, wie die Wärme langsam in ihre Finger kroch.

Der Fürst sah sie mit fragenden Augen an. Er musste Alathaia wirklich lieben. Er konnte einfach nicht akzeptieren, was mit jedem vergeblichen Tauchgang gewisser wurde. Sollte Alathaia nicht schon durch den Sturz von der Klippe umgekommen sein, so war sie ertrunken. Ihre Leiche musste aus der Bucht vor dem Drachengrab aufs Meer hinausgetrieben sein, andernfalls hätte man sie längst gefunden.

Adelayne schüttelte schwach den Kopf. Sie mochte ihm dabei nicht in die Augen sehen.

»Wir werden weitersuchen«, sagte Eldarian entschieden. »Dies ist einfach die falsche Bucht. Noch zwei oder drei Tauchgänge, dann werden wir weitersegeln.«

Sie widersprach ihm nicht. Es wäre besser, wenn sie die Leiche der Fürstin fanden. Sie mochte Emerelle nicht unter die Augen treten, um zu sagen: Alathaia ist wahrscheinlich tot. Ihre Aufgabe in Langollion war es gewesen, für Gewissheit zu sorgen. Der Königin gleich nach ihrem ersten Einsatz ein solches Ergebnis zu liefern war im besten Fall peinlich, im schlimmsten Fall tödlich. Die Herrscherin war dafür berüchtigt, zuweilen unberechenbaren Launen zu folgen. Sollte sie entscheiden, dass Adelayne nach dem Misserfolg verschwinden sollte, weil sie zu tief in Emerelles Intrigen eingeweiht war, dann war ihr Leben verwirkt, das wusste Adelayne.

Sie war dazu verdammt, Erfolg zu haben, also blieb sie an der Seite Eldarians. Der Fürst hatte sie geradezu bedrängt, mit ihm auf das Boot zu kommen. Sie hatte dankbar angenommen. Es war besser, Teil der inzwischen heimlichen Suche nach Alathaia zu sein, als auf eigene Faust nach der verschwundenen Fürstin zu suchen. Das hätte nur Verdacht erweckt.

Ebenso wäre es verdächtig gewesen, wenn sie kurz nach dem Unfall der Fürstin den Palast der tausend Blüten verlassen hätte. Während der ersten beiden Wochen der Suche hatte sie das Gefühl gehabt, dass Tiranu, Morwenna und auch Sanassa sie argwöhnisch beobachteten.

Eldarian streifte das unförmige Wollgewand ab, mit dem er sich gewärmt hatte. »Ich werde noch einmal tauchen.«

»Lass mich gehen.« Adelayne deutete auf die langen, kaum verkrusteten Schrammen am linken Bein des Fürsten. Er hatte sich bei einem Tauchgang in das Schiffswrack, das am Grund der Bucht lag, verletzt. Es war besser, wenn er sich schonte.

»Das ist nicht so schlimm«, wiegelte er ab, doch Adelayne war nicht entgangen, dass er sich ständig irgendwo aufstützte. Heute Morgen hatte ihm die unruhige See nichts ausgemacht. Jetzt stand er nicht mehr sicher auf den Beinen.

Sie nahm einen tiefen Schluck von dem Kräutersud, schloss genießerisch die Augen und kostete das wohlige Gefühl aus, als Wärme sich von ihrem Magen ausbreitete. Einige Herzschläge verharrte sie, dann warf sie die Decke ab. »Ich bin die bessere Schwimmerin. Ich gehe!«

Der Fürst leistete nur halbherzigen Widerstand gegen ihre Entscheidung.

Adelayne blickte über die grauen Felsen, von denen die Bucht eingefasst wurde. Es gab weit und breit kein anderes Boot. Landeinwärts erhoben sich Zedern. Schwarzköpfige Möwen kreisten über dem dunklen Wasser. Gestern hatten sie die Insel abgesucht, für den Fall, dass Alathaia hier gestrandet war. Außer einer Feuerstelle, die sichtlich seit etlichen Monden nicht genutzt worden war, gab es kein Anzeichen dafür, dass je ein Albenkind dieses kleine Eiland betreten hatte.

Sie atmete tief ein und wappnete sich gegen die Kälte, dann sprang Adelayne über Bord.

Beredtes Schweigen

Eldarian war sich bewusst, dass Adelayne Hauptmann Nanduval aus dem Weg ging und dass dies ganz sicher eine Rolle dabei spielte, dass sie so durchgefroren noch einmal ins Wasser ging. Sie waren sich in den letzten Wochen sehr nahegekommen. Dass Adelayne mit so viel Einsatz nach Alathaia suchte, berührte ihn. Eldarian hatte darauf geachtet, sie nicht aus den Augen zu lassen. Sie war in großer Gefahr, auch wenn sie das nicht ahnte. Wie sollte sie auch? Schließlich war sie vollkommen unschuldig.

Nanduvals Kopf schoss aus dem Wasser. Er war etwa fünf Schritt steuerbord des Bootes aufgetaucht und schwamm nun herüber.

»Nichts!«, rief der Hauptmann, noch bevor er sich an Bord zog.

Bei der nächsten Insel würden sie mehr Glück haben, dachte Eldarian. Er vermochte sich einfach nicht vorzustellen, dass Alathaia tot war.

Nanduvals Lippen waren blau. Er zitterte so stark, dass Eldarian ihm half, an Bord zu klettern. Zähneklappernd trank der Hauptmann den Kräutersud, den er ihm reichte.

»Sie ist noch einmal draußen?«, fragte Nanduval das Offensichtliche.

Eldarian nickte. »Du hast ihr unrecht getan. Sie hat mit dem Mordanschlag nichts zu tun.«

»Ich habe niemanden verurteilt, Hoheit«, wandte der Hauptmann, schlotternd vor Kälte, ein und hüllte sich in seine Decke. »Ich habe nur Fakten aufgezählt. Sie war neu bei Hof. Sie durfte ihr Pferd im fürstlichen Stall unterbringen, was ungewöhnlich ist …«

»Ist dir nicht klar, was das für Adelayne bedeutet? Ich bin sicher, inzwischen ist Assanael auf der Insel. Er wird Adelayne befragen …« Eldarian wollte sich gar nicht vorstellen, wie das ablaufen würde. Sein Ältester war nicht dafür berühmt, zimperlich zu sein.

»Wir könnten die Heilerin aufs Festland bringen«, schlug Nanduval vor.

»Was wie eine Flucht aussehen würde.« Der Seegang hatte zugenommen, und das Boot schlingerte immer stärker. Eldarian hockte sich mit dem Rücken zur Reling. »Assanael wird sie überall finden, wenn er den Verdacht hat, sie habe etwas mit dem Verschwinden seiner Mutter zu tun.«

Nanduval nickte über seinem Becher. Es gab unzählige Geschichten über Assanael. Einst hatte er die Lutin gejagt, die über die Karfunkelsteine der Königin wachten. Er hatte sie alle aufgespürt und auch die versteckten Steine. Es hatte Jahre gedauert. Gleichzeitig war er allen Meuchlern entgangen, die Emerelle auf ihn angesetzt hatte. Wer es schaffte, sich Assanael zum Feind zu machen, dessen Tage waren gezählt.

»Adelayne muss in meiner Nähe bleiben, das ist ihr einziger Schutz«, sagte Eldarian, doch nicht einmal dessen war er sich sicher. Assanael hatte seine Mutter geliebt.

Der Hauptmann blickte zum Himmel. Im Nordwesten zogen dunkle Wolken auf. »Sollen wir die Bucht wirklich verlassen und zur nächsten Insel segeln, Hoheit? Der Ankerplatz hier ist halbwegs geschützt.«

Nanduval hatte Alathaia aufgegeben, dachte Eldarian. Er konnte es dem Hauptmann nicht vorwerfen. Trotz seiner unzweifelhaften Treue zur Fürstin war er auch ein Mann der Vernunft. Wie wahrscheinlich war es, bei einem solchen Sturz nicht umzukommen? Und selbst wenn Alathaia Glück gehabt hatte, war sie doch mit Sicherheit verletzt gewesen. Wie hätte sie im kalten Wasser überleben können? Sie immer noch zu suchen war eine Verzweiflungstat.

Vielleicht, so überlegte er, war er eigentlich hier, um Adelayne vom Hof fernzuhalten. Die Heilerin ahnte nicht, was sich da zusammenbraute. Er hatte ihr nichts von dem Verdacht erzählt, den Nanduval vor Sanassa ausgesprochen hatte. Womöglich war Adelayne inzwischen die Einzige, die selbstlos, ganz ohne Hintergedanken, nach Alathaia suchte.

»Meine Kinder haben dich gebeten, Adelayne zu überwachen«, sprach Eldarian aus, was er schon seit Tagen vermutete.

Der Hauptmann blickte in seinen Becher und sagte nichts, doch es war ein beredtes Schweigen.

Vatermord

Sanassa war erst am Morgen durch den Albenstern im Park des Palasts der tausend Blüten zurückgekehrt. Sie war erschöpft und niedergeschlagen. Sie hatte die Hoffnung gehegt, dass Alathaia sie im Palast erwarten würde und dass sie gemeinsam über alle Intrigen und Winkelzüge der letzten Wochen lachen würden. Doch statt ihrer Mutter hatte Assanael sie erwartet.

Sie hatten sich in dem Kaminzimmer hinter dem kleinen Speisesaal versammelt. Tiranu und Morwenna waren hier. Einzig Xylon fehlte. Ihn hatte in der Blauen Halle vermutlich noch nicht einmal die Nachricht vom Unfall ihrer Mutter erreicht.

»Wie schreitet Mutters Reise voran?«, fragte Assanael. Er stand beim Kamin und blickte in die Flammen. Sein Gesicht wirkte blass und ausgezehrt. Er war ihr wichtigster Kämpfer im Schattenkrieg. Er hatte das Blut unzähliger Feinde Langollions vergossen. Doch er zahlte einen hohen Preis dafür. Er war stets auf der Flucht. Nie verbrachte er zwei Nächte am selben Ort. Selbst hier unter seinen Geschwistern, in der Sicherheit des Palastes, war eine Spannung in ihm, die an eine Schlange gemahnte, die sich aufgerichtet hatte, um jeden Augenblick zuzustoßen.

»Meine Eskorte reist weiter«, sagte Sanassa. »Eine Kriegerin, die Mutter leicht ähnelt, trägt nun deren Kleider. Niemand kennt Alathaia dort. Niemand wird bemerken, dass es nicht wirklich die Fürstin von Langollion ist, die inmitten des prächtigen Gefolges reitet.«

»Du warst bei der Rose …« Irgendwie schaffte Assanael es, selbst wenn er nur etwas Banales sagte, bedrohlich zu wirken. Vermutlich konnte er gar nicht mehr anders.

»Ich habe mit Matha Blouta gesprochen«, bestätigte Sanassa. »Sie ist der Überzeugung, dass es nicht Melvyn war. Der Wolfself hat sie vor dem Anschlag besucht. Sie war in seinen Gedanken. Er kannte diesen Plan nicht, und er war auch nicht in den Ställen.«

»Also war es doch die Heilerin?« Morwenna klang niedergeschlagen, war doch sie es gewesen, die Adelayne in den Palast der tausend Blüten gebracht hatte.

»Sie ist es nicht!« Tiranu, der Jüngste, hatte bislang schweigend zugehört. Jetzt zog er unter seiner Weste einen schmalen Lederzylinder hervor.

Sanassa mochte ihren jüngsten Bruder nicht sonderlich. Er hatte noch nichts geleistet, spielte sich aber gern so auf, als sei er ihnen ebenbürtig.

»Ich habe Vaters Gemächer durchsucht und das hier gefunden.« Er öffnete den Zylinder. Dann las er laut vor: »*Mein geschätzter Eldarian, es beglückt mich, wenn die Weisheit über die Unvernunft triumphiert und Leben gerettet werden. Ich versichere Dir und Deinen geschätzten Kindern noch einmal, dass ich keine Blutfehde führe. Es ist nur ein Leben verwirkt. Da gesprochene Worte billig sind, erhältst Du dieses Dokument mit meinem Siegel und meinem Dank für Deine Hilfe. Emerelle.*«

Einige Herzschläge lang herrschte entsetzte Stille.

»Eldarian«, stammelte Morwenna leise.

Sanassa konnte es nicht glauben. Sie hatte wegen seiner zahllosen Affären seit Langem kein gutes Verhältnis mehr zu ihrem Vater, aber das hätte sie ihm niemals zugetraut.

»Er zieht den größten Nutzen aus Mutters Tod«, sagte Assanael kühl. »Er wird nun herrschen, nicht wir. Aber das wird eine sehr kurze Herrschaft sein.«

»Und wenn Mutter noch lebt?«, wandte Morwenna ein. »Niemand konnte bislang ihre Leiche finden …«

»Weshalb ist sie dann nicht hierher zurückgekehrt oder hat uns zumindest eine Nachricht zukommen lassen?« Sanassa glaubte daran nicht mehr. »Es sind mehr als drei Wochen seit dem Unfall vergangen. Wir hätten längst von ihr gehört, wenn sie noch lebte.«

»Vielleicht ist Eldarian ja bereits auf der Flucht«, gab Tiranu zu bedenken.

»Dann hätte er doch wohl diesen Brief vernichtet«, entgegnete Assanael mürrisch. »So dämlich ist nicht einmal er. Wie bist du überhaupt darauf gekommen, Vaters Gemächer zu durchsuchen?« Er sah Tiranu finster an. Sanassa fand seinen Anblick schwer zu ertragen. Er hatte sein Haar – für einen Elfen – ungewöhnlich kurz geschnitten. Noch schlimmer aber waren seine Ohren. Assanael hatte die Spitzen kappen lassen und sie so verändert, dass er wie ein Damien aussah!

»Ich …«, druckste Tiranu herum. Ihr jüngster Bruder hatte nichts von Assanaels Härte. Obwohl er ein guter Fechter war, gefiel es ihm, sich stets nach der neuesten höfischen Mode zu kleiden. Er hatte sogar Locken in sein glattes schwarzes Haar drehen lassen. »Ich war auch bei Matha Blouta. Sie hat mir verraten, dass Melvyn eine Nachricht für Eldarian gebracht hat. Die Rose konnte es in seinen Gedanken lesen.«

Warum hat sie mir nichts davon gesagt?, fragte sich Sanassa verärgert. Matha Blouta trieb wohl ihr eigenes Spiel. »Wir sollten vorsichtig sein, wenn die Rose uns Rat erteilt«, sagte sie nachdenklich. »Auch wenn Eldarian flieht, kann er uns nicht entkommen. Bevor ich mich eingeschifft habe, habe ich Nanduval den Befehl gegeben, immer an seiner Seite zu bleiben. Sollte Vater nicht bis zum Mondfest hierher zurückkehren, wird der Hauptmann uns Nachricht geben, wo wir Eldarian finden.«

»Mich würde es nicht wundern, wenn er sogar mit Emerelle ins Bett gestiegen ist«, zischte Assanael. »Aber auch wenn er weibstoll ist, ein Feigling ist er nicht. Er wird zum Mondfest hier sein. Und dann werde ich ihn erwarten.«

»Und dabei bleibt es«, stellte Sanassa klar. »Du wirst ihn lediglich erwarten. Und wir werden sehr freundlich zu ihm sein und darauf achten, dass uns viele der dienstbaren Geister mit ihm zusammen sehen.«

»Glaubst du, ich lasse mir von dir Vorschriften machen?« Assanael maß sie mit Blicken. Seine schwarzen Augen schienen sie zu durchbohren.

»Es wird zu Unruhen kommen, wenn Eldarian stirbt und es so aussieht, als hätten wir ihn ermordet, während Alathaia auf der Reise zu Emerelle ist. Der Unfall hat schon für genug Aufregung gesorgt. Das Fürstentum braucht Ruhe.«

»Und du willst den Mörder unserer Mutter ungeschoren davonkommen lassen?«, fragte Assanael leise.

»War er es denn wirklich?«, wagte Morwenna einzuwenden. »Kann uns der Brief von Emerelle genügen? Sie ist eine Meisterin der Intrige. Vielleicht lässt sie es ja nur so aussehen, als ob …«

»Ist unsere Mutter von der Klippe gestürzt oder nicht?«, unterbrach sie Assanael. »Hat jemand eine Wespe ins Ohr ihres Rappen gebracht? War Eldarian an ihrer Seite, als sie abstürzte? Hat er sie vielleicht dazu überredet, mitten in einem Sturm einen Ausritt zu unternehmen? Und sieh dir diesen Brief an. Siehst du die Rußspuren? Eldarian hat offensichtlich vergeblich versucht ihn zu verbrennen. Ich brauche nicht noch mehr Gründe für seinen Tod. Und sein neues Flittchen wird auch sterben. Sie wird niemals an der Seite des Fürstenthrons stehen, auf dem unsere Mutter sitzen sollte.«

»Ich stimme dir ganz und gar zu«, versuchte Sanassa ihn zu beschwichtigen. »Dennoch können wir es uns nicht erlauben, dass irgendjemand vermutet, dass Eldarians Blut durch uns vergossen wurde. Er wird sterben und Adelayne auch. Wir werden Folgendes tun …«

Wie man einen Wolfselfen fängt

Zafira trat durch den Albenstern im Thronsaal von Burg Elfenlicht. Nur eine kleine Öllampe neben dem Thron spendete Helligkeit. Außer der Königin war niemand zugegen. Sie stand bei der Silberschale nahe dem Thron.

Die Lutin wagte es nicht, Emerelle zu stören. Geduldig wartete sie am Rand des großen Schlangenmosaiks. Die Königin hatte ihr eine Nachricht zukommen lassen, sich umgehend hier einzufinden.

»Alathaia?«, sagte die Herrscherin, ohne den Blick von der Silberschale zu lösen.

»Kompliziert«, entgegnete Zafira ebenso wortkarg. Wenn die Königin etwas von ihr wollte, sollte sie ein wenig konkreter werden.

Emerelle wandte den Blick vom Wasser ab und lächelte. Manchmal mochte die Herrscherin es, wenn man ihr aufmüpfig kam.

»Mich haben sehr widersprüchliche Nachrichten über die Fürstin erreicht, meine liebe Zafira. Es scheint, als sei sie mit einem Pferd von einer Steilklippe gestürzt. Einige halten sie für tot. Heute Morgen dann habe ich die Nachricht bekommen, sie sei mit einem ansehnlichen Gefolge auf dem Weg hierher. Erleuchte mich, meine Liebe. Was weißt du darüber?«

Es erfüllte Zafira mit Stolz, dass Emerelle sie für ihre beste Spionin hielt. Und sie war auch gut. »Es hat einen Unfall gegeben. Und Alathaia ist nicht auf der Reise zu dir. Das ist eine Elfe aus ihrer Leibwache, die lediglich die Kleider der Fürstin trägt.«

»Etwas genauer bitte.« Ungeduld lag in der Stimme der Königin. Das Lächeln war von ihren Lippen verschwunden.

»Seit Assanaels Morden an uns Lutin beobachtet mein Klan die Fürstenfamilie und ihre Bewegungen durch das magische Netz. Alathaia hat einen Unfall gehabt. Wie es scheint, hat niemand sie seither mehr gesehen. Das war vor mehr als dreieinhalb Wochen. Unterdessen hat Sanassa sich als ihre Mutter ausgegeben. Unter dieser Maske hat sie den Hafen von Rosan auf der Prunkgaleasse der Fürstin verlassen und von ihrem Volk Abschied genommen. Sie segelte nach Reilimee. Auch dort hat sie sich als Alathaia ausgegeben. Als sie die Stadt verlassen hat, ist sie noch drei Tage bei ihrem Gefolge geblieben, um dann durch einen Albenstern zum Palast der tausend Blüten zurückzukehren. Das war heute Morgen.«

Emerelle nickte nachdenklich. »Alathaia kann nicht tot sein. Ich sehe sie noch in der Silberschale. Sie wird sehr bald einen schrecklichen Krieg entfesseln. Wir müssen sie aufhalten. Du wirst sie aufhalten.«

Zafira schluckte. Nichts täte sie lieber, als diese lutinmordende Brut in Langollion auszulöschen. Insbesondere Assanael und Alathaia! Aber sie kannte ihre Grenzen.

»Du zögerst?« Emerelle klang enttäuscht. »Ich gehe davon aus, dass man auf Alathaias vorgeblicher Reise zu Burg Elfenlicht einen Zwischenfall inszenieren wird, der mit ihrer Ermordung endet. Und diesen Mord wird man mir in die Schuhe schieben. Da ihr Blut also ohnehin an meinen Händen haften wird, musst du keinerlei Bedenken haben.«

Zafira leckte sich nervös über die Schnauze. »Ich habe keine moralischen Bedenken. Wenn jemand den Tod verdient hat, dann

Alathaia. Ich fürchte aber ... ich werde der Fürstin nicht gewachsen sein.« Sie hasste es, das einzugestehen. Es wäre ihr eine Wonne, der Elfe einen Dolch ins Herz zu stoßen. Aber die Wahrheit lautete, Alathaia würde sie – selbst erblindet und mit einer Hand auf dem Rücken – noch besiegen.

»Hol dir Melvyn«, entschied Emerelle.

»Der war beim letzten Mal schon recht widerborstig«, gab Zafira zu bedenken.

»Deshalb wirst du ihn bei seiner Ehre packen. Du wirst ihm erzählen, Alathaia sei spurlos verschwunden. Niemand habe sie seit Wochen finden können. Trag ein bisschen dick auf ... Sag, dass etliche Zauberer und Fährtensucher schon gescheitert wären. Und auch du. Sag nicht, dass ich dich geschickt habe. Erzähle ihm, er sei in deinen Augen der beste Fährtensucher Albenmarks und deine letzte Hoffnung, meinem ungerechten Zorn zu entgehen. So wirst du ihn bekommen. Du bist die Anführerin dieser Mission. Du wirst mir verantwortlich sein. Aber ihn lässt du besser in dem Glauben, dass er das Sagen hat. Dann ist er umgänglicher.«

Zafira wusste, dass sich der Unfall an der Klippe erst ereignet hatte, nachdem Melvyn Langollion verlassen hatte. Wenn es aber kein Unfall war, dann musste es einen begabten Meuchler geben, der in Emerelles Diensten stand. Zafira war sich nicht sicher, ob Melvyn genügen würde, um Alathaia zu töten. »Gibt es jemanden, der bei dem Unfall nachgeholfen hat?«, fragte sie vorsichtig. »Assanael ist wahrscheinlich nach Langollion zurückgekehrt. Er ist der Einzige aus Alathaias Familie, den ich seit Jahren nicht mehr aufspüren konnte. Er ist wirklich gefährlich. Wir könnten jede Unterstützung gebrauchen.«

Emerelle sah sie bedauernd an. »Es war nur ein Unfall. Da gibt es niemanden. Dein Verstand und Melvyns Krallen werden genügen, um Alathaias Schicksal zu besiegeln.«

Zartes Leinen und blutrote Korallen

Adelayne betrachtete die drei kleinen weiß getünchten Häuser mit den rotorangenen Ziegeldächern. Sie waren nicht weit von einem schmalen Bach entfernt. Ein jedes hatte einen großen Gemüsegarten, der mit einer Bruchsteinmauer eingehegt war. Einzelne Zedern und wilde Rosen wuchsen nahe dem Wasser. Nach Westen hin hob und senkte sich sanft das hügelige Land in der Spätherbstsonne. Am Horizont konnte man die Dächer und Türme des Palastes der tausend Blüten sehen. Es war ein schöner Ort. Ob sie jemals einen so friedlichen Platz zum Leben finden würde?

»Welches der Häuser ist es?«, fragte Eldarian.

Ihr Roter schnaubte unruhig. »Das nördlichste der drei.« Mit leichtem Schenkeldruck trieb sie den Fuchs den Weg entlang.

Tallan sah sie als Erster. Der Junge stieß einen Freudenruf aus. Er sprang über die Gartenmauer und kam ihr entgegengelaufen. Sein braunes Haar mit den blonden Strähnen flog ihm um die Schultern. Er war immer noch barfuß, aber er trug jetzt eine saubere grüne Hose und eine graue Tunika. »Adelayne!«, rief er ausgelassen. »Bringst du Geschenke?«

Sie klopfte auf ihre Satteltasche. »Natürlich!«, rief sie gut gelaunt zurück. Jetzt entdeckte sie auch die Zwillinge, die mit einem anderen Mädchen, das einen Kranz aus gelben Rosen trug, zwischen den Büschen am Bach spielten.

Als Adelayne an der Gartenmauer aus dem Sattel stieg, nahm Tallan ihr die Zügel ab. »Ich werde vielleicht in den Ställen des Palastes helfen dürfen«, erzählte er ihr begeistert. »Ich war schon einmal dort, um mir alles anzuschauen.«

Es freute Adelayne, den Jungen so aufblühen zu sehen.

»Wer ist das denn?«, raunte er ihr zu und sah in Eldarians Richtung. »Der sieht stinkreich aus«, fügte er anerkennend hinzu.

Adelayne entschied, nicht zu verraten, dass der Fürst von Langollion sie begleitete. Sie befürchtete, dass schlagartig alle verlegen und sehr steif im Benehmen würden, wenn sie begriffen, dass der Herrscher der Insel vor ihrem Gemüsegarten stand.

»Er hat komische Augen«, flüsterte Tallan.

»Und gute Ohren«, bemerkte Eldarian schmunzelnd und saß ab.

Sylvelle erschien in der Tür des Hauses. Sie hielt die kleine Gryanne auf dem Arm. Dunkle Ringe lagen unter den Augen der Elfe.

»Ich hab ein paar Geschenke gebracht«, rief Adelayne. Sie fühlte sich schuldig, weil sie Omoran nicht hatte retten können.

»Wie geht es ihr?«, fragte sie Tallan leise.

»Wenn sie denkt, dass wir alle schlafen, höre ich sie manchmal weinen«, erwiderte er beklommen. »Ich weiß nicht, was ich tun soll. Ich bemühe mich ...«

Adelayne strich ihm übers Haar. »Lass ihr Zeit, das wird sich finden.«

Eldarian führte ihre beiden Pferde durch das Gartentor. Jetzt bemerkten die Zwillinge am Bach, dass Besuch gekommen war, ließen ihre Freundin im Stich und kamen mit ausgelassenem Gelächter durch den Garten gelaufen.

Adelayne zog einen großen Schinken aus der Satteltasche und schwenkte ihn.

»Du bist zu gut zu uns.« Verlegen senkte Sylvelle den Blick. »Wir werden dir das nie vergelten können.«

»Ich lasse mich gerne mit Kinderlachen bezahlen«, entgegnete sie und holte Äpfel für die Kleinen aus den Satteltaschen. »Ich habe auch noch feines Mehl und ein Säckchen mit Rosinen.«

»Woher hast du das nur alles?«, staunte Sylvelle. Ihr kleines Töchterchen erwachte auf ihrem Arm.

»Sie passen in der Palastküche wirklich nicht gut auf ihre Vorräte auf.«

Eldarian räusperte sich und bedachte sie mit einem ernsten Blick.

»Wer ist das?« Sylvelle sah scheu zum Fürsten hinüber.

»Ein Freund.« Adelayne trat in das kleine Haus. Der Steinboden war sauber gefegt. Ein kleines Feuer brannte im Kamin. Darüber hing von einer Kette ein rußgeschwärzter Kupferkessel, von dem ein köstlicher Duft nach Fischsuppe aufstieg.

Vor dem Kamin lagen zusammengerollte Decken.

»Habt ihr keine Betten?«

»Wir sind daran gewöhnt, hart zu schlafen.« Sylvelle trat an den Kessel und rührte darin. »Vor dem Feuer finden wir es alle gemütlich und ...« Ihre Stimme zitterte. »Ich fühle mich besser, wenn ich sie nachts nahe bei mir spüre.«

»Heute Abend ist das Mondfest beim Palast. Du solltest mit den Kindern kommen«, schlug Adelayne vor. »Es ist wirklich schön.«

Sylvelle schüttelte den Kopf. »Wir passen nicht zu all den feinen Leuten.«

»Aber jeder kann kommen, Mama!«, mischte sich Tallan ein. »Sie haben bei den Ställen davon erzählt. Es gibt das wunderbarste Essen. Und so viel Wein, wie man ...«

»Ein Grund mehr, dass du mir nicht da hingehst«, unterbrach Sylvelle ihn streng.

Tallan schnitt eine Grimasse, sagte aber nichts mehr.

»Außerdem haben wir nichts anzuziehen für so ein Fest.«

Adelayne lachte, und selbst Eldarian lächelte breit. Sie hatte ihm prophezeit, dass Sylvelle das sagen würde. »Also was das angeht ...«

Sie nickte dem Fürsten zu, und er ging hinaus, um seine Satteltaschen zu holen. »Ich glaube, ich konnte da etwas finden …« Sie hatte am Morgen mit der Hofschneiderin gesprochen und ihr einige abgelegte Kleider abschwatzen können.

»Was hast du getan?« Sylvelle klang misstrauisch und zugleich neugierig. Und jetzt endlich zeigte sich ein scheues Lächeln auf ihren Lippen.

»Also das hier ist wohl zu klein …« Eldarian zog ein buttergelbes Kleid aus seiner Tasche, gerade einmal groß genug für eine Sechsjährige.

Die Zwillinge stießen ein begeistertes Freudengeheul aus und begannen zu streiten, wem das Kleid gehören sollte, als Eldarian ein zweites hervorholte, das genau gleich aussah.

»Und das hier ist für dich.« Adelayne war sich nicht sicher gewesen, was Sylvelles Geschmack anging. Sie hatte ein weißes, ärmelloses Kleid mit einem Stehkragen für sie ausgesucht. Es war schlicht geschnitten und ohne jeden Schmuck.

»Bei den Alben«, stammelte Sylvelle. Sie nahm das Kleid und strich ehrfürchtig über den zarten Stoff. »So etwas Schönes habe ich in meinem ganzen Leben nicht besessen«, flüsterte sie.

»Dann wird es höchste Zeit«, bemerkte Eldarian. »Dies hier ist Langollion, die Insel, auf der ein jeder sein Glück finden soll.«

»Ich kann das nicht bezahlen …«

Es rührte Adelayne zu sehen, wie aufgewühlt Sylvelle war. Die Zwillinge hatten ihre Kleider schon angezogen und hüpften ausgelassen durch die Stube.

»Nimm es als Geschenke aus dem Palast«, sagte Eldarian ernst. »Mein Lohn ist, euch glücklich zu sehen.«

Sylvelle starrte den Fürsten an. »Wer bist du?«

Für einen Augenblick befürchtete Adelayne, er könne alles verderben, doch dann sagte er lächelnd: »Nur ein Freund.«

»Ich muss bei Gryanne bleiben …«

»Das genügt jetzt wirklich. Du nimmst dir ein großes Tuch und trägst sie vor deiner Brust. Ein Kind ist doch kein Grund, alle Freuden zu meiden.« Adelayne nahm sie beim Arm und führte sie in eines der angrenzenden Zimmer. »Leg das Kleid an. Spüre das zarte Leinen auf deiner Haut. Genieße das Leben mit allen Sinnen.«

»Aber, Omoran … Es ist gerade einen Mond her …« Tränen traten Sylvelle in die Augen.

»Wäre es sein Wunsch gewesen, dass ihr keine Freude mehr am Leben habt? Oder würde es ihn glücklich machen, euch lachen und ausgelassen tanzen zu sehen?«

Sylvelle seufzte. Dann drückte sie Adelayne den Säugling in den Arm und zog ihr abgetragenes Kleid aus. Sie war noch immer entsetzlich dünn. Jede Rippe malte sich unter ihrer bleichen Haut ab.

Gryanne roch nach Milch und sah mit himmelblauen Augen zu Adelayne auf. Sie selbst würde keine Kinder haben, das wusste die Meuchlerin. Sie passten nicht in ihr Leben. Aber vielleicht könnte sie manchmal hierherkommen. Sylvelle vergrub sich in ihrer Trauer um Omoran, dabei war sie noch so reich. Sie hatte ihre Kinder.

Sylvelle stieg in das Kleid, und Adelayne half ihr, die Verschnürung auf dem Rücken zu straffen.

»Es ist wie für mich gemacht«, schwärmte die hagere Elfe. »So schön.«

Man sah dem Kleid an, dass es ihr nicht auf den Leib geschnitten war, dachte Adelayne, sagte aber nichts, sondern lächelte nur.

Sylvelle drehte sich im Kreis, sodass der Saum des Kleides in die Höhe schwebte. »So schön!«, flüsterte sie verzückt, als die Zwillinge ins Zimmer kamen.

»Du siehst ja aus wie eine Prinzessin, Mama!«, riefen sie wie aus einem Munde.

»Noch nicht ganz«, bemerkte Eldarian, der ihnen folgte, und griff in die Satteltasche, um eine Kette aus blutroten Korallenstücken hervorzuholen. »Eine Prinzessin sollte nie ohne Schmuck auf ein Fest gehen. Gestattest du?« Ohne Sylvelles Antwort abzuwarten, trat er hinter sie und legte ihr die Kette um den Hals.

Er konnte so ritterlich sein, dachte Adelayne. Er würde ein guter, ein fürsorglicher Herrscher sein. Wenn sie doch nur Alathaias Leiche gefunden hätten! Die Suche auf den vorgelagerten Inseln war vergebens gewesen. Obwohl ... Sie dachte an die Abende mit Eldarian. Ohne Zweifel trauerte er um Alathaia, aber im Gegensatz zu Sylvelle hatte er nicht aufgehört, die schönen Seiten des Lebens zu genießen.

»Ihr seid ja ebenfalls schon Prinzessinnen«, staunte ihre Mutter, denn die Zwillinge trugen klingende Halsketten aus dünnen Silbermünzen.

»Für dich habe ich auch etwas.« Eldarian wandte sich an Tallan und zog ein aus Leder geflochtenes Stirnband mit einem Türkis aus der Satteltasche.

»Toll«, sagte der Junge ohne rechte Begeisterung.

Adelayne wunderte sich. Sonst war Eldarian so feinfühlig. Wie hatte er sich derart verschätzen können?

Der Fürst schnippte mit den Fingern und tat so, als habe er das lange Gesicht nicht bemerkt. »Fast hätte ich es vergessen. Da gehört noch etwas dazu ...« Er griff ein weiteres Mal tief in die Satteltasche und holte einen Ledergürtel hervor, von dem ein kurzer Dolch hing. Gürtel und Dolchscheide waren ebenfalls mit Türkisen geschmückt. »Ich glaube, das hier und das Stirnband gehören zusammen.«

»Wow!« Tallan starrte ihn mit offenem Mund an. »Ein Dolch ...?«

»Wenn du wieder zu den Ställen kommst, dann frag nach dem Mann mit den Silberaugen. Ich werde dir ein paar Tricks zeigen, wie ein Dolch ein Schwert besiegt.«

»Wirklich?« Tallans Hände zitterten vor Aufregung, als er versuchte den Gürtel umzulegen. »Darf ich, Mama?«

Sylvelle nickte. Nur ihr scheuer Blick erinnerte noch an die gedemütigte Elfe, die in Ruinen ihr Kind geboren hatte. In dem schneeweißen Kleid mit der Korallenkette sah sie aus wie eine Fürstin.

Adelayne legte den Kopf schief und betrachtete sie mit stummem Vergnügen. An ihren Haaren würde man auch noch etwas tun müssen. Sie sahen aus, als hätten Schwalben darin genistet.

»Ich kann euch das niemals vergelten«, sagte Sylvelle mit brechender Stimme.

»Das musst du auch nicht.« Eldarian schaffte es immer, den rechten Ton zu treffen. Jetzt klang er einfühlsam, aber auch voller Selbstbewusstsein. »Hier in Langollion ist es unser Bestreben, das Glück in der Welt zu mehren. Und dies sind nicht nur schöne Worte.« Er lächelte. »Wem Glück widerfahren ist, der wird es auch weitergeben. Es ist wie eine Lawine. Und eines Tages wird diese Lawine ganz Albenmark überrollen.«

Ohne Scham

»Ich hätte sie niemals hierherbringen dürfen«, sagte Morwenna zerknirscht, während sie mit der Eisenstange in den Scherben im Kessel rührte.

Sanassa blickte von der verborgenen Plattform durch die Rosenhecke hinab auf die Gäste. Der Vollmond stand am sternenklaren Himmel. Sein Licht ließ alles verwunschen erscheinen. Es waren mehr Fackeln und auch einige Feuerschalen aufgestellt. Die Nacht war kalt. Und die Stimmung auf dem Mondfest weniger ausgelassen als sonst. Zum ersten Mal seit vielen Jahren fehlte Alathaia. Sie war der gute Geist dieser Feste. Die Albenkinder liebten es, hier ihrer Fürstin zu begegnen und mit ihr plaudern zu können.

Eldarian bemühte sich, diese Lücke zu füllen. Seit die ersten Gäste gekommen waren, war er beim Rosenpavillon. Gerade hatte er sich niedergekniet, um mit zwei Zwillingsmädchen in gelben Kleidchen zu reden. Die Kleinen lachten. Dass er so gut mit Kindern umgehen konnte …

Sanassa dachte an ihre Kindheit zurück. So viel Zeit war seither vergangen. Es war noch vor dem letzten Trollkrieg, dass sie so klein gewesen war. Sie erinnerte sich gut an einen sommerlichen Ausritt zur Ruine des Rosenturms. Sie hatte vor Eldarian im Sattel gesessen und sich gefürchtet. Sie kannte all die unheimlichen Geschichten über den Turm. Aber als sie angekommen waren, hatte er es verstanden, ihr die Ängste zu nehmen, und der Ausflug war ein wunderbares Abenteuer geworden. Er hatte sich bemüht, ein guter Vater zu sein. Auch bei ihren jüngeren Geschwistern, Xylon, Tiranu und Morwenna.

Jetzt war diese Heilerin ständig an seiner Seite. Sie hatte ihn auch auf der fruchtlosen Suche bei den vorgelagerten Inseln begleitet. Hauptmann Nanduval hatte – auf mehrfaches Drängen – berichtet, dass die beiden *sich sehr nahestanden*. Das genau waren seine Worte gewesen. Sanassa musste unwillkürlich schmunzeln, als sie daran dachte, wie unangenehm es dem Hauptmann gewesen war, das Offensichtliche auszusprechen.

Sie überlegte, wann ihr Vater begonnen hatte, sich für andere Frauen zu interessieren. Etwa zu der Zeit, als Alathaia ganz Albenmark bereiste, um nach den Karfunkelsteinen zu suchen. Sie hatte damals eine Lutin im Verbrannten Land gestellt, die eine enge Vertraute Emerelles gewesen war. Assanael hatte ihr bei der Jagd nach der Lutin geholfen. Damals begann der Krieg der Meuchler zwischen

Alathaia und Emerelle. Und ihr Vater hatte begonnen, sich Mätressen zu nehmen.

Sanassa beobachtete die Heilerin. Sie hatte sich bei Eldarian eingehakt und wich keinen Herzschlag lang von seiner Seite. Sie lachte und sprach mit den Gästen, als wäre sie schon immer Teil des Fürstenhofs gewesen. Frech! Sie war eine schöne Frau. Wie hatte Morwenna glauben können, dass sie nicht das Interesse ihres Vaters wecken würde? Es waren stets genau solche Elfendamen gewesen, denen er nachstellte. Und das unter den Augen des ganzen Hofes!

Sie hatte nie verstanden, warum ihre Mutter ihn deshalb nicht zur Rede stellte. Alathaia war bestens unterrichtet, was vor sich ging. Aber soweit Sanassa wusste, hatte es nie Streit zwischen ihr und Eldarian gegeben. Affären zu haben war nicht ungewöhnlich. Wenn ein Leben nach Jahrhunderten zählte, teilte man sein Lager irgendwann mit Fremden, und sei es nur, um Neues zu entdecken. Aber es so schamlos und öffentlich wie ihr Vater zu tun war beispiellos! Allein auf diesem Fest waren mehr als ein Dutzend Damen anwesend, die einst seine Gunst genossen hatten. Irgendwie schaffte er es, dass sie ihm selbst dann gewogen blieben, wenn sich sein Interesse an ihnen verlor. Er war Sanassa ein Rätsel. Und der Gedanke daran, dass er von nun an der Herrscher Langollions sein sollte, war ihr unerträglich.

»Erkennst du den Fuchsfellmantel?«, fragte Morwenna über das Knirschen der Scherben hinweg.

Jetzt, da ihre Schwester es sagte, erinnerte sie sich, den langen Mantel aus rotem Fuchspelz auch an ihrer Mutter gesehen zu haben. Es musste Jahrzehnte her sein. Aber eine Zeit lang hatte Alathaia ihn während der winterlichen Mondfeste getragen.

»Dass er dieser Schlampe den Mantel unserer Mutter gibt und sie damit in der Öffentlichkeit herumzeigt ... Man könnte fast meinen, er habe sich schon eine neue Fürstin auserkoren.«

Das befürchtete Sanassa nicht. Es gab nur eine Konstante im wechselhaften Liebesleben ihres Vaters. Sein Interesse für eine Frau hielt sich nie länger als ein paar Monde. Das würde ganz gewiss auch für die Heilerin gelten.

Aber diese paar Monde hatte sie nicht mehr. Sie und ihre Geschwister hatten entschieden, in dieser Nacht ein klares Zeichen zu setzen.

»Sieh nur, wie er sie liebkost!«, zischte Morwenna. »Er hat keinen Anstand. Er tritt alles, was Mutter aufgebaut hat, mit Füßen.«

Eldarian hatte die Heilerin an sich gezogen und küsste sie leidenschaftlich. Sanassa ballte die Fäuste.

»Freunde!« Nanduval stand in der Mitte des Pavillons. Er hob beide Hände. »Freie von Langollion. Ihr Träumer und Künstler, ihr, die ihr alle Teil einer neuen und besseren Welt geworden seid. Lasst uns heute derer gedenken, die schmerzlich fehlen. Wie unsere geliebte Fürstin, die an diesem Abend von ihren Pflichten von uns ferngehalten wird. Aber gedenken wir auch derer, die nie mehr wiederkehren. Setzen wir ein Zeichen, dass sie alle unvergessen sind.«

»Was soll das?« Morwenna gesellte sich an ihre Seite, sichtlich aufgebracht, dass der Ablauf des Festes durcheinandergeriet. »Hat die endlose Suche nach unserer Mutter ihn verrückt gemacht? Er verrät noch alles.«

Die Musik erstarb. Auch die Gespräche verebbten. Alle blickten zum Hauptmann, der in feierlicher Geste seine Hände dem Mond entgegenstreckte. Eine Kugel aus hellblauem Licht erschien über seinen Handflächen und schwebte langsam in den Himmel hinauf. »Möge denen, die wir vermissen, stets ein Licht leuchten, wohin auch immer ihr Schicksal sie geführt haben mag.«

Die Köpfe der Feiernden wandten sich dem klaren Himmel zu. Mandalyn aus der Leibwache ihrer Mutter war die Erste, die eine weitere Lichtkugel in den Himmel schweben ließ. Ihrem Beispiel folgte eine fremde Elfe in weißem Kleid, die in einem Tuch ein Kind vor der Brust trug. Ihre Kugel war bernsteinfarben.

Eldarian schloss sich an.

Überall hoben Elfen nun ihre Hände empor und ließen Lichter entstehen.

Eine klare Stimme begann zu singen:

»Folge dem Licht in dunkler Nacht,

bis es dich hat heimgebracht …«

Kentauren, Kobolde, sogar zwei Trolle fielen in das Lied ein.

Auch die Heilerin ließ eine Lichtkugel aufsteigen. Sie war von strahlendem Grün. Weit über hundert Lichter schwebten über dem Pavillon.

»Die beiden kennen keine Scham!«, zischte Morwenna aufgebracht und trat ein Stück zurück. »Sie haben den Klippensturz herbeigeführt, und nun spielen sie die Trauernden.« Das schleifende Geräusch der Scherben im Kessel wurde leiser, als ihre Schwester die Ranken der Rose zurückweichen ließ. Sphärische Musik begann, den feierlichen Gesang zu überlagern.

Das war nicht Morwennas Aufgabe! Sie war zu aufgebracht!

Sanassa war überrascht, dass sie das Ritual einleitete und an sich riss. Sie jetzt vor aller Augen zurückzuhalten würde jedoch der Würde des Festes schaden. Sollte *sie* eben Adelaynes Namen nennen.

Alathaias Erbe

Eldarian war überrascht, die ätherische Musik zu vernehmen, die das Ritual einleitete. Auch wenn er sich nicht sicher war, wie spät es sein mochte, erschien es zu früh für den Höhepunkt des Festes.

Der Gesang der Gäste ebbte ab, die feierliche und auch ein wenig traurige Stimmung schlug um in neugierige Erwartung. Viele hofften, dass dieses Fest ihren Namen tragen würde und sie die höchste Erfüllung fanden.

Der Fürst blickte zur Hecke hoch, wo sich die Rosenranken bereits öffneten. Er war verwundert, Morwenna neben dem Scherbenkessel stehen zu sehen.

»Willkommen, Schicksalsgefährten.« Ihre Stimme klang klar und eindringlich. »Der Augenblick ist gekommen, der enthüllen wird, wer von uns auserwählt ist, diesem Mondfest seinen Namen zu geben.«

Morwenna trug ein weißes Kleid, und das Fell eines weißen Wolfes lag um ihre Schultern. Eldarian erinnerte sich, wie er den besonders schönen Pelz vor Jahren bei einer Kürschnerin in Rosan erstanden hatte. Silbernes Licht umspielte seine Tochter. Hinter ihr kreiste die Eisenstange im Kessel. Das Geräusch der Scherben schwoll an, ebenso die Musik, die von überall und nirgends zu kommen schien.

Schon öffnete sich weiter unten in der Hecke der Durchgang, der ins Mondlicht führen würde.

Langsam erhoben sich erste Scherben aus dem Kessel und schwebten um die Eisenstange. Schnell wurden es mehr.

Verwundert sah Eldarian, wie Morwenna in die Scherben griff. Sanassa hätte das tun sollen.

»Schicksal, führe meine Hand!«, rief Morwenna feierlich, wie das Ritual es gebot. Alle Augen ruhten auf der Hand, die sich um eine einzelne Scherbe schloss.

Die Musik steigerte sich zu einem Höhepunkt.

»Der Name, den das heutige Fest tragen wird …«

Eldarian ertappte sich dabei, gespannt den Atem anzuhalten. Dass Morwenna das Ritual durchführte, war eigenartig.

»… lautet Eldarian!«

Der Fürst traute seinen Ohren nicht. Sein Leben war nicht vollendet! Das konnte nicht sein. Fassungslos blickte er zu seinen beiden Töchtern auf. Auch Sanassa wirkte überrascht.

Adelaynes Hand schloss sich fest um seinen Arm.

Eldarians Gedanken überschlugen sich. War das eine Intrige Morwennas? Oder hatte er wirklich die Stunde seiner Bestimmung erreicht? Kein Elf wusste, wann es so weit war … Es war doch noch so viel zu tun.

Tallan, der Junge, dessen Familie er am Mittag besucht hatte, lief zu ihm. »Du wirst doch nicht gehen … Ich meine … Hoheit …« Der Knabe blickte verzweifelt zu ihm auf. Auf dem Fest war nicht mehr zu verheimlichen gewesen, wer er wirklich war.

»Einen wirklichen Mann erkennt man daran, dass er seinem Schicksal zu begegnen weiß, wenn es ihn findet.« Eldarian lächelte und strich dem Jungen über den Kopf. »Du wirst deine Mutter sehr stolz machen, da bin ich mir sicher.«

Der Tunnel mit dem gleißenden silbernen Licht öffnete sich nun vollends in der Hecke. Eldarian war sich der vielen eifersüchtigen Blicke bewusst. Das Mondlicht bedeutete Erfüllung und ewige Glückseligkeit.

Er wandte sich von dem Jungen ab.

Adelayne blieb an seiner Seite. »Du kannst nicht gehen«, flüsterte sie. »Das ist eine Intrige.«

Er beugte sich vor und küsste sie auf die Stirn. »Ich habe dich geliebt. Danke für all die wunderbaren Stunden, die du mir geschenkt hast. Ich kann mir nichts vorstellen, was schöner gewesen wäre.«

»Dann bleib!«

Sie hatte laut gesprochen, und Eldarian war sich der missbilligenden Blicke bewusst, die sie dafür erntete. Er hatte keine Wahl. Nicht anzuerkennen, dass es ihm bestimmt war, dem Fest seinen Namen zu geben, hieße, das Fürstentum, das Alathaia erschaffen hatte, infrage zu stellen. Das Mondfest gehörte in ihr Reich der Freiheit und des Glücks. Als der Mann an ihrer Seite hatte er geholfen, all dies aufzubauen. Und er musste sich der Tatsache stellen, dass sie nicht mehr lebte, auch wenn sie ihre Leiche nicht hatten finden können. Sie würde den Schaden, den er anrichten würde, wenn er sich öffentlich dem Ritual verweigerte, nicht mehr beheben können. Jetzt zu zögern hieße die Frau zu verraten, die er am Ende mehr als jede andere geliebt hatte.

Er löste Adelaynes Hand.

»Tu es nicht!«, flehte sie ihn an.

»Still, Weib!«, rief irgendjemand hinter ihnen. »Du störst!«

Eldarian schritt auf die Hecke zu. Er wollte sein Leben nicht aufgeben! Es gab noch so vieles ... Das Licht lockte ihn nicht. Es war, als trete er vor den Richtblock eines Henkers.

Sphärische Musik umtoste ihn. Er drückte den Rücken durch, ging aufrecht und ohne zu zögern. Ein Fürst sollte unverzagt und edel sein. Er wusste um seine Schwächen und wagte doch zu hoffen, dass man ihn nicht nur für seine zahlreichen Affären in Erinnerung behalten würde.

Gleißendes Licht verschlang ihn, kaum dass er zwei Schritt in den Tunnel gegangen war. Für die anderen verblasste er im Licht. Er hatte das hundertfach gesehen, aber dieses Mal war es anders.

Dornenranken schlangen sich um seine Knöchel und zogen ihn tiefer in die Hecke. Ein Kribbeln lief über seine Haut und wurde zu Schmerz. Fassungslos sah er, wie sich feinste Schuppen von seinen Händen lösten und wie in stetem Luftzug davonströmten.

In seinem Inneren bäumte sich etwas auf. Er musste würgen. Es fühlte sich an, als würde eine Käsereibe durch seine Kehle hinaufgezogen. Er kämpfte, hielt die Lippen versiegelt.

Etwas lief hier schrecklich falsch. Ins Mondlicht zu gehen war friedlich, nicht so. Er durfte nicht schreien, durfte dem Werk Alathaias keinen Schaden zufügen.

Tränen rannen ihm über die Wangen. Sein Blick wurde trüber.

Jetzt sah es nicht mehr aus wie Schuppen. Wie durch einen Zerstäuber gesprüht, war Blut um ihn herum in der Luft. Seine Haut war verschwunden. Nacktes Muskelfleisch war zu sehen.

Dann würgte er, und der Schmerz ließ ihn in die Knie gehen. Er konnte ihn nicht mehr unterdrücken, schrie und hörte nicht mehr auf, bis sich auch seine Stimmbänder zersetzten und in blutigem Nebel davonströmten.

Willkommen, reine Seele, erklang eine Stimme wie zum Hohn tief in seinem Kopf, bevor der Schmerz alle Sinne ausblendete.

Ausweglos

Eine Hand legte sich schwer auf Adelaynes Schulter. »Ihr solltet jetzt gehen«, raunte eine wohlvertraute Stimme in ihr Ohr, während sie immer noch fassungslos auf das silberne Licht im Heckentunnel blickte. Jubilierende Wohlklänge peitschten die Gäste auf. Etliche waren auf die Knie gesunken und seufzten verzückt. Doch Adelayne war am Boden zerstört. Sie hatte sich an Eldarian herangemacht, wie sie es stets versuchte, wenn sie einen Meuchelmord im Sinn hatte. So wie an Hauptmann Lavalle am Hof des Fürsten Bonnefay und zuvor auch schon an andere. Es war von Vorteil, das Vertrauen eines wichtigen Würdenträgers zu genießen, wenn man Mord im Sinn hatte.

Aber Eldarian hatte es geschafft, sie zum Träumen zu bringen. Sie hätte ihm stundenlang zuhören können, wenn er davon sprach, wie wichtig es war, Glück in die Welt zu säen, und wie reiche Ernte jeden erwartete, der sein Leben vornehmlich diesem Ziel widmete. Auch wenn sie Rosan hassen gelernt hatte, hatte sie in Langollion zu ihren Träumen zurückgefunden. Und zu Schuldgefühlen. Alathaia hatte dieses Fürstentum errichtet, das so anders war als Arkadien, Alvemer, Carandamon und all die anderen Fürstentümer, in denen Elfen herrschten. Was würde aus Langollion werden, nun, da Eldarian ins Mondlicht gegangen und Alathaia von der Klippe in den Tod gestürzt war? Adelayne fühlte sich schuldig. Sie hatte die Falsche ermordet.

»Heilerin!« Nanduval nahm sie bei der Hand, und sie folgte ihm willenlos aus dem Rosenpavillon.

»Ich fürchte, Ihr seid hier nicht mehr sicher, meine Dame.« Sie hatten den Kiesweg, der zum Schloss führte, erreicht.

Adelayne war noch immer wie betäubt. »Ich werde meinen Wagen anschirren ...« Ihr war bewusst, dass Eldarians Kinder sie nicht mochten.

»Nein!«

Der sonst so zurückhaltende und höfliche Hauptmann hatte mit einer Heftigkeit geantwortet, die so gar nicht zu ihm passte.

»Ihr müsst unauffällig reisen, meine Dame. Den Wagen könnt

Ihr nicht nehmen. Ich bringe Euch nach Rosan und stelle Euch jemandem vor, der Euch zur Flucht verhelfen kann. Ich fürchte, nun, da Eldarian tot ist, ist Euer Leben in höchster Gefahr. Vermutlich wird Assanael selbst kommen, um Euch zu töten. Eure einzige Hoffnung besteht in schneller Flucht.«

»Aber wohin soll ich denn gehen?«, fragte sie verzweifelt und dachte dabei auch an Emerelle. Ohne einen Beweis, dass Alathaia tot war, wollte sie der Königin nicht unter die Augen treten.

Vom kleinen und vom grossen Krieg

Etwas Gebratenes kann einem eisigen Wintertag etwas von seiner Bitternis nehmen. Einen Winter in einem Grab zu verbringen, aber noch zu den Lebenden zu gehören, das muss man sich einmal vorstellen. Mein Elf, Vanduin Totentänzer, kam mir manchmal so vor, als gehöre er schon mehr zu den Toten als zu den Lebenden. Aber ich, Zachri Büffelfuß, war noch von warmem Fleisch. Und warmes Fleisch braucht manchmal etwas gebratenes Fleisch, um sich noch so richtig lebendig zu fühlen.

Es war an einem jener klaren Wintertage, an denen die Sonne so hell wie im Sommer am Himmel stand, dass mir das Jagdglück hold war. Ich hatte einen Schneehasen erlegt, mit nichts als meinem Gürtelriemen als Schleuder und einem Eisklumpen statt eines Steins. War gar nicht so einfach mit dem Braten. Rings um das Grab gab es kaum einen Busch, abgesehen von der Rose, die ich nicht anzurühren wagte. Sie hatte etwas Unheimliches an sich. Aber von den Knochen, die bei ihren Wurzeln lagen, habe ich mir was geholt, dazu gefrorenen Büffeldung und ein bisschen trockenes Gras, das aus dem Schnee ragte. Es dauerte einen halben Tag, bis ich genug zusammenhatte, um ein Feuer zu machen, und das verdammte Vieh war schon gefroren, als ich versucht habe, ihm das Fell abzuziehen. Blöder Fehler. Es war eine elende Metzgerei, bis ich endlich eine Hasenkeule mit Fellresten im Feuer hatte. Den Rest habe ich danebengelegt, damit er tauen konnte. Lange würde mein Feuer nicht brennen, das war mir klar. Wahrscheinlich würde ich am Ende die Hälfte des Fleisches halb roh verschlingen. Aber die Keule sollte schön knusprig werden. Mit einem langen Stock drehte und wendete ich sie in der Glut. Köstlicher Duft stieg von ihr auf.

Und dann war er plötzlich da, mein Elf. Wie aus dem Nichts stand er über mir, schrie unverständliche Dinge und zerstreute das bisschen Glut mit Fußtritten im Schnee. Meine schöne Keule ließ er auch im Schnee verschwinden, und mich packte er am Schlafittchen und trug mich zum Eingang des Grabhügels, dorthin, wo die unheimliche Rose wucherte, die sich selbst mitten im Winter mit eisverkrusteten Blüten schmückte. Er hob mich hoch über seinen Kopf, als wolle er mich in die Dornenranken schleudern, und ich hatte das Gefühl, eine gierige Stimme in meinem Kopf zu hören, die ein Blutopfer verlangte. Die Angst kann einem schon seltsame Streiche spielen.

Dann setzte er mich ab. Ohne ein Wort stapfte er durch den Schnee davon. Drei Tage war er fort. Keine Ahnung, was er getrieben hat. Zurück kam er auf diese unheimliche Art, wie er es bis zu seinem letzten Tag einfach nicht lassen konnte. Er stand plötzlich hinter mir in diesem eiskalten Grab. »Entschuldigung«, murmelte er und legte mir ein Stück rohen Fisch, der in speckiges Leder eingeschlagen war, in den Schoß. Dann kauerte er sich vor die rote Statue, diese Gestalt, halb Schlange, halb Elfe, die in einer Nische stand.

Also roher Fisch, das kommt für mich ganz kurz hinter toter Ratte, gut abgelagert. Dennoch hab ich mir etwas hineingezwungen. Ich wusste ja nicht, was er tun würde, wenn ich das Geschenk ablehne.

»Ich kann kein gebratenes Fleisch mehr riechen«, sagte er, nachdem er wohl eine halbe Stunde die Statue angestarrt hatte. »Ich habe zu viel davon gerochen, mein kleiner Freund. Aber das konntest du ja nicht wissen. Es tut mir leid, dass ich dich erschreckt und ungerecht behandelt habe.« Er stand auf, stellte sich vor mich, und dann verbeugte er sich so feierlich vor mir, als sei ich die verdammte Elfenkönigin höchstpersönlich. »Bitte entschuldige mein unehrenhaftes Verhalten, ehrenwerter Zachri Büffelfuß.«

Ehrenwerter Zachri Büffelfuß, so hatte mich in meinem ganzen Leben noch keiner genannt. Aber Vanduin meinte es völlig ernst. Irgendwie war ich gerührt, und ich wusste nicht, was ich tun sollte. Er schien auf irgendwas zu warten.

Was tut man, wenn so ein mörderischer Elf, der im Vorübergehen ein paar Trolle niedermetzelt, plötzlich unterwürfig vor einem steht? Ich konnte die ganze Zeit nur denken: Jetzt ein falsches Wort, und du bist tot. Mit diesem ganzen Ehre-Gehampel kenne ich mich nicht aus.

»Wollen wir zusammen von dem Fisch essen?« war alles, was mir am Ende einfiel.

Für Vanduin schien das in Ordnung zu sein. Er setzte sich vor mich und nahm sich, ohne mit der Wimper zu zucken, etwas von dem Fisch, in dem ich mit meinen nicht mehr ganz sauberen Fingern herumgepult hatte.

»Einst war ich der Bannerträger des Fürsten Gyldion von Langollion«, sagte Vanduin unvermittelt. »Wohin sich der Fürst auch wandte, ich hatte vor ihm dort zu sein, sein Banner aufzupflanzen und seine bevorstehende Ankunft zu verkünden. Eine Aufgabe voller Ehre.«

Eine ziemlich blöde Aufgabe, wie ein Marktschreier für einen Fürsten herumzulaufen, dachte ich bei mir.

»Es war eine andere Welt, Zachri. Ich war stolz, der Auserwählte meines Fürsten zu sein. Und an seiner Seite kämpfte ich gegen die Himmelsschlangen und die Drachlinge, wie wir deren willfährige Diener nannten. Es war ein Krieg der Nadelstiche, der viele Jahrzehnte dauerte. Jeden Erfolg vergalten uns die Himmelsschlangen mit grausamen Angriffen auf Unschuldige. Ganze Dörfer wurden niedergebrannt, nur weil einige unserer Krieger am Brunnen auf dem Marktplatz getrunken hatten. Erfolge und Schrecken hielten sich die Waage. Unsere Anführer waren Emerelle und Ilak, die Blutkönigin.«

Immer, wenn er von ihr sprach, trat ein seltsamer Glanz in seine Augen. Es war mehr als nur Bewunderung, was er für sie empfand. Elfen sind schon alle etwas durcheinander im Kopf. Mir würde es im Leben nicht einfallen, mich mit einer Schlange ins Bett zu legen. Auch nicht mit einer halben Schlange. Aber Vanduin hatte so eine Art zu erzählen … Es fühlte sich an, als habe er die verrückte Liebesgeschichte eines Bänkelsängers gelebt. Und dabei schien er etwas gefunden zu haben, was ihn über Jahrhunderte nicht mehr losließ.

»Aus dem verschworenen Haufen fahrender Ritter zu Beginn des Drachenkrieges wurde mit der Zeit ein regelrechter Heerbann. Es war die Magie von Emerelles Albenstein, die uns vor dem Blick der Himmelsschlangen verbarg. Doch je mehr wir wurden, desto schwieriger wurde es, sich zu verbergen. Und dann entzweiten sich Emerelle und Ilak. Emerelle wollte immer weiter den Krieg der Nadelstiche führen. Ilak aber wollte eine Schlacht, die alles zu Ende bringen sollte. Sie hatte Mitleid mit all den Unschuldigen, die der Krieg verschlang, und wollte deshalb eine schnelle Entscheidung. Emerelle hielt das für tollkühn und mahnte, dass ein Fehlschlag den endgültigen Sieg der Himmelsschlangen bringen und deren Herrschaft auf Jahrhunderte sichern würde. Der Preis, der dafür auf lange Sicht

zu zahlen wäre, sei ungleich höher als der Blutpreis, den ihr kleiner Krieg mit den zahllosen Hinterhalten und überraschenden Angriffen forderte.

Schließlich entzweite sich das Heer an diesem Streit. Es waren die Heißblütigen, jene, die ihr eigenes Heldenlied schreiben wollten, die mit Ilak zogen, aber auch diejenigen, die der endlosen Gefechte müde waren und auf eine Entscheidung in einer einzigen großen Schlacht hofften, um danach endlich heimkehren zu können.

Acht von zehn Kriegern zogen mit Ilak. Am bedeutsamsten war, dass sich uns die Zwerge mit ihren Drachentöterpfeilen, die sie mit großen Speerschleudern verschossen, anschlossen. Dies waren die einzigen Waffen, vor denen die Himmelsschlangen sich fürchteten. Selbst der feinste Silberstahl aus Elfenschmieden vermochte ihnen nichts anzuhaben, aber Drachentöterpfeile durchschlugen sogar Granit, als sei er nur dünnes Pergament. Aus dem Ursprung des Metalls, das diese riesigen Pfeile zu so tödlichen Waffen werden ließ, machten die Zwerge ein großes Geheimnis. Es hieß, sie hätten Schiffe gebaut, die unter dem Wasser zu fahren vermochten, um an einem verborgenen Ort dieses Metall abzubauen. Aber das, mein lieber Zachri, ist natürlich Unsinn, den sich irgendwelche Geschichtenerzähler ausgedacht haben.

Ilak führte jene, die treu zu ihr standen, vom Herzland in eine Bucht nahe Reilimee. Dort bestiegen wir eine zusammengewürfelte Flotte aus Fischerbooten, Küstenfahrern, Kaufmannskähnen und Galeeren. Alles, was schwamm, war uns recht. Ilak wollte, dass es nach einer wilden Flucht aussah. Ihr war bewusst, dass die Drachlinge Spitzel in unseren Reihen hatten, und nur sehr wenige unserer Krieger waren in ihre wahren Pläne eingeweiht. Ich war einer von ihnen, denn wegen meines Mutes hatte sie mich mit Zustimmung meines Fürsten zu ihrem Schwertmeister erwählt.

Sie war eine außergewöhnliche Frau. Zielstrebig, schnell und unnachgiebig. In späteren Zeiten hat man Übles über sie verbreitet, denn sie hatte die Blutmagie zu höchster Vollkommenheit geführt. In Friedenszeiten den Stab über sie zu brechen ist leicht. Doch wir lebten jeden Tag unter tödlicher Bedrohung. Hätten die Himmelsschlangen unsere Flotte auf hoher See entdeckt, so wären wir alle den Tod durch Feuer oder Wasser gestorben. Doch Ilak verbarg uns in einem magischen Nebel. Acht Tage dauerte die Fahrt, bis wir Darna erreichten. In unserem Kielwasser trieben Tausende toter Fische, auch Delfine und sogar Wale. Ein weiterer Zauber ließ die Kadaver schnell auf den Meeresboden sinken, damit wir keine deutliche Fährte für unsere Feinde hinterließen.

Darna war eine kaum besiedelte Insel. Dort würde die große Schlacht nur wenige Unschuldige das Leben kosten. Ilak war zu allem entschlossen. Wir alle wollten eine Entscheidung erzwingen. Als wir angelandet waren, ließ sie all unsere Schiffe in Brand setzen. Die Rauchsäule konnte man gewiss hundert Meilen weit sehen. Sie sollte den Himmelsschlangen nicht entgehen. Und jeder in unserem Heer wusste, dass wir nur die Wahl hatten zu siegen, um auf den Schiffen unserer Feinde heimzukehren, oder aber in dieser Schlacht unterzugehen. Ein Rückzug war unmöglich. Wer mit uns gekommen war, der war verdammt, sein Bestes zu wagen. Einen anderen Weg gab es nicht, so dachte Ilak. Doch sie täuschte sich.«

Vanduin erhob sich und strich über die Statue aus rotem Stein. »Fast dreißig Jahre habe ich hieran gearbeitet, und doch wird sie ihr nicht gerecht. An jenem Tag, an dem die Schiffe brannten, war mein Schicksal besiegelt. Wann immer ich Rauch rieche, denke ich an die brennende Flotte und das Unglück, das folgen sollte.«

Er war kein großer Geschichtenerzähler, mein Elf. Es war schwer, den Kerl zum Reden zu bringen. Und wenn er sein Schweigen einmal brach, dann hörte er an den spannenden Stellen auf, und es konnten Wochen vergehen, in denen er nur Banales sagte oder Gedichte der

Alissa Federhand daherschwafelte, bis er sich erbarmte und weitererzählte. Was damals geschehen war, lag wie ein Schatten über seinem Leben. Ein Schatten, aus dem er niemals herauszutreten vermochte.

Nie bin ich jemandem begegnet, der so sehr Held war wie mein Elf. Er hatte angedeutet, dass er einen Verrat begangen hatte. Das konnte ich mir bei ihm nicht vorstellen. Warum er den Geruch von Rauch und Gebratenem nicht mochte, war mir auch nicht klar. Dass es an der brennenden Flotte lag, mochte ich nicht glauben.

Ich war ein Dummkopf. Und auch mir stand noch bevor zu lernen, wie ein Verrat ein ganzes Leben unter einem Schatten verschwinden lassen konnte.

Zitiert aus: Der Bannerträger der Schönheit
Seite 16–22 (Manuskript auf Birkenrinde)
Verfasst von: Zachri Büffelfuß
Verwahrt in der Bibliothek von Iskendria, Halle des Lichts

Acht Finger

Das Fischöl roch wirklich nicht gut. Und mit acht Fingern zu arbeiten war eine Qual. Leynelle hatte ihr Lumpenkleid abgelegt. Sie hatten sich an ihren Lagerplatz unter den Drachenrippen zurückgezogen, und Laurelin gab sein Bestes, ihr den Rücken zu massieren.

Alathaia hatte ihm den Namen der unglücklichen Zauberin verraten. Leynelle selbst brachte ihn nicht über die Lippen, so sehr sie sich auch bemühte. Alathaias Namen vermochte sie ebenfalls nicht auszusprechen. Ein Fluch schien auf ihr zu lasten, so wie auf ihm.

Die Elfe lag zur Seite gedreht, was es noch schwerer machte, sie zu massieren. Sie war zu krumm, um auf dem Bauch zu ruhen. Ihr Rücken ließ sich einfach nicht gerade strecken. Wie viele Jahre sie wohl im Steinbruch gebüßt haben musste, um so entstellt zu sein?

Seine Hände glitten über das Öl auf ihrer Haut. Sie war unnatürlich weiß. Dort, wo die Lederriemen des Tragegerüsts für die Steine aufgelegen hatten, war ihre Haut verhornt. An anderen Stellen schuppte sie. Rings um ihre Schulterblätter fühlte es sich an, als lägen Kiesel in ihr Fleisch eingebettet. Ein Knoten reihte sich an den anderen. Er würde sie noch oft massieren müssen, um diese Verspannungen endgültig zu lösen. Bei anderen Abschnitten ihres Rückens hatte er kaum Hoffnung. Muskeln und Sehnen fühlten sich dort hart wie Stein an.

»Das tut gut«, sagte Leynelle langsam, als fürchtete sie, ihre Zunge würde im nächsten Augenblick über die Silben der Worte stolpern.

Laurelin seufzte. Es war eine einzige Stümperei. Durch die beiden fehlenden Finger an seiner Rechten gab es keine Symmetrie mehr in der Massage. Aber er wollte Leynelle etwas Gutes tun. Sie hatte sie in ihrer Höhle aufgenommen, obwohl Alathaia eine alte Feindin war. Sie überließ der Fürstin ihre Decke und fror nachts. Sie waren ihr eine Last.

»Du hast …« Sie stockte. Das tat sie häufig, um nicht zu stammeln, wenn sie zu viele Worte hintereinander aussprach.

»… das schon oft ge… macht.«

»Bogenschützen haben nach ihren Übungen oft Schultern und Nacken verspannt«, erklärte ihr Laurelin. »Die Kraft des Sehnenzugs kommt aus den Schultern. Schüler und Lehrer massieren sich nach den Übungen am Bogen oft gegenseitig. Das gehört dazu, wie zu lernen, wie man beim Schuss vorhält, oder die Kraft des Windes einzuschätzen, die den Pfeil abdriften lässt.«

»Vor … hält?«

»Wann immer sich ein Ziel bewegt, darfst du nicht auf den Ort zielen, an dem du es siehst, wenn du die Sehne loslässt, denn dort wird es nicht mehr sein, wenn der Pfeil ankommt. Du musst vorhalten. Also dir den Ort vorstellen können, den dein Pfeil und dein Ziel im selben Augenblick erreichen.«

»Das klingt … schwer.«

Laurelin lächelte. »Ja, es dauert lange, bis man es lernt. Und genau darum geht es beim Bogenschießen. Du musst eins mit allem werden. Mit dem Wind, dem Pfeil, dem Ziel. Wenn dir das gelingt, dann verändert sich auch dein Empfinden im Hinblick auf deinen Platz in der Welt.«

»Aber im … mer, wenn du übst …« Sie begann schneller zu atmen und verspannte sich erneut.

»Ruhig.« Seine Hände kreisten über ihren Rücken. Er hatte das Öl angewärmt, damit es sich besser anfühlte. Leider war der Geruch dadurch noch intensiver geworden.

Leynelles Atem wurde wieder ruhiger. »… wenn du übst … fließt Blut.«

»Nein, das denken viele, die die Kunst im Umgang mit dem Bogen nicht erkennen. Wie kann man Harmonie anstreben und töten? Bei den Übungen schießt man auf Zielscheiben oder Illusionszauber, die der Meister wirkt, um seine Schüler zu unterrichten. Ich habe stets nur getötet, um zu …« Laurelin stockte. Das war nicht mehr wahr. Früher einmal hatte er nur Wild erlegt, wenn er Hunger hatte. Doch den Grundsatz, ausschließlich dann zu töten, wenn er essen musste, hatte er auf seiner Jagd mit Morwallon verraten.

Sie war höflich und fragte nicht nach, warum er seinen Satz nicht vollendet hatte.

Laurelins Hände glitten ihren Rücken hinab. Er tastete an der verkrümmten Wirbelsäule entlang. Die Knochen schienen nicht deformiert zu sein. Es waren die weichen Scheiben zwischen ihnen. Und die Sehnen und die Muskeln … Seine Massage mochte ihre

Schmerzen erleichtern, aber er könnte sie über Jahrhunderte massieren, ohne dass ihr Rücken wieder gerade würde.

»Warum bist du …« Dieses Mal verspannte sie sich nicht. Sie machte einfach eine Pause. » … nach Lan … gol … lion gekom … men?«

»Ich wollte an einem Ort der Harmonie die Kunst des Bogenschießens lehren.«

»Ein schöner … Ge … danke.«

Wenn sie solch eine Meisterin der Magie gewesen war, wie Alathaia behauptete, dann würde sie ihren Rücken wieder aufrichten können. Sie musste diese verfluchte Maske loswerden, dann könnte sie damit beginnen, sich selbst zu heilen.

Aber mit den Mitteln hier in der Höhle würde das nicht gelingen. Er müsste nach Rosan und Werkzeug besorgen. Das Eisenband der Maske sah nicht allzu dick aus. Ein Schnitt mit der richtigen Zange würde genügen, um Leynelle zu befreien. Sie hatte genug gelitten.

Seine Hände glitten über ihren Rücken. Er lauschte auf ihren Atem und erfreute sich daran zu spüren, wie sie losließ und sich entspannte.

Das goldene Tor

Die Säulen um sie herum waren ungewöhnlich geformt. Zu dick, zu wuchtig, ihre Kapitelle trichterförmig. Alathaia wusste nicht, wie sie hierhergekommen war. In der Hand hielt sie das Amulett, das Laurelin um den Hals getragen hatte. Das grün angelaufene Metall war warm, fast schon heiß.

Das Licht von Barinsteinen, die in die Decke über ihr eingelassen waren, erhellte das Labyrinth, durch das sie irrte. Sie war schon lange hier, viele Stunden, vielleicht sogar schon Tage. Ihre Kehle war so ausgedörrt, dass jeder Atemzug schmerzte.

Entlang der Wände, an Säulen und in Nischen kauerten Leichen. Manche waren nur noch bleiche Knochen. Andere wirkten, als seien sie lebendig verdorrt. Verschrumpelte braune Haut legte gebleckte weiße Zähne frei. Augenhöhlen, in denen sich die Dunkelheit von Jahrhunderten gesammelt hatte, blickten ihr nach.

Neben einigen der Toten lagen Becher aus schwarz angelaufenem Silber. Waren sie vergiftet worden? Oder hatte man sie nur mit einem einzigen Becher voll Wasser in das Labyrinth geschickt, durch das sie gleich ihr geirrt waren, bis ihre Kräfte sie verlassen und sie sich niedergekauert hatten, um nicht mehr aufzustehen?

Alles hier unten in diesem Labyrinth war von Magie durchdrungen. Die feinen Härchen auf Alathaias Armen hatten sich aufgerichtet. Hier lauerte Unheil.

Unstet wanderte der Blick der Fürstin über Säulen und Wände und über die Toten, die doch noch nicht ganz gegangen zu sein schienen. Hatte jener dort hinten seinen Kopf nicht eben noch in anderem Winkel geneigt?

Die Fürstin beschleunigte ihre Schritte. Die Bilder, die in die Felswände geschnitten waren, um dann mit schreiend bunten Farben ausgemalt zu werden, erzählten die Geschichte einer Schlacht. Aber welcher? Elfen kämpften gegen Elfen. Auch Zwerge waren dort, Damien, Kentauren und Trolle. Dazu Echsen, was ungewöhnlich war. Und Drachen!

Auf einem Bild sah sie etwas, was wie fliegende Quallen aussah, nur dass die Leiber, von denen die Nesselarme hingen, nicht flach wie Pilzkappen, sondern kugelig waren. Manche der Biester schienen Schiffe mit ihren zahllosen Armen umschlungen zu halten.

Alathaia blickte zu dem Toten, der ganz in der Nähe an einer Säule kauerte. Der Kopf war ihm auf die Brust gesunken, als sei er eben erst eingeschlafen. In seinem schwarzen Haar hatte sich weißer Sinter abgesetzt. Das Schwert neben ihm auf den Sandsteinplatten besaß eine schön gearbeitete Parierstange, die an gespreizte Vogelflügel erinnerte. Ein großer Rubin bildete den Knauf der Waffe. Am Stahl der Klinge waren die Jahrhunderte vorübergezogen, ohne andere Spuren als Staub zu hinterlassen. Das war das Schwert eines Fürsten, dachte Alathaia.

Aber deshalb war sie nicht hier! Es ging nicht um die Toten. Es ging nicht um die Geschichten, welche die Bilder an den Wänden erzählten. Sie musste an das Ende des Labyrinths gelangen. Dort wartete, wonach sie suchte.

Alathaia konnte sich nicht erklären, woher sie diese Gewissheit nahm. Sie wusste nicht einmal, was sie suchte. Ihre Schritte hallten von den Wänden wider. Schneller und schneller lief sie. Da war etwas, dem sie entfliehen musste. Ihre Zeit hier war fast vorüber, und sie musste finden, weswegen sie gekommen war.

Plötzlich öffnete sich der Gang auf eine weite Halle. So hoch war die Decke hier, dass sie fast wie ein Himmel wirkte. Oder lag es an dem blassblauen Licht, das aus den Deckensteinen sickerte? Auch Wasser war dort einst gesickert. Wie die Giftzähne von Kobras ragten Stalaktiten aus der Decke. Die Mitte des Saals wurde von einem gewaltigen Drachenskelett eingenommen. Hinter dessen Schädel, groß wie ein Haus, spannte sich ein Tunnel aus Rippenbögen.

Sie war in das Grab einer Himmelsschlange geraten! Doch sie war nicht wegen des gottgleichen Drachen hier, ahnte Alathaia.

Da waren Schritte hinter ihr im Labyrinth. Leise, tippelnd. Sie waren nicht mehr weit. Alathaia hatte das Gefühl, dass sie nicht zurückblicken durfte. Wenn sie sah, was ihr folgte, würde sie ihre Kraft verlieren und wie all die anderen hier enden, die mit ihren leeren silbernen Bechern an den Wänden kauerten. Hinter dem Drachen funkelte etwas Goldenes. Dort musste sie hin. Dort waren alle Antworten! Sie lief unter den Rippenbögen hindurch. Rannte um ihr Leben.

Jetzt erhoben sich einige der verdorrten Krieger. Ein Kentaur taumelte auf Beinen, dürr wie Stecken. Der braune Bart, der ihm verstaubt auf die Brust hing, sah aus, als hätten Mäuse darin genistet. Doch die lange Spitze der Schwertlanze, die er hielt, funkelte, als sei sie frisch poliert.

Alathaia duckte sich unter dem Lanzenstoß weg.

Die Toten streckten die Hände nach ihr aus. Sie wollten sie zu Boden zerren und zu einem der Ihren machen. Aber Alathaia war schneller.

Jetzt sah sie deutlich, was vom Halleneingang aus nur ein goldener Lichtreflex gewesen war. Dort, am Ende des Saals, lag in zehn Schritt Höhe eine Empore, zu der eine geschwungene Treppe aus blutroten Stufen führte. Falsche Säulen trugen spitze Bögen, die, hintereinander gestaffelt, ein in die Tiefe gehendes Portal bildeten, das mit einem Tor aus lauterem Gold abschloss.

Dies war der Ort, wusste Alathaia und bot ihre letzten Kräfte auf, um, immer zwei Stufen auf einmal nehmend, die Treppe hinaufzueilen.

Wärme strahlte von dem Tor ab. Sich ihm zu nähern kostete Überwindung. In das Metall war das Bildnis einer Elfe getrieben, die von der Hüfte abwärts einen Schlangenleib besaß. Die Schlangenelfe wirkte so herrschaftlich, so einschüchternd, dass außer Frage stand, wer dort abgebildet war. Das Bildnis zeigte Ilak, die Blutkönigin. Und hinter diesem Tor, das wusste Alathaia ganz sicher, würde sie das Rote Buch finden. Jenes Buch, in dem Ilak alle Geheimnisse der Blutmagie niedergeschrieben hatte. Doch das Tor hatte keinen Riegel und kein Schloss. Nichts deutete darauf hin, wie es zu öffnen war.

Das Gefühl der Bedrohung wurde immer eindringlicher. Und zugleich die Ahnung, dass sie nicht zurückschauen durfte. Vorwärtsgehen, ohne zu bereuen; das Vergangene hinter sich lassen und für die Zukunft nur das Beste hoffen, so hatte Alathaia stets gelebt. Sie musste durch dieses Tor …

Vorsichtig tastete sie mit beiden Händen über das heiße Metall. Das Tor reagierte nicht auf Druck. Es schien keinen verborgenen Mechanismus zu geben und … Ihr Blick blieb an dem Auge der Blutkönigin haften. Sie war im Profil dargestellt, sodass nur eines ihrer Augen abgebildet war. Es lag leicht vertieft, und seine Form … Alathaia nahm Laurelins Amulett vom Hals. Es passte zur Form des Auges. Alathaia streckte sich. Sie musste sich auf die Zehenspitzen stellen, um das Auge zu erreichen.

Das Amulett passte exakt in die Vertiefung. Kaum hatte sie es eingesetzt, da lief ein Vibrieren durch das goldene Tor. Plötzlich war es verschwunden. Eine dunkelrote Wand zeigte sich und brach über Alathaia zusammen.

Blut!

Ein Meer von Blut flutete durch die Toröffnung, riss Alathaia von den Beinen und schleuderte sie von der Empore hinab. Sie schlug auf einen der Rippenbögen in der weiten Halle. Die Luft wurde ihr aus der Lunge gepresst. Blut flutete herab. Verschlang sie. Ertränkte sie …

Von der Freiheit des Todes

Schweißgebadet schreckte Alathaia aus dem Schlaf hoch. Blinzelnd sah sie dem unstet wandernden Licht nach. Die Rippenbögen des Drachen warfen einander kreuzende Schatten auf die Höhlenwand.

Groß wie ein Haus ragte der Schädel der Himmelsschlange über ihr auf. Da war ein Geschmack von Blut in ihrem Mund.

Vorsichtig tastete sie über ihre Lippen. Kein Rot benetzte sie. Es war nur ein Traum, versuchte sie sich zu beruhigen, doch sie spürte das Fieber, das in ihren Adern glühte, den pulsierenden Schmerz in ihrem Bein, das Stechen der gebrochenen Rippen. Alles heilte zu langsam. Noch nie hatte sie mit ihren Wunden so lange gerungen wie dieses Mal.

Sie sah sich um. Laurelin war verschwunden. Gewiss war er wieder hinten in der Höhle, in diesem Lumpenlager, in dem Leynelle nistete. War die Zauberweberin verrückt geworden? Oder war sie es, die ihre Heilung hinauszögerte? Doch wie? Magie konnte sie nicht mehr wirken, solange sie die Maske trug.

Alathaia setzte sich auf. Selbst das wurde zum Kraftakt. Laurelin hatte ihr aus einem langen Ast, der sich am Ende gabelte, eine Krücke gefertigt. Die Astgabel war mit Segeltuchfetzen umwickelt, sodass sie sie unter die Achsel klemmen konnte, um sich darauf aufzustützen.

Sie tastete nach dem Amulett an ihrem Hals. Laurelin hatte es noch nicht zurückgefordert. Vielleicht wagte er es nicht … Oder er war einfach nur nett. Seit sie es trug, kehrte der Traum vom unterirdischen Labyrinth und dem goldenen Tor immer wieder. Oder lag es an der Höhle hier? Sie blickte zu dem riesigen Schädel. »Einst warst du wie ein Gott …« Der Zorn der Himmelsschlangen hatte eine Welt zerbrechen lassen, hieß es. Und Emerelle hatte diese riesigen Drachen gejagt und zur Strecke gebracht.

Sinnend betrachtete Alathaia den Schädel. »So lange habe ich dich gesucht …« Eine jede Himmelsschlange trug einen Karfunkelstein in der Stirn. Es hieß, dass die Steine im Augenblick des Todes der Götterdrachen entstanden und dass sie die Essenz der sterbenden Drachen enthielten. Wer sie zu nutzen wusste, verfügte über eine große Quelle der Macht. Und wenn man sieben von ihnen zusammentrug und auf die Kraftlinien eines großen Albensterns legte, dann konnte man einen der Götterdrachen zurückholen.

Alathaia hatte ihren ersten Karfunkelstein aus dem Nachlass Melianders, des Bruders von Emerelle, geraubt. Zusammen mit einem Buch, in dem Meliander, einer der größten Gelehrten seiner Zeit, über die Eigenarten und Möglichkeiten des Steins schrieb. Seit damals suchte Alathaia nach ihnen. Ihr Sohn Xylon forschte lange Zeit schon in den Ruinen der Blauen Halle, weil sie sich erhoffte, in der verschütteten Drachenbibliothek Hinweise auf jene Orte zu finden, an denen sich die Himmelsschlangen gern aufgehalten hatten.

»Überall auf der Welt habe ich dich gesucht.« Sie blickte in die dunklen Augenhöhlen. »Und du warst nur ein paar Meilen entfernt.«

Nahe beim Rosenturm hatte sie viele Male nach einer Drachenhöhle gesucht. An diesen Ort war der Goldene oft gekommen. Sie hatte sogar Tunnel in den Fels treiben lassen. Vergebens. Auch bei der Klippe, die man Drachengrab nannte, hatte sie geforscht. Wie sie in diese Höhle gekommen war, blieb ihr nach wie vor ein Rätsel. Ebenso der Unfall. Was hatte ihren Rappen so plötzlich in Panik versetzt?

Nur eines war gewiss: Es war Emerelle, die ihren Klippensturz herbeigeführt hatte. Sei es, um sie als einzige Mitwisserin über den Mord an Drau, dem Sohn des Trollherzogs Orgrim, für immer zum Schweigen zu bringen, sei es wegen ihrer alten Fehde um die Karfunkelsteine. Oder auch nur, weil sie die Freiheit Langollions und deren Strahlkraft fürchtete.

Emerelle musste sich nun sicher sein, triumphiert zu haben. Alathaia war nicht klar, wie lange sie schon hier unten war. Zwei Wochen? Vielleicht drei? Das unstet wandernde Licht verlosch nie. Es war unmöglich einzuschätzen, wie Tage und Nächte verstrichen.

Emerelle hielt sie gewiss für tot. Daraus konnte sie einen Vorteil ziehen. Von nun an könnte sie unsichtbar agieren, wenn sie einige Vorsichtsregeln beachtete. Sie könnte in aller Heimlichkeit einen Schlag gegen die Königin vorbereiten.

Wieder sah sie zu dem Drachenschädel. Fünf von sieben Karfunkelsteinen, die sie benötigte, besaß sie. In diesem Schädel würde der sechste stecken, und wenn die Geschichten über die Blutkönigin stimmten, dann wusste Alathaia auch, wo sie nach dem siebten Karfunkelstein zu suchen hatte.

Zwei Mal schon hatte sie Expeditionen nach Darna geschickt. Nie war auch nur ein Überlebender zurückgekehrt. Die Insel, auf der Ilak ihre letzte Schlacht geschlagen hatte, verschlang jeden, der sie aufsuchte. Dort musste es einen unterirdischen Totenpalast geben, in dem Ilak und eine Himmelsschlange beigesetzt waren. Und vermutlich war dort auch das geheimnisumwobene Rote Buch versteckt.

Alathaia glaubte, diesen Totenpalast in ihren Träumen gesehen zu haben. Er galt als unauffindbar ... Die Fürstin lächelte und tastete nach Laurelins Amulett. Ihr vermeintlicher Tod würde sie so frei machen, wie sie schon lange nicht mehr gewesen war.

Wenn ihre Heilung nur nicht so unsäglich langsam voranschritte!

Zu sitzen hatte sie erschöpft, und sie legte sich zurück auf ihr ärmliches Lager. Mit geschlossenen Augen konzentrierte sie sich auf ihr gebrochenes Schienbein. Sie stellte sich vor, wie es heilte. Und dann erinnerte sie sich an eine der ungewöhnlichen Kräfte, die Meliander in seinem letzten Buch den Karfunkelsteinen zugeschrieben hatte. Konnte sie Laurelin hinreichend vertrauen, um ihn diesen Schatz bergen zu lassen?

Ein neuer Wind

Hauptmann Nanduval war in das kleine Kaminzimmer im Palast der tausend Blüten bestellt. Seit dem Fest leitete Sanassa die Geschäfte des Hofes. Sie hatte ihn um ein Gespräch gebeten. Doch als er eintrat, erwartete nicht nur sie ihn.

Alle Geschwister, die im Palast anwesend waren, hatten sich versammelt. Das war kein gutes Zeichen!

Sanassa saß in einem hohen Lehnstuhl beim Feuer. Hinter ihr stützte sich Tiranu auf die Rückenlehne. Morwenna stand etwas abseits, arrangierte die Blumen in einer großen Vase neu und würdigte ihn keines Blickes. Dafür sah Assanael ihn mit seinen unheimlichen schwarzen Augen geradewegs an.

Nanduval versuchte ihn nicht zu beachten. Er verneigte sich vor Sanassa. »Ihr verlangtet, mich zu sehen, Hoheit.«

»Uns ist zu Ohren gekommen, dass du die Geliebte unseres Vaters, unmittelbar nachdem Eldarian ins Mondlicht gegangen war, vom Fest entfernt hast.« Ihre dunkle Stimme klang kühl. Fast feindlich. »Du selbst sollst sie bis in die Stadt eskortiert haben. Magst du uns erläutern, was dich dazu bewogen hat?«

Es waren erst zwei Tage seit dem Mondfest vergangen, und doch hatten Alathaias Kinder es bereits geschafft, so gut wie alle Würdenträger vom Hof zu entfernen, die ihrem Vater nahegestanden hatten. Insbesondere jene Elfendamen, die ganz offen intimen Umgang mit Eldarian gepflegt hatten. Aber auch jene, denen man dies nur nachsagte. Nun hatten sie begonnen, unter den dienstbaren

Geistern und den Leibwachen nach jenen zu suchen, die Eldarian gemocht hatte.

Nanduval selbst hatte sich stets nur Alathaia verbunden gefühlt, doch wie es schien, sahen ihre Kinder das anders.

»Ich hielt es nicht für angebracht, dass diese Person länger bei Hof verweilte.«

»Hast du meiner Schwester nicht gesagt, dass du einen gewissen Verdacht gegen sie hegst?«

Assanael hatte etwas an sich, was Nanduval stets beunruhigte, obwohl der älteste Sohn Alathaias keinen unfreundlichen Ton angeschlagen hatte. »Es war ein Verdacht, für den sich keinerlei Beweise fanden«, erwiderte er.

»Fanden sich denn eindeutige Beweise dafür, dass sie auf keinen Fall etwas mit dem Verschwinden unserer Mutter zu tun hatte?«, fasste Assanael nach.

»Ich fürchte, solch eindeutige Beweise, wie Ihr sie fordert, lassen sich für etwa die Hälfte aller, die sich während Melyssanas Mondfest oder am Tag danach bei Hofe aufhielten, nicht erbringen.«

»Würdest du das auch auf die hier Anwesenden beziehen?«, fragte Tiranu gereizt.

»Ich bitte Euch, mir die Worte nicht im Munde umzudrehen, Hoheit.« Nanduval gönnte Alathaias Jüngstem keinen Blick. Er sah unverwandt Sanassa an.

»Diese Schlange wollte an der Seite unseres Vaters über Langollion herrschen!« Morwenna zog eine langstielige Rubinrose aus dem Blumengesteck. »Und nun hat sie in Rosan ein Boot gemietet, und sie stellt den Fischern tausend Fragen über den Tidenhub am Drachengrab und über die Strömungen in der Bucht. Sie wird das Gerede über den Unfall wieder anfachen. Langollion kann sich keine Gerüchte über einen etwaigen Tod unserer Mutter leisten.«

»Und wir müssen uns deiner Treue ganz gewiss sein«, ergriff jetzt

Sanassa das Wort. »Wie sagtest du so schön? Du hieltest es nicht für angebracht, dass diese Person länger bei Hof verweilt. Wir vier sind uns einig, dass diese Person nicht länger im Leben verweilen sollte. Ermögliche ihrer Seele die Wiedergeburt, und beweise uns damit, dass du uns genauso treu ergeben bist wie unserer Mutter.«

Alathaia hätte ihn nie mit einem solchen Wunsch behelligt, dachte er verärgert. Sie hätte es selbst getan.

»Wir geben dir drei Tage, uns deine Loyalität zu beweisen«, sagte Assanael. »Gut wäre, wenn sie spurlos verschwindet. Sollte dies nicht möglich sein, lass es wie einen Unfall aussehen. Lebt die Heilerin in vier Tagen immer noch, Hauptmann, dann müssen wir wohl davon ausgehen, dass du sie am Abend des Mondfests nicht vom Hof entfernt, sondern versucht hast, sie aus unserer Reichweite zu bringen.«

»Die Riffe in der Bucht sind gefährlich und liegen so dicht, dass kaum Treibgut angespült wird. Außerdem ist Adelayne keine Fischerin, sie weiß kaum ein Boot zu führen. Gebt ihr ein paar Tage, Hoheiten, und ihr kleiner Fischerkahn schlägt leck und sie ertrinkt. Es gibt Gründe, warum alle diese Bucht meiden. Dann habt Ihr Euren Unfall.« Es fiel Nanduval schwer, Ruhe zu bewahren und seinen Ärger nicht zu deutlich durchklingen zu lassen.

»Das ist uns bewusst, Hauptmann.« Assanaels Augen waren wie polierter Obsidian. »Ich hoffe, dir wird bewusst, dass es hier weit mehr um dich als um die Heilerin geht.«

Roter Kork

Adelayne blickte zu den Felsen der Steilklippe hinauf. Den ganzen Morgen hatte sie schon das Gefühl, beobachtet zu werden, doch dort oben zeigte sich niemand. Kein zweites Boot war zu sehen, so weit ihr Auge reichte. Die vielen Klippen nahe dem Drachengrab hielten die Fischer fern. Es gab genügend weniger gefährliche Fischgründe entlang der Küste. Bei ihrer Passage durch die beiden Kränze von Riffen, die der Bucht vorgelagert waren, war das kleine Boot mehrfach bedenklich an Felsen vorbeigeschrammt. Aber das Glück war auf ihrer Seite. Bisher jedenfalls. Wieder schweifte ihr Blick über die Steilklippen.

Während der Suche nach Alathaias Leiche hatte Adelayne ihre Leidenschaft für die Seefahrt entdeckt. Das unberechenbare Meer, die Nähe zu den Elementen, das sanfte Schlingern, das sie nachts in den Schlaf wiegte. Sie liebte es und hatte begonnen, davon zu träumen, wenn all dies hier vorüber war, mit einem kleinen Boot die Mangrovenküsten des Waldmeers zu erkunden.

Aber zuerst musste sie Alathaias Leiche finden! Ohne einen Beweis für den Tod der Fürstin wagte sie sich nicht zurück zu Emerelle. Tausendfach hatte sie sich für ihren perfiden Plan verwünscht. Das nächste Mal würde sie ihrem Opfer ins Auge blicken, wenn es starb. Nie wieder wollte sie sich solchen Zweifeln aussetzen. Und beim nächsten Mal würde sie ihr Opfer länger beobachten und sich ein eigenes Bild machen.

Emerelle hatte ihr in ihrer Silberschale einige der Schrecken gezeigt, welche die Herrschaft Alathaias in Zukunft hervorgebracht hätte. Sie war sich so sicher gewesen, das Richtige zu tun, als sie Alathaias Tod plante. Jetzt aber fragte sie sich, ob Emerelle ihr mit einem Illusionszauber vielleicht Trugbilder in der Silberschale gezeigt hatte.

Verfluchte Zweifel! Sie sollte sie hinter sich lassen. Jetzt galt es, Alathaia zu finden. Adelayne sah hinüber zu dem Riff, das nicht weit entfernt aus dem Wasser ragte, dann blickte sie die Steilklippe hinauf, der sie bereits gefährlich nahe gekommen war. Dies hier war der Ort, an dem der stürzende Rappe das Fischerboot versenkt hatte. Sie irrte sich vielleicht um zwei oder drei Schritt ... Mehr war es ganz gewiss nicht.

Prüfend sah Adelayne zur Sonne. Der Stand der Gezeiten entsprach nun auch dem am Mittag des Unfalls. Das Meer war unruhig, aber bei Weitem nicht so stürmisch wie an jenem Nachmittag nach dem Mondfest. Auf einen Tag zu hoffen, an dem sie sich den Bedingungen des Unfalls noch weiter annäherte, wäre töricht. Sie hob den Sack zwischen ihren Füßen auf. Die halbe Nacht hatte sie damit verbracht, faustgroße Korkrindenstücke mit roter Farbe zu überziehen. So waren sie auch auf einige Entfernung noch gut sichtbar.

Adelayne hoffte, mithilfe der Rindenstücke das Zusammenspiel von Brandung und Meeresströmung beobachten zu können. Der rote Kork würde ihr verraten, wohin die Leiche Alathaias getrieben worden war. Sie würde ihm folgen, und er würde sie zu der toten Fürstin führen. Aus den Gesprächen mit den Fischern wusste sie, dass die Meeresströmungen an der Bucht vorübergingen und so gut wie kein Treibgut angespült wurde. Es würde also leicht werden, der Spur der Korkstücke zu folgen.

Adelayne nahm eine Handvoll Kork und warf ihn steuerbords ins Meer. Dann warf sie weitere Stücke backbords und hinter dem Boot ins Meer. Fast alle wurden sie in Richtung der Steilklippe getrieben.

Geduldig beobachtete sie, wie der Kork gegen das verwitterte Felsgestein prallte und daran entlangwanderte. Es war ein stetes Wechselspiel. Jede zurückflutende Welle zog die Rindenstücke vom Felsen fort, nur um sie Augenblicke später erneut gegen den Stein zu schleudern.

Geduld, mahnte sie sich in Gedanken. Sie hatte zwei Anker in die Tiefe hinabgelassen. Das Boot hob und senkte sich in der Brandung, doch es bewegte sich nicht vom Fleck. Sie saß ganz still im Heck, den Blick auf das rote Treibgut gerichtet.

Inzwischen war sie sich sicher, dass jemand sie beobachtete. Ihren Instinkten konnte sie trauen. Die feinen Härchen in ihrem Nacken richteten sich auf. Sie spürte ein Kribbeln im Bauch. Vielleicht war es ja nur ein Hirtenjunge?

Sie stutzte. Trieben plötzlich weniger Korkstücke im Wasser? Sie hätte die Stücke zählen sollen! Jetzt war es schwer. Sie tanzten in der Brandung durcheinander. Waren es siebzehn? Oder doch neunzehn?

Sie versuchte sie alle im Blick zu behalten und scheiterte. Nun waren es nur noch fünfzehn. Hatte sie sich eben verzählt?

Sie versuchte es erneut und kam lediglich auf vierzehn Korkstücke. Wie war das möglich? Der Kork war unsinkbar. Er konnte nicht einfach verschwinden. Und dennoch tat er es, daran gab es keinen Zweifel. Jetzt trieben dort nur noch elf Stücke in der Brandung.

Adelayne streifte Hemd und Hose ab. Bei dem Gedanken an das eisige Wasser fröstelte sie. Aber sie würde nur herausfinden, wohin die Korkstücke verschwanden, wenn sie hinüberschwamm.

Erleichtert und frei

Verwundert beobachtete Nanduval aus seinem Versteck auf den Klippen, wie sich Adelayne auszog. Er senkte den Bogen. Jetzt wäre es ein sicherer Schuss. Seit drei Stunden sah er ihr schon zu und hatte den Befehl von Alathaias Kindern doch nicht vollstrecken können. Es missfiel ihm, dass sie ihn zu ihrem heimlichen Henker machen wollten. Er hatte Alathaia die Treue geschworen, nicht ihren Kindern.

Der Hauptmann war sich bewusst, dass, wenn er es nicht tat, Assanael kommen würde, um Adelayne zu töten und anschließend ihn. Nanduval fühlte sich schuldig. Er hätte damals in der Lagerhalle nicht so offen über seinen Verdacht reden dürfen. Es war seine Absicht gewesen, zu beobachten, wie Eldarian und Sanassa auf seine Gedankenspiele reagierten, und daraus seine Schlüsse zu ziehen. Nun war Eldarian ins Mondlicht gegangen, und ganz gleich, wie er sich entschied, würde Adelayne in den nächsten Tagen ermordet werden.

Die Heilerin legte ihren Gürtel wieder an. Hinten am Gürtel, vor den Blicken eines jeden verborgen, der vor ihr stand, trug sie einen Dolch. Der Griff wies nach rechts. Die Scheide lag parallel zum Gürtel, so war die Waffe leicht zu ziehen. Für eine Heilerin war es eine ziemlich ungewöhnliche Art, eine Klinge zu tragen. Ihm war das schon während der Suche nach Alathaia aufgefallen. Adelayne war eine ungewöhnliche Frau. Es wunderte ihn nicht, dass Eldarian so schnell Gefallen an ihr gefunden hatte.

Ohne zu zögern, sprang sie nun ins Wasser. Warum? Hatte sie nach all den Wochen am Ende doch noch Alathaia gefunden? Sie war die Letzte, die noch nach der Fürstin suchte, dachte Nanduval beschämt.

Mit kräftigen Zügen schwamm die Heilerin an der Steilklippe entlang, was bei der Brandung nicht ungefährlich war. Plötzlich war sie verschwunden.

Nanduval beugte sich weit vor, um besser zu sehen. Vielleicht verbarg die schäumende Gischt sie nur vor seinem Blick. Er wartete … Sie war fort! Etwas hatte sie verschlungen.

Er blickte zu den Riffen unterhalb seines Verstecks. Da war eine Stelle mit tiefem Wasser. Der Hauptmann schleuderte den Bogen zur Seite. Er sprang in die Tiefe, und trotz der Gefahr, auf den Felsen im Wasser aufzuschlagen und zu sterben, fühlte er sich unglaublich erleichtert und frei.

Das Drachengrab

Wie verzaubert betrachtete Adelayne die wandernden Lichter auf den Tunnelwänden. Ein kleiner Abschnitt der Klippe war nur ein Illusionszauber gewesen. Vollkommen gewirkte Magie verbarg diesen Tunnel, der, leicht gekrümmt, noch weiterzuführen schien. Neben ihr trieben rote Korkstücke, die sich nur noch sacht in der Dünung bewegten. Das Wasser war nicht mehr sehr tief; sie konnte gerade eben stehen.

Fasziniert von diesem Ort, blickte sie zurück. Sie sah ein Stück grauen Himmel und die Klippen auf der anderen Seite der Bucht. Von hier schien es gar keinen Zauber zu geben, der den Eingang verbarg. Aber draußen hatte alles so natürlich gewirkt. Die Brandung war im selben Rhythmus wie überall sonst gegen den Felsen geschlagen – oder zumindest hatte es so gewirkt. In Wahrheit waren die weißen Gischtzungen, die an der schroffen Klippe hinaufleckten, ebenso eine Illusion wie das Gestein selbst.

So oft war sie in den letzten Wochen in dieser Bucht gewesen und hatte nie etwas bemerkt! Der Zauber passte sich an den Tidenhub an, ja sogar an die wechselnde Kraft, mit der die Wellen gegen die Klippe schlugen. Wer vermochte Magie in solcher Vollkommenheit zu weben? Hatten die Alben selbst diesen Illusionszauber erschaffen? Und welchem Zweck diente er?

Vorsichtig tastete sie sich im Wasser voran. Hinter der Krümmung weitete sich der Tunnel zu einer großen Höhle. Nicht weit entfernt lag ein geröllbedecktes Ufer, auf dem ein gewaltiger Schädel ruhte. Der Name des Ortes war also tatsächlich ernst gemeint: Drachengrab.

Von ehrfürchtigem Staunen erfüllt, betrachtete sie den Kopf und versuchte sich vorzustellen, wie eindrucksvoll dieser Drache zu Lebzeiten gewesen sein musste. Und dann dachte sie an die zierliche Königin. Einst war Emerelle gegen diese Giganten in den Krieg gezogen. Wie viel Mut es wohl erforderte, sich einer solchen Kreatur im Kampf zu stellen.

Es vergingen einige Augenblicke des Staunens, bis sie sich der reglosen Gestalt am Ufer bewusst wurde. War das …? Eilig watete sie hinüber. Dort lag tatsächlich Alathaia. Sie ruhte in tiefem, fiebrigem Schlaf. Die Augäpfel unter ihren Lidern bewegten sich hektisch, als würde sie in ihren Träumen gehetzt.

Genugtuung breitete sich in Adelayne aus. Nun konnte sie zu Ende bringen, was mit dem Sturz von der Steilklippe so unvollkommen begonnen hatte. Vielleicht sollte sie eine Strähne von Alathaias langem schwarzen Haar abschneiden. Das war ein wenig barbarisch, aber nach dem mysteriösen Verschwinden ihres Opfers sollte sie Emerelle besser einen Beweis für den Tod der Fürstin vorlegen.

Ein Geräusch ließ Adelayne aufschrecken.

Zwei Gestalten traten unter den Rippenbögen des Drachen hervor. Ein Weib mit einer abstoßenden Maske und grotesk gekrümmtem Rücken und ein Elf ... Er kam ihr bekannt vor. Und dann erinnerte sie sich. Er war der Begleiter der Elfe gewesen, die auf dem vorletzten Fest ins Mondlicht gegangen war.

»Wer bist du?«, fragte sie der Elf.

»Die Heilerin, die hier längst überfällig ist«, erwiderte sie scharf. Sie kniete sich neben die Fürstin. »Ihre Wunden sind grotesk schlecht versorgt worden.« Sie tastete über die Kruste der großen Wunde am Schienbein. »Der Knochen hier ist falsch zusammengewachsen.« Jetzt war sie ehrlich entsetzt. Auch wenn sie gerade noch daran gedacht hatte, Alathaia zu töten, schlug doch auch das Herz einer Heilerin in ihr. Wer dies hier verantworten musste, hatte entweder nicht die geringste Ahnung davon, wie man Wunden behandelte, oder – sie sah zu den beiden seltsamen Gestalten auf, die sich bis auf zwei Schritt genähert hatten – sie ließen die Fürstin absichtlich leiden. Das würde auch erklären, warum sie niemanden geholt hatten, um Alathaia zu helfen.

»Ich ... Ich bin kein Heiler«, stammelte der Elf und hob entschuldigend die Hände. »Ich dachte, ich hätte den Knochen gut gerichtet, als ich ihn geschient habe.«

Die Gestalt mit der Maske sagte nichts.

Adelayne hatte schon von solchen Masken gehört, wenngleich sie noch nie eine gesehen hatte. Sie machten es dem Träger unmöglich, Zauber zu wirken, ja, sie trennten ihn von der Magie, die in der Welt allgegenwärtig war. Wer war das? Was hatte diese Frau getan, dass man sie zu einer solch grausamen Strafe verurteilt hatte? Die Frau schwieg. Sie hatte den Kopf leicht schief gelegt, um sie trotz ihres krummen Rückens ansehen zu können.

Vielleicht war doch noch nicht alles verloren, überlegte Adelayne. Alathaia lag immer noch im Fieberschlaf. Die Frau mit der Maske sah sehr hinfällig aus. Einzig der Elf würde ihr Widerstand leisten können. Aber wenn es ihr gelang, ihn zu überraschen … Mit ihm müsste sie anfangen. Ein rascher Schnitt durch die Kehle. Er wirkte freundlich. Es war sicher möglich, ihn zu überrumpeln. Dann die Alte mit der Maske und zuletzt Alathaia. Das Ganze würde weniger als zwanzig Herzschläge dauern. Sie musste den Elfen nah an sich heranlocken.

»Hast du das hier nicht gesehen?« Sie deutete auf das verletzte Bein der Fürstin.

»Wovon redest du?« Der Elf wirkte eingeschüchtert.

»Die Muskeln hier sind knotig und verspannt. Allein daran hättest du sehen müssen, dass etwas mit den zusammenwachsenden Knochen nicht stimmt. Komm her! Sieh es dir an, und lerne für die Zukunft!«

Tatsächlich kniete er sich ihr gegenüber nieder.

Adelayne griff nach ihrem Dolch hinter ihrem Rücken.

Wenn das Licht verlischt

Nanduval staunte noch über die verborgene Höhle, als er Adelayne nach dem Dolch greifen sah. Die Heilerin war offensichtlich bereit, die Gestalt am Boden zu verteidigen.

Er zog sein Schwert und watete in Richtung Ufer. »Was geht hier vor?«

Adelayne fuhr zu ihm herum. Der kauernde Elf sprang auf, während die Kreatur mit der Maske … Nanduval keuchte erschrocken. Diese Maske! Er kannte sie! Das war Leynelle. Er war gerade erst in Alathaias Leibwache aufgenommen worden, als die Bienenhexe verurteilt worden war. Er erinnerte sich noch an die Gerichtsverhandlung über die Kindesmorde …

Er stieg das Ufer hinauf, die Klinge drohend auf die Hexe gerichtet. Den Elf kannte er auch. Das war der Gefährte Melyssanas.

»Gut gemacht«, sagte er knapp zu Adelayne, die bereit gewesen war, die Verletzte zu verteidigen. Er sah die Liegende an und erstarrte.

»Alathaia«, stammelte er ergriffen und sank auf die Knie. »Bei den Alben, Alathaia!« Sie lebte, das war wie ein Wunder. Tiefe Scham überkam ihn. Ausgerechnet eine Fremde hatte nie aufgehört, nach der Fürstin zu suchen, wohingegen er, der sein Leben für Alathaia gegeben hätte, zuletzt alle Hoffnung hatte fahren lassen.

Er griff nach der Linken Alathaias. Sie glühte vor Fieber. Die Fürstin wirkte schwach und ausgezehrt. Gar nicht wie die stolze Herrscherin, der er aus tiefster Überzeugung diente. »Herrin?« Sie reagierte nicht. Die Augäpfel unter ihren Lidern zuckten. Ihr Gesicht wirkte ausgezehrt. Sie musste sehr schwer verletzt gewesen sein, wenn sie mehr als einen Mond nach ihrem Unfall noch in so schlechtem Zustand war. Er würde dafür sorgen, dass Alathaia schnell zurück in den Palast kam und die Herrschaft ihrer Kinder endete. Er sollte … Nanduval stutzte. Sie war tödlich verletzt in die Höhle gelangt, lebte aber immer noch.

Er sah zu Laurelin und der Bienenhexe, und ihm ging auf, dass er die Lage falsch eingeschätzt hatte. Leynelle hatte keinen Grund, der Fürstin wohlgesinnt zu sein, und dennoch lebte Alathaia noch. Sie war seit Wochen in der geheimen Höhle. Er bedachte Adelayne mit einem misstrauischen Blick. Der Dolch! Was sollte das?

»Gut, dass Ihr gekommen seid«, raunte die Heilerin ihm zu. »Ich glaube, die beiden hier haben die Fürstin gefangen gehalten und gefoltert.«

»Das ist nicht wahr!«, begehrte Laurelin auf. »Alathaia würde nicht mehr leben, wenn wir sie nicht gepflegt hätten.«

Nanduval entschied, nicht noch einmal vorschnell zu urteilen. Er senkte sein Schwert. Alathaia begann sich unruhig auf ihrem Lager zu wälzen.

»Was hat sie?«

»Albträume und ganz sicher auch Schmerzen«, antwortete Adelayne. Sie nahm ein Tuch aus einer flachen Wasserschale, die bei der Fürstin stand, und tupfte Alathaia die Stirn ab.

Plötzlich richtete sich die Fürstin auf. Sie keuchte und rang um Luft wie eine Erstickende.

»Ruhig.« Mit sanfter Kraft drückte Adelayne die Herrscherin auf ihr Lager zurück. »Gestattet Ihr, dass ich Euch abtaste, Fürstin?«

Nanduval war verunsichert. Hier stimmte etwas nicht. Zumindest war er jetzt hier, um über Alathaia zu wachen. Und die Heilerin konnte der Fürstin helfen. Von nun an würde alles besser. Er konnte wieder über seine Herrin wachen!

Alathaia blinzelte. Sie wirkte verwirrt. Dann sah sie ihn an, und ein Lächeln trat auf ihre Lippen. »Mein guter Nanduval …« Sie klang unendlich erschöpft, aber auch grenzenlos erleichtert. Sie blickte zu Adelayne. »Untersuche mich, Heilerin …« Die Fürstin schloss die Augen.

Die Heilerin tastete Alathaia ab. Die beiden anderen sahen dabei still zu.

»Zwei gebrochene Rippen, die langsam heilen«, konstatierte Adelayne. »Ein gebrochenes Schienbein, das falsch zusammengewachsen ist. Ich werde es noch einmal brechen müssen … Mehrere Quetschungen. Eine leichte Entzündung der Wunde am Bein und ein schwaches Fieber. Die Verfassung der Fürstin ist nicht gut. Ich empfehle, sie umgehend in den Palast der tausend Blüten zu bringen.«

Die Fürstin schüttelte schwach den Kopf. »Bitte lasst mich mit meinem Hauptmann allein.«

»Ihr habt es gehört!«, sagte Nanduval scharf und sah zu Leynelle und Laurelin.

Adelayne war die Erste, die gehorchte. Sie zog sich hinter den Drachenschädel zurück. Dann zogen sich auch die beiden anderen zurück.

»Die Heilerin hat recht, Hoheit. Ihr müsst in den Palast zurück.«

Alathaia lächelte ihn an. »Gut, dass du hier bist.« Dann wirkte sie ernst. »Was ist geschehen, seit ich fort war? Und wie habt ihr mich gefunden?«

Er berichtete ihr von den letzten Wochen. Nur eines zögerte er hinaus. Er wusste nicht, wie er es sagen sollte, ohne sie zu verletzen. So lange war er Eldarian und ihr nahe gewesen, dass er wusste, dass sie ihn trotz allem geliebt hatte. »Euer Gemahl, meine Fürstin ... Er hat dem letzten Mondfest seinen Namen gegeben.«

Sie erwiderte nichts. Verzog keine Miene, und doch ging in ihrem Gesicht eine Veränderung vor sich, wie sie drastischer kaum hätte sein können. Es war so, als habe man an einem grauen Winternachmittag in einer Kammer die einzige Kerze ausgeblasen. Das Licht genügte, um alles zu sehen, und doch war die ganze Kammer verändert.

Alathaia lag lange einfach nur still. »Wir werden das, was geschah, nutzen, um Langollion stärker zu machen«, sagte sie schließlich mit tonloser Stimme. »Ich kann nicht in den Palast zurück. Ich gehe davon aus, dass es letztlich Emerelle war, die versucht hat, mich zu ermorden. Wenn ich in den Palast zurückkehre, wird es weitere Mordanschläge geben. Besser, ich bleibe für sie tot. Im Verborgenen kann ich die Kraft sammeln, ihr zu trotzen und ihr am Ende den Thron zu nehmen, um ganz Albenmark nach dem Vorbild Langollions eine bessere Welt werden zu lassen. Wir werden diese Höhle bald verlassen müssen. Seit der Zeit der Drachenkriege scheint sie unentdeckt geblieben zu sein. Und nun haben binnen eines Monats vier

Albenkinder hierhergefunden ... Es werden weitere folgen.« Sie machte eine kurze Pause, wirkte unendlich müde.

Dann sah sie ihn an. »Schick Laurelin, damit er das Boot in die Höhle holt. Hoffen wir, dass uns hier noch ein paar Tage bleiben, damit ich wieder zu Kräften komme. Kann man der Heilerin trauen?«

»Ich werde sie nicht aus den Augen lassen, wenn sie an Eurer Seite ist, meine Fürstin.«

»Das ist das erste Mal, dass ich froh bin, jemanden um mich zu haben, der mir angedroht hat, mir ein Bein zu brechen.« Sie seufzte. »Ich wusste, dass Leynelle meine Heilung sabotiert. Ausgerechnet ihr in die Hände zu fallen ...«

»Soll ich die Kindesmörderin endgültig richten, Herrin?« Nanduval erinnerte sich daran, wie die Eltern der toten Kinder vor Gericht ausgesagt hatten. An das Leid in ihren Gesichtern. Wenn jemand auf dieser Insel je den Tod verdient hatte, dann die Bienenhexe. Ihr zur Wiedergeburt zu verhelfen wäre eine gerechte Tat.

»Das musst du nicht tun, Nanduval. Ich bin zuversichtlich, dass Laurelin sie schon sehr bald für uns töten wird.«

Kopfgeld

Es gefiel Laurelin nicht, Adelayne in Melyssanas Kleidertruhe wühlen zu sehen. Die Heilerin hatte bereits einen ganzen Berg von Kleidungsstücken auf dem Bett und dem Boden verstreut. »Hat sie denn nur Ballkleider und diese Leder- und Fellsachen, die aussehen, als sei sie gerade aus den Wäldern des Nordens gekommen?«

»Ich komme aus den Wäldern des Nordens«, entgegnete Laurelin verärgert. »Was gibt es daran auszusetzen?«

Die Heilerin machte eine vage entschuldigende Geste. »Das passt nicht so ganz in die Gegend hier.«

»Wir tragen ohnehin alle diese grauen Kapuzenumhänge, da sieht man nicht, was darunter ist.« Laurelin verstaute die Sachen, die er für Leynelle ausgewählt hatte, in seinem Rucksack. Es tat gut, endlich diese alberne himmelblaue Hose und das dazugehörige Hemd los zu sein. Beides hatte er seit dem Mondfest getragen. Mehr als vier Wochen.

Adelayne hatte bereits eine schwarze Lederhose und ein mittelbraunes ledernes Jagdhemd aus Melyssanas Truhe angelegt. »Wir werden wie Vagabunden aussehen«, murmelte sie verdrossen.

»Wir werden abseits von Weg und Steg reisen, hat Alathaia gesagt. Wenn uns keiner sieht, wen schert es dann, wie wir aussehen?«

Adelayne bedachte ihn mit einem Blick, als habe er gerade etwas unglaublich Dummes gesagt, aber Laurelin konnte sich nicht vorstellen, was das gewesen sein sollte.

Die Fürstin hatte sie beide nach Einbruch der Nacht mit dem kleinen Fischerboot nach Rosan geschickt. Während überall sonst die Küste Langollions überwacht wurde, um zu verhindern, dass sich Albenkinder, die keine Sonne trugen, in das Fürstentum einschlichen, scherte sich in Rosan niemand darum, wenn ein kleines Boot nachts in den Hafen einlief. Hier konnte frei kommen und gehen, wer wollte. Nichts wurde kontrolliert, und niemand stellte einem Fragen nach dem Woher und Wohin.

Alathaia hatte sie entsandt, um Kleidung, Nahrung und einiges an zusätzlicher Ausrüstung zu besorgen. Und ganz die Fürstin, die sich nicht mit den Banalitäten des Lebens aufhielt, hatte sie sich keine Gedanken darüber gemacht, womit das alles bezahlt werden sollte. Daher hatte sie ihr erster Weg in Rosan zu dem Kobold geführt, der ihn vor einem Mond bei seiner Flucht aus der Stadt unterstützt hatte. Broja hatte ihnen gegen ein kleines Entgelt gern erneut geholfen. Mit ihm an der Seite war es kein Problem gewesen, auch mitten in der Nacht all das zu bekommen, was Alathaia wünschte. Und es war eine lange Liste gewesen. Nur die Werkzeuge fehlten noch.

Adelayne begann damit, die Kleider, die sie in dem Schlafgemach verstreut hatte, ordentlich zu falten und in die Truhe zurückzulegen. Sie hatte nur wenig für sich und die Fürstin ausgewählt.

Regen prasselte auf das Dach. Lediglich eine kleine Öllampe erleuchtete das Gemach. Melancholisch betrachtete Laurelin das zerwühlte Bett. Nichts hatte sich hier verändert, seit er das letzte Mal an Melyssanas Seite gelegen hatte. Ein Kloß stieg ihm in den Hals, als er an sein verlorenes Glück zurückdachte. Zugleich schämte er sich. Er sollte nicht so verdammt selbstsüchtig sein! Melyssana war ins Mondlicht gegangen. Sie hatte die höchste Erfüllung gefunden. Sie war überglücklich gewesen. Statt ihr nachzutrauern, sollte er sich für sie freuen, dass ihr Leben eine so wunderbare Wendung genommen hatte. Aber es wollte ihm nicht gelingen.

Niedergeschlagen blickte er zu dem schwarzen Fenster über dem Bett. Dahinter lag der Hof, über den er vor dem Silberlöwen geflüchtet war. Sein kleiner Finger juckte Laurelin. Er wollte daran kratzen und griff ins Leere. Entnervt tastete er über den Stumpf, doch ganz gleich, wo er drückte, das verfluchte Jucken wollte nicht aufhören. Wie konnte ein Finger, den es gar nicht mehr gab, jucken?

Ein leises Klopfen ließ Laurelin aufschrecken. Die Tür zur Schlafkammer schwang ein Stück auf. Dort stand in langem Mantel und breitkrempigem Hut, vor Regen triefend, Broja. »Hab alles besorgt, Liebe…« Der Kobold räusperte sich, als Adelayne sich abrupt zu ihm umdrehte. »Geschätzte Heilerin, meinte ich natürlich.«

Es hatte Laurelin erstaunt, dass die beiden sich kannten. Was hatte eine Heilerin mit so einem Kerl zu schaffen?

»Wo wollt ihr den Bruch denn machen?« Der Kobold blies eine übel stinkende Wolke Tabakrauchs in Laurelins Richtung. »Ohne dir zu nahe treten zu wollen, Acht-Finger-Elf, aber ich glaube nicht, dass du der richtige Mann für solche Geschäfte bist.«

»Bruch?« Was meinte dieser Kerl?

»Er glaubt, wir planen einen Einbruch«, übersetzte Adelayne.

Wieder wunderte Laurelin sich über die Heilerin. Warum wusste sie solche Sachen?

»Wie kommst du auf so eine törichte Idee, Broja? Wir haben einen längeren Fußmarsch vor uns, und dann werden ...«

»Erzähl das, wem du willst, Acht-Finger. Die Stiefel hab ich natürlich auch besorgt, aber der andere Kram – Blendlaternen, Lampenöl, zwei Brechstangen, eine Spitzhacke, eine Schaufel, ein schwerer Hammer, eine Eisenschere und eine Metallsäge ...«

Laurelin entging der Blick nicht, den Adelayne ihm zuwarf. Sie hatte bemerkt, dass die beiden letzten Werkzeuge nicht von der Liste stammten, die Alathaia ihnen vorgegeben hatte.

»Erzählt mir nichts.« Der Kobold rollte mit den Augen. »In diesem verdammten Geschäft kenne ich mich gut aus. Also, wo wollt ihr einbrechen? Der Größe und Anzahl der Schuhe nach, die ich euch besorgt habe, seid ihr zu fünft. Und zumindest ihr beide habt von solchen Geschäften keine Ahnung. Ihr braucht jemanden, der sich auskennt, wie mich. Euch fehlen zum Beispiel noch Würste, die mit Schlafmittel versetzt sind. Dort, wo es ordentlich was zu holen gibt, lungern meistens Bluthunde oder Schlimmeres herum. Euch fehlen auch die Dietriche und das feine Werkzeug, mit dem man Türen öffnet, ohne den ganzen Palast aufzuwecken.«

»Wir werden nirgends einbrechen«, versicherte Laurelin. Alathaia hatte vernünftigerweise darauf gedrängt, die Höhle bald zu verlassen, da zu viele sie gefunden hatten. Sie hatte erklärt, sie würden nach Süden gehen und in aller Heimlichkeit reisen. Über ihr Ziel hatte sie nichts gesagt. Laurelin war froh, nach den Wochen in der Höhle bald wieder dauerhaft den Himmel über sich zu haben.

»Gut, gut … Ihr braucht also keinen Kobold.« Broja klang zutiefst beleidigt. »Aber kommt mir hinterher nicht und jammert. Ihr scheint ja bereits Verluste eingeplant zu haben. Oder braucht ihr die Trage, um eine Schatzkiste fortzuschleppen?«

Laurelin trat in die Tür und erblickte in der Werkstatt der Kürschnerin eine ganze Schar von Kobolden mit Säcken und Taschen. »Was wir jetzt benötigen, mein lieber Freund, ist ein wenig Hilfe beim Tragen«, erwiderte er freundlich. »Lass uns zum Hafen gehen.«

»Mit der ganzen Trägerkolonne? Elf … Was glaubst du, was dann passiert? Es ist mitten in der Nacht. Kein Schiff wird entladen. Wenn ein Trupp von meinen Jungs durch die Stadt läuft, erweckt das Aufmerksamkeit. Ich wette, noch bevor wir den Hafen erreichen, haben wir ein paar von Andarions Schnüfflern auf den Fersen. Und bei dem Kopfgeld, das auf dich ausgesetzt ist …« Der Kobold schnalzte mit der Zunge. »Wenn dich jemand erkennt, hast du jeden in der Stadt am Hals, der ein Messer halten kann.«

»Auf Laurelin ist ein Kopfgeld ausgesetzt?«, fragte Adelayne amüsiert. »Lohnt es sich denn?«

»Wenn du nicht mit der segensreichen Gabe des Goldscheißens geboren wurdest, denke ich, ist es ein ansehnliches Sümmchen. Der gute Laurelin ist Andarion tot fünfhundert Florin wert. Lebend bietet er für Meister Acht-Finger sogar tausend Florin.«

Laurelin hatte das Gefühl, dass Adelayne ihn mit neuen Augen ansah. »Was hast du denn verbrochen?«

»Er hat Andarions Schoßkätzchen geschlachtet.« Broja zog an seiner Pfeife und hatte sichtlich Vergnügen an dem Gespräch.

»Schoßkätzchen?« Die Heilerin stutzte. »Du meist doch nicht etwa den Silberlöwen?«

»Genau den«, bestätigte Broja nickend. »Und ich denke, ich darf verraten, dass er das mit bloßen ... Fingern getan hat.«

Adelayne zog ihn an sich und gab ihm einen Kuss auf die Wange. »Das hast du gut gemacht!«, sagte sie voller Inbrunst. »Verdammtes Biest!«

Laurelin wusste gar nicht, wie ihm geschah. Und er wusste noch weniger, was er von der Heilerin halten sollte.

»Für viele hier in der Stadt ist Laurelin ein echter Held. Er hat Andarion in weniger als vierundzwanzig Stunden gleich zwei Mal gedemütigt. Erst hat er dem Drecksack beim Würfeln die Hosen ausgezogen und dann seinen Silberlöwen kaltgemacht ... und dennoch bleiben tausend Florin verlockend. Ich schicke meine Jungs einzeln los zu eurem Boot, und dann bringe ich euch auf Schleichwegen zum Hafen. Bis wir aufbrechen, können wir uns ja vielleicht noch über den Bruch unterhalten, den ihr plant.«

Der Kobold setzte ein Grinsen auf, das ahnen ließ, dass er in seinem Leben niemals aufgab, wenn er sich etwas in den Kopf gesetzt hatte.

Im Knochen verborgen

»Noch etwas höher.« Alathaia beobachtete angespannt, wie Hauptmann Nanduval weiter den Schädel hinaufkletterte.

»Nicht ... gut«, stieß Leynelle hervor. »Ist noch ... Leben ...«

Der Zauberweberin waren wohl mehr Steine, als ihr gutgetan hatten, auf den Kopf gefallen. Von der Himmelsschlange war nichts als ein Haufen Knochen geblieben. Toter konnte man wohl kaum sein.

Außerdem war es nicht das erste Mal, dass Alathaia einen Karfunkelstein barg. »Halt!«, befahl sie dem Hauptmann. »Jetzt den Knochen mit dem Dolchknauf abklopfen. Wenn sich der Ton verändert, hast du die richtige Stelle gefunden.«

Prompt erscholl ein scharfes Klacken. Nanduval hatte nicht eine einzige Frage gestellt, er gehorchte einfach. Auch von Leynelles Gestammel hatte er sich nicht beeindrucken lassen.

»Feh … ler …« Die Bienenhexe ging aufgeregt neben dem Schädel auf und ab.

Alathaia saß nahe am Wasser an einen Felsen gelehnt und beobachtete Nanduval. Angespannt lauschte sie auf das Geräusch des Dolchknaufs, der auf den Knochen schlug. Zwei Himmelsschlangenschädel hatten ihr die Nachforschungen in der Blauen Halle gebracht. Aber jetzt hatte Xylon schon seit mehr als fünf Jahren nichts mehr entdeckt, was sie auf die Spur einer weiteren Himmelsschlange gebracht hätte.

Welchen Drachen sie hier wohl vor sich hatte? Auch wenn der Goldene Langollion verbunden gewesen war und den Rosenturm errichtet hatte, war er im fernen Haiwanan am Gelben Fluss gestorben. Seinen Karfunkelstein besaß Alathaia schon lange.

Das Geräusch des Klopfens hatte sich verändert. Nanduval drehte sich zu ihr um.

»Brich dort den Schädel auf. Wenn es die richtige Stelle ist, sollte das nicht zu schwer sein. In den Knochen gebettet, wirst du einen unscheinbaren grauen Stein finden. Den bringst du …«

»Nein!«, kreischte Leynelle.

»Es ist nicht der erste Stein, den ich berge«, fuhr Alathaia die Zauberweberin an. »Nie ist etwas Ungewöhnliches geschehen. Ich weiß, was ich tue.«

Das Kratzen von Stahl auf Knochen war zu hören.

Leynelle ereiferte sich immer mehr und brabbelte unverständlich.

»Hier ist etwas«, rief Nanduval. »Es sieht tatsächlich aus wie ein ganz gewöhnlicher Stein.« Der Hauptmann klang enttäuscht.

Und doch ist er alles andere als gewöhnlich, dachte Alathaia. Meliander hatte in seinen Schriften erwähnt, dass die Nähe eines Karfunkelsteins die Wundheilung verbesserte. Das würde sie bald bitter nötig haben. Adelayne hatte angekündigt, ihr nach ihrer Rückkehr das schief zusammengewachsene Schienbein zu brechen.

Plötzlich veränderte sich das Licht in der Höhle. Es verlor an Leuchtkraft und schien sich in den Fels zurückzuziehen.

»Alles ist gut«, sagte Alathaia mit fester Stimme. »Komm mit dem Stein herunter, Nanduval.«

»Nichts ... ist ... gut.« Leynelle kämpfte um jedes einzelne Wort. Vor Anspannung, verständlich zu sprechen, wirkte sie noch krummer als sonst. Ihre Hände waren zu Fäusten geballt. Geifer troff unter ihrer Maske hervor. »Du hast ... den Drrrachen ... errrzürrrnt.«

Der Bruch

Adelayne hatte zwei hölzerne Schienen seitlich des Schienbeins angelegt. Breite Lederriemen, die mit eingedrehten Rundhölzern festgezogen waren, hielten die Schienen.

Die Heilerin sah der Fürstin in die dunkelgrünen Augen. Keine Angst lag in Alathaias Blick, nur Entschlossenheit. Ihr Bein ruhte auf zwei großen Steinen, die auf Lücke gesetzt waren. Drei geöffnete Blendlaternen standen am Boden. Weder Nanduval noch die Fürstin hatten darüber gesprochen, was hier geschehen war, während sie mit Laurelin in Rosan gewesen war. Leynelle hatte es versucht, doch ihre Worte wurden stets zu unverständlichem Gestammel. Aus dem wandernden Licht, das die Höhle zu einem Ort verwunschener Schönheit gemacht hatte, war ein schwaches Glimmen geworden.

Adelayne konzentrierte sich jetzt ganz auf das Bein der Fürstin. Ihre Linke ruhte seitlich an Alathaias Unterschenkel. Mit geschlossenen Augen versuchte sie, sich auf die Fürstin einzustimmen. Sie wurde eins mit dem magischen Netz, von dem Alathaia ein Teil war, und fand die Stelle, an der das Schienbein schief zusammengewachsen war. Der Knochen war verheilt. Doch die Naht war immer noch ein Schwachpunkt.

Hauptmann Nanduval hatte einen schweren Ast auf Alathaias Bein gelegt. Adelayne schlug die Augen auf. Sie korrigierte die Lage des Astes noch einmal ein wenig. Der Hauptmann sah sie wie ein Henker an. Er hasste, was sie ihm aufgetragen hatte.

Laurelin hielt das Fußgelenk der Fürstin umklammert und wartete auf ihr Zeichen.

»Wir sind bereit«, sagte sie zur Fürstin.

»Press!«, befahl Alathaia ihrem Hauptmann.

Deutlich war das Krachen des brechenden Knochens zu hören. Alathaia bäumte sich vor Schmerz auf und stöhnte. Aber sie schrie nicht. Bleich sank sie auf ihr Lager zurück.

Adelayne konzentrierte sich wieder ganz auf die Verletzung. Mit geschlossenen Augen tastete sie über das Bein. Sie spürte, wie sehr sich Alathaia verkrampfte, während sie gegen den Schmerz ankämpfte.

Es gab keine Knochensplitter im Fleisch. Der Bruch war glatt und folgte exakt dem ersten Bruch. »Zieh!«, befahl sie Laurelin.

Alathaia keuchte.

Die Heilerin konnte spüren, wie die Knochen sich fügten, als Laurelin mit einem kräftigen Ruck an Alathaias Fußgelenk zog. Ruhig brachte sie die Schienen in die richtige Position. Dann drehte sie die Stöcke in den Lederriemen, bis die Schienen unverrückbar festgezurrt waren.

Alathaia stand Schweiß auf der Stirn. Ihre Lippen hatten keine Farbe mehr, und ihre Augen wirkten unnatürlich groß in ihrem schmalen Gesicht.

»Dieses Mal liegen die Knochen richtig beieinander. Ihr müsst nun ruhen, Fürstin. Der Knochen wird heilen. In etwa vier Wochen werdet Ihr laufen können, als sei nichts gewesen.«

»Zu langsam ...«, stieß Alathaia gepresst hervor.

»Ich kann nur dringend raten, das Bein nicht zu belasten«, widersprach Adelayne. »In den nächsten Tagen werdet Ihr Euch kaum bewegen können.«

»Es gibt einen Weg ...« Die Stimme der Herrscherin war nur ein Flüstern.

»Darüber reden wir morgen, Herrin.« So dickköpfig, dachte Adelayne bei sich, nicht ohne Respekt vor ihr. »Ich kann Euch zu einem tiefen Schlaf verhelfen, wenn es Euch beliebt. Ihr werdet dann ganz still liegen und keinen Schmerz empfinden.«

Die Fürstin zögerte.

»Ich werde an Eurer Seite wachen, Herrin«, sagte Nanduval.

Alathaia schenkte dem Hauptmann ein Lächeln, dann nickte sie schwach. »Tiefer Schlaf«, sagte sie sehnsüchtig. »Am liebsten ohne Träume.«

Adelayne legte ihr die Hände an die Schläfen. »All Eure Gedanken und Sorgen fliegen davon wie Schneeflocken im Wind. Frieden wächst in Eurem Herzen«, sagte sie sanft und spürte, wie sich die Fürstin entspannte. »Ihr seid behütet. Lasst Euch fallen. Eure Glieder werden schwer.« Alathaias Atem ging tief und regelmäßig. »Ruht ...«

Adelayne bemerkte, wie Leynelle die Fürstin ansah. Sie wirkte sehnsüchtig, und da begriff die Heilerin, wie selten die Krumme wohl tiefen Schlaf genoss. Ihr Rücken peinigte sie gewiss bei der leichtesten

Bewegung. Und nie konnte sie anders liegen als seitlich zusammengerollt. »Wünschst du dir auch einen tiefen, traumlosen Schlaf?«

Leynelle seufzte. Dann nickte sie.

Die Heilerin nahm ihren Arm. »Gehen wir zu deinem Lagerplatz. Diesen Wunsch kann ich dir leicht erfüllen.«

Mit den besten Absichten

Laurelin hatte die starke Schere zum Eisenschneiden neben Leynelle bereitgelegt. Ebenso die Metallsäge. Er hatte eine Schale mit warmem Wasser gefüllt, frische Tücher, die er aus Melyssanas Kleidertruhe mitgenommen hatte, zu einem kleinen Stapel geschichtet. Auch ein Kamm und ein Tiegel mit parfümierter flüssiger Seife waren bereit. Ebenso ein schönes Kleid aus dem Besitz der Kürschnerin.

Adelayne hatte ihm die ganze Zeit, in der er sich vorbereitet hatte, zugesehen. Jetzt kam die Heilerin zu ihm herüber. Das war ihm nur recht. Er hatte schon erwogen, ob er sie um Hilfe bitten sollte.

»Willst du ihr die Maske abnehmen?«

Laurelin nickte und prüfte noch einmal, ob alles zur Hand war, was er benötigen würde.

»Hast du mit ihr besprochen, was du da tust?«

Was war das denn für eine Frage? »Glaubst du, jemand könnte etwas dagegen haben, von so einem Fluch befreit zu werden?«

»Sie trägt die Maske bereits so lange, dass sie vermutlich ein Teil von ihr geworden ist.«

»Jedes Mal, wenn ich sie auf die Maske anspreche, gerät sie derart in Aufregung, dass kein einziges Wort mehr zu verstehen ist, das sie hervorbringt.« Laurelin nahm die Eisenschere. »Wenn ich mit ihr reden möchte, muss ich sie zuerst von dieser verfluchten Maske befreien. Der Schlaf, in den du sie versetzt hast, ist sehr tief, wenn ich das richtig verstanden habe.«

»Sie wird weder von unserem Gespräch erwachen, noch, wenn du sie berührst. Aber hast du das wirklich reiflich bedacht? Teile des Metalls der Maske liegen auf ihrer Haut auf. Sie wird wund gescheuert sein, bedeckt mit Ekzemen … Vielleicht ist die Maske sogar regelrecht mit der verschorften Haut verwachsen.«

»Deshalb ist es gut, dass du an meiner Seite bist. Ich werde sehr vorsichtig sein«, beteuerte Laurelin. »Zwei Schnitte nur.« Er deutete auf das Eisenband dicht über ihrem linken Ohr. »Hier und dann noch hier oben auf der Mitte des Kopfes. Wenn ich dort schneide, müsste man die Bänder zur Seite klappen können, und dann ist es möglich, vorsichtig die Maske von ihrem Gesicht zu heben. Du könntest schon einmal untersuchen, ob ihre Haut wirklich mit dem Gesicht verwachsen ist. Du müsstest das doch spüren, wenn du den richtigen Zauber webst, oder?«

Die Heilerin schüttelte den Kopf. »Nein. Das Blei an der Maske behindert den freien Fluss der Magie. Wir werden uns überraschen lassen. Bist du dir wirklich sicher …«

Dieses unablässige Nachfragen verärgerte Laurelin. »Du bist eine Heilerin. Wenn du jemanden triffst, dem es schlecht geht, und du hast die Mittel und die Fähigkeiten, ihm zu helfen, wie oft fragst du dich dann, ob du es tun sollst? Ist selbstlos zu helfen nicht ein Gebot der Moral?«

Er konnte Adelayne ansehen, dass sie nicht seiner Meinung war, aber zumindest sagte sie nichts mehr.

»Wirst du mir helfen?«

Sie nickte.

Laurelin nahm die schwere Eisenschere. Entschlossen setzte er sie an das Eisenband über Leynelles linkem Ohr. Das Eisen war nicht sehr dick, aber es lag eng am Kopf an. Er fand kaum Griff für die Schere. Es wären mehrere Schnitte notwendig, um das Band zu durchtrennen. Schweiß sammelte sich in seinen Handflächen. Aber er war entschlossen, Leynelle von der Qual der Maske zu befreien.

Er presste die Griffe der Metallschere zusammen. Das Eisen knirschte. Er konnte fühlen, wie es sich bewegte und sich enger zog. Ein leises klackendes Geräusch ertönte in der Maske, und eine Klinge schnellte in die Kehle der Schlafenden.

Der Tod ist willkommen

Ohne zu zögern, griff Adelayne nach der Messerklinge und versuchte sie in die Ausbuchtung der Maske unter dem Kinn zurückzudrücken. Doch die Klinge war arretiert. Sie bewegte sich nicht um Haaresbreite.

Adelayne sah die vor Angst geweiteten Augen Leynelles. Die Elfe keuchte vor Schmerz. Sie atmete hechelnd. Aber sie bewegte sich nicht. Es schien, als habe sie den Ernst der Lage begriffen.

Die Messerklinge, die aus der Maske gefahren war, hatte nicht tief in ihren Hals geschnitten. Keine der großen Adern war verletzt. Das Messer saß dicht unter dem Kinn. Würde Leynelle den Kopf bewegen, würde sich die Wunde vergrößern. Die leicht rostige eiserne Spitze saß in ihrem Fleisch.

Noch bedenklicher war, dass sich die Eisenbänder um ihren Kopf enger zusammengezogen hatten. Adelayne hatte den Schädel knacken hören, als sich die Bänder bewegten. Durch die Maske konnte sie nur wenig sehen, aber sie hatte den Eindruck, dass die Augen der Elfe vorgequollen waren.

»Das hab ich nicht gewollt«, stammelte Laurelin. »Ich wollte nicht …«

Leynelle ergriff seine Hand und drückte sie sanft. »Ich … weiß …« Sie wollte noch etwas sagen, aber nur ein Stöhnen entrang sich ihr.

»Darf ich deinen Kopf abtasten?«

Leynelle nickte und zuckte zusammen. Durch die leichte Kopfbewegung hatte sich auch die Messerspitze in der Wunde bewegt.

Behutsam tastete Adelayne durch das verfilzte Haar, während Laurelin mit einem feuchten Tuch das Blut von der Kehle der Elfe tupfte.

Der Schädel schien nicht gebrochen zu sein. Adelayne vermochte nicht einzuschätzen, wie stark der Druck auf den Kopf war. Sie sah jedoch Leynelles Anspannung. Den noch schlimmer gekrümmten Rücken. Die geballten Fäuste.

»Ich könnte versuchen deine Haare abzuschneiden«, schlug Laurelin zögerlich vor. »Das mildert den Druck vielleicht.«

»Nein …« Leynelle rang um Worte, setzte mehrfach an und geriet ins Stammeln. Es war eine Herausforderung an die Geduld, ihr zuzuhören und zu versuchen zu verstehen, was sie meinte. »Der Tod … ist … will … kom … men«, brachte sie schließlich hervor.

»Nicht bei mir!« Adelayne hatte bisher um jedes Leben gekämpft. Manchmal hatte sie verloren, wie bei Omoran, aber aufgegeben hatte sie nie. Sie legte die Hände in das verfilzte Haar und griff nach dem magischen Netz. Doch es war, als wolle man mit einem Sieb Wasser schöpfen. Das Blei in der Maske vereitelte jeden Zauber.

Adelaynes Hände glitten hinab zu Leynelles Hals. Selbst die Schnittwunde vermochte sie nicht zu schließen. Und die Messerspitze steckte unverrückbar im Fleisch. Es war zum Verzweifeln. Sie konnte nichts tun.

»Nimm von meiner Lebenskraft«, bat Laurelin sie verzweifelt. »Es gibt doch eine besonders machtvolle Magie, die auf diese Art zu wirken ist.«

»Das wird nicht helfen. Die verdammte Maske verhindert, dass ich etwas an ihrem Kopf mache ...« Adelayne suchte verzweifelt nach einem Ausweg.

Leynelle stammelte und versuchte etwas zu sagen, doch sie brachte nur sinnlose Laute über die Lippen. Fast genauso wie sie litt Laurelin. Sein Antlitz war leichenblass. Ihm standen Tränen in den Augen. »Das hab ich nicht gewollt«, sagte er mit heiserer Stimme. »Sag mir, was ich tun kann. Bitte, Leynelle ...«

»Ich ... ver ... gebe ... dir.«

Das war zu viel für Laurelin. Er schluchzte auf. Tränen rannen ihm über die Wangen.

Adelayne fluchte stumm. Noch nie hatte sie sich so hilflos gefühlt.

Unerwarteter Besuch

Nanduval kniete sich neben seine Fürstin. Sie war von dem Aufruhr erwacht und hatte ihn geschickt, um nachzusehen. Was er gesehen hatte, hatte ihn berührt. Er war im Hintergrund geblieben. Schon sich anzuschleichen, um auszuspähen, was vor sich ging, fand er obszön. Aber er hatte Alathaia die Treue geschworen.

»Und?«

»Es ist gekommen, wie Ihr es vorhergesagt habt. Laurelin hat versucht, ihr die Maske abzunehmen.«

»Ist die Hexe tot?«

»Nein.« Er war dabei gewesen, als ihr die Maske angelegt worden war. Er hatte gehört, wie der Richter verkündete, was geschehen würde, wenn man versuchte, die Maske zu entfernen.

»Wie kann sie noch leben?«, fragte Alathaia empört. »Die Eisenbänder hätten ihren Schädel wie ein rohes Ei zerdrücken müssen. Und die verborgene Klinge hätte ihre Kehle durchtrennen sollen.«

»Die Maske hatte eine Beule, und sie ist schon sehr alt…« Nanduval zuckte mit den Achseln. »Vielleicht ist der Mechanismus im Inneren beschädigt oder verrostet. Aber sie ist verletzt. Es sieht nicht gut aus…« Ihm versagte die Stimme. Er hatte Mitleid mit Leynelle. Hatte man nicht irgendwann genug gebüßt, ganz gleich, welches Verbrechen man begangen hatte?

»Sie ist eine Kindesmörderin«, erinnerte Alathaia ihn, als habe sie ihm die Gedanken vom Gesicht abgelesen. »Sie hat…«

Nanduval legte einen Finger an die Lippen. Da war ein Geräusch bei dem Boot, das er mit Laurelin auf das Ufer gezogen hatte.

Er deutete zum Boot. Dann richtete er sich auf und zog seinen Dolch. Vielleicht spielten seine Sinne ihm ja einen Streich? Das Geräusch hatte wie ein Rülpser geklungen.

Vorsichtig schritt er über das Geröll am Ufer. Eine Plane war über die Rucksäcke mit den Vorräten im Boot gezogen. In der Rechten den Dolch, zog Nanduval sie mit der Linken zu Seite.

Unter der Plane saß ein Kobold. Auf seinem Schoß lag ein halb aufgegessener Schinken. Der kleine Kerl hatte es sich inmitten eines zusammengerollten Seils bequem gemacht und hob grüßend die Hand an die Stirn. »Hauptmann.« Er grinste breit.

Nanduval war dieser kleine Mistkerl nur zu gut bekannt. Er hatte mit mindestens der Hälfte aller Gaunereien, die sich in Rosan ereigneten, zu tun. »Broja.« Er packte den Kobold beim Mantel und hob ihn aus dem Boot.

»Nicht so grob«, protestierte Broja. »Ich wollte doch gefunden werden, oder glaubst du, sonst hätte ich so laut gerülpst? Wenn du mich jetzt bitte ...«

»Du kommst mit zur Fürstin! Und ich sage dir, sie ist alles andere als gut gelaunt. Wenn sie wünscht, dass ich dich wie eine Ratte ersäufe, dann werde ich das, ohne zu zögern, tun. Rosan wird ohne dich ein angenehmerer Ort werden.« Er trug den Kobold zum Lagerplatz der Fürstin.

»Broja«, begrüßte Alathaia den kleinen Verbrecher. Nanduval war perplex, dass die Fürstin solch eine Kreatur kannte.

»Setz ihn ab, Hauptmann.«

Widerstrebend gehorchte Nanduval.

Kaum stand Broja wieder auf den eigenen Beinen, verbeugte er sich tief. »Eure Hoheit, welch eine Freude, Euch lebend zu sehen, wenngleich offensichtlich nicht bei guter Gesundheit.«

»Und was für eine Überraschung, dich zu sehen. Du bist hier in etwas hineingeraten, von dem du besser nichts wissen solltest. Dir ist bekannt, dass ich dich schätze, aber du bringst mich in eine unangenehme Lage ...« Sie warf Nanduval einen vielsagenden Blick zu.

»Verzeiht, wenn ich vielleicht überbordend selbstbewusst erscheinen mag, edle Herrin aller Rosen, aber ich bin genau derjenige, der Euch hier noch fehlt. Die Werkzeuge, die Ihr durch meine Wenigkeit beschaffen ließet, lassen nur zweierlei Schlüsse zu. Entweder werdet Ihr irgendwo einbrechen ... Diesen Gedanken gebe ich natürlich auf, nun, da ich weiß, dass Ihr, Eure Herrlichkeit, in dieses wundersame Unterfangen verstrickt seid. Also bleibt nur noch, dass Ihr nach einem verborgenen Schatz sucht.«

Nanduval war überrascht, dass Alathaia eine Weile gar nichts sagte, sondern den Kobold lediglich durchdringend ansah.

»Manchmal kann man zu scharfsinnig sein, Broja«, seufzte die Fürstin schließlich. »Entweder kommst du mit uns, oder Nanduval wird dich nun töten.« Sie machte eine entschuldigende Geste. »Ich kann dich wirklich nicht gehen lassen.«

»Aber ich bin doch hier, weil ich mit Euch gehen wollte, edelste aller Fürstinnen. Was immer Ihr unternehmt, wird die Welt großartiger machen, und es wird mir eine Freude sein, als Euer demütigster Diener daran teilzuhaben, wenn Ihr …«

»Wir werden nach Darna gehen, um das Grab der Blutkönigin zu öffnen«, unterbrach Alathaia den Kobold.

Nanduval schluckte. Das war ein selbstmörderisches Unternehmen.

Auch der Kobold war verstummt. Aber nur zwei Herzschläge lang. Dann brach er in schallendes Gelächter aus. »Das war gut. Fast hättet Ihr mir Angst gemacht, allerhumorvollste aller Herrscherinnen …«

»Mir beliebt es nicht zu scherzen.«

Nanduval hatte das ohnehin nicht angenommen. Das war so gar nicht Alathaias Art. Aber woher sollte der Kobold das wissen?

»In der nächsten Nacht schon werden wir aufbrechen, Broja. Wir werden nach Darna reisen.«

Nanduval zweifelte zwar nicht an den Worten der Fürstin, doch war auch er verwundert. Der Proviant, den Adelayne und Laurelin aus Rosan mitgebracht hatten, reichte nicht annähernd für eine solche Reise. Und sich in einem Fischerboot zur Zeit der Winterstürme der offenen See anzuvertrauen war mehr als leichtfertig.

»Darna ist eine Einöde«, sagte Broja. »Es heißt, die Geister aus der Schlacht auf dem Lilienfeld suchen die Insel heim. Keiner, der nach dem Gold der Blutkönigin gesucht hat, ist je zurückgekehrt. Ich kenne alle Geschichten um verlorene Schätze, edelste Hoheit. Aber die über das verlorene Grab der Blutkönigin ist die übelste von allen …«

»Deshalb möchte ich euch beide auch bitten, den anderen zunächst nichts über das eigentliche Ziel unserer Reise zu verraten.

Und du hast völlig recht, Broja, jemand wie du hat uns noch gefehlt. Jemand, der Schlösser knackt, Geheimtüren findet und die unzähligen tödlichen Fallen in der Grabanlage aufspürt, bevor sie uns gefährlich werden können. Ganz zu schweigen davon, dass deine Körpergröße es dir erlauben wird, durch enge Schächte in verborgene Kammern zu klettern. Wenn wir wiederkehren, wirst du der reichste Kobold sein, der je auf Langollion gelebt hat.«

Broja musste sich setzen.

Nanduval missfiel der Gedanke an die Reise. Aber er vertraute Alathaia. Sie war mutig, manchmal tollkühn, doch sie würde nichts beginnen, was unmöglich war. Nur für diesen üblen kleinen Gauner würde es ganz sicher die letzte Reise sein. Darna war kein Ort, an dem Kobolde darauf hoffen konnten zu überleben. Seit er ein Kind war, hatte Nanduval unzählige Geschichten über die letzte Schlacht der Blutkönigin, ihr Grab, das groß wie ein Palast sein sollte, und die Glücksritter, die sich auf die Suche nach den verlorenen Schätzen machten, gehört. Und keine dieser Geschichten nahm ein gutes Ende.

In die Geschichte eintauchen

Er war ein verdammt guter Erzähler, mein Elf. Aber ein unwilliger. Manchmal hüllte er sich für Tage in Schweigen, statt mir zu sagen, wie es mit dem Rebellenheer nach der Landung auf Darna weitergegangen war. Wenn er sich dann dazu herabließ, ein paar Bröckchen an mich weiterzugeben, schlug er mich erneut ganz in seinen Bann.

Nur eines habe ich damals nicht begriffen. Wie konnte so ein zusammengewürfelter Haufen von Albenkindern ernsthaft glauben, gegen die mächtigen Himmelsschlangen bestehen zu können? Das ging einfach nicht in meinen Schädel. Die Götterdrachen hatten eine ganze Welt zerstört. Sie haben fruchtbare Landstriche wie das legendäre Honigland zu ewigen Wüsten verbrannt. Wie konnte ein Häuflein Albenkinder hoffen, einen solchen Feind zu besiegen? Und wozu brauchten die Himmelsschlangen ihre Drachlinge? Um ihnen den Arsch abzuwischen? Mal ehrlich, wer alles und jeden besiegen kann, der braucht vielleicht noch ein paar Diener, um ein angenehm faules Leben zu führen, aber doch niemanden, der für ihn kämpft.

Mit meinen Fragen habe ich meinen Elfen immer wieder zum Schweigen gebracht. Leider mangelt es mir manchmal an Vernunft. Ich kann weder meine Neugier noch meine Zunge im Zaum halten. Wenn ich es verpatzt habe, tut es mir hinterher auch regelmäßig leid. Aber im entscheidenden Augenblick – in dem ich mir meist auch noch vollkommen bewusst bin, dass ich gleich Mist bauen werde – kann ich mich einfach nicht zurückhalten.

Auch hatte ich das Gefühl bekommen, dass mein Elf mich manchmal seltsam ansah. Irgendwie traurig. Ein Gedanke, den ich damals immer sofort beiseitegeschoben habe. Ein Elf, der sich um einen Kobold schert? Das gibt es einfach nicht. Elfen und Kobolde können keine Freunde sein. Wie sollte einer mit einem Stock im Arsch je mit jemandem befreundet sein, der weiß, wie man das Leben genießt?

Ich gestehe, manchmal bereitete es mir auch Freude, meinen Vanduin mit Fragen zu bedrängen. Diese Rebellion der Blutkönigin ist ja am Ende entsetzlich schiefgegangen. Was genau passiert war, wusste ich nicht. Nur, dass zuletzt alle tot waren, außer Vanduin. Wie es dazu gekommen war und wie er es geschafft hatte zu überleben, interessierte mich dringend. Gab ja sonst nicht viel zu reden, wenn man zu zweit in einem Grab hockte und es draußen so kalt war, dass einem der Arsch abfror.

Ich kann mich noch ganz genau erinnern, mit welchen Worten mein Verhängnis begann: »Ihr müsst ja eine gewaltige Truppe von Traumtänzern gewesen sein, eine Macht herauszufordern, die ganze Länder verbrennen konnte.«

Vielleicht war es nicht gerade unglaublich klug, einen Elfen mit dem Ehrennamen Totentänzer als einen Traumtänzer zu bezeichnen. Er sah mich eigenartig an, und ich hatte das Gefühl, er habe sich endlich zu einem schweren Entschluss durchgerungen, als er sagte: »Du hättest die besondere Stimmung im Heerlager Ilaks erleben müssen. Du hättest sie kennen sollen. Sie vermochte es, jedem das Gefühl zu geben, dass nichts unmöglich war im Leben, wenn man nur bereit war, alles für seine Ziele einzusetzen.«

»Bla blabla bla … «, antwortete ich. »Streng dich mal ein bisschen an, das Besondere in Worte zu fassen.«

Vanduin sah mich mit seinen unendlich traurigen Augen an. »Es ist unmöglich, ihr mit Worten gerecht zu werden. Du müsstest sie sehen … «

»Noch mehr Blabla. Jetzt erzähl endlich weiter, statt über das Unmögliche zu faseln.«

Er blickte zu dem Standbild aus rotem Stein, das die Blutkönigin zeigte. »Du könntest sie sehen, wenn du willst. Es gibt da einen Zauber. Du reist in meine Gedanken und wirst von ihnen in die Vergangenheit getragen. Du könntest dort sein, auf Darna, und zusehen. Dann würdest du verstehen … «

»Dann würde ich von den Drachen verbrannt. Ich bin doch nicht bescheuert!«

Vanduin starrte seine Blutkönigin an, während er mit mir sprach. »Ich bin nicht mächtig genug, deinen Körper durch die Zeit zu schicken. Es heißt, ein Leib könne in der Zeit immer nur vorwärts reisen, nie zurück. Macht man einen Fehler, wenn man durch einen Albenstern geht, dann wird man nie in die Vergangenheit geschleudert, sondern immer nur in die Zukunft. Du wärest wie ein Geist, unsichtbar für alle. Du kannst nur schauen, nichts verändern. Und nichts kann dich verletzen, da du ja keinen Körper hast.«

Dass er mir nicht in die Augen sah, als er mir das sagte, hätte mir verdächtig vorkommen sollen. Das war sonst nicht seine Art.

»Dann würde ich diese Reise gerne unternehmen«, entgegnete ich voller Vorfreude auf ein ungefährliches Abenteuer und darauf, dem trostlosen Grab zu entkommen.

»Einst hat Ilak mich diesen Zauber gelehrt«, sagte Vanduin und legte mir seine Hände an die Schläfen. Er begann leise etwas zu murmeln. Eine ganze Zeit geschah nichts. Dann plötzlich hatte ich ein seltsam ziehendes Gefühl hinter den Schläfen. Mir wurde ganz schwummrig, so wie es einem geht, wenn man zu viel Kartoffelschnaps getrunken hat. Und dann hatte ich den Eindruck, Vanduins Gedanken zu sehen … und auch zu fühlen wie er. Er hatte die Blutkönigin mehr gemocht, als er mir bislang erzählt hatte.

Plötzlich war ein strahlend blauer Himmel über mir, und ich blickte auf eine weite Bucht, in der Dutzende Schiffe brannten.

Tausende Albenkinder hatten sich am Ufer versammelt. Und dann sah ich ihn, meinen Totentänzer. Er stand bei einer ungewöhnlich großen Elfe, die von den Hüften abwärts einen Schlangenleib hatte.

Das war wirklich besser als jede Erzählung, dachte ich und hatte keine Ahnung, wie sehr ich hereingelegt worden war.

Zitiert aus: Der Bannerträger der Schönheit
Seite 23–28 (Manuskript auf Birkenrinde)
Verfasst von: Zachri Büffelfuß
Verwahrt in der Bibliothek von Iskendria, Halle des Lichts

Ein guter Tod

»Das ist nicht gut für Euer Bein«, beharrte Adelayne, als Laurelin und Nanduval die Fürstin auf ihrer Trage aus dem Fischerboot hoben und zum Ufer wateten. Obwohl es noch drei Stunden bis zum Morgengrauen waren, hatten sie keine ihrer Laternen entzündet. Das Licht der Sterne und des abnehmenden Mondes hatte ihnen in dieser Nacht genügen müssen, um ihren Weg entlang der Küste zu finden. Seit sie die Höhle verlassen hatten, waren sie etwa sechs Stunden auf südlichem Kurs gelaufen, schätzte Adelayne. Aber sie hatte keine Ahnung, wie viele Meilen sie zurückgelegt hatten. Und noch weniger wusste sie, wohin Alathaia sie führte.

Leynelle stieg als Nächste aus dem Fischerboot und folgte den anderen. Sie stützte sich schwer auf einen Stab. Auch wenn sie nicht jammerte, spürte Adelayne die Schmerzen der Elfe. Es war nicht nur, wie sie gekrümmt und schleppend ging. Die Art, wie sich ihre Hand fest um den Stab krallte, und das gelegentliche Stöhnen, wenn Leynelle glaubte, keiner würde es hören ... Adelayne vermochte sich nicht einmal annähernd vorzustellen, wie es sein mochte, bei jedem Herzschlag diesen grässlichen Druckschmerz auf den Kopf zu erdulden. Ohne Pause, bei Tag und bei Nacht.

»Wenn du jetzt nicht aussteigst, bekommst du nicht nur nasse Füße, sondern auch einen nassen Hintern, Prinzessin.« Broja grinste sie an, dann schlug er mit der Handaxt eine der Planken im Rumpf ein. Die zerstörerische Arbeit machte ihm sichtlich Spaß.

»Das genügt«, verkündete er nach wenigen Axthieben gut gelaunt.

»Walte deines Amtes, schöne Koboldträgerin.« Er kletterte über die Reling und stieg ihr auf die Schultern.

Adelayne war überrascht, dass er nur ein wenig nach seinem üblen Pfeifenkraut stank, sonst aber keinen Körpergeruch hatte. So alt und abgetragen, wie sein Mantel und die Hose waren, hatte sie anderes erwartet.

Sie gab dem Boot einen Stoß, der es in die Strömung zurücktreiben ließ. Einige Herzschläge lang sah sie ihm nach, während die Ebbe es aufs Meer hinaustrug. Es würde langsam mit Wasser volllaufen und irgendwo dort draußen spurlos verschwinden.

»Was sagt man zu einer Elfe, damit sie sich in Bewegung setzt? Hüah?«

»Pass auf, was du sagst, oder du landest im Wasser«, murrte Adelayne. Die See war eisig, und sie war sich sicher, dass sie kein Feuer anzünden würden, wenn sie rasteten. Sie raunte ein Wort der Macht, das die Kälte aus ihren Gliedern vertrieb, und watete zum Ufer.

Die anderen waren schon zwischen den dunklen Felsen, die jenseits der Flutlinie den Sandstrand säumten. Kaum hatte Adelayne den Strand erreicht, da sprang Broja von ihren Schultern. Er lief die nächste Düne hinauf und begann ein paar Büschel langstieliges Gras auszuzupfen.

Adelayne sah ihm verwundert zu. Auf dem Weg zurück verwischte er sorgfältig die Spuren, die er im Sand hinterlassen hatte. Dann begann er die Spuren der Elfen zu tilgen. Als er sie wieder erreichte, sah er mürrisch zu ihr auf. »Für solche Sachen nehmt ihr Elfen immer einen Kobold. Glaub nicht, dass ich auch noch eure Kleider wasche und für euch koche.«

Die Heilerin folgte der Spur der anderen. »Findest du es nicht etwas übertrieben? Das hier ist ein einsamer Strand, mitten im Nichts.«

Broja wies zu der Landzunge, die gerade noch als Schemen am

südlichen Horizont zu sehen war. »Dahinter liegt ein Wachturm. Alle paar Meilen gibt es an der Küste Langollions solche Türme. Ein jeder ist mit einer kleinen Garnison belegt. Tagsüber brechen von dort berittene Patrouillen auf. Sie suchen an den Stränden nach Booten und Spuren im Sand. Meist reiten sie nicht weit landeinwärts. Ich nehme an, dass Alathaia sämtliche Patrouillenwege kennt und genau weiß, wo man nicht nach uns suchen wird.« Während er sprach, verwischte der Kobold weiterhin die Spuren im Sand.

Adelayne hatte zwar davon gehört, dass die Küsten von Langollion bewacht wurden, damit niemand, der keine Sonne trug, ins Land gelangen konnte, aber es mit eigenen Augen zu sehen war doch etwas anderes. Freiheit gab es nur für jene, die schon hier lebten. Für alle anderen war Langollion nichts als ein Traum.

»Weißt du, wohin wir gehen?«

Der Kobold gab nur einen schnarrenden Laut von sich.

»Also weißt du etwas«, setzte Adelayne nach.

»Frag nicht, und ich muss mir keine Geschichten aus den Fingern saugen«, entgegnete er gereizt.

Sie schwieg und wunderte sich. Sie hatte es schon seltsam gefunden, dass Alathaia den Kobold unter ihnen duldete. Bis zuletzt hatte sie befürchtet, Broja würde mit durchschnittener Kehle in der Höhle zurückbleiben. Aber Alathaia plante irgendetwas. Trotz des frisch gebrochenen Beins war die Fürstin in kämpferischer Stimmung. Sie hatte ein Ziel gefunden, dem sie entgegenstrebte.

Adelayne sah auf den Kobold. »Hättest du in Rosan nicht dringendere Geschäfte zu erledigen, als Sand zu fegen?«

»Nee«, gab er übellaunig zurück. »So ein kleiner Ausflug ist genau das Richtige für mich. Ein Machtwechsel ist nie gut für das Geschäft. Alathaias Brut hat nun das Sagen, und von denen kenne ich keinen gut. Andarion hingegen ist dicke mit Assanael. Ich wollte nicht abwarten, ob die neuen Herrscher den zweitbeliebtesten Gauner der

Stadt an den Galgen hängen, nur um dem Volk zu zeigen, dass sie durchgreifen. In ein paar Wochen wird alles wieder seinen normalen Gang nehmen. Bis dahin ist es klug, nicht in der Stadt zu sein, wenn man Broja Büffelfuß heißt. Mein Vater hat eine Menge üble Erfahrungen mit Trollen gemacht. Deshalb ist er nach Rosan ausgewandert. Und er hatte einen Lieblingsspruch: *Sei immer dort, wo die Koboldfresser nicht sind.* Und das hat er auch metaphorisch gemeint, *Liebelein.*« Er sah zu ihr auf und grinste. »Hoppla. 'tschuldigung, großartigste aller Heilerinnen. Ist mir nur so rausgerutscht … Also, wie du gestern der Fürstin das Bein gebrochen hast, so als Heilerin … dafür muss man Eier haben!«

Adelayne war kurz versucht, etwas passend Derbes darauf zu antworten. Dann ließ sie es. Sie würde Broja nicht ändern, ganz gleich, was sie sagte. Und sie bedauerte, nun auch ihn töten zu müssen, wenn die Stunde kam, in der sie Emerelles Auftrag erfüllte und Alathaia beseitigte. Es würde keine Nacht der Messer geben. Sie würde es erledigen, wenn sie kochte. Tief in ihrem Rucksack verborgen, führte sie eine kleine Phiole mit Gift mit sich. Sie hatte es nach Eldarians Mondfest in Rosan gebraut, bevor sie ihre Suche nach Alathaia fortgesetzt hatte. Sie hatte befürchtet, dass Alathaias Kinder ihr nachstellen würden, und bevor sie Assanael in die Hände fiel, hätte sie lieber Gift genommen.

Mit dem Boot hatten sie es in die Höhle geholt. Sie würde die kleine Phiole in den Suppentopf entleeren, sobald Alathaia ihnen gestattete, ein Feuer zu machen und etwas zu kochen. Es war ein gutes Gift! Es wurde einem nicht übel davon, und es verursachte keine Schmerzen. Man verreckte auch nicht hechelnd wie ein alter Köter, wie es bei einer Vergiftung mit Blausäure geschah. Sie alle würden einfach einschlafen und nie wieder erwachen. Es war ein guter Tod.

Die weisse Stadt

Zafira hatte tagelang den Versuch nicht aufgegeben, ihn zu überreden. Sie war sogar bei seinem Wolfsrudel geblieben, obwohl die fuchsköpfige Koboldin keinen Hehl daraus gemacht hatte, dass sie Wölfe hasste. Umgekehrt waren Sieben Welpen, Silberohr und die anderen im Rudel nur schwer davon zu überzeugen gewesen, dass die Lutin ein Gast und keine leichte Beute war. Schließlich war er ihr durch den Albenstern gefolgt, um ein für alle Mal klarzustellen, dass er kein gedungener Meuchler war.

Das Licht im Thronsaal blendete Melvyn. Er roch die unzähligen Höflinge, noch bevor er sie deutlich sah. Duftwässerchen, das Fell von Kentauren, Angstschweiß ... So viel Gestank.

Emerelle stand plaudernd bei ihrem Thron. Sie nickte dem Ritter ganz in Weiß zu, der nahe der Silberschale wachte. Ollowain, ihr Schwertmeister. Niemals würde Melvyn ihre erste Begegnung vergessen. Das bizarre Eselskostüm, das der verwirrte Krieger getragen hatte ...

Ollowain klatschte laut in die Hände. »Verlasst bitte alle den Thronsaal. Die Königin wünscht, mit ihren neuen Gästen allein zu sein.«

Seinetwegen hätten sie nicht gehen müssen, dachte Melvyn aufgebracht. Er hätte auch vor hundert Zeugen davon gesprochen, dass die Königin Meuchler aussandte statt Diplomaten. Er hatte Alathaia und ihren Hof nicht gemocht. Und diese unheimliche Rose ... Aber das Leben auf Langollion war ein Traum, wenn man erst einmal eine

Sonne trug. Nirgends in Albenmark war man so frei wie dort, wenn man der Rose aus dem Weg ging.

Es war erstaunlich, wie schnell die Höflinge den runden Thronsaal verließen. Selbst Ollowain ging.

Melvyn war neben Zafira mitten auf dem Schlangenmosaik stehen geblieben, nachdem sich das magische Portal geschlossen hatte.

»Es freut mich, dass du doch noch gekommen bist«, begrüßte ihn Emerelle und stieg die Stufen, die zu ihrem Thron führten, hinab.

»Ich werde nicht für dich zum Mörder werden. Und als Diplomat ziehe ich auch nicht mehr los«, sagte er, um von vornherein jegliche Missverständnisse auszuschließen.

Die Königin deutete zur Silberschale. »Ich möchte dir etwas zeigen, Melvyn. Schenkst du mir einen Augenblick? Ich werde dir keine Befehle geben. Ich werde dich auch um nichts bitten. Ich zähle auf deine Liebe zur Freiheit. Und ich werde deine Entscheidung tolerieren, ganz gleich, wie sie ausfällt.«

Da er schon hier war, konnte er auch in die Silberschale blicken. Er trat zu der Königin und schaute in das spiegelnde Wasser in der Schale.

Es war still im weiten Thronsaal. Nur das Rauschen des Wassers, das die Wände hinabrann und sich in einem marmornen Graben sammelte, um durch goldene Gitter zu verschwinden, störte die Ruhe.

Plötzlich nahm das Wasser in der Schale die Farbe eines blauen Himmels an. Etwas kam aus dem tiefen Blau. Zunächst war es kaum mehr als ein heller Punkt. Dann sah Melvyn mächtige Schwingen. Ein Drache! Er war von seltsamer Gestalt. Wie eine große Schlange sah er aus, obwohl er auch Krallen und kurze Beine hatte. Die Drachenschuppen leuchteten wie poliertes Silber. Eine Gestalt mit langem schwarzen Haar ritt das Ungeheuer. Sie war winzig. Dieser Drache musste mehr als hundert Schritt lang sein. Er blieb flügelschlagend am Himmel stehen wie ein Falke, der Beute am Boden beobachtete.

Das Bild in der Schale veränderte sich. Er war nun hinter dem mächtigen Drachen und sah unter sich eine Hafenstadt mit mächtigen weißen Mauern und in den Himmel ragenden Türmen. Melvyn erwartete, sie in Flammen aufgehen zu sehen, doch nichts dergleichen geschah.

Plötzlich fiel er der Stadt entgegen. So eindringlich waren der Anblick und das Gefühl, aus dem Himmel zu fallen, dass er erschrocken einen Schritt zurückwich. Jetzt war er in den Straßen. Überall lagen Tote. Sie sahen aus wie verdorrt. Die Haut dunkel und faltig. Sie bleckten die Zähne.

»So sieht es aus, wenn Blutmagie gewirkt wird«, sagte Emerelle betroffen. »Sie entzieht den Opfern die Essenz des Lebens. Es ist Alathaia, die diesen Drachen reitet. Ich weiß nicht, ob er dies tut oder ob sie es ist. Aber ich bin mir sicher, sie hat ihn gerufen.«

»Es kommt also wirklich eine der Himmelsschlangen zurück?« Melvyn kannte die Geschichten, dass Emerelle die Götterdrachen einst gejagt und getötet hatte.

»Dieser hier ist anders …«

Jetzt erst bemerkte Melvyn die dunklen Ringe unter den Augen der Königin. Sie wirkte, als habe sie sehr lange nicht mehr geschlafen.

»Seit ein paar Tagen sehe ich ihn immer wieder in der Silberschale. Er hat etwas Ätherisches an sich … Wenn dem so ist, kann man ihn vielleicht nicht mit jenen Waffen töten, die einst den Himmelsschlangen zum Verhängnis wurden. Und es gab nie eine silberne Himmelsschlange.«

»Und Alathaia hat ihn gerufen?«, fragte Melvyn.

Emerelle sah ihn mit ihren großen hellbraunen Augen ratlos an. »Ich habe nicht gesehen, dass sie das getan hat. Es ist mir auch ein Rätsel, wie sie das schaffen konnte. Aber sie reitet ihn … und ich weiß, dass sie schon lange davon träumt, die Himmelsschlangen zurückzuholen und ihrem Willen zu unterwerfen. – Ein tragischer

Fehler, denn die Himmelsschlangen, die ich kannte, hätten sich niemals unterworfen. Sie fühlten sich wie Götter und handelten auch so. Alathaia wird eine Kraft entfesseln, welche die Welt, wie wir sie kennen, in einer Flut von Blut ertränken wird.«

Die Stadt voller Toter … Er hatte auch Kinder in den Straßen liegen sehen. »Warum schickst du nicht Ollowain, um sie aufzuhalten? Er ist schließlich dein Erster Ritter.«

»Alathaia ist, seit sie mit ihrem Rappen von der Klippe gestürzt ist, verschwunden. Aber da ich sie noch in der Silberschale sehe, kann sie nicht tot sein. Wer keine Zukunft mehr hat, dessen Bild zeigt sich dort nicht. Wie es scheint, haben nicht einmal ihre eigenen Kinder sie finden können. Du bist der beste Fährtensucher Albenmarks, Melvyn. Wenn einer sie aufspüren kann, dann bist du es. Zafira wird dich begleiten. Sie kann Alathaias Spur folgen, sollte die Fürstin die Albenpfade betreten.«

Melvyn wollte in diese Intrigen und Machtspiele nicht hineingezogen werden.

»Weißt du, warum meine Wahl noch auf dich gefallen ist, Melvyn?«

Er sah die Herrscherin fragend an.

»Weil du es dir nicht leicht machst. Weil du kein Mörder bist und nicht einfach losziehen würdest, nur weil ich dich darum bitte. Alathaia kann nur von jemandem besiegt werden, der zutiefst davon überzeugt ist, das Richtige zu tun. Jemandem, der aus diesem Grund bereit ist, jedes Opfer zu bringen und vor keiner Gefahr zurückzuschrecken. Ich kann dir eine solche Tat nicht befehlen. Nicht jede Zukunft, die wir in der Silberschale sehen, wird sich tatsächlich ereignen. Die Zukunft ist wandelbar und nicht festgeschrieben. Das ist vielleicht der größte Schatz, den uns das Leben schenkt. Jede unserer Taten hilft, die Zukunft zu formen.«

Jetzt war nur noch klares Wasser in der Silberschale zu sehen. Melvyn hasste es, auf diese Art manipuliert zu werden. Er wusste genau, was Emerelle tat. Aber konnte er sich dem Aufruf, Alathaia zu finden und zu töten, widersetzen, nachdem er gesehen hatte, was geschehen mochte, wenn es ihr gelang, eine Himmelsschlange zurückzurufen?

»Zafira wird dich nun nach Reilimee bringen«, sagte Emerelle in einem Tonfall, der keinen Widerspruch duldete. »Das ist die Stadt, die du vorhin gesehen hast. Reilimee, die Weiße, die so schrecklich von den Trollen heimgesucht wurde. Schlendere durch die Straßen der Stadt. Sieh dir das blühende Leben an. Und dann entscheide, ob du zurück in deine Wälder im Norden möchtest oder ob du nach Langollion gehst.«

Ein Rätsel

Waren es sieben oder acht Tage? Adelayne hatte das Gefühl für die Zeit verloren. Alles war immer gleich. Bei Nacht marschierten sie auf einsamen Pfaden, immer in Küstennähe und immer auf der Hut vor den Patrouillen. Vor dem Morgengrauen suchten sie sich dann ein Versteck, in dem sie den Tag verbrachten. Nicht ein einziges Mal hatten sie ein Feuer entfacht. Es hatte kein warmes Essen gegeben, ja nicht einmal heißen Kräutersud. Tausendmal hatte sie sich gewünscht, sie hätte ihren Dohlenstein aus dem Kutschwagen bei sich, der es erlaubte, ohne ein Feuer machen zu müssen, Wasser zu erhitzen. Aber Wünsche waren müßig.

Adelayne nutzte immer wieder einen Zauber, um sich aufzuwärmen. Wahrscheinlich machten die anderen das auch. Außer Broja und Leynelle. Die Elfe brachte dieser Marsch durch die Wildnis an den Rand ihrer Kräfte. Mit jedem Tag sah sie elender aus. Laurelin kümmerte sich, so gut es ging, um sie. Er wickelte sie in seinen Umhang und versuchte sie zu wärmen. Wenn Adelayne ihn so sah, fragte sie sich jedes Mal, ob man an schlechtem Gewissen sterben konnte.

Jetzt hatten sie unter einem Felsvorsprung in einer weiten Bucht Zuflucht gesucht. Der Platz war gut gewählt, man könnte sie hier allenfalls vom Wasser her entdecken. Aber dem Ort haftete etwas Seltsames an. Kein Vogel sang hier. Kein wildes Kaninchen ließ sich blicken. Es wuchs auch kein Grün hier. Nicht einmal Flechten auf den Felsen. Es war eine Einöde, wie sie Adelayne noch nie zuvor gesehen hatte.

So weit das Auge reichte, war auch kein Wachturm zu entdecken, was ungewöhnlich war. Ihr war an diesem nasskalten Morgen die erste Wache zugeteilt worden. Den Umhang eng um die Schultern geschlungen, sah sie zu, wie sich der Nebel über der Bucht auflöste. Die anderen hatten sich in den hintersten Winkel unter dem Felsvorsprung zurückgezogen, um zu schlafen.

Der Nebel hatte sich längst geklärt, als Adelayne hinter sich Schritte hörte. Nanduval trug die Fürstin auf den Armen. Er setzte sie auf einem Felsblock ab und kam dann zu ihr.

»Die Fürstin wünscht mit dir zu sprechen. Ich übernehme deine Wache.«

Hatte sie sich durch etwas verraten?, war ihr erster Gedanke. »Gut«, sagte sie, so ruhig es ihr möglich war, und ging zu Alathaia.

Die Fürstin sah auf das Meer hinaus. Trotz der Strapazen der Wanderung schritt ihre Heilung gut voran. Entgegen Adelaynes Rat ging sie manchmal sogar kurze Strecken.

»Ich weiß, dass du bei meinem Mann gelegen hast.«

Sie redet zumindest nicht um den heißen Brei herum, dachte Adelayne. »Das leugne ich nicht, Hoheit. Er konnte sehr gewinnend sein …«

Alathaia lächelte. »Ja, das konnte er. Du sollst wissen, dass ich dir nicht gram bin, weil du meinen Mann in seinen letzten Tagen glücklich gemacht hast. Unsere Liebe war seit Langem über so kleinliche Gefühle wie Eifersucht hinausgewachsen. Ich weiß, dass er mir in allem, was wirklich von Bedeutung ist, stets treu war. Wann immer ich ihn brauchte, war er uneingeschränkt für mich da – was ich von mir umgekehrt nicht sagen kann. Er brauchte Zuneigung, den Reiz des Liebesspiels ... und ich war so oft fern. Ich reiste in die entlegensten Winkel Albenmarks oder die kleinsten Bergdörfer des Fürstentums. Er muss manchmal das Gefühl gehabt haben, dass mir die Sorgen einer Koboldfamilie irgendwo am Südzipfel der Insel mehr bedeutet haben als er. Wie könnte ich ihm also böse sein, wenn er Ablenkung gesucht hat.«

Adelayne hätte erleichtert sein sollen, doch sie blieb auf der Hut. »Ich danke Euch für Eure Worte, Fürstin«, entgegnete sie förmlich.

»Ich wünsche, dass zwischen uns Klarheit herrscht.« Jetzt sah die Fürstin zu ihr auf. Ihre dunkelgrünen Augen, die fein geschwungenen tiefroten Lippen, ihr schmales, blasses Antlitz ... Sie strahlte eine Sinnlichkeit aus, der wohl die meisten Männer verfallen würden, auch wenn da eine Härte in ihrem Blick war, die diesem Eindruck widersprach.

»Nanduval hat mir auch von seinem Verdacht gegen dich erzählt«, fuhr die Fürstin fort, »und davon, dass meine Kinder deinen Tod wollen. Du warst in den fürstlichen Ställen. Mir ist nicht klar, wie genau du es angestellt haben solltest ... und glaube mir, ich verstehe mich darauf, in aller Heimlichkeit zu töten und damit davonzukommen. Vielleicht bist du also unschuldig. Nanduval ist inzwischen davon überzeugt. Was von beidem ist wahr? Hast du versucht, mich zu ermorden?«

Adelayne war sich unsicher, ob die Fürstin sich darauf verstand, in ihren Gedanken zu lesen oder doch nur in ihrem Antlitz. Mit der

Antwort zu zögern mochte schon verhängnisvoll sein, und so entschied sie sich für das Risiko und auch dafür, alle Förmlichkeiten aufzugeben. Sie war ihr gleich, das sollte sie wissen! »Es ist wahr. Ich bin für deinen Klippensturz verantwortlich.«

Die Fürstin nickte nachdenklich. »Du hast wirklich Mut, mir das ins Angesicht zu sagen. Und du bist mir ein Rätsel. So schmerzhaft es war – damit, dass du mein Bein erneut gebrochen hast, hast du mich davor bewahrt, in Zukunft zu hinken. Und es steht außer Zweifel, dass du mich wirklich gut versorgt hast, im Gegensatz zu der falschen Schlange Leynelle. Wie kann man gleichzeitig Meuchlerin und Heilerin sein?«

»Beides zu sein hat mich noch nie in Konflikt mit meinen Überzeugungen gebracht. Bis jetzt …«, erwiderte Adelayne. »Du bist mein erster Auftragsmord, Alathaia. Zuvor habe ich mir meine Opfer stets selbst ausgesucht. Es waren Fürsten, die es sich redlich verdient hatten, in ein neues Leben geboren zu werden.«

»Und als Heilerin, die sich mit Kräutern und Giften auskennt, hast du Gelegenheit, deine Morde wie ein zufälliges Ableben aussehen zu lassen …«, sinnierte die Fürstin. »Ich sehe den Charme und die Möglichkeiten, die darin liegen, deine beiden Berufungen miteinander zu verbinden. Ich gehe davon aus, dass Emerelle dich geschickt hat.«

Adelayne hielt dem kalten, forschenden Blick Alathaias stand. »Mein Leben ist ohnehin verwirkt. Warum sollte ich illoyal sein und verraten, in wessen Auftrag ich gekommen bin?«

»Aber wer sagt denn, dass dein Leben verwirkt ist?« Alathaia wirkte amüsiert. »Du zeigst mir neue Horizonte in dem, was ich lange getan habe. Du bist interessant … Und wie ich schon sagte, bist du ein Rätsel für mich. Wenn du es wirklich gewollt hättest, dann hättest du in der Höhle gewiss Gelegenheit finden können, mich zu ermorden. Aber du hast es nicht getan. Im Augenblick habe ich nicht die Absicht, dich zu töten. Ganz im Gegenteil, ich möchte dich besser kennenlernen.«

Adelayne schwieg. Vermutlich war dies nur ein Trick, um ihr noch Informationen zu entlocken, bevor der Hauptmann sie hinrichtete.

»Ich kann mir vorstellen, was du jetzt denkst.« Alathaia blickte wieder auf die Bucht. »Wahrscheinlich hat man dir erzählt, ich sei das fleischgewordene Böse auf der Welt. Emerelle kann da sehr überzeugend sein ...« Die Fürstin lachte leise. »Weißt du, Adelayne, sie hat auch mich schon als Mörderin ausgeschickt. Und ich war jedes Mal, wenn meine Taten die Welt so gestalteten, wie die Königin sie haben wollte, zutiefst überzeugt, das Richtige zu tun. Wahrscheinlich hat sie dir irgendwelche schrecklichen Zukunftsvisionen in ihrer Silberschale gezeigt ... Bei mir hat sie es immer so gemacht. *Du wirst die Welt zu einem besseren Ort machen.* Das verspricht sie einem stets aufs Neue.«

Adelayne versuchte sich der Wirkung dieser Worte zu entziehen. Doch ganz offensichtlich kannte die Fürstin Emerelle sehr gut.

»Wusstest du, dass Emerelles Bruder, Meliander, ein langes Traktat über die Silberschale geschrieben hat? Sein Tod ist übrigens ein Rätsel ... Wie es scheint, hat er sich im Bad die Pulsadern geöffnet, sie sich aber immer wieder verbinden lassen und über Stunden seine Freunde und Vertrauten empfangen, um mit ihnen letzte Gespräche zu führen. Seine Schwermut hatte ihm das Weiterleben unmöglich gemacht. Das ist, was man sich erzählt. Vielleicht war es aber auch so, dass im Gemach neben seinem Bad ein Meuchler Emerelles saß und Meliander die Wahl hatte, sein Ende selbst zu gestalten oder sich der Klinge eines anderen zu überlassen. Nach seinem Tod sind viele seiner Schriften einfach verschwunden. Von denen, welche die Zeiten überdauerten, befinden sich einige in meinem Besitz. Du solltest darin lesen, wenn wir in den Palast zurückkehren. Sie verändern den Blick auf die Welt. So zeigt die Silberschale zum Beispiel stets nur die schrecklichen Dinge, die sich vielleicht ereignen könnten, nie aber, was die Zukunft an Wunderbarem birgt. Was dies mit dem Charakter von jemandem anstellt, der über Jahrhunderte jeden Tag in die Silberschale blickt, überlasse ich deiner Vorstellungskraft.«

»Wie sieht unsere Zukunft aus?« Adelayne schaute zu Nanduval hinüber. Er stand etwa fünfzehn Schritt entfernt, weit genug, um nicht zu hören, was gesprochen wurde, und blickte auf die Bucht.

»Ich sehe zwei Wege, die wir beide gehen können. Entweder wir schließen einen Waffenstillstand. Ich verhehle nicht, dass ich dich gern an meiner Seite hätte, Heilerin. Uns steht eine Reise bevor, auf der deine beiden besonderen Gaben von großem Nutzen wären. Wenn du bei uns bleiben willst, musst du mir lediglich schwören, dass du keinen weiteren Mordanschlag versuchst, bis wir nach Langollion zurückkehren. Danach entscheiden wir dann erneut über unsere gemeinsame Zukunft. Oder, solltest du dazu nicht bereit sein, muss ich dich mit Nachdruck bitten, unser Lager zu verlassen.«

So wie Emerelle ihr Alathaia beschrieben hatte, hätte die Fürstin ihr keine Wahl lassen dürfen. War es ein Trick? Hatte Alathaia es nötig, sich aufs Lügen zu verlegen? »Bekomme ich Bedenkzeit? Verrat ist eine Entscheidung, die ich mir nicht leicht mache.«

»Ist ein Waffenstillstand Verrat? Wenn wir zurückkehren, kannst du es ja erneut versuchen.«

Adelayne war sich darüber im Klaren, dass sie ihre wichtigste Waffe aus der Hand gegeben hatte. Ganz gleich, was sie ersann, um die Fürstin zu töten, sie würde Alathaia nicht mehr überraschen.

Alathaia erhob sich. »Ich erwarte deine Entscheidung bis Sonnenuntergang.«

Die Fürstin ging zu den Schlafenden zurück. Es schien ihr keine Mühe zu bereiten. Sie hinkte nicht, benötigte keine Krücke. Sie wirkte so, als sei sie ganz geheilt.

Adelayne ließ sich ihre Überraschung nicht anmerken. Dass Alathaia sich hatte tragen lassen, war eine Täuschung gewesen. Sie hätte das nicht nötig gehabt. Sie hatte es getan, um ihr vorzugaukeln, dass sie leichte Beute wäre.

Auch ihr Abgang war eine klare Botschaft. Sie war bereit, ganz gleich, wie sich Adelayne entscheiden würde.

»Würde etwas besser, wenn ich mich sorge?«

Leynelle hatte den Kopf nach hinten gelehnt, so gut ihr verkrümmter Rücken dies zuließ. Sie versuchte ganz still zu sitzen und spürte, wie sie sich immer mehr verspannte. Erschöpft und verzweifelt seufzte sie. Sie hatte Laurelin verziehen, war sich aber nicht sicher, ob der Jäger das verstanden hatte. Es war ihr nicht gut geglückt, ihre Gedanken in Worte zu fassen. Sie konnte nicht über die Maske reden. Leynelle wusste, dass er nur das Beste gewollt hatte. Sie hatte ihm ja nicht sagen können, was geschehen würde.

Aber Alathaia hätte das gekonnt. Hatte sie es vergessen, weil sie verletzt war und im Fieber lag? Oder hatte sie vielleicht darauf gehofft, dass ein Unglück geschehen würde?

Leynelle begriff nicht, warum die Fürstin nun duldete, dass sie diese Gruppe begleitete. Wäre sie zurückgeblieben, wäre sie keine Gefahr gewesen. Es war ihr unmöglich, irgendetwas über Alathaia zu erzählen, solange sie die verfluchte Maske trug.

War es nur eine Attitüde Alathaias, die Geheimnisvolle zu spielen?

Leynelle hatte genug Zeit gehabt, um über die Jahre mit Alathaia und Matha Blouta nachzudenken. Die beiden hatten sie benutzt, ohne sie je darüber aufzuklären, worum es bei dem Zauber mit den Bienen wirklich ging oder dass dabei Kinder starben. Und als ihre Taten ruchbar wurden, hatten die zwei sie, ohne zu zögern, geopfert, um Schaden von sich abzuwenden. Doch was trieb Alathaia jetzt um? Warum versteckte sie sich auf der Insel, deren Fürstin sie war? Brachte es ihr einen Vorteil, wenn man sie für tot hielt?

Erschöpft von der unbequemen Art zu sitzen, verlagerte Leynelle ihr Gewicht und bezahlte dafür mit Schmerz. Die Klinge in ihrer Kehle bewegte sich im Fleisch. Sie spürte, wie wieder Blut an ihrem Hals hinablief. Nicht viel, aber es zehrte. Genauso der dumpfe Kopfschmerz, der einfach nicht aufhören wollte. Es fühlte sich an, als habe ein Riese seine Hand um ihren Kopf gelegt und balle sie langsam und gnadenlos zur Faust.

Müde blickte sie zur Bucht. Das letzte Tageslicht schwand schnell. Adelayne war nicht zu sehen. Seit die Heilerin am Morgen zur Wache eingeteilt worden war, war sie verschwunden.

Warum waren sie ausgerechnet in diese Bucht gekommen?

Sie sah Nanduval und Broja an, wie nervös sie waren. Nur Laurelin war völlig sorglos. Er hatte ja keine Ahnung, wo sie sich hier befanden.

Dem Jäger schien die feuchte Kälte hier unter dem Felsen nichts auszumachen. Er saß in Hemd und Weste und rührte in einem Topf kalten Haferbrei an.

Seinen Umhang hatte er ihr um die Schultern gelegt. Das änderte nichts daran, dass ihr schrecklich kalt war, aber sie mochte die Geste. Er war so ritterlich zu ihr … Er behandelte sie, als sei sie eine bezaubernde Hofdame und nicht ein krummes Weib mit verfilztem Haar und einer grotesken Maske vor dem Gesicht. Sie hatte keine Ahnung, ob der Kobold oder Nanduval ihm schon die Geschichte von der Bienenhexe erzählt hatten. Vermutlich nicht. Alles hatte eine Grenze. Eine Kindesmörderin wurde von niemandem mehr freundlich behandelt. Damit kannte sie sich aus.

»Hast du eigentlich noch andere Stimmungen als gute Laune und schlechtes Gewissen?«, brach Broja die Stille.

»Ist das deine Art, mich zu fragen, ob mir schon aufgefallen ist, dass es hier nichts Lebendes gibt?«, entgegnete Laurelin höflich. »Ich lebe seit jeher in der Wildnis. Ich glaube, was das angeht, bin ich empfindsamer als ihr.«

»Er kennt die Geschichten nicht«, mischte sich Nanduval ein.

»Vielleicht ist dieser Hinterwäldler auch einfach zu dämlich, um sich Sorgen zu machen«, knurrte Broja.

»Würde etwas besser, wenn ich mich sorge?« Laurelin klang bewundernswerterweise weder patzig noch ironisch. Mit dieser Frage war es ihm ernst.

»Ich sag dir mal, was das hier für eine Bucht ist«, schnarrte der Kobold ihn an. »Blutbucht heißt sie. Einst ging hier die Flotte des Fürsten Gyldion von Langollion vor Anker. Die ganze Bucht lag voller Schiffe, als sich mitten unter ihnen der Seelenschlinger erhob, eine gewaltige Seeschlange, wohl das übelste aller Meeresungeheuer. Das Biest speit Feuer, und es knackt zwischen seinen Kiefern Schiffe auf wie unsereins Nüsse mit einem Nussknacker. Die ganze Flotte hat das Ungeheuer verschlungen. Niemand überlebte. Das Ufer wurde so schrecklich verbrannt, dass hier nie wieder etwas wachsen wird. Aber das Übelste ist, den Seelenschlinger gibt es immer noch. Emerelle und ihre Fahrenden Ritter haben die Himmelsschlangen zur Strecke gebracht, doch den Seelenschlinger haben sie nie gejagt. Und weil er sich immer noch an sein Festmahl in dieser Bucht erinnert, kommt er in besonders dunklen Nächten zuweilen hierher zurück. Dann holt er sich, was immer es hier zu holen gibt. Kein Fischer würde hier je seine Netze auswerfen. Es gibt in weitem Umkreis auch keinen einzigen Wachturm. Kein Vogel fliegt je über diese Bucht, und selbst die dämlichsten Kaninchen meiden dieses Ufer.« Broja blickte ängstlich in Richtung Meer. »Hier zu lagern ist kein guter Einfall.«

Laurelin zuckte mit den Achseln und begann den kalten Haferbrei auf die Holzschalen zu verteilen, die er vor sich auf den Felsboden gestellt hatte. »Würde etwas besser, wenn ich mich sorge?«, wiederholte er.

Leynelle lachte leise. Er war einfach großartig! Und er hatte recht.

Der Schatten

War ja klar, dass sie ihn für die übelste Wache aussuchten, dachte Broja und duckte sich hinter einen Felsen. Von hier hatte er die Bucht gut im Blick, sofern man in dieser finsteren Nacht überhaupt etwas im Blick haben konnte. Es war Neumond, aber wenigstens standen keine Wolken am Himmel. Das Licht der Sterne spiegelte sich im Wasser. Das Flüstern der Wellen, die am Sandstrand leckten und den langen, flachen Felssporn umspielten, der sich wie ein Landungssteg in die Bucht hinausstreckte, war das einzige Geräusch in der Dunkelheit.

Da war man mit einer ganzen Truppe Elfenhelden unterwegs, und wer bekam die gefährlichste Wache? Ein Kobold.

In den Geschichten über den Seelenschlinger kam das Ungeheuer immer kurz nach der Abenddämmerung in die Bucht. Also genau jetzt.

Nun hörte er die Stimmen von Adelayne und Alathaia. Die Worte konnte er nicht verstehen. Was die Fürstin mit der Heilerin wohl so ausführlich zu besprechen hatte? Es war das zweite Mal, dass sie heute zusammenstanden und redeten. Brachte sie der Heilerin schonend bei, wohin die Reise gehen würde?

Broja grinste. Wenn sein Vater gewusst hätte, dass er einmal in das Grab der Blutkönigin einbrechen würde, hätte ihn der Schlag getroffen. Wenn es gelang, würden alle Lügengeschichten offenliegen.

Er krümmte die Zehen auf dem felsigen Grund und entspannte sie wieder. Dann krümmte er sie erneut und knöpfte seinen Mantel zu. Er hätte ein Hemd mitnehmen sollen und Stiefel. Dass diese Elfen kein Feuer machten ... Hier in der verdammten Bucht hätte sie keine Uferwache bemerkt. Treibholz lag auch genug am Strand. Andererseits ... Der Schein eines Feuers mochte hier weit Schlimmeres anlocken als ein paar verdammte Wachen, die wahrscheinlich vor Überraschung aus den Latschen kippen würden, wenn sie nicht irgendwelchem Gesindel, sondern ihrer Fürstin gegenüberstanden.

Er krümmte wieder die Zehen. Langsam kroch Kälte in seine Füße. Er war nicht zartbesaitet ... aber kein einziges Feuer, über eine Woche lang, das war Scheiße! Wenn es wenigstens was Warmes zu essen gegeben hätte. Diese verträumten Langohren konnten alle zaubern. Warum zauberten die nicht, dass der Topf auch ohne Feuer warm wurde? Aber was Praktisches sollte man von einem Elfen wohl besser nicht erwarten. Diese dämliche Heilerin hatte ja sogar vergessen, ihren Dohlenstein mitzunehmen!

Broja kniff die Augen zusammen und spähte zum Eingang der Bucht. War da was? Ein Schatten? Oder hatte ihn nur das Spiel von Wind und Wellen getäuscht? Jetzt konnte er nichts mehr erkennen. Kein Wunder, dass einen die Sinne täuschten, wenn man seit einer Woche nichts Warmes mehr in den Bauch bekommen hatte.

Er presste die Arme gegen die Brust. Die Bienenhexe fror auch, das war nicht zu übersehen. Auch wenn ihr Acht-Finger seinen Umhang über die Schultern legte, schlotterte sie mitunter vor Kälte.

Den anderen schien das Wetter nichts auszumachen. Bestimmt gab es da irgendeinen Zauber, mit dem sie sich die Kälte aus den Füßen trieben …

Auf der Stelle stampfend, versuchte er gegen die Kälte anzukämpfen. *Sich ein paar warme Gedanken machen* war eine selten blöde Redewendung. Das half bei ihm so gar nicht.

Da war er wieder, der Schatten. Jetzt war er in der Bucht! Etwas Großes glitt da durchs Wasser. Etwas mit einer gewaltigen Rückenflosse!

Zeit, sich zu verpissen. Broja rannte zu dem Felsvorsprung, unter dem die Elfen lagerten. »Er kommt!«, zischte er. »Der Seelenschlinger! Er ist in der Bucht!«

Laurelin war als Erster auf den Beinen. Er zog eine Sehne auf den Bogen und eilte zu ihm.

»Wo?«, wollte er wissen.

Nanduval trat ihm mit gezogenem Schwert zur Seite.

»Ist doch egal, wo«, flüsterte Broja. »Wir hauen hier jetzt ab. Wenn wir rennen und sehr viel Glück haben, dann werden wir entkommen.«

»Leynelle kann nicht rennen«, stellte Laurelin fest. »Ich werde das Biest aufhalten.«

»Alathaia kann auch nicht rennen«, ergänzte Nanduval.

»Verdammt noch mal, dann tragt eure Mädels!«, fluchte Broja.

Das Biest in der Bucht öffnete ein strahlend gelbes Auge.

Laurelin hob seinen Bogen.

»Nicht!«, zischte Broja. Dieser Elf würde sie mit seiner Leichtfertigkeit noch alle umbringen. »Nicht!«

Der Pfeil schnellte dem leuchtenden Auge entgegen.

»Verdammte Scheiße …«, entfuhr es Broja. War ja klar, dass ein Kerl, der sich mit bloßen Händen einem Silberlöwen stellte, glaubte, dass man mit Pfeil und Bogen eine Seeschlange besiegen könnte.

»Keine weiteren Pfeile!«, befahl Alathaia. »Ich erledige das.«

Broja war erstaunt, wie gut die Fürstin plötzlich auf ihren Beinen unterwegs war. Ohne zu zögern, stieg sie zu dem flachen Felssporn hinab, der in die Bucht hinausragte, und ging dem gelben Auge des Ungeheuers entgegen.

Wie eine Zwiebel

Er hatte alle seine Sinne verloren und mit ihnen jedes Zeitgefühl. Er war noch. Sein Verstand arbeitete, aber sein Körper schien vergangen. Eldarian war zutiefst verunsichert. Ins Mondlicht zu gehen hatte er sich anders vorgestellt. Irgendwie strahlend und schön. Er hatte gedacht, dass alles Körperliche von ihm abfiele. Aber dass er seine Sinne verlor ... Das war schon folgerichtig. Ohne Körper gab es keine Sinne. Vielleicht befand er sich ja auch in einem Zustand der Transformation? Vielleicht würde sich bald alles ändern.

Das liegt ganz bei dir, Eldarian.

Wie konnte er hören, wenn ihm die Sinne fehlten?

Ich spreche in dir. Erinnerst du dich an dein früheres Sein? Hattest du nicht manchmal das Gefühl, dass dein Herz zu dir spräche? Dies ist ähnlich.

Die Stimme klang freundlich, und es beruhigte ihn, nicht ganz auf sich und seine Gedanken zurückgeworfen zu sein. Aber was war er jetzt?

Was von dir geblieben ist, ist das, was dich eigentlich ausmacht. Wärest du eine Pflanze, würde ich sagen, du bist die Zwiebel, die ihre

Essenz zum Überwintern in die Dunkelheit des Erdreichs zurückgezogen hat, um dann im nächsten Frühjahr in aller Pracht neue Blüten zu treiben.

Die Worte beruhigten Eldarian ungemein. Es war also, wie er gehofft hatte, nur eine Transformation. Er würde zurückkehren. Das Bild, das ihm die Stimme gegeben hatte, ließ ihn sogar die Dunkelheit besser ertragen.

Doch jede Pflanze braucht Wasser und Dünger. Ich will dir nicht verhehlen, dass du nun an einem Ort bist, an dem an beidem Mangel herrscht. Aber ich kann dir helfen. Du bist nicht gezwungen zu verharren, wie du es bislang getan hast. Anders als eine Pflanze kannst du dich bewegen. Folge dem Gespür in deinem Innersten, und du wirst eine Quelle finden, an der du trinken kannst. Nimm nicht das erste Schlammloch. Es sind auch Quellen von kristallklarem Wasser nah. Dies alles sind natürlich Metaphern. Denn manches lassen uns Bilder, die wir mit Sprache malen, besser verstehen, als es Worte allein vermögen.

Eldarian war schleierhaft, wie er sich ohne einen Körper bewegen sollte.

Es genügt, wenn du es dir vorstellst. Du bist hier an einem Ort der verlorenen Seelen. Manche stranden hier auf ihrem Weg ins Mondlicht. Warum das so ist, kann ich dir auch nicht erklären. Bei dir ist es besonders rätselhaft, dass du hier bist, denn du bist eine reine Seele. Deshalb vermagst du dich auch frei zu bewegen. Die anderen hier können das nicht. Du wirst hier gewiss nicht lange verweilen.

Ich bin an einem Ort, an den Seelen gelangen, die mit einem Makel behaftet sind? Bin ich unter Dieben und Mördern?

Nichts ist nur schwarz oder weiß, Eldarian. Vielleicht hat es dich hierherverschlagen, weil du zu viele Frauenherzen gebrochen hast. Manche deiner Geliebten wurden nie wieder glücklich, nachdem du sie verlassen hast … Womöglich haftet dir also doch ein Makel an.

Er war erschüttert, dass diese Stimme alles über ihn zu wissen schien. Ob es hier andere gab, die er kannte?

Ich bin in deinen Gedanken, mein Lieber. Ich weiß alles über dich. Ich habe in jeden erdenklichen Abgrund geblickt. In meinen Augen bist du tugendhaft. Und das weißt du im Grunde deines Herzens auch. Einige hier wirst du kennen. Die Kürschnerin Melyssana, aber auch andere. Du kannst ihnen helfen, wenn du dich bewegst. Wie ich schon sagte, bist du der Einzige hier mit dieser Gabe. Stell es dir einfach vor. Du wirst überrascht sein, wie leicht es dir fällt.

Er versuchte es. Aber wie sollte er feststellen, ob es gelang? Er war gefangen in völliger Finsternis, all seiner Sinne beraubt.

Du machst das gut, lobte die Stimme in seinem Kopf. *Du hast dich bewegt. Mach weiter. Überwinde deine Zweifel – sie sind die Ketten, die einen hindern, Großes zu tun.*

Eldarian strengte sich an, doch bemerkte er keinerlei Veränderung. Er stellte sich vor, ein Tintenfisch in der dunklen Tiefe des Meeres zu sein. Und dann endlich spürte er etwas. Da war ein Quell sprudelnder Kraft. Nicht weit. Er könnte seine Fangarme danach ausstrecken.

Das ist nur ein Schlammloch, auch wenn es dir jetzt verheißungsvoll erscheint. Hab ein wenig mehr Geduld. Das Bild des Tintenfisches, das du dir erschaffen hast, ist gut. Vertraue mir. Du bist dem Ziel sehr nah.

Er entfernte sich von der Kraftquelle und trieb durch die Dunkelheit. Er fühlte sich verloren. Es könnte genauso gut sein, dass er auf der Stelle verharrte und die Quellen beweglich waren. Und wie sollte er wissen, ob er der Stimme vertrauen konnte? Wenn doch nur einer seiner Sinne zurückkehrte!

Du wirst alle deine Sinne zurückerlangen … Du warst nun lange in der Finsternis. Folge mir, und du wirst sehen, ich zeige dir den Weg, der dich von hier fortführen wird. Du kannst natürlich auch einfach in der Dunkelheit verwurzelt bleiben. Es liegt bei dir, Eldarian.

Was hatte er schon zu verlieren? Er stellte sich erneut vor, wie ein Tintenfisch dahinzugleiten. Er spürte einen weiteren Quell, noch schwächer als der erste, den er gemieden hatte. Geduld, mahnte er sich. Es war wie eines der albernen Spiele, denen man sich bei Hof manchmal hingab. Einem wurden die Augen verbunden, und dieser tastete dann mit ausgestreckten Armen um sich, um einen der Höflinge zu erhaschen, die ihn umkreisten. Obwohl er dieses Spiel stets belächelt hatte, war es eine gute Möglichkeit gewesen, mit Damen anzubandeln. Er hatte sich … Da war etwas! Gleich drei Quellen. Und eine davon war wahrlich verheißungsvoll. Sie unterschied sich in der Tat wie ein kristallklarer Bergsee von Schlammlöchern.

Eldarian fand leicht zur Quelle. Sie lockte ihn, und er trank. So köstlich … Als sie erschöpft war, fühlte er sich verändert. Es dauerte ein wenig, bis er sich bewusst wurde, dass er etwas roch. Es war der Duft frisch erblühter Rosen. Die Stimme hatte nicht gelogen! Er konnte seine verlorenen Sinne zurückerlangen. Er konnte sich neu erschaffen!

Aber du darfst nicht gierig sein. Du solltest nun in die Geborgenheit der Finsternis zurückkehren, mahnte die wohlmeinende Stimme.

Aber er war doch in Finsternis gefangen, dachte Eldarian verwirrt.

Lass dich fallen, und du wirst wieder dort sein, wo deine Reise begonnen hat. Du weißt, dass auch die größten Tintenfische zum Opfer jagender Wale werden können. Du bist hier nicht allein. Es gibt Kreaturen, die dich verschlingen würden. Und für sie bist du nun, da du dich an einem Quell gelabt hast, sichtbarer. Lass dich fallen, mein Freund. Vertraue mir.

Die Stimme hatte mit allem recht behalten. Sie war sein guter Geist! Und so stellte sich Eldarian vor, dorthin zurückzustürzen, von wo er gekommen war.

Der Rosenduft verging, und die Finsternis verschlang ihn erneut.

Unterwäsche und geheime Karten

Gleißendes Licht teilte sich vor ihm, und er sah auf eine Landschaft aus Sand und rötlichen Felsen. Verblüfft blickte Melvyn zu Zafira. »Ist das Langollion?«

Die Lutin knurrte ihn an. »Natürlich nicht.«

»Aber ich dachte ...«

»Nachdem du dir fast eine Woche lang Reilimee angesehen hast? Ich nahm an, wir bleiben da einen Tag ... Du hast verdammt lange für deine Entscheidung gebraucht.«

Sie traten aus dem Albenstern in den weichen Sand. Ein blökender Laut links von ihm ließ Melvyn herumfahren. Eine riesige Bestie glotzte sie an. Eine Echse, der zwei Hörner aus der Stirn und ein drittes aus der Schnauze dicht über den Nasenschlitzen wuchsen. Ein mächtiger Hornkragen schützte ihren Hals.

»Ruhig, Pilzmaul«, rief Zafira. »Der schmeckt nicht. Vermisst du die Wälder von Arkadien? Um diese Jahreszeit muss es da jede Menge Pilze geben. Ich rede mal mit dem Ältesten.«

Die Echse schnaubte und sah Melvyn weiterhin misstrauisch an. Sie war etwa drei Schritt hoch. Auf ihrem Rücken hatte irgendjemand ein Gerüst aus Bambusrohren festgezurrt. Darauf war ein niedriges schwarzes Zelt errichtet. Eine Strickleiter und Seile hingen seitlich herab. In der Mitte hinter dem Hornkragen war ein Banner an einer Stange gehisst. Es zeigte einen weißen Pilz auf grünem Grund.

»Hast du noch nie Hornschildechsen gesehen?«, fragte Zafira, ging an Pilzmaul vorbei und erklomm eine niedrige Düne.

»Doch, bei einer Totenfeier im Windland …«

Zafira machte eine abfällige Geste. »Lange her. Seitdem haben sich die Zeiten geändert.« Sie seufzte. »Das damals war eine Zeit voller Verwirrung, unsicherer Bündnisse und gewaltiger Möglichkeiten.«

»Eine Zeit, in der ihr Lutin mit den Trollen paktiert habt«, bemerkte Melvyn bitter.

Sie erreichten den Zenit der Düne und blickten auf eine von Palmen umstandene Wasserstelle, bei der eine ganze Herde der großen Hornschildechsen mit den Zelten auf dem Rücken versammelt war. Einige der Echsen ästen im Schilfgürtel, der den flachen See umgab. Andere dösten in der Sonne. Einige Jungtiere spielten mit einer Gruppe von Lutin im seichten Wasser.

»Zafira ist zurück!«, rief plötzlich eine helle Kinderstimme. »Zafira ist wieder da! Sie hat den Wolfselfen mitgebracht!«

Melvyn wusste nicht, was er davon halten sollte, hier bekannt zu sein. Und es war ihm entschieden zu heiß hier, wo auch immer sie gerade waren.

Zafira führte ihn bis zum Ufer zu den äsenden Hornschildechsen. Inzwischen umringte sie eine ganze Schar halbwüchsiger Lutin, die seine Gefährtin nach ihren neuesten Abenteuern fragten.

Melvyn bemerkte die schweren Armbrüste, die auf den meisten Plattformen angebracht waren. Ihm entging auch nicht, dass an jeder dieser Waffen ein Lutin herumlungerte. Und dass die Hälfte der Armbrüste wie zufällig in seine Richtung wies.

Sie waren ihm suspekt, diese Nomaden, Geschäftemacher … Er entdeckte eine alte, faltige Echse, deren Bambusplattform gleich von mehreren Bannern flankiert war. Und dazwischen waren Leinen aufgespannt, an denen neben bunten Seidentüchern und zwei langen Kleidern auch mohnrote Unterwäsche trocknete.

»Dürfen sie mal deine Krallen anfassen?«, fragte Zafira.

Melvyn blickte auf ein halbes Dutzend Lutinwelpen, die ihn mit großen Augen glotzend umringten. »Was machen wir eigentlich hier?«

»Erzähl ich dir gleich. Jetzt tu den Kleinen den Gefallen. Sie wissen, dass du damit eine Fechterin an Alathaias Hof zerschnibbelt hast, und alle hier finden das gut.«

Melvyn war verwundert, was für Gutenachtgeschichten hier erzählt wurden, nickte aber. »Nur zu ...«

Vorsichtig tasteten die fuchsköpfigen Koboldkinder nach den geschwärzten Krallen, die von seinem Gürtel hingen.

»Stimmt es, dass deine Mama eine Wölfin war?«, fragte ihn ein Mädchen in einem blassgrünen Kleid. »Hast du als Kind immer Wolfsmilch getrunken?«

Melvyn bemerkte, wie sich Zafira mit Mühe das Lachen verkniff, und fragte sich, was für Geschichten hier noch über ihn erzählt wurden.

»Meine Brüder und Schwestern sind Wölfe«, sagte er entschieden. »Mit ihnen verbindet mich mehr als mit den meisten Elfen. Wir jagen zusammen. Und wir fressen zusammen. Und ein Feuer mache ich dafür nicht.«

»Braucht man nicht«, bestätigte ein Junge, der außer einem Lendentuch keinerlei Kleidung trug. Dafür hatte er sich den nackten Leib mit rotem Lehm bestrichen, der in der Hitze zu einer rissigen Kruste erstarrt war. »Hab auch schon rohes Kaninchen gegessen.«

»Und mächtig Bauchschmerzen bekommen«, stellte das Mädchen im grünen Kleid klar. »Singst du auch Lieder für den Mond, so wie die anderen Wölfe?«

»Manchmal ...« Melvyn fühlte sich unwohl unter den Kindern. Er wusste nicht recht, wie er sich verhalten sollte.

»Singst du mal für uns?«, riefen drei oder vier gleichzeitig. »Bitte!«

»Genug!« Zafira hob gebieterisch die Hände. »Lasst unseren Gast nun in Frieden. Wir haben mit Oglana ein paar wichtige Dinge zu besprechen.«

Überrascht sah er, wie die Kinder ohne Widerworte oder auch nur zu nörgeln gingen. Eine solche Autorität hatte er Zafira gar nicht zugetraut.

»Hier entlang!« Sie führte ihn zu der Echse, über der zwischen den Bannern die rote Unterwäsche wehte.

Die Hornschildechse begrüßte sie mit einem langen Schnauben.

»Du bekommst nachher einen Apfel von mir, Trollspießer.« Zafira streichelte die von tiefen Falten durchzogene Haut der Echse und stieg dann die Strickleiter zur Plattform empor.

Melvyn folgte ihr mit leichtem Unbehagen. Es missfiel ihm, auf dem Rücken einer Hornschildechse eine Unterredung zu führen, mochte deren Name auch noch so sympathisch sein.

»Oglana? Ich hab den Wolfselfen mitgebracht«, rief Zafira und wartete einen Augenblick, bevor sie die Zeltklappe anhob. »Du gehst vor«, raunte die Lutin ihm zu.

Melvyn musste sich auf alle viere begeben, um durch den niedrigen Eingang zu kriechen. Auch drinnen im Zelt war es unmöglich, sich aufzurichten. Er würde allenfalls sitzen können. Eine Lutin, deren Fuchsschnauze ergraut war, sah ihn musternd an. Sie hatte nur noch ein Auge. Über dem linken Auge trug sie eine schwarze Binde, die mit silbernen Ranken bestickt war. In ihrem mohnroten Wickelkleid sah sie bedeutend eleganter aus als Zafira.

Ein großer Tisch, auf dem Karten ausgebreitet lagen, beherrschte das Zelt. Oglana legte eine qualmende Meerschaumpfeife mit einem gebogenen Stiel, so lang wie ihr Arm, in einen Pfeifenhalter.

»Du bist also der Wolfself«, begrüßte sie ihn kühl und nickte dann Zafira zu. »Willkommen zurück, Älteste.«

Dass Lutin sich nicht lange mit Höflichkeiten aufhielten, wunderte Melvyn nicht. Allerdings fand er es seltsam, dass Zafira, die, abgesehen von der Blesse über der Schnauze, nicht ein einziges graues Haar im Fell hatte, Älteste genannt wurde. Vielleicht war es nur ein Ehrentitel und hatte nichts mit ihrem Alter zu tun?

»Wo steckt Alathaias Brut?«, fragte Zafira.

Oglana deutete auf eine große Karte Langollions, auf der mehr als fünfzig Holzfiguren standen. »Assanael ist im Palast der tausend Blüten gesehen worden.« Sie tippte auf eine Figur, die rot und schwarz bemalt war. »Du solltest vorsichtig sein, Älteste.« Oglana sah kurz zu ihm auf. »Ich nehme an, euer Weg führt euch wieder nach Langollion?«

»Genau so viel darf ich dir verraten«, erwiderte Zafira.

»Hüte dich. Du weißt, was für ein Schlächter er ist.«

»Es wird der Tag kommen, da schlachte ich ihn«, sagte Zafira mit einer kalten Entschlossenheit, die Melvyn Respekt abnötigte.

»Morwenna, Sanassa und Tiranu sind ebenfalls im Palast.« Oglana zeigte mit dem Finger auf eine Figur in Rot und Silber. »Mandalyn ist nun die neue Befehlshaberin der Leibwache. Nanduval ist seit etwa einer Woche verschwunden. Auch diese Heilerin ...«

»Eine Nacht der langen Messer?«, fragte Zafira voller Genugtuung.

»Wissen wir nicht.« Oglana kratzte sich über ihrer Augenbinde das Fell. »Liegt aber nahe. Die Kinder herrschen jetzt, auch wenn sie das Lügenspiel, dass ihre Mutter noch lebt, nach wie vor aufrechterhalten.«

»Ihr seid aber verdammt gut unterrichtet«, entfuhr es Melvyn.

Die beiden Lutin sahen ihn an.

»Der hat keine Ahnung, oder?«, bemerkte Oglana.

Zafira bleckte die Zähne, was wohl ein Fuchslächeln war. »Der Junge ist ein Naturbursche. Intrigen liegen ihm nicht. Dafür ist er gut fürs Grobe zu gebrauchen.«

»Würdet ihr dem Naturburschen vielleicht erzählen, was das hier alles zu bedeuten hat?«

»Alathaia oder ihr Sohn Assanael haben einst unsere Heldin Ganda Silberhand getötet. Zuvor hatte Assanael bereits Gandas Eltern Sesha und Merkad ermordet. Seitdem lebt der Klan der Schlüsselbewahrer in Blutfehde mit dem Fürstenhaus von Langollion.« Zafira schnitt eine Grimasse. »Ich glaube allerdings, Alathaia und ihre Brut haben noch nicht einmal bemerkt, dass es diese Fehde gibt.«

»Was es uns leichter macht«, bemerkte Oglana. »Sie haben schon genug von uns auf dem Gewissen. Es gab noch mehr Tote in den letzten Jahrhunderten.« Sie tastete nach ihrer Augenbinde. »Das hier habe ich Assanael zu verdanken. Und ich habe noch großes Glück gehabt. Normalerweise überlebt eine Lutin eine Begegnung mit ihm nicht. Aber wir haben ihn immerhin dazu gezwungen, für immer die Albenpfade zu verlassen.«

»Wie das?« Melvyn konnte sich beim besten Willen nicht vorstellen, wie ein paar Lutin einen Elfenkrieger wie Assanael zu etwas zwingen konnten.

»Wir beobachten sie. Wer die Albenpfade benutzt, hinterlässt eine Spur«, erklärte Zafira. »Die meisten Elfen sind sich dessen nicht bewusst. Aber jeder von ihnen hat seine ganz eigene Art, die Albensterne zu öffnen. Die Zauber unterscheiden sich geringfügig voneinander. Wer das magische Netz zu lesen weiß, der kann genau sehen, wer sich wo bewegt hat. Nach ein paar Tagen verblasst die Fährte allerdings.«

Melvyn betrachtete die Masse der Figuren auf der Karte. »Wer ist das alles?«

Zafira nahm eine schwarze Figur vom Rand des Tisches und reichte sie Melvyn. »Diese hier steht für Alathaia. Ihr Aufenthalt ist zurzeit ungeklärt, deshalb steht sie am Rand der Karte. Ihr und ihrer Brut ist irgendwann bewusst geworden, dass sie auf den Albenpfaden beobachtet werden. Wenn sie heimlich reisen wollen, müssen sie Schiffe und Pferde benutzen und einigen Aufwand treiben. Das macht sie langsam«, erklärte die Lutin voller Stolz. »Und dieser niederträchtige Mörder Assanael kann sich nirgends mehr blicken lassen. Es gibt keine größere Stadt in Albenmark, in der nicht Freunde von uns Ausschau nach ihm halten.«

Melvyn betrachtete die Karte mit Unbehagen. Er hatte die Lutin gründlich unterschätzt. »Und all die anderen Figuren?« Er drehte die schwarze Alathaia in Händen. Unter der Figur war ein eigenartiges Plättchen im Holz. »Ein Magnet?«

»Natürlich ein Magnet«, knurrte ihn Oglana an. »Hältst du uns für dämlich? Der Kartentisch hat eine Eisenplatte. Sonst würde alles durcheinanderpurzeln, wenn Trollspießer loswandert.«

Melvyn gab ihr die schwarze Alathaia zurück. Westlich der Insel Langollion war die Ostküste Albenmarks auf der Karte eingezeichnet. Eine graue Figur stand in der Stadt Reilimee.

Zafira hatte seinen Blick bemerkt und bleckte ihre spitzen Fuchszähne. »Ganz recht, Melvyn, du kommst hier auch vor. Die graue ist deine Figur. Sieh es als eine Ehre. Wir beobachten nur jene, die wichtig sind. Was du hier siehst, ist die Karte des Schattenkriegs. Wir mögen klein sein, aber ich glaube nicht, dass es sonst irgendjemanden gibt, der den Verlauf dieses geheimen Krieges so gut im Blick hat wie wir. Ich muss wissen, wie es um Langollion steht, bevor wir dorthin reisen. Deshalb sind wir hier.« Sie bückte sich nach einer Obstschale am Boden, nahm einen Apfel heraus und warf ihn ihm zu. »Bring Trollspießer seinen Apfel, Melvyn. Vielleicht könnt ihr euch ja ein paar alte Kriegsgeschichten erzählen. Du hast doch sicherlich auch schon ein paar Trolle erlegt. Wir beide haben nun einigen Lutintratsch zu besprechen, der dich sicher nur langweilen würde. Und gib den Bitten der Kleinen nicht nach. Ich glaube, Wolfsgeheul würde unsere Hornschildechsen nervös machen.«

Reich wie ein Drachenfürst

Alathaia drückte seinen Arm mit dem Bogen nieder. »Keinen weiteren Pfeil«, befahl sie. »Folge mir.« Sie betrat den Felssporn, der weit in die Bucht ragte.

Laurelin sah, wie der große Schatten im Wasser auf die Fürstin zustrebte.

Dieses leuchtende gelbe Auge war seltsam. Es erinnerte eher an ein Fenster, was natürlich absurd war. Er kannte kein Seefahrzeug, das so dicht über der Wasserlinie ein Fenster hätte. Auch gab es keine Ruder oder Segel zu entdecken. Ob Alathaia dieses seltsame Geschöpf verzaubert hatte?

Ohne Furcht ging die Fürstin bis zum Ende des Felssporns. Der Schatten erreichte den Felsen fast zur selben Zeit. Seine Rückenfinne war merkwürdig dick und gedrungen.

Laurelin glaubte im Wasser ein Geräusch zu hören, als schramme Metall über Stein. Es war nur kurz zu vernehmen, dann gab es lediglich noch das stete Flüstern der sanften Brandung.

Der Schatten lag still. Das Auge konnte Laurelin nicht mehr sehen. War es geschlossen?

Ein metallisches Quietschen drang durch die Nacht. Alarmiert hob Laurelin den Bogen.

»Nicht!«, zischte Alathaia, dann rief sie mit kräftiger Stimme: »Ich grüße dich, Harr! Bitte entschuldige, wenn mein Begleiter ein wenig nervös ist. Er hält dich für ein Ungeheuer.«

»Ich bin erfreut, Euch höchstselbst zu sehen, Fürstin«, antwortete eine Stimme mit starkem Akzent. Ein Kopf, gerahmt von einem mächtigen weißen Bart, erschien am oberen Ende der Finne. »Ihr seid sehr früh, Fürstin. Wir wollten uns erst im Morgengrauen treffen.«

»Das hat Gründe ...«

Laurelin nahm den Pfeil von der Sehne und schob ihn zurück in den Köcher. Was immer da in die Bucht gekommen war, schien keine Bedrohung, sondern wohl doch irgendeine Art Boot zu sein. Aber wie bewegte es sich?

»Ich bitte dich, mich und fünf weitere Reisende an Bord zu nehmen, Harr.«

»Bei den Alben, Fürstin, hier ist es jetzt schon zu eng. Zwei Mann teilen sich eine Koje, und wir haben ...«

»Wenn du es möglich machst, Kapitän«, unterbrach ihn Alathaia, »dann mache ich dich reich wie einen Drachenfürsten.«

Ein eiserner Sarg

Broja stieg die letzte Sprosse der eisernen Leiter hinab. Das ganze Boot schien aus Eisen gefertigt zu sein, was ihm merkwürdig erschien. Wie konnte Eisen schwimmen? Und hier unten umringten ihn Zwerge. Er hatte noch nie zuvor Angehörige des Höhlenvolks gesehen. Es hieß, sie hätten Albenmark schon vor Jahrhunderten verlassen. Diese hier aber offensichtlich nicht.

Sie standen in einer niedrigen Kajüte – sofern die Zwerge in diesem seltsamen Boot überhaupt solche Begriffe verwendeten. Die Decke war gewölbt. Alle Elfen – außer der krummen Leynelle –

mussten sich ducken, um nicht mit den Köpfen gegen die eiserne Decke zu stoßen.

Entlang der beiden Längswände standen Kojen. Immer zwei Betten übereinander. Darüber waren Netze an die Decke genietet, in denen kleinere Kisten und allerlei Säcke verstaut hingen. Im Zenit der eisernen Decke waren Barinsteine eingelassen, die ein angenehmes, honigfarbenes Licht verbreiteten.

Broja zählte sechzehn Steine. Die mussten ein Vermögen wert sein. Besser, er sah nicht zu auffällig hin. Den Kobolden wurde gern nachgesagt, dass sie alle Diebe seien. Wenn einer dieser Steine verschwand, würde man das ganz sicher ihm anlasten. Aber reizvoll wäre es schon ... Sie waren bestimmt leicht mit einem Messer aus ihren Fassungen zu hebeln.

Broja zwang sich, auf die ungemachten Kojen zu blicken. Auf einem der Kopfkissen kauerte eine rote Echse mit gelben vorquellenden Augen.

Die Elfen werden hier verdammt ungemütlich liegen, dachte er bei sich und sah sich weiter eingeschüchtert um. Das Maul zu halten war eigentlich nicht seine Art, doch hier war alles so fremd und anders, dass er nicht unangenehm auffallen wollte. Die Zwerge glotzten ihn ohnehin schon an. Mit den Elfen schienen sie keine Probleme zu haben, obwohl es in den alten Geschichten immer hieß, sie hätten wegen eines Streits mit der Elfenkönigin die Welt verlassen.

»Ich erwarte, dass ihr unsere Passagiere freundlich behandelt.« Über Broja auf der Leiter stand der weißbärtige Zwerg, der sie durch die Luke in der Rückenfinne des Bootes hatte einsteigen lassen. »Sie alle haben hier an Bord dieselben Rechte und Pflichten wie ihr. Auch der Kobold!«

Dass der Weißbart das mit dem Kobold extra betonen musste, verhieß nichts Gutes. Keiner der Zwerge sagte ein Wort oder murrte auch nur, aber in ihren Augen war deutlich zu lesen, dass sie ihn etwa genauso sehr schätzten wie eine Pestratte, die sich an Bord geschlichen hatte.

»Die Elfen werden jeweils zwei hintereinanderliegende Kojen zugewiesen bekommen«, befahl der Weißbart weiter. »Dem Kobold genügt ein einfacher Schlafplatz. Ihr werdet Hölzer ziehen, wer seine Koje mit dem Kobold teilt. Um allen einen Schlafplatz zu geben, werden die Kojen von nun an nicht in zwei Wechselschichten belegt, sondern in dreien. Ich erwarte, dass ihr euch, ohne zu murren, mit unseren Gästen einigt. Zeigt ihnen, was zwergische Gastfreundschaft bedeutet! Wir haben die Ehre, Alathaia, die Fürstin von Langollion, unter unseren Gästen willkommen zu heißen.«

»Kann der Kobold nicht in irgendeiner Kiste pennen?«, fragte ein Rotbart, der nur eine Hose trug und dessen Oberkörper über und über mit verschlungenen Runen und etwas, was aussah wie Küstenlinien, tätowiert war. »Die halbe Portion braucht doch keine ganze Koje.«

»Er ist ein Gast an Bord wie alle anderen auch«, grollte der Weißbart, der immer noch über Broja auf der Leiter stand.

»Er kann bei mir schlafen«, meldete sich ein Zwerg, der zwei polierte Gläser vor den Augen trug.

»Dein Vorschlag ist angenommen. Und nun einigt euch mit den Elfen, während ich mit der Fürstin unseren neuen Kurs bespreche!« Der Weißbart stieg von der Leiter und führte Alathaia durch eine schwere Eisentür, die er hinter sich verriegelte.

Ein wenig verloren blickte Broja zu dem Zwerg mit den Glaslinsen vor den Augen. Der winkte ihm zu.

Während die übrigen Zwerge eher mürrisch mit ihren neuen Bettgefährten besprachen, wer wann wo schlafen durfte, ging Broja längs durch die eiserne Kajüte. Sein Zwerg hatte wie alle anderen hier an Bord eine ungesund blasse Hautfarbe. Sein hellblonder Bart war zu zwei dicken Zöpfen geflochten.

»Du holst dir also als Einziger hier gerne einen Kobold ins Bett«, begrüßte Broja ihn mit gemischten Gefühlen.

Der Zwerg grinste ihn breit an. »Genauso, wie sie erzählen, diese Kobolde.« Er streckte Broja die große, schwielige Hand entgegen. »Ich bin Swid, der Navigator der *Bolzenspucker.*«

»Broja«, murmelte der Kobold. Es herrschte ein bemerkenswerter Gestank in dem Eisenschiff. Die beherrschende Duftnote war Zwergenschweiß, aber es war auch Pissegestank dabei. Dazu ein Geruch nach Linsensuppe und Brühwürsten. Ein wenig scharfer Branntwein, nasse Wolle und etwas merkwürdig Süßliches, das Broja völlig fremd war.

Wenn er den Geruch hier im Boot schon unangenehm fand, ging es ihm durch den Kopf, dann würden die Elfen gewiss übelst leiden. Außer, sie hatten auch dagegen einen Zauber parat.

»Du musst mir alles erzählen.« Swid bedeutete Broja, ihm durch eine Eisentür zu folgen. Sie traten in einen engen Gang. Rechts und links befanden sich tiefe Regale, in denen allerlei Vorräte in Fässern, Krügen und Säcken lagerten.

»Was sind das für Elfen? Warum seid ihr an Bord? Wo geht es hin? Weißt du, Broja, ich schreibe auch das Logbuch der *Bolzenspucker*, ich muss solche Sachen wirklich wissen.«

»Schreib einfach: ein verschwiegener Kobold und sein Elfengefolge kamen an Bord.« Zu seiner großen Freude entdeckte er eine ganze Reihe von Honigtöpfen. Der Geruch hier war anders. Der Duft des Linseneintopfs war auch hier beherrschend, aber es stank weniger nach verschwitztem Zwerg. Dafür nahm er das Aroma getrockneter Äpfel wahr.

Der Zwerg stieg durch eine weitere Tür. Alle Türen hier hatten merkwürdig hohe Schwellen, die Broja fast bis zu den Knien reichten. »Was ist *Bolzenspucker* für ein seltsamer Name? Bezieht sich das auf so was wie eine Speerschleuder?«

Der Zwerg lachte. Er stand jetzt inmitten einer winzigen Kajüte, die wohl den Abschluss des Bootes bildete, denn Broja konnte keine weitere Tür entdecken. Ein eiserner Ofen mit mehreren Türen nahm fast die ganze linke Hälfte der Kammer ein.

»Außer Navigator bin ich auch noch Koch«, erklärte Swid stolz. »Damit bin ich der Einzige außer Kapitän Harr, der – mit der Kombüse hier – eigene Räumlichkeiten hat. Leider kann ich nur dann warme Speisen zubereiten, wenn wir aufgetaucht fahren. Sonst ist es nicht möglich, das Ofenrohr rauszuschieben.« Er wies auf ein hochgeklapptes Brett an der linken Wand. »Meine Koje. Allerdings kann man sich hier drinnen kaum noch bewegen, wenn ich sie herunterklappe ...«

»Was bedeutet *aufgetaucht fahren?*«, unterbrach Broja den Redefluss des Zwergs. Das Deck, auf dem er stand, neigte sich wie ein Brett, das einen Hang hinabglitt.

Swid packte einen lederumwickelten Griff an dem großen Ofen. »Du solltest dich jetzt besser festhalten. Ich glaube, wir haben die Bucht bereits verlassen.«

»Wie meinst du das?«

»Wir brauchen tiefes Wasser, um zu tauchen.«

»Tauchen?« Broja hatte das Gefühl, an dem Wort ersticken zu müssen. Schiffe waren dazu gemacht, auf dem Wasser zu fahren. Nur Schiffe, die sanken, bewegten sich unter der Wasseroberfläche. »Das Ding ist ein eiserner Sarg«, stammelte er. »Wir sind alle tot.«

»Nein, Sarg würde ich es nicht nennen.« Der Zwerg schüttelte nachdenklich den Kopf. »Wirklich nicht. Es sieht eher aus wie eine eiserne Gurke.«

Der Kontrakt des Kapitäns

»Ich danke dir, dass du die Blutbucht sofort verlassen hast, Harr. Es war besser, nicht auf meine Kinder oder deren Gesandte zu warten.« Alathaia hielt sich an einem Wandgriff fest, während der Kapitän der *Bolzenspucker* in einem Ledersessel Platz genommen hatte und an mehreren langen Hebeln hantierte, die den Sessel flankierten.

Die Fürstin versuchte nur durch den Mund zu atmen. Obwohl es hier, in der Ruderkammer, bei Weitem nicht so übel roch wie oben im Mannschaftsquartier, war der Gestank doch immer noch atemberaubend. In ein paar Stunden würde man es nicht mehr riechen. Hielt man sich nur lange genug im Mief eines Aals auf, dann wurde man quasi Teil davon.

»Ich setze nun einen südlichen Kurs.« Klackend legte Harr einen der Hebel um. Die Neigung des Bootes ließ nach. Alathaia spürte, wie sich die Fahrtrichtung änderte.

Ein Lichtstrahl tastete vor ihnen durch die Finsternis. Harr hatte ihr nie verraten wollen, wie die Zwerge das machten. In Sachen Magie galten sie als wenig kompetent …

»Reden wir darüber, wie Ihr mich reich wie einen Drachenfürsten machen wollt, Hoheit.« Er warf ihr einen kurzen Blick zu. »Und ich frage nicht danach, warum Ihr in aller Heimlichkeit die Insel verlasst, auf der Ihr herrscht.«

»Bring mich nach Darna, Harr.«

»Zum Grab der Blutkönigin?« Der Zwerg klang enttäuscht. Er zog noch einmal an einem der Hebel, dann drehte er sich zu ihr um.

Harr war ungewöhnlich gut frisiert. Im Gegensatz zu den meisten Zwergen, die sie kannte, hatte er keinen wild wuchernden Bart. Die Enden seines Schnauzbartes waren hochgezwirbelt, Kinn- und Backenbart ordentlich auf etwa zwei Zoll Länge gestutzt und so gut gepflegt, dass das Haar seidig glänzte. Sein dichtes Haupthaar war auf unter einen Zoll gestutzt, was seinem Kopf ein kantiges Aussehen gab. Der Zwerg hatte tiefblaue Augen, in deren Winkeln sich ein Netz von Falten verzweigte. Wie alle, die den Großteil ihrer Zeit in einem Aal eingesperrt verbrachten, war er ungewöhnlich blass. Er trug eine mit Schaffell gefütterte Weste über einer blauen Tunika. Dazu schmuddelig weiße Hosen und kurze schwarze Stiefel. Er galt als Dickkopf und Freidenker. Sonst wäre er auch gar nicht hier. Die Zwerge hatten vor langer Zeit im Streit mit Emerelle Albenmark verlassen. Die Alten in der Tiefe, wie die Zwerge die Fürsten ihrer unterirdischen Städte nannten, schätzten es nicht, wenn einer der Ihren hierher zurückkehrte. Alle hier an Bord waren Abtrünnige. Sie hofften darauf, so reich zu werden, dass die anderen Zwerge darüber hinwegsahen, woher ihr Gold kam.

»Die Geschichten über dieses Grab sind die düstersten und abschreckendsten unter allen, die man sich über verlorene Schätze erzählt. Es sind auch schon Zwerge nach Darna gegangen … und so viele andere. Keiner kam gesund zurück. Sie verschwinden spurlos oder sind wahnsinnig, wenn man sie an der Küste aufliest. Ich habe die Werkzeuge gesehen, die in den Frachtraum gebracht wurden. Ihr wollt zum Grab, nicht wahr, Fürstin?«

Alathaia nahm das Amulett ab, das sie von Laurelin bekommen hatte. »Dies hier hat Ilak selbst erschaffen. Es ist von ihrer Blutmagie durchdrungen. Es hat auch über ihren Tod hinaus noch eine Verbindung zu ihr. Glaube mir, Harr, ich werde das Grab finden, nach dem so viele vergeblich gesucht haben.«

»Darf ich?« Der Kapitän streckte ihr seine knotige Hand entgegen, und sie reichte ihm das Amulett.

Harr drehte und wendete es und sah lange die Rune auf der Rückseite an. »Ich bin kein Zauberweber, aber ich spüre das Unheil, das ihm anhaftet.« Er blickte zu ihr auf. »Ist Eure Lage wirklich so verzweifelt? Das Grab der Blutkönigin ...«

»Du weißt, wie lange Xylon schon in der Blauen Halle sucht, Harr. Bringst du Neuigkeiten von ihm? Lieferst du mir einen Grund, nicht nach dem Grabmal der Blutkönigin zu suchen?«

Harr schüttelte den Kopf. »Es ist wie immer. Er hat Schriften geborgen und übersetzt, er hat ein wenig Gold und Silber gefunden, aber er hat nicht entdeckt, was auch immer Ihr dort zu finden hofft.« Harr lächelte bitter. »Er lässt Euch ausrichten, dass er zuversichtlich ist, beim nächsten Mal bessere Kunde zu schicken.«

So war er, dachte Alathaia. Xylon war ein Kämpfer, der nie aufgab. So viele Jahre grub und forschte er nun schon tief unter der Erde in den Ruinen der Bibliothek der Drachen. Harr war die einzige Verbindung dorthin. Mit seinem Aal befuhr er unterirdische Ströme und tauchte durch riesige Höhlenseen. Er navigierte nach Karten, die nur die Zwerge kannten. Karten, die sie sich unter die Haut stechen ließen. Jeder seiner Männer hier an Bord war nicht nur ein Ausgestoßener, er war eine lebende Karte. Die Zwerge, die in Aale stiegen, ihre eisernen Tauchboote, waren Helden und Verrückte. Die meisten ertranken früher oder später. Harr war ungewöhnlich alt für einen Aalfahrer.

»Ihr wollt also nach Darna.« Der Kapitän sah sie mit harten blauen Augen an. »Ich werde Euch dorthin bringen, Fürstin. Ich nehme an, dass Ihr nicht nach Gold und Edelsteinen in diesem Grab sucht. Deshalb frage ich erst gar nicht nach einem Anteil an den dort gefundenen Schätzen ... Ich verlange ein Drittel der Einkünfte aus den Diamantminen Langollions für diese Fahrt. Und das zehn Jahre lang. Ihr habt mir versprochen, mich reich wie einen Drachenfürsten zu machen. Wir werden das schriftlich aufsetzen. Und dieser Kontrakt wird auch dann gelten, wenn Ihr nicht aus dem Grab der Blutkönigin zurückkehrt. Werden Eure Kinder Eure Versprechen einlösen?«

Alathaia sah ihn lange schweigend an. Sie schätzte mutige Männer. Diese Forderung allerdings war dreist. Harr hatte längst verstanden, dass sie und ihre Kinder bei wichtigen Reisen die Albensterne mieden. Er wusste, dass er ihre einzige Hoffnung war, in aller Heimlichkeit nach Darna zu gelangen.

»Keiner meiner Männer wird Euch auf diese verzweifelte Suche begleiten, Fürstin«, stellte der Kapitän klar. »Und ich werde auch nicht nahe der Küste ankern. Darna ist verflucht! Alle sieben Tage werde ich von Sonnenaufgang bis Sonnenuntergang an dem Ort auf Euch warten, an dem Ihr an Land geht. Vier Wochen lang, dann kehren wir um.«

»Man könnte den Eindruck gewinnen, dass du ein ängstlicher Mann bist, Harr«, antwortete sie spöttisch.

»Niemand, der in einen Aal steigt, um tief im Meer zu fahren, ist ängstlich«, entgegnete er ungerührt. »Aber es gibt eine Grenze zwischen Mut und Unvernunft, und Ihr seid dabei, sie zu überschreiten, Fürstin.«

»Dann setzen wir also einen Kontrakt auf, Kapitän. Wir werden ihn mit unserem Blut schreiben, und ich werde einen Zauber hineinlegen. Meine Kinder werden dann unzweifelhaft erkennen, dass er von mir stammt und auch für sie bindend ist.«

»Mit Blut?« Er sah sie zweifelnd an. »Ist das nicht etwas zu viel des Guten?«

»Mein lieber Harr, bevor ich dir einen meiner Söhne anvertraut habe, damit er mit dir in deinem Aal unter dem Meer reist, habe ich mich über dich erkundigt. Ich weiß, warum du nach Albenmark zurückgekehrt bist, obwohl du dafür unter deinesgleichen geächtet werden wirst. Deine Familie hat keinen Namen. Ihr habt nie einen Helden hervorgebracht oder einen besonderen Handwerker. Ihr besitzt auch kaum Gold. Ihr seid vollkommen unbedeutend. Du wirst nie einen Rang in den Tiefen Städten einnehmen, außer du eroberst ihn dir durch tollkühne Taten. Wenn ein Niemand zum Fürsten aufsteigt, dann hat er seine Geschichte mit Blut geschrieben. Genau das werden wir nun tun. Und ich verspreche dir noch etwas. Ich werde einen Fluch in diesen Kontrakt einbinden. Wenn du mich hintergehst, Harr, dann wird dein Aal mit dir und all deinen Männern auf den Grund des Meeres sinken, und ihr werdet jämmerlich ersaufen.«

Der Leitwolf

Regen peitschte Melvyn ins Gesicht. Es war Nacht. Vor zwanzig Herzschlägen noch hatte er in gleißendem Licht und drückender Hitze gestanden. Desorientiert sah er sich um. Das hier war nicht der Marktplatz von Rosan!

Hatte Zafira einen Fehler gemacht? Waren sie an einem anderen Ort und, schlimmer noch, in einer anderen Zeit gelandet, ohne Hoffnung, je in die Zeit zurückzukehren, in die sie gehörten?

»Alles gut«, sagte Zafira. »Wir sind in Rosan. Ich habe uns durch einen der niederen Albensterne gebracht. Ich dachte, es wäre nicht gut, direkt unter der Nase der Wachen zu erscheinen.«

»Stimmt.« Melvyn nickte knapp und hoffte, dass sie ihm den Moment der Panik nicht angemerkt hatte. Der Wind zerrte seine Kapuze zurück. Eisiges Regenwasser rann ihm in den Nacken. »Such dir einen Unterschlupf, Zafira.« Eine Sturmbö rüttelte an den Dachpfannen über ihnen, und er musste schreien, damit die Lutin ihn verstehen konnte. »Ich gehe in den Hafen und versuche herauszufinden, was man sich über Alathaia und ihre Kinder erzählt.«

»Ich komme mit!«

Melvyn schüttelte den Kopf. »Du bist viel zu auffällig. Wenn du dich in der Stadt umhörst, dann wird sich das schnell herumsprechen. Noch vor dem Morgengrauen wird Assanael von dir gehört haben, und vor dem Mittag trägt er deinen Kopf an seinem Gürtel. Ohne dich bin ich erledigt.« Er kniete nieder, legte der Lutin die Hand auf die Schulter und sah ihr fest in die Augen. »Such dir einen Unterschlupf hier in der Nähe. Ich werde dich finden. Bitte, pass gut auf dich auf, Zafira!«

Melvyn sprang auf und eilte geduckt die Straße entlang. Regen sprühte in Fontänen von den steilen Dächern. Hier und dort kauerten Gestalten in den Schatten unter den Dachtraufen. Niemand beachtete ihn.

Er wandte sich nach Westen. Dort lag der Hafen. Irgendwo in den Spelunken an den sturmumtosten Kais würde er erfahren, was er wissen wollte.

Kein Höflichkeitsbesuch

Er war es nicht wert, dass sie sich so lange über ihn ärgerte, dachte Zafira und vermochte ihren Groll doch nicht zu beherrschen. Was glaubte er denn, wer sie war? Ein nutzloser Tollpatsch? Blöder Kerl!

Sie zog die Kapuze tiefer ins Gesicht. Verfluchter Regen. Es war eisig. Ihre Finger brannten in der Kälte. Sie hatte Broja aufsuchen wollen. Er kannte alle Geheimnisse dieser Stadt. Sie war in der Gasse mit den Fässern gewesen, wo er spät in der Nacht oft herumlungerte. Dort hatte sie lediglich erfahren, dass Broja vor mehr als einer Woche spurlos verschwunden war. Seine Gefolgsleute hatten sich sehr bedeckt gehalten. Sie fürchteten sich vor Alathaias Kindern, die zurzeit anstelle der Fürstin herrschten. Und sie hatten den Verdacht, dass Assanael Broja geholt hatte.

Über Zafira klirrten die Ketten, von denen das Schild mit der Muräne hing, im Wind. Sie trat gegen die schäbige Tür. Der Griff war zu hoch, als dass sie ihn hätte erreichen können. Der Sturm zerrte an ihrem Mantel, als wollte er sie von diesem Ort forttragen.

Sie trat erneut gegen die Tür, und endlich wurde ihr geöffnet. Ein Troll blickte auf sie herab. »Sag deinem Herrn, Zafira ist gekommen und wünscht ihn zu sprechen.«

Bevor der graue Hüne antworten konnte, stolzierte sie zwischen seinen Beinen hindurch. Die Luft war zum Schneiden in der *Muräne*. Hinter ihr fiel die schwere Tür ins Schloss. Der Troll stapfte an ihr vorüber. Die Holzdielen erbebten unter jedem seiner Schritte. Sie musterte die Gäste der üblen Spelunke. Gestrandete in einer Schenke, in der jede Planke und jeder Fetzen Tau, der zur Dekoration verwendet worden war, aus einem gesunkenen Schiff stammte. Über ihr hing eine Sammlung von Ankern von den Deckenbalken. Die waren neu, dachte sie. Auf einigen brannten Kerzen, von denen Stalaktiten aus erstarrtem Wachs hingen.

Eine Dirne, die nichts als ein zerfetztes Fischernetz trug, versuchte einen Faun zu verführen. Betrunkene grölten unzüchtige Lieder. Ein Stück links rollten Knochenwürfel klackernd über einen Tisch. Niemand hier nahm besonders Notiz von ihr. Was sich dieser eingebildete Wolfself nur dachte! Sie war kein Kind, verdammt!

Zielsicher suchte sie sich ihren Weg zwischen den Gästen und wich den stampfenden Hufen eines betrunkenen Kentauren aus. Der Troll winkte ihr zu und hob den Zipfel eines verschlissenen Segels hoch, das ein Separee vom Schankraum trennte. Eine mit grellroten Schlangenlinien bemalte Elfe tanzte auf einem Tisch und beugte sich langsam so weit zurück, dass sie ihre Handflächen auf das zernarbte Holz setzen konnte.

Vor ihr, in einem Lehnstuhl, saß breitbeinig ein Elf, der ganz in Seide gekleidet war. Das Kerzenlicht schimmerte auf den Ketten aus makellos weißen Zähnen auf seiner Brust.

»Genießt du die Aussicht, Andarion?«

Die Tänzerin stemmte sich hoch und machte einen Handstand.

Andarion winkte Zafira an seine Seite. »Komm her, und sag du mir, ob es sich lohnt.« Er grinste anzüglich. Dann schnippte er mit den Fingern. »Einen Glühwein für meine Freundin. Draußen muss es so kalt sein, dass selbst einem Troll die Eier abfrieren würden.«

Aus den Schatten hinter dem Lehnstuhl beobachteten blutrote Augen Zafira. Halb vom Dunkel verschluckt, stand dort Sekui, der Minotaurus, der dem Elfen schon viele Jahre als Leibwächter diente.

»Du tanzt später für mich weiter.« Andarion machte eine wedelnde Bewegung mit der Linken, und die Elfe beeilte sich, vom Tisch zu springen und zu verschwinden.

»Einen Hocker für meinen Gast!«, rief der Elf.

Ein Faun, der hinter dem Segel gewartet haben musste, beeilte sich, den Wunsch seines Herrn zu erfüllen, und brachte einen hochbeinigen Hocker für Zafira.

Nur Augenblicke später wurde ein Tonbecher mit dampfendem Glühwein vor ihr abgestellt. Zafira mochte Andarion nicht. Sie hatte selten und stets nur auf seine Anfrage Geschäfte mit ihm gemacht. Aber seine Verbindungen waren von unschätzbarem Wert, ob ihr der Kerl und seine Geschäfte gefielen oder nicht.

»Es trifft sich wirklich gut, dass du kommst. Vielleicht kannst du helfen, mir einen Herzenswunsch zu erfüllen.«

»Ich steig mit keinem Elfen ins Bett«, bemerkte sie, nahm den Becher mit Wein und genoss, wie er ihre Hände wärmte.

Andarion grinste sie wölfisch an. »Immer zu einem Scherz aufgelegt, meine Lieblingslutin. Ich suche einen jungen Silberlöwen, gerade so alt, dass er sich noch abrichten lässt.«

Zafira nahm einen Schluck vom Glühwein und ließ ihn in ihrer Schnauze kreisen. Er war angenehm würzig und nicht zu süß. Samtig rann er ihre Kehle hinab. »Dir ist schon bekannt, dass Emerelle den Handel mit Raubtieren verboten hat? Natürlich vor allem, damit sie nicht in den Arenen von Haiwanan landen.«

»Deshalb frage ich ja dich, Zafira. Du hast einen gewissen Ruf ...« Er lächelte. Er war ein schöner Mann, auch wenn er durch und durch verderbt war. »Ich würde sehr gut zahlen.«

»Ich höre mich mal um.« Sie dachte nicht daran, ihm einen Silberlöwen zu besorgen. Sie wusste sehr gut, was sein letztes Schoßkätzchen getan hatte. »Wie lebt es sich unter der Herrschaft von Alathaias Kindern?«

»Es ist hilfreich, dass ich Assanael schon lange kenne ...« Er beugte sich zu einem Kristallglas mit blutrotem Wein. »Er hat mich mal nach dir gefragt und mich darum gebeten, dass ich ihn unterrichte, wenn du in der Stadt bist. Misst man jemandes Bedeutung an seinen Feinden, dann hast du es zweifellos weit gebracht, Zafira.«

Sie nickte Andarion freundlich zu. »Wenn selbst Assanael mich fürchtet, ist dir sicherlich klar, dass man mich besser nicht verärgert.«

Er lachte auf, und es klang ehrlich amüsiert. »Du hast wirklich Mumm, Zafira. Dann erzähl mal, was du von mir willst. Du stehst nicht im Ruf, Höflichkeitsbesuche zu machen.«

Entschlafen

Morwenna saß ab. Vor dem kleinen Haus am Bach hatten sich Elfen, einige Damien und auch etliche Kobolde versammelt, die gekommen waren, um ihr Beileid auszudrücken. Die Nachricht von dem ungewöhnlichen Todesfall hatte Morwenna erst vor einer Stunde erreicht.

Einer ihrer Leibwächter öffnete das niedrige Tor in der Gartenmauer. Assanael hatte darauf bestanden, dass drei Schattenkrieger sie begleiteten. Er hatte ihr nicht verraten, welche Bedrohung er befürchtete, war aber sehr deutlich gewesen, dass die ausgewählten Krieger auf jeden Fall ihre Eskorte sein würden. Jetzt schüchterten sie die anwesenden Albenkinder ein.

»Ihr bleibt im Garten«, befahl Morwenna in einem Ton, der keinen Widerspruch duldete. Dann trat sie durch die grüne Tür in das kleine Haus. Ein Elf, völlig in Tränen aufgelöst, stand neben dem gemauerten Kamin, der das große Zimmer im Erdgeschoss beherrschte. Morwenna sah eine abgeliebte Stoffpuppe mit zerzaustem, blondem Wollhaar neben dem Kamin. Die Augen waren mit Garn aufgenäht. Die Puppe war mit Liebe und viel Zeit gefertigt, verriet aber auch, dass die Familie nicht reich war.

Eine Elfe mit braunem Haar trat an sie heran. Ihre Augen waren von Tränen gerötet. »Ich danke Euch für Euren Besuch, Hoheit.«

Es war Morwenna unangenehm, wenn sie von einfachen Albenkindern so angesprochen wurde. So sollte es nicht sein. Sie stammte zwar aus der Fürstenfamilie, aber eigentlich sollten in Langollion alle Sonnenträger gleich sein.

»Mein Beileid«, murmelte sie, ein wenig um Worte verlegen. Was sagte man schon der Mutter eines toten Kindes? Welche Worte klangen nicht hohl und abgedroschen? »Wenn es etwas gibt, was ich für euch tun kann ...«

Der Mutter stiegen Tränen in die Augen. Sie wollte etwas antworten, doch ihr versagte die Stimme. »Sie sah nicht krank aus ...«, brachte sie schließlich hervor. »Gestern noch hat sie mit den Nachbarskindern den ganzen Tag gespielt. Ich hab sie ins Bett gebracht. Sie hatte kein Fieber ...« Sie sah Morwenna aus verzweifelten grauen Augen an. »Sie war so voller Lebensfreude. Warum ...?«

»Darf ich sie sehen?«

Die Elfe nickte und brachte sie zu einer engen Stiege, die zu einem der beiden Dachzimmer führte. Muscheln, getrocknete Blumen und Seesterne hingen an Schnüren von den Deckenbalken. Vor dem kleinen Fenster in der Stirnwand blühten gelbe Rosen, und ein Kranz aus Rosenblüten hing von einer Stuhllehne. Ein Kinderbett stand nah am Kaminschacht, wo die Steine einen Rest Wärme abstrahlten. Unter einer Decke aus unzähligen bunten Stoffflicken lag ein kleines Mädchen. Morwenna schätzte, dass sie vielleicht sechs Jahre alt war.

Das Antlitz der Toten wirkte friedlich, wenngleich es sehr blass war und sich dunkle Ringe unter den Augen abzeichneten. Sie lag auf dem Bauch.

Morwenna kniete bei ihr nieder. Das Mädchen war zu alt, um am rätselhaften plötzlichen Kindstod verstorben zu sein.

»Unsere Fafalla ist nie krank gewesen«, beteuerte die Mutter. »Das Zimmer ist doch auch nicht zu kalt, oder? Sie wollte unbedingt ein eigenes Zimmer. Sie konnte sehr dickköpfig sein. Sehr ...« Die Stimme erstickte in Schluchzern.

Morwenna schob eines der Augenlider hoch. Die Totenstarre war hier schon ausgeprägt, und sie musste einen schwachen Widerstand überwinden. Es gab keine geplatzten Adern im Weiß des

Auges. Dann roch Morwenna am Mund des Mädchens. Da war kein verdächtiger Duft. Sie tastete die Kleine ab. Ihr Tod lag weniger als zwölf Stunden zurück, schätzte sie. Es gab keinerlei Anzeichen für eine Krankheit oder die Anwendung von Gewalt.

»Warum ist Fafalla gestorben?«, flüsterte die Mutter.

Morwenna hatte die Frage gefürchtet. Sie hatte keine Antwort, nur eine Lüge, die sie sich einst für einen Tag wie diesen ausgedacht hatte: »Ihr Herz ist vor der Zeit müde geworden. Das geschieht sehr selten. Du weißt, dass Seelen, die früh gehen, sehr schnell wiedergeboren werden. Sie sind so voller Kraft, dass sie zurück ins Leben drängen.«

Ihre Worte halfen nicht. Die Elfe versuchte nicht einmal mehr, ihre Tränen zurückzuhalten. Ihre Schluchzer ließen sie am ganzen Leib erbeben.

Morwenna nahm die Elfe in die Arme. Sie spürte den feuchten Atem an ihrem Hals. Tränen perlten über ihren Umhang. »Ich komme wieder«, versprach sie. »Ich werde dir helfen, ein schönes Totenfest für sie auszurichten. Was hat sie gemocht?«

»Gelbe Rosen ... wie sie an der Hauswand wachsen.«

»Wir werden sie in ein Bett aus gelben Rosen legen ...« Morwenna löste sich aus der Umarmung. Sie ließ die Mutter des Mädchens zurück und stieg die enge Treppe hinab. Der Vater stand noch immer weinend beim Kamin. Sie nickte ihm zu und war erleichtert, als sie aus dem Haus trat.

Einem plötzlichen Impuls folgend, ging sie nach links. Kantig ragte der Kamin aus der Rückwand des Hauses. Er reichte bis über den Dachfirst hinaus. Das Mauerwerk war weiß getüncht. Daran rankte eine Kletterrose empor, die sich mit Hunderten prächtigen Blüten schmückte. Kein einziges Blatt des Rosenbusches zeigte braune Stellen, keine Blüte war verwelkt. Es sah aus, als habe der Rosenbusch all seine Kraft aufgeboten, um Fafalla ein Abschiedsgeschenk zu machen.

Tintenfischarm und Fuchslächeln

Niedergeschlagen rührte Melvyn in der Schale mit Fischsuppe, die er auf den Oberschenkeln balancierte. Der Duft fremder Gewürze stieg ihm in die Nase. Ein kleiner Tintenfischarm wurde beim Rühren nach oben getrieben und versank wieder in der dicken Brühe. Er hatte mit Bettlern gesprochen und sich in verschiedenen Schenken herumgetrieben. Er war vorsichtig gewesen, hatte mehr gelauscht als gefragt und seine Krallenhände tief in seinem Rucksack verstaut, um nicht an den unverwechselbaren Waffen erkannt zu werden. Seine Ausbeute der Nacht war lächerlich gering. Alle glaubten, Alathaia sei am Hof der Königin Emerelle. Ihr Klippensturz war kein Thema mehr. Niemand schien davon auszugehen, dass sie tot war. Warum auch, hatte die ganze Stadt sie doch auf einer Galeasse gen Westen segeln sehen. Ihre Kinder schienen beliebt zu sein. Niemand hatte ein schlechtes Wort über sie verloren. Es war über die bevorstehenden Winterstürme gesprochen worden, über den Regen und die Frage, ob es in diesem Jahr wohl Schnee geben würde. Zusammengefasst hatte ihm die Nacht des Lauschens und vorsichtigen Fragens nichts gebracht, was er nicht schon gewusst hätte.

Melvyn löffelte lustlos Suppe in sich hinein. Meeresfrüchte mochte er nicht sonderlich. Aber er hatte so früh am Tag nichts anderes Warmes am Hafen auftreiben können.

Zafira war verschwunden. In der Morgendämmerung hatte er sie in der Gasse, in der sie aus dem Goldenen Netz getreten waren, gesucht. Aber sie war nirgends zu finden gewesen, was ihn nicht beunruhigte. Kobolde konnten sich ganz gut unsichtbar machen, wenn sie es darauf anlegten, nicht entdeckt zu werden.

Er rührte in seiner Suppe. Wieder winkte ihm der kleine Tintenfischarm zu.

»So tief in Gedanken?«

Erschrocken blickte Melvyn auf. Zafira stand vor ihm. Sie hatte die Kapuze tief ins Gesicht gezogen, ihre Rute war unter dem weiten Umhang verborgen. Wenn man nicht sehr genau hinsah, merkte man nicht, dass sie eine Lutin war. Sie wirkte wie ein ganz gewöhnlicher Kobold.

»Wie war deine Nacht?«

Er berichtete knapp von seinen spärlichen Erkenntnissen.

Zafira fischte mit spitzen Fingern den Tintenfischarm aus seiner Suppe und verschlang ihn. »Also nichts Neues«, resümierte sie gnadenlos, während sie kaute.

»Ein Jäger braucht Geduld«, murmelte er verdrossen.

Sie bleckte die Zähne. »Oder der Jäger braucht eine Lutin, die weiß, wie man es macht. Es gab da eine neue Heilerin bei Hof. Adelayne ... Sie hat nach dem großartigen Abschied der Fürstin Alathaia ein Boot gemietet und ist in die Bucht beim Drachengrab gesegelt. Dort ist sie spurlos verschwunden. Auch das Boot hat niemand mehr gesehen. Außerdem ist Nanduval, der Hauptmann der fürstlichen Leibwache, verschwunden.«

Melvyn sah sie mit großen Augen an. »Woher weißt du das?«

Sie bedachte ihn mit einem verschlagenen Fuchslächeln. »Ich habe so meine Möglichkeiten ... Ich schlage vor, wir sehen uns die Bucht einmal an. Eine bessere Spur haben wir nicht.«

Meernussöl und Rosenduft

Laurelin mühte sich ab, vor den beiden Betten, in denen Leynelle lag, einen Sichtschutz aus einer grauen Decke aufzuspannen. Immer wieder glitt der schwere Wollstoff herab.

»Lass ... es ...«, stieß Leynelle hervor. »Ist ... eeegal ...«

Aber ihm war es nicht egal, dachte Laurelin wütend. Die Zwerge saßen in ihren Kojen. Manche dösten. Andere ölten sich gegenseitig ein. Der Mannschaftsraum war erfüllt von diesem Geruch, der Laurelin fremd war. Sie benutzten Meernussöl und Fett, um eine seltsam riechende Salbe herzustellen, mit der sie sich massierten.

Leynelle lag gekrümmt in zwei Zwergenbetten. Sie hatten die Bretter an Kopf- und Fußende der Betten entfernt, um ein durchgehendes Lager zu erhalten.

Es tat ihm in der Seele weh zu sehen, wie tief die rostigen Eisenbänder in ihre Kopfhaut einschnitten. Vorsichtig glättete er ihr Haar mit dem Kamm, den er aus Melyssanas Schlafkammer mitgenommen hatte. Es war ein Zauber hineingewoben, der verhinderte, dass die Zinken an verknotetem Haar zerrten. Stattdessen glätteten sie Spliss und Knoten einfach und verliehen dem Haar bei einem zweiten Kämmen einen seidigen Glanz. Doch mehr vermochte die Magie nicht. Der Schmutz blieb im Haar, auch wenn es gut aussah.

Laurelin hatte neben dem Bett eine Schüssel mit warmem Wasser abgestellt, das Swid in der Kombüse für ihn vorbereitet hatte. Ängstlich darauf bedacht, keines der Eisenbänder zu berühren, begann er,

Leynelles langes Haar zu waschen. Als es gut feucht war, massierte er ein wenig flüssige Seife, die nach Rosen duftete, ein.

Leynelle gab einen wohligen Seufzer von sich. Es war das erste Mal, dass Laurelin einen solchen Laut von ihr hörte.

Die Zwerge in ihren Kojen sahen jetzt alle zu.

Ihm war das unangenehm, so begafft zu werden. Aber keiner der über und über tätowierten Kerle machte eine unpassende Bemerkung.

Behutsam spülte Laurelin die Seife aus dem Haar und trocknete es mit einem Tuch, das er bereitgelegt hatte.

»Du solltest das hier mal versuchen.« Ein Zwerg mit vernarbter Brust reichte ihm eine Blechbüchse, in deren Deckel kunstvoll ein Eichenblatt getrieben war.

»Was ist das?«

»Meernussöl und gutes Robbenfett. Ein Balsam für die Haut …«

Laurelin zögerte, bis Leynelle ein wenig unbeholfen ihr Hemd auszog und so ein deutliches Zeichen setzte.

Ihr verkrümmter Rücken sah fürchterlich aus. Deutlich malten sich die Wirbel unter ihrer Haut ab. Sie war sehr blass nach all den Jahren in der Höhle. An einigen Stellen war ihre Haut gerötet.

Er schraubte die Büchse auf. Sie war mit einer halb durchsichtigen, ölig schimmernden Salbe gefüllt. Laurelin tauchte einen Finger hinein und verteilte ein wenig davon auf Leynelles Rücken. Das Gemisch ließ seine Hände besser gleiten. Es zog erstaunlich gut in die Haut ein.

Laurelins Hände legten sich auf Leynelles Schulterblätter. Wie kleine Steine fühlten sich die Knoten unter der Haut an. Immer wieder glitten seine Daumen darüber und drückten tief ins Fleisch. Einige der Knoten lösten sich. Andere blieben hart wie Granit.

»Fes … ter …«, seufzte Leynelle.

Er setzte die Spitze des Ellenbogens auf den Rand des Schulterblatts und drückte mit sanfter Kraft. Ein wohliges Stöhnen war Leynelles Antwort.

Das zu hören machte Laurelin glücklich. So hatte er wenigstens einen winzigen Teil seiner Schuld bei ihr abgetragen.

»Achtung!«, ertönte Kapitän Harrs schnarrende Stimme. »Wechsel an der Kurbelwelle.« Er rief einige Zwergennamen auf und dann den der Elfe.

Wenn sie jetzt in die Dunkelheit zu der elenden Plackerei an der Kurbel musste, wäre alles zunichtegemacht.

»Ich gehe für sie!«, entschied Laurelin.

Die Kurbelwelle

Laurelin stützte sich erschöpft mit den Ellenbogen auf die lederumwickelte Eisenstange vor ihm. Er saß stark gekrümmt auf einer unbequemen, merkwürdig keilförmigen Sitzfläche aus hartem Leder. Seine Füße ruhten, von Lederschlaufen gehalten, auf Pedalen. Er trat gleichmäßig wie all die anderen hier. Es gab nur drei Barinsteine in der Decke über ihnen. Ihr honiggelbes Licht verdrängte zwar die Dunkelheit, doch wirklich hell war es nicht. Es stank nach Schweiß und dem Brackwasser, das unter dem Gitter zu ihren Füßen schwappte. Wenn sie das nächste Mal auftauchten, würde es abgepumpt werden.

Laurelin wusste nun, warum dieser Aal von den Zwergen *Bolzenspucker* genannt wurde. Die großen gewölbten Eisenplatten, aus denen die Außenwand des Boots gefertigt war, waren mit Bolzen auf einem Metallgerüst darunter festgenietet. Dasselbe Gerüst hielt auch die zweite, innere Hülle, die ebenfalls aus genieteten Eisenplatten bestand. Einen Aal mit zwei Hüllen zu versehen war der allerneueste Stand des Bootsbaus. Swid hatte ihm ausschweifend davon erzählt. Für einen Zwerg war der Navigator und Koch außerordentlich gesprächig. Zu gesprächig für Laurelins Geschmack.

Swid hatte auch erwähnt, dass sich immer wieder Bolzen aus der äußeren Hülle lösten, je nachdem, wie tief der Aal tauchte. Aber den genauen Zusammenhang hatte Laurelin nicht ganz verstanden. Klar war: durch die Bolzenlöcher drang Wasser ein, das sich zwischen den beiden Schiffswänden sammelte. Und hier unten war auch die innere Hülle nicht ganz dicht. Laurelin sah die Roststreifen, die an der gewölbten Wand hinabliefen. Ein feuchter Schimmer haftete ihnen an. Nach Swids Worten war die *Bolzenspucker* in den dreiundzwanzig Jahren seit ihrem Stapellauf nur ein einziges Mal gesunken.

»Du siehst nicht gut aus, Elf.« Swid saß schräg vor ihm und blickte über seine Schulter, während er gleichmütig in die Pedale trat. Entlang eines Mittelgangs aus Eisengittern gab es rechts und links je eine Reihe der unbequemen Sitze über den Pedalen. Alle, die hier strampelten, übertrugen ihre Kraft auf eine Kurbelwelle, die sich unter dem Mittelgang drehte. Diese wiederum drehte einen Propeller hinter dem Heck der *Bolzenspucker*. Sie hier unten waren die Kraft, die es dem Aal erlaubte, sich auch ohne Segel und Ruder durch das Meer zu bewegen.

»Zwei Schichten jeden Tag, das wirst du nicht lange aushalten«, versuchte Swid das Gespräch wieder in Gang zu bringen. »Ich glaube, so schwächlich ist die Maskenfrau gar nicht. Auch wenn sie krumm ist, macht sie auf mich einen ziemlich harten Eindruck.«

»Hast du die Klinge an ihrem Hals gesehen?«, fragte Laurelin ungehalten. »Wenn sie hier hockt und ihr mit jedem Tritt in die Pedale ein Knie in die Brust gedrückt wird, weil hier alles zu klein für Elfen ist, wird das Messer immer wieder in die Wunde gepresst. Das geht nicht! Ich nehme hier ihren Platz ein.«

»Swid hat recht«, sagte ein Zwerg irgendwo hinter ihm. »Das hältst du höchstens zwei oder drei Tage durch.«

Nanduval kam die eiserne Leiter hinab, die hinauf zum Mannschaftsdeck führte. »Schichtwechsel«, verkündete er wenig enthusiastisch. Für Zwerge mochte diese Strampelei lästig sein, für Elfen war sie eine einzige Qual.

Laurelin erhob sich von seinem Sitz. Jeder Muskel schmerzte. Er stützte sich auf die Eisenstange vor seinen Pedalen und stand dennoch krumm.

Der Hauptmann schob sich an ihm vorbei und nahm seinen Platz ein. Erleichtert schleppte sich Laurelin zur Leiter und stieg hinauf. Er wollte sich nur noch ausstrecken und schlafen. Das Bett würde noch warm von Nanduval sein.

Ihm war alles egal. Er zog sich die Leiter hinauf. Oben wartete bereits einer der tätowierten Zwerge, um unten an der Kurbelwelle einen Kameraden abzulösen.

Laurelin kroch in seine Koje. Er war durstig, aber zu müde, um noch zu dem Fass mit dem mit Zitronensaft versetzten Wasser zu gehen. Erst ein paar Stunden Schlaf …

Er war fast eingedöst, als er die Stimme des neugierigen Zwergs vor der Koje unter sich hörte.

»Darf ich mir die Maske einmal anschauen?«

Sofort war Laurelin hellwach. Er beugte sich aus dem Bett. »Lass sie in Ruhe! Du wirst sie noch töten.«

»Schau … en tötet … nicht«, sagte Leynelle leise.

Aufgebracht stieg Laurelin aus seinem Bett. Leynelle hatte Swid den Kopf zugewandt, und der Zwerg tastete die Maske ab. »Was weißt du schon von diesen Masken?«

Der Zwerg sah kurz zu ihm auf. »Bei uns nennt man sie Schandmasken. Die ältesten Masken, von denen in Schriften die Rede ist, stammen aus der Zeit der Himmelsschlangen. Oft sind es besonders schöne Handwerksstücke mit einer ausgeklügelten Mechanik im Inneren. Viele wurden von Zwergen erschaffen. Aber die Masken der Elfen sind besonders perfide. In sie wurden manchmal noch Zauber eingewoben. Es gibt Masken, die auf ihrer Innenseite mit Metalldornen bestückt sind, die sich ins Fleisch drücken oder gar die Augen durchbohren, wenn man die Masken enger schraubt. Manche wurden als Folterinstrumente genutzt. Meistens dienten sie aber nur dazu, ihre Träger als Ausgestoßene zu kennzeichnen. Häufig wurden die Verurteilten mit der Maske auf einem öffentlichen Markt zur Schau gestellt. Dass man die Maske für immer tragen muss, kommt selten vor. Es gibt da auch eine Geschichte von einem Zwerg, den mit der Zeit sein eigener Bart erdrosselt hat, weil das wachsende Haar unter der Maske keinen Weg hinaus fand. Willst du noch mehr hören, Elf?«

Laurelin war beeindruckt. Er kniete sich neben den Zwerg. »Du weißt also, wie es im Inneren der Maske aussieht?«

»Das habe ich nicht gesagt …« Jetzt klang Swid kleinlaut. »Jede der Masken ist anders. Ich müsste sie abklopfen …«

»Wenn du einen Fehler machst, tötet sie Leynelle! Du darfst nichts tun, wenn du dir nicht ganz sicher bist.«

Der Zwerg schaute erneut zu ihm auf. Durch die Glaslinsen wirkten seine Augen grotesk vergrößert. »Es ist ein Risiko …«

»Tu … es!«, sagte Leynelle entschieden. »Tod ist … Erlös … ung. … Ich kann … nichts … mehr … verlier … en.«

»Nein«, begehrte Laurelin auf.

»Ich glaube, das ist ihre Entscheidung«, sagte Swid ernst. »Darf ich mir die Klinge einmal ansehen?«

»Ja …«

Der Zwerg hatte recht, es war Leynelles Entscheidung, und doch …

Mit rasendem Herzen sah er zu, wie Swid unter Leynelles Hals tastete.

Sie hatte die Lider geschlossen und wirkte abgeklärt. Die Maske hatte so lange ihr Leben beherrscht. Er konnte gut verstehen, dass sie es müde war, sie noch länger zu tragen.

»Die Klinge ist verklemmt.« Swid zuckte entschuldigend mit den Achseln. »Wahrscheinlich ist der Federmechanismus hinüber.«

»Kannst ... du die ... Bänder ... lös ... en.« Leynelle klang unendlich traurig und müde.

»Du weißt, was dann geschieht!«, begehrte Laurelin auf.

»Das kann ich«, sagte der Zwerg. »Aber dafür brauche ich die Erlaubnis des Kapitäns. Wenn ich einen Fehler mache, dann wird dir nicht nur der Schädel zerdrückt, dann wird auch unser Aal sinken.«

Ein König unter den Zelten

Ich war inmitten des Heeres. Unglaublich. Ich konnte durch sie hindurchgehen. Die Tumben, wie etwa die Trolle und Zwerge, die merkten nichts. Elfen sahen sich manchmal verwundert um, so als hätten sie etwas gemerkt. Aber keiner konnte mich sehen. Leider konnte ich nichts mitgehen lassen. Nicht, dass ich es nicht versucht hätte. Unglaublich, mit welcher Pracht sie damals in den Krieg zogen. Kaum eine Waffe war nicht mit Gold beschlagen oder mit Perlen und Edelsteinen geschmückt. Doch ich hatte so viel Macht wie ein laues Windchen. Was ich auch berührte, meine Hand glitt hindurch.

Und es war wahr, was mir mein Elf gesagt hatte. Sie lachten, als ihre Schiffe brannten. Sie waren so voller Zuversicht. Vom Ritter bis zum Trossknecht wirkten sie überzeugt, die Himmelsschlangen, die Herren der Welt, besiegen zu können. Mir war es ein Rätsel, woher sie dieses Selbstbewusstsein nahmen.

Sie schlugen in den Dünen ihr Lager auf. Ihre bunten Seidenzelte wirkten wie riesige Laternen, als sie in der Nacht Kerzen darin entzündeten. Sie saßen an ihren Feuern und sangen Lieder von Heldenmut und einer besseren Welt, die von den Mutigen erschaffen werden konnte – einer Welt, in der kein Feuer vom Himmel fiel. Eine Welt, in der Gerechtigkeit regierte. Sie waren so durchdrungen von ihrem Narrentum, dass es wehtat, ihnen zuzuhören. Und irgendwie haben sie mich angesteckt, diese großartigen Narren, und aus mir einen von ihnen gemacht, obwohl sie mich nicht mal sehen konnten.

Was tut ein Kobold in so einem Haufen von Helden, wenn er nichts von ihren köstlichen Speisen abbekommt und er keine langen Finger machen kann? Er findet dennoch einen Weg, sich in Schwierigkeiten zu bringen.

Da gab es ein Zelt, das ein wenig abseits von den anderen stand. Es war groß und ganz und gar aus mohnroter Seide. Die Zeltpfähle bestanden aus schwarzem, goldbeschlagenem Holz, die Seile, die es hielten, waren mit Golddraht durchwirkt. Prunkten die anderen Zelte mit der Pracht von Fürsten, dann war dieses hier ein König unter den Zelten. Und natürlich war mir das Beste von allem gerade gut genug. Also schlenderte ich die hohe Düne hinauf. Vorbei an dem Troll im Lederharnisch, der sich auf einen gewaltigen Kriegshammer stützte. Vorbei an dem Kentauren mit dem langen blonden Haar und dem Spitzbart, der mir wie ein rechtes Schlitzohr aussah. Und da war auch mein Vanduin. In weißer Seide, gewappnet mit Silberstahl. Er hatte keine Falten um die Augen. Keinen traurigen Blick. Er wirkte unbesiegbar.

Und keiner von diesen Wächtern hat mich bemerkt. Ich glitt durch das Mohnrot der Zeltwände. Und da sah ich sie. Ilak! Sie war groß. Ihr eingerollter Schlangenschwanz war mindestens drei Schritt lang. Die Schuppen glänzten wie poliertes Gold. Von den Hüften aufwärts sah sie wie eine Elfe aus, doch war ihre Haut von der Farbe dunklen Waldhonigs. Sie hatte sich auf dem Schlangenschwanz hoch aufgerichtet. Sie war größer als ein Troll. Schwarzes, leicht gelocktes Haar fiel ihr bis weit auf den Rücken hinab.

Vor ihr, im Zelt angepflockt, muhte ein Rind. Ein schwarzer Bulle mit seidig glänzendem Fell. Eine ganze Auswahl an gekrümmten Messern lag auf einem niedrigen Tisch neben einem Lager aus bunten Kissen und Decken.

Sie streckte die Linke nach dem Haupt des Bullen aus. Ihre langen, schlanken Finger berührten ihn mitten zwischen den Hörnern.

Plötzlich hielt sie inne. Abrupt drehte sie sich um, und obwohl ich körperlos war, hatte ich das Gefühl, ich würde mir jeden Augenblick die Hosen einscheißen. Sie sah mich! Daran konnte es keinen Zweifel geben.

Ich wollte abhauen, aber ich konnte nicht. Die geschlitzten Pupillen in ihren goldfarbenen Iriden verengten sich zu schmalen Strichen. Sie sagte ein Wort, das klang wie das Grollen von Felsschlag. Etwas im Zelt veränderte sich. Ein Kribbeln durchlief mich.

Die Augen des Bullen wurden schreckensweit. Er schiss wirklich in dieses Palastzelt. Sein Fell wurde stumpf. Die Beine knickten unter ihm weg. Rippen waren deutlich zu sehen, wo gerade noch Muskelfleisch gewesen war. Er gab einen jämmerlichen Laut von sich. Der Schlangenleib Ilaks war nicht länger hoch aufgerichtet. Sie bewegte sich mit dem stürzenden Stier. Ihre Hand lag immer noch zwischen den Hörnern. Aber sie sah mich an.

Dann schnellte sie vor. Sie packte mich, obwohl mein Leib gar nicht dort war, und zog mich zu sich heran. Es war ein Gefühl, als würde ich zwischen Drahtbürsten hindurchgezerrt. Und dann war *ich dort. Wirklich dort und nicht mehr in Vanduins Grab.*

Und sie war wütend. Verdammt wütend!

»Wer hat dich geschickt, Spitzel? Rede!«

Zitiert aus: Der Bannerträger der Schönheit
Seite 29–31 (Manuskript auf Birkenrinde)
Verfasst von: Zachri Büffelfuß
Verwahrt in der Bibliothek von Iskendria, Halle des Lichts

Der Verrat

Im nördlichen Windland vor dreiundvierzig Jahren

Vanduin Totentänzer blickte auf den Platz, wo gerade noch Zachri gesessen hatte. Es war also geschehen. Bisher hatte er nur den Verdacht gehabt. Oder die Hoffnung? Hatte er Zachri genug erzählt? Würde der Kobold etwas verändern? War es überhaupt möglich, die Vergangenheit zu verändern?

Eigentlich gab es keinen Weg zurück. Ilak war die Einzige, die dieses eherne Gesetz der Magie je gebrochen hatte.

»Ilak.« Vanduin betrachtete die rote Statue in der Wandnische, an der er so lange gearbeitet hatte und dabei doch an dem Versuch gescheitert war, die Schönheit Ilaks einzufangen.

Heute Nacht hatte er den zweiten großen Verrat seines Lebens begangen. Und es war der schlimmere Verrat gewesen. Dieses Mal hatte es keinen Zwang gegeben. Zachri hatte ihm vertraut. Und bis zuletzt hatte der Kobold keine Ahnung gehabt.

Hätte er ihn nicht wiedererkannt an jenem Nachmittag, als die Trolle Zachris Brüder getötet hatten, er hätte ihn vielleicht gerettet, aber gewiss nicht hierher ins Grab geholt. Zachri hatte ihn an diesem Tag zum ersten Mal gesehen, aber er, Vanduin, kannte den frechen Kobold schon lange. Er war der rätselhafte Spitzel, der ein paar Tage vor der Schlacht auf dem Lilienfeld in das Zelt der Blutkönigin eingedrungen war.

Vanduin war als Erster ins Zelt gestürmt, als er bemerkt hatte, dass es einen Eindringling gab. Er hatte Zachri in den Staub getreten und ihm die Spitze seines Schwertes in den Nacken gesetzt.

Doch Ilak hatte etwas in dem Kobold gesehen ... Sie hatte ihm vom ersten Augenblick an vertraut. Und Vanduin wusste, Zachri würde noch an Ilaks Seite stehen, wenn er selbst bereits gegangen war.

Vielleicht aber war Zachri ja nicht bis zu ihrer letzten Stunde geblieben? Und vielleicht würde es ihm gelingen, in seine Zeit zurückzukehren. Dann würde der Kobold gewiss wieder hierherkommen. Und er würde sehr wütend sein ...

Aber genauso gut mochte es sein, dass er den Kobold einfach nur in den Tod geschickt hatte.

Wachs

Leynelle hatte Angst, und doch war sie entschlossen. Heute würden ihre Qualen enden. Auf die eine oder auf die andere Art. Sie hing kopfüber aus der oberen Koje. Laurelin hielt ihre Beine fest.

Aus den Augenwinkeln sah sie Swid nervös im Gang zwischen den Schlaflagern auf und ab gehen. Er wartete darauf, dass Broja ihm den Topf aus der Kombüse brachte. Es würde wehtun, selbst wenn es gut verlief, das wusste sie. Harr, der Kapitän, hatte unter der Bedingung seine Zustimmung gegeben, dass er anwesend sein durfte. Die übrigen Zwerge der Freischicht hatten sich zurückgezogen. Sie drängten sich ein Deck tiefer auf dem Gitterweg über der Kurbelwelle. Leynelle hatte sie darum gebeten. Wenn sie schon sterben musste, dann wollte sie wenigstens nicht von Gaffern umgeben sein wie damals, als Alathaia ihr die Maske anlegen ließ.

Die Fürstin war nicht zugegen. Sie tat zusammen mit Nanduval Dienst an der Kurbel. Alathaia hatte nichts unternommen, um den Versuch, die Maske abzunehmen, zu verhindern. Seit zwei Tagen war auf dem Aal von nichts anderem mehr gesprochen worden als von Swids Plänen und der Frage, ob der Kapitän es erlauben würde. Alathaia musste mitbekommen haben, was vor sich ging. War die Fürstin sich so sicher, dass der Versuch, sie zu befreien, mit einem Unglück enden würde?

Die Hände mit dicken Lappen geschützt, trug Broja einen kupfernen Topf herbei.

»Bist du bereit?«, fragte Swid.

»Ja …«

»Es wird etwas heiß werden«, sagte der Zwerg entschuldigend. Er drückte kurz ihre Schulter, dann setzte er den Trichter, den er extra für diesen Augenblick gefertigt hatte, unter ihr Kinn. Sie hörte das Metall der engen Tülle über ihre Maske schaben, als Swid sie an der Lücke ansetzte, an der die Klinge aus der Maske geschnellt war. Der Zwerg hatte ihr mit zwei Spiegeln den schmalen Spalt gezeigt, um den es ging. Sie spürte die Hitze, die von der Tülle ausging. Der Zwerg hatte sie bis zuletzt über eine Kerzenflamme gehalten.

»Das wird jetzt wehtun«, warnte sie Swid.

Der Zwerg hatte keine Ahnung von den Schmerzen, die sie jeden Tag erduldete. Leynelle spürte, wie Laurelins Hände sich fester um ihre Fußgelenke schlossen. Er hatte Angst.

Sie wollte nur noch, dass dies alles vorbei war. Dass sie nicht mehr mit dem Kopf nach unten aus der Koje hing, dass das Messer nicht mehr in ihrer Kehle stocherte und der Druck auf ihren Kopf endlich endete.

»Jetzt, Broja! Langsam gießen.«

Leynelle hielt den Atem an. Sie spürte, wie die Maske unter ihrem Kinn wärmer wurde, als das heiße Wachs hineinlief. Dann wurde sie schmerzhaft heiß. Das Metall leitete die Hitze nur langsam. Der Schmerz steigerte sich immer weiter.

»Genug!«, befahl Swid. »Die feuchten Tücher.«

Leynelle keuchte. Dort, wo das Metall der Maske auf ihrem Gesicht auflag, spürte sie, wie ihre Haut versengt wurde. Sie ballte die Hände zu Fäusten. Tränen traten ihr in die Augen.

Swid legte feuchte Tücher um die Maske, damit sie schnell wieder abkühlte.

»Lasst ... mich ... her ... unter«, bat Leynelle.

Swid und Harr packten sie bei den Schultern, während Laurelin langsam ihre Beine herabgleiten ließ. Die Zwerge legten sie in die Koje.

»Es tut mir leid«, beteuerte Swid. »Wir mussten das Wachs so heiß machen, damit es in der engen Tülle des Trichters nicht sofort erstarrt und sie verstopft.«

»Alles ... gut«, stieß Leynelle hervor und drehte sich auf die Seite, sodass der Zwerg an die Eisenbänder der Maske herankonnte. Er hatte das Wachs hineinlaufen lassen, um den Mechanismus zu blockieren, der die Klinge bewegte. Swid hatte Sorgen, dass er vielleicht doch wieder aktiviert würde, wenn er sich an der Maske zu schaffen machte. Doch wenn das Wachs in der Maske erstarrte, dann würde sich dort keine Metallfeder mehr spannen und kein Zahnrädchen mehr drehen.

Die Gründlichkeit, mit der Swid vorausgeplant hatte, machte ihr Hoffnung. Wenn es jemandem gelingen würde, sie zu befreien, dann ihm.

Das Metall der Maske kühlte langsam ab.

Laurelin stieg von der oberen Koje herab, kauerte sich neben sie und nahm wortlos ihre Hände.

Während Broja den Topf mit dem restlichen Wachs fortbrachte, legte Swid ein schwarz lackiertes Holzkästchen auf das Kopfkissen und öffnete es vorsichtig. Darin lag auf rotem Samt eine Speerspitze.

Leynelle war überrascht. »Wo ... zu ... dient ... das?«

»Dies ist mein Werkzeug«, erklärte der Zwerg stolz. »Es ist die Spitze eines Drachentöterpfeils. Einer meiner Urahnen fand sie in den Trümmern der Zerbrochenen Welt. Es ist der größte Schatz meiner Sippe. Ich durfte ihn mitnehmen, weil es in dieser Welt noch Drachen gibt.«

Auch wenn die Speerspitze scharf geschliffen war, vermochte Leynelle sich nicht vorzustellen, wie er ihr damit die Maske abnehmen wollte. Jede Zange oder Metallsäge wäre besser gewesen. Hatte sie sich in Swid getäuscht? War er doch nur ein Aufschneider?

Der Zwerg tätschelte ihr beruhigend die Schulter. »Keine Sorge. Es gibt viele Geschichten über diese Pfeile. Sie durchschlagen die Leiber von Drachen ohne Mühe. Selbst Stein oder Stahl durchdringen sie so leicht, als sei es nur Luft.«

»Und das macht diese Speerspitze so gefährlich«, mischte sich Harr ein. »Wenn er das Ding aus Versehen fallen lässt, dann wird es den Boden hier durchbohren, vielleicht unter uns einen Kameraden, der brav seine Pedale tritt, und dann die beiden eisernen Hüllen des Aals. Ein kleines Missgeschick nur, und diese verfluchte Speerspitze versenkt unseren Aal.«

»Ich pass schon auf«, beteuerte Swid.

»Tu ... es ...«, forderte Leynelle, die sich einfach nur noch wünschte, dass es vorbei war. Fest umklammerte sie Laurelins Hände und sah zu seinem Antlitz auf. Er wirkte so gequält ...

Etwas scharrte metallisch bei den Eisenbändern hinter ihrem Kopf. Sie spürte, wie der Druck stieg. Ihr Schädel knackte wie eine Nuss in der Zange.

Der Schmerz tilgte jeden Gedanken.

Es fühlte sich an, als würde sie fallen. Dann wurde ihr schwarz vor Augen, und aller Schmerz wich von ihr.

Verzweifelt

»Nein!« So durfte es nicht enden.

Dieses Knacken ... und jetzt war überall Blut. Laurelin hatte gesehen, wie sich das zweite Eisenband gnadenlos straffte, als Swid das erste durchtrennt hatte. Wie ein Federmesser Papier, so leicht hatte die Speerspitze das rostige Metall zerschnitten.

Swid hatte nicht gelogen. Und er hatte sich beeilt. Er hatte wirklich schnell gemacht.

Leynelles Hand entglitt Laurelins Griff.

Da war so viel Blut. Es färbte ihr seidig weißes Haar und durchtränkte das Bettzeug.

Swid war erschrocken von Leynelle zurückgewichen. Entsetzt sah er die Elfe an.

Der Kapitän nahm ihm die Speerspitze aus der Hand und legte sie behutsam in das Lackkästchen zurück.

»Wo ist Adelayne?« Laurelin schob sich aus der engen Koje. Die Heilerin hatte ihre Schicht an der Kurbelwelle abzuleisten. Was für ein grotesker Unsinn! Hier gehörte sie her.

Er drängte sich durch zu der Eisenleiter, die aufs untere Deck führte. In fliegender Hast stieg er hinab.

Die Zwerge sahen ihm fragend entgegen. Alle wussten, was oben vor sich gegangen war. »Adelayne!«, rief er. »Komm! Wir brauchen dich. Bitte!«

Alathaia saß hinter der Heilerin. Sie wirkte ungerührt. Es lag kein Triumph in ihrem Blick, aber auch kein Bedauern.

»Adelayne, komm!«, drängte er.

Die Elfe erhob sich zögerlich von ihrem Platz. Der Zwerg, der auf einer Höhe mit ihr auf der anderen Seite des Ganges saß, hob die Füße von den Pedalen. Die Kurbelwelle musste gleichmäßig angetrieben werden, behaupteten die Aalfahrer. Ansonsten bestünde die Gefahr, dass sie brach. Mit den Mitteln an Bord konnte sie nicht repariert werden. Sie würden ohne Antrieb im weiten Meer treiben, Gezeiten und Strömungen ausgeliefert, bis sie, umgeben von Wasser, verdursten würden. Deshalb achteten sie so unerbittlich darauf, dass jeder seinen Platz einnahm und seine Schichten ableistete.

Ohne ein Wort drängte sich die Heilerin an den Zwergen vorbei, die im engen Mittelgang standen, weil sie das Mannschaftsdeck geräumt hatten.

»Leynelle ist verletzt«, brachte Laurelin mit trockener Kehle hervor. »Du musst helfen!«

Adelayne sah ihn zweifelnd an, sagte aber nichts, und er war dankbar dafür. Er drängte sie, vor ihm die Leiter hochzusteigen.

Oben angekommen, beugte sich die Heilerin über Leynelle. Swid hatte die Eisenbänder zurückgebogen und eine Kompresse aus weißem Leinen auf die Wunde gedrückt. Laurelin bemerkte, dass der Zwerg es vermied, ihm in die Augen zu sehen.

Adelayne tastete über den Kopf. »Ich glaube, sie hat einen verdammt harten Schädel…«, sagte sie schließlich mit dem Anflug eines Lächelns. »Das Eisenband hat in ihre Kopfhaut geschnitten. Solche Wunden bluten stark, sind aber nicht sehr gefährlich.«

»Dann können wir die Maske abnehmen?« Laurelin war unendlich erleichtert. Und auch neugierig.

Adelayne machte ihm Platz und bedeutete ihm mit einer Geste, es zu versuchen.

Durch die Augenöffnungen sah er Leynelles geschlossene Lider. Vorsichtig griff Laurelin nach den Rändern der Maske. Sanft bewegte er sie.

Leynelle tat einen tiefen Seufzer.

Es war, wie Adelayne prophezeit hatte. Die Maske wollte sich nicht vom Gesicht der Elfe lösen.

Frei

Ein ziehender Schmerz holte sie zurück aus der Bewusstlosigkeit. Etwas angenehm Warmes war unter der Maske.

»Vorsichtig! Träufel es nicht in ihre Augen«, vernahm sie Adelaynes Stimme.

Leynelle blinzelte. Laurelin beugte sich über sie. Er hielt eine grüne Phiole in der Hand. »Was…« Da war wieder der ziehende Schmerz. Sie spürte, dass die Maske sich teilweise gelöst hatte. Aber an der Nase und an den Wangenknochen fühlte es sich an, als seien Haut und Metall wie durch ein zähes Harz miteinander verbunden.

»Es ist fast geschafft.« Laurelin klang begeistert.

Sie tastete durch ihr Haar. Da waren Schwellungen an ihrem Hinterkopf und eine Wunde. Das Haar, das Laurelin mit so viel Hingabe gewaschen hatte, war von getrocknetem Blut verklebt.

»Dreh den Kopf ein wenig«, bat der Jäger sie.

Leynelle fühlte sich benommen. Aber der Druckschmerz war endlich gewichen! Wieder spürte sie, wie warmes Öl hinter die Maske floss. In Mäandern rann es warm durch den Schorf auf ihrem Gesicht und tropfte vom Kinn auf ihre Brust.

Laurelin war zu vorsichtig.

»Lass mich es versuchen«, sagte sie müde und griff nach den Rändern der Maske.

»Deine Stimme …« Laurelin lachte auf. »Es ist weg. Du sprichst normal. Der Fluch ist gebrochen!«

»Meinst du wirklich?« Sie vernahm ihre eigenen Worte. Sie stammelte nicht mehr! »Alathaia!«, sagte sie mit fester Stimme, um sich ganz sicher zu sein. Sie konnte den Namen der Fürstin wieder nennen. Es stimmte! Der Fluch war gebrochen.

»Soll ich die Fürstin rufen?« Laurelin sah sie verwundert an.

»Nein.« Leynelle griff nach seinen Händen und schob sie sanft von den Rändern der Maske fort. »Das muss ich tun.«

Sie ruckte leicht an der Maske. Mal übte sie rechts mehr Druck aus. Dann wieder links oder unter dem Kinn. Ganz langsam löste sich das Metall. Doch der Widerstand wurde größer. Vor allem an ihren Wangenknochen schienen der Schorf auf ihrer Haut und das Metall fest verwachsen zu sein.

Leynelle biss die Zähne zusammen. Mit einem letzten kräftigen Ruck löste sie die Schandmaske mit dem Schweineantlitz. Es fühlte sich an, als habe sie einen Teil ihrer Haut vom Gesicht gezogen. Jetzt tropfte auch Blut auf ihre Brust.

Sie hielt die Maske immer noch vor ihr Gesicht. Nach all den

Jahren hatte sie nur noch eine vage Vorstellung davon, wie sie aussah. Seit mehr als zwei Jahrhunderten hatte sie ihr Antlitz nicht mehr im Spiegel gesehen.

Unter das Blut und das Öl mischten sich Tränen. Endlich! Endlich war der Fluch gebrochen.

»Willst du sie nicht ablegen?« Laurelins Stimme vibrierte vor freudiger Erwartung.

Leynelle ließ die Maske sinken und sah als Erstes das blanke Entsetzen in Adelaynes Augen. Swid wandte sich ab. Das Lackkästchen an seine Brust gedrückt, ging er zu der Eisentür, die in den Lagerraum führte.

Broja schenkte ihr ein gequältes Lächeln und folgte dann Swid.

»Du bist eine harte Frau«, sagte Harr anerkennend. Er blickte sie sogar kurz an. Zwei oder drei Herzschläge lang. Dann ging auch er.

»Ich muss zurück zur Kurbel«, murmelte Adelayne.

Nur Laurelin schaute sie unverwandt an und lächelte. Er träufelte ein wenig Öl auf ein weißes Tuch und tupfte ihr zärtlich das Gesicht ab.

Mit spitzen Fingern tastete Leynelle über ihr Antlitz. Sie spürte Schorf, klebrige Wunden und Narben. Heiße Tränen rannen ihr über die Wangen. Sie hatte weißes Haar, war krumm, und ihr Gesicht war offensichtlich entstellt. Auch wenn die Maske endlich fort war, hatte Alathaia doch alles zerstört, was sie einmal gewesen war.

»Wie sehe ich aus?«, flüsterte sie mit von Schluchzern erstickter Stimme.

Laurelin sah sie fest an. Ihn zumindest verschreckte sie nicht. Sein Lächeln wurde breiter. »Wie du aussiehst, meine Dame? Frei!«

Von der Spinnenmutter und ihren Jungen

Mehr!

Gib mir auch …

Lass mich ran, du Schwein.

Die Stimmen drohten Eldarian schier zu überwältigen. Es waren mindestens ein Dutzend verschiedene. Dabei war er sich nicht sicher, ob es nicht vielleicht auch stillere gab, die er gar nicht bemerkte und die sich dennoch von ihm nährten.

Zorn und Verzweiflung waren die vorherrschenden Gefühle. Bei einer Präsenz spürte er eiskalte Rachsucht. Sie strich um ihn, sprach aber nicht in seinen … Gedanken? Er wusste immer noch nicht, was er war. Einen Körper hatte er nicht. Aber er hörte das Rauschen von Regen in Blättern. Doch selbst das wurde schwächer, im gleichen Maß, wie er an Kraft verlor, indem er die anderen nährte.

Bitte, noch ein wenig, bitte, ich bin so ausgehungert. Bitte …

Lass mich ran!

Du bist es nicht wert …

Ich muss zu meinen Kindern zurück.

Er hatte einmal davon gehört, dass es Spinnen gab, die von ihren eigenen Kindern verschlungen wurden, wenn diese schlüpften. Hatte er sich in eine Spinne verwandelt? Und wovon hatte er getrunken? Was hatte ihm die Kraft gegeben? Hatte er eine *Fliege* gefangen?

Du solltest dich nicht so negativen Fantasien hingeben. Das war die freundliche, warme Stimme. Er hatte sie seit einer Weile nicht mehr gehört. Oder war sie einfach nur im Geschrei der anderen untergegangen?

Warum willst du eine Spinne sein, die von ihrer Brut verschlungen wird? Du könntest dir doch auch vorstellen, eine hungrige Raupe zu sein, die sich verpuppt, um dann zu einem wunderschönen Schmetterling zu werden.

Aber es fühlt sich an, als wollten sie mich verschlingen, protestierte Eldarian.

Du hast keinen Körper … Wie solltensie dich da verschlingen?

Aber ich fühle mich geschwächt. Sie haben mir etwas genommen.

Seit die freundliche Stimme zu ihm sprach, waren all die anderen verstummt. Ja, es schien, als seien sie beide allein.

Der Ort, an dem du nun bist, wird von deinen Gedanken geformt, Eldarian. Du kannst jetzt auch nicht mehr hören …

Es stimmte. Das Geräusch des Regens in den Blättern war verstummt. Es herrschte vollkommene Stille, abgesehen von der Stimme, die in ihm sprach.

Dein Mut und deine Vorstellungen formen den Ort, an dem du nun bist. Suche dir eine Quelle. Sei nicht so zögerlich wie beim letzten Mal. Trinke dich satt, lebe im Rausch. Und erschaffe dir kraft deiner Gedanken die Welt, in der du sein möchtest. Du musst keine Spinne sein, die verschlungen wird. Sei der Schmetterling über einem endlosen Feld wunderschöner Blumen oder sei der Drache, der vor stahlblauem Himmel seine Schwingen spannt. Es liegt ganz bei dir.

Er hatte sein Leben in Langollion geliebt. Ob er es sich wiedererschaffen könnte?

Deine Vorstellungskraft ist hier die einzige Grenze. Du kannst sein, was immer du willst.

Und die anderen?

Stell dir vor, dass du unberührbar bist, und es wird so sein. In Langollion schwafelt ihr nur von Freiheit. Dies hier ist der Ort, an dem wahre Freiheit herrscht. Nichts setzt dir mehr Grenzen. Ein Körper ist ein Gefängnis ... Hier wechselst du deine Körper wie Kleider, denn der Geist formt und beherrscht alles.

Er wollte diese Welt, aber er fühlte sich kraftlos und entmutigt. Er hatte zu viel von sich an die anderen Stimmen gegeben.

Dann belebe dich. Komm mit mir. Ich führe dich.

Eldarian ließ sich ohne Gefühl für Richtung und Zeit treiben. Er träumte von der Welt, die er sich wünschte. Ein weißer Turm über hellblauem Meer. Ein Fürstenhof, an dem sie alle Fürsten waren und Mühsal unbekannt. Es gab keine Diener. Kraft ihrer Gedanken erfüllten sie sich ihre Wünsche ...

Nun bist du endlich der Schmetterling geworden, lobte die schmeichelnde Stimme. *Und du hast den Ort gefunden, an dem all deine Träume wahr werden können. Spürst du die Kraft der Quellen? Berausche dich, und lasse die Welt, die du dir wünschst, erstehen.*

Es stimmte. Es waren viele Quellen hier. Eine, die reine Kraft versprach. Zwei, denen eine Unbeschwertheit anhaftete wie einem Sommerritt durch blühende Felder, der kein Ziel kannte. Eine, der Wildheit innewohnte wie einem Gebirgsbach, der schäumend von Stein zu Stein sprang. Und eine fünfte, die Bitternis in sich trug wie ein Wein, der zu trocken geraten war.

Nur wer die Bitternis kennt, kann die Süße des Lebens bis zur Neige genießen. Du solltest von allem kosten.

Es war vermutlich ein guter Rat. Er nahm etwas von dem bitteren Trunk. Es gab viele feine Nuancen ... Dennoch war er froh, als er endlich von den berauschenderen Quellen kostete. Sie waren das Leben! Bald konnte er wieder hören. Ein Geräusch wie von schwerem

Regen, der auf ein Dach niederging. Und ein leises Knistern? War da Holz in Flammen?

Plötzlich spürte er Wärme. Nur auf einer Seite. Ganz, als würde er nah einem Feuer knien.

Du darfst jetzt nicht aufhören. Hole dir alle deine Sinne zurück! Und dann gestalte deine Welt.

Alathaia hatte immer daran gelitten, dass die Welt und die Albenkinder unvollkommen waren und manches jedem Bestreben, es besser zu machen, trotzte. Wer wollte schon an einem kalten Regentag einen verschlammten Acker umpflügen? Wer wollte freiwillig die Kanäle unter Rosan säubern, damit sie nicht im Unrat erstickten? Aber was könnte sein, wenn man alles von Grund auf neu erschuf und anders zu denken vermochte? Vielleicht Kanäle, die sich von selbst reinigten? Er lachte ... und war erstaunt. Er hatte wieder eine Stimme. Er konnte sich hören. Es hatte begonnen. Zunächst würde er sich selbst erschaffen.

Er sprang von Quelle zu Quelle und berauschte sich an ihrer Verschiedenartigkeit.

Ein Kribbeln durchlief ihn. Hatte er wieder einen Leib? Er tastete nach sich, fand eine sanft gewölbte Brust und seidenzarte Haut. Seine Hände glitten höher. Es war so wunderbar, wieder tasten zu können. Seine eigenen schlanken Hände auf warmer Haut zu spüren. Er strich über Kinn und Wangen. Und fand sein Haar. Es wuchs unter seiner Berührung, reichte erst bis zu seinen Schultern und streichelte dann seinen Rücken.

Du erschaffst dich so, wie du dich haben möchtest, Eldarian.

Da war ein Duft wie von Hirsebrei, gesüßt mit Honig und Rosinen. Ein Hauch von Rauch. Wie ein Kaminfeuer.

Plötzlich konnte er sehen. Er stand in einem weiß getünchten Raum vor einem Kamin mit ersterbender Glut. Ein Kessel, verklebt mit Resten von Hirsebrei, war auf dem steinernen Boden abgestellt.

Daneben schlichte Holzschalen mit selbst geschnitzten Löffeln. Decken lagen auf dem Boden ausgebreitet. Eine Elfe mit verhärmtem Gesicht schlief inmitten von Kindern.

Aus dem Winkel neben dem Kamin löste sich ein Schatten. Er hatte die Gestalt einer Frau mit leicht gelocktem Haar.

Erschrocken sah Eldarian sich um. Von der Stiege nach oben kamen weitere Schatten. Auch im Dunkel bei der Tür erhoben sich Gestalten.

Eine kauerte über der schlafenden Elfe. Voller Grauen sah Eldarian, wie sich deren Gesicht veränderte. Ihre Wangen fielen ein, die Haut welkte. Sie riss die Augen auf. Von Entsetzen erfüllt, sah sie zu ihm auf, und er erkannte sie. Es war Sylvelle mit ihren Kindern.

Du hast von keinem von ihnen wirklich bis zur Neige getrunken, Eldarian. Du bist nicht fähig, einen Weg bis zum Ende zu gehen. Dies werden nun die anderen tun.

Fassungslos sah er die Schatten über den Kindern. Kalte Wut packte ihn. Er sprang mitten unter die Schatten. Seine schlanken weißen Hände fuhren in ihre Leiber. Er stellte sich vor, wie er ihre schwarzen Herzen herausriss.

Der erste der Schatten verging. Dann noch einer. Er konnte es schaffen. Er hatte die Macht, die Welt zu formen.

Eine Schattenhand griff in seine Brust. Eisige Kälte durchfloss ihn. Vor ihm erhob sich die Silhouette der Frau mit dem gelockten Haar.

Wir haben diese Macht nun auch, Eldarian. Dank dir. Diese Stimme war neu. Und sie war hart und gnadenlos. *Du hast keinen Hofstaat in einem weißen Turm erschaffen. Nicht den Unsinn von Minnesängern Gestalt werden lassen. Uns hast du ein Leben gegeben, wenn auch nur als Schatten.*

Eldarian spürte, wie seine Sinne ihn wieder verließen. Er spürte jetzt keine Kälte mehr, roch nichts mehr, und sein Blick trübte sich.

Alathaia hat sich immer geweigert, mir einen wie dich zu geben,

Eldarian. Dies war wieder die freundliche, warme Stimme, der er vertraut hatte. *Ich war selbst überrascht, dass etwas bleibt, wenn ich euch auf dem Mondfest eure Leiber nehme, um mich zu kräftigen und das Land zu düngen, damit die Ernten hier reicher sind als anderswo und das Wetter freundlicher. Manche von euch verzehren sich mit der Zeit in sich selbst. Andere sind stark und bleiben. Und sie hassen jene, die noch einen Leib und ein Leben haben. Ich kenne sie so gut, diese Sehnsucht nach einem Körper mit Beinen. Nach der Freiheit zu gehen, wohin man will, und nicht immer nur fest verwurzelt zu stehen. Sie werden wie meine Kinder sein, Eldarian. Sie werden für mich gehen, wohin ich nicht gehen kann. Sie werden für mich töten, und sie werden mich zur Herrscherin von Langollion machen, auch wenn deine Sprösslinge das gewiss lange Zeit nicht begreifen werden. Es brauchte jemanden wie dich, jemanden mit unbeflecktem Herzen, der einen Schatten formen konnte, um zu den Quellen zu gehen. Du warst ein Geschenk deiner Kinder an mich.* Sie klang jetzt amüsiert.

Eldarian nahm nur noch vage Schemen wahr. Die Gestalten am Boden, Sylvelle und ihre Kinder, lagen reglos. Er hatte den Tod in ihr Haus gebracht. Die Schatten hatten ihr Mahl beendet und sahen nun zu ihm auf.

Du hättest doch auf dem Mondfest töten können, wandte er ein. So viele kommen dorthin ... Wenn ihr von jedem ein wenig nähmet, müsste niemand sterben, und ihr würdet dennoch erstarken.

Jetzt lachte die freundliche Stimme. *Bis zuletzt ein selbstloser Held, Eldarian? Man mordet nicht in seinem eigenen Garten. Zu leicht würde der Verdacht auf mich fallen. Und auf meine Schattenkinder ... Das Traurige an Gier ist, dass sie so schwer zu beherrschen ist. Sie würden nicht von jedem ein wenig trinken. Sie würden immer gleich töten, wenn ich ihnen gestatten würde, es zu tun. Du hast sie mit deinem ersten Mord genährt, hast ihnen Schattengestalt gegeben und die Kraft, sich von mir zu entfernen. Dafür brauchte ich dich. Von nun an werden sie allein auf die Pirsch gehen können. Du hast ihnen das ermöglicht, und dafür danke ich dir.*

Eldarian dachte an das Versprechen, dass er die Welt nach seinen Vorstellungen formen könnte. Er dachte an ein Schwert aus klarem Licht in seiner Hand. Eine gleißende Klinge, die jeden Schatten vertilgen sollte.

Zu spät, spottete die Stimme. *Sie werden dir alles nehmen. Deine Kraft und deine Seele. Für dich gibt es keine Wiedergeburt und kein Mondlicht. Du hörst einfach auf zu sein. Du warst zu leichtgläubig, Eldarian, immer schon. Natürlich habe ich dich angelogen. Deine Metapher von dem Spinnenweibchen, das von den eigenen Kindern verschlungen wird, war durchaus treffend. Sterbe wohl, Fürst von Langollion. – Schatten, verschlingt ihn!*

Eldarian hob sein Schwert. Da war ein Licht. Aber eine Schattenhand griff von vorn in seinen Kopf, ohne dass er sie hätte abwehren können. Und es war, als würde in finsterster Kammer eine Kerze ausgeblasen.

Der Minenvogel

Vor langer Zeit auf Darna

Vanduin stürmte mit gezogenem Schwert in das Rote Zelt und auf ihn zu.

Zachri hob beschwichtigend die Hände. »Wir kennen uns, Elf. Es gibt keinen Grund, mich abzustechen.«

Jetzt drangen auch die anderen Leibwachen herein.

»Ich bin nicht in Gefahr«, erklärte Ilak schroff. »Mein Gast ist harmlos. Ihr könnt mich ohne Sorge mit ihm allein lassen.«

»Woher kommt er?«, fragte Vanduin.

»Wir haben im selben Grab gehaust, Elf, und du ...«

»Lasst mich mit ihm allein!« Ilaks Tonfall duldete keinen Widerspruch.

Vanduin und die übrigen Wachen verneigten sich kurz und zogen sich zurück.

Der hölzerne Boden des Zeltes knarrte leise, als die Blutkönigin um Zachri herumglitt. Ihre gelben Augen musterten ihn eindringlich.

Zachri wünschte sich, Vanduin wäre noch hier.

»Du hast also mit meinem Schwertmeister in einem Grab gelebt?« Sie klang weder spöttisch noch ungläubig, sondern nun eher neugierig. »Mir scheint, er erinnert sich nicht an dich. Erzähle mir, woher du ihn kennst. Aber zuerst sag mir, wie du heißt.«

»Zachri«, stammelte er eingeschüchtert. Langsam ging ihm auf, dass er einen Denkfehler gemacht hatte. Wenn er in die Vergangenheit gezerrt worden war, dann konnte Vanduin ihn hier gar nicht kennen. Aber umgekehrt hatte der Elf im Windland ihn zuvor schon gesehen, auch wenn er das in all der Zeit, die sie gemeinsam verbracht hatten, mit keinem Wort erwähnt hatte.

»Nun?« Die Blutkönigin sah ihn erwartungsvoll an. »Hast du mir nichts zu erzählen?«

Da schwang etwas in ihren Worten mit, das keinen Zweifel daran ließ, dass sie ihn zum Reden zwingen könnte. Und Zachri wollte nicht herausfinden, wie sie das bewerkstelligen würde. Also berichtete er von den Trollen im Windland, von Vanduin, der ihn gerettet, und wie er mit dem Elfen in einem Hügelgrab gelebt hatte. »Als Vanduin seinen Zauber wob, muss er gewusst haben, dass ... äh ... Ihr mich hierherholen würdet, Hoheit.« Er entschied, dass es wohl klüger war, wenn er sie weder durch einen flegelhaften Tonfall noch durch eine falsche Anrede verärgerte.

»Du kommst also aus der Zukunft ...« Sinnend sah sie zu ihm herab. »Du wirst wissen, wie alles endet.«

»Äh ... also nur so ungefähr.« Vanduin hatte ihn ja hierhergeschickt, statt ihm zu erzählen, wie die Schlacht verlaufen war. »Ihr werdet ...«

»Schweig!«, zischte die Schlangenelfe entschieden. »Ich möchte nichts über meine Zukunft wissen, denn dann müsste ich akzeptieren, dass – ganz gleich, wie ich mich entscheide – alles, was mir widerfahren wird, bereits vorherbestimmt und freier Wille nichts als eine Illusion ist. Ich glaube nicht an Determinismus!«

»Äh, was?«

»Dass alles Tun vorherbestimmt ist.« Sie strich sich nachdenklich übers Kinn. »Vanduin sollte das eigentlich wissen. Er hat dich also nicht geschickt, damit du mir von der Zukunft berichtest. Vielleicht sollst du ihm ja eine Nachricht von mir bringen?«

»Ihr werdet mich also zurückschicken?«

»Wenn die Zeit gekommen ist ...« Sie blickte auf den toten Bullen. »Rückwärts durch die Zeit zu reisen gilt eigentlich als unmöglich. Vanduin muss sehr mächtig geworden sein, oder jemand hat ihm dabei geholfen.«

»Da war ...«

»Schweig!«, herrschte ihn die Königin an. »Du wirst mir nichts über die Zukunft erzählen. Und du wirst auch Vanduin nicht sagen, dass er dich geschickt hat oder woher du kommst. Wenn er fragt, dann habe ich dich geholt. Was ja in gewisser Weise auch stimmt.«

»Ja, natürlich, Hoheit.« Zachri wusste immer weniger, was er von der ganzen Angelegenheit halten sollte. Er begriff nicht, warum er überhaupt auf Darna war. Und er dachte mit Schrecken daran, dass er vielleicht niemals in seine Zeit zurückkehren würde.

Aber er hatte Vanduin ja in der Zukunft getroffen … Ein Trugschluss! In seiner persönlichen Zeitschiene waren ihre Tage im Grab bereits Vergangenheit, auch wenn sie erst in Hunderten von Jahren kommen würden …

»Was werdet Ihr mit mir tun?«, wagte Zachri eine weitere Frage an Ilak.

»Du wirst in meiner Nähe bleiben, Kobold. Du bist wohl hier, um zu beobachten … Wie du sicherlich weißt, bin ich mit meinem Heer nach Darna gekommen, um die Himmelsschlangen auszurotten. Du wirst Zeuge sein, wie diese falschen Götter fallen. Vielleicht bist du ja hier, um in Zukunft, wenn die Ereignisse auf Darna längst zu einer Heldensage geworden sind, zu berichten, was wirklich geschehen ist.« Ilak sah ihn lange an und erwartete wohl irgendeine Erwiderung.

»Ihr … äh … seid zu gütig, Hoheit, mir Euren Leumund in der Zukunft anzuvertrauen.«

Sie lachte. Zachri war überrascht. Es klang, als lache ein Dorfmädchen. Nicht, dass er zuvor schon eine andere Königin hätte lachen hören, aber irgendwie hatte er sich das bedeutungsvoller vorgestellt.

»Sprich mich nicht so förmlich an, Zachri. Du bist ein Kobold. Schönschwätzen passt nicht zu dir. Dann habe ich das Gefühl, du versteckst dich, und ich frage mich, ob du noch etwas vor mir verbirgst.« Ihre letzten Worte waren eisig.

»Natürlich verberge ich etwas vor dir. Deine Zukunft! Ich könnte sie dir verraten. Aber du hast mir ja das Wort verboten!«

Sie lächelte auf ihn herab. »Rebellisch, frech … das erwarte ich von einem Kobold. Ein großer Krieger bist du ja vermutlich nicht. Vielleicht aber ein kluger Kopf … oder …« Ihre Pupillen weiteten sich. »Vielleicht bist du ja so etwas wie mein Minenvogel?«

»Was soll das sein, ein Minenvogel?«

»Zwerge benutzen sie. Kleine Singvögel, die sie in Käfige stecken, welche sie an Stangen tragen, wenn sie neue Stollen anlegen oder besonders tief in den Fels hinabsteigen. Die Käfige werden dicht über den Boden gehalten, wo sich manchmal ein giftiger Odem aus dem Gestein sammelt. Er ist ohne Geruch und absolut tödlich. Liegt ein Minenvogel plötzlich tot in seinem Käfig, wissen die Zwerge, dass um sie herum eine heimtückische Gefahr lauert, und ziehen sich zurück.«

Zachri schätzte es ganz und gar nicht, mit solch einem Vöglein verglichen zu werden. »Gehört es zu deinem Schlachtplan, dass wir in Minen hinabsteigen?«

Sie lachte wieder erstaunlich unbeschwert. »Nein, ganz und gar nicht. Wir werden uns nicht tiefer als zwei oder drei Schritt in die Erde eingraben. Ich glaube, Vanduin weiß ganz genau, dass ich keine Auskünfte von dir über die Zukunft haben möchte. Dennoch ist allein deine Anwesenheit eine Botschaft. Er scheint sich wegen irgendetwas zu sorgen ... Du wirst nicht einfach tot umfallen, Zachri. Aber es besteht die Gefahr, dass du plötzlich spurlos verschwindest. Das wird geschehen, wenn deine bloße Anwesenheit mich dazu bringt, eine grundlegend andere Entscheidung zu treffen. Wenn die Zukunft dadurch einen ganz anderen Verlauf nimmt, dann wirst du vielleicht niemals geboren werden, Zachri. Folglich wirst du plötzlich verschwinden ... und ich weiß, es hat sich etwas verändert. So wie die Zwerge tief in ihren Stollen wissen, dass sich in scheinbar ungefährlicher Umgebung etwas verändert hat, wenn ihr Minenvogel plötzlich tot im Käfig liegt.«

Zachri hatte Schwierigkeiten, diesen gedanklichen Kapriolen zu folgen, aber eines wusste er ganz sicher: Er war kein Minenvogel!

AUF FALKENSCHWINGEN

Er sah immer noch zu ihr hinüber. Das gab es doch nicht, dachte Zafira wütend. Andere Elfen, mit denen sie gereist war, hatten sich stets dezent abgewandt, wenn sie sich entkleidete. Nicht so Melvyn. Er lehnte zwischen den windzerzausten Büschen an einem Felsen und sah ihr zu. Sie hatten sich in den Klippen gegenüber vom Drachengrab verborgen. In dieser Bucht hatte sich Alathaias Unfall ereignet. Und hier war das Boot der Heilerin, die verschwunden war, zuletzt gesehen worden. An diesem Ort mussten sie die Spur der Fürstin suchen. Wenn sie es überhaupt schafften, Alathaia zu finden, dann müsste dies hier der Ort sein, an dem sie einen ersten Hinweis entdeckten.

Kein Boot lag in der von Riffen geschützten Bucht. Kein Wanderer oder Hirte zeigte sich auf den Klippen. Es war ein einsamer Ort, obwohl der Palast der Fürstenfamilie nicht weit entfernt lag.

Melvyn hatte sich in Reilimee einen schäbigen graubraunen Umhang besorgt und Dutzende kleine Laschen auf den Stoff aufgenäht. Heute Morgen hatte er Heidekraut und Grasbüschel in die Laschen geschoben, auch hier und da einen dürren Ast. Fast zwei Stunden hatte er sich damit beschäftigt, und als er fertig war, sah sein Umhang aus wie die Polster aus dürrem Gras und tiefgrünem Heidekraut, die auf den Vorsprüngen der Klippen rings um die Bucht wucherten. Wenn er sich den Umhang um die Schultern legte, die Kapuze hochzog und sich hinkauerte, war er so gut wie unsichtbar.

Zafira streifte die weiten Hosen und ihre Bluse ab. Sie tat es absichtlich aufreizend, und sie würde sich nicht umdrehen oder verstecken. »Was gibt es da zu glotzen? Noch nie 'ne nackte Lutin gesehen?«, blaffte sie ihn an.

»Nein, noch nie.« Melvyn kaute gelassen auf einem langen Grashalm. Er nuschelte leicht beim Sprechen. »Ich bin gespannt, wie du es machst.«

»Was machst?«, entgegnete sie gereizt und kniete sich hin, um ihre Kleider zu falten.

»Dich verwandeln.« Er nahm den Grashalm aus dem Mund. »Ich beherrsche diesen Zauber auch. Ich kann mich in einen Wolf verwandeln. Aber ich tue es nur sehr selten, obwohl alle in meinem Rudel es lieben, wenn ich werde wie sie. Es ist zu schmerzhaft. Ich habe großen Respekt vor jedem, der das auf sich nimmt.«

Es war das erste Mal, dass er ihr zumindest indirekt sagte, dass er Respekt vor ihr hatte. »Und vor lauter Respekt gaffst du mich an, während ich mich ausziehe?«

»Was ist schon dabei, dich nackt zu sehen? Bei meinem Rudel bin ich ständig nackt. Oder so gut wie nackt ...«

Was ist schon dabei, dich nackt zu sehen? Blöder Hinterwäldler! Er wusste wirklich, wie man einer Frau Komplimente machte. Sie sollte ihn keines Blickes mehr würdigen. Dieser Idiot!

Zafira konzentrierte sich auf das magische Netz und die Natur. Was sie nun tun würde, war widernatürlich. Es beeinträchtigte die Harmonie der Welt, wenn jemand seine Gestalt änderte. Das machte einen Teil des Schmerzes aus.

Sie summte leise. Das half ihr dabei, sich auf das Goldene Netz einzustimmen. Sie wusste, manche Zauberweber verstanden sich darauf, das Netz der Kraftlinien, das alles durchdrang, mit ihrem Verborgenen Auge zu sehen. Sie hatte das nie geschafft. Aber sie konnte die Kraft spüren. Das Vibrieren. Wenn sie, tief summend, ihren Körper ebenfalls schwingen ließ und dieselbe Frequenz erreichte, in der das magische Netz schwang, dann wurde es leichter, Magie zu weben. Sie verband sich mit der geheimen Kraft der Welt und leitete ihre Metamorphose ein, indem sie sich den weiten Himmel vorstellte. Mit ausgebreiteten Schwingen auf dem Wind zu gleiten, die Welt von oben zu sehen, das war schon im Welpenalter ihr Traum gewesen. Sie stellte sich vor, wie sich ihre Arme veränderten, wie sie zu Flügeln wurden, stark genug, sie in den Himmel zu tragen.

Knochen verschoben sich, streckten sich, wurden dünner. Der Schmerz trieb Zafira Tränen in die Augen. Sie sah, wie die Haare ihrer Schnauze wichen, spürte, wie die Zähne in die Kiefer glitten und sich ganz zurückbildeten. Sie hechelte vor Schmerz. Dann reckte sie den Kopf und schrie. Es war der Schrei eines Falken, der von den Klippen widerhallte. Ihr Gesichtsfeld hatte sich mit der Lage ihrer Augen verändert. Sie sah Melvyn, der sie noch immer beobachtete. Doch es lag nichts Anstößiges in seinem Blick. Eher Neugier und auch Bewunderung. Oder vielleicht wünschte sie sich das auch nur.

Sie spreizte die Flügel und drehte den Kopf der hellen Mittagssonne zu. Nur wenige Wolken trieben am Himmel. Ein schwacher, unbeständiger Wind strich über die Klippen und ihr Gefieder.

Etwas unbeholfen hüpfend, näherte sie sich dem Rand der Klippe, wo es fast senkrecht in die Tiefe ging. Ohne zu zögern, hüpfte sie weiter, stieß sich ab und streckte dabei Hals und Schwingen. Nur wenige Herzschläge lang war es ein Sturz, dann trug sie der Wind. In atemberaubendem Tempo glitt sie an der Klippe entlang. Unter ihr drückte die Flut das Wasser gegen die Felsen. Eine Bö zerrte sie nach links. Vor dem zerfurchten Sandstein kam es zu Verwirbelungen, wenn der Wind auf das senkrechte Hindernis traf.

Zafira liebte es, im Flug durchgeschüttelt zu werden. Sie musste sich dazu zwingen, nicht einfach über der schäumenden Gischt im Wind zu tanzen.

Sie wich einigen Möwen aus, kämpfte flügelschlagend um Höhe und kreiste dann über der Bucht. Es trieb zu viel Sediment im Wasser.

Undeutlich sah sie die Schatten von Seetang, dessen lange Stränge in der steigenden Flut wogten. Ein gesunkenes Boot konnte sie nicht entdecken. Vielleicht war die Heilerin ja einfach nach Westen gesegelt und hatte Langollion den Rücken gekehrt?

Aus den Augenwinkeln sah Zafira, wie sich die Möwen zu einem Schwarm sammelten. Mit den Flügeln schlagend, stieg sie höher. Ihr Instinkt warnte sie. Die Möwen wollten den fremden Turmfalken aus ihrem Revier vertreiben. Gewiss brüteten sie im Frühjahr in den Klippen, und auch wenn das noch etliche Monde dauerte, wollten sie hier grundsätzlich keinen Räuber.

Sie stieg höher und höher in den Himmel. Es war faszinierend, wie sich mit der Verwandlung die Sinne veränderten. Trotz der beträchtlichen Entfernung sah sie auch den kleinsten Spalt in den Klippen, sah die feinen Wassertröpfchen in der sprühenden Gischt, sah eine Maus, die an einem Samenkorn knabberte, und sie verspürte Lust, aus dem Himmel zu stürzen und ihren Schnabel in warmem Fleisch zu versenken.

Auch solche Gelüste überkamen sie, wenn sie in den Körper eines Turmfalken schlüpfte. Sie verdrängte den Gedanken, was deutlich leichter wurde, als die Maus in einem Felsloch verschwand. Ihre Augen glitten über den Sandstein. Zoll für Zoll musterte sie die Wasserlinie.

So viele waren seit Alathaias Unfall in der Bucht und auf den Klippen gewesen. War es nicht schlichtweg dumm, darauf zu hoffen, dass sie etwas finden würde, was sie alle übersehen hatten? Was sollte das sein? Und dennoch war es ihre einzige Hoffnung, darin stimmte sie auch mit diesem Hinterwäldler überein. Hier endete die Fährte, die Alathaia in dieser Welt hinterlassen hatte. Nur hier konnten sie suchen.

Vielleicht lag die Fürstin ja wirklich eingeklemmt zwischen den Felsen am Meeresgrund und war längst Fischfutter. Aber Emerelle beharrte darauf, dass ihre Widersacherin noch lebte. Und Zafira konnte sich nicht erinnern, dass die Königin sich je geirrt hätte.

Was war da unten, was alle übersehen hatten? Und warum war diese Heilerin spurlos verschwunden? Wäre das auch ihr Schicksal, wenn sie das Geheimnis dieser Bucht entdeckten? Zafira lächelte in Gedanken. Melvyn spurlos verschwinden zu lassen würde sicherlich nicht leicht. Er war ein ungehobelter Klotz, und genau deshalb würde es jeder bereuen, der sich mit ihm anlegte. So oft er sie auch zur Weißglut trieb, gab es ihr zugleich ein ungewohntes Gefühl der Sicherheit, mit ihm zu reisen.

Melvyn schrie etwas. Er war aus der Deckung aufgesprungen und schwenkte wild die Arme. Aus dem Augenwinkel sah Zafira etwas Weißes. Sie kippte seitlich über den Flügel ab. Eine Möwe streifte sie. Ein hackender Schnabel verfehlte sie nur um Haaresbreite.

Unter ihr stieg, schrill kreischend, der Schwarm auf.

Zafira wich aus. Wieder kam ein Angriff von oben.

Sie war schneller und wendiger als die Möwen.

Melvyn schleuderte einen Stein nach dem Schwarm, was mehr eine Geste war, als dass es half. Sein Geschoss fiel mehr als zwanzig Schritt zu kurz.

Die Möwen waren jetzt überall. Und sie hielten den Höhenvorteil. Jedes Mal, wenn Zafira auswich, wurde sie tiefer in Richtung Meer gezwungen. Würde sie jämmerlich ersaufen, wenn sie ins Wasser stürzte? Die Möwen sicher nicht!

Sie wich zu den Klippen aus. In halsbrecherischem Tempo flog sie dicht an den Felsen vorbei. Ihre Verfolger hielten ein wenig Abstand. Auf ihren großen Schwingen sahen sie manchmal aus, als würden sie in der Luft torkeln.

Der Wind hatte aufgefrischt. Er heulte in den Felsspalten. Die Steilklippe neigte sich hier schräg zum Meer hin. Der Wind drückte ebenfalls zum Wasser hinab. Zafira kämpfte, wild mit den Flügeln schlagend.

Die Möwen hielten weiterhin etwas Abstand zu der Klippe und

warteten nur darauf, dass Zafira erneut in die Mitte der Bucht flog, um wieder über sie herzufallen. Wenn sie also an den Felsen vorbeiflog, statt den kürzeren Weg quer über die Bucht zu nehmen, dachte Zafira, sollte sie eigentlich sicher zu Melvyn gelangen können.

Die Möwen kreischten ihr eine Herausforderung entgegen, aber auf diesen ungleichen Kampf würde sie sich nicht einlassen. Sie flog nun nicht weit über der Wasserlinie an dem zerklüfteten Sandstein entlang.

Plötzlich änderte sich der Wind. Sie wurde in Richtung des Felsens gedrückt. Alles fühlte sich falsch an, so als würde der Wind durch den Felsen hindurchblasen, statt von ihm abgelenkt zu werden. Mit knapper Not entkam sie dem graubraunen Sandstein und landete ein wenig höher auf einem Sims. Die Möwen beobachteten sie immer noch argwöhnisch. Nachdenklich betrachtete Zafira den Felsen. Es gab dort nichts Ungewöhnliches zu sehen. Gischt leckte den Stein hinauf. Das Wasser hatte den Sandstein dunkel gefärbt. Vielleicht war es einfach nur eine Turbulenz gewesen. Und doch hatte es sich irgendwie unnatürlich angefühlt.

Kurz entschlossen stieß sie sich ab und flog noch einmal an dem Felsabschnitt vorüber. Und wieder war es so, als würde der Wind ungehindert durch eine Felsöffnung streichen und nicht von massivem Gestein abgelenkt.

Sie flog eine Kehre und kam ein drittes Mal zurück. War es das, wonach sie gesucht hatten? Sah man sie einfach nur an, unterschied sich die Steilklippe vor ihr in nichts von den schroffen Felswänden rings um die Bucht.

Melvyn würde sie vermutlich verrückt nennen. Hoffentlich fischte er sie aus dem Wasser, wenn sie sich den zarten Vogelkopf einrannte. Sie flog ein Stück in die Bucht hinaus.

Sofort waren die Möwen kreischend über ihr. Aber sie war schneller und wendiger. Entschlossen flog sie auf die Steilwand zu. Sie war verrückt! Total verrückt, dachte sie und kniff die Augen zu.

Es folgte kein Aufprall. Ihr Rücken streifte Fels. Erschrocken riss sie die Augen auf. Sie war in einem Tunnel, schrammte an seiner Decke entlang. Unter ihr befand sich Wasser. Der Gang war leicht gekrümmt. Seltsames Licht glitt über das Gestein. Und dann öffnete sich der Tunnel zu einer weiten Höhle. Vor ihr am Ufer lag ein gewaltiger Drachenschädel.

Zafira entfuhr ein schriller Triumphschrei, der als Echo von den Höhlenwänden zurückhallte. Sie hatte es gefunden. Das hier musste Alathaias Versteck sein!

Sie flog zurück zum Tunnel. Melvyn würde staunen. Von dieser Seite gab es keinen Illusionszauber. Ganz deutlich sah sie den Tunnel in die Bucht münden.

Sie schnellte dicht über dem Wasser dahin. Die Möwen hatten sich in die Klippen zurückgezogen. Aber vor ihr war etwas im Wasser. Blondes Haar, an dem die Wogen zerrten. Melvyn! Er musste gesehen haben, wie sie zwischen den Felsen verschwunden war, und war gekommen, um sie zu retten.

Schrill kreischend, kreiste sie über ihm und wies ihm den Weg zu dem verborgenen Tunnel.

Alathaia war hier

Melvyn hob einen Knochensplitter auf und blickte an dem Drachenschädel hinauf. Der Splitter war frisch abgebrochen. Was hatte man hier gesucht? Er stieg an den glatten Knochen empor. Hoch oben an der Stirn fand er eine Kuhle. Jemand hatte den dicken

Knochen bearbeitet. Es schien, als sei etwas herausgeholt worden, das etwa die Größe eines Kieselsteins hatte.

»Melvyn!«, rief Zafira aufgeregt. Sie war irgendwo weiter hinten in der Höhle.

Mit der Einsicht, dass es ihm an Wissen fehlte, um zu erraten, was man hier gesucht hatte, stieg er vom Schädel herab. Einen Augenblick betrachtete er die Reißzähne, die fast so lang wie er waren. Gut, dass es diese Biester nicht mehr gab, dachte er und erinnerte sich an die Bilder, die Emerelle ihm in der Silberschale gezeigt hatte. Die Himmelsschlangen durften niemals zurückkehren – so viel stand fest.

»Melvyn!«, wiederholte die Lutin. Das Echo ihrer Stimme hallte von den Höhlenwänden wider. Zafira war noch irgendwo hinter dem Lager, das sie zwischen den Rippenbögen gefunden hatten. Dieser Ort schien lange genutzt worden zu sein. Der Lagerplatz am Ufer hingegen war neu. Melvyn schätzte, dass sich mindestens vier oder fünf Elfen hier aufgehalten hatten, wenngleich es schwer war, auf dem Felsboden der Höhle eindeutige Spuren zu finden. Was genau hier vorgegangen war, blieb rätselhaft. Aber im Geröll am Ufer war der Abdruck eines Bootsrumpfs zu erahnen. Die Heilerin schien hierhergefunden zu haben. Doch wer hatte hier so lange Zeit gelebt?

»Melvyn!« Die Lutin klang nun ungeduldig.

Zafira hatte ihm damit imponiert, dass sie diese versteckte Höhle gefunden hatte, die so lange ein Geheimnis gewesen war. Doch er war niedergeschlagen, denn alles deutete darauf hin, dass diejenigen, die hier gewesen waren, mit einem Boot aufgebrochen waren, und zwar schon vor Tagen. Es gab so gut wie keine Hoffnung mehr, sie zu finden. Die Lutin und er hatten nichts als die Genugtuung gewonnen, auf den Ort gestoßen zu sein, an dem sich Alathaia etwa vier Wochen lang versteckt haben mochte.

Er ließ die letzten Knochen des riesigen Drachenskeletts hinter sich und entdeckte die Lutin, die unter einem Felsvorsprung auf dem Boden lag.

»Da bist du ja endlich!«, empfing Zafira ihn. »Leg dich neben mich.«

Inzwischen kannte er sie gut genug, um schon am Tonfall zu hören, dass jede Frage seinerseits zum Streit führen würde. Also fügte er sich. Er hasste die Enge. Der Fels war so dicht über ihm wie der Deckel eines Sargs.

Er spürte, wie Zafira zitterte. Sie war nackt. Ihre Kleider lagen, unter seinem Umhang verborgen, hoch oben in den Klippen auf der anderen Seite der Bucht.

»Was …«, begann er nach einiger Zeit zögerlich, nur um von einem Zischen unterbrochen zu werden, bevor auch nur ein zweites Wort über seine Lippen kam.

Ein blassgrünes Leuchten lief über den Felsen und riss jede Furche im Gestein aus der Dunkelheit. Ebenso wie den Satz, der wirkte, als sei er mit Blut geschrieben.

Alathaia war hier

Wie überall in der Höhle war das Licht unstet und von geringer Strahlkraft. Nach wenigen Herzschlägen war es wieder verschwunden.

»Wie hast du das hier gefunden?« Schon wieder hatte sie ihn zutiefst beeindruckt.

»Ich hab ’nen Platz zum Scheißen gesucht«, antwortete Zafira gelassen.

Er wandte den Kopf und sah sie an, ohne in der Dunkelheit unter dem Felsvorsprung viel zu erkennen. Scherzte sie?

»Damit haben wir unseren Beweis, dass Alathaia hier war«, sagte Zafira voller Genugtuung.

»Oder jemand will uns das glauben machen.«

Sie versetzte ihm einen Stoß mit ihrem kleinen, spitzen Ellenbogen. »In einer Höhle, die fast nicht zu entdecken war, an einem Ort, an dem kaum jemand hinsehen wird? Ich bitte dich … Wenn ich eine falsche Botschaft hinterlasse, dann tue ich das an einem Ort, an dem sie auch gefunden wird. Das hier ist echt! Ist dir das A aufgefallen? Es wirkt verschnörkelt und setzt sich von der übrigen Schrift ab. Vielleicht soll auch das ein Hinweis sein?«

»Ein Hinweis worauf?«

»Diese Heilerin, die auf See verschwunden ist … hieß sie nicht Adelayne?«

»Glaubst du wirklich, jemand, der Verrat an Alathaia übt, würde sich mit einem solchen Hinweis selbst ans Messer liefern?« Melvyn rollte sich auf die Seite und kroch unter dem Felsvorsprung hervor.

»Man muss nur suchen, wer eine kleine Wunde hat, um den Verräter zu finden. Die Worte sind mit Blut geschrieben …«

»Und es sind Elfen. Ein Wort der Macht, und sie verschließen kleine Wunden, ohne dass eine Spur zurückbleibt.«

Jetzt kroch auch Zafira aus ihrem Versteck. »Versuchen wir es auf einem anderen Weg. Alathaia ist spurlos verschwunden. Dann Adelayne und auch Nanduval. Und irgendjemand hat hier schon vor den dreien gehaust. Alathaia wird sich kaum selbst verraten. Bleiben also nur noch Adelayne und Nanduval.«

»Und der oder die, die hier schon lebte …«, gab Melvyn zu bedenken. Sie hatten nun also einen Hinweis darauf, dass Alathaia hier gewesen war. Aber sie war wieder fort. Nichts war besser geworden. Sie hatten die Fährte ihrer Beute erneut verloren.

»Wenn wir herausfinden, wer das hier geschrieben hat, hilft uns das vielleicht dabei, Alathaia zu finden. Gehen wir alle einmal durch. Der Hauptmann … Nanduval fehlt es an Fantasie, um ein Verräter zu sein.«

»Was hat Verrat mit Fantasie zu tun?« Melvyn schüttelte den Kopf. Er war zu niedergeschlagen, und manchmal waren die Ideen der Lutin reichlich verworren.

»Man braucht die Fantasie, dass die Welt in Wahrheit anders sein könnte, als es einem von Fürsten und Königen gesagt wird«, entgegnete Zafira mit überraschender Leidenschaft. »Daraus erwächst der Geist der Rebellion. Und für die Herrschenden ist Revolution stets dasselbe wie Verrat, denn sie werden infrage gestellt, und das mögen sie gar nicht.«

Melvyn sah die Lutin überrascht an. »Manchmal frage ich mich, ob Emerelle weiß, was in deinem Kopf so vor sich geht.«

Sie bleckte die Zähne zu ihrem Fuchslächeln. »Und? Wirst du mich verraten?«

Er gab ein übellauniges Knurren von sich. Natürlich würde er sie nicht verraten. Schon gar nicht an Emerelle. »Machen wir weiter. Alathaia wird das nicht selbst geschrieben haben. Bleibt nur noch die Heilerin ...«

»Deren Name mit einem A beginnt«, unterbrach ihn die Koboldin.

»Und die sich sicher nicht selbst ans Messer liefern würde, indem sie einen so dämlichen Hinweis gibt«, führte er seinen Gedanken zu Ende. »Und dann noch der oder die, die schon hier war ...«

»Ich glaube, die Heilerin war es.« Die Lutin massierte ihr spitzes Fuchskinn mit Daumen und Zeigefinger. »Sie war neu bei Hof ... So sehr, wie Emerelle Alathaias Tod wünscht, hat sie gewiss mehr als nur einen Meuchler geschickt und ...«

»Ich war nur ein Gesandter«, stellte Melvyn klar.

»Wer diese Botschaft hinterlassen hat, wird uns auch weitere unauffällige Hinweise geben. Es ist noch nicht alles verloren.«

»Und wo willst du suchen? Ich kenne niemanden, der der Spur eines Bootes im Wasser folgen kann. Und sie haben etwa eine Woche Vorsprung. Die können sonst wo sein.«

»So mutlos, berühmter Fährtensucher?« Die Lutin sah ihn provozierend an. »Ich erkenne den großen Jäger aus den Geschichten nicht in dir. Bist du wirklich Melvyn? So ein kleines Boot wird bei Nacht einen Ankerplatz suchen. Die Zeit der Winterstürme ist angebrochen. Sie werden sich nicht auf das offene Meer hinauswagen. Und es gibt jemanden, der Zeichen für uns hinterlässt. Jemanden, der auf andere Meuchler und Fährtensucher im Dienste Emerelles hofft. Wir müssen nur der Küste folgen und nach verborgenen Ankerplätzen suchen. Wir werden weitere Spuren finden!«

Melvyn kam nicht umhin, ihre Hartnäckigkeit zu bewundern, aber überzeugt war er nicht. »Und? Sind sie nach Norden oder nach Süden gefahren?«

»Ich glaube, nicht in den Norden. Sie müssten an Rosan vorüber ... und nördlich von hier gibt es viele Fischerdörfer entlang der Küste. Die Gefahr, entdeckt zu werden, ist groß. Ich glaube an den Süden. Teilen wir uns auf ... Ich nehme wieder Falkengestalt an und suche im Norden. Du gehst in den Süden. In zwei Tagen komme ich in den Süden, und wir beraten uns erneut.«

Eisengang

Leynelle atmete schwer. Sie hatte sich ein Tuch um den Kopf geschlungen, um ihr Gesicht zu verbergen. Dennoch war sie sich der verstohlenen Blicke der Zwerge nur zu bewusst.

Jeder Knochen schmerzte in ihrem Leib. Sie saß an der Kurbel und trat wacker in die Pedale. Sie war solche Anstrengungen nicht mehr gewöhnt. Manchmal war sie von ihrer Höhle ins Meer hinausgeschwommen, um mit einem angespitzten Stock Fische zu jagen. Aber sich Stunde um Stunde abzumühen, das überstieg ihre Kräfte. Das Tuch und ihr Kleid waren schweißgetränkt. Dabei hieß es immer, Elfen könnten gar nicht schwitzen. Vielleicht lag es ja daran, dass sie immer noch nicht zaubern konnte? Sie war nicht eins mit sich und dem magischen Netz. Sie hatte so sehr darauf gehofft, dass alles anders würde, sobald sie die verfluchte Maske los war. Und all ihre Hoffnungen waren enttäuscht worden. Wieder einmal.

Es war ihre Wut, die ihr die Kraft gab, den Dienst an den Pedalen durchzustehen. Und ihr schlechtes Gewissen. Seit Tagen hatte Laurelin ihre Pflichten hier unten erfüllt. Selbst Kapitän Harr kam hierher und überließ die Steuerung des Aals dann seinem Navigator Swid. Laurelin war so erschöpft, dass er nicht aufgewacht war, als Harr vorhin zum Schichtwechsel gerufen hatte. Also war sie gegangen. Sie hatte nicht geglaubt, dass es so kräftezehrend werden würde.

»Eisengang!«, hallte es blechern aus dem Trichter an der Decke.

»Endlich«, seufzte der Zwerg, der hinter ihr in die Pedale trat. »Du kannst aufhören, Elfe.«

Die ersten Zwerge erhoben sich von ihren Plätzen. Diszipliniert bildeten sie eine Schlange vor der Leiter nach oben und verließen einer nach dem anderen das Unterdeck.

»Komm einfach mit!« Der rotbärtige Zwerg hatte auch seinen Platz verlassen. Blanker Schweiß stand auf seinem tätowierten Oberkörper. Es war stickig hier unten. So sehr, dass ihre Kopfschmerzen zurückgekehrt waren.

Krumm, wie sie war, machte es ihr Mühe, die eiserne Leiter hinaufzusteigen. Auf dem Mannschaftsdeck herrschte Gedränge. Alle hatten sich aus ihren Kojen erhoben und warteten darauf, über die zweite Leiter aus dem Ausstiegsloch des Aals zu klettern.

Endlich kam auch sie an die Reihe. Eisengang bedeutete, dass die ganze Mannschaft die Erlaubnis bekam, auf dem eisernen Bootsrumpf des Aals herumzulungern. Es war unglaublich, wie gut es tat, die frische Seeluft zu atmen. Die Sonne neigte sich dem westlichen Horizont zu. Es war später Nachmittag. Nur ein leichter Wind wehte.

Etwa zwei Meilen östlich lag eine bewaldete Insel.

Am Ende des Bootes wurde eine eiserne Klappe entriegelt und zur Seite gedreht. Der Rotbart, der hinter ihr gesessen hatte, schlug drei Mal mit einer Zange gegen den Rumpf.

Etliche der Zwerge stopften sich Pfeifen. Unter Deck war es verboten zu rauchen, damit die Luft nicht noch schlechter wurde. Und nun, kaum dass sie draußen waren, mussten sie erneut die Luft verpesten, dachte Leynelle zornig.

Sie drängte sich zum Heck, in der Hoffnung, dem Pfeifengestank zu entfliehen.

Wo der Rotbart kauerte, schob sich ein rostiges Rohr aus dem Rumpf.

»Was geht hier vor sich?«

Er hob fragend die Brauen. »Eisengang«, murmelte er, als sei damit alles gesagt.

Sie deutete auf das Rohr.

»Ah ... Swid wird unten seinen Herd anfachen. Er kann nur Feuer machen, wenn wir über Wasser fahren und die Deckslukе offen ist. Über das Rohr hier zieht der Rauch aus dem Herd ab.« Er grinste breit. »Heute bekommen wir alle warmes Essen, Krumme.«

Sie hasste es, diesen Namen zu hören. »Wie heißt du eigentlich?«

»Grumgri.« Er hob zwei Finger zum Gruß an die Stirn. »Und du bist die Bienenhexe, hab ich gehört.«

Bei dem Schandnamen zuckte sie innerlich zusammen. »Mir wäre es lieber, wenn du mich Leynelle nennst.«

»Ley... Was? Lellie ...«

»Leynelle«, wiederholte sie langsam.

Grumgri versuchte sich noch zwei Mal an ihrem Namen, dann schüttelte er den Kopf. »Ich werde dich Nellie nennen. Dass ihr Elfen immer so komplizierte Namen haben müsst.«

Sie antwortete darauf nicht. Es war schwer, Zwerge zu mögen. Verzweifelt betrachtete sie den qualmenden Haufen, der auf Deck versammelt war. Alathaia stand zusammen mit ihrem Hauptmann am Bug. Seit ihr die Maske abgenommen worden war, hatte sie kein Wort mit der Fürstin gewechselt. Krumm und ihrer Zauberkraft beraubt, wäre es dumm, sich mit Alathaia anzulegen. Leynelle wusste nicht, wie sie sich verhalten sollte. Ein Streit würde zu nichts führen. Und so tun, als sei nichts gewesen, konnte sie auch nicht. Also mied sie die Fürstin.

Adelayne saß für sich allein nah dem Ausstieg aufs Deck und hatte das Gesicht der fahlen Wintersonne zugewandt. Laurelin fehlte. Ebenso der Kobold.

Es fröstelte Leynelle. Sie verschränkte die Arme vor der Brust. Im Aal herrschte stets eine stickige Hitze. Kühle Abendluft war sie nicht gewohnt.

Grumgri streifte seine Hose ab und legte sich nackt auf das Deck.

Leynelle schluckte. Es war abstoßend zu sehen, wo Zwergen überall Haare wuchsen. Links an seinem Gesäß wölbte sich ein tiefgrüner Furunkel. An der Kurbel zu sitzen musste ihm einige Schmerzen bereiten. War das ein Balzritual unter Zwergen? Einer Frau den nackten Hintern zu zeigen?

Obwohl angewidert, vermochte sie den Blick nicht von Grumgris Hinterteil abzuwenden. Dicht über dem Furunkel waren die Küstenlinien Ishemons in seine bleiche Haut gestochen. Etwas oberhalb davon erkannte sie Langollion, das bis unter sein Schulterblatt reichte. Zur Blutbucht wies eine rote Linie. Sie führte von der Küste Langollions nach links und endete dicht über Grumgris Becken im Nichts.

»Was hat die rote Linie auf deinem Rücken zu bedeuten?«, fragte Leynelle freundlich.

»Nichts«, entgegnete der Zwerg barsch.

»Und dein Rücken. Die Inseln?«

Der Zwerg schien zu zögern. »Ich bin die lebende Karte der östlichen Inseln«, sagte er schließlich. Dann räusperte er sich. »Würde es dich stören, woanders hinzuschauen, Elfe?«

»Du hast dich vor meinen Augen ausgezogen«, sagte sie lachend. »Ist es also meine Schuld, wenn ich betrachte, was du ungefragt feilbietest?«

»Feilbieten?« Der Zwerg drehte sich um. »Mein Arsch ist keine Ware! Geh!«

Kapitän Harr stieg aus der Luke und kam zu ihnen herüber. Er trug ein mit Perlmuttintarsien geschmücktes Kästchen.

Leynelle zog sich ein wenig in Richtung des Turms zurück. Fasziniert beobachtete sie, wie sich der Kapitän neben Grumgri hockte und das Kästchen öffnete. Es enthielt Tiegel, die in ein Polster aus schwarzem Samt eingepasst waren, und ein merkwürdiges Instrument, das auf den ersten Blick wie ein dünner Pinsel aussah, nur dass es anstelle von Borsten feine Nadelspitzen besaß.

Harr tunkte die Nadeln in einen der Tiegel und begann Grumgris Hinterteil zu bearbeiten, was der rotbärtige Zwerg, ohne zu murren, über sich ergehen ließ. Der Kapitän deutete immer wieder zu der Insel am Horizont. Die beiden besprachen etwas, waren aber zu leise, als dass Leynelle etwas hätte verstehen können. Doch es schien, als würde Grumgris Karte um die Insel ergänzt, die sie gerade passierten.

»Riechst du das?«, murrte jemand hinter ihr. »Der kocht nur 'ne Linsensuppe. Wir haben kaum Fleisch an Bord und keinen Fisch, nur Trockenzeug.«

Leynelle wandte sich um. Hinter ihr stand der Kobold. Broja

bemühte sich, nicht zu ihrem verschleierten Gesicht aufzublicken oder auf ihren krummen Rücken zu achten. Er sah wahlweise auf ihre Knie oder leicht an ihr vorbei wie die meisten, die mit ihr sprachen. Dieses Ausweichen verletzte sie tiefer, als wenn man ihr mit offenem Abscheu ins Antlitz geschaut hätte.

»Was gäbe ich jetzt für eine Lammkeule«, seufzte Broja. »Es herrscht schlechte Stimmung unter den Zwergen. Sie hätten irgendwo vor Rosan von einem Schmuggler Fleisch, Eier und Gemüse an Bord nehmen sollen. Sie werden in der Dunkelheit bei der Insel dort drüben vor Anker gehen, Brennholz für Swids Herd schlagen und die Wasserfässer füllen.«

Leynelle war es gleichgültig, was es zu essen gab. Sie ließ sich auf Deck nieder, schloss die Augen und atmete tief ein, entschlossen, die frische Luft und die leichte Brise zu genießen. Sie spürte die natürliche Kraft, die darin mitschwang, spürte den Gezeitenstrom, der den Aal in Richtung der kleinen Insel zog, spürte die Fischschwärme ganz nah im Wasser und ... Leynelle hielt den Atem an. Sie war wieder mit der Welt verbunden. Sie spürte das magische Netz und die Essenz jeder Kreatur um sich. Der Bann war gebrochen.

Sie könnte ihren Rücken strecken, dachte sie voller Sehnsucht danach, wieder aufrecht zu gehen. Sie könnte es langsam tun, indem sie aus dem magischen Netz stahl. Ein wenig Kraft von dort zu nehmen hatte keine Folgen, doch übertrieb man es, wirkte man gegen die Natur der Welt, dann würde sich das Netz gegen den Zauberer wenden und ihn verletzen oder gar töten. Es wäre ein langer Weg, sich auf diese Art zu heilen. Oder sie wandte Blutmagie an. Dabei ging es nicht darum, irgendwelche Opfer auf Altären zu bringen, wenngleich dies möglich war. Magie verlangte stets nach Ausgleich. Wenn sie ihre Lebenskraft stärken wollte, dann musste sie anderswo davon stehlen. Wollte sie die Geschwüre und Rötungen ihrer Haut verschwinden lassen, musste sie die Makel übertragen. Meist mehrte man dabei das Unheil. Kurz dachte sie an den Furunkel … Ihn wachsen zu lassen wäre eine Möglichkeit, die giftigen Säfte aus ihrem Leib zu entfernen.

Grumgri keuchte auf. »Was machst du, Kapitän?«

Leynelle blickte zu dem Rotbart. Harr hatte von ihm abgelassen. »Bei den Alben, dein Arsch«, zischte der Kapitän. »Das sieht wirklich übel aus. Ich fürchte, das müssen wir aufschneiden. Wir sollten die Heilerin mal einen Blick darauf werfen lassen.«

Der bloße Gedanke an Grumgri, möglicherweise gepaart mit einer leichten Verärgerung, hatte schon genügt, um ihm zu schaden. Leynelle tastete unter den Stoff, der ihr Gesicht verbarg. War ihre Haut ein wenig glatter geworden? Sie würde nicht in eine spiegelnde Oberfläche blicken, entschied sie. Deutlich spürte sie die Abszesse und den Schorf. Sie wollte nicht sehen, was die anderen so sehr zurückschrecken ließ.

Erneut schloss die Zauberweberin die Augen. In Gedanken tastete sie nach den Lebensfunken, die im Wasser glommen. Sie zog die Kraft an sich, erfrischte sich an ihrem Verlöschen. Es war so süß, endlich zu spüren, wie zurückkehrte, was Alathaia ihr genommen hatte.

»Da treiben lauter tote Fische!«, rief Broja überrascht. »Holt Netze! Sehen wir uns die mal an. Vielleicht kann man sie ja essen.«

Leynelle öffnete die Augen wieder. Das Abendlicht färbte das Wasser um den Aal rot. Silbrig weiße Fischbäuche schimmerten darin. Und immer noch trieben weitere tote Fische aus der Tiefe des Meeres herauf.

Sie bemerkte Alathaias Blick auf ihr, und sie las darin, dass die Fürstin verstanden hatte, was geschehen war. Alathaia wusste nun, dass sie kein Opfer mehr war, sondern zu ihrer alten Macht zurückgefunden hatte.

Das Hühnerpferd

Ihr solltet zusammen einmal eine Runde drehen. Es hatte sich so angehört, als würde das ziemlich friedlich verlaufen. So wie zusammen einen trinken gehen. Er hätte es besser wissen müssen, dachte Zachri, als er den Pegasus sah.

Vanduin nickte ihm grüßend zu, machte dabei aber ein Gesicht, als sei er in einen Hundehaufen getreten.

»Ich glaube, ihr beide solltet euch besser kennenlernen«, sagte Ilak und glitt davon.

Zachri hatte noch nie einen Pegasus gesehen. »Ich dachte, sie seien alle verbrannt ...«, murmelte er und wurde sich bewusst, dass das wohl nicht der beste Einstieg in ein Gespräch war.

Der Schimmel mit den gewaltigen weißen Schwingen schnaubte ihn an, als habe sogar er die Worte verstanden.

Etwa ein Dutzend Elfen standen bei Vanduin. Jetzt sahen sie ihn alle finster an. Zachri hob entschuldigend die Hände. »Ich dachte nur ... Es heißt doch, die Himmelsschlangen hätten sich an diesen Hühnerpferden gerächt.«

»Hühnerpferd?«, echote Vanduin sehr leise.

»Ich liebe Hühner. Legen jeden Morgen ein Ei, und wenn das nicht mehr klappt, kann man sie immer noch essen und die Daunen ...« Während des Sprechens war Zachri leiser und leiser geworden, bis seine Stimme schließlich ganz erstarb. Er hätte besser den Mund gehalten. Aber irgendwie mochte sich seine Zunge nicht seinem Verstand unterordnen.

»Hoffen wir, dass das Hühnerpferd sich nicht an deine Worte erinnert und bockig wird, wenn wir tausend Schritt über der Insel fliegen.« Vanduin wies auf den Sattel, der ziemlich seltsam aussah. Es gab zwei breite Lederriemen, die unter dem Bauch des Pegasus hindurchliefen. Nur war nichts da, worauf man sich bequem hätte setzen können. Stattdessen gab es eine Auflage aus dickem Leder, die ein paar lederne Schlaufen aufwies.

»Ich kann gar nicht reiten«, winkte Zachri ab. »Und es ist auch gar nicht meine Art, mich aufzudrängen. Ich geh dann mal.«

Vanduin trug einen leichten Lederpanzer, der bis knapp zu den Hüften reichte. Breite Lederstreifen hingen wie ein Rock daran. Er setzte einen schmucklosen Helm mit kantigen Wangenklappen auf. Mit einem Satz sprang er aus dem Stand auf den seltsamen Sattel und blieb darauf stehen. Die Spitzen der Stiefel schob er in zwei der eigenartigen Laschen. »Na los, Kobold, komm rauf!«, rief er ihm grinsend zu.

Zachri machte gute Miene zum bösen Spiel. Er zuckte entschuldigend mit den Achseln. »Bin zu klein, da komm ich nicht hoch.« Er hatte es kaum ausgesprochen, da wurde er von hinten gepackt und dem Elfen zugeworfen.

Vanduin fing ihn auf und stellte ihn hinter sich ab.

»Das ist mies«, zischte Zachri. »Ich bin kein Stück Frachtgut, das man einfach herumwirft.«

»Stimmt!« Vanduin nickte. »Frachtgut nimmt man mit, weil es einen Wert hat. Du bist nur unnützer Ballast. Ich weiß nicht, woher du kommst und warum Ilak dich so freundlich behandelt, aber mir bedeutest du nichts.« Der Elf wandte sich an seine Kameraden. »Gebt ihm ein Seil. Er soll sich festbinden. Ich kann mich nicht damit aufhalten, seine Amme zu spielen, wenn wir auf Drachlinge oder Schlimmeres stoßen.«

Eine silberhaarige Elfe, die ein schwarzes Banner hielt, auf dem eine rote Rose prangte, reichte ihm ein Seil aus geflochtenen Lederriemen. »Binde dich besser gut fest, kleiner Mann«, sagte sie freundlich.

Auch wenn sie es wohl nett gemeint hatte, hasste er es, *kleiner Mann* genannt zu werden. Er war ein Mann, verdammt. Und so wie es aussah, war er der einzige verdammte Kobold in diesem ganzen Heer. Es gab Zwerge und Damien, Elfen und Kentauren, sogar ein paar Trolle und einen Riesen hatte er gesehen, aber nicht einen einzigen Kobold. Und das konnte nur einen Grund haben: Selbst der dämlichste Kobold, dem er je begegnet war, war nicht so dumm, im Weg zu stehen, wenn sich die Großen auf einem Schlachtfeld den Kopf einschlugen. Und bei dem, was kommen musste, waren sogar Drachen und Himmelsschlangen im Spiel! Was hatte sich Vanduin nur dabei gedacht, ihn aus dem Windland der Zukunft hierherzuschicken? Er würde hier verrecken!

»Bind dich besser fest«, riet die Elfe noch einmal.

Der Pegasus trabte an, und Zachri rutschte fast vom Sattel. Hastig schlang er sich das Seil um den Bauch und verknotete es mit einer der Laschen. Zitternd kniete er nieder und hielt sich mit der Rechten an einer anderen Lederschlaufe fest. »Ich brauch einen Schild«, rief er verzweifelt. »Ich brauch etwas, womit ich mich schützen kann.«

Der Pegasus wendete in einem großen Halbkreis und begann mit den Flügeln zu schlagen, während er schneller und schneller wurde.

Einer der Elfen rannte zu einer Tafel, auf der Früchte, Brot und kalter Braten aufgetischt standen. Er packte einen großen Silberteller und warf ihn Zachri zu. »Wir haben keine Koboldschilde. Nimm das hier, und verkriech dich dahinter.«

Vanduin beugte sich zur Seite und packte eine Lanze, die mit der Klinge im Boden steckte. Die Waffe war gut vier Schritt lang, und ihre Spitze sah aus wie ein Schwert. Eine solche Waffe hatte Zachri noch nie gesehen, aber es blieb ihm keine Zeit, sich darüber zu wundern, denn der Pegasus verlor den Boden unter den Hufen und stieg in den Himmel empor.

Zachri wurde nach hinten gerissen. Mit der Linken presste er den Silberteller vor seine Brust, während er sich mit der Rechten verzweifelt an Vanduins Bein klammerte.

Der verdammte Gaul neigte sich scharf nach links. Zachri geriet ins Rutschen und setzte sich vorsichtshalber, während Vanduin mit den Füßen in den Laschen einen sicheren Stand hatte.

»Wirf ihn jetzt noch nicht ab, Sternenhuf. Ilak mag ihn. Wir würden nur Ärger bekommen. Lass ihn in eine schlammige Pfütze purzeln, wenn wir wieder landen. Ich schneid dann sein Seil durch.«

»Das hab ich gehört!«, rief Zachri schlotternd und sah mit angstweiten Augen zu, wie die Zelte des Heerlagers unter ihnen immer kleiner wurden.

»Das solltest du auch hören!«

Zachri blickte über seine Schulter. Vanduin stand leicht vorgebeugt. Sein fahlblondes Haar flatterte im Wind. Wie konnte man Spaß daran haben, ohne Flügel in den Himmel hinaufzusteigen? Zachri musste sich zusammenreißen, um nicht zu wimmern. Es war mit Abstand das Schrecklichste, was ihm je widerfahren war. Selbst von mordlüsternen Trollen umringt zu sein war nicht so wie das hier. Bei Trollen hatte man zumindest noch die Hoffnung, weglaufen zu können. Aber hier … er prüfte noch einmal sein Seil, ob er auch einen ordentlichen Knoten gemacht hatte.

Weit unter ihnen stiegen noch einige Reiter auf Pegasi auf. »Deine Gefährten werden sich gleich zu uns gesellen«, rief Zachri in der Hoffnung, etwas Nützliches beizutragen und gute Stimmung zu machen.

»Werden sie nicht«, entgegnete der Elf. »Sie werden sich über uns in den Wolken verbergen. Wir sind der Lockvogel, um die Drachlinge zu einem unbedachten Angriff zu verführen.«

»Du scherzt!«, entfuhr es Zachri.

»Ist nicht meine Art«, bemerkte der Elf trocken.

Lockvogel? Gestern hatte die Blutkönigin ihn einen Minenvogel genannt. Heute war er ein verdammter Lockvogel. Er sollte nicht hier sein. Hier gehörten keine Kobolde her! Sollten diese Verrückten sich doch alle gegenseitig umbringen.

Er starrte hinab auf die winzige Welt tief unter ihm und versuchte sich vorzustellen, was ihn erwartete. Sie würden wohl irgendjemanden aufscheuchen, Vanduin würde fliehen und ihre Verfolger zu den anderen Elfen locken. Und er saß hinten auf diesem verfluchten Pegasus! Also den Verfolgern direkt vor den Speerspitzen.

Zachri zermarterte sich das Hirn, wie er dieser Gefahr entkommen konnte, doch hier oben, tausend Schritt über festem Boden, gab es keine Fluchtmöglichkeit. Darna war eine schöne Insel. Dichte Wälder wechselten sich mit weiten blumenübersäten Feldern ab. Aber nur ein einziges Mal sah er eine kleine Siedlung, und selbst die sah verlassen aus. Die Dächer der Häuser und Schuppen waren zum Teil eingefallen, und kein Albenkind zeigte sich auf den Wegen.

Schnell lag das Dorf hinter ihnen. Vanduin strebte auf Sternenhuf der Küste entgegen. Der Elf redete nicht mit ihm. Stoisch stand er auf dem Rücken des Pegasus. Mit der Linken hielt er den Zügel, in der Rechten seinen langen Speer, dessen Spitze nach unten gerichtet war.

Immer wieder wandte Zachri sich um, damit er – an den Beinen des Elfen und dem Kopf des Pegasus vorbei – sehen konnte, wohin sie flogen. Ihre Begleiter waren verschwunden. Zachri sah zu den dichten weißen Wolken hinauf. Es sah aus, als seien sie zum Greifen nah. Wenn er jemals ins Windland und zu seiner Sippe zurückkehren sollte, was könnte er ihnen nicht alles erzählen! Ja, einst hatte es angeblich einen Kobold gegeben, der auf den Schultern eines Trolls geritten war … aber was war ein blöder, ungewaschener Troll im Vergleich zu einem Pegasus? Er würde als ein Held heimkehren!

Und dann sah er das Meer. So weit wie die Steppen des Windlands, reichte es bis zum fernen Horizont. Möwen tanzten entlang der Küste. Die Sonne ließ es aussehen, als sei das tiefe Blau mit unzähligen Spiegelsplittern betupft. Zachri runzelte die Stirn. Wie sollte man einen so erhabenen Anblick jemandem beschreiben, der nur das Wogen von hohem Gras kannte, über dem der Wind dahinzog?

»Da vorne sind sie!« Vanduin wies mit seinem Speer nach links.

Noch weit entfernt, sah Zachri eine Bucht voller Bäume. Es dauerte ein paar Herzschläge, bis er seinen Irrtum erkannte. Was er für Bäume gehalten hatte, wuchs blattlos aus Booten, die größer als Häuser waren. Die ganze Bucht lag voll von ihnen. Es waren mehr, als er zählen konnte.

»Gleich beginnt der Tanz«, warnte ihn Vanduin. »Wahrscheinlich haben sie uns schon gesehen.«

Das konnte Zachri sich nicht vorstellen. Vanduin ritt dicht unter den Wolken auf einem weißen Pegasus, er trug eine weiße Lederrüstung, und sie waren mindestens noch drei Meilen von den Schiffen und dem Lager am Ufer entfernt.

Allerdings kamen sie schnell näher. Und es war offensichtlich, dass das Heer der Drachlinge erheblich größer war als das der Blutkönigin. Eine Kolonne von mindestens zweihundert Reitern verließ gerade das Lager.

Die Dünen standen voller bunter Zelte, und immer noch wurden Krieger an Land gebracht. Seidenbanner wehten in der Nähe eines seltsamen roten Zelts, das sich über den gesamten Kamm einer Düne erstreckte. Es wirkte, als wäre es aus Leder oder …

Erschrocken stieß Zachri einen Schrei aus, als das *Zelt* den Kopf hob.

»Keine Sorge, das ist keine Himmelsschlange, sondern nur ein Sonnendrache«, rief Vanduin.

Das Biest wendete seinen Kopf und sah in ihre Richtung. Schläfrig streckte es die Flügel. Dann tat es einen schrillen Schrei.

Alles Leben in dem großen Heerlager schien den Atem anzuhalten. Alle verharrten. Und hinter der Düne, auf welcher der Drache lagerte, stiegen Dutzende geflügelte Gestalten auf, Kreaturen, wie Zachri sie noch nie gesehen hatte. Sie schienen halb Fledermaus, halb Elf zu sein und hielten lange Speere in den Händen, von denen blutrote Seidenwimpel wehten.

Zachri umklammerte verzweifelt den Silberteller, den er noch immer vor der Brust trug. »Lass uns abhauen!«, schrie er verzweifelt.

Vanduin lachte. »Das wäre aber nicht sehr ritterlich.« Dann zog er an den Zügeln des Pegasus und hielt auf die geflügelten Kreaturen zu.

Die Augen im Rücken

Vor langer Zeit über Darna

Vanduin flog mitten in den Schwarm hinein. Mit tödlicher Präzision schwang er seine Schwertlanze mit weit ausholenden Bewegungen. Dabei war er atemberaubend schnell. Gerade lenkte er noch einen Lanzenstoß eines Angreifers ab und spaltete im nächsten Augenblick schon die dünnen Flügelknochen eines zweiten Gegners, der daraufhin trudelnd in Richtung des gegnerischen Heerlagers stürzte.

Ihre geflügelten Elfen kreischten wie Raubvögel. Die Luft schien voller Lanzenspitzen zu sein. Eine kratzte über den Silberteller, den

Zachri an seine Brust gepresst hielt. Die Überzahl half ihren Feinden nur wenig – sie behinderten sich gegenseitig bei dem Versuch, Vanduin zu treffen.

Blut spritzte Zachri ins Gesicht. Eine geflügelte Bestie stürzte mit einer klaffenden Wunde in der Brust in die Tiefe. Ein Lanzenstoß ließ Federn von Sternenhufs Flügeln davonwirbeln. Blut sickerte durch das schneeweiße Gefieder. Der Hengst wieherte wild. Ein Huftritt zerschmetterte einem ihrer Gegner den Kopf.

Wieder beschrieb Vanduins Schwertlanze einen tödlichen Kreis. Er hackte einem ihrer Gegner den linken Flügel ab.

Dann waren sie durch den Schwarm der Feinde hindurch.

»Du machst deinem Namen alle Ehre, Vanduin Totentänzer. Wechsele die Seiten, und ich schenke dir dein Leben. Und dem Kobold auf deinem Sattel auch, falls er dir etwas bedeutet.« Die Stimme war überall um sie herum. Sie schien aus allen Richtungen zugleich zu kommen, als spräche der Himmel selbst zu ihnen.

»Wer ist das?«, rief Zachri.

»Nur der Drache unter uns. Gib nichts darauf. Alle größeren Drachen haben solche Allmachtsfantasien.« Vanduin rief dem Pegasus etwas zu, was Zachri nicht verstand, und der Hengst flog abrupt eine so enge Kurve, dass es Zachri fast vom Sattel gerissen hätte.

Zachri fand es ziemlich allmächtig, wenn man den Himmel sprechen lassen konnte, ein Heer befehligte wie das, das sich unter ihnen versammelte, und vermutlich Zähne lang wie Schwertklingen hatte. Ihn schüchterte das gewaltig ein. Ihm zitterten die Hände so sehr, dass er den Teller kaum noch halten konnte.

Der Pulk der Elfen mit Fledermausflügeln hatte kehrtgemacht und kam ihnen erneut entgegen. Vanduin ging in den tiefen Stand und streckte den rechten Arm, in dem er den Speer hielt, nach unten, bereit, wieder Tod und Verderben unter seine Feinde zu bringen.

Zachri machte sich so klein wie möglich. Er konnte nichts tun. Er war kein Krieger, er besaß nicht einmal eine Waffe. Er konnte nur hoffen, das hier zu überleben.

»Eure Arroganz wird euch Elfen noch den Untergang bringen«, sagte die Stimme, die den Himmel erfüllte. »Glaubst du wirklich, Elf, du seist mir im Luftkampf gewachsen? Mir, einem Drachen, der geschlüpft ist, um am Himmel zu leben?«

Die Wolkenbank unmittelbar über ihnen begann sich aufzulösen, während alle anderen Wolken unverändert blieben. Deutlich war der kleine Trupp von Pegasusreitern zu sehen, der darauf gewartet hatte, in den Kampf einzugreifen.

»Mach dir um mich keine Sorgen«, rief Vanduin. »Ich hätte sie jetzt ohnehin in den Kampf gerufen. Dies ist ihr Augenblick.«

Sie stiegen mit dem Pegasus weiter in den Himmel empor, während ihre Angreifer ihnen von oben entgegenkamen. Die anderen Pegasusreiter, die noch höher flogen, würden den Feinden also in den Rücken fallen. Nicht unbedingt ritterlich, dachte Zachri, aber ganz sicher ein Erfolg versprechender Plan.

»Angriff!«, rief Vanduin mit einer Kampfesbegeisterung, die Zachri nicht begreifen konnte. Selbst wenn sich ihnen die anderen Pegasusreiter anschlossen, waren die Feinde ihnen immer noch fünffach überlegen. Ganz davon zu schweigen, dass dieser Sonnendrache, der unter ihnen lag, ganz gewiss noch mehr vollbringen konnte, als Wolken aufzulösen und den Himmel sprechen zu lassen.

Zachri sah an den Beinen des Elfen vorbei nach vorn. Es war erschreckend, wie schnell alles ging. Wieder war Vanduin inmitten der geflügelten Feinde. Er setzte seine Lanze nicht ein, um zuzustechen, sondern führte mit dem Schwertblatt an ihrer Spitze schwungvolle Hiebe. Er ließ feindliche Lanzen zersplittern, hackte in die Flügel der Angreifer, und einmal enthauptete er sogar einen Gegner, dessen Kopf mit entsetzt starrenden Augen keine zwei Schritt neben Zachri in die Tiefe fiel.

Auch Sternenhuf kämpfte. Er keilte wild aus und biss sogar nach den Feinden.

Dann waren die anderen Pegasusreiter heran. Und selbst Zachri, der noch nie in einer Schlacht gestanden hatte, erkannte, dass es nicht allein die Zahl der Kämpfer war, die über Sieg oder Niederlage entschied.

Ein Pegasus scherte mit verletztem Flügel aus und versuchte nach Süden zu entkommen, wo sich das Feldlager Ilaks befand. Zwei der geflügelten Gegner folgten ihm, doch er schien ihnen erfolgreich zu entwischen ... als plötzlich ein Schwarm Pfeile vom Himmel herabkam. Die Reiterin wurde von vier oder fünf Geschossen in die Brust getroffen und aus dem Sattel gerissen. Ihren Pegasus trafen mehr als ein Dutzend Pfeile. Die rehbraune Stute stieß ein verzweifeltes Wiehern aus und stürzte, sich wieder und wieder überschlagend, mit weit ausgebreiteten Schwingen dem Heerlager entgegen.

Aus einer der verbliebenen Wolken sanken Bogenschützinnen herab. Erstaunt sah Zachri, dass es sich ausschließlich um Kriegerinnen handelte. Im Gegensatz zu den anderen Feinden hatten sie gefiederte Schwingen, die an die Flügel von Raubvögeln erinnerten. So wie Sperber konnten sie mit den Flügeln rüttelnd in der Luft stehen bleiben und ihre Beute beobachten. Sie waren mit seltsam gekrümmten Bögen bewaffnet und trugen gleich zwei Köcher voller Pfeile, die rechts und links von ihren Hüften hingen. Schmucklose Bronzehelme, unter denen langes Haar hervorquoll, schützten ihre Köpfe. Auch sie schienen Elfen oder Damien zu sein. Die Schwingen wuchsen ihnen aus den Schulterblättern. Sie trugen bunte Tuniken, in deren Säume verschlungene geometrische Muster gewoben waren. Die Tatsache, dass sie im Flug auf der Stelle verharren konnten, war sicher enorm hilfreich, wenn man einen gezielten Schuss abgeben wollte.

»Vanduin!«, schrie Zachri. »Links hinten über uns!«

Der Elf war ganz und gar mit den Kriegern mit den Fledermausflügeln beschäftigt, die ihn umschwirrten. Die neuen Feinde hatte er noch gar nicht bemerkt.

Mit Schrecken sah Zachri, wie diese – ein Schwarm von weit über hundert – ihre Bögen spannten und auf sie anlegten, obwohl überall um die Pegasusreiter ihre Verbündeten mit den Fledermausflügeln schwirrten. Entweder schossen die Bogenschützinnen verdammt gut, oder es war ihnen egal, ob sie auch ein paar ihrer eigenen Leute vom Himmel holten.

Um nach Hause zu kommen, brauchte er den Elfen, das wusste Zachri. Also riss er seinen Silberteller hoch, um Vanduins Rücken vor den Pfeilen zu schützen. Die harten Aufschläge rissen ihm den Teller fast aus den Händen.

Vanduin zog Sternenhuf am Zügel herum. Sie brachen durch die Formation der schwarz geflügelten Feinde. Ein Speer zielte auf Zachris Kopf. Er duckte sich zur Seite, wurde aber dennoch an der Schläfe getroffen. Blut rann ihm über die Wange, während der Angreifer mit seinem Leben dafür bezahlte, in die Nähe des Totentänzers gekommen zu sein.

»Rückzug!«, rief Vanduin aus Leibeskräften. »Zerstreut euch!«

Links von ihnen stürzte ein weiterer Pegasusreiter. Sternenhuf steckten mehrere Pfeile in der linken Schwinge.

Ein neuer Hagel von Geschossen ging auf sie nieder. Wieder riss Zachri den silbernen Teller hoch. Die Bogenschützen waren jetzt genau über ihnen. Sie machten keine Anstalten, näher zu kommen, sondern wollten die Pegasusreiter aus sicherer Entfernung erlegen.

Weitere Pfeile durchschlugen Sternenhufs Flügel. Zachri sah, wie Blut auf die Flanken des Hengstes spritzte und das Gefieder rot färbte. Der Schimmel sah aus, als sei er einem Schlachthaus entflohen.

Noch ein Pegasusreiter stürzte aus dem Himmel.

Und wieder gingen Pfeile auf sie nieder. Ein Schlag traf Zachri bei der linken Hüfte. Ein Pfeil hatte ihn durchbohrt, während er immer noch den Silberteller hochhielt. Er wollte etwas sagen, wollte fluchen, doch der Schmerz versiegelte seine Lippen.

»Richte deinem Fürsten aus, dass er diese Nacht ein Geschenk von mir bekommen wird«, ertönte die Drachenstimme im Himmel.

Zachri presste sich den silbernen Teller vor die Brust, vorsichtig darauf bedacht, nicht gegen den schwarz befiederten Pfeil zu stoßen. Es tat so weh! Seine gute Hose war schon von seinem Blut durchtränkt. Was für ein Mist! Die beste Hose, die er je besessen hatte. Diese Flecken würden nie mehr herausgehen, selbst wenn er sich die Finger auf einem Waschstein wund rieb.

Er atmete nur flach. Das tat weniger weh. Die Feinde schienen ihnen nicht zu folgen. War schlecht gelaufen für die Elfen. Nicht einmal die Hälfte der Pegasusreiter war noch in der Luft. Wäre er nicht die Augen in Vanduins Rücken gewesen, hätte es den strahlenden Helden auch erwischt.

War das seine Aufgabe gewesen? Vanduin zu retten? Er war so müde. Es fiel ihm schwer, die Augen noch offen zu halten.

Das alles hier würde in einer Katastrophe für die Blutkönigin enden. Er wusste es, aber sie wollten ihm ja nicht einmal zuhören. Der Sonnendrache hatte schon recht. Am Ende würde die eigene Arroganz die Elfen umbringen.

Zachri blickte auf das rinnende Blut. Jetzt war die Hose wirklich nicht mehr zu retten, dachte er enttäuscht und versuchte nicht länger, gegen den Schlaf anzukämpfen.

Vielleicht würde er ja von einem Hasenbraten träumen …

Schandmaul

Vor langer Zeit auf Darna

Sternenhuf war am Ende seiner Kräfte, als unter ihnen die Lichtung erschien, die das Herz von Ilaks Heerlager bildete. Nur dort gab es ausreichend Platz für die Pegasi, um zu landen.

Schon liefen etliche Elfen zusammen. Gyldion, sein Fürst, war dort, und auch Ilak verließ ihr prächtiges rotes Zelt. Hörner kündeten von ihrer Ankunft.

Vanduin ließ dem Hengst die Zügel locker. Es tat ihm im Herzen weh, die von Pfeilen durchbohrten Schwingen zu sehen, die immer schwächer schlugen.

Der Boden kam nun schnell näher. Sternenhuf trudelte. Es würde keine gute Landung werden. Vanduin sah, wie die Zauberweber ihre Arme hoben. Wind schlug ihm ins Gesicht und griff stützend unter Sternenhufs Schwingen. Der Kobold glitt durch den Ruck vom Sattel. Das Seil stoppte seinen Fall. Sein alberner Silberteller stürzte hinab ins Gras der Lichtung. Der kleine Kerl war auf dem Rückweg nicht mehr geschwätzig gewesen. Sein erstes Scharmützel zu erleben hatte ihm das Maul gestopft.

Der Wind wurde stärker. Er legte sich wie ein Polster aus Luft unter den Pegasus.

Noch zwanzig Schritt bis zur Wiese. Heiler kamen herbeigelaufen. Die Stallburschen und Pferdemasseure standen bereit, um zu helfen. Vanduin sah die bangen Blicke jener Helfer, deren Pegasi noch nicht am Himmel aufgetaucht waren. Sie waren auf dem Rückzug nicht mehr verfolgt worden – eine kalkulierte Geste von Flammenbringer, wie sich der Sonnendrache hochtrabend nannte. Es war demoralisierender für das Heer, sie so zusammengeschossen zurückkehren zu sehen, als sie gar nicht mehr wiederzusehen.

Sternenhuf setzte im Gras auf und brach zusammen. Vanduin sprang ab, kaum dass die Hufe des Pegasus den Boden berührten. Er kniete neben seinem Schlachtross, dessen weite Schwingen wie ein Leichentuch auf seinen Flanken ruhten.

»Alles wird wieder gut.« Vanduin beugte sich über das Haupt des Hengstes, flüsterte ihm ins zuckende Ohr und streichelte ihm über den Hals. Das Fell war mit getrocknetem Blut verkrustet.

Heiler kamen herbeigeeilt. Mit Zangen schnitten sie die mit Widerhaken versehenen Pfeilspitzen ab, die Sternenhufs Flügel durchschlagen hatten.

»Du hast gut gekämpft, mein Freund. Jetzt ruhst du dich aus.«

Vanduin hörte die Heiler flüstern. Es schien ernst zu sein. Er schluckte. So viele Jahre war er auf Sternenhufs Rücken in den Kampf gezogen. Und nie war ihm in den Sinn gekommen, dass der Tag kommen mochte, an dem der Tod nach ihnen griff.

Er strich seinem Gefährten immer weiter über den Hals. »Sie werden dich massieren und dir Hafer bringen. Du wirst besser behandelt als ich.«

Sternenhuf blähte die Nüstern, war aber zu schwach, um zu schnauben.

Vanduin zwang sich zu einem Lächeln. »Ein paar Tage, dann steigen wir wieder in den Himmel hinauf, und dann werden wir dem verdammten Sonnendrachen seine Schuppenhaut über die Ohren ziehen.«

Die großen, dunklen Augen des Pegasus verloren an Glanz.

»Er hat zu viel Blut verloren!«, rief einer der Heiler. »Das können wir nicht ersetzen. Stoppt die Blutungen …«

Vanduins Mund war so trocken, als habe er Staub geschluckt.

Ilak glitt an seine Seite. Sie schickte Diener los, einen Bullen aus der Herde zu holen, die sie begleitete. »Wir werden ihn retten«, versprach sie.

Es war diese Art der Magie, die ein wesentlicher Grund für ihren Bruch mit Emerelle gewesen war: Blutmagie, bei der ein Leben genommen wurde, um ein anderes zu retten. Vanduin war froh, jetzt Ilak an seiner Seite zu wissen. Wenn sie Hilfe versprach, dann hielt sie Wort.

»Wo ist dein Kobold?« Nivellyn, eine der Pegasusreiterinnen, kam vom Rand der Lichtung, wo ihre Stute versorgt wurde. Ihr Rotfuchs hatte das Gefecht deutlich besser überstanden als Sternenhuf, wenngleich auch er Pfeile in den Flügeln und der Hinterhand stecken hatte.

Die Elfe hielt einen Silberteller hoch. »Wo ist dieser Kobold?«, fragte sie in einem Ton, als sei der kleine Feigling jemand, der Respekt verdiente.

Vanduin sah das Seil, mit dem Zachri sich an einer der Sattellaschen festgebunden hatte, über die Flanke des Hengstes hängen. Eine der großen Schwingen bedeckte ihn, falls er sich nicht heimlich davongemacht hatte.

»Ich schätze, er ist ohnmächtig geworden«, erwiderte Vanduin kühl. »Wahrscheinlich, nachdem er sich die Hosen eingenässt hat.«

»Und ich schätze, dein Schandmaul öffnet sich nur deshalb noch, weil der Kleine sich für dich geopfert hat. Schande über dich, so von ihm zu reden!«

»Und so wie du redet keiner über mich.« Vanduins Hand senkte sich auf den Griff des Schwertes links an seinem Gürtel.

Wortlos hielt ihm Nivellyn den Silberteller hin. Tiefe Dellen und Schrammen zeichneten das Metall.

Vanduin erinnerte sich, im Kampf mehrfach ein Klirren hinter seinem Rücken gehört zu haben, doch er war viel zu sehr damit beschäftigt gewesen, den Lanzen auszuweichen, um etwas darauf zu geben.

»Er hat deinen Rücken beschirmt, ohne auf seine eigene Sicherheit zu achten«, sagte Nivellyn vorwurfsvoll. »Ich habe es mit eigenen Augen gesehen. Ein Pfeil hat ihn getroffen. Und selbst da hat er nur an deine Sicherheit gedacht, Totentänzer. Er ist für dich gestorben, und du hast es nicht einmal bemerkt.«

Ilak, die alles mit angehört hatte, hob behutsam den Flügel des Pegasus. Und tatsächlich, da lag er, der großmäulige Kobold. Vanduin spürte, wie ihm die Schamesröte in die Wangen stieg. Seine Worte über den Kobold waren wohl das Schändlichste, was ihm je über die Lippen gekommen war. Und er würde sie nicht mehr zurücknehmen können. Zachris Mund klaffte weit auf. Seine sonnengebräunte Haut wirkte wächsern. Seine Kleider waren von dunklem Blut durchtränkt. Eine große, grün schillernde Fliege saß auf seiner Zunge, und weitere Fliegen wimmelten dort, wo ein schwarz gefiederter Pfeil seinen zierlichen Leib durchschlagen hatte.

KNOCHENBERGE

Harr hatte Alathaia in sein Quartier ganz vorn im Rumpf des Aals gebeten. Er wirkte angespannt. Von den Gewässern, in denen sie nun fuhren, besaß er keine Karten. Und soweit Alathaia verstanden hatte, benötigte ein Aal ganz eigene Karten – jene für Segler nutzten nur zu einem kleinen Teil. Vermutlich würde es auch schwierig werden, zuverlässige Karten von Darna zu finden. Seit den Drachenkriegen war die Insel nicht mehr bewohnt. Sie galt als verflucht.

Der Kapitän saß in seinem hohen Sessel, als Alathaia eintrat. Die metallenen Schutzwände vor den seltsam geschnittenen Fenstern waren hochgefahren. Harr hatte den Aalaugen – wie er sie nannte – absichtlich eine Form gegeben, die Fischer und andere Seefahrer glauben ließ, dass sie die glühenden Augen eines Tiefseeungeheuers erblickten, wenn sie der *Bolzenspucker* bei Nacht begegneten. Jetzt blickte Alathaia durch die Aalaugen in türkisfarbenes Wasser. Sie trat näher und sah in einiger Entfernung etwas Weißes, das an einen riesigen Knochenhaufen erinnerte.

»Wir haben die Gewässer nahe Darna erreicht«, sagte Harr nüchtern. »Beunruhigend, nicht wahr?«

Alathaia war sich nicht sicher, was sie da sah. Der Aal näherte sich in langsamer Fahrt dem Knochenberg. Er schien vier oder fünf Schritt hoch zu sein und reichte so weit das Auge blicken konnte. Und die Sicht war in dem klaren Wasser gut.

Harr zog an einem der Hebel neben seinem Sessel, und Alathaia spürte, wie sich die Nase des Aals leicht nach oben hob. Sie würden auftauchen.

»Das sind Korallen«, ließ sich der Kapitän schließlich zu einer Erklärung herab. »Sie wachsen meist auf felsigem Grund. Oder auf Überresten gesunkener Schiffe. Sie sollten bunt, bewohnt und voller Leben sein. Mit Seeanemonen, die wie Blüten aussehen und sich in der Strömung wiegen, Seeigeln und Tausenden von Fischen in allen Regenbogenfarben. Hier aber ist alles tot. Wenn wir näher kommen, wirst du sehen, dass es ein Gewirr weißer Äste ist. Das ist alles, was bleibt, wenn ein Korallenriff stirbt. Wir haben übrigens vor mehr als einer Stunde schon einmal ein totes Riff passiert. Da das Fahrwasser immer seichter wird, nehme ich an, dass wir in unmittelbarer Nähe der Küste sind.«

»Dann sollte ich also meinen Gefährten sagen, dass unsere Reise auf der *Bolzenspucker* dem Ende entgegengeht?«

Der Kapitän drehte sich in seinem Sessel und sah zu ihr auf. Nachdenklich zwirbelte er eines der spitzen Enden seines Schnauzbartes zwischen Daumen und Zeigefinger. »Ist es das wirklich wert?«, fragte er zurückhaltend. »Die Geschichten über Darna sind nur Geschichten vom Tod. Und nun sehen wir, dass der Tod sogar bis ins Meer hinausreicht. Ich bin noch nie in ein Küstengewässer gefahren, in dem es keine Fische zu sehen gibt. Schon gar nicht vor einer südlichen Küste. Es sieht so aus, als wolle das Meer uns davor warnen, dass alles, was man sich über Darna erzählt, wahr ist.«

»Wenn ich finde, wonach ich suche, bringt es mir für immer Freiheit von Emerelles Tyrannei. Gerade ein Zwerg müsste doch verstehen, dass ein solcher Schatz jeden Preis wert ist…«

Der Kapitän wiegte den Kopf. »Die toten Fische, die immer wieder um den Aal treiben, wenn wir auftauchen, die sind kein gutes Omen.«

»Das ist Leynelles Werk. Sie weiß, dass ihr kein frisches Fleisch mehr an Bord habt. Es ist ein Geschenk von ihr an die Mannschaft, auch wenn sie kein Wort darüber verliert.« Das war natürlich gelogen, aber Alathaia wollte Harr nicht noch weiter beunruhigen. Ihr war klar, dass es eine Demonstration Leynelles war. Die Bienenhexe wollte ihr zeigen, dass ihre Macht wuchs. Sie wirkte die Blutmagie, die sie beide von Matha Blouta erlernt hatten. Leynelles Rücken war sichtlich weniger gekrümmt. Wenn sie erst einmal an Land waren, würde sie sich um die Zauberweberin kümmern müssen. Sie war sich auch nicht sicher, ob sie Adelayne trauen konnte.

Harr sah sie durchdringend an. Glaubte er ihr etwa nicht?

»Gilt unser Pakt noch, Kapitän? Soll ich dich reich wie einen Drachenfürsten machen?«

Endlich rang er sich zu einem Lächeln durch. »Ihr wisst, wie man

Zwerge verführt, Fürstin. Unter Elfen ist dies eine überaus seltene Gabe. Ich werde auf Euch warten, einen Mond lang. Und ich hoffe wirklich inständig, dass ich Euch wiedersehen werde.«

Lügen und Rosen

Alathaia reist nach Arkadien

Verzweifelt betrachtete Melvyn den Schriftzug. Dabei war bis heute alles so gut gelaufen.

Er war nach Süden gegangen, wie sie es in der Drachenhöhle entschieden hatten. Er hatte nach Orten gesucht, die er als Lagerplatz gewählt hätte. Solche, an denen die Küstenpatrouillen aus Bequemlichkeit nicht nachsehen würden. Windgeschützte Stellen tief im Gebüsch. Höhlen unter Brombeerhecken. Schwer einsehbare Abschnitte steiniger Hänge. Zwei Tage lang war er, nachdem er die Höhle verlassen hatte, von Enttäuschung zu Enttäuschung gegangen. Aber er war Jäger. Er gab nicht so leicht auf. Und dann, am dritten Tag, hatte er unter einem Stein, der umgedreht worden war, das verschnörkelte A gefunden.

Am selben Abend hatte sich Zafira ihm wieder angeschlossen. Er hatte die patzige Art der Lutin vermisst. Sie waren eine gute Jagdgemeinschaft geworden. Sie waren schneller gewesen als die Gruppe, der sie folgten. Ein Kobold gehörte dazu und eine Elfe, die langsam ging, sowie jemand, der immer wieder getragen wurde. Womöglich hatte sich Alathaia von ihrem Sturz immer noch nicht erholt? Aber warum versteckte sie sich auf der Insel, auf der sie herrschte? Und wer war der Verräter, der die versteckten Zeichen hinterließ?

Alathaias Gefährten hatten sich bemüht, ihre Spuren zu verwischen, und das hatten sie nicht schlecht gemacht. Aber nicht gut genug für einen Jäger mit den Instinkten und dem Wissen eines Wolfs.

Mit einem verzweifelten Seufzer blickte Melvyn über die karge Bucht. Hier endete es also. Die Botschaft, die er hier gefunden hatte, verhieß ihre endgültige Niederlage. Arkadien war riesig. Alathaia und ihr Gefolge würden vermutlich an der Waldküste Galveluns anlanden. Dort gab es keine größere Stadt, und auch in den Wäldern hielten sich nur wenige Siedlungen. Als kleine Gruppe unbemerkt zu reisen wäre dort nicht schwer. Diese letzte Nachricht half ihm nicht! Sie säte nur Verzweiflung.

Zafira stand immer noch auf dem Felsdorn und blickte auf das graue Wasser. Als sei dort eine Spur zu finden. Melvyn schnaubte. Irgendjemand hatte Alathaia und ihr kleines Gefolge hier abgeholt, und das war es.

Er ging zu der Lutin hinüber.

»Woher kommt der Rost?«, fragte sie ihn, und er zuckte nur mit den Schultern. Er hatte diese Spur entdeckt. Die Verfärbung, wo der Fels leicht abgestoßen war, als sei etwas Schweres dagegengeprallt. Dort gab es auch einen Abrieb von Rost.

»Was war hier, um die Fürstin zu holen?« Zafira zupfte an ihrem spitzen Kinn. »Ich habe noch nie ein Schiff gesehen, dessen Rumpf mit Eisen beschlagen ist. Kupfer oder Bronze, bei Seglern in südlichen Gewässern, um Bohrwürmer vom Holz fernzuhalten, das habe ich schon gesehen. Aber Eisen?«

»Wir werden dieses Rätsel nicht lösen«, sagte Melvyn resignierend.

»Wir könnten an der Küste von Galvelun nach ihnen suchen, so wie wir hier gesucht haben.«

»Wir würden sicher auch eine Spur finden … Irgendwann. Aber das hilft nicht mehr. Sie haben jetzt schon einen Vorsprung von etwa einer Woche. Wir können sie nicht mehr einholen. Ein guter Jäger weiß, wann er seine Fährte verloren hat.«

Leichter Nieselregen setzte ein. Vom Meer wehte ein kalter, böiger Wind. Außer dem Geräusch der Wellen und dem Heulen des Windes gab es keinen Laut in dieser öden Bucht.

»Wir werden zur Königin müssen«, sagte Zafira nach einer Weile leise.

Melvyn nickte. Es widerstrebte ihm, Emerelle die Geschichte ihres Versagens zu erzählen. Und offensichtlich ging es Zafira nicht besser. »Vielleicht sollten wir erst einmal einen Lagerplatz für die Nacht finden. Aber nicht hier, dieser Ort ist …«

»Ein Ort der Niederlage?«, fragte die Lutin.

»Auf jeden Fall hat er etwas Bedrückendes«, stimmte Melvyn ihr zu. »Gibt es einen Albenstern in der Nähe? Wir sollten es nicht hinauszögern, Emerelle aufzusuchen. Wir haben schon genug Zeit verloren. Vielleicht weiß sie Rat.«

Zafira schaute missmutig zum Himmel, dann sah sie ihn an. »Der Regen wird wohl noch schlimmer werden, und es sind einige Meilen bis zum nächsten minderen Albenstern … Wollen wir nicht ihren Lagerplatz unter dem Felsvorsprung nutzen? Da ist es halbwegs trocken.«

Melvyn wollte es hinter sich bringen. Es würde nicht besser, wenn sie die schmachvolle Rückkehr zu Emerelle verzögerten. »Du kannst unter meinen Umhang kommen, da ist es auch halbwegs trocken.«

Zafira sah zu ihm auf und bleckte die Zähne. »Ein Wolfself mit einem Umhang, der aussieht wie ein Streifen Grasland, macht mir ein galantes Angebot. Das Leben ist voller Überraschungen. Also gut, gehen wir.« Sie deutete nach Südwesten.

Melvyn hob den Umhang an und ließ sie darunterschlüpfen. Dann ging er zu den Dünen, aus denen hier und dort Felsen hervorragten. Er machte kleinere Schritte, damit Zafira mühelos mit ihm mithalten konnte.

In den letzten Tagen hatte er sich mehr und mehr eingestehen müssen, dass er voller ungerechter Vorurteile gegenüber der Lutin steckte. Ganz sicher hatte sie eine halunkische Ader. Aber wer war er, darüber zu urteilen? Schließlich mochte er es, mit seinem Wolfsrudel auf die Jagd zu gehen, was für jeden normalen Elfen schlichtweg unvorstellbar war. Sie war zäh, eine gute Zauberweberin und eine ausdauernde Jägerin. Sie sah auch nicht schlecht aus. Ihr dichtes rotes Fell mit der weißen Blesse über der Schnauze gefiel ihm. Wenn sie nur nicht so klein wäre.

»Meinetwegen musst du nicht tippeln wie eine Hofdame, die sich in einen zu engen Rock gezwängt hat«, erklang es mürrisch unter seinem Umhang. »Ich bin kein Kind. Ich kann durchaus mit dir Schritt halten.«

Er musste lächeln. Vor ein paar Tagen noch hätte er sich über so einen Spruch geärgert, jetzt verfiel er einfach in sein übliches Tempo, ohne zu antworten.

Hinter den Dünen folgte ein breiter Streifen Heideland. Stechginster, Heidekraut und hohes, gelb verdorrtes Gras bedeckten den sandigen Boden. Als sie die Bucht ein Stück hinter sich gelassen hatten, entdeckte Melvyn Kaninchenspuren. Ein Stück warmes rohes Fleisch wäre schön, dachte er, während er aufmerksam die Umgebung im Blick behielt.

Einmal kreuzten sie die Spur einer Reiterpatrouille. Der Regen war stetig stärker geworden, die Ränder der Hufabdrücke verwaschen und in sich zusammengesunken. Es musste Stunden her sein, dass die Reiter hier vorbeigekommen waren. Er konnte sieben Spuren unterscheiden.

»Elendes Sauwetter«, murmelte die Lutin unter seinem Umhang.

Langsam begannen der Regen und der kalte Wind, der von See her wehte, ihm zuzusetzen. Er könnte sich mit einem Zauber vor der Kälte schützen, aber konnte Zafira das auch?

Ein Stück entfernt entdeckte er einen Birkenhain, umgeben von einem Schutzwall aus Brombeerdickicht. Vielleicht würden sie dort einen Unterschlupf vor dem Regen finden?

Das Heidegestrüpp zerrte an seinem Umhang, als wolle es ihn von dem Birkenhain fernhalten. Melvyn lächelte über den kindischen Gedanken. Als er die Brombeeren erreichte, war es ganz dunkel geworden. Nur ab und zu leuchtete der zunehmende Mond zwischen den Wolken auf. Er war fast wieder rund. Es würde nicht mehr lange bis zum nächsten Mondfest dauern. Es wäre gut, dann nicht mehr auf Langollion zu sein.

Er fand eine Lücke zwischen den Büschen. Der Boden sah aus, als hätten Wildschweine ihn umgepflügt.

Zwischen den Birken ließ der Regen etwas nach. Melvyn bewegte sich jetzt vorsichtig. Er hatte Witterung von Wildschweinen. Ihr nasses Fell verströmte einen unverwechselbaren Geruch. Zwischen ein paar ruhenden Bachen und Ebern hindurchzustolpern würde mit Sicherheit übel enden.

Er hörte ein leises Grunzen. Eine erste Warnung?

Melvyn hielt sich weiter links.

»Ist was nicht in Ordnung?«, flüsterte die Lutin, die nur gelegentlich den Kopf unter seinem Umhang hervorstreckte.

»Wildschweine«, flüsterte er, umrundete einen moosbewachsenen Felsen und wich noch weiter nach links aus, bis er eine mondbeschienene Lichtung vor sich sah. Erschrocken blieb er stehen.

»Hier ist ein minderer Albenstern«, raunte Zafira. »Vier Albenpfade kreuzen sich hier.«

Melvyn spürte die Magie, die von dem Ort ausging. Doch nicht sie hatte ihn eingeschüchtert. Inmitten der Lichtung wuchs ein großer Rosenbusch, der, obwohl es fast schon Winter war, noch Hunderte makelloser rubinroter Blüten trug.

Schön, dich wiederzusehen, Wolfself, erklang die vertraute Stimme in seinem Kopf. *Ich muss gestehen, ich hatte gehofft, dass wir Gelegenheit haben würden, noch einmal zu plaudern.*

»Du bist hier«, entfuhr es ihm.

»Mit wem sprichst du?« Die Lutin schob den Kopf unter seinem Umhang hervor.

Die Wolken teilten sich, und eine breite Bahn Mondlicht ließ die Regentropfen auf Gras und Blättern silbern aufleuchten. »Da ist 'ne Höhlung unter dem Rosenbusch. Da könnte es halbwegs trocken sein.«

Deine kleine Freundin hat recht, Melvyn. Unter meinen Ästen ist es wirklich trocken. Ich kann meine Blätter so ausrichten, dass kein einziger Regentropfen zu euch durchdringt.

»Dieser Rosenbusch ist gefährlich. Gehen wir weiter, Zafira.«

»Ein Rosenbusch, der gefährlich ist?« Sie schlüpfte unter seinem Umhang hervor. »Was reitet dich denn?« Bevor er sie zurückhalten konnte, lief sie über die Lichtung und duckte sich unter den Dornenranken hindurch. »Hier ist es knochentrocken und …«

Da war ein Tonfall in ihrer Stimme, der Melvyn alarmierte. Wenn du ihr etwas tust, dachte er, dann werde ich dich niederbrennen.

»Hier ist alles voller Knochen. Vermutlich kommt ein Luchs hierher, um seine Beute zu verzehren.«

Ich tu ihr nichts, keine Sorge, versuchte Matha Blouta ihn zu umgarnen.

Warum bist du überhaupt hier? Du lebst doch beim Palast.

Ein wenig von mir ist in allen Rosen dieser Insel, Melvyn. Nun komm, gesell dich zu deiner Freundin. Zu zweit ist man immer sicherer.

Er tastete nach den Krallenhänden an seinem Gürtel.

Die wirst du nicht benötigen.

Die Stimme der Rose in seinem Kopf hatte etwas Beruhigendes, Einlullendes. Dass Zafira einfach nicht auf ihn hören konnte …

Wir haben dieselben Feinde, Melvyn. Für den Augenblick sind wir Verbündete.

Ich weiß nicht, was du meinst.

Alathaia. Sie hat sich von mir abgewandt. Sie wird mich verraten und Unglück über Langollion bringen.

Sie war doch dein liebster Spross.

Es sind stets die liebsten Sprösslinge, die einen am Ende am bittersten enttäuschen. Ich hatte noch so große Pläne mit ihr, doch sie hat beschlossen ihre eigenen Wege zu gehen. Es ist auch in meinem Sinne, wenn sie aufgehalten wird und ihr beide nicht eure Zeit damit verschwendet, falschen Fährten nachzuspüren.

»Kommst du, Melvyn?« Zafira streckte ihren Kopf durch die Lücke im Rosenbusch. »Du wirst ein Stück kriechen müssen, aber mitten unter dem Busch ist eine Vertiefung, in der du bequem sitzen kannst. Lass uns ein wenig ausruhen, bevor wir Emerelle entgegentreten.«

Was meinst du mit falschen Fährten, Rose?

Aus den Augenwinkeln sah Melvyn einen Schatten. Etwas bewegte sich unter den Birken am Rand der Lichtung. Doch obwohl er im Dunkeln gewöhnlich gut sehen konnte, blieb, was er sah, nur ein Schattenriss. Es wurde kühler.

Ja, dies ist ein unheimlicher Ort. Du solltest jetzt nicht zurück in den Birkenhain gehen. Dort lauert etwas, was neu ist auf dieser Insel. Selbst ich bin mir nicht sicher, was geschehen wird, wenn du unter die Bäume trittst. Komm doch unter den Busch, und lass uns einfach plaudern.

Melvyn löste die Krallenhände vom Gürtel und streifte sie über. Es war nie gut, sich von Feinden vorschreiben zu lassen, was man tun sollte.

Was bist du für ein garstiges Unkraut, Melvyn. Wir sind doch keine Feinde. Ich verrate dir etwas, dann wirst du verstehen, wie gut ich es mit dir meine. Alathaia hat dieses Geschreibsel für euch zurückgelassen.

Alathaia? Niemals! Warum hätte sie das tun sollen?

Weil sie sich sicher war, dass Emerelles Meuchler sie weiterhin jagen würden. Sie hat einigen Respekt vor dir. Sie hatte befürchtet, dass du diese Höhle finden würdest.

Das war nicht ich, sondern die Lutin, dachte Melvyn.

Wer auch immer ... Sie hat die Botschaften hinterlassen, um euch in die Irre zu führen. Gäbe es wirklich einen Spitzel, der euch helfen will, dann hätte der doch nicht geschrieben, dass ihr nach Arkadien sollt. Das ist ein riesiger Landstrich. Diese Auskunft ist doch keine Hilfe, sie soll euch lähmen. Obendrein ist Alathaia gar nicht dort. Sie ist auf Darna.

Wie könnte ich darauf vertrauen, dass nicht du uns in die Irre führst?

Es ist nicht leicht mit dir, Melvyn. Ich bin der Dünger, aus dem dein Erfolg erwächst. Auch ich finde, dass Alathaia aufgehalten werden muss, und du weißt, dass ich ihr nicht hinterherlaufen kann. Sie ist jetzt außerhalb meiner Reichweite. Du solltest zu Emerelle gehen und dich mit ihr beraten, Wolfself.

Und warum sollte ich einen Umweg zu Emerelle machen? Ich könnte doch auch direkt nach Darna.

Da ist etwas, was dich ziemlich schnell umbringen würde. Ein altes Übel, viel schlimmer als die Schatten, die im Birkenhain lauern. Geh zu Emerelle. Sie war einmal auf Darna. Sie muss wissen, wie man dort überlebt.

Ganz gleich, ob die Rose log oder nicht, sie wollten ohnehin an den Hof der Königin. »Zafira? Würdest du bitte den Albenstern auf der Lichtung öffnen? Wir müssen in Emerelles Thronsaal. Sofort!«

Alte Knochen und neue Wege

Leynelle erklomm die Düne, auf der Laurelin kniete. Sie ging nun gerader. Auf dem Aal hatte sie begonnen, ihren Rücken zu strecken. Nicht mehr lange, und sie würde Alathaia geradewegs in die Augen blicken können, wenn sie einander gegenüberstanden, und sie wäre nicht krumm, als würde sie demütig vor ihr buckeln.

Vor Laurelin lagen Knochen im Sand. Leynelle erkannte einen länglichen Pferdeschädel.

»Weißt du, was das hier ist?«, fragte der Jäger ergriffen und strich über einen merkwürdig lang gestreckten Knochen.

Die Zauberweberin betrachtete, was vor ihr lag. Da war eindeutig ein Pferdeskelett, aber es waren auch andere Knochen dabei, die ganz sicher nicht zu einem Pferd gehörten. Und dann entdeckte sie einen Elfenschädel. »Eine Knochengrube, die der Wind frei geweht hat.«

»Das ist ein Pegasus«, sagte Laurelin in ehrfürchtigem Tonfall. »Sie waren Todfeinde der Himmelsschlangen, nachdem diese Ungeheuer das Honigland mit seinen weidenden Pegasusherden zu Asche verbrannt hatten.« Er deutete auf den Schädel. »Ich nehme an, das war seine Reiterin.« Seine Hand wanderte weiter und deutete auf etwas Silbernes in einer Rippe. »Hier steckt eine Pfeilspitze. Andere Knochen zeigen ebenfalls Spuren von Verletzungen. Der Pegasus ist im Kampf gefallen.« Er richtete sich auf und wies mit weit ausholender Bewegung über die Dünenlandschaft entlang der Bucht, in der sie von der *Bolzenspucker* abgesetzt worden waren. »Hier gab es einst ein Heerlager. Unten an der Düne habe ich die Heringe eines

Zeltes im Sand entdeckt, und weiter zum Strand hin habe ich zerbrochene Fassdauben und ein Hufeisen entdeckt. Wäre die Bucht nicht ideal, um eine Flotte ankern zu lassen?«

Leynelle nickte. Sie trug noch immer einen Schleier und wagte nicht, in spiegelnde Flächen zu blicken, obwohl ihre tastenden Finger ihr verrieten, dass der meiste Schorf von ihrem Antlitz verschwunden war.

»Kennt ihr die Geschichte der Blutkönigin?« Alathaia stand nur ein paar Schritt entfernt am Hang der Düne. Sie schien zumindest die letzten Worte Laurelins mitgehört zu haben. »Es kann gut sein, dass hier die Flotte der Drachlinge angelegt hat oder dass Ilak, die Blutkönigin, dort unten in der Bucht die Schiffe ihres Heeres verbrennen ließ. Vielleicht hat sie einst genau auf dieser Düne gestanden, oder hier lag eine der Himmelsschlangen.« Sie deutete auf das augenförmige Amulett an ihrem Hals. »Laurelin hat mir dies hier geliehen. Ilak selbst hat es erschaffen, und es ist von ihrer Magie durchdrungen. Es besteht ein unsichtbares Band zwischen ihr und dem Amulett. Deshalb werden wir ihr Grab und ihre Schätze finden – obgleich alle vor uns an dieser Aufgabe gescheitert sind.«

Leynelle sah einen Glanz in Laurelins Augen, der ihr missfiel. Er war verführt! Er hatte Spaß an dieser Schatzsuche. Gewiss würde er Alathaia ein willfähriger Helfer sein. Der Fürstin war es immer schon leichtgefallen, Männer für ihre Ideen zu gewinnen.

»Lässt du uns bitte einen Moment allein, Laurelin?«, fragte Leynelle. »Ich habe über ein paar alte Geschichten mit der Fürstin zu sprechen.«

Der Jäger nickte. Langsam stieg er den Hang hinab, den Blick auf den Boden gerichtet, begierig, noch andere Überbleibsel aus der Vergangenheit zu entdecken.

»Hast du etwas dagegen, wenn ich Adelayne rufe?«, fragte Alathaia höflich.

»Brauchst du eine Leibwächterin? Kannst du es nicht ertragen, mit mir allein zu sein?«

Die Fürstin lachte leise. »Eine Leibwächterin ... Das war gut. Emerelle hat sie geschickt, um mich zu ermorden. Sie ist wohl eher die perfekte Gefährtin für dich.«

Leynelle sah die Fürstin argwöhnisch an. Das war doch grotesk! Warum sollte sie eine Meuchlerin in ihrer Nähe dulden? »Ruf sie nur.«

Alathaia winkte der Heilerin, und Adelayne stieg zu ihnen die Düne hinauf. »Einen schönen Blick über die Bucht hat man von hier.«

»Überspringen wir das unverbindliche Geplauder, und sorgen wir für ein wenig Klarheit. Es gibt hier etwas, was bislang jeden umgebracht hat, der nach den Schätzen der Blutkönigin suchte.« Alathaia wies auf die öde Wüstenlandschaft, die sich bis zum Horizont erstreckte. »Wir werden dieser Gefahr ganz gewiss auch begegnen. Doch bevor wir uns dem Unbekannten stellen, sollten wir einander kennen.« Die Fürstin wies mit höfischer Eleganz in ihre Richtung. »Dies ist Leynelle, eine begabte Zauberweberin, einst auch die schönste Frau Langollions. Vor langer Zeit waren wir gute Freundinnen. Gemeinsam haben wir den Geheimnissen der Blutmagie nachgespürt. Dann haben wir uns auf schreckliche Weise verrannt ... Es sind Kinder gestorben durch die Dinge, die wir getan haben. Wir haben es beide nicht kommen sehen. Wir hätten das nicht gewollt ... Ich habe Leynelle zum Sündenbock gemacht. Sie wurde vor Gericht gestellt und verurteilt. Ich habe ihr die Schandmaske anlegen lassen und sie verflucht, damit sie niemandem davon erzählen konnte, welche Rolle ich dabei gespielt habe. Sie sollte sich in einem Steinbruch unter jämmerlichen Lebensbedingungen zu Tode arbeiten.«

Leynelle war überrascht von der Offenheit Alathaias. Mit einem so umfassenden und ehrlichen Geständnis hätte sie niemals gerechnet. Aber das machte nicht gut, was die Fürstin ihr angetan hatte!

Alathaia wiederholte die förmliche Geste. Dieses Mal in Richtung der Heilerin. »Dies ist Adelayne. Eine begabte Heilerin und fantasievolle Meuchlerin, die in der Überzeugung tötet, durch ihre Taten Albenmark zu einem besseren Ort werden zu lassen.«

Adelayne wirkte mindestens genauso überrascht von den Worten der Fürstin, wie sie es gewesen war, dachte Leynelle.

»Wenn wir hier unsere Fehden untereinander austragen, werden wir auf dieser Insel alle ein Grab finden«, stellte Alathaia nüchtern fest.

Da war eine Härte in Adelaynes Blick, die Leynelle bislang nicht aufgefallen war. Wenn sie alle hier starben, hatte die Meuchlerin zumindest ihren Auftrag erfüllt. War sie fanatisch genug, ihr Leben für den Erfolg zu opfern?

»Was hoffst du in Ilaks Grab zu finden?« Leynelle sah immer noch die Heilerin an. Sie wäre eine gute Verbündete.

»Ich suche weder Gold noch Edelsteine. Ich suche das Rote Buch, in dem Ilak die Geheimnisse der Blutmagie niedergeschrieben hat.« Die Fürstin sah nun auch zu der Heilerin. »Adelayne ist der lebende Beweis, dass Emerelle Langollion zerstören will.«

»Die Königin will nur deinen Kopf«, berichtigte Leynelle.

»Und was wird aus Langollion, wenn ich es nicht mehr beschütze?«, entfuhr es Alathaia mit überraschender Leidenschaft. »Emerelle gefällt die Freiheit nicht, die auf Langollion herrscht. Selbstherrlich herrscht sie über die ganze Welt. Sie ist nicht besser als die Himmelsschlangen. Einst kam Ilak hierher, um sich auf Darna den Himmelsschlangen zu stellen und deren Tyrannei zu beenden. Sie war entschlossen, alles zu geben, um der Freiheit zum Sieg zu verhelfen, und sie hat hier ihr Grab gefunden. Nun stehe ich hier. Auch ich kämpfe gegen die Tyrannei. Gegen eine Welt, in der man Andersdenkenden einen Meuchler schickt. Ob ich … Ob wir alle hier unser Grab finden, so wie einst Ilak, hängt von eurer Entscheidung ab.«

»Du bist immer noch gut darin, pathetische Reden zu schwingen …«, sagte Leynelle spöttisch. »Damals vor Gericht warst du auch sehr eindrucksvoll.« Sie traute Alathaia nicht, und sie ahnte schon, was als Nächstes kommen würde: die Aufforderung, doch gemeinsam für eine bessere Welt zu streiten, so wie einst.

»Du hast Langollion geliebt«, fuhr Alathaia fort. »Kämpfe für die Idee, die wir dort Wirklichkeit werden ließen, nicht für mich. Daran muss dir doch noch immer gelegen sein, wir haben doch …«

»Worauf willst du hinaus?«, unterbrach Leynelle sie.

Alathaia deutete auf die Knochen im Sand. »Wir entscheiden jetzt, ob dies unser Ende ist, und zwar schon in den nächsten Tagen, oder ob wir zusammenstehen und durch die Schätze im Grab der Blutkönigin gemeinsam mächtiger werden als Emerelle. Das ist es, was die Königin fürchtet. Haben wir die Größe zusammenzufinden, wird Langollion für immer unantastbar sein.«

Wenn sie erst einmal das Rote Buch hat, dann braucht sie niemanden mehr, dachte Leynelle. »Was willst du von uns?«

»Einen Waffenstillstand, solange wir auf der Insel sind. Das ist in unser aller Interesse.«

Leynelle nickte bedächtig. Sie hatte noch nicht genug Kraft gesammelt, um eine offene Konfrontation wagen zu können.

Auch die Heilerin beließ es bei einem knappen Nicken, statt große Worte zu machen.

Wer dieses Bündnis wohl zuerst verraten würde?, fragte sich Leynelle und hatte einen Verdacht.

Stimmung

Vor langer Zeit auf Darna

Zachri spürte immer noch dieses Kribbeln auf der Zunge und konnte sich nicht erklären, woher es kam. Es fühlte sich an, als gingen dort Ameisen spazieren. Vielleicht war das ja eine Nebenwirkung der Zauber, welche die Elfen gewoben hatten.

Er konnte nach wie vor nicht ganz fassen, was geschehen war. Als sich der Flügel des Pegasus über ihn gesenkt hatte, war er sich sicher gewesen, dass er nie wieder das Licht der Sonne sehen würde.

Und nun lag er im Zelt eines Fürsten! Seit er wieder zu Sinnen gekommen war, wurde er verhätschelt wie ein Prinz. Er lag auf Seidenkissen in einem schwarz-rot gestreiften Zelt. Man hatte ihm Weintrauben gebracht, köstliches helles Brot und ein wunderbares Stück Braten mit dunkler Soße. Ein wenig schuldig hatte er sich gefragt, ob das wohl Sternenhuf war. Gegessen hatte er den Braten dennoch … Natürlich nur aus Höflichkeit.

Wenn er sich im Zelt so umsah, war kaum zu glauben, dass sie sich im Krieg befanden. Irgendein Schönling spielte Harfe, und Nivellyn trug zu den sphärischen Tönen eine Ballade vor über Emerelle und wie die fahrende Ritterin eine Himmelsschlange mit einer Haarnadel getötet hatte.

Zachri dachte an Flammenbringer, den Sonnendrachen, den er im feindlichen Heerlager gesehen hatte, und fand die Geschichte ziemlich unglaubwürdig. Solch eine Bestie, groß wie ein Hügel, brachte man doch nicht mit einer Haarnadel um! Auch dann nicht, wenn sie Elfengestalt angenommen hatte.

»Gefällt es dir?« Vanduin kauerte sich neben ihn.

»Das Wasser ist alle. Ich verdurste.« Zachri hob den silbernen Kelch, den der Fürst ihm geschenkt hatte. Das Gefäß war mit einem aus dem Metall getriebenen Schwan geschmückt, der seine Schwingen streckte, sodass sie fast um den ganzen Kelch reichten. Von innen war er mit Gold ausgekleidet, das sich als dünnes, mit Blumenranken ziseliertes Band über den Rand des Gefäßes wölbte. Für diesen Kelch könnte man vermutlich einen Bauernhof samt Weiden und etlichem Vieh bekommen. Und Fürst Gyldion hatte ihm diesen Schatz einfach so überlassen und sich überschwänglich bei ihm dafür bedankt, dass er dem Bannerträger Vanduin das Leben gerettet hatte.

Vanduin goss ihm aus einer Kristallkaraffe Wasser ein. »Ich hoffe, das hier langweilt dich nicht. Gyldion hat darauf bestanden, dich hier zu haben.« Der Elf machte eine entschuldigende Geste.

»Bei dem Essen hier würde ich auch voller Begeisterung dem Muhen von Büffelkühen lauschen.«

Vanduin wirkte ein wenig pikiert. »Du findest, Nivellyn singt nicht gut?«

Zachri nahm sich ein Hühnerbein von einem der mit Essen überladenen Silberteller, die rings um sein Kissenlager standen. Er wedelte mit der Keule. »Es ist nicht so sehr die Sängerin, sondern mehr das Lied.« Er senkte die Stimme ein wenig. »Es ist hier ja zum Einschlafen. Wenn euer Feldzug vorüber ist, dann lade ich dich mal auf ein Koboldfest ein, damit wenigstens einer von euch mal lernt, wie man für Stimmung sorgt.«

Insgeheim fragte Zachri sich, ob er jemals in seine Zeit zurückkehren würde. So wie die Dinge standen, lief hier alles auf eine Katastrophe zu. Auch wenn die Elfen trotzig feierten, war die Atmosphäre doch eher gedrückt.

»Wie sorgt man denn für ... *Stimmung?*« Vanduin wirkte aufrichtig interessiert.

»Also zunächst einmal braucht man richtige Musik. Ein paar Fideln sind gut, eine Maultrommel ... vielleicht auch eine richtige Trommel.« Er dachte an sein letztes Fest. Es schien ihm eine Ewigkeit seither vergangen. Er war mit seinen Brüdern dort gewesen. »Dann legt man einen schönen Bretterboden aus. Und einer der Fidler muss was singen. Nicht so einen Heldenquatsch, sondern etwas, was das Blut so richtig in Wallung bringt und dafür sorgt, dass selbst die Greise auf ihren Bänken noch mitwippen. Und das Tanzen ...« Er tat einen wohligen Seufzer. »Man dreht sich wie wild im Kreis, und dauernd wechselt man die Partnerin. Man hebt sie hoch, die Röcke fliegen, und manche der Mädels heben auch die Männer hoch. Es wird viel gelacht. Und ganz gleich, ob du schüchtern bist oder hässlich wie die Nacht – weil immer gewechselt wird, hast du bis zum Ende des Abends auch die hübschesten Mädchen im Arm gehabt. Vorausgesetzt, du hast den Mut, die Tanzbretter zu betreten.« Jetzt erst bemerkte Zachri, dass der Harfenspieler aufgehört hatte und auch Nivellyn nicht mehr sang.

»Wir sollten dich die Feier nach dem Sieg ausrichten lassen«, schlug Gyldion vor. »Ein rauschendes Fest.«

Zachri sah den Fürsten misstrauisch an. Er war ein schlanker, drahtiger Mann mit langem braunen Haar und grauen Augen. Seine leicht gekrümmte Nase gab seinem Gesicht etwas Raubvogelhaftes. Da war kein Anzeichen von Spott in seinem kriegerischen Antlitz. Er meinte es wirklich ernst.

Zachri leckte sich nervös über die Lippen. Das Heer umfasste Tausende von Kriegern. Es würde ein riesiges Fest werden. Wo sollte er die Musikanten hernehmen? Woher das Holz für die Tanzflächen? Und waren Elfen überhaupt imstande, so zu feiern? In seinen Augen hatten die alle einen Stock im Arsch. Aber es gab ja noch die Kentauren, die Trolle, die Faune und all die anderen. Ein Kobold wuchs an den Herausforderungen, denen er sich stellte. Und er würde der berühmteste Kobold dieses Zeitalters werden, wenn er das Siegesfest ausrichtete. Als Krieger war er hier eine Witzfigur und würde gar nichts ausrichten. Aber ein Fest ... Er lächelte. »Es wäre mir eine Ehre ...«

Das Zeltdach zerriss. Etwas Großes, in schmutziges Segeltuch Eingehülltes schlug auf die Festtafel. Es war mit einem groben Seil umwickelt. Ein Zettel haftete an dem Leinen.

Einen Herzschlag lang herrschte atemlose Stille. Alle starrten auf den Tisch, von dem der Saft der zerquetschten Früchte, durchmengt mit Blut, auf den Zeltboden troff.

Der Zettel schien beschriftet zu sein. Ganz sicher war sich Zachri jedoch nicht, denn die Buchstaben liefen durcheinander wie Ameisen, in deren Nest man mit einem Stock herumgestochert hatte. Sie überschnitten sich, klumpten zusammen und strebten wieder auseinander. Sollte es eine Botschaft geben, war es unmöglich, sie zu lesen.

Gyldion trat an die Tafel. Er löste die Schnüre und schlug das Leinen zurück. Nie zuvor hatte Zachri ein Gesicht gesehen, das so bleich wurde wie das des Fürsten. Blankes Entsetzen lag in seinem Blick. Seine Lippen waren nur noch ein blasser, schmaler Strich.

Zachri musste sich auf die Zehenspitzen stellen, um sehen zu können. In das Leinen eingeschlagen lag ein Elf. Er hatte langes schwarzes Haar und eine Raubvogelnase, die der des Fürsten ähnelte.

»Kylian ...«, stieß Gyldion hervor.

Draußen im Heerlager wurden Hörner geblasen, und Alarmrufe erschollen.

Der Fürst griff nach dem Zettel. Und als er das Schreiben in die Hand nahm, da ordneten sich die Buchstaben zu Zeilen. Mit ausdruckslosem Blick las Gyldion, während der Lärm draußen im Lager stetig zunahm. Befehle wurden gerufen.

Plötzlich ging das Blatt in den Händen des Fürsten in Flammen auf. Er ließ es fallen, und Zachri sah, wie die Buchstaben auf dem fallenden Papier wieder durcheinanderstrebten, bevor es sich schwarz verbrannt zusammenrollte und zu Asche wurde.

»Geht«, sagte Gyldion mit tonloser Stimme.

Zachri folgte den Elfen hinaus.

Im Heerlager herrschte ein heilloses Durcheinander. Die schweren Speerschleudern, die zum Transport auf Maultieren auseinandergebaut waren, wurden von den Zwergen in aller Eile zusammengefügt. Wer nicht arbeitete, stand still und blickte zum sternenklaren Himmel hinauf. Vor dem fast runden Mond schwebte ein riesiger Schatten. Und alle wussten, nun waren auch die Himmelsschlangen nach Darna gekommen.

Zwerge

Vor langer Zeit auf Darna

Die Zwerge dabeizuhaben war, wie einen Klotz ans Bein gebunden zu bekommen. Sie waren für den Kampf der Plänkler im Wald denkbar schlecht geeignet. Missmutig blickte Vanduin über die Schulter. Sie waren zu langsam in ihren langen Kettenhemden und mit den schweren Armbrüsten, die sie geschultert trugen. Ja, es stimmte, sie marschierten genauso unermüdlich wie Elfen oder Damien, vielleicht hielten sie sogar länger durch, wie sie selbst immer wieder behaupteten, aber was nutzte das, wenn ihre Schritte nur halb so lang wie die eines Elfen waren. Sie hielten alle auf.

Ilak hatte diesen Trupp handverlesener Zwerge unter sein Kommando gestellt. Die grummeligen Bartträger hatten sich von Tag zu Tag lauter beschwert, keinen Anteil an den Kämpfen zu haben, und schließlich hatte die Blutkönigin dem Drängen der Zwergenfürsten nachgegeben.

Sie marschierten durch hohen Farn in einem lichten Laubwald. Irgendwo auf der Flanke folgte ein Trupp Kentauren und Elfenreiter unter der Führung Gyldions. Sie sollten ihnen zu Hilfe eilen, wenn sie in Schwierigkeiten kamen. Und das würden sie, da war sich Vanduin ganz sicher.

Drei Tage waren vergangen, seit Kylian, der älteste Sohn seines Fürsten, aus dem Himmel gefallen war. Er hatte vermutlich noch gelebt, als die Bestie ihn losgelassen hatte. So sollte man keinen Krieg führen! Das war der Grund, warum die Himmelsschlangen unbedingt besiegt werden mussten. Vielleicht hatten sie geglaubt, das Heer mit diesem Akt barbarischer Grausamkeit einzuschüchtern, aber sie hatten das Gegenteil erreicht. Alle waren nun nur noch entschlossener, sie in einer letzten großen Schlacht zu stellen und zu besiegen. Und heute Morgen hatte Ilak den Ort gefunden, an dem diese Schlacht geschlagen werden sollte. Eine weite Lichtung, auf der Tausende schneeweißer Schwertlilien blühten und deren Südrand von bewaldeten Hügeln eingefasst wurde.

Vanduin blickte angespannt zu einem dichten Haselnussbuschwerk, das sich, von Eichen überschattet, links von ihnen eine Hügelflanke hinaufzog. Ein guter Platz, um sich zu verstecken. Die sanften Hügel des Waldlands waren ideal für einen Krieg der Plänkler, der kleinen Einheiten aus leichten Truppen, die als Späher im Vorfeld des feindlichen Heeres ausschwärmten, um dessen Späher abzufangen und die Truppen auf dem Vormarsch immer wieder aus dem Hinterhalt zu beschießen.

»Die Haselbüsche«, sagte Nivellyn leise. Die wilde Pegasusreiterin war so wie er dazu verdammt, am Boden zu bleiben. Den Kampf um den Himmel hatten sie verloren. Der Feind vermochte einfach zu viele geflügelte Krieger aufzubieten. Nach dem Kampf über dem Heerlager an der Küste hatte Ilak jeden weiteren Einsatz der Pegasusreiter verboten. Die wenigen, die verblieben waren, würden für die letzte Schlacht gebraucht. Sie würden zuschlagen, wenn die Drachen am Himmel erschienen. Und ihr Todesmut würde über Sieg oder Niederlage entscheiden.

Aus dem Haseldickicht stieg ein Schwarm wilder Tauben auf. Vanduin hob die Hand und gab den Zwergen so ein Zeichen, stehen zu bleiben.

Dragasch, ihr Anführer, schloss zu Vanduin auf. »Was ist los?« Er stieß die Frage in einem Tonfall hervor, den man vielleicht gegenüber einem Stiefelputzer, der einen Fleck auf dem Leder übersehen hatte, anschlagen mochte, ganz gewiss aber nicht gegenüber einem Elfenhelden, dem Bannerträger Langollions und Schwertmeister der Blutkönigin.

»Etwas hat dort drüben die Tauben aufgescheucht«, erklärte Nivellyn freundlich, noch bevor Vanduin dem impertinenten Zwerg eine passendere Antwort geben konnte.

»Etwas?«, blökte Dragasch. »Das kann also auch der Furz eines Wildschweins gewesen sein? Von euch Waldschleichern hätte ich mehr erwartet.«

Vanduin sah eine Bewegung im Gehölz. Nur ein Schatten ... »Niederknien!«, befahl er und ging auch selbst in die Hocke. Er hatte darauf verzichtet, einen Bogen mitzunehmen. Er war ein miserabler Schütze.

»Niederknien!«, wiederholte Dragasch. Und jetzt erst duckten sich die Zwerge. Dabei verschwanden sie fast völlig unter den hohen Farnwedeln. »Spannt die Waffen!«

Geschäftiges Rumoren ertönte ringsum im Farn. Das leise Schnarren der Kurbeln, die links und rechts am Schaft der Armbrüste angebracht waren, um den stählernen Bogen zu spannen. Die Zwerge hatten ihre Waffen auf den Boden aufgesetzt und den linken Fuß in den steigbügelartigen Metallrahmen gesetzt, in dem der Schaft der Waffe endete. Leicht gebeugt, drehten sie die beiden Kurbeln, die über einen Flaschenzug den doppelten Spannhaken zurückzogen, der die Sehne umfasste. Auf diese Weise eine Waffe zu spannen dauerte gut vierzig Herzschläge. In der Zeit konnte ein geübter Bogenschütze drei bis vier Schuss abgeben. Windenarmbrüste mochten bei einer Belagerung, wenn man aus sicherer Deckung schoss, großartige Waffen sein, aber für die Gefechte von Plänklern waren sie so ungeeignet wie fußlahme Zwerge.

»Erste Rotte, legt an auf das Haseldickicht links am Hang!«, befahl Dragasch. »Schießt erst auf mein Kommando!«

Die schweren Armbrüste hatten einen Rückstoß wie ein Maultiertritt. Im Gegensatz zu Pfeilen vermochten die kurzen, schweren Bolzen mit ihren vierkantigen Stahlspitzen selbst Trolle und mindere Drachen umzubringen. Aber gegen Damien oder Faune war das vollkommen übertrieben.

»Ich schlage einen Bogen und mache mich von rechts an das Gehölz heran«, schlug Vanduin vor. »Vielleicht jagen wir ja nur einen Schatten?«

»Glaub ich nicht, Jüngelchen«, brummte Dragasch. Der Zwergenfürst hatte seinen struppigen weißen Bart zu zwei Zöpfen geflochten und unter seinen Gürtel geschoben, damit er sich beim Marsch durch den Wald nicht im Gestrüpp verfing. Er trug einen gut gefetteten Schuppenpanzer und einen schmucklosen Helm, der weit in den Nacken hinabreichte und breite Wangenklappen besaß. Ein schlichter

Silberreif, in den ein taubeneigroßer Rubin eingefasst war, lag auf dem Helm auf. Nur der Reif unterschied Dragasch von seinen Männern und ließ erahnen, dass er ein Fürst war.

Jetzt erschienen überall am Rand des Haselgestrüpps Damien. Sie trugen fast mannslange Bogen. Es waren mindestens doppelt so viele Kämpfer wie die Zwerge, und sie hatten die vierfache Schussrate. Das würde ein Massaker werden.

»Wir ziehen uns zurück«, zischte Vanduin.

»Zu spät«, bemerkte der Zwerg lakonisch. »Die schießen uns nieder, bevor wir außer Reichweite ihrer Pfeile sind. Also nehmen wir den Kampf an. Erste Rotte«, rief er mit Donnerstimme. »Schießt!«

»Das Horn!«, befahl Vanduin und zog seine beiden Schwerter. »Ruft die Verstärkung!«

Krachend schlugen die Armbrustbolzen in das Haselnussdickicht.

Mit einem schwirrenden Laut ließen die Damien die Pfeile von den Sehnen schnellen. Sie stiegen in steilem Bogen hoch. Einige verfingen sich im Astwerk der Eichen, doch der Wald war licht, und ihre Gegner waren geübte Schützen. Sie trugen grüne und braune Tuniken und Umhänge. Die nackten Beine hatten sie mit Lehm eingerieben. In einem Dickicht wie den Haselnusssträuchern wurden sie so fast unsichtbar.

Rings um ihn gingen Pfeile nieder. Metall fuhr kreischend über Metall, wo sie Helme und Schuppenpanzer der Zwerge trafen. Ein Pfeil schlug Vanduin zwischen die Füße, ein anderer zupfte an seinem Umhang.

»Zweite Rotte, steht auf!«, kommandierte Dragasch. Im Gegensatz zu seinen Männern blieb er die ganze Zeit stehen und setzte sich dem Beschuss der Damien aus. »Legt an auf das Haseldickicht!«

Dadurch, dass sie in Rotten schossen, konnten die Zwerge jeden Pfeilhagel mit einer Salve kontern, obwohl sie viel langsamer die Waffen spannten. Aber der Kampf würde kein gutes Ende nehmen.

Auch wenn die Rüstungen der Zwerge sie gut schützten, sprachen die Zahlen einfach gegen sie. Auch die Reiter wären keine große Hilfe. In die dichten Haselbüsche konnten sie kaum eindringen. Aber sie würden zumindest für die überlebenden Zwerge den Rückzug sichern.

Weit rechts von ihnen erscholl ein Horn. Gyldion und seine Schar hatten ihren Hilferuf gehört. Aber sie schienen sich noch über den Bach hinaus entfernt zu haben. Wahrscheinlich waren sie fortgelockt worden, damit er mit den verdammten Zwergen hier in die Falle lief.

»Dritte Rotte, steht auf«, bellte Dragasch. Ein Pfeil prallte gegen seinen Schuppenpanzer und ließ ihn einen Schritt zurücktaumeln. Er schüttelte sich, wirkte leicht benommen, dann hatte er sich wieder in der Gewalt. »Legt an auf das Haseldickicht! Schießt!« Das scharfe Klacken der Armbrüste erscholl. Das Haseldickicht sah aus, als würde es sich schütteln, als die Bolzen einschlugen. Schreie erschollen. Aber die Bogenschützen hatten bereits neue Pfeile auf den Sehnen.

Vanduin kämpfte gegen den Impuls an, sich flach auf den Boden zu werfen. Es wäre vernünftig, Deckung zu suchen, aber neben dem garstigen Zwergenfürsten mochte er nicht im Dreck liegen.

Er ging hinüber zu Nivellyn, die hinter einem gestürzten Baumstamm kauerte. »Man fühlt sich ziemlich nutzlos als Schwertkämpfer, wenn ...« Ein Pfeil zerrte an Vanduins Haar.

»Komm runter in Deckung!«, fuhr Nivellyn ihn an.

»Eigentlich wollte ich dich einladen, mich bei etwas Unvernünftigem zu begleiten.«

Sie sah ihn mit ihren großen grünen Augen an. »Ich wünschte, ich hätte das nicht gehört. Und ich will auch gar nicht wissen, was jetzt noch kommt ...«

»Ich dachte, wir beide schlagen einen weiten Bogen um das

Haseldickicht, während unsere kurzen Freunde sich hier diesem mörderischen Kampf stellen. Wir greifen die Damien von hinten an, machen so viel Krach, als seien wir eine Hundertschaft von Elfen im Blutrausch, und hoffen, dass die Bogenschützen in Panik geraten und fliehen.«

»Du willst, dass wir zu zweit angreifen?« Sie schüttelte den Kopf. »Du bist wahnsinnig!«

»Nur zu zweit kann es gelingen. Wir laufen tief geduckt durch den Farn. Die werden gar nicht merken, was wir tun. Und wenn doch, denken sie, wir hauen ab. Wir sind denen keine Pfeile wert. Du wirst sehen ...«

Ein Pfeil schlug in den Baumstamm. »Die sehen mich sogar hier in Deckung«, zischte Nivellyn.

»Unsinn, der Pfeil galt mir, und er war schlecht gezielt. Jetzt komm schon! Solange wir in der Nähe der Zwerge bleiben, denken sie, wir wollen kämpfen, und schießen auf uns. Wir ...« Ein Pfeil zog so knapp an seiner Wange vorbei, dass er den Luftzug spürte. »Wenn wir gehen, sind wir in Sicherheit.«

Sie sah ihn an, als sei er verrückt. »Ich glaube, sie nennen dich nicht wegen deiner tödlichen Klingen Vanduin Totentänzer. Du tanzt mit dem Tod. Du suchst seine Umarmung. Ich bin dazu noch nicht bereit.«

»Dann stirb hier, wo du nichts bewirken wirst.« Er wandte sich ab. Er würde es auch allein schaffen.

Der Rote

Vor langer Zeit auf Darna

Wieder erscholl das Horn. Es war offensichtlich, dass sie von den Zwergen fortgelockt wurden, und das durch einen einzelnen Reiter.

»Kehrt um!«, befahl Gyldion seinem Gefolge.

Die Elfen zögerten. Sie blickten hinüber zu dem Reiter mit dem flammend roten Umhang, der im Schatten der Buchen auf der anderen Seite der Lichtung wartete. Er hielt seinen Bogen gesenkt und sah herausfordernd zu ihnen herüber. Drei Kentauren hatte er bereits erlegt. Er hatte sie gereizt und von dem Bach fortgelockt, dem sie hatten folgen wollen.

»Die Zwerge brauchen Hilfe!« Gyldion schlug einen Tonfall an, der keinen Widerspruch duldete. »Ich habe das beste Pferd von uns allen. Ich werde ihn stellen und zur Rechenschaft ziehen.«

»Ich bleibe bei Euch, mein Fürst.«

Natürlich war es Kleitos, der ihm widersprach. Sein strähniges schwarzes Haar hing ihm in die Stirn. Sein Bart war kurz geschoren. In der Linken hielt er einen Reiterbogen. »Ich bin schneller als deine Stute. Und ein guter Schütze. Wir werden ihn gemeinsam erlegen, und ich werde ihm das Herz herausschneiden.«

Gyldion nickte. Er wusste, dass er Kleitos nicht loswerden würde. Der Kentaur war ebenso treu wie frech.

Endlich wendeten seine Männer ihre Pferde und preschten gemeinsam mit den Kentauren davon.

»Er ist verschwunden!« Kleitos scharrte nervös mit den Hufen.

Tatsächlich war der seltsame Reiter nicht mehr zu sehen. Es schien, als habe ihn der Erdboden verschluckt. Doch dass er fort war, glaubte Gyldion nicht. Der Fremde hatte ihn hierherbestellt. In der Nachricht, die am Leichnam seines Sohnes heftete, war der Bach beschrieben gewesen und dass ein Reiter in rotem Umhang ihn erwarten würde. Gyldion hatte eine Ahnung, um wen es sich dabei handelte.

Der Kentaur preschte ungeduldig vor. Er erreichte als Erster die andere Seite der Lichtung und den Schatten der alten Buchen.

Gyldion gab seiner Stute die Sporen, um zu seinem Gefährten aufzuschließen.

»Da ist er!« Kleitos zog einen Pfeil aus dem Köcher, hob mit fließender Bewegung den Bogen und schoss.

Jetzt sah auch Gyldion den Fremden. Der Reiter stand still, sah ihnen entgegen und machte keinerlei Anstalten, dem Pfeil auszuweichen.

Es klang, als würde Stahl auf Stein schlagen. Der Pfeil zerbrach unter der Wucht des Aufpralls. Er hatte den Fremden in den Hals getroffen und doch keinerlei Schaden angerichtet. Nun wendete dieser sein Pferd und kam ihnen in langsamem Trab entgegen.

Kleitos zog einen weiteren Pfeil. Als habe sein zersplittertes Geschoss keinerlei Bedeutung, hob er erneut den Bogen. Der Fremde war nun noch zwanzig Schritt entfernt, als Kleitos die Sehne losließ. Der zweite Pfeil traf krachend die Stirn des Reiters und zerbrach.

Der Reiter lächelte gehässig. »Das ist die falsche Waffe, würde ich sagen.«

»Lass von ihm ab!«, befahl Gyldion, doch Kleitos zog sein Schwert und preschte mit einem wilden Schlachtruf vor. Er hob das Schwert, als sei es eine Lanze, bereit, den Fremden mit der Klinge zu durchbohren.

Gyldion sah, wie sich der Stahl der Waffe bog, als der Stoß den Reiter dicht unter dem Auge traf. Das Schwert wurde Kleitos aus der Hand geprellt. Die Rechte des Fremden schnellte hoch. Sie traf den Kentauren unter dem Rippenbogen und drang tief in seine Brust.

Der Kentaur stieß ein erbärmliches Röcheln aus.

Der Fremde zog seine Hand zurück, als sei sie eine Schwertklinge, die er dem Kentauren in den Leib gestoßen habe. Blut troff von seinen Fingern.

Kleitos' Lippen bebten, als wolle er noch etwas sagen, doch stattdessen stürzte er zu Boden.

Gyldion hielt etwa fünf Schritt entfernt. »Welcher von ihnen bist du?«

»Ah, im Gegensatz zu deinem ungestümen Freund weißt du also, dass du einem Statthalter der Alben gegenüberstehst. Früher einmal hat man mich den Roten genannt, weil meine Schuppen in den tausend Rottönen eines prächtigen Sonnenuntergangs strahlen. Heute nennen sie mich ängstlich den Peiniger, weil ihnen die Schreie das Blut gefrieren lassen und sie zu kleingeistig sind, der Schönheit zu huldigen, die ich erschaffe.«

Gyldions Mund war trocken wie Asche. Er kannte die Geschichten über den Peiniger, der sich daran erfreute, Chimären zu erschaffen, indem er Tiere und Albenkinder miteinander verschmolz – ein Vorgang, der sie vor Schmerz in den Wahnsinn trieb. Was von ihrem Geist blieb, war verdreht. Sie liebten ihren Folterer und gingen für ihn, ohne zu zögern, in den Tod.

»Meine Familie …«

»Du bist wahrlich ein ungewöhnlicher Elf. Drei Söhne, zwei Töchter und eine wunderschöne Frau … Ich frage mich, warum ein Mann, den das Leben so reich beschenkt hat, in den Krieg zieht. Läufst du vor ihnen fort?« Er wirkte plötzlich betroffen. »Entschuldige meine Grobheit. Es sind ja nur noch zwei Söhne …«

»Was willst du von mir?«

»Ah, ein Fürst, der schnörkellos zur Sache kommt. Du wirst mir den Schlachtplan Ilaks verraten. Da sie unbedingt kämpfen will, scheint sie einen Sieg für möglich zu halten. Sie ist keine Närrin ... Sie wird also etwas ausgeheckt haben. Ich werde nur ungern überrascht. Morgen werden wir ihr Heer zu Asche werden lassen. Aber ich möchte nicht, dass einer meiner Brüder stirbt. Deine Truppen werden an den Kämpfen nicht teilnehmen. Ganz besonders deine Pegasusreiter nicht.«

Sein Name würde für immer mit Verachtung genannt werden, wenn er darauf einging. Und er hätte das Recht verwirkt, ein Fürst zu sein.

»Fällt es dir schwer, dich zu entscheiden ... Du musst dir keine Sorgen machen, dass die anderen wie Kylian in dein Zelt kommen werden.« Der Rote strich sich mit der Linken über das Gesicht, und seine Züge veränderten sich wie warmes Wachs unter knetenden Händen. Als er die Hand herunternahm, hatte Gyldion das Gefühl, in einen Spiegel zu blicken. Der Rote sah nun aus wie er. »Deine Frau wird glauben, du hättest sie gerettet. Aber *ich* werde mit ihr nach Langollion zurückkehren. Vielleicht werde ich mit ihr im Rosenturm leben wie einst mein goldener Bruder mit seiner Geliebten Aillean. Deine Gattin wird meinen Samen in sich tragen.« Er schwang sich aus dem Sattel und kam zu ihm herüber. »Meist enden solche Geburten tragisch. Aber sollte dieses Kind überleben ... Es gibt schon drei. Sie alle sind zu Großem bestimmt. Doch es liegt auch immer ein wenig Tragik in diesen Geschichten. Sie sind zu besonders. Zu anders. Wahrscheinlich wird mein Balg dein Weib bei der Geburt zerreißen. Aber es hat dann ja noch mich. Auch mit deinen Kindern habe ich große Pläne.« Der Rote sah ihn durchdringend an. So sehr er ihm nun auch glich, seine Augen waren die einer Echse geblieben und hatten geschlitzte Pupillen. »Ich wollte immer schon einen Löwenmann erschaffen. Vielleicht taugt dein Jüngster ja dazu ...«

Bilder drängten in Gyldions Gedanken. Er sah Männer, Kinder und Greise, die sich in weiten Marmorhallen vor Qualen wanden. Er sah, wie Fleisch gespleißt wurde, um dann mit fremden Muskelsträngen verwoben zu werden. Er hörte Schreie, hinter denen kein Verstand mehr lebte. Und einen Herzschlag lang fühlte er einen Schmerz, als stünde sein ganzer Rücken in Flammen.

»Es ist schon ein wenig unangenehm, Flügel zu bekommen. Aber deine Töchter werden fliegen können, Gyldion. Träumen davon nicht alle Kinder? Und sie werden so fügsam sein, wie du sie gar nicht kennst. Sie werden mir jeden meiner Wünsche von den Augen ablesen ...«

»Genug!«, unterbrach ihn Gyldion. Seine Wangen brannten vor Scham. So also wurden Verräter erschaffen. »Du wirst alle meine Krieger unbeschadet nach Langollion zurückkehren lassen und auch meine Familie in ihre Heimat bringen, ohne ihnen ein Leid zuzufügen.«

Der Drache in Elfengestalt stieg von seinem Pferd und hob das Schwert des toten Kentauren auf. Die Klinge war leicht verbogen. Prüfend wog er sie in der Hand. »Deine Wünsche werden erfüllt sein. Ich werde euch Schiffe aus unserer Flotte überlassen, damit du mit deiner Heerschar zurückkehren kannst. Und deine Familie werde ich höchstselbst unbeschadet zurückbringen.« Die Schwertklinge sauste nieder und trennte den Kopf des Kentauren ab.

Der Rote bückte sich und hob Kleitos' Haupt auf. Kaum dass er es in Händen hielt, veränderten sich die Gesichtszüge, bis von dem Kentauren nichts mehr geblieben war und Gyldion stattdessen in das Antlitz des Elfen mit dem roten Umhang blickte, dem er gefolgt war. »Nimm das mit, Fürst, und erzähl eine schöne Geschichte dazu. Die Überlebenden aus deinem Gefolge werden das Gesicht wiedererkennen.«

»Die Überlebenden?«

Der Rote legte den Kopf schief, wie eine Eidechse es getan hätte. Sonnenlicht spiegelte sich auf seinen geschlitzten Pupillen. »Ich bin alt wie die Welt. Glaubst du wirklich, ihr könntet auf dem Schlachtfeld irgendetwas tun, was ich nicht vorausgeahnt hätte? Deine Reiter werden von einigen meiner Kinder erwartet, die ich für einen Tag wie diesen erschaffen habe, Fürst.«

Im Haseldickicht

Vor langer Zeit auf Darna

Bei einem hastigen Blick über die Schulter sah Vanduin, dass Nivellyn ihm doch folgte. Er lief tief geduckt durch den Farn. Zuerst hatte er sich von den Zwergen wegbewegt, um es so aussehen zu lassen, als würde er fliehen. Und sein Plan war aufgegangen. Die Damien hatten ihm noch zwei oder drei schlecht gezielte Pfeile hinterhergeschickt und es dann aufgegeben. Einen Feind, der floh, musste man nicht mehr bekämpfen. Vor allem dann nicht, wenn man vier Rotten dickköpfiger Zwerge vor der Nase hatte, die Salve um Salve in das Haselnussdickicht schossen.

Doch die Zwerge zahlten mit Blut für ihre Standhaftigkeit. Lange konnten sie dem Pfeilsturm nicht mehr trotzen.

Vanduin kniete nieder, und Nivellyn schloss zu ihm auf.

Sie hatten den lang gezogenen Hang erreicht, an dessen anderem Ende sich das Haselnussdickicht erstreckte. »Ich würde sagen, wir schleichen tief geduckt den Hang hinauf, damit uns keiner der Damien sieht, sollte zufällig einer in unsere Richtung schauen. Wir überqueren den Hügelkamm, laufen auf der anderen Seite des Hügels, bis wir uns auf Höhe der Bogenschützen befinden. Dann queren wir den Hügelkamm erneut, fallen ihnen in den Rücken und veranstalten ein Kriegsgeschrei, als würde sie eine Hundertschaft Schwertkämpfer angreifen.«

»Und du glaubst, darauf werden sie hereinfallen?«

Vanduin grinste. »Auf jeden Fall werden sie sich nicht vorstellen können, dass sie von nur zwei Elfen angegriffen werden. Ob sie nun denken, dass wir zwanzig oder zweihundert sind – sie werden uns für eine viel größere Truppe halten, als wir sind. Wir werden sie ordentlich durcheinanderwirbeln. Und wenn es schlecht für uns aussieht, fliehen wir über die Hügelkuppe zurück und verstecken uns irgendwo im Farn. Komm! Wer nicht kämpft, hat schon verloren.«

Sie schüttelte den Kopf, aber sie erhob sich und folgte ihm. Tief geduckt, schlichen sie zwischen den Farnwedeln dem Hügelkamm entgegen. Links von ihnen erschollen nach wie vor die ruhigen Kommandos von Dragasch. Doch die Salven der Zwerge wurden schwächer. Immer schneller schmolz ihre Zahl dahin. Vanduin wusste, dass sie sich beeilen mussten, wenn sie noch etwas retten wollten. Wo blieben nur die verdammten Reiter? Wie weit hatten sie sich entfernt? Sie hätten längst hier sein müssen.

Er erreichte den Hügelkamm, und ihm stockte der Atem. Hastig ging er hinter einem bemoosten Felsen in Deckung und winkte Nivellyn an seine Seite.

Keine dreißig Schritt entfernt, auf der Rückseite des Hügels, hatte sich eine Schar von Kreaturen versammelt, wie er sie noch nie zuvor gesehen hatte.

Jetzt wagte auch Nivellyn einen Blick über den Felsen. »Was ist das?«

Vanduin starrte auf die riesigen Gestalten. Ihr Oberkörper hatte einmal Trollen gehört. Aber die Beine … Sie sahen aus wie Kentauren, nur dass sie viel größer und massiger waren. Diese fellbedeckten Beine waren dick wie Baumstämme. »Das sind Mammuts … Ich habe sie vor langer Zeit einmal im Windland gesehen. Die warten auf unsere Reiter, um ihnen in die Flanke zu fallen.«

»Dann ist alles verloren …«

Das mochte Vanduin nicht akzeptieren. Er hatte sich noch nie ohne Kampf zurückgezogen. »Erst die Bogenschützen«, entschied er.

»Du willst immer noch angreifen?«

»Wir werden dieser Falle nur entkommen, wenn wir ihre Pläne durcheinanderbringen. Wir überqueren den Kamm nicht, sondern bleiben auf dieser Seite des Hügels. Hoffen wir, dass die Damien weiterhin nicht in unsere Richtung schauen. Los jetzt!« Er wartete nicht ab, was Nivellyn dazu sagen würde, sondern lief los.

Es waren fast zweihundert Schritt, die ihn von dem Haselnussdickicht trennten. Nun kam es darauf an, dass alles schnell ging. Er gab jede Deckung auf und lief den Hang entlang. In jeder Hand ein Schwert, war er entschlossen, den Angriff der Damien zusammenbrechen zu lassen. Darüber, wie er das überleben sollte, hatte er sich keine Gedanken gemacht.

Es waren nur noch zwanzig Schritt, als einer der Damien sich in ihre Richtung drehte. Der Schütze hatte gerade einen Pfeil aus seinem Köcher gezogen und starrte ihn wie versteinert an. Er öffnete den Mund, um zu schreien, da war Vanduin über ihm. Ein gerader Stoß traf den rundohrigen Krieger in die Kehle und ließ ihn für immer verstummen. Mit einer leichten Drehung aus dem Handgelenk befreite Vanduin seine Waffe.

Neben ihm brach Nivellyn in das Dickicht. Die dünnen, dicht begrünten Stämme der Haselnusssträucher schränkten das Blickfeld stark ein. Vanduin konnte nur ein paar Schritt weit sehen. »Grünes

Banner zu mir!«, rief er aus Leibeskräften. »Rollt die Damien von der Flanke her auf. Metzelt sie nieder! Zeigt dem Schwertmeister, dass ihr es wert seid, an seiner Seite zu kämpfen.«

Vanduin brach durch das Dickicht und traf auf zwei überraschte Bogenschützen. Dem ersten stieß er ein Schwert in den Bauch, ließ die Waffe los, drehte sich und schnitt dem zweiten die Kehle durch.

»Rotes Banner vorrücken!«, rief Nivellyn, die irgendwo rechts von ihm im Dickicht steckte.

Ein Armbrustbolzen zischte dicht vor Vanduins Brust vorbei. Die Zwerge unten am Hang setzten ihren Beschuss fort, und der Elf war sich bewusst, dass sie ihn in dem dichten, grünen Gehölz nicht erkennen konnten.

Er bückte sich nach dem Damien, dem sein Schwert im Bauch steckte, und befreite die Waffe. Der Krieger lebte noch und sah ihn mit vor Entsetzen geweiteten Augen an. Seine Tunika war von Blut durchtränkt. Er würde nicht überleben, aber seine Qualen mochten noch Stunden dauern.

»Der Totentänzer ist hier!«, rief der Bogenschütze plötzlich mit erstaunlich lauter Stimme. »Rettet euch. Vanduin ist hier!«

»Goldenes Banner, sichert den Hügelkamm. Schneidet ihnen den Rückweg ab!« Vanduin trat ein paar Schritt zurück. Er ging mit ausgebreiteten Armen durch das dünne Astwerk, um den Eindruck zu erwecken, dass sich dort Dutzende Krieger bewegten.

»Sammeln!«, schrie jemand vor ihm.

Armbrustbolzen fegten in das Dickicht. »Nicht nachlassen, Jungs!«, hörte er die harsche Stimme Dragaschs. »Schießt sie aus den Büschen raus, damit sie den Elfen in die Arme laufen.«

Rechts von Vanduin erschollen Schreie. »Rosenbanner, hierher!«, rief Nivellyn.

War das ein Hilferuf? Als Bannerträger Gyldions trug er das Feldzeichen des Fürsten voraus, um dessen Ankunft zu verkünden.

Das Banner Langollions, das eine rote Rose auf schwarzem Grund zeigte. Er schlug sich durchs Geäst und fand Nivellyn umzingelt von Bogenschützen, die Schwerter und Dolche gezückt hatten.

»Für Langollion!«, rief er aus Leibeskräften und warf sich gegen die Feinde. Er hackte einem der Krieger in den Nacken, duckte sich unter einem Schwerthieb weg, stieß einem anderen Kämpfer sein zweites Schwert in die Kniekehle, wehrte mit der anderen Waffenhand einen Hieb ab, der auf seinen Kopf zielte. Dabei hielt er das Schwert schräg, sodass die Klinge des Gegners nach unten wegglitt. Er versetzte einem Bogenschützen, der ihn von hinten angreifen wollte, einen Stoß mit dem Ellenbogen gegen den Kehlkopf, der den Mann, erstickt röchelnd, zu Boden schickte, wirbelte herum, lenkte einen Speerstoß ab, der auf Nivellyns Rücken zielte, machte einen Ausfallschritt und stieß einem entsetzt starrenden Damien die Klinge in den aufgerissenen Mund, dass dessen Zähne splitterten und die stählerne Spitze bis in die Wirbelsäule drang.

»Du kommst zur rechten Zeit, Totentänzer!«, rief Nivellyn laut und ging aus der verzweifelten Verteidigung zum Angriff über.

Die Damien wichen zurück, obwohl sie in der Überzahl waren. »Der Totentänzer ist hier!«

Der Schreckensruf breitete sich im Haselnussdickicht aus, und mit einem Mal war es, als fege ein Hagelsturm durch das dichte Geäst. Sie flohen. Unsicher, wie viele Gegner sich im Gebüsch verbargen.

»Ich hab ihn gesehen«, hörte Vanduin eine Damien rufen. »Es ist wirklich der Totentänzer. Er ist wie ein böser Geist.«

»Unsere Arbeit ist noch nicht getan, Jungs!«, dröhnte Dragaschs Stimme. »Nachladen. Dritte Rotte legt an. Zielt weiter links! Wir wollen doch nicht unsere Elfenfreunde mit unseren Bolzen kitzeln. Schießt!«

Vanduin hörte die Geschosse vor sich ins Dickicht schlagen.

Schreie erschollen. Unter den Bogenschützen schien heilloses Durcheinander zu herrschen. Hauptleute versuchten ihre Krieger zu beruhigen, doch immer wieder wurde sein Name gerufen.

Er nahm Nivellyn beim Arm. »Wir müssen zurück. Wir müssen diese Mammuttrolle zum Angriff verleiten.«

»Bist du jetzt vollkommen verrückt geworden?«, fuhr sie ihn an. »Das hier zu überleben war schon nicht sehr wahrscheinlich. Wenn wir uns diesen Biestern stellen, sind wir tot!«

»Wenn wir es nicht tun, fallen sie unseren Reitern in die Flanke. Und unser Fürst führt die Reiterschar an. Er wird sterben, weil er uns zu Hilfe kommt. Ich werde nicht hier in Sicherheit bleiben und dabei zusehen.« Er wandte sich ab und lief durch das Gehölz zurück.

»Verdammt!«, entfuhr es Nivellyn. »Ich werde nie wieder in einer Schlacht an deiner Seite stehen, das verspreche ich dir.«

»Sieh zu, dass alle deine Männer geladen haben!«, rief Vanduin Dragasch zu, als er aus dem Dickicht brach. Links von sich sah er Bogenschützen aus dem Haselgestrüpp über den Kamm des Hanges flüchten. Die Mammuttrolle mussten also bemerkt haben, dass die Schlacht nicht nach Plan verlief.

Auch Vanduin strebte nun zum Hügelkamm hinauf. Die Farnwedel peitschten ihm gegen die Beine. Fast geriet er ins Straucheln, als er in ein verborgenes Kaninchenloch trat.

Der Kampf im Dickicht hatte nur wenige Augenblicke gedauert, doch seine Schwerter troffen vom Blut der erschlagenen Bogenschützen. Als er den Kamm erreichte, riss er beide Klingen hoch über den Kopf.

»Erste bis vierte Rotte, in Linie antreten!«, bellte die Stimme des Zwergenfürsten.

»Heh!«, rief Vanduin den Mammuttrollen zu. »Seht ihr diese Schwerter, nass vom Blut eurer Kameraden? Während ihr dort herumsteht, bringen wir sie alle um! Ihr Feiglinge!«

Ein Mammuttroll mit von Schmucknarben entstellter Brust riss seine Steinaxt hoch, eine Waffe von einer Grobschlächtigkeit, die zu seiner Erscheinung passte. Ihr fehlte jede Finesse. Kein Schild und keine Rüstung würden vor dieser Axt schützen. Sie war dazu geschaffen, alles zu zermalmen, was sie traf.

»Komm herunter, Elfenwurm!«, schrie der Troll und schwenkte einladend seine Axt.

»Fang mich, fußlahmes Häschen!«, rief er zurück, wandte sich um und lief in Richtung der Zwerge den Hang hinab. Er spürte die Erde erbeben, als die Mammuttrolle sich in Bewegung setzten. Die Zwerge waren in einer Linie von etwa sechzig Mann angetreten. Sie sahen mitgenommen aus. Einigen steckten Pfeile in den Kettenhemden und Schuppenpanzern, aber sie folgten diszipliniert Dragaschs Befehlen.

Vanduin erreichte Nivellyn, die nicht bis ganz zum Hügelkamm gelaufen war. »Schnell!«, rief er ihr zu.

Schon erreichten hinter ihnen die ersten der Mammuttrolle den Kamm. Sie zermalmten den Farn unter ihren mächtigen Füßen. Ihre Schreie waren laut wie Donnerhall.

»Die sind zu schnell!«, rief Nivellyn.

Vanduin war auch überrascht, mit welcher Geschwindigkeit die Bestien hinter ihnen herkamen. Es war sich sicher, dass sie beide nicht die Linie der Zwerge erreichen würden. Die Mammuttrolle würden sie vorher einholen.

»Legt an!«, drang Dragaschs Stimme durch das infernalische Getöse.

Es war offensichtlich, dass die Zwerge bis zum letzten Augenblick warten würden, bis sie schossen. Je näher die Mammuttrolle waren, desto größer wurde der Schaden, den die Bolzen anrichten würden. Genau um solche Bestien zu fällen, waren schwere Armbrüste gemacht. Aber vor den Zielen der Zwerge herzulaufen war tödlich.

»Ruhig, Jungs!«, befahl Dragasch. »Lasst sie kommen!«

Noch zwanzig Schritt bis zu den Zwergen. Vanduin konnte das Blut auf ihren Rüstungen sehen, ihre verkniffenen Gesichter. Dragasch hatte seinen Helm verloren. Dicht neben dem Hals steckte ihm ein Pfeil in der Schulter. Doch das schien ihn nicht zu beeindrucken.

Als Dragasch den Mund aufriss, packte Vanduin Nivellyn und riss sie mit sich zu Boden.

»Schießt!«

Armbrustbolzen zischten über sie hinweg. Riesige Füße stampften um sie herum. Ein Horn erscholl.

Die Heldin der Schlacht am Farnhügel

Vor langer Zeit auf Darna

Die Erde bebte so sehr, dass sie auch am Boden liegend hin und her geworfen wurden. Dicht neben Nivellyn schlug ein gewaltiger Leib in den Farn. Kleine braune Augen starrten aus einem grobschlächtigen Gesicht. Ein Armbrustbolzen steckte dem Mammuttroll in der Stirn, ein zweiter im Wangenknochen, ein dritter im Hals.

Eine graue Hand tastete nach Nivellyn. Sie wälzte sich zur Seite und griff in warmen Schlamm, als sie sich aufstützte. Es stank nach Fäkalien.

Taumelnd kam Nivellyn auf die Beine. Vanduin war nirgends zu entdecken, aber viel gab es auch nicht zu sehen. Sie fühlte sich winzig inmitten der wogenden Leiber. Die Salve der Zwerge hatte etliche der Mammuttrolle gefällt. Bogenschützen hätten das nicht vermocht – die Kreaturen waren einfach zu massig. Ganz anders die Bolzen.

Nivellyn wich stampfenden Mammutbeinen aus und einem nur halbherzig in ihre Richtung geführten Hieb mit einer Keule. Sie konnte kaum glauben, dass sie immer noch lebte.

»Nachladen, Jungs. Nachladen! Wir sind hier noch nicht fertig!«, dröhnte Dragaschs Stimme durch den Kampflärm. Sie hatte etwas Beruhigendes in dem Chaos. Die Reiter waren endlich eingetroffen, und statt von den Mammuttrollen in der Flanke angegriffen zu werden, wie es ursprünglich deren Plan gewesen war, hatten sie nun die Ungeheuer von der Seite erwischt.

Die Kentauren hielten ein wenig Abstand von den Gegnern und setzten den Mammuttrollen mit ihren Pfeilen zu, die zwar ärgerlich waren, aber keinen wirklichen Schaden anrichteten. Ganz anders die wenigen Elfenritter mit ihren langen Lanzen. Sie drangen den riesigen Feinden in Brust und Hals und forderten Tribut.

Und da war Vanduin. Mitten im Getümmel, zwischen den Reitern und den Ungeheuern, war er der Kleinste, doch er ließ sich nicht aufhalten. Wie ein wahnsinnig gewordener Tänzer focht er sich voller Anmut durch den Feind. Er erreichte mit seinen Klingen kaum die Brust der Mammuttrolle, doch er richtete Schaden an, hackte den Stahl tief in die dicht behaarten Beine, gab gestürzten Hünen den Gnadenstoß und schaffte es, selbst unter diesen übermächtigen Feinden Schrecken zu verbreiten, wie er es zuvor schon unter den Damien getan hatte.

Das Unglaubliche geschah. Die Feinde zogen sich zurück. Und von den Ungeheuern, die sie für unbezwingbar gehalten hatten, lagen nun mehr erschlagen im hohen Farn, als zum Hügelkamm zurückstrebten.

Dort waren die Damienbogenschützen erschienen, um den Rückzug ihrer monströsen Gefährten zu decken.

Nivellyn fühlte sich so erschöpft, als habe sie seit Tagen nicht geschlafen. Sie sah an sich hinab. Ihr leichter Leinenpanzer, die Arm- und Beinschienen waren mit Blut bespritzt, doch es schien nicht ihres zu sein.

Dragasch kam zu ihr, ergriff ihre Hand und führte sie zur Seite. »Du stehst in der Schusslinie, Elfe. Wir haben da noch etwas zu Ende zu bringen. Zusammen mit den Kentauren werden wir die Bastarde dort oben vom Hügelkamm vertreiben.«

Sie nickte nur, zu müde, um auch nur ein Wort zu sagen.

Dragasch bückte sich und hob etwas zwischen den blutbesudelten Farnwedeln auf. Seinen Helm mit dem Silberreif.

»Du hast gut gekämpft, Elfendame«, bemerkte der Zwerg.

»Nicht annähernd so gut wie Vanduin«, erwiderte sie matt.

Dragasch schnaubte abfällig. »Ich glaube, er hat schon vor langer Zeit seine Seele für unsterblichen Ruhm verpfändet. Er ist der Schwertmeister Ilaks, der Bannerträger deines Fürsten, und dennoch kämpft er immer weiter wie besessen. Was will er noch erreichen? Er ist mir suspekt. Er kann gar nicht mehr anders. Alles, was er heute getan hat, lässt nur den Schluss zu, dass er den Tod sucht. Und weil der verdammte Tod lieber zu denen kommt, die ihn fürchten, hat Vanduin wieder einmal Glück gehabt. Du aber bist ihm aus Kameradschaft gefolgt. Ich habe dich zögern sehen und habe gesehen, wie du Angst und Zweifel überwunden hast, obwohl dir schon beim Angriff auf die Bogenschützen klar sein musste, dass dies dein Ende sein würde.« Dragasch machte sich an seinem Helm zu schaffen, und mit einem trockenen Knacken löste sich der silberne Reif, der darauf befestigt war.

»Knie nieder, Nivellyn von Langollion.«

Sie sah verblüfft in das von tiefen Falten gefurchte Gesicht des alten Zwergs. Er meinte ernst, was er da sagte, und sie gehorchte.

»Nimm dies als Zeichen deines Sieges. Für mich bist du die größte Heldin dieses Tages, auch wenn man unter euch Elfen wahrscheinlich eine andere Geschichte erzählen wird.« Er streckte sich und setzte ihr den Silberreif auf. »Du wirst immer in den Ehernen Hallen willkommen sein – eine Ehre, die nur sehr wenigen Elfen zuteil wurde. Man kennt diesen Stirnreif in meinem Volk. Wir werden deine Geschichte erzählen, Nivellyn. Du bist wie eine von uns. Unerschütterlich und tapfer.«

Sie sollte jetzt eine Rede halten oder zumindest ein paar pathetische Worte machen, aber ihr wollte kein Laut über die Lippen kommen.

»Männer!«, schrie Dragasch. »Grüßt die Heldin der Schlacht am Farnhügel.«

Die Zwerge, abgekämpft und zusammengeschossen, wie sie waren, hoben ihre schweren Armbrüste zum Salut und blickten in ihre Richtung. Nivellyn las in ihren Gesichtern, dass sie alle so dachten wie Dragasch. Und die Kehle wurde ihr eng. Die Elfen hatten sie noch nie auf vergleichbare Art geehrt, und sie wusste, in ihrem Volk würde man heute Abend nur von Vanduin Totentänzer erzählen. Aber an den Lagerfeuern der Zwerge hatte ihr Name eine Heimat gefunden.

Gruben, ein Riese und Krähenfüsse

Vor langer Zeit auf Darna

»He, Kobold. Lungere hier nicht faul herum. Du stehst im Weg!« Der schwarzbärtige Zwerg unterstrich seine Worte dadurch, dass er eine Schippe voll Erde in seine Richtung warf.

Zachri hob beschwichtigend die Hände. »Schon gut, ich geh ja schon.«

Gelangweilt schlenderte er weiter. Er hielt sich auf einem der Hügel am Südrand der großen Lichtung auf. Und er schien der Einzige im ganzen Feldlager zu sein, für den es keine Arbeit gab. Er gehörte hier nicht her. Er gehörte nicht einmal in diese Zeit. Sein Blick schweifte über das weite Schwertlilienfeld. Die Elfen hatten Wege über die Lichtung gelegt, und Ilak ließ jeden bestrafen, der einfach so durch das Blumenmeer lief. Hier würde in spätestens zwei Tagen eine mörderische Schlacht stattfinden, die kein gutes Ende nehmen konnte, und diese Schlangenelfe machte sich Gedanken darüber, dass man keine Blumen niedertrat. Sie war noch seltsamer, als es die Elfen waren.

Die Zwerge hoben auf den Hügelkuppen und zum Teil auch im Wald seltsame Gruben aus. Sie waren rechteckig, wurden von innen mit Holz verschalt und unterschieden sich in zwei Sorten. Die eine bekam Dächer aus massiven Baumstämmen, auf die eine dicke Schicht schwarzer Erde aufgeschüttet wurde. Pfosten trugen das Dach, und es blieb zwischen dem Rand der Grube und dem Dach ein etwa zwei Hand breiter Schlitz. Zachri vermutete, dass hier Armbrustschützen und Speerschleudern aufgestellt werden sollten. Es würde verdammt schwierig werden, die Kämpfer in dieser Deckung zu treffen.

Die zweite Sorte Gruben bekam ein Dach aus geflochtenen Zweigen. Darauf wurden sorgfältig ausgestochene Grassoden gelegt, die mit Schwertlilien durchsetzt waren. Hier gab es keinen Schlitz für Schützen. Wenn die Dächer auf die Gruben gelegt wurden, waren sie so gut wie unsichtbar.

Jede der Gruben hatte auf der Rückseite einen Einstieg. Selbst hier, wo es von Arbeitern nur so wimmelte, waren Wege angelegt, die es zu benutzen galt. Und sogar die Trolle, die im Heer dienten, hielten sich daran.

Zachri kletterte auf ein Fass und machte es sich dort bequem. Er war der Kleinste im ganzen Heer. Unter den Tausenden Gefolgsleuten der Blutkönigin hatte er keinen einzigen weiteren Kobold entdecken können. Wurden sie als unwürdig betrachtet? Hielt man sie für keine Kämpfer? Oder waren die Kobolde tatsächlich einfach bloß schlau genug, sich aus dem mörderischen Gemetzel herauszuhalten?

Es war ein schöner, warmer Tag. Zachri hatte keine Ahnung, in welcher Jahreszeit er gestrandet war. Später Frühling vielleicht? Die Sonne strahlte am wolkenlosen Himmel, an dem sich auch keiner der geflügelten Feinde sehen ließ. Mit einem Schauder dachte Zachri an den Luftkampf. Nie wieder würde er auf einen Pegasus steigen!

Neben ihm hoben schwitzende Zwerge eine weitere Grube aus. Ab und an warfen sie ihm böse Blicke zu, sagten aber nichts. Das schwarze Erdreich war etwas mehr als einen Fuß dick. Darunter kam feiner weißer Sand.

Zachris Blick schweifte zum Waldrand hinter der Hügelstellung. Die großen Eichen und Buchen mit ihren weit ausladenden Baumkronen waren ein natürlicher Schutzschild gegen die Pfeile ihrer geflügelten Feinde. Das Heerlager war im Wald aufgeschlagen. Es erstreckte sich über mehr als eine Meile nah am Rand der Lichtung. Wie tief es in den Wald reichte, wusste Zachri gar nicht. Die grellbunten Zelte würden trotz des Laubdaches nicht verborgen bleiben.

Etwas hier würde schrecklich schieflaufen, dachte er wieder. Wenn er nur darauf käme, was. Der Sieg am Farnhügel hatte die ohnehin schon gute Stimmung im Heer noch weiter verbessert. Sie vertrauten Ilak. Alle waren überzeugt, dass der Krieg mit den Himmelsschlangen hier auf dem Schwertlilienfeld zu einem Ende kommen würde.

Der Rauch unzähliger Feuer stieg zwischen den Bäumen auf. Es wurde gut gekocht in Ilaks Heer. Alles war perfekt organisiert. Vor dem Horizont, wo sich sieben rote Felsnadeln hinter dem Wald erhoben, sah Zachri den Riesen Urungur. Der Kerl war mehr als dreißig Schritt hoch. Er bewegte sich relativ gemächlich. Bis hierher hörte man das Splittern niedergehender Baumkronen. Er setzte stets den rechten Fuß gegen einen Stamm und drückte ihn dann allmählich nieder, sodass die Wurzeln aus der Erde gerissen wurden.

Zachri hatte gestern fast den ganzen Tag damit verbracht, sich den Riesen aus der Nähe anzusehen. Urungur bewegte sich nur langsam, aber durch seine Größe war seine Schrittweite gewaltig. Während er Bäume erntete, nahm er sich immer wieder die Zeit, von ihren Kronen zu essen. Er kaute fast die ganze Zeit. Vermutlich musste er ununterbrochen futtern, um diesen gewaltigen Körper zu ernähren. Er war von schlaksiger Gestalt mit überlangen Armen und Beinen. Kein einziges Haar spross auf seiner von Wind und Wetter gegerbten Haut. Er trug keine Kleider, nur so etwas wie einen Gürtel, an dem Säcke hingen. Was er darin verwahrte, wusste Zachri nicht.

Von früh bis spät entwurzelte er Bäume. Astwerk und Wurzeln entfernte er, indem er mit einer Hand am Stamm entlangfuhr. Wenn er genug Bäume gesammelt hatte, trug er sie zum Rand der Lichtung, wo die Stämme zu Dächern von Unterständen, Verschalungen oder einfachen Brustwehren verarbeitet wurden. Den ganzen Tag hatte der Riese kein Wort gesprochen. Er arbeitete und aß. Und manchmal blieb er stehen und sah mit seinen großen blauen Augen sehnsüchtig zum Horizont.

Keine Zeit, zum Horizont zu blicken, hatten die Schmiede im Heerlager. Selbst in der Nacht erklang ihr heller Hammerschlag auf den Ambossen. Ohne Unterlass fertigten sie Krähenfüße – bösartige Fußangeln mit vier Dornen, die, ganz gleich wie sie auf den Boden fielen, immer einen ihrer Dornen zum Himmel streckten. Die Krähenfüße wurden zu Tausenden auf der Lichtung ausgestreut, wo sie zwischen Schwertlilien und hohem Gras gut verborgen lagen.

»Zachri!« Vanduin kam winkend vom Waldrand zu ihm herüber.

»Endlich finde ich dich. Du sollst am Kriegsrat der Königin teilnehmen. Ich suche dich schon länger als eine Stunde. Jetzt nimm die Beine in die Hand.«

»Ich?« Er war sich nicht sicher, ob er verblüfft oder eher erschrocken war. »Was könnte ich da schon helfen?«

»Wenn ich dir einen Rat geben darf, mein kleiner Freund: Die Wünsche von Königinnen hinterfragt man nicht, man gehorcht! Komm jetzt!«

Ein verzweifelter Plan

Vor langer Zeit auf Darna

Nur zehn der Befehlshaber aus Ilaks Heer waren in ihr Zelt geladen, und Zachri fühlte sich zwischen diesen Fürsten und Helden reichlich fehl am Platz. Er kannte Vanduin und Gyldion. Und Dragasch, den Zwerg, der immer dreinschaute, als sei ihm gerade eine Laus über die Leber gelaufen. Aber da waren auch ein Troll, zwei Faune und zwei Damien, die er noch nie gesehen hatte. Ebenso wenig wie den Kentauren und den riesigen Echsenkrieger, der ein bisschen aussah wie eine der gefräßigen Flussechsen.

Sie alle standen um einen Tisch versammelt, auf dem eine Karte der Lichtung und des angrenzenden Waldes ausgerollt lag.

»Wir müssen damit rechnen, dass unsere Feinde schon morgen angreifen werden«, erklärte Ilak ruhig. Sie sah ganz und gar nicht kriegerisch aus, eher, als wolle sie ein ausschweifendes Hoffest besuchen.

Eines von den Festen, über die man nicht in Gegenwart von Kindern sprach. Zwei goldene Schalen bedeckten ihre Brüste mehr schlecht als recht. Sie wurden von filigranen Ketten gehalten. Unzählige dünne Goldreife klirrten an ihren Armen. Eng um ihren Hals lag ein Schmuck aus goldgefassten Jadeplättchen, der an Echsenschuppen erinnerte. Darauf, nur von einer schlichten Lederschnur gehalten, ein Amulett, das wie ein Auge aussah. In ihr langes schwarzes Haar hatte sie einen roten Seidenschal geflochten. Etliche Haarnadeln, die in goldenen Blüten endeten, hielten ihre Haarpracht hochgetürmt. Ein Hauch roter Farbe betonte ihre hohen Wangenknochen. Die Augen waren schwarz umrandet. Ihre Pupillen zu schmalen Schlitzen geschrumpft. »Die vier noch lebenden Himmelsschlangen sind bereits auf der Insel. Ich kann ihre Anwesenheit spüren.«

Zachri begann leicht zu zittern. Er versuchte verzweifelt sich zu beherrschen, ballte die Fäuste und stand ganz steif, doch all das half nichts. Ihm entging nicht, wie Dragasch ihn mit einem verächtlichen Blick bedachte. Der Zwerg hatte keine Ahnung! Morgen um diese Zeit waren sie wahrscheinlich schon geschlagen. Wer von denen, die jetzt hier standen, würde dann noch leben? Vanduin, so viel war sicher. Und auch Ilak, der ein grausameres Schicksal bevorstand, als auf dem Schlachtfeld zu sterben.

Die Blutkönigin wies auf das Ende der Karte. »Die Drachlinge werden von hier aus angreifen. Es wird alles wie eine ganz normale Feldschlacht beginnen. Die Pfade über die Lichtung unterteilen sie in verschiedene Felder.« Sie strich mit der Hand über eine Reihe dieser Abschnitte. »Hier ...« Sie wiederholte die Geste auf der anderen Seite der Lichtung. »... und hier sind keine Krähenfüße ausgestreut. Karmenion, Gyldion, wenn ihr mit den Kentauren und der Elfenreiterei Gegenangriffe führt, bewegt euch nur durch die Ränder des Schwertlilienfelds. Schärft das euren Kriegern ein.«

Der blonde Kentaur kratzte sich am Kopf. »Das wird nicht leicht.

Meine Schar ist ein wenig ungestüm. Wenn der Feind erst einmal flieht, dann sind sie hintendran und haben alles vergessen.«

»Dann mach ihnen klar, was es bedeutet, einen Krähenfuß im Huf stecken zu haben.« Ilak sprach leise und langsam, doch das verlieh ihren Worten nur umso mehr Schärfe. »Für jeden, dem das passiert, ist die Schlacht beendet. Gyldion?«

»Meine Reiter werden meinen Befehlen folgen«, entgegnete der Elfenfürst knapp.

Zachri hatte das Gefühl, dass die Leichtigkeit von Gyldion abgefallen war. Dieser Mann glich nicht mehr dem Fürsten, der am Abend nach dem blutigen Kampf über dem feindlichen Heerlager ein Fest gegeben hatte. Aber was sollte man einen Tag vor der alles entscheidenden Schlacht auch anderes erwarten?

Ilak legte ihre Hand mitten auf die Karte. »Unsere Feinde sind uns fast sieben zu eins überlegen, aber nicht Zahlen, sondern Helden gewinnen Schlachten. Und ein guter Plan ist auch hilfreich. Der Angriff über die mit Krähenfüßen gespickte Lichtung wird sie sehr viel Blut kosten. Wer sich einen Eisendorn durch den Fuß sticht, der hinkt in die Schlacht. Ein Teil der Dornen ist mit Gift bestrichen ... Wer sich die in den Fuß tritt, wird einen sehr unschönen Tod sterben. Und wer das sieht, wird eingeschüchtert sein. Entweder stürmen sie wild über die Lichtung, dann erleiden sie erhebliche Verluste durch die Krähenfüße. Oder sie gehen langsam vor und tasten den Boden ab, dann bleibt unseren Bogenschützen auf den Hügeln umso mehr Zeit, sie zu beschießen.« Ilak deutete auf die Hügel auf der Karte. »Hier werden wir zusätzlich zu den Brustwehren aus Stämmen noch Gräben ausheben. Wir werden in drei Reihen hintereinander Bogenschützen und Armbrustschützen aufstellen. Sorgt dafür, dass genügend Träger bereitstehen, um weitere Pfeile und Bolzen vom Tross heranzubringen.«

Zachri räusperte sich leise.

Die goldenen Augen der Königin blickten ernst auf ihn herab. »Ja?«

Er räusperte sich noch einmal. »Also, ich bin ja kein Feldherr, aber warum sollten unsere Feinde nicht einfach den Wegen folgen, die durch das Schwertlilienfeld führen? Da gibt es keine Fußangeln …«

»Sie werden zu viele dafür sein. Sie werden wie eine Horde von Büffeln auf uns zustürmen …«

»Ja, Eure allerweiseste Majestät, aber wenn sie merken, dass die Felder ihren Füßen nicht guttun, werden sie sich doch an die Wege halten.«

»Und die Wege liegen im Kreuzfeuer der Speerschleudern. Die Unterstände sind so angelegt, dass sie sich gegenseitig unterstützen. Hast du schon einmal gesehen, was Speerschleudern auf Entfernungen unter hundert Schritt anrichten, Zachri?«

»Äh … nein …« Und er war auch froh, dass ihm solche Erfahrungen bislang entgangen waren.

»Ein Speer durchschlägt leicht zwei Körper«, belehrte ihn Dragasch. »Auf unter fünfzig Schritt vielleicht sogar drei, wenn unsere Gegner nicht stark gerüstet sind.«

Zachri kam sich unglaublich fehl am Platz vor und entschied, gar nichts mehr zu sagen.

»Die Wälder entlang der Lichtungen sind von den Faunen mit Fallen versehen worden. Es gibt Fallgruben voller angespitzter Pfähle, vorschnellende Äste, die mit Dolchen gespickt sind, und noch viel mehr. Außerdem kämpfen unsere Faune in den Wäldern. Es gibt niemanden, der dort besser ficht.«

Die beiden Faune am Kartentisch lächelten geschmeichelt.

Zachri wunderte sich, dass nur zwei Elfen anwesend waren. Sie stellten die meisten Krieger in Ilaks Heer. Aber vielleicht hatte das ja etwas mit Diplomatie zu tun.

»Damien und Zwerge, ihr haltet die Hügelkuppen. Dort werdet ihr vermutlich auch den Angriffen der geflügelten Feinde ausgesetzt sein. Die Unterstände werden euch Schutz bieten. Außerdem werden noch große Holzschilde gefertigt. Jeder Bogenschütze bekommt einen Schildträger an seine Seite.«

Ilak tippte auf verschiedene Stellen an den Rückseiten der Hügel. »Hier liegen die getarnten Unterstände mit den Dächern aus Flechtwerk und Grassoden. Dort sollen deine tapfersten Männer stehen, Dragasch. Sie warten darauf, dass die Himmelsschlangen erscheinen. So verborgen, sollten sie vom Himmel herab nicht zu entdecken sein. Auf ihre Rolle werde ich gleich noch eingehen.« Sie deutete auf zwei Punkte im Heerlager. »Hier, unter den Baumkronen versteckt, gibt es zwei weitere getarnte Unterstände. Sie dienen unseren letzten verbliebenen Pegasi als Versteck. Die Pegasusreiter werden dort vom Beginn der Schlacht an auf ihren Einsatzbefehl warten und erst in den Himmel aufsteigen, wenn dieser Befehl sie erreicht. Zachri hier wird mein Bote sein.«

»Das ist viel Verantwortung für so einen kleinen Kerl«, murrte Dragasch.

Zachri war zum ersten Mal geneigt, dem Zwerg zuzustimmen.

»Er ist klein, flink und mutig«, sagte die Blutkönigin in diesem speziellen Ton, der keinen Widerspruch duldete. »Er wird dieser Aufgabe gewachsen sein.«

»Wirst du wieder hinter mir auf dem Sattel sein, wenn du deine Nachricht gebracht hast?«, fragte Vanduin freundlich.

»Natürlich!« Kaum war das Wort heraus, hätte sich Zachri am liebsten die Zunge abgebissen. War er verrückt geworden? Er hatte sich doch geschworen, nie wieder auf dem Rücken eines Pegasus zu sitzen! Und dann noch diese Art, wie Vanduin ihn ansah. War der verdammte Elf etwa stolz auf ihn?

»Ich habe mir schon gedacht, dass du nicht zögern würdest«,

sagte Vanduin lächelnd. »Ich habe einen richtigen Schild für dich fertigen lassen. Der ist leichter zu halten als ein Silberteller.«

»Agar«, wandte sich Ilak an den Troll. »Du wirst mit deinen Kriegern in der dritten Linie auf den Hügeln stehen. Sollte der Feind irgendwo zur zweiten Linie durchbrechen, dann führst du einen Gegenangriff.«

Der Troll, dessen Schmucknarben auf seiner breiten Brust einen enthaupteten Drachen zeigten, nickte knapp.

»Karmenion, du wirst mit deinen Kentauren auf der linken Flanke warten. Du bist ein erfahrener Kavallerist, greif an, wenn deiner Meinung nach der richtige Augenblick gekommen ist.«

»Ich werde Euch nicht enttäuschen, meine Königin«, entgegnete der Kentaur stolz.

»Gyldion, du führst die Elfenreiterei auf der rechten Flanke. Auch du greifst an, wenn deiner Meinung nach die rechte Zeit gekommen ist.«

Der Fürst verneigte sich formvollendet. »Euer ergebenster Diener.«

Zachri verdrehte die Augen und blickte hinauf zum Zeltdach. Dass Elfen immer so schwülstig daherreden mussten!

»Doch nun kommen wir zum Wesentlichen.« Ilak schlug mit der flachen Hand auf die Tischplatte. »Hebt die Tafel auf.«

Der Troll, die beiden Damien und die Faune griffen nach den Kanten der Tischplatte, hoben sie an und legten sie neben Ilaks Schlafplatz auf den Zeltboden. Unter der Platte befand sich eine große, mit Eisenbändern verstärkte Truhe. »Dragasch war so freundlich, mir die letzten drei Drachentöterpfeile, die wir besitzen, zu leihen.«

Der Zwerg nickte. Zachri erschien er ziemlich selbstgefällig.

»Wir haben das Problem, dass wir nur drei Pfeile besitzen, es aber vier Himmelsschlangen gibt«, sagte Ilak bedrückt. »Selbst wenn jeder Schuss ein Treffer wäre, würden wir in Schwierigkeiten geraten. Deshalb habe ich mir erlaubt, die Pfeilspitzen einzuschmelzen.«

»Was?«

Zachri musste sich auf die Lippe beißen, um nicht loszuprusten. Dem Zwerg schienen vor Entsetzen schier die Augen aus dem Kopf zu quellen. »Die Spitzen wurden von den berühmtesten Schmieden meines Volkes …«

»Wir wollen morgen siegen«, unterbrach ihn die Schlangenelfe brüsk. »Und du weißt so gut wie jeder hier, dass in der Hitze der Schlacht, wenn der Himmel in Flammen steht und deine Freunde neben dir sterben, auch die besten Schützen ihr Ziel verfehlen können. Wir müssen morgen siegen, denn wenn wir das nicht tun, werden wir untergehen. Die Himmelsschlangen werden plötzlich erscheinen. Sie werden kommen, wenn die Schlacht auf Messers Schneide steht. Über Sieg oder Niederlage wird innerhalb weniger Augenblicke entschieden. Wenn ihr Feuer vom Himmel fällt, sind wir verloren.« Ilak beugte sich vor und öffnete den schweren Deckel. In der Truhe lagen auf schwarzem Samt etliche Speerspitzen.

»Wir haben nun dreißig Speerspitzen.«

Ein erstauntes Raunen ging durch das Zelt. Dragasch nahm eine der Speerspitzen aus der Truhe und musterte sie kritisch.

»Nur die Schneide ist aus dem rätselhaften Metall, das deine Ahnen entdeckt haben, geschmiedet. Der Rest der Speerspitze besteht aus feinstem Silberstahl.«

Der Zwerg runzelte die Stirn. »Ob das genügt?«

»Wir können es nur hoffen. Wir haben zehn getarnte Unterstände, in denen je eine Speerschleuder steht. In jedem soll es zwei solcher Speere geben. Unsere letzten Pegasusreiter werden Lanzen erhalten, die diese Spitzen tragen. Sollten die Himmelsschlangen den Beschuss überleben, ist es an ihnen, die Tyrannen zu töten. Sie werden aus ihren Verstecken hervorbrechen, durch die Schwärme der geflügelten Feinde hindurchstoßen und den Himmelsschlangen den Tod bringen.«

Bedrücktes Schweigen herrschte im Zelt. Zachri war klar, dass dieser letzte Angriff eine reine Verzweiflungstat wäre und es kaum eine Aussicht gab, sie zu überleben. Und er würde mit dabei sein.

»Es gibt noch viel zu tun. Ihr seid nun entlassen«, beendete Ilak das Schweigen.

Immer noch stumm, verließen die Heerführer das Zelt der Blutkönigin.

»Vanduin! Zachri! Ihr beide bleibt.«

Den Lauf der Geschichte ändern

Vor langer Zeit auf Darna

Zachri vermochte diese Schlangenelfe einfach nicht einzuschätzen. Eine gewisse Strenge hatte in ihrer Stimme gelegen, als sie ihm und Vanduin befahl, in ihrem Zelt zu bleiben. War das nur ein Schauspiel für die anderen gewesen, um sie beide nicht begünstigt erscheinen zu lassen? Oder hatten sie es irgendwie geschafft, die Blutkönigin zu verärgern?

»Du brauchst nicht von einem Bein auf das andere zu treten, als müsstest du dringend austreten, Zachri Büffelfuß.«

Ertappt stand er still. Vanduin ließ sich nicht anmerken, ob er beunruhigt war. Zachri wünschte sich, er könnte auch einmal so gelassen sein wie dieser Elf.

»Wenn ihr beide in den Himmel aufsteigt, dann wird alles sehr knapp werden.« Die Königin griff sich an den Hals und löste das

Amulett, das sie an einem schlichten Lederriemen trug. »Dies ist für dich, Vanduin. Ich habe es selbst erschaffen. Es trägt einen Zauber in sich, der sich von deiner Lebenskraft nährt. Dafür gewährt es dir die Gunst, wenige Augenblicke in die Zukunft zu sehen, wenn du die Worte *Blicke voraus* aussprichst oder auch nur denkst. Wenn ihr beide morgen gegen die Himmelsschlangen reitet, dann mag dieses Amulett über Niederlage oder Sieg entscheiden.« Sie legte dem Elfen das schlichte Bronzeamulett um den Hals.

»Ich werde für Euch siegen, Herrin. Ich bin Euer Schwertmeister«, sagte Vanduin mit einer Zuversicht, als sei er von seinen Worten zutiefst überzeugt.

»Ich weiß, dass du, ohne zu zögern, dein Leben für mich geben würdest.«

Zachri glaubte etwas im Blick der Königin zu sehen, das ihm zuvor nie aufgefallen war. Diese geschlitzten Pupillen waren unheimlich, und doch lag da eine Wärme in ihren Augen, die sie verriet. Vanduin war mehr als nur ihr Schwertmeister. Deshalb war er so besessen von ihr gewesen, dass er in seinem selbst gewählten Grab ein Abbild von ihr erschaffen hatte.

Zachri fühlte sich verlegen. Er wusste nicht, wo er in diesem intimen Augenblick hinschauen sollte.

Überraschenderweise trat Vanduin einen Schritt zurück und verneigte sich. »Ich werde nun nach Sternenhuf sehen und ihn auf die Schlacht vorbereiten, wenn Ihr gestattet, Eure Majestät.«

»Geh deinen Pflichten nach«, sagte die Herrscherin, und es schien Zachri, als sei ihre Stimme belegt und ihr Herz schwer.

Vanduin nickte ihm kurz zu, dann verließ er das Zelt.

Ilak sah ihm eine Weile nach. »Ich habe dich nicht nach meiner Zukunft befragt und auch nicht nach dem Ausgang der Schlacht«, sagte sie schließlich. »Das muss ich auch nicht, denn dein Gesicht sagt mehr als tausend Worte. Ich nehme an, der Tag morgen wird nicht gut für uns enden. Ich habe versucht, jede mögliche Wendung der Schlacht vorauszusehen, und weiß doch, wie töricht dieses Ansinnen ist. Ich werde nicht fliehen. Ich werde kämpfen, denn dies ist mein Schicksal.« Sie glitt zu ihrem Lager und holte zwischen den Kissen ein kleines Schmuckkästchen hervor. »Du sollst wissen, dass ich Respekt vor dir habe, Zachri Büffelfuß. Du weißt, was morgen geschieht, und dennoch bleibst du hier. Ja, du hast keinen Augenblick gezögert, zu Vanduin zu stehen, wenn er morgen dorthin reiten wird, wo die Gefahr am größten ist.«

Zachri blickte verlegen zu Boden. Ihm war inzwischen aufgegangen, dass der Sattel des Pegasus wohl der sicherste Ort auf dem Schlachtfeld war, denn Vanduin würde ja überleben. Blieb er an der Seite des Elfen, dann würde auch ihm nichts geschehen. »Ich … äh …«, begann er zögerlich.

»Sag nichts, Zachri. Bescheidenheit bedarf keiner Worte und ist wohl die größte Tugend eines Helden.« Sie öffnete das Schmuckkästchen. Darin lagen ein verschrammter Ledergürtel mit einer Schließe aus Zinn und ein speckiger Lederbeutel.

Verwundert nahm er die Geschenke entgegen.

»Solltest du morgen in Gefangenschaft geraten, Zachri, dann wird dir dies niemand abnehmen, weil es zu unscheinbar ist. Das Leder ist etwas zu weich für einen guten Gürtel. Und es ist unregelmäßig geschnitten. Doch es ist keine mindere Handwerksarbeit. Dieser Gürtel ist in Wahrheit eine Wurfschlinge. Und in dem Beutel findest du Schleuderbleie. Eine der Kugeln ist glatter als die anderen. Du wirst sie leicht ertasten können. Sie ist aus dem letzten Rest des Zwergenmetalls gefertigt. Ich habe das Metall dunkel werden lassen, sodass es aussieht wie Blei. Morgen bist du der kleinste Krieger, der mit mir in die Schlacht zieht. Unsere Feinde werden dich mit Sicherheit unterschätzen. Vielleicht ist es dir ja bestimmt, den Lauf der Geschichte zu verändern.«

Eine andere Insel

Broja drückte die Luft aus seinem Wasserschlauch. Der kleine Bach war angenehm kühl. Fast drei Tage waren sie durch Sanddünen landeinwärts marschiert. Nichts hier sah so aus wie in den Erzählungen. Es gab keine dichten Wälder, keinen Dschungel aus Farnen, keine blumenbedeckten Lichtungen.

Der Kobold blickte in das klare Wasser. Es war nicht der erste Bach, an den sie gekommen waren. Nirgends hatte er Fische gesehen. Es wuchsen keine Algen auf den Kieseln am Grund des Bachbetts, ja nicht einmal Flechten auf den Felsen, die sich in weiten Abständen am Ufer erhoben. Kein Skorpion hatte in den Dünen ihren Weg gekreuzt, kein Vogel zeigte sich am Himmel. Es gab hier nichts, was lebte. Das machte ihm mehr Angst als die Späher, die sie manchmal auf weit entfernten Dünenkämmen gesehen hatten – einsame Gestalten, Schattenrisse vor gleißendem Sonnenlicht oder einsetzender Dämmerung.

Alathaia hatte darauf bestanden, dass sie sich ihnen nicht näherten. Ganz die Fürstin, hatte sie nicht erklärt warum, sondern lediglich insistiert, dass sich keiner weiter als zehn Schritt von ihr entfernte. Auch dazu hatte sie natürlich nicht gesagt, warum. Aber so rebellisch Broja im Grunde seines Herzens auch war, gehorchte er, ohne Fragen zu stellen, denn er spürte, dass hier auf der Insel etwas Böses umging. Etwas, was nicht greifbar war, aber gnadenlos jedes Leben auslöschte, nur nicht das der fernen Späher.

»Kommst du?«, drängte Nanduval, der den Großteil ihrer Ausrüstung schleppte. Einen gewaltigen Rucksack voller Hirse, Honig, Bohnen, Trockenfleisch und anderer Köstlichkeiten, dazu die Spitzhacke, die Schaufel, den schweren Hammer und die Brechstangen. Nie murrte er morgens, wenn er die Last schulterte, oder den Tag über, wenn es Stunde um Stunde die Dünen aus quälend weichem Sand, der unter den Stiefeln davonfloss, hinauf und hinab ging.

Die Elfen warteten auf der anderen Seite des Baches, und Alathaia wirkte ungeduldig. Eigentlich wäre hier am Wasser ein guter Platz, um zu lagern, und es würde nicht mehr lange dauern, bis es dämmerte. Doch Alathaia wirkte den ganzen Tag schon rastlos. Broja prüfte, ob sein Wasserschlauch ganz gefüllt war, und verschloss ihn dann.

Eilig durchquerte er den Bach. Die Fürstin hatte sich bereits wieder in Bewegung gesetzt.

Die Elfen redeten kaum. Jeder hing seinen Gedanken nach. Laurelin war mit Abstand der freundlichste von ihnen. Manchmal suchte Broja die Gesellschaft des Jägers. Ihn konnte man noch am ehesten zum Reden bringen. Dann erzählte er von den Wäldern in den Bergen des Nordens, von eisigen Wintern und dem Lied der Wölfe im tiefen Forst. Aber allzu oft schwieg auch er.

Heute Morgen hatte Broja gesehen, wie Leynelle den Jäger bei der Hand genommen hatte. Nur ein paar Herzschläge lang. Dennoch hatte in der Geste eine Vertraulichkeit gelegen, die mehr als nur Freundschaft war. Laurelin hatte seine Hand aus der ihren gelöst. Aber ein wenig zu spät, um ein eindeutiges Zeichen zu geben, dass er diese Nähe nicht wollte.

Das Wandern im Sand war beschwerlich, vor allem, wenn es die Dünen hinaufging. Der weiche, fließende Sand gab unter jedem Schritt nach. Stets rutschte man ein wenig zurück. Es fühlte sich an, als wolle der Boden ihn festhalten, dachte Broja. Als gälte es, eine unsichtbare Kraft zu überwinden, um den nächsten Schritt zu tun.

Die Sonne war schon halb hinter den westlichen Dünenkämmen

versunken, und Alathaia machte immer noch keine Anstalten, sich nach einem Lager umzusehen. Soweit es das Gelände zuließ, führte die Fürstin sie in schnurgerader Linie dem Ort entgegen, an dem sich das Grab der Blutkönigin befand.

Würde er dort eine Antwort bekommen auf die eine Frage, die seinen Vater ein Leben lang beschäftigt hatte? Würden sie so tief in den unterirdischen Grabpalast eindringen? Broja wusste um die Schätze, die es dort zu finden gab. Aber er wusste auch um die Gefahren. Hatte sein Vater ihm alles erzählt? Oder hatte er etwas ausgelassen, weil es ihm unbedeutend erschien? Oder hatte er es vielleicht schlicht vergessen? Broja wusste von dem lebenden Labyrinth, vom Pfad des spielenden Kindes und vom Atem der Alben. Aber gab es noch mehr? Und was lag jetzt hinter dem Goldenen Tor? War alles zu Asche geworden?

Mit Unbehagen sah er, wie weit die Fürstin schon von ihm entfernt war, und er beeilte sich, strauchelnd die Düne hinaufzukommen und zu Alathaia aufzuschließen. Sie nahmen wenig Rücksicht auf ihn. Er hatte ihnen nicht erzählt, was er über das Grab wusste. Es war immer gut, ein paar Geheimnisse in der Hinterhand zu haben, insbesondere, wenn man es mit Elfen zu tun hatte, die auf Kobolde gewöhnlich voller Verachtung herabsahen.

Müde erreichte er den Dünenkamm. Am Horizont waren Bergspitzen zu sehen, nur ferne, blasse Schemen. Sie schienen rot zu sein, aber vielleicht war das auch eine Täuschung, da der Sonnenuntergang allem einen Rotstich gab.

Er kniff die Augen zusammen. Dunst schien vor den Bergen zu liegen. Vielleicht aufgewirbelter Staub? Aber jetzt war er sich ganz sicher. »Die sieben roten Nadeln«, flüsterte er ehrfürchtig.

»Was sagst du?«, fragte Alathaia.

»Die sieben roten Nadeln«, wiederholte er müde. »Sie kommen in den Geschichten über das Grab der Blutkönigin vor.«

Alathaia sah ihn durchdringend an. »Tun sie das? Ich kenne keine Geschichten über diese Felsen.«

Er schaute zu ihr auf und lächelte sie an. Er sollte sich naiv geben, das schluckten Elfen immer sofort. Die erwarteten von Kobolden, dass sie hinterhältig waren, aber auch ein wenig einfältig und stets zu dämlichen Streichen aufgelegt. Wenn er diesem Bild entspräche, wäre vermutlich alles gut. Nur Nanduval kannte ihn hinreichend, um es besser zu wissen.

»Ich kenne alle Schatzgeschichten. Wirklich alle«, wiederholte er mit Nachdruck. »Schon als Kind habe ich davon geträumt, einen verborgenen Schatz zu heben und reich zu werden.«

Die Fürstin nickte beifällig. Genau das hatte er erreichen wollen.

»Du siehst müde aus, Broja. Ich verspreche dir, wenn die Sonne untergegangen ist, lagern wir«, sagte Alathaia und ging weiter.

Und wieder ging es die Dünen hinauf und hinab. Er blickte vor sich auf den Sand und marschierte stumpf immer weiter. Unter Kobolden wäre sicher jemand auf die Idee gekommen, ein Lied zu singen. Nicht so die Elfen.

Die Schatten links von ihnen wurden länger. Alathaia führte sie in südlicher Richtung, seit sie die Bucht verlassen hatten.

Vom nächsten Dünenkamm blickte er zu den sieben Nadeln. Zumindest das hob seine Laune. Er war mit den Geschichten seines Vaters über Darna groß geworden. Vieles hatte er für Koboldgeschwafel gehalten. Aber vielleicht war ja ...

Das letzte Abendlicht brach sich funkelnd an etwas, was aus der Flanke der Düne ragte. Broja lief ein paar Schritt hinab und zog es aus dem Sand. Ein Armbrustbolzen! Vom hölzernen Schaft war nur das Stück geblieben, das in der Tülle der Bolzenspitze steckte. Das Metall war vom Sand blank poliert. Jetzt entdeckte Broja einen weiteren Armbrustbolzen, der nur einen Schritt entfernt ein klein wenig aus dem Sand ragte, und noch einen und noch einen.

Plötzlich fühlte es sich so an, als griffe etwas in ihn hinein. Alle Kraft wich aus ihm. Er brach in die Knie.

»Broja!« Alathaia lief den Hang hinab. »Broja!«, rief sie erneut.

Ihm war kalt. Er schlang die Arme um die Brust und legte sich in den Sand, der angenehm warm war.

»Broja!« Eine schallende Ohrfeige ließ ihn blinzeln. Alathaia kniete neben ihm. »Die zehn Schritt!«, fuhr sie ihn an. »Ich hatte es doch gesagt! Du darfst dich nicht von mir entfernen.«

Er lächelte. Es war ihm fürchterlich egal, ob sie wütend war. Er war jetzt drei Tage durch den Sand gestapft. Er war todmüde. Er würde schlafen.

Die anderen Elfen waren nun auch da. Leynelle hielt seine Hand. Sie murmelte etwas.

Es war so kalt. Er würde sich am liebsten im warmen Sand vergraben.

»Bei den Alben, seht doch!«, rief Laurelin.

Brojas Blick wanderte zur Seite. Da standen Gestalten auf der nächsten Düne. Im Abendlicht waren sie nur Schattenrisse. Einer der Schatten trug etwas auf dem Kopf. Einen Reif, an dem etwas rötlich funkelte.

»Die Gesichter …« Laurelin verstummte vor blankem Entsetzen. »Seht ihr die Gesichter?«

Niemand, der bei Verstand ist

»Alathaia ist auf Darna?«, fragte Emerelle bestürzt.

Zafira konnte sich nicht erinnern, die Königin je zuvor so gesehen zu haben. All ihre herrschaftliche Gelassenheit war von ihr abgefallen.

»Sie will vermutlich in das Grab Ilaks«, überlegte die Herrscherin laut.

Von der Blutkönigin hatte Zafira schon gehört. Einst waren sie und Emerelle Gefährtinnen im Kampf gegen die Himmelsschlangen gewesen. Was die beiden entzweit hatte, wusste die Lutin allerdings nicht.

»Die Insel ist tot …« Emerelle wirkte tief in Gedanken.

»Vom Drachenfeuer zerstört wie das Verbrannte Land?«, fragte Melvyn.

»Nein, nicht wie das Bainne Tyr …« Die Königin hatte den alten Namen benutzt, der in ihrer Kindheit geläufig gewesen war. »Darna ist schlimmer. Dort ist etwas, das jegliches Leben verschlingt. Und es hat etwas hervorgebracht …« Sie zögerte. »Auf Darna finden die Toten keine Ruhe.«

Melvyn lachte auf. »Geister? Das sind doch nur Geschichten, mit denen man Kinder und Leichtgläubige erschreckt.«

Die Königin sah ihn lange an. »Es sind keine Geister. Es ist anders … Ich war dort. Nur einige Stunden. Ich habe die verderblichen Kräfte der Insel gespürt. Sie verschlingt Lebenskraft. Es scheint so, als sei es das Land selbst, das diejenigen tötet, die es betreten.«

»Und warum hat sich Alathaia dann dorthin begeben?«, fragte Zafira vorsichtig. »Vorausgesetzt, diese Rose, mit der Melvyn in Gedanken spricht, hat uns nicht belogen.« Die Art, wie Melvyn an sein Wissen gekommen war, war ihr immer noch suspekt.

»Sie sucht gewiss nach dem Roten Buch«, erklärte Emerelle. »Und es könnte wirklich dort sein. Ein Buch über die dunkelsten Geheimnisse der Blutmagie. In ihrem Hass auf die Himmelsschlangen hatte Ilak aus dem Blick verloren, dass es Grenzen gibt, die man niemals überschreiten darf. Ich fürchte, Alathaia wird, was das angeht, auch keine Hemmungen haben. Sie wird einen Krieg entfesseln, wenn dieses Buch in ihre Hände fällt. Und wenn sie herausfindet, wie man Totes wieder aus dem Grab erstehen lässt, holt sie vielleicht mit diesem Wissen die Himmelsschlangen zurück.«

»Also gehen wir nach Darna, schneiden Alathaia die Kehle durch, wie du es wünschst, und verbrennen dieses Buch ...« Melvyn sah die Königin durchdringend an. »Oder wünschst du, dass wir das Buch zu dir bringen?«

»Nein!« Die Herrscherin sah Melvyn finster an. »Das Buch muss vernichtet werden, falls es überhaupt noch existiert.«

Sollte Melvyn die Absicht gehabt haben, die Königin zu provozieren, hatte er Erfolg gehabt. Sie wirkte aufgebracht. Es war klüger, sie schnell auf andere Gedanken zu bringen.

»Wie es scheint«, begann Zafira, »wird Alathaia von vier Elfen und einem Kobold begleitet. Vielleicht sollten wir auch ein wenig Verstärkung bekommen?«

»Die Insel wird ihren Blutzoll fordern«, sagte Emerelle kühl. »Und im Grab werden sie noch einmal bluten. Ihr werdet es schaffen.«

»Sehe ich genauso«, bestätigte Melvyn.

Das war doch wirklich zum Haareraufen. Hatte der Kerl den Verstand eines Wolfswelpen? Da versuchte sie bessere Bedingungen auszuhandeln, dachte Zafira, und er fiel ihr einfach in den Rücken. »Und wir bluten nicht?«, versuchte sie zu retten, was zu retten war.

»Niemand, der bei Verstand ist, geht nach Darna«, räumte Emerelle ein. »Ich werde auch euch nicht befehlen, dies zu tun. Solltet ihr euch dennoch dafür entscheiden, kann ich euch zwei verzauberte Ringe geben, die euch vor der zehrenden Kraft des Landes schützen. Ich habe sie nach meiner Reise dorthin für mich und Ollowain geschmiedet, fall ich gezwungen gewesen wäre zurückzukehren. Das ist alles. Was in Darna geschieht und was für Schätze dort liegen, muss ein Geheimnis bleiben. Und das bliebe es nicht, würde ich euch ein paar erfahrene Krieger zur Seite stellen.«

»Kriegerinnen würde ich auch nehmen …« Der Blick der Königin ließ Zafira verstummen.

»Wenn wir weniger sind, fallen wir auch weniger auf«, versuchte Melvyn sie zu beruhigen.

Alle ihre Instinkte rieten Zafira, nicht zu gehen. Emerelles Geheimnisse waren tödlich. Auch die legendäre Lutin Ganda hatten sie das Leben gekostet.

»Wenn Alathaia das Rote Buch findet, dann wird sie die Macht bekommen, die Karfunkelsteine zu benutzen«, sagte Emerelle.

»Verdammt«, zischte Zafira. Emerelle wusste, wie sie mit ihren Gefühlen spielen konnte. Ganda hatte einst ihr Leben gegeben, um zu verhindern, dass Alathaia diese Steine bekam. Alathaias Sohn Assanael hatte jeden Lutin getötet, der Kontakt zu Ganda gehabt hatte. Sogar Kinder! Wahrscheinlich hatte er es auch auf sie abgesehen, das wusste Zafira. Emerelle hatte ihr damals einen Boten geschickt, um sie zu holen. Dieser Bote hatte darauf bestanden, den Albenstern zu öffnen, durch den sie dann geflüchtet waren, obwohl sie als Lutin berühmt dafür war, sicher auf den Pfaden zwischen den Welten zu reisen. Sie war jung gewesen und sie war eingeschüchtert, deshalb hatte sie ihn gewähren lassen. Und er hatte einen Fehler gemacht, der sie fast fünfhundert Jahre in die Zukunft getragen hatte. Seit jenem Tag fragte sich Zafira, ob es nicht vielleicht Absicht gewesen war. Es gab keinen Ort, an dem man vor Assanael sicher war. Nur die Hoffnung, dass er irgendwann aufhören würde zu suchen. Der Sprung in die Zukunft hatte sie wahrscheinlich gerettet. Manchmal fühlte sie sich deshalb schuldig.

Emerelle wusste das ganz gewiss. Ebenso wie die Königin wusste, dass Ganda immer ihre Heldin gewesen war. Sie konnte doch nicht zulassen, dass nun geschah, was Ganda um den Preis ihres Lebens hatte verhindern wollen, dachte Zafira aufgewühlt. »Man könnte doch mit einem ganzen Heer …«

»Nein«, entgegnete die Königin entschieden. »Ich verstehe die Magie, die dort wirkt, nicht. Ich fürchte, sie wird stärker, je mehr Leben man dorthin führt. Und das Letzte, was ich will, ist, ausgerechnet das zu stärken, was dort Zauber webt. Wirst du gehen, Zafira, oder willst du dich lieber zu deiner Sippe zurückziehen?«

Zafira sah kurz zu Melvyn. Es bedurfte keiner Worte, um zu verstehen, dass er selbstverständlich gehen würde.

Verwelkt

Broja blinzelte benommen. Die Augenlider zu heben überstieg fast seine Kräfte. Er sah ins Antlitz des Jägers.

Laurelin lächelte auf ihn herab. »Endlich bist du wieder bei uns.«

»Ich war weg?« Reden war noch viel anstrengender, als die Augen zu öffnen. Sein Mund fühlte sich an, als sei er mit Staub gefüllt. Seine Zunge war geschwollen.

Laurelin schaute ihn auf eine Art ernst an, die Broja beunruhigte. »Was?« Er kämpfte darum, dass ihm die Augen nicht wieder zufielen.

»Ich weiß nicht, wie ich es beschreiben soll«, druckste der Jäger herum. »Ich habe so etwas noch nie gesehen. Es hatte den Anschein, als würdest du verwelken.«

Diese verrückten Elfen mit ihrer blumigen Sprache. Verwelkt? Was sollte das denn heißen? Kobolde waren keine schlecht gegossenen Röschen. Sie verwelkten nicht.

»Adelayne konnte dir nicht helfen. Es war Leynelle, die dich gerettet hat. Aber irgendwie auch wir alle ...«

Dieses seltsame Rumgelaber machte Broja wütend. »Ihr alle?«, äffte er den Elfen nach.

Laurelin wirkte nicht beleidigt. Er war immer so anstrengend verständnisvoll. »Wir alle haben etwas von unserer Lebenskraft gegeben, damit du nicht stirbst. Sogar Alathaia. Nur deshalb bist du nicht verwelkt.«

Schon wieder dieses *verwelkt*, dachte Broja ärgerlich. Und Ärger war gut. Er weckte seine Lebensgeister!

Plötzlich wurde er sich bewusst, dass niemand sonst etwas sagte. Es war hell. Über sich sah er ein Stück Himmel und eine rote Felswand. Sanfter, warmer Wind strich über sein Gesicht. »Die sieben roten Nadeln«, murmelte er ergriffen. »Das Grab …«

»Die anderen sind in die Felsen gestiegen und suchen mit Alathaia nach einem Eingang zum Grab.«

»Nicht in den Felsen … Der Bannkreis!« Es ging ihm so elend, weil er den Bannkreis von zehn Schritt verlassen hatte. Er wollte sich aufsetzen, aber er war zu schwach. Schließlich schaffte er es, wenigstens den Kopf zur Seite zu wenden, und er erschrak. Sein Blick fiel auf unglaublich dürre, braune Beine, keine fünf Schritt entfernt, darüber Reste einer grünen Tunika, der Stoff zerrissen und von der Sonne gebleicht. Den Leinenpanzer der weiblichen Gestalt schmückte ein Löwenhaupt aus Silberblech. Etwa dort, wo ihr Herz sein musste, zeigte er ein Loch, das etwa den Durchmesser von Brojas Daumen hatte.

Der Kobold hob den Kopf noch ein wenig, und ihm gefror das Blut in den Adern, denn er sah ein verwelktes Gesicht. Die Lippen waren geschrumpft und zurückgezogen, sodass er makellose weiße Zähne sah. Anstelle der Nase gab es nur ein dreieckiges Loch. Die Augen waren dunkle Höhlen. Ihre Haut braun und verschrumpelt, das lange Haar so von Staub verklebt, dass man dessen Farbe nicht einmal mehr erraten konnte. Auf dem Haar lag ein Silberreif, in den über ihrer Stirn ein Rubin eingefasst war.

Schräg hinter ihr erschien eine weitere verdorrte Gestalt. Etwas entfernt noch eine dritte.

Jetzt erst bemerkte Broja den Kreis und die verschlungenen Symbole, die in den Sand um ihn und Laurelin gezeichnet waren. Und dann erinnerte er sich an die Worte des Jägers: *Es hatte den Anschein, als würdest du verwelken.*

Erschrocken hob er seine Hand vor Augen. Die Haut war faltig, von Altersflecken entstellt. Es sah aus, als seien seine Muskeln verdorrt, als gäbe es kaum noch Fleisch zwischen Haut und Knochen. Er tastete entsetzt über sein Gesicht. Dort war das Fleisch erschlafft und faltig. Broja rang um Worte und brachte doch keines hervor.

Laurelin legte ihm sanft eine Hand auf die Schulter. »Leynelle hat die Hoffnung, dass du dich wieder erholen wirst. Wenn wir in fruchtbarere Gegenden kommen ... Es scheint Blutmagie zu sein, die dir hilft. Es ist wohl das Land hier, das die Essenz des Lebens verzehrt. Alathaias Amulett schützt aus irgendeinem Grund davor. Also mein Amulett, das von Skanga ... Das Land hier verzehrt sich selbst. Es geschieht immer kurz vor Sonnenuntergang, sagt die Fürstin.«

Er war ein alter Mann geworden, weil er im falschen Augenblick einen Hang hinabgegangen war, um nach ein paar Armbrustbolzen zu sehen? Broja erinnerte sich an die Geschichte über die Bullen, die zu Ilaks Zelt geführt wurden. Sie hatte sie *verwelken* lassen. Und ihm wurde klar, welches Opfer die Elfen gebracht hatten, als sie ihm halfen.

»Etwas anderes muss vergehen, damit ich wieder werde, wie ich war?«, fragte er betroffen.

»Das ist jetzt nicht so, wie es sich anhört«, versuchte Laurelin abzuwiegeln, doch Broja musste an die Geschichten über die Bienenhexe und die toten Kinder denken. Leynelle hatte wahrlich Erfahrung in dieser düsteren Variante, Zauber zu weben.

»Man kann Lebenskraft auch aus Gras und Blumen ziehen«,

beruhigte ihn Laurelin. »Aber wir müssen die Insel verlassen. Hier gibt es nichts, worin noch Leben ist, nur uns.«

Wenigstens spürte er noch den Wind, dachte Broja und blickte zu der verwelkten Gestalt mit dem Silberreif. »Die sind überhaupt nicht lebendig? Die sind …« Jetzt waren es sieben, die sich um den Bannkreis versammelt hatten. Eine riesige Gestalt mit Stierkopf stapfte ungelenk auf sie zu.

Laurelin hob hilflos seine verstümmelte Hand. »Es ist ein Rätsel, was sie sind. Vielleicht hat ein Fluch der Himmelsschlangen sie so werden lassen oder dafür gesorgt, dass sie sich aus den Gräbern erhoben haben.«

Wenn er geheilt werden wollte, musste er also fort von der Insel, so viel hatte Broja verstanden. Er sah die verwelkte Elfe an. Sie blickte unablässig zu ihnen beiden und versuchte nun, in den Bannkreis zu gelangen. Es sah aus, als würde sie gegen eine gläserne Wand drücken, unsichtbar, aber doch unüberwindlich.

»Sind sie gefährlich?«, fragte er leise. Hinter einer unsichtbaren Mauer fühlte man sich einfach nicht sicher.

»Weiß ich nicht«, gestand der Jäger. »Wir haben es noch nicht darauf ankommen lassen. Alathaia glaubt, dass sie uns fressen würden. Leynelle glaubt, sie würden uns unsere Lebenskraft nehmen, so wie das Land.« Laurelin lächelte. »Aber wer will das schon so genau herausfinden? Sie bewegen sich langsam, und sie scheinen keinerlei Verstand zu haben. Dafür sind es verdammt viele. Heute Morgen waren es mehr als hundert, die uns umringt haben.«

Broja sah nun zwölf. Er blickte zu den roten Felsnadeln. Sie wirkten, als habe etwas Riesiges an ihnen genagt. Ihr Aussehen erinnerte an einen Apfel, von dem ein Bissen genommen worden war.

»Wo sind die anderen?«

»Zur Mittagszeit sind die Verwelkten unruhig geworden. Sie sind dann einer nach dem anderen gen Norden gewandert.«

Broja fühlte sich zu schwach, um noch einmal den Kopf zu wenden. »Ruf die anderen«, sagte er müde. »Der Eingang zum Grab liegt nicht in den Felsen. Er befindet sich unter uns.«

Der Elf sah ihn ungläubig an. »Da ist doch nur Sand.«

Und genau das war das Problem, dachte Broja verzweifelt. Wie hatten sie zu einer Schatzsuche aufbrechen und nur *eine* Schaufel mitnehmen können? Es würde ewig dauern, den Eingang freizulegen.

Als der Wind kam

»Der Eingang ist hier unten«, rief Laurelin aus Leibeskräften die Felsen hinauf. Er hatte einen Zauber gewoben, um seiner Stimme mehr Kraft zu verleihen, da auf seine vorherigen Rufe niemand reagiert hatte.

Seine Worte hallten von dem zerklüfteten, hohen Sandstein wider. Wo steckten die anderen? Wie hoch war Alathaia denn mit ihnen gestiegen?

Voller Sorge blickte Laurelin auf den Bannkreis. Der Wind frischte weiter auf. Der Sand kam in Bewegung. Der Kreis, den Leynelle schwungvoll mit dem Stiel der Schaufel gezogen hatte, begann sich mit rieselndem Sand zu füllen. Ebenso die magischen Symbole innerhalb der Kreislinie.

Zum Glück ging es noch recht langsam. Den Kreis könnte er nachziehen, überlegte Laurelin und sah nach der Schaufel. Aber die verschlungenen Symbole? Wenn er auch nur einen winzigen Fehler machte, einen der Striche dieser seltsamen Runenzeichen im falschen Winkel zog, wäre der Bann, der die Gruftgestalten fernhielt, gebrochen.

Er bückte sich nach seinem Bogen und zog die Sehne auf. Flüchtig sah er nach Broja, der erschöpft wieder eingeschlafen war. Diese verfluchte Insel. Binnen Augenblicken hatte sie den lebenslustigen Kobold in einen hinfälligen Greis verwandelt. Und wenn er sich diese Gestalten außerhalb des Bannkreises ansah … vermochte Darna auch Elfen die Essenz des Lebens aus dem Leib zu saugen.

Er griff nach dem Köcher und zog wahllos einen Pfeil. Ein Schuss durch den Kopf brachte selbst einen Mammutbullen zu Fall. Er sah sich die Gestalten hinter dem Bannkreis aufmerksam an. Die leeren, dunklen Augenhöhlen, die verzerrten Gesichter, die zum Teil verdrehten Gliedmaßen. Wie hielt man etwas auf, was gar nicht mehr lebendig war?

Sanfter Wind strich über sein Gesicht, und weiterer Sand rieselte in die Furchen, von denen die Gruftgestalten zurückgehalten wurden.

Kurz entschlossen zog Laurelin die Sehne zurück. Er blickte der Elfe mit dem silbernen Stirnreif ins Gesicht. Aber irgendwie brachte er es nicht fertig, auf eine Elfe zu schießen. Nicht einmal auf so eine, die mit ihrem Aussehen alles Elfische verhöhnte. Wer sie wohl gewesen sein mochte? Eine Heldin? Oder nur eine unter Tausenden?

Laurelin wählte den Troll, der sich über alle anderen erhob. Der Pfeil schnellte von der Sehne. Es gab ein trocknes Krachen, als das Geschoss den Schädel durchschlug. Der Troll schüttelte sich nicht einmal. Aber er drehte den Kopf. Mitten in seiner Stirn klaffte ein ausgefranstes Loch, wo trockene Haut und Knochen fehlten. Es wirkte, als wisse der Troll ganz genau, wer ihn angegriffen hatte.

Ernüchtert ließ Laurelin den Bogen sinken. Das würde nicht

helfen. Die Furchen im Sand hatten sich an einigen Stellen schon mehr als zur Hälfte gefüllt. Eine etwas stärkere Bö mochte genügen, und der Bann wäre gebrochen. Dennoch widerstrebte es ihm, lauthals um Hilfe zu rufen. Das hatte er noch nie in seinem Leben getan. Aber das hier würde er allein nicht schaffen.

Er raunte ein Wort der Macht, das seine Stimme verstärkte. »Wir haben den Eingang gefunden!«, rief er erneut. Das würde die anderen umkehren lassen, wenn sie es nur endlich hörten! Und es war ja nicht ganz gelogen. Broja hatte ja behauptet, dass der Eingang genau unter ihnen war und nicht irgendwo in den Felsen.

Noch mehr der Gruftgestalten kamen über die große Düne im Norden. Hatte er sie mit seinen Rufen angelockt? Oder spürten sie einfach nur, dass es hier gleich Beute für sie geben würde? Drei Kentauren waren bei den Neuen. Einem fehlte der Kopf. Dennoch bewegte er sich auf die gleiche schlurfende Art wie die beiden anderen. Es war also egal, ob sie einen Kopf hatten.

Feuer! Das wäre die Lösung. So trocken, wie diese Dinger waren, würden sie gewiss gut brennen. Laurelin konzentrierte sich auf das Goldene Netz. Er murmelte ein Wort der Macht und verhaspelte sich. Verdammt, wäre jetzt nur Leynelle hier! Für sie wäre es eine Kleinigkeit, diese Grabesgestalten mit einer Flammenwand, die sie aus dem Sand aufsteigen ließ, zu vernichten. Aber auch er hatte schon tausendfach den Zauber gewoben, mit dem man das feuchte Holz eines Lagerfeuers schneller in Flammen aufgehen ließ… Er konzentrierte sich auf die Hitze über dem Sand, bündelte sie und richtete sie in Gedanken gegen den Brustkorb des verdorrten Trolls.

Rauch stieg zwischen den Rippen des Hünen auf. Er hielt inne und tastete sich mit den zu Klauen vertrockneten Pranken über die Brust. Jetzt drang auch Rauch aus seinem Maul und einem Loch in seiner Kehle.

Ein Windstoß zerpflückte die blassgrauen Schwaden.

Entsetzt blickte Laurelin auf den Bannkreis. Jeden Augenblick würde es nun vorbei sein. Er bückte sich nach der Schaufel, die bei den anderen Werkzeugen im Sand lag. Eine breite Schlagfläche, die mit einem einzigen Hieb jede Menge trockener Knochen zertrümmerte, war wahrscheinlich die beste Waffe.

Gleich war es so weit. Laurelin wusste, wenn die Angreifer von allen Seiten auf ihn eindrangen, würde er sofort niedergerungen. Es sei denn, sie kämen einzeln. Noch hatte er das in der Hand ...

Plötzlich stand der Troll in Flammen. Sein ganzer Torso brannte lichterloh. Die Pranken, mit denen er über seine Brust getastet hatte, waren zu Fackeln geworden. Wütend drängte er sich aus den hinteren Reihen nach vorn. Er schob andere Gruftgestalten zur Seite, und zufrieden sah Laurelin, wie die Flammen auf das lange Haupthaar eines Zwergs übersprangen. Der nächste Windstoß fachte die Flammen sogar noch weiter an.

Es war unheimlich, wie diese schwankenden Toten es einfach hinnahmen, zum Fraß der Flammen zu werden. Sie schrien nicht. Sie gerieten nicht in Panik. Sie drängten einfach weiter gegen den Bannkreis. Und der musste jeden Augenblick fallen, und Laurelin wurde bewusst, dass es keineswegs von Vorteil war, gleich von einer Horde *brennender* Feinde umringt zu werden. Er war zu spät auf die Idee mit dem Feuer verfallen.

Verzweifelt blickte er zu den Felsen hinauf. Da erschien etwa hundert Schritt über ihm Nanduval auf einem Sims und winkte ihm zu.

Seine Gefährten würden es nicht mehr rechtzeitig zu ihm und Broja schaffen, erkannte Laurelin. Jetzt war es Zeit für verzweifelte Maßnahmen, bevor der Bannkreis fiel.

Er senkte die Schaufel und zog eine Furche durch den Sand. Kaum hatte er den Schutzkreis zerteilt, drang die Elfe mit dem silbernen Stirnreif durch die Lücke.

Sie konnten immer nur einzeln durch die schmale Lücke kommen, hoffte Laurelin. Das war besser, als sie alle zugleich zu bekämpfen.

Rücken an Rücken

»Laurelin scheint in ernsten Schwierigkeiten zu sein, er ...« Nanduval stockte der Atem. »Der Bannkreis ist durchbrochen. Wir müssen ihm helfen, Herrin!«

»Ich stecke fest«, rief Alathaia aus der Felsspalte herauf, in die sie hinabgestiegen war. »Mein Stiefel ist eingeklemmt.«

»Seid Ihr verletzt, Herrin?« Nanduval verließ seinen Beobachtungsposten auf dem Felssims und blickte hinab in den tiefen Spalt, der in dem roten Sandstein klaffte.

»Ich komme schon frei ...«

Sie klang verärgert. Manchmal war sie zu ungeduldig. Dort unten war sie wahrscheinlich in Sicherheit. Keine einzige der Gruftgestalten war ihnen auf die Felsnadeln gefolgt. Außerdem besaß sie noch das Amulett.

Nanduval trat zurück auf das Sims. Laurelin schlug dort unten jetzt wild mit der Schaufel um sich. Er brauchte dringend jemanden, der ihm zur Seite sprang. Aber wer sollte das sein?

Leynelle war nicht in der Nähe. Die Zauberweberin hatte zusammen mit Adelayne eine andere Felsnadel erklommen. Soweit Nanduval sah, waren die zwei nicht auf dem Weg, um Laurelin zu helfen. Und seine erste Pflicht als Hauptmann war es, sich um das

Wohl Alathaias zu sorgen. Er sollte nicht von ihrer Seite weichen. Aber soweit er es beurteilen konnte, war sie gerade nicht in Gefahr.

Kurz entschlossen sprang Nanduval vom Sims auf einen tiefer gelegenen Felssporn. Er mochte nicht tatenlos zusehen, wie der Jäger und der Kobold in Stücke gerissen wurden.

Der harte Aufprall ließ Nanduvals Gelenke krachen. Er federte in die Hocke, doch das half kaum. Sein linker Knöchel schmerzte, als habe jemand einen Nagel hindurchgetrieben. Er biss die Zähne zusammen. Links von ihm befand sich ein steiler Hang voller Geröll. Das würde kein guter Abstieg werden, aber ein schneller. Und Geschwindigkeit war alles, was jetzt zählte.

Nanduval verließ den sicheren Felssporn und betrat das Geröllfeld. Er sprach ein Wort der Macht, um sich leichtfüßig zu bewegen, und begann den Abstieg. Der Hang war steil. Es war fast unmöglich, aufrecht zu gehen. Hastig setzte er einen Fuß vor den anderen, bis er strauchelte. Als seine Hände ins lockere Geröll griffen, um nach Halt zu suchen, zerstörte er die Balance des Zaubers, der nur für einen sicheren Tritt gesorgt hatte. Das rote Gestein begann zu rutschen. Und er mit ihm.

Mit ausgestreckten Armen versuchte er sein Gleichgewicht wiederzufinden, rutschte aber nur umso schneller, landete auf seinem Gesäß und schlitterte in einer Wolke aus rotem Staub den Hang hinab bis zum weißen Sand.

Mit einem trockenen Krachen zerschmetterte die Schaufel Knochen. Irgendwie hatte Laurelin es geschafft, dass die Gruftgestalten ihn immer einzeln angriffen. Etliche von ihnen standen jetzt in Flammen.

Ein kaum noch mit Hautfetzen bedeckter Kopf rollte Nanduval entgegen und blieb einen Schritt vor ihm im Sand liegen. Die Kiefer schnappten, als hoffte die Kreatur, ihn zu erreichen.

Der Hauptmann zwang sich hoch. Er trat von hinten an die

Schar der Gruftgestalten. Keine der Kreaturen beachtete ihn. Sie alle streckten sich nach Laurelin.

Nanduval biss die Zähne zusammen, packte sein Schwert mit beiden Händen und führte einen Hieb nach den Hinterbeinen eines Kentauren. Wie dürres Geäst zerbrachen die Knochen. Der Pferdeleib knickte ein.

Nanduval trat vor und hackte der Kreatur den Kopf ab. Dann fuhr die Klinge einem Elfenkrieger, der in Flammen stand, in den Rücken.

Jetzt wandten sich einige der Gruftgestalten zu ihm um. Leere Augenhöhlen starrten ihn an. Hände streckten sich nach ihm.

Nanduval schlug die Hände ab.

Eine plötzliche Bö trieb ihm beißenden Qualm ins Gesicht.

»Sie brechen durch!«, rief Laurelin.

Die Gruftgestalten waren jetzt überall, rings um den Jäger.

Nanduval hackte sich durch die Reihe der Gegner in den Bannkreis, der die Toten nicht länger zurückhielt.

Ein abgetrennter Arm kroch, sich mit den Fingern vorwärtsziehend, in Richtung des Kobolds.

Nanduval rammte die Knochen mit dem Stiefelabsatz in den Sand. »Rücken an Rücken, über dem Kobold!«, rief er und wehrte mit einem Ellenbogenstoß eine flammende Gestalt ab, die von der Seite nach ihm griff.

Laurelin schwang wie besessen seine Schaufel. Wo er traf, wurden die Grabesgestalten um etliche Schritt zurückgeschleudert. Doch die Toten wirkten unbesiegbar. Sie kämpften einfach weiter, wenn man ihnen den Arm abtrennte oder den Kopf zerschmetterte.

Eine Hand griff Nanduval ins Gesicht. Erschrocken stieß er einen Schrei aus. Die Berührung fühlte sich an, als sei ihm ein glühendes Brenneisen auf die Wange gepresst worden. Und er fühlte sich schwächer. Diese Dinger würden sie nicht fressen. Die wollten ihre Lebenskraft, so wie diese verfluchte Insel nach Lebenskraft gierte.

Laurelin hatte sich in seinem Rücken eingefunden und schirmte ihn zumindest gegen einen Teil der Angriffe ab.

Nanduval hackte nach Köpfen und Armen. Er war ein guter Fechter, doch all seine Kunstfertigkeit vermochte hier kaum etwas auszurichten. Es störte die Gruftgestalten nicht, ob ihre Kameraden fielen oder ihnen ein Glied abgetrennt wurde. Sie drängten unablässig vor.

Eine große Pranke schloss sich um Nanduvals linke Wade. Durch den Stoff der Hose spürte er eine unangenehme Hitze. Und er wurde schwächer.

Der Kobold unter ihnen kreischte auf. Mit einem Fußtritt erwehrte sich Broja eines Kopfes, der neben ihm in den Sand gefallen war.

Eine brennende Gestalt krallte sich in Nanduvals Umhang, und die Flammen griffen auf den Stoff über.

Nanduval tastete mit der Linken nach der Fibel an seiner Schulter, löste sie, und der graue Umhang fiel zu Boden.

»Warum hast du sie in Brand gesetzt?«, zischte er.

»Ich hielt es für einen guten Einfall ...«, erwiderte Laurelin und ließ die Schaufel in den Brustkorb eines Zwerges krachen. »Ich hätte es nur früher tun sollen.«

Nanduval schlug inzwischen mit der Breitseite seines Schwertes auf die Gruftgestalten ein. Treffer, die ihre Gegner zurücktaumeln ließen, schienen nützlicher zu sein, als einfach nur Knochen zu zerhacken.

Plötzlich löste sich der sengende Griff um seine Wade. Auch der Faun, der gerade noch seine vertrockneten Hände nach Nanduvals Kehle ausgestreckt hatte, wich zurück. Alle Grabesgestalten ließen von ihnen ab.

Am Fuß des Geröllfelds stand Alathaia. Sie musste kein Schwert ziehen und auch keinen Zauber weben. Das Amulett an ihrem Hals genügte, um die Toten zurückweichen zu lassen.

Die Fürstin kam gemessenen Schrittes auf sie zu. »Wo ist der Eingang zum Grab?«, fragte sie, als sei nichts geschehen.

»Direkt unter meinem Arsch!«, blaffte der Kobold überraschend energisch.

Nanduval seufzte innerlich. Dass Broja einfach keinen Respekt zeigte. »Benimm dich«, brummte er. »Immerhin hat sie dir gerade das Leben gerettet.«

»Nicht sie, ihr wart das.« Die Stimme des Kobolds begann zu zittern. Die Aufregung schien seine Kräfte aufgezehrt zu haben. »Du und Laurelin. Ihr habt diesen Hintern, der auf dem Grab sitzt, gerettet. Hätte ich auf die Fürstin warten müssen, wäre ich jetzt einer von denen.« Er deutete mit fahriger Geste zu den Gruftgestalten, die sich gerade so weit zurückgezogen hatten, wie der Bannkreis des Amuletts reichte, und nun wieder warteten, als wüssten sie genau, dass auf dieser Insel der Toten alles Leben nur allzu bald vergehen musste.

Glas

Melvyn stieg mit einiger Unruhe die Düne hinauf. Wäre das Gelände übersichtlicher, dann wären diese auferstandenen Toten keine Gefahr. Aber so wusste man nie, was einen hinter dem nächsten Dünenkamm erwartete. Zwei Mal schon hatten sie schnell die Richtung wechseln müssen, weil auf der Rückseite einer Düne mehr als zwanzig von diesen Dingern standen.

»Kannst du die umbringen?« Zafira war nervös, seit sie diesen Dingern zum ersten Mal begegnet waren. Er konnte das verstehen. Sie alle waren deutlich größer als die Lutin. Wenn er vor Trollen stand, dann überragten ihn die Hünen um die Hälfte seines Körpermaßes. Aber diese wandelnden Leichen waren locker drei Mal so groß wie die fuchsköpfige Koboldin.

»Kannst du?«, fragte sie drängend.

»Ich vermute es«, entgegnete er skeptisch. Konnte man etwas umbringen, was schon tot war? »Wir müssen es ja nicht versuchen. Weichen wir ihnen einfach aus.«

»Das klingt aber gar nicht wie du«, bemerkte sie spitz.

Vor ihnen im Sand zeichneten sich deutlich die Spuren Alathaias und ihrer Gefährten ab. Als sie durch einen Albenstern in diese Einöde getreten waren, hatte es Zafira nur einen Falkenflug gekostet, die Spur der Fürstin zu finden. Melvyn war nicht sehr erfahren darin, Fährten im Sand zu deuten, aber er schätzte, dass die anderen ihnen höchstens einen Tag voraus waren. Sie hatten sie fast eingeholt. Es schien, als würden sie zu den roten Felsnadeln am Horizont gehen.

Zafira eilte ihm voraus zum Kamm der Düne. Er mochte ihre ungestüme Art und ihr freches Mundwerk. Manchmal fragte er sich, wie sie mit seinem Wolfsrudel klarkommen würde.

Er war angenehm überrascht, eine fast eine Meile weite Ebene vor sich zu sehen und dort nur drei dieser Grabesgestalten zu entdecken. Es würde leicht werden, denen auszuweichen.

»Die Hügel dort hinten sehen seltsam aus.«

Nicht nur die Hügel, dachte Melvyn. Dort drüben ragten Felsen aus dem Sand, die merkwürdig in der Sonne glitzerten. Vergleichbares hatten sie bisher auf der Insel noch nicht gesehen. Und auf der Ebene blinkte hier und dort vom Sand poliertes Metall.

Zafira verfolgte, unruhig witternd, die Bewegungen der Grabesgestalten. »Glaubst du, die legen uns einen Hinterhalt?«

Es roch hier nur nach Staub, aber das mochte nichts heißen. Diese wandelnden Kadaver hatten keinen eigenen Geruch mehr. »Ich glaube, um einen Hinterhalt zu legen, braucht man Verstand, und der ist denen dort unten im Augenblick ihres Todes ebenso abhandengekommen wie das Leben.«

Die Lutin sah überrascht zu ihm auf. »Manchmal klingst sogar du wie ein Elf.«

Das war wohl nicht als Kompliment gemeint, dachte er schmunzelnd. »Komm.« Er ging die Düne hinab. Bis zur Dämmerung wollte er zumindest bis in die Nähe der Felsnadeln kommen. Dann konnten sie sich vielleicht im Schutz der Dunkelheit an Alathaias Lager anschleichen. Die Jagd nach der Fürstin hatte ihm gefallen. Aber was folgen musste, wenn er sie stellte, widerstrebte ihm. Es war etwas ganz anderes, einen Elchbullen zu hetzen, um am Ende der Jagd sein Fleisch zu fressen, als einen Mord zu begehen.

Er dachte an die Bilder von Reilimee, die er in Emerelles Silberschale gesehen hatte. An die Straßen voll von Toten. Und er erinnerte sich an seinen langen Besuch in der Stadt. An das Lachen der Kinder in den Gassen, die kläffenden Hunde, die Katzen, die in der Spätherbstsonne auf Mauervorsprüngen gedöst hatten. Wenn Alathaia weiterlebte, würde alles in dieser Stadt sterben. Er hatte es in der Silberschale gesehen! Und Emerelle würde ihn ganz gewiss nicht täuschen. Er traute der Königin einiges an Hinterhältigkeit zu, aber das würde sie nicht tun.

Die Grabesgestalten drehten in ihre Richtung ein, als sie die Düne hinabstiegen. Die nächste von ihnen war aber noch mehr als hundert Schritt entfernt. Der Größe nach musste es einmal ein Troll gewesen sein, auch wenn die Kreatur viel zu dürr für solch einen Hünen war. Er schlurfte langsam durch den Sand. Seine Füße waren nur noch blanke, schneeweiße Knochen.

Melvyn blickte auf die Spur, die Alathaia und ihr Gefolge hinterlassen hatten. Auch die Fürstin schien manchmal ausgewichen zu sein. Er hatte keinen Hinweis auf einen Kampf bemerkt. Ein paar Schritt neben der Fährte funkelten Pfeilspitzen im Sand. Ein Stück weiter entdeckte er ein Axtblatt. Der Wind hatte die Waffen und Rüstungsteile sauber aus dem Sand präpariert. Dort lag eine bronzene Gürtelschließe. Ein Stück weiter ein Schildbuckel, in den ein Armbrustbolzen ein Loch gestanzt hatte. Nur Knochen fehlten. Melvyn schaute zu den drei Gestalten. Die Knochen hatten sich wohl alle erhoben. Der Troll war jetzt keine fünfzig Schritt mehr entfernt. Melvyn roch den Schweiß der Lutin. Sie war auf das Äußerste angespannt.

»Ich könnte dich auf den Arm nehmen«, schlug er vor.

»Sehe ich aus wie ein Kind?«

Er antwortete darauf vorsichtshalber nicht. »Gehen wir ein bisschen schneller«, schlug er stattdessen vor.

Statt zu gehen, begann Zafira zu laufen. Es war nur ein kurzer Sprint, aber dem Troll waren sie damit entkommen. Ihre Wege würden sich nicht kreuzen. Doch er konnte ihnen folgen wie die anderen Grabesgestalten.

Melvyn sah zurück zu der Düne, die sie überquert hatten. Sieben Verfolger waren ihnen bereits hinterhergekommen. Es würden noch mehr werden.

»Wenn wir schlafen müssen, sind wir am Arsch«, bemerkte Zafira, die ebenfalls zurückschaute. »Dann holen sie uns ein.«

»Ich komme leicht drei Tage ohne Schlaf aus.«

»Ich nicht«, murmelte die Lutin. »Was wollen wir tun?«

»Ich nehme dich auf den Arm, und du schläfst.«

Zafira knurrte leise. »Jetzt mal im Ernst ...«

»Das ist mein Ernst«, fuhr Melvyn ihr über den Mund. »Oder hast du einen besseren Vorschlag?«

Sie sagte nichts.

»Bis heute Abend erreichen wir diese Felsnadeln. Dort stellen wir Alathaia und tun, wofür wir hergekommen sind.« Obwohl er nicht zartbesaitet war, mochte er nicht von Mord reden. »Danach suchen wir den nächsten Albenstern. Wir werden längst von hier verschwunden sein, bevor auch ich schlafen muss.«

Sie sah zu ihm auf und schenkte ihm ein Fuchslächeln. »Weichen wir erst mal dem Ding da vorne aus.«

Sie wechselten leicht die Richtung und begannen erneut zu laufen. Dabei passierten sie seltsame Klumpen im Sand, die durchscheinend und von schwarzen Schlieren durchzogen waren.

Zafira bückte sich nach einem kleineren Stück und tippte mit den Fingern dagegen. »Das ist Glas«, stellte sie überrascht fest.

Melvyn blickte zu den Felsen, auf denen sich das Sonnenlicht brach. »Das dann wohl auch. Das hier muss das Schlachtfeld sein, auf dem die Himmelsschlangen das Heer der Blutkönigin vernichtet haben.«

Die Lutin sah sich gehetzt um. »Meinst du, hier erhebt sich gleich ein vertrockneter Drache aus dem Sand?«

»Das hätte er dann wohl schon getan, als Alathaia hier vorbeikam.« Melvyn deutete auf die Fährte im Sand. »Halten wir uns möglichst nah an ihre Spur, dann kommen wir hier schon durch.«

Zafira sagte nichts. Sie machte ein verkniffenes Gesicht und ging stur weiter.

Als sie die Gruppe von Hügeln am Ende der kleinen Ebene erreichten, starrte Melvyn die Glasbrocken an. Manche waren mehr als mannshoch. Sie hatten eigentümliche Formen und erinnerten den Elfen an Wachs, das fließend erstarrt war. Wie bei Bernstein gab es Einschlüsse. Dunkle Streifen, Kaskaden von aufsteigenden Luftblasen. Und dann entdeckte er etwas Schwarzes, Verkrümmtes. »Zwerge …«

Zafira blieb stehen und blickte in den Glasblock. »Zu klein für

Zwerge. Eher Kobolde ...« Sie schien nicht sonderlich gerührt. »Ich wünschte, alle Toten hier würden in Glasblöcken stecken. Dann könnten sie uns wenigstens nicht nachlaufen.«

»Körper, die starker Hitze ausgesetzt sind, schrumpfen ...« Bilder der Schlacht am Mordstein drängten in seine Erinnerung. Bilder, die er wohl für mehr als ein Jahrhundert vergessen hatte. Jetzt sah er wieder die Leichen der verbrannten Trolle vor seinem geistigen Auge. »Wie mutig muss man sein, um sich dem Feuer von Himmelsschlangen entgegenzustellen.«

»Todesmutig, wie man sieht. Lass uns hier nicht verweilen.« Wieder strebte Zafira als Erste dem Hügelkamm entgegen.

»Scheiße!« Sie wandte sich um, die Augen vor Angst geweitet.

Jetzt sah es auch Melvyn. Zwischen ihnen und der nächsten Düne schlurften mindestens zwanzig der Grabesgestalten. Zwerge und Kentauren waren unter ihnen, auch zwei bocksbeinige Faune, die meisten jedoch waren Elfen oder Damien. Und es erschienen ständig noch weitere Tote auf dem gegenüberliegenden Dünenkamm.

»Wir werden ihnen davonlaufen«, sagte er, bemüht, mehr Selbstsicherheit in seiner Stimme mitklingen zu lassen, als er empfand.

»Die meine ich nicht.« Zafira deutete nach links, an den Fuß einer Düne, wo Baumstämme aus dem Sand ragten, denen der Sand längst die Rinde genommen hatte und deren Holz von der Sonne gebleicht war. Ströme von Sand flossen die Dünenflanke hinab und begruben eine der Grabesgestalten unter sich.

Jetzt erkannte Melvyn seinen Irrtum. Das war kein bleiches Holz. Es waren die Knochen eines Riesen. Die gewaltige Gestalt erhob sich aus dem Sand. Selbst hockend war sie mehr als fünfzehn Schritt groß. Ihm fehlte der Kopf, dennoch wandte sich der Riese in ihre Richtung, als könne er sie sehr wohl sehen.

Melvyn nahm Zafira auf die Arme und begann zu laufen.

Unter dem Sand

Es war einschüchternd, wie sehr sie sich verändert hatte, seit ihre Maske gefallen war. Nanduval sah mit einer Mischung aus Faszination und Schrecken zu, wie Leynelle mit der Linken kreisende Bewegungen im Sand ausführte, während sie Wörter in einer Sprache rief, die er nie zuvor gehört hatte. Dies war nicht die Art, wie Elfen gemeinhin zauberten. Sie suchte keine Harmonie zwischen sich und dem Goldenen Netz. Sie wob ihre Zauber nicht behutsam, sondern formte Magie nach ihrem Willen und wirkte wider die Natur. Im Gegensatz zu Laurelin glaubte Nanduval nicht, dass sie unschuldig die Maske getragen hatte. Zwei Jahrhunderte war der Hass auf Alathaia in ihr gewachsen. Sie in der Nähe der Fürstin zu wissen raubte ihm den Schlaf.

Adelayne, Alathaia und Laurelin beobachteten Leynelle fasziniert bei ihrem Werk. Ihre Hand kreiste nun schneller. Nanduval konnte spüren, wie ihr Zauber am Goldenen Netz zerrte. Schauer überliefen ihn.

Selbst der Kobold starrte sie an. Ihr Rücken war nun fast gerade. Und heute Mittag hatte sie den Schleier abgenommen, den sie getragen hatte, seit die Maske entfernt war. Er hatte ihr Antlitz gesehen, entstellt, voller Ekzeme. Jetzt war es von berückender Schönheit. So wie damals, als sie noch die Bienenhexe war. Er erinnerte sich daran, wie ihr die Männer in Scharen verfallen waren. Und er sah Laurelin. Der Jäger vermochte gar nicht mehr den Blick von ihr abzuwenden.

Der feine weiße Sand stieg nun in Spiralen unter ihren Händen auf. Er wirbelte, tanzte im Kreis, stieg höher und höher in die Luft. Da war ein Geruch wie vor einem aufziehenden Gewittersturm. Zugleich wurde es kälter.

Die Spirale aus tanzendem Sand überragte sie schon alle.

Die verbliebenen Grabesgestalten, die immer noch außerhalb des Bannkreises von Alathaias Amulett versammelt standen, nahmen Abstand, als spürten selbst sie, dass die Zauberin nach Kräften griff, die Übles verhießen.

Leynelle trat ein Stück zurück und gab ihnen mit einem beiläufigen Handwedeln ein Zeichen auszuweichen. Dabei wurde ihre Stimme immer lauter und fordernder.

Der Sand unter Nanduvals Füßen begann sich zu bewegen. Er rann in den Trichter, der sich dort gebildet hatte, wo der Wirbel seinen Ursprung nahm. Einige halb verkohlte Knochen rutschten in das größer werdende Loch im Sand.

Laurelin hob Broja hoch.

Feine Sandkörner stachen Nanduval ins Gesicht. Er bückte sich nach ihrer Ausrüstung, schulterte den schweren Rucksack und nahm die Werkzeuge an sich.

Sie alle wichen zurück, während der Trichter sich ausweitete und immer mehr Sand verschlang. Nun reichte der Wirbel schon so hoch wie die steilen Felsnadeln. Das Tosen des entfesselten Sturms dröhnte in seinen Ohren. Der Wind zerrte an seinen Kleidern. Und obwohl der Lärm mit jedem Herzschlag zunahm, waren die unheimlichen Worte der Zauberweberin noch immer deutlich zu hören – klar und zwingend beherrschten sie den Sturm.

Der Trichter wuchs sich zu einem tiefen Schlund aus. Über ihnen verdunkelte der aufgewirbelte Sand die Sonne. Roter Stein wurde sichtbar.

Die Sockel der Felsnadeln waren freigelegt. An ihrem Fuß lagen große Quader und unbehauene Felsbrocken. Steinbrüche hatten sich in den roten Fels gefressen. Vom Sand befreit, wirkten sie, als hätten die Arbeiter eben erst alles stehen und liegen lassen. Da waren hölzerne Schlitten, auf denen Säulentrommeln lagen, Gerüste, die sich an die Felsen klammerten, und Hütten ohne Wände inmitten eines Meers von rotem Geröll. Vielleicht die Arbeitsplätze der Steinmetze. Sogar liegen gelassene Werkzeuge konnte Nanduval entdecken.

Und immer noch wurde Sand von dem Zauber hoch in den Himmel gerissen.

Woher hatte der Kobold gewusst, dass der Eingang zum Grab hier lag, verborgen unter einer dicken Decke aus feinem weißem Sand?

Verfluchter Sand! Er brannte Nanduval in den Augen, knirschte zwischen den Zähnen und war überall in seinen Kleidern.

Der wirbelnde Wind legte steinerne Locken frei. Eine leicht gewölbte Stirn. Ein Auge. Ein Kinn, breit wie eine Hafenmole, erschien. Unter ihnen im Sand lag ein riesiges Frauengesicht.

Auch das zweite Auge war nun zu erkennen. Die Pupillen waren geschlitzt. War dies das Antlitz der Schlangenkönigin?

Gold schimmerte im roten Stein des Bildnisses. Der Mund war weit aufgerissen, wie zu einem entsetzten Schrei. Hinter spitzen Zähnen lag eine massive goldene Platte. Ein Eingang.

Langsam ließ das Toben des Sturms nach. Ein riesiger Trichter klaffte vor den sieben roten Nadeln im Sand.

Alathaia war die Erste, die hinabstieg. Natürlich sie, dachte Nanduval, durchdrungen von Stolz und Sorge, und folgte ihr.

Die Fürstin schritt über eine steinerne Wange auf die Platte zu. Plötzlich begann der Boden unter ihren Füßen zu vibrieren. Das goldene Tor wich in den Stein zurück.

Alathaia blieb stehen.

Ein Laut wie ein Gongschlag stieg aus dem schwarzen Abgrund auf, den das Gold versiegelt hatte.

Alathaia ließ eine Kugel aus blassblauem Licht über ihrer rechten Hand erscheinen. Die Fürstin trat auf die steinernen Zähne und ließ das Licht in den dunklen Schacht dahinter sinken. Nanduval blieb dicht an ihrer Seite.

Ein mulmiges Gefühl beschlich ihn, als er in den Abgrund sah. Die Finsternis war wie Tinte. Sie zog Schlieren durch das Licht, wehrte sich dagegen. In die Wände waren verzerrte Fratzen geschlagen.

Ein weiterer Gongschlag ertönte in der Tiefe.

Der Abgrund hatte etwas Verlockendes. Er schien ihn verführen zu wollen. Zugleich ahnte Nanduval, dass dort Verhängnis brütete.

»Nicht!«, war die brüchige Stimme des Kobolds zu vernehmen. »Der Brunnen der Seelen ist eine Falle.«

Seite an Seite stiegen Laurelin und Leynelle in den weiten Sandtrichter hinab. Der Jäger trug den Kobold auf den Armen.

»Das linke Auge«, hauchte Broja.

Alathaia ging über die makellos glatte Wange des Bildnisses.

»Setz einen … Fuß …« Der Kobold rang erschöpft nach Atem. »Augen … winkel …«

Die Fürstin folgte seinen Worten. Ihr Absatz hämmerte auf die angegebene Stelle. Das Auge, groß wie ein Stadttor, teilte sich entlang der geschlitzten Pupille und wich hinter die steinernen Augenwinkel zurück. Darunter kam eine weit geschwungene Wendeltreppe zum Vorschein.

Misstrauisch sah Nanduval zum Kobold. Woher wusste Broja das alles?

»Geht nicht weiter als bis zur letzten Stufe …« Die Augenlider des Kobolds flatterten. »Der Pfad des spielenden Kindes …« Der Kopf sank ihm auf die Brust. Er war eingeschlafen.

Ausharren

Vor langer Zeit auf Darna

Das dumpfe Dröhnen der Trommeln ließ sein Innerstes vibrieren. Zachri befürchtete, als Nächstes würde er wieder anfangen zu zittern.

Das erste Morgenlicht erstrahlte über dem Schwertlilienfeld. Er stand neben Ilak auf dem mittleren der Hügel, welche die weite Lichtung vom Wald trennten.

Das Trommeln kam aus den Wäldern jenseits der Lichtung. Es hatte schon in der Nacht begonnen. Es sollte ihnen den Schlaf rauben und sie in Furcht versetzen. Beides hatte bei ihm hervorragend geklappt.

Außer ihm standen nur noch einige Fanfarenbläser bei der Blutkönigin. Die übrigen Anführer hatten sich zu ihren Truppen gesellt. Tausende Bogen- und Armbrustschützen hielten die Hügel besetzt, und weitere Krieger verbargen sich noch im Wald, bereit, bei den vereinbarten Fanfarensignalen loszuschlagen.

»Du willst wirklich mit Vanduin reiten?«, fragte die Blutkönigin unvermittelt. »Das ist sehr mutig.«

Zum ersten Mal hatte Zachri das Gefühl, dass sie sich zu dem Lächeln, das sie ihm schenkte, zwingen musste. Er sah zu ihr auf und war versucht, ihr von der Zukunft zu erzählen.

Ihr Lächeln wurde wärmer. Sie legte einen Finger an die Lippen, dann blickte sie wieder zum Waldrand jenseits der Lichtung. Unter den Bäumen bewegten sich Schatten.

»Sie werden uns testen«, erklärte sie. »Mit dem ersten Angriff wollen sie nur sehen, wie entschlossen wir uns verteidigen.«

Plötzlich hörte das Trommeln auf. Die Stille war Zachri noch unheimlicher als der Lärm. Und dann traten sie aus den Schatten. Hunderte Krieger zugleich. Sie trugen große, rechteckige Schilde, die eine gelbe Schlange auf rotem Grund zeigten, und funkelnde Bronzehelme, auf denen je drei rote Federn wippten. Sie gaben keinen Laut von sich, waren einfach plötzlich da und rückten Schild an Schild vor.

»Damien vom Gelben Fluss«, erklärte Ilak. »Sie glauben, dass die Farbe Rot Glück bringt«, fuhr sie spöttisch fort.

Zachri fragte sich, was Pfeile gegen einen solchen wandernden Wall wohl ausrichten würden. Vermutlich nicht viel. Die Schilde reichten von unter dem Knie bis zum Kinn der Krieger.

Und doch zeigten sich schon erste Lücken in den Reihen. Die Krähenfüße forderten ihren Tribut. Die Damien gaben immer noch keinen Laut von sich. Nachrückende Krieger schlossen die Lücken, aber mit jedem Schritt voran gab es neue Ausfälle. Es hatte den Anschein, als würden sie vorgeschickt, um die Krähenfüße unter dem Opfer ihres Fleischs einzusammeln.

Das scharfe Klacken einer Speerschleuder ertönte. Einen Herzschlag später wurde ein Krieger der Damien in die Reihen seiner Kameraden zurückgeworfen. Ein Laut, als habe eine Axt ein Holzbrett durchschlagen, hallte über die Lichtung.

»Nicht schießen!«, war von unten am Hang Dragaschs Stimme zu hören. Gegen den Wunsch Ilaks stand der Befehlshaber der Zwerge unten am Hügel in der ersten Reihe. Er hatte darauf beharrt, dass seine Männer am besten kämpfen würden, wenn er mitten unter ihnen war und sie Angst davor hätten, dass er ihnen den Arsch aufriss, wenn sie Mist bauten.

Zachri wünschte sich, er wäre so mutig wie der Zwerg. Er blickte zum Himmel hinauf. Noch ließ sich kein Drache sehen.

Die Damien hatten inzwischen fast die Hälfte der Lichtung überquert. Immer noch rückten neue Truppen aus dem Wald nach. Nun wurden auch ihre Feldzeichen auf das Schlachtfeld getragen. Bronzene Drachenköpfe, die auf Stangen steckten. Hinter den Köpfen mit weit aufgerissenem Maul waren rote Schläuche aus Seide befestigt, die sich wie tanzende Schlangen gebärdeten, sobald sich nur der leiseste Lufthauch regte.

»Nicht schießen, Jungs!«, war Dragaschs Stimme zu vernehmen. »Es soll für sie nicht wie ein sanfter Regenschauer, sondern wie ein Schlag in die Fresse werden.«

»Ich mag seine drastische Art«, bemerkte Ilak amüsiert. Dann winkte sie einer Fanfarenbläserin. »Bringt die verbliebenen Bullen auf die Rückseite des Hügels.«

»Alle?«, fragte die Kriegerin.

»Alle«, bestätigte die Blutkönigin ruhig.

Das war ein schlechtes Zeichen, dachte Zachri. Da geschah irgendwas, was ihm verborgen blieb und die Schlangenelfe zwang, schon zum Auftakt der Schlacht ihre Pläne zu ändern.

In den Wäldern seitlich der Lichtung waren Schlachtrufe zu hören. Dann grausame Schreie und das Klirren von Waffen. Nervös ballte Zachri die Fäuste und spähte zu der Linie aus Buchen und Eichen. Hier und da sah er Metall im Schatten der Baumkronen funkeln.

»Ruhig, Jungs!«, ermahnte Dragasch seine Krieger.

Wie zwei Faustkämpfer

Vor langer Zeit auf Darna

Das war mal ein Ding, dachte Dragasch. Als Feldherr wäre er niemals auf die Idee verfallen, Truppen vorzuschicken, um die Krähenfüße von Damienfüßen abräumen zu lassen. Aber er befehligte ja nur Zwerge, von denen jeder einzelne ein herausragender Krieger war. Wenn er Tausende von Damien unter seinem Kommando gehabt hätte, wäre ihm dieser Einfall vielleicht auch gekommen.

Gleich waren die Damien nur noch dreißig Schritt entfernt. Auch wenn sie langsam vorrückten, würden seine Männer es nicht schaffen, ihre schweren Windenarmbrüste für einen zweiten Schuss nachzuladen. Diese eine Salve musste sitzen. Er durfte den Feind nicht als tausend einzelne Krieger sehen. Seine Zwerge und die Damien waren wie zwei Faustkämpfer, die einander gegenüberstanden. Sein einziger Hieb musste schwer genug sein, den Gegner ins Taumeln zu bringen. Schaffte er das nicht, marschierten die Damien weiter und erreichten seine Linien, dann würde ihre schiere Anzahl seine Zwerge erdrücken.

Allgemein hielt er nicht viel von Elfen, aber jetzt hätte er gern Vanduin hier gehabt, damit dieser den Feind durch eine seiner völlig absurden Heldentaten aus dem Gleichgewicht brachte. Dragasch legte die Stirn in Falten. Er mochte den Gedanken nicht, dass im Ringen von Tausenden, wobei jeder Einzelne sein Bestes gab, doch ab und zu ein Mann den Unterschied zwischen Sieg oder Niederlage machen konnte. Einer wie Vanduin.

»Legt an!«, schrie Dragasch aus Leibeskräften, und überall auf den Hügeln hoben seine Zwerge die Armbrüste an die Schultern.

»Schießt!« Die Damien waren jetzt so nah, dass zwischen dem Durchdrücken der Abschussbügel und dem Aufschlag der Bolzen nicht einmal ein Herzschlag verging. Das Getöse war ohrenbetäubend. Es sah aus, als habe eine unsichtbare Welle die Front der Damien getroffen. Die Bolzen hatten Löcher in ihre Schilde gestanzt und ganz gewiss auch in ihre Rüstungen. Hunderte Krieger taumelten im gleichen Augenblick zurück und wurden gegen ihre Kameraden geworfen. Und dort, wo die Geschosse der Speerschleudern einschlugen, raffte ein einziger der großen Pfeile gleich mehrere Damien dahin.

Ihr Schildwall war aufgebrochen. Und nun schossen auch die Damien, die sich für die Blutkönigin entschieden hatten. Ohne zu zögern, schickten sie ihren Blutsbrüdern Salve um Salve entgegen, bevor sich die Mauer aus Schilden neu formierte. Das waren die Hiebe, die seine Zwerge nicht austeilen konnten. Aber sie luden diszipliniert nach. Und wenn der Feind noch ein wenig länger schwankte, dann würden sie ihm mit einer zweiten Salve ihrer Armbrüste den Todesstoß versetzen.

Einige Herzschläge lang sah Dragasch den Sieg zum Greifen nah. Dann erschollen misstönende Hörner im Wald jenseits der Lichtung, und riesige Kreaturen brachen aus dem Schatten der Bäume hervor. Mammuttrolle. Und dieses Mal waren es Hunderte. Sie würden seine Zwerge einfach in den Boden stampfen. Unwillkürlich blickte Dragasch über die Schulter, ob nicht vielleicht Vanduin den Hang hinabgestürmt kam. Aber der Elf war nicht dort. Er wartete in den Unterständen der Pegasi auf den Angriffsbefehl der Blutkönigin.

Dragasch wusste, dass er diesen Angriff nicht mehr erleben würde. »Gut so, Jungs!«, sagte er mit ruhiger Stimme. »Ordentlich nachladen. Und dann kriegen diese Missgeburten einen in die Fresse.

Wir werden sie nicht die Hügel hinauflassen. Wo ein Zwerg steht, kommt keiner vorbei.«

Er sah die Kämpfer neben sich grinsen. Sie glaubten ihm.

Vollkommen undenkbar

Vor langer Zeit auf Darna

Vanduin war überrascht, als er Fürst Gyldion an der Spitze einiger seiner Elfenritter in den Unterstand treten sah – wobei Unterstand traf es nicht wirklich, auch wenn alle es so nannten, war es eher eine kleine, in die Erde versenkte Halle. Fünfzehn Schritt lang, mehr als vier Schritt breit und auch etwa vier Schritt hoch, diente er vier der verbliebenen acht Pegasi als Schutz.

»Was will der hier?«, flüsterte Nivellyn, die an Vanduins Seite getreten war. Sie trug stolz den Stirnreif, den ihr Dragasch als Lohn für ihre Tapferkeit beim Scharmützel am Farnhügel gegeben hatte.

Das Erscheinen des Fürsten mit so vielen Ritterinnen und Rittern war seltsam. Eigentlich hätten sie aufgesessen auf den Angriffsbefehl der Blutkönigin warten sollen, um dem Feind in die Flanken zu fallen.

»Bannerträger!«, sprach ihn der Fürst ungewöhnlich förmlich an. »Erinnerst du dich, wie du vor mir niedergekniet bist und mir bedingungslose Treue geschworen hast?« Gyldion wandte den Kopf und sah Nivellyn und die anderen Pegasusreiter an. »Ihr alle habt mir diesen Schwur geleistet.«

Sternenhuf kam von hinten zu Vanduin heran und drückte ihm seine weichen, warmen Nüstern in den Nacken. Vanduin spürte, dass der Hengst nervös war.

»Ich fordere euch hiermit auf«, fuhr Gyldion mit fester Stimme fort, »den Befehlen der Blutkönigin nicht mehr zu gehorchen.«

»Das wäre Verrat«, stieß Vanduin hervor. Was war nur in seinen Fürsten gefahren?

»Verrat wäre, mir nicht zu gehorchen. Erinnerst du dich, wie oft meine Gemahlin Asamee dir nach dem großen Turnier der Klingen ihren Schal als Siegespreis um den Hals gelegt hat? Sie hat dich zu ihrem Fechter erkoren. Wenn du nicht mein Banner trägst, befehligst du ihre Leibwache. Asamee hat ihr Leben in deine Hand gelegt, Vanduin. Und du warst nicht bei ihr, als du gebraucht wurdest.« Die letzten Worte sprach Gyldion voller Bitternis. »Die Himmelsschlangen haben sie und meine Kinder entführt. Meine Familie wird sterben, wenn wir kämpfen.«

»Und weil die Himmelsschlangen solches tun, *müssen* wir sie bekämpfen«, sagte Nivellyn entschieden. »Heute können wir ihre Tyrannei für immer beenden.«

Vanduin hatte das Gefühl, keinen Boden mehr unter den Füßen zu haben. Er war von der Sache Ilaks zutiefst überzeugt. Ihrem Plan, die Himmelsschlangen in eine Schlacht zu verwickeln, um sie allesamt zu töten, auch wenn der Blutpreis fürchterlich würde. Die Freiheit Albenmarks von der Tyrannei der Drachen war zum Greifen nah. Und er war Ilak verfallen. Sie war wie keine andere Frau, die ihm je begegnet war. Stark, selbstbewusst und bereit, alles zu opfern, um das Richtige zu tun.

Zugleich hatte Vanduin seinem Fürsten bedingungslose Treue geschworen. Gyldion war sein Lehnsherr. Sich gegen ihn aufzulehnen war völlig undenkbar. Ganz gleich, wie er sich entschied, er würde zum Verräter, erkannte Vanduin.

Er stellte sich vor, wie Fürstin Asamee von den Himmelsschlangen überfallen und verschleppt worden war. Die gütige, feinfühlige Asamee, die zu beschützen er geschworen hatte.

Vanduin hatte das Gefühl, es würde ihn innerlich zerreißen. Er wollte aufschreien, wollte seine Schwerter ziehen und sich einfach blindwütig in den Kampf gegen die Himmelsschlangen werfen und alles andere vergessen.

»Wir werden nicht für Ilak kämpfen«, erklärte Gyldion, »aber wir werden auch nicht gegen sie kämpfen. Wir sind von nun an neutral.«

»Was für eine Farce!«, stieß Nivellyn hervor. »Es ist vollkommen undenkbar, einen solchen Verrat an Ilak zu begehen und damit alles ...«

Gyldion zog den Abzugshebel seiner Armbrust durch. Er stand keine fünf Schritt von Nivellyn entfernt. Die Wucht des Treffers ließ sie nach hinten taumeln. Der Bolzen durchschlug ihren Leinenpanzer mit dem silbernen Löwenhaupt, als sei er nur dünnes Papier. Das Geschoss hatte ein rundes Loch in die Rüstung gestanzt, dort, wo ihr Herz schlug. Mit einem dumpfen Laut bohrte es sich hinter ihr in die holzverschälte Wand. Die Augen weit aufgerissen, starrte die Pegasusreiterin Gyldion an.

Vanduin fing sie auf, als sie fiel, doch da war der Lebensfunke in ihr bereits verloschen.

»Für mich ist vollkommen undenkbar, meine Gemahlin und meine Kinder zu opfern«, stellte Gyldion klar, setzte den eisernen Fuß der Armbrust auf den Erdboden und begann die Kurbeln an ihrer Seite zu drehen. »Keiner meiner Krieger wird heute kämpfen!«

Wie ein Metzger nach der Schlachtung

Vor langer Zeit auf Darna

Zachri hatte von diesen Ungeheuern erzählen hören, aber sie mit eigenen Augen zu sehen war etwas vollkommen anderes. Mammuts und Trolle in einen gemeinsamen Körper zu zwängen, was für eine obszöne Tat! Die großen, meist friedlichen Wanderer und diese dreckigen Koboldfresser! Er wünschte, er hätte eine Armbrust, um wenigstens einem von ihnen einen Bolzen im Schädel zu versenken. Oder besser noch vier Armbrüste! Er stellte sich vor, wie er ihnen dabei die Namen seiner Brüder entgegenschrie. Für Gollo! Für Jossi! Für Marno! Für Raffa!

Ilak hob die Arme gen Himmel und begann einen Zauber zu weben, der die Wolken zusammenzog und immer dunkler werden ließ. Es war atemberaubend, wie schnell sich der Himmel verfärbte, während die Bullen auf der Rückseite des Hügels jämmerlich zu brüllen begannen.

Die Mammuttrolle hatten bereits die halbe Lichtung überwunden. Sie brachen durch die Reihen der Damien, deren Schlachtordnung nun endgültig zerschlagen war. Ohne Rücksicht trampelten sie die Krieger ihrer eigenen Seite nieder, die in blinder Panik, eingekeilt zwischen den Mammuttrollen und den Zwergen, zu den Flanken hin auswichen, wo sie die Faune und Wälder voller Fallen erwarteten.

Zachri empfand Mitleid, obwohl sie ihre Feinde waren. Die prächtigen Krieger der Damien waren einfach geopfert worden, und spätestens jetzt musste dies auch ihnen klar sein. Traf jeder Befehlshaber solche Entscheidungen? Zweifelnd blickte er zu Ilak. Traf auch die Blutkönigin solche Entscheidungen? War der Ritt der Pegasusreiter, den ihr Schlachtplan vorsah, genauso selbstmörderisch? Aber irgendwie würde er es überstehen, wenn er nahe bei Vanduin blieb.

Die Mammuttrolle waren noch etwas mehr als einhundertzwanzig Schritt von der Hügelkuppe entfernt, schätzte Zachri. Einige von ihnen packten Damien, schleuderten sie vor sich auf den Boden und stampften über sie hinweg – vermutlich, um den Krähenfüßen zu entgehen. Manchen der Ungeheuer steckten mehrere Pfeile in der Brust, doch denen hatte es an Durchschlagskraft gefehlt. Sie verletzten die Mammuttrolle und ließen sie bluten, doch vor allem stachelten sie deren Zorn an.

Blitze schossen aus der nachtschwarzen Wolkenbank, die Ilak heraufbeschworen hatte. Sie schlugen zwischen den Ungeheuern ein. Das gleißende Licht blendete Zachri. Selbst als er die Lider seiner tränenden Augen schloss, sah er das Licht. Der Donner traf ihn mit der Macht von Windböen und ließ ihn zurücktaumeln. Ein seltsamer Geruch hing in der Luft, der an sommerliche Gewitterabende in seiner Heimat erinnerte. Dann jedoch drang der Gestank verschmorten Fleisches in seine Nase, der jeden anderen Geruch überlagerte.

Die Wucht der niedergehenden Blitze schleuderte die Ungeheuer durch die Luft. Doch es waren zu viele Mammuttrolle. Sie erreichten die Linie der Zwerge, die um keinen Zoll gewichen waren und bis zum letzten Augenblick versucht hatten, ihre Armbrüste nachzuladen.

Zachris Blick war noch verschwommen vom grellen Licht, das

ihn geblendet hatte. Doch er sah, wie einige der Zwerge die Armbrüste hochrissen, als die Mammuttrolle über ihnen waren. Er sah einen Bolzen das Kinn eines Trolls durchschlagen und mit einer Blutfontäne aus dessen kahlem Schädel wieder austreten. Der Hüne sank auf den Zwerg nieder, der ihm den Tod gebracht hatte, und Zachri zweifelte nicht daran, dass der massige Leib des Mammuttrolls den Schützen erdrücken würde.

Aus dem Augenwinkel nahm er eine Bewegung wahr. Etwas erhob sich aus dem Wald links der Lichtung. Urungur, der Riese. Er musste sich zwischen den Bäumen hingestreckt haben, um sich zu verstecken. Oder vielleicht hatte auch ein Zauber Ilaks ihn vor den Blicken von Freund und Feind verborgen. In jeder Hand hielt Urungur eine entwurzelte Eiche.

Er trat auf die Lichtung und fegte die Mammuttrolle, die ihm trotz ihrer Größe nicht einmal bis zum Knie reichten, mit wütenden Hieben hinweg, wie ein Metzger nach der Schlachtung mit dem Besen streunende Gassenköter von den Holzeimern voller Blut und Eingeweide auf seinem Hinterhof vertrieb.

Ilak ließ erschöpft die Arme sinken. Was die Blitze und die Zwerge nicht vermocht hatten, gelang Urungur. Er stieß keine Schlachtrufe aus, er wirkte nicht zornig, sondern eher konzentriert, und er fegte den Feind vom Schlachtfeld.

Die große, schwarze Wolke über ihnen zerfaserte, nachdem die Blutkönigin ihren Zauber beendet hatte.

Ein kurzer Wurfspeer schlug neben Zachri ins platt getretene Gras des Hügels. Er sah auf und erblickte eine der Gestalten mit den Fledermausflügeln, gegen die Vanduin über dem Heerlager an der Küste gekämpft hatte. Diese Missgestalt aus Damien und Fledermaus trug zwei lange Lederköcher um die Hüften geschnallt. Schon zog sie einen zweiten Wurfspeer. Und weitere Fledermauskrieger erschienen über ihnen am Himmel. Sie hatten die schwarze

Wolkenbank offenbar als Deckung genutzt, um sich ungesehen zu nähern.

Ilak rief ein Wort der Macht und machte eine weit ausholende Bewegung mit der Linken, mit der sie einen Bogen über ihrem Haupt beschrieb. »Hierher, Zachri!«, rief sie, als ringsum weitere Wurfspeere niedergingen und sich der Himmel mit immer mehr Fledermauskriegern füllte.

Zachri schnappte sich seinen Schild, der neben ihm im Gras lag, riss ihn über seinen Kopf und eilte dicht neben die Blutkönigin.

Die Fanfarenbläserinnen stürzten, von Speeren durchbohrt. Wie sollte die Blutkönigin nun ihre Befehle ans Heer geben?

Jetzt waren auch die geflügelten Bogenschützinnen, die in der Luftschlacht an der Küste gekämpft hatten, über ihnen. Mit rüttelnden Flügeln am Himmel stehend, zielten sie auf Hauptleute, Bannerträger und Hornisten.

Doch Ilaks Damien, die dicht gestaffelt in Gräben und hinter Brustwehren aus Baumstämmen standen, erwiderten den Beschuss. Sie schickten Wolken von Pfeilen in den Himmel. Aber der Feind flog zu hoch. Nur wenige von ihnen trudelten getroffen zu Boden. Dafür gingen die steil in den Himmel geschossenen Pfeile, die kein Ziel gefunden hatten, hinter ihnen im Wald in ihrem eigenen Heerlager nieder.

Zachri war überrascht, wie der wohldurchdachte Schlachtplan der Blutkönigin binnen weniger Augenblicke einem einzigen Chaos gewichen war.

»Sie töten unsere Anführer und Hornisten, um unsere Befehlsstruktur zu zerstören«, erklärte Ilak kühl.

Zachri konnte nicht fassen, wie ruhig die Herrscherin blieb. »Und was tun wir dagegen?«

»Nichts«, sagte sie leichthin. »Die Schlacht nähert sich dem Höhepunkt, und dann wird sich alles entscheiden. Bis dahin müssen wir durchhalten. Es sind unsere versteckten Speerschleudern und die Pegasi, die am Ende den Sieg bringen werden.«

Schockiert blickte Zachri auf das von Toten übersäte Schwertlilienfeld. Und all dies war nur ein Geplänkel, dachte er ernüchtert, als ein gewaltiger roter Drache am Himmel erschien und im Sturzflug auf Urungur hinabstieß.

Ein Opfer

Vor langer Zeit auf Darna

Urungur hatte den Drachen nicht kommen sehen. Zachri erkannte in ihm Flammenbringer, den Sonnendrachen, den er im Heerlager der Feinde gesehen hatte und dessen Stimme den Himmel füllte.

Der Riese brach unter dem plötzlichen Angriff in die Knie. Die Krallen des Drachen hatten sich tief in seinen Rücken gegraben. Knochen knackten. Der Drache beugte sich vor, und seine mächtigen Kiefer schlossen sich um Urungurs Kopf.

»Lauf zu Vanduin!«, befahl Ilak. »Die Pegasi müssen bereit sein. Jetzt wird es nicht mehr lange dauern, bis die Himmelsschlangen kommen.«

Wie gelähmt sah Zachri, wie sich die Kiefermuskeln des Drachen anspannten. Urungur riss die Arme hoch und bekam eine der Drachenschwingen zu fassen. Mit urtümlicher Gewalt brach er Flammenbringer den Flügel. Doch der Sonnendrache ließ nicht los. Er riss und zerrte, und der sonst so schweigsame Riese stieß gurgelnde Laute aus, die immer verzweifelter wurden. Ein schreckliches Knacken ertönte. Die Kiefer des Drachen schlossen sich, und roter Brei troff von seinen Lefzen.

»Lauf!«, fuhr ihn Ilak an. Und jetzt war der Bann gebrochen. Zachri überquerte die Hügelkuppe und lief, so schnell seine Beine ihn trugen. Dabei hielt er den Schild über seinen Kopf.

Als er die Rückseite des Hügels erreichte, sah er, wie die Dächer der getarnten Unterstände zur Seite gestoßen wurden. Die großen Speerschleudern schwangen auf Flammenbringer ein, der noch immer auf dem Rücken Urungurs kauerte. Die beiden überragten die Hügelkuppen um etliche Schritt, und der Drache war ein kaum zu verfehlendes Ziel.

Zachri wurde klar, dass gleich etwas passieren würde, was nicht geschehen durfte. Die Zwerge an den Speerschleudern hatten vermutlich noch nie eine Himmelsschlange gesehen. Und nun hatte ein gewaltiger Drache den Riesen, der sich im Heer großer Beliebtheit erfreut hatte, getötet. Sie würden mit den wertvollen Speerspitzen aus dem Zwergenmetall den Falschen zur Strecke bringen.

»Nicht schießen!«, schrie Zachri aus Leibeskräften und lief, die Arme schwenkend, auf den nächstgelegenen Unterstand zu. »Nicht schießen!«

Doch die Zwerge hörten ihn nicht. Sie schossen. Und nicht nur mit einer Speerschleuder. Sie alle schossen auf die vermeintliche Himmelsschlange, und es schien, dass nicht einer der Speere sein Ziel verfehlte. Sie durchschlugen den Leib des roten Drachen aus verschiedenen Winkeln. Flammenbringer riss den Kopf in den Nacken und setzte zu einem Schrei an, der in seiner Kehle erstarb. Dann sank sein Kadaver, noch immer in den toten Riesen verkrallt, mit Urungur zu Boden.

Sturmböen fegten vom Himmel herab und zerpflückten die letzten

Reste der schwarzen Wolke, die Ilak hatte entstehen lassen. Hoch über ihnen erschienen vier Himmelsschlangen. Eine war von einem leuchtenden Karmesinrot, das Schuppenkleid der zweiten prunkte in den hundert changierenden Rottönen eines Sonnenuntergangs, die dritte war vom dunklen Blau einer sternenklaren Winternacht, die letzte schließlich vom funkelnden Grün eines Smaragds.

Jedem auf dem Schlachtfeld war bei ihrem Anblick klar, dass *sie* die Ziele der Speerschleudern hätten sein müssen.

Zachri rannte den Hang hinab. Schräg vor ihm lag einer der enttarnten Unterstände. Er sah, wie die Zwerge einen neuen Speer einlegten. Zwei weitere Zwerge versuchten, in fliegender Hast über Kurbeln den Stahlbogen zu spannen. Aber Zachri ahnte, dass sie zu langsam sein würden.

Er rannte ... und eine Flammensäule stieß vom Himmel herab in den Unterstand der Zwerge. Die Hitze ließ Zachri schreiend zurückweichen, obwohl er mehr als zwanzig Schritt von den Zwergen entfernt war. Er sah, wie die Erde rings um den Unterstand in sich zusammensank. Rotes Glühen blendete ihn. Die Zwerge waren schwarz verbrannt. Einer von ihnen bewegte sich noch, hob langsam einen Arm, und das verbrannte Fleisch brach in Schuppen weg. Dann versank er zusammen mit den Resten der Speerschleuder und seinen Gefährten im Boden.

Zachri taumelte immer weiter weg. Der Boden schien sich durch seine Fußsohlen brennen zu wollen. Er registrierte, wie die Haut seiner Hände Blasen warf, schrie, wich mit aller Kraft weiter zurück.

Weitere Feuersäulen stießen vom Himmel herab. Ein Stück entfernt sah Zachri die Verschalung eines Unterstands verschwinden, sah, wie der Sand dahinter zu rot glühendem, Blasen werfendem Glas wurde.

Die Hitze trocknete ihm Mund und Kehle aus. Jeder Atemzug

fühlte sich an, als würde ihm ein glühender Schürhaken in den Rachen gestoßen.

Er vergaß den Befehl der Blutkönigin. Vergaß seine Freundschaft zu Vanduin und lief einfach nur fort von den Flammensäulen.

Das letzte Mahl

Der Kobold erschien ihm leicht wie eine Feder. Broja war auf Laurelins Armen eingeschlafen.

»Ob er etwas Schönes träumt?«, fragte Leynelle. Sie stieg an seiner Seite die weite Wendeltreppe hinab. Feiner Staub lag auf den Stufen. Hier war niemand mehr entlanggegangen, seit das Grab verschlossen worden war. All jene, die von den Schätzen der Blutkönigin geträumt hatten, waren niemals so weit gekommen wie sie. Alathaias Träume würden sich erfüllen, da war sich Laurelin sicher.

Er sah Leynelle an. Es war unglaublich, wie sehr sie sich verändert hatte. Sie ging ein wenig gebückt, das war alles, was noch an die Schreckensgestalt mit der Maske erinnerte. »Wenn ich dich ansehe, glaube ich, dass ich sogar im Wachen träume.«

Die Zauberweberin lächelte kokett, dann legte sie ihre Hand auf seinen Arm und kniff ihn leicht. »Überzeugt, dass du wach bist?«

Er lachte, doch dann sah er das verfallene Antlitz des Kobolds, und er schämte sich für sein Glück. Auch dachte er an Melyssana und Kimmi. Die Frauen, die ihm begegneten, starben, seit Skanga ihn mit dem Fluch des blutigen Glücks belegt hatte. Er hatte Leynelle davon erzählt und dass sie ihn besser meiden sollte, doch die Zauberweberin wollte davon nichts wissen.

»Denkst du wieder an die Trolle und dein finsteres Schicksal?«

Laurelin war überrascht, wie gut sie ihn nach so kurzer Zeit kannte. Oder las sie in seinen Gedanken? Nanduval hatte ihn in der Nacht am Strand, nach ihrer Landung auf dieser toten Insel, vor Leynelle gewarnt. In den Augen des Hauptmanns war sie eine Kindesmörderin und von Alathaia völlig zu Recht verurteilt worden. Laurelin mochte das nicht glauben. Selbst wenn es stimmte, war sie nach all der Zeit im Steinbruch und in der Einsamkeit des Drachengrabs ganz gewiss nicht mehr die Frau, die sie einmal gewesen war. Außerdem erzählte Leynelle die Geschichte anders. Sie behauptete, nicht gewusst zu haben, was sie tat. Laurelin war klar, dass er nicht herausfinden konnte, wer ihn anlog. Da es also auf eine Frage seines Glaubens reduziert war, hatte er sich entschieden, jener Geschichte Glauben zu schenken, die ihm besser gefiel. Er blickte zu Leynelle.

Sie neigte sich zu ihm und hauchte einen Kuss auf sein Ohr.

Die zarte Berührung ihrer Lippen jagte ihm einen wohligen Schauer über den Rücken. Er genoss ihre Nähe. Für einen Augenblick schaffte er es, den Kobold zu vergessen, ebenso wie Adelayne, Nanduval und Alathaia, die nur eine Windung der Wendeltreppe vorausgingen, gerade eben außer Sicht.

Das Geräusch ihrer Sohlen auf dem roten Sandstein erinnerte daran, wo er war und dass er keine Ahnung hatte, was ihn erwartete.

Barinsteine waren in regelmäßigen Abständen in die Wände der Treppe eingelassen. Sie verbreiteten ein wohliges, honigfarbenes Licht. Jeder der Steine war ein kleines Vermögen wert. Sie galten als selten. Was für eine Verschwendung, ein Grab mit ihnen zu beleuchten.

Die Schritte vor ihnen verharrten. Leynelle hatte es auch bemerkt. Sie wirkte nicht beunruhigt, sondern so, als fühle sie sich allem gewachsen, was ihr das Leben in den Weg legen mochte. Sie hatte sich nicht nur äußerlich verändert.

Sieben Stufen später endete die Treppe in einem prachtvollen Saal. Steinerne Tische und Tafeln standen hier. Silberne Teller mit Speiseresten, zierliche silberne Pokale. Es wirkte, als seien in der Halle einst Hunderte Gäste bewirtet worden.

Ein prächtiger Mosaikfußboden schmückte die Halle. Er zeigte Szenen aus dem Leben, wie es wohl in Palästen sein musste. Das meiste, was die Bilder zwischen und unter den Tischen und Bänken zeigten, war Laurelin völlig fremd. Große Gelage, Gruppen, die eine Harfenspielerin oder einen Sänger umringten, Elfen, die in Gärten lustwandelten. Kinder, die auf in edlem Schwarz und Weiß gefliesten Höfen spielten. Gesellschaften, die zur Falkenjagd ausritten.

Die anderen sahen die Bilder kaum an, bemerkte Laurelin. Es war ihre Welt. Sie kannten, was dort gezeigt wurde.

Der Kobold auf seinem Arm regte sich. »Sind wir schon beim letzten Mahl?«, flüsterte er.

Laurelin verstand nicht, was das heißen sollte. »Beim letzten Mal? Was für ein letztes Mal? Leynelle hat gesagt, du wirst dich erholen. Wenn wir die Insel verlassen, wird sie dich wieder ganz gesund machen.«

Broja blinzelte. »Wir sind da. Hier haben sie alle noch einmal miteinander getafelt.«

Laurelin richtete den Kobold auf, damit er, auf dem Arm ruhend, besser sehen konnte. Und Broja lächelte. »So hab ich es mir vorgestellt. Bring mich ganz ans Ende der Tafel.«

»Was ist da?«, wollte Laurelin wissen.

»Erinnerungen ...«

Alathaia sah misstrauisch zu ihnen herüber. Laurelin scherte sich nicht darum. Er ging bis zum Kopf der Tafel.

»Hier hat sie gesessen.« Broja nickte schwach zu der schlichten Marmorbank, die ganz am Ende der Festtafel stand.

»Wer?«

»Die Blutkönigin. Sie hat gemeinsam mit den Überlebenden der Schlacht das Grab bauen müssen. Hier sind die toten Drachlinge beigesetzt. Die toten Krieger der Blutkönigin liegen draußen im Sand. Das war die Rache der Sieger. Sieben Jahre haben sie an diesem Grab gebaut. Jeder Stein ist von Hand geschlagen, obwohl es auch anders gegangen wäre. Sie haben sich Zeit gelassen, denn sie wussten, wenn ihr Werk vollendet war, dann war ihr Leben bis zur Neige gelebt.«

Alathaia und die anderen kamen näher, um dem flüsternden Kobold zuzuhören.

»Es wurde an nichts gespart. Schließlich war es ein Totenmahl.« Broja deutete schwach in Richtung einer großen steinernen Tür, die den Festsaal abschloss. »Dahinter liegt das Grab. Als das Fest endete, mussten sie hineingehen. Wer wollte, durfte seinen Pokal, gefüllt mit Wasser, mitnehmen.«

Laurelin blickte die Tafel entlang. Fast neben allen Tellern stand noch ein silberner Pokal.

»Sie sind hier lebendig eingemauert worden. Sie sind verdurstet. Die meisten waren klug genug, ihre Qualen durch einen Pokal voller Wasser nicht noch zu verlängern. Auch die Blutkönigin ...«

Laurelin blickte zu dem Platz, auf dem die Herrscherin einst gesessen hatte. Ein Silberteller, bedeckt mit einer Staubschicht, und ein schöner Pokal, dessen Stiel sich wie ein Schlangenleib wand, standen noch auf der Tafel.

»Woher weißt du das alles?«, fragte Alathaia den Kobold.

»Mein Vater hat bei diesem letzten Mahl links von der Blutkönigin gesessen.«

»Dein Vater?«, fragte Alathaia verächtlich. »Wie soll das möglich sein? Dieses Grab wurde vor unzähligen Jahrhunderten vollendet. Ein Elf könnte so alt werden. Ein Kobold nicht!«

»Als ich ein Kind war, hab ich ihm seine Geschichte geglaubt. Ich habe sie gar nicht oft genug hören können. Immer musste er mir zum Einschlafen von seinen Abenteuern erzählen. Von Vanduin Totentänzer, seinem Ritt auf dem Pegasus Sternenhuf, der Schlacht auf dem Schwertlilienfeld. Davon, wie sie das Grab gebaut haben, und von seinem letzten Augenblick. Und natürlich von der einen Frage, die ihn bis zu seinem letzten Atemzug verfolgte und auf die er doch nie eine Antwort fand«, fuhr Broja flüsternd fort. »Aber ich bin in Rosan aufgewachsen. Das ist kein Ort für Träumer und Märchen. Ich muss wohl sieben gewesen sein, als ich aufhörte, ihm zu glauben.« Er sah zur Fürstin auf. »Auch ich habe mir gedacht, dass kein Kobold so etwas erleben könnte. Heute weiß ich, ich habe ihm das Herz gebrochen, als ich aufhörte, ihm zu glauben. Er blieb immer ein Geschichtenerzähler, der in einer alten Holzschale ein paar Münzen sammelte, wenn er gnädige Zuhörer fand. Und ich wurde Broja von Rosan, der ungekrönte Fürst aller Kobolde, dem kein dunkles Geschäft verborgen blieb, das in Rosan getätigt wurde. Ich war nicht bei meinem Vater, als er starb. Es war einer dieser elenden verregneten Tage, und ich habe darum gekämpft, Andarion ein Geschäft abzuluchsen. Es ging um eine Schiffsladung Seide aus Haiwanan. Man hat mir am Abend berichtet, dass mein Vater an der Straßenecke, an der er immer seine Geschichten erzählt hat, friedlich eingeschlafen sei. Seine Holzschale war ausgeplündert. Und in der Hand hielt er, noch im Tod fest umklammert, den Knochen, der ihm einmal das Leben gerettet hatte. Der Knochen und ein kleines Büchlein über den Elfen Vanduin Totentänzer, das er auf Birkenrinde geschrieben hatte, waren mein Erbe.«

»Dein Vater hat einen Fehler beim Durchschreiten eines Albensterns gemacht?«, fragte Leynelle mit aufrichtigem Interesse. Es gefiel Laurelin, dass sie den Kobold – im Gegensatz zu Alathaia – ernst nahm.

»Es war kein Fehler, es war Absicht. Er wurde in die Zeit zurückversetzt, aus der er stammte«, erklärte Broja.

»Jetzt wird es endgültig zur Mär!« Alathaia lachte. »Niemand reist in der Zeit zurück. Die Zeit kennt nur eine Richtung: voranzustreben!«

Selbst Laurelin, der nicht sehr bewandert in der Kunst des Zauberwebens war, kannte dieses eherne Gesetz.

»Ich denke, es war die Blutmagie Ilaks ...« Broja sah inzwischen sehr mitgenommen aus. Seine Kräfte würden ihn gewiss bald wieder verlassen.

Die Fürstin setzte an, etwas zu sagen, dann wandte sie sich stattdessen an Nanduval. »Du kennst diesen Kobold, Hauptmann. Kann man ihm trauen?«

Die Frage war Nanduval sichtlich unangenehm. »Trauen ... Er ist in viele unmoralische Geschäfte verwickelt. Aber eines ist er ganz gewiss nicht: ein Märchenonkel. Auch wenn seine Geschichte unglaublich klingt, denke ich nicht, dass er uns belügt.«

Broja lachte leise. »Der aufrechte und unbestechliche Hauptmann Nanduval spricht für mich. Klingt so unwahrscheinlich wie die Geschichten meines Vaters.«

»Wie öffnet man den Eingang zu den Grüften?«, verlangte Alathaia zu wissen und deutete auf die große Steintür am Ende des Saals.

»Hinein geht es leicht ...« Die Stimme des Kobolds war so leise geworden, dass Laurelin dessen Worte laut wiederholte, damit alle sie verstehen konnten. »Man stellt sich davor und sagt laut: Öffne dich. Aber nach einem Tag schließt sie sich. Und von innen lässt sie sich nicht öffnen.«

»Wir werden keinen Tag brauchen«, sagte Alathaia selbstbewusst.

Laurelin fand das voreilig. Höchstens Broja wusste, was sie hinter der Tür erwartete. Wie groß war das Grab? Welche Gefahren und Fallen lauerten dort? Waren Teile der Anlage nach all den Jahrhunderten eingestürzt?

Leynelle, die neben ihm stand, schnaubte leise. »Sie ist zu leichtfertig«, flüsterte sie ihm zu.

Er drückte ihre Hand. »Ich werde auf dich aufpassen.«

Die Zauberweberin schenkte ihm ein melancholisches Lächeln. Natürlich wusste auch er, dass er große Worte machte. Er kannte ja nicht einmal die Gefahren, die hinter der Steintür lagen. Aber er würde sein Bestes geben.

»Ihr dürft nicht einfach durch die Tür«, raunte Broja. »Dahinter ... ein Gang ... schwarze und weiße Bodenplatten. Der Pfad des spielenden Kindes ... Das Mosaik ist der Schlüssel ...« Broja blickte Laurelin ins Gesicht. Seine Augen wirkten glanzlos. »Der Teller und der Becher links der Fürstin ... Kannst du sie mir beschreiben?«

Laurelin trat an die Festtafel. »Den Pokal schmückt ein Schwan mit ausgebreiteten Schwingen. Der Teller sieht seltsam aus. Er ist aus Silber, aber ganz verbeult.«

Broja lächelte. »Mein Vater hat immer bedauert, sie nicht mitgenommen zu haben. Kannst du das für mich tun?«

»Gern.«

Die spitze Zunge des Kobolds fuhr über dessen Lippen. »Das Grab ist voller Fallen. Ihr dürft nichts mit Gewalt angehen. Keine Hacke, keine Brechstangen, kein ...«

»Was bedeutet das? *Der Pfad des spielenden Kindes*«, bedrängte Alathaia den Kobold.

»Er ist ohnmächtig geworden.« Laurelin hatte gespürt, wie sich der Körper des Kobolds entspannt hatte. Broja war am Ende seiner Kräfte.

»Dann weck ihn!«, befahl die Fürstin.

»Er muss sich erholen«, mischte sich jetzt Adelayne ein. »Er ist dem Tod immer noch näher als dem Leben. Wenn seine Geschichte stimmt, kennt er das Grab wie keiner von uns. Warten wir, bis er wieder erwacht.«

»Prüfen wir, ob er die Wahrheit sagt.« Alathaias Blick war schneidend. »Das Einzige, was ich glaube, ist, dass es hier wirklich Fallen gibt und dass wir uns nicht zu viel Zeit lassen sollten. Vergesst nicht, wie Leynelle uns hier hereingebracht hat. Wenn es draußen einen Sandsturm gibt, dann werden wir hier lebendig begraben. Wir können nicht warten, bis ein erschöpfter Kobold wieder aufwacht!«

Der Pfad des spielenden Kindes

Es war leicht zu überprüfen, ob der Kobold ein Märchen erzählte, entschied Adelayne. Sie trat vor das steinerne Tor und sagte laut: »Öffne dich!«

Der Boden unter ihren Füßen vibrierte leicht. Tief in der Wand links von ihr waren Geräusche zu hören, als bewegte sich dort etwas. Staub rieselte aus der Fuge zwischen der Steintür und der Decke des Grabes. Dann begann sie nach links zu gleiten, in die Wand hinein. Die Bewegung wurde von einem Knirschen begleitet, als würden unter der Tür Kiesel zermalmt.

»Er hat also die Wahrheit gesagt.« Laurelin, der ein wenig hinter ihr stand, klang zutiefst zufrieden.

Vor ihr lag ein etwa fünf Schritt breiter Gang. Barinsteine warfen, anders als auf der Wendeltreppe, nur Inseln aus honigfarbenem Licht in die Schwärze. Die Wände des Ganges lagen weitgehend im

Dunkel. Hier und da vermeinte Adelayne Gesichter wie Totenmasken zu erkennen, die in den roten Sandstein gemeißelt waren.

»Vorsicht«, warnte Leynelle. »Dort ist das magische Netz verändert. Einen solchen Zauber habe ich noch nie gesehen. Die Himmelsschlangen müssen ihn ersonnen haben.«

»Und was genau haben sie getan?«, drängte Alathaia.

»Das werden wir wohl erst sehen, wenn wir dort durchgehen und nicht den Pfad des spielenden Kindes wählen.«

Adelayne hatte den Eindruck, dass es Leynelle gefiel, Alathaia im Unklaren zu lassen. Sie schloss die Augen und versuchte durch ihr Inneres Auge zu sehen. Es dauerte einige Herzschläge, bis sie sich auf das magische Netz eingestimmt hatte. Dann sah sie die feinen Kraftlinien. Sie bildeten ein unregelmäßiges Netz, das überall um sie herum war. Im Tunnel jedoch erstrahlte es ein wenig heller. Adelayne hatte das Gefühl, als würde Hitze davon ausgehen. Sonst gab es dieses Phänomen nur, wenn man Zauber wirkte, die sich gegen die Ordnung der Welt stellten. Dann konnte es geschehen, dass sich das Netz um den Zauberweber zusammenzog und die Kraftlinien sich zu erwärmen begannen.

Adelayne hatte davon gehört, es aber noch nie erlebt. In der Magie ging es darum, in Harmonie mit der Welt zu handeln. Dagegen zu verstoßen wäre ihr nicht eingefallen. Aber sie kannte die alten Geschichten um die Drachenelfe, die sich gegen die Gesetze der Welt vergangen hatte und der das magische Netz ein Netz tiefer Narben in den ganzen Körper gebrannt hatte. Wie glühende Drähte sollte es angeblich ins Fleisch schneiden.

»Seht ihr das?«, fragte Nanduval.

Adelayne öffnete wieder die Augen, kehrte in die Welt zurück, wie all jene sie sahen, denen ihre Magie verborgen blieb. Der Hauptmann hatte eine Kugel aus Licht in den Gang schweben lassen.

»Dort hinten liegen Knochen.« Der Hauptmann ließ sein Licht nun dicht über dem staubbedeckten Boden schweben.

»Die sehen ja aus, als seien sie zerhackt.« Laurelin beugte sich ein Stück in den Gang, um besser sehen zu können. Leynelle zog ihn augenblicklich zurück.

Nicht zerhackt, dachte Adelayne. Von glühenden Fäden zerschnitten. »Wer den Pfad des spielenden Kindes nicht kennt, der wird dort drinnen sterben.«

»Dann schauen wir uns das Mosaik an«, entschied Alathaia. »Broja sagte doch, es sei der Schlüssel.«

Adelayne mochte die entschlossene Art der Fürstin. Und obwohl sie sich hart und durchgreifend gab, hatte sie nicht vorgeschlagen, Broja wieder zu wecken. Der Kobold war wirklich am Ende. Leynelle hatte ihm zwar ein wenig Kraft zurückgegeben und ihn so vielleicht vor dem Tod bewahrt, aber ihn nicht geheilt. Er war dort draußen auf der Düne binnen Augenblicken zum Greis geworden. Diese ganze Insel war durchdrungen von bösartiger Magie. Und dieser Gang war ein besonders übler Ort.

Adelayne ging zurück zum Mosaik. *Der Pfad des spielenden Kindes.* Was mochte das sein? Zwischen den Hofszenen gab es Bilder mit Kindern. Tatsächlich standen sie auf einem Hof, der mit schwarzen und weißen Steinplatten ausgelegt war. Das erste Bild zeigte Kinder, die einen Holzreifen über den Steinboden rollen ließen und ihn mit kurzen Stöcken vorantrieben. Im Hintergrund stand ein Mädchen in einem weißen Kleid. Mit an den Körper angelegten Armen wirkte sie etwas steif.

Auch die anderen gingen an dem Mosaik entlang und betrachteten die Szenen mit Kindern. Das nächste Bild, das Adelayne entdeckte, zeigte Jungen und Mädchen, die mit ausgestreckten Armen und ausgelassen lachend einen Faun umringten, dem die Augen verbunden waren. Im Hintergrund sah die Heilerin die Kleine im weißen Kleid. Sie hatte die Arme seitlich ausgestreckt. Sie stand jetzt auf zwei schwarzen Platten.

Adelayne ging zurück, und Leynelle gesellte sich zu ihr. Auf dem ersten Bild stand das Mädchen auf einer schwarzen Platte, die Beine eng geschlossen.

»Das Hüpfspiel«, bemerkte die Zauberweberin. »Früher hab ich das auch oft gespielt. Aber ich hatte keinen so schönen Hof. Ich hab mir die Felder in den Sand gezeichnet.«

Adelayne lachte auf. Das war es! »Wie einen Pfad, dem es zu folgen gilt, nicht wahr?«

Leynelle nickte nachdenklich. »Du meinst ...?«

»Ja! Vielleicht haben wir den Pfad des spielenden Kindes entdeckt.«

Was einen Anführer ausmacht

»Das ist meine Aufgabe, Herrin!«, beharrte Nanduval.

»Ich verlange von niemandem, der mir folgt, etwas, was ich nicht, ohne zu zögern, selbst tun würde«, fegte Alathaia den Einwand ihres Hauptmanns beiseite. »Ich erteile dir hiermit den Befehl, nicht länger im Weg zu stehen.« Sie sah, wie es im Gesicht Nanduvals arbeitete, wie er mit dem Widerspruch rang, ihr geschworen zu haben, Schaden von ihr abzuwenden, aber auch, ihr bedingungslos zu gehorchen.

Sie wartete nicht ab, wie er sich entschied, sondern schob ihn sanft zur Seite. Die Bilder auf den Mosaiken waren erstaunlich deutlich gewesen. Die Reihen dort wiesen genauso viele schwarze und weiße Platten nebeneinander auf wie der Gang vor ihr. Sie wusste genau, auf welcher Platte sie beginnen musste. Entschlossen trat sie auf das schwarze Feld. Sie sprang, landete in der nächsten Reihe mit gespreizten Beinen. Ihre Füße standen in der Mitte zweier schwarzer Platten. Ein weiterer Sprung. Dieses Mal landete sie nur auf einem Bein, das linke Bein hielt sie angewinkelt. Ein weiterer Sprung. Erneut stand sie breitbeinig.

Die nächste Bewegung endete mit geschlossenen Beinen auf einer Platte. Alathaia rief sich die Mosaikbilder in Erinnerung. Sie machte die nächsten Sprünge. Es den Pfad des spielenden Kindes zu nennen traf es sehr gut. Doch nun war der Punkt erreicht, an dem sie alle auf den neun Mosaikbildern mit Kindern gezeigten Positionen einmal eingenommen hatte. Wie ging es jetzt weiter? Sollte sie alles wiederholen? Oder war die Gefahr überwunden, und sie konnte normal weitergehen?

Sie war Fürstin, weil sie dazu geboren worden war. Aber sie war beliebt und respektiert, weil sie nie davor zurückgeschreckt war, Entscheidungen zu treffen. Das war es, was einen Anführer ausmachte. Niemals zu verharren und sich dem Zweifel zu ergeben. Es war unausweichlich, Fehler zu machen. Auch wer sich zu gar nichts entschied, entging dem nicht. Also würde sie kühn und zugleich besonnen vorangehen. Sie glaubte nicht, dass es hier schon vorbei war. Die Knochen lagen noch ein ganzes Stück vor ihr.

Alathaia atmete tief ein, legte den Kopf in den Nacken und lockerte ihre Schultern. Sie umfasste das Amulett, das sie Laurelin abgenommen hatte. »Blicke voraus«, sagte sie leise. Zwei Bilder überlagerten einander. Sie sah sich springen. Es schien gut zu gehen. Aber vielleicht dauerte es ja auch länger als nur ein paar Herzschläge, bis sie das Verhängnis ereilte.

Zu zögern war einer Fürstin nicht würdig. Sie hatte alle Möglichkeiten, ihrer Entscheidung ein Fundament zu geben, ausgeschöpft. Es gab einfach keine Gewissheit. Nun war es an ihr zu handeln, und sie hüpfte mit geschlossenen Beinen auf die nächste schwarze Platte.

Alathaia war sich sicher, dass Leynelle es genießen würde, sie sterben zu sehen. Und auch für Adelayne wäre es nicht schlecht. Sie könnte zu Emerelle zurück und verkünden, dass ihr Auftrag erfüllt war.

Nanduval würde nichts unversucht lassen, um sie zu retten, und sich dabei vermutlich umbringen. Und Laurelin? Er würde einfach mit Leynelle gehen. Wie er zu ihr stand, konnte Alathaia auch nach all den Tagen, die sie gemeinsam gereist waren, nicht sagen.

Beherzt wiederholte sie das Muster der Sprünge. Und dann noch ein drittes Mal. Sie erreichte die Knochen. Alle Schnitte durch das Gebein waren vollkommen glatt. Es gab keine Splitter, nirgends eine ausgefranste Stelle. Jeder Schädel war mehrfach durchtrennt. Sie sah sogar sauber durchgeschnittene Zähne.

Nicht aus dem Rhythmus kommen!, ermahnte sie sich stumm.

Zu seinem Wort stehen

Vor langer Zeit in Langollion

Asamee sah die weiße Turmruine, vom Licht der sinkenden Sonne in blasses Rosa getaucht. Sie zitterte, obwohl der riesige Drache sie in eisernem Griff hielt. Ihre Kinder hingen schlaff in den Krallen der Bestie. Soweit sie sehen konnte, war keines verletzt. Erschöpft von ihren Schreien und von Furcht übermannt, waren sie schon vor mehr als einer Stunde ohnmächtig geworden.

Sie schwebten jetzt hoch über der uralten Turmruine. Gewiss wäre es der Himmelsschlange ein Leichtes gewesen, mit ihnen über die Albenpfade hierherzukommen. Das Ungeheuer hatte einen unvergesslichen Schrecken in ihre Herzen pflanzen wollen. Angst machte gefügig, und sie war sich sicher, dass dies das Ziel der Bestie war: das ganze Fürstenhaus von Langollion gefügig wissen.

Du glaubst, du kennst mich?

Er war immerzu in ihren Gedanken. Sie hatte keinen Weg gefunden, ihn auszusperren. Er hatte sogar vor ihren Augen die Gestalt Gyldions angenommen und ihr erklärt, er werde sie in Zukunft wieder besuchen. Sie würde nie wieder sicher sein, wirklich ihren Gemahl in den Armen zu halten.

Du solltest offen sein für Verbesserungen in deinem Leben, verhöhnte sie die Stimme in ihrem Kopf. *Dein Mann ist ein Verräter. Die Frau, die ihm nach dir, verehrte Asamee, am meisten vertraut hat, hat er schändlich hintergangen. Ich hingegen stehe stets zu meinem Wort.*

Obwohl der Flug wohl zwei Stunden gedauert haben musste, machte ihr die Höhe immer noch panische Angst. Ihr Mann war kein Verräter. Er hatte es aus Liebe zu ihr getan, das wusste sie. Er hatte alles für sie und die Kinder aufgegeben. Sie würde bis zum Ende zu ihm stehen.

Du wirst mich also nicht lieben?

»Wie könnte ich?«

Er tat einen Seufzer. Wie sehr sie seine verlogene, herablassende Art hasste!

Liebesgeschichten zwischen uns Himmelsschlangen und Elfendamen müssen wohl stets tragisch enden. Einst hat mein goldener Bruder, obwohl er es sich so sehr wünschte, keine wahre Liebe für die schöne Aillean empfinden können, der er den Rosenturm unter uns schenkte.

Asamee vermied es, in die Tiefe zu blicken. Die Ruine lag mehr als tausend Schritt unter ihr.

Und nun sehe ich, dass du meine Gefühle für dich nicht erwidern kannst. Wie traurig. Aber gut, so sei es. Würdest du sagen, dass ich dich unbeschadet nach Langollion gebracht habe?

»Unbeschadet? Meine Kinder sind ohnmächtig vor Angst, und mir geht es kaum besser!«

Es ist schade, dass Ihr so furchtsam seid. Ein Flug durch den Himmel ist etwas Großartiges. Ich entschuldige mich, dass es für Euch ein Ungemach wurde, meine Dame. Aber Ihr werdet mir wohl zustimmen, dass Ihr körperlich völlig unbeschadet seid.

Was für eine alberne Wortklauberei! »Ja!«, rief sie ärgerlich.

Dann habe ich mein Wort also gehalten …

Er lockerte seinen Griff. Entsetzt klammerte sich Asamee an die Krallen. Jetzt öffnete er sie ganz, schüttelte seinen riesigen Fuß, und sie verlor den Halt.

Lebe wohl, schöne Asamee.

Und sie sah ihre Kinder stürzen! Sie waren noch immer ohnmächtig. Sie brauchte einen Zauber … Ihre Gedanken überschlugen sich.

Die Turmruine kam rasend schnell näher. Die Kinder retten, dachte sie … Aber wie? Und dann begriff sie, dass die Zeit, noch einen rettenden Zauber zu wirken, verstrichen war.

Heimkehr

Vor langer Zeit vor der Küste Langollions

»Du wirst mein Banner nach Langollion tragen und meine Rückkehr verkünden!«

Vanduin sah durch seinen Fürsten hindurch. Sie hatten eine weite Bucht im Süden Langollions erreicht. Die ersten Schiffe lagen schon vor Anker. Es war ein abgelegener Ort. Niemand war dort, um sie zu begrüßen.

Vanduin wusste nicht, was er im Palast sagen sollte oder in Rosan oder in den Dörfern. Ja, sie lebten. Gyldion hatte es geschafft, sein Heer zurückzuführen. Morgen würden Mütter dankbar ihre Söhne in den Arm nehmen, Väter würden vor ihren Kindern niederknien und ihnen sagen, wie groß sie geworden seien. Und die Kinderaugen würden funkeln vor Begeisterung, dass ihre heldenhaften Väter oder Mütter zurückgekehrt waren. Und nur ganz langsam würde sich herausstellen, was nicht mit ihnen zurückgekehrt war: ihre Ehre!

Sie alle hatten ihrem Fürsten die Treue gehalten, die Blutkönigin jedoch verraten. Sie waren ausgezogen, um die Tyrannei der Himmelsschlangen zu brechen. Nun waren sie gebrochen. Nur noch ein Schatten derer, die sie gewesen waren, als sie Langollion verlassen hatten.

Ilak hatte die Waffen gestreckt, als ihr klar geworden war, dass keine Pegasi in den Himmel steigen würden, um zu kämpfen, denn sie hatte so viele aus ihrem Heer retten wollen wie nur möglich. Doch sie hätte die Himmelsschlangen besser kennen sollen!

Vanduin hatte die Blutkönigin seit der Besprechung in ihrem Zelt nicht mehr gesehen. Er hatte in der Nacht vor der Schlacht zu ihr gewollt, doch tausend Kleinigkeiten hatten ihn aufgehalten.

Die Drachlinge hatten die Krieger Langollions nach der Schlacht schnell zur Küste gebracht, damit sie sich einschifften. Über alle anderen Überlebenden des geschlagenen Heeres gab es nur Gerüchte. Es hieß, sie hätten vor den sieben roten Felsnadeln begonnen, ein großes Grab auszuheben. Und man munkelte, es gäbe den Plan, sie dort lebendig zu begraben.

»Hörst du mir zu?«, fuhr Gyldion ihn zornig an.

Vanduin richtete den Blick auf seinen Fürsten. Gyldion wich einen Schritt vor ihm zurück. Was für ein Feigling er geworden war, dachte Vanduin. Sie alle! »Ich werde dein Banner dem Heer voraustragen und deine Ankunft verkünden, wie ich es geschworen habe«, sagte er mit tonloser Stimme.

Er sah Scham und Zorn im Blick seines Fürsten. Gyldion schaute zur Küste hinüber. »Es ist zu spät, um noch anzulanden. In der Bucht liegt die Flotte geschützt.« Er sprach zu niemand Bestimmtem, redete, damit sich kein lastendes Schweigen auf die Gruppe der Ritter und Seeleute senkte. »Wenigstens sind wir lebend zurückgekehrt. Das ist doch was …«

Niemand sagte etwas dazu.

Sternenhuf wurde über eine Rampe aus dem Frachtraum auf das Hauptdeck des Dreimasters geführt. Er schnaubte unruhig und keilte aus. Wie alle anderen Pegasi war er während der ganzen Überfahrt unter Deck eingesperrt gewesen.

»Darf ich mich um ihn kümmern, Hoheit?«, fragte Vanduin mit verletzender Förmlichkeit.

Gyldion sah ihn enttäuscht an. Dann bedeutete der Fürst der

Ritterin, die das Rosenbanner Langollions hielt, ihm die Fahne des Fürstentums zu übergeben. »Erfülle deine Pflicht, Bannerträger. Steig in den Sattel, und verkünde unsere Heimkehr!«

Vanduin verneigte sich knapp und nahm die Fahne Langollions entgegen. Er war erleichtert, als er die kurze Treppe zum Hauptdeck hinabstieg.

Sternenhuf begrüßte ihn mit einem ausgelassenen Wiehern. Der große Hengst drückte ihm die Nüstern gegen den Hals. Das Fell des Pegasus hatte an Glanz verloren. Wind und Sonne würden das ändern.

Der Pegasus war gesattelt und aufgezäumt. Vanduin tätschelte ihm den Hals, und er musste an Zachri denken, der ihm mit einem Silberteller das Leben gerettet hatte. Ob der Kobold die Schlacht wohl überlebt hatte? Doch selbst wenn, wäre er jetzt mit allen anderen lebendig begraben.

Vanduin sprang in den Sattel und ließ sich von einem Pferdeknecht die langen Zügel reichen. In der Linken hielt er das Rosenbanner. Er würde es nie wieder mit Stolz tragen, dachte er bitter. Wenn dieser letzte Dienst getan war, dann würde er Gyldion die Gefolgschaft aufkündigen.

Er ließ den Pegasus ein paarmal über das Hauptdeck auf und ab gehen. Die anderen Krieger, aber auch die einfachen Seeleute oder die Bogenschützinnen aus Rosan, sie alle mieden seinen Blick. Und auch er mochte niemandem in die Augen sehen. Die Schande von Darna hatte sie alle gezeichnet. An der Tat Gyldions, der seine Familie retten wollte, würden sie für immer tragen.

Er würde Langollion verlassen, dachte Vanduin. Er würde sich einen einsamen Ort suchen und dort allein mit seinen Erinnerungen leben.

Zwei Seeleute klappten ein Stück der Reling herunter. Sternenhuf nahm Anlauf. Seine Hufe donnerten über das Deck. Ohne zu zögern, sprang der große Hengst über Bord und schlug wild mit den

Flügeln. Auf dem Schiff hatte er nicht gegen den Wind laufen können, was es leichter gemacht hätte, in den Himmel zu steigen. Sie sackten durch. Seine Hufe berührten das Wasser. Zwei Herzschläge lang hatte Vanduin die Befürchtung, dass sie in der Einfahrt zur Bucht im Wasser landen würden, doch dann gewann der stolze Pegasus an Höhe.

Er drehte eine letzte Runde. Mehr als zwanzig Schiffe waren heimgekehrt. Hunderte verdankten Gyldion ihr Leben. Hatte der Fürst richtig gehandelt? Vanduin war immer überzeugt gewesen, dass sie mit den Drachentöterwaffen hätten siegen können. Gewiss um einen hohen Preis. Aber wäre die Freiheit das nicht wert gewesen?

Die Himmelsschlangen hatten die Schwertlanzen der Pegasusreiter an sich genommen. Auch die Geschosse der Speerschleudern. Von nun an waren sie fast wieder unverwundbar. Auch die größten Helden Albenmarks durften nun nicht mehr darauf hoffen, eine Himmelsschlange zu töten.

Vanduin flog gen Osten, der hereinbrechenden Nacht entgegen.

Erkennen

Vor langer Zeit an der Küste Langollions

Vanduin strich sanft über die blasse, zierliche Hand. Er spürte die gebrochenen Knochen. Ein letztes Mal blickte er auf den unverwechselbaren Rubinring. Die in Gold gefassten Steine waren zu einer Rosenblüte arrangiert. So oft hatte ihm diese Hand huldvoll einen Seidenschal gereicht, wenn er wieder einmal das Turnier der Klingen gewonnen hatte. Er hatte geschworen, sie zu beschützen.

Er deckte das weiße Laken über die Hand. Asamee lag aufgebahrt in dem von Fackeln erleuchteten Atrium der prächtigen Villa, die Fürst Gyldion einige Meilen nördlich des Rosenturms auf den Klippen am Meer errichtet hatte.

Atreos, der Hofmeister des Fürsten, sah ihn erwartungsvoll an. Der ergraute Faun mit kunstvoll gezupften Brauen und fein gestutztem Bart hatte stets großen Wert auf sein Aussehen gelegt. Doch nun war sein Haar zerrauft und seine Tunika fleckig. Er hatte sich Asche ins Gesicht gerieben. Seine Augen waren von Tränen gerötet, und doch lag in diesem Moment Hoffnung im Blick des alten Fauns, dass er, Vanduin, der Bannerträger Langollions, wortreich erklären würde, dass dies nicht war, wonach es aussah. Dass nicht Fürstin Asamee hier mit ihren Kindern aufgebahrt lag, sondern nur jemand, der ihren Ring gestohlen und zufällig auch die Statur und Haarfarbe hatte.

Vor den von roten Rosen umrankten Säulen des Atriums hatte sich die gesamte Dienerschaft der großen Villa versammelt. Alle sahen ihn erwartungsvoll an.

»Es ist Asamee«, sagte Vanduin mit tonloser Stimme.

»Sie ist aus dem Himmel gefallen«, stieß Atreos schluchzend hervor, obwohl er ihm die ganze Geschichte schon einmal erzählt hatte. »Kurz vor Sonnenuntergang. Als sei sie vom Rücken eines Pegasus gestürzt. Ein paar Bauern haben es gesehen, dazu einen Schatten, hoch oben in den Wolken. Ich ... wir ...« Der Faun blickte verzweifelt zu den Bahren. »Ihre Gesichter sind zerschmettert. Wir hatten gehofft ...«, seine Stimme stockte, und jetzt lag ein Flehen in seinen Augen, »... denn sie hatte doch vier Kinder, nicht drei.«

»Vielleicht ist Kylian ins Meer gestürzt ...« Vanduin wollte ihm nicht erklären, dass er es besser wusste, wollte nicht von der Nacht im Heerlager erzählen, in der sich Gyldion, voller Hoffnung, seine Familie zu retten, für den Weg der Schande entschieden hatte.

»Wie soll ich das nur dem Fürsten beibringen?«, fragte Atreos verzweifelt. »Sie sind in einer Sturmnacht aus der Villa verschwunden. Es war fürchterlich, als wolle der Himmel auf uns herabstürzen und das Meer die Klippen einreißen. Die Fenster sind zerbrochen. Und etwas war in der Villa ...« Das Grauen dieser Nacht stand Atreos noch ins Gesicht geschrieben. »Etwas hat sie aus den Betten gezerrt. Sie waren spurlos verschwunden, als habe der Sturmwind sie davongetragen.«

»Ich werde dem Fürsten berichten«, beruhigte Vanduin den Hofmeister. »Bereite das Haus auf Gyldions Heimkehr und die Totenfeier vor.«

Tränen rannen dem Faun über die Wangen. Atreos, der sonst ein strenger Gebieter über die Dienerschaft war, hatte jetzt keine Worte mehr. Er nickte nur.

»Ehrt das Banner des Fürsten!«, befahl Vanduin. Als er ins Atrium gekommen war, hatte er die schwere Fahne einem Damien überlassen. »Verbreitet die Kunde, dass Fürst Gyldion und das Heer zurückgekehrt sind. Und ich überbringe unserem Herrscher Kunde von dem, was sich hier ereignet hat.«

Wieder schaffte es Atreos nur zu nicken. Er hielt den Blick gesenkt wie alle hier im Atrium. Wie alle an Bord der Schiffe. Langollion würde eine Insel werden, auf der man sich nicht in die Augen sah.

Vanduin kniete vor der aufgebahrten Fürstin nieder. Er dachte an ihr Lächeln an den Turniertagen. Zwei Mal hatte sie ihn sogar getadelt, weil er zu oft siegte. »Mögest du in ein besseres Leben wiedergeboren werden, schöne Herrin von Langollion.«

Nur das Knistern der Fackeln war im Innenhof zu vernehmen. Wahrscheinlich hatte jeder aus der Dienerschaft seine Worte verstanden. Vielleicht waren sie unangemessen gewesen, aber ihn scherte nicht mehr, was man über ihn dachte. Er erhob sich und verließ ohne Abschiedsgruß das Atrium.

Vor dem Tor wartete Sternenhuf an einer Tränke. Vanduin nahm die langen Zügel auf und sprang in den Sattel.

Wie sollte er es Gyldion sagen? Wie sagte man einem Mann, dass seine Gemahlin und seine Kinder ermordet worden waren?

Sternenhuf preschte über die Lehmstraße mit ihren tiefen Karrenspuren, die vor der Villa parallel zur Küste verlief. Der Hengst breitete die Flügel aus und stieg in den Sternenhimmel empor.

Es standen kaum Wolken am Firmament. Der Himmel war von einem dunklen, samtigen Blau, der Mond eine große, silberne Sichel. Hier oben störte kein Laut. Vanduin wünschte sich, er könnte für immer hier oben bleiben. Er würde einen Ort suchen, der so leer wie der Himmel war.

Fern im Süden war ein zitterndes Leuchten zu sehen. Kein Blitz, eher eine Säule aus rötlichem Licht. Jetzt wieder. Und ein drittes Mal. Es war das Licht, das die Schlacht am Schwertlilienfeld beendet hatte. Das Feuer der Himmelsschlangen.

Sternenhuf wieherte unruhig.

Und Vanduin erkannte, dass keiner, der sein Schwert gegen die Himmelsschlangen erhoben hatte, jemals auf Frieden hoffen durfte, ganz gleich, was die Götterdrachen versprachen.

Die Blutbucht

Vor langer Zeit an der Küste Langollions

Über Stunden flog Vanduin dem rot glühenden Horizont entgegen. Das Licht flackerte und war mehr als hundert Meilen weit zu sehen. Ein Feuer, wie es die Insel noch nicht erlebt hatte.

Aus allen Himmelsrichtungen kamen Schaulustige an den Ort des Unglücks. Es war noch vor dem ersten Morgengrauen, als er die weite Bucht erreichte, in der die Flotte hätte ankern sollen. Doch alles, was es noch gab, waren verkohlte Masten und ausgebrannte Schiffsrümpfe, umspielt von der steigenden Flut.

Ein riesiger Schatten wand sich im Wasser. Eine schlangenhafte Kreatur, mehr als fünfhundert Schritt lang. Sie verließ gerade die Bucht, als Vanduin erschien. Erstaunlich schnell hielt sie auf ein Fischerboot voller Neugieriger zu.

Ein flacher Kopf, groß wie eine Galeere, schnellte empor. Das Splittern von Holz war bis hoch in den Himmel zu hören. Wo gerade noch das Boot gewesen war, schwammen nur noch ein paar zersplitterte Bretter.

Sternenhuf wieherte kampfeslustig und stürzte den Wellen entgegen. Vanduin musste ihn zügeln. »Da ist niemand mehr, den wir retten können, und wir haben keine Waffe mehr, mit der wir ein solches Untier erlegen könnten.«

Der Hengst fügte sich nur widerstrebend. Sie flogen zurück in die Bucht. Das Ufer war kahl, alles verbrannt. Selbst jetzt strahlten die nackten Felsen noch Hitze ab. Hatte die Seeschlange Feuer gespien? Hatten die Himmelsschlangen den Angriff begleitet? Es stank nach verbranntem Fleisch. Es war derselbe Geruch, der nach der Schlacht über dem Schwertlilienfeld gehangen hatte.

Etwa fünfhundert Schritt von der Bucht entfernt landeten sie inmitten von versengtem Dünengras. Eine Gruppe Kobolde hatte sich eingefunden, auch ein Faun. Sie wagten es nicht, ihn anzusprechen.

Er ging der Bucht entgegen, bis Sternenhuf scheute und die Hitze des Bodens schmerzhaft durch seine Stiefelsohlen brannte. Es hatte kein rettendes Ufer gegeben, begriff er beim Anblick der unzähligen toten Fische, die entlang der Flutmarke an der Felsküste lagen. Das Wasser der Bucht musste gekocht haben, die Felsen ringsherum geglüht. Leichenteile lagen zwischen den Fischen. Abgetrennte Gliedmaßen, einige schwarz verbrannt, andere grau wie Fleisch aus einem Kochkessel. Und der Geruch … verursachte ihm Übelkeit. Nie wieder würde er gebratenes Fleisch anrühren.

Vanduin wich ein Stück vor der Hitze zurück. Es gab keinen Lehnsherrn mehr, dem er Treue schuldete. Es gab keine Königin mehr, die ihn mit dem Mut, das Unmögliche zu wagen, verzaubert hatte. Und keinen Kobold, der ihn auf seine Fehler hinwies.

Nicht einmal ein Mond war vergangen, seit er gegen die Mammuttrolle gekämpft hatte. Er hatte sich damals unbesiegbar gefühlt, hatte davon geträumt, den Götterdrachen mit seiner Schwertlanze hoch am Himmel entgegenzufliegen.

Alle Träume waren zerstoben. Alle, die ihm etwas bedeutet hatten, tot. Er war allein und machtlos.

Sternenhuf schnaubte hinter ihm.

Vanduin lächelte bitter. Nicht ganz allein.

Als Zachri im Zelt des Fürsten geruht hatte, hatte er leise im Schlaf gemurmelt. Er hatte von Brüdern gesprochen und vom Windland. Dort würde er die Einsamkeit finden, nach der er sich sehnte, dachte Vanduin. Blieb er hier, würde er wieder und wieder die Geschichte der Schande erzählen müssen. Und er würde in den Gesichtern die stummen Fragen lesen: Warum hat er überlebt? Warum nicht mein Mann? Warum nicht meine Tochter? Endlose Fragen …

Er entfernte sich vom Strand. Gras, Büsche, Bäume, alles war von der mörderischen Hitze des Drachenfeuers gezeichnet. Ihm fiel ein großer Rosenbusch auf. Die Blüten waren in der Hitze verdorrt. An einigen Ästen hingen große Hagebutten. Die wunderschönen Rubinrosen, die rings um die Villa des Fürsten wuchsen, hatte er immer gemocht. Andernorts waren sie selten. Er brach einige der Hagebutten ab und schob sie in den Lederbeutel an seinem Gürtel. Wenn er einen einsamen Ort fand, an dem er leben wollte, würde er die Samen säen.

Er sah zu Sternenhuf. »Wir werden an einem anderen Ort neue Wurzeln schlagen«, versprach er. In Langollion gab es außer traurigen Erinnerungen nichts mehr für sie.

Zwei links, zwei rechts

Fast einen Tag saßen sie nun schon hinter dem Gang mit den schwarzen und weißen Bodenplatten fest. Vor ihnen schien ein Labyrinth zu beginnen, und niemand hatte auch nur die geringste Ahnung, worauf sie achten sollten, wenn sie es durchquerten. Aber nach der perfiden Falle im ersten Abschnitt des Grabes zweifelte keiner von ihnen daran, dass auch hier eine tödliche Gefahr auf sie wartete.

Adelayne kauerte über dem Kobold. Sie hatte all ihre Kunstfertigkeit aufgeboten, um Broja zu helfen, doch war er einfach nicht mehr aus seinem todesähnlichen Schlaf erwacht.

Irgendwo über ihnen erscholl ein Donnern, als würde ein hölzerner Rammbock gegen Mauerwerk gestoßen.

»Bring ihn zu Bewusstsein!«, drängte Alathaia. »Heile ihn!«

»Alter ist keine Krankheit«, entgegnete Adelayne gereizt.

»Wir werden ihm noch einmal von unserer Lebenskraft geben müssen.« Leynelle ließ sich neben ihr nieder. Sie legte ihr sanft eine Hand auf den Arm. »Ich weiß, dass du alles gegeben hast. Und was du sagst, ist wahr. Heilzauber werden ihm nicht helfen. Entweder wir opfern etwas von unserem Leben, oder er wird in den Tod hinüberschlafen.«

»Und wie oft können wir das tun, bis auch wir vom Tod gezeichnet sind?«, fragte Nanduval aufgebracht.

Wieder war ein Donnern über ihnen zu vernehmen, und Staub rieselte von der Decke des Grabs.

»Tut es einfach!«, befahl Alathaia. »Da oben ist etwas, was zu uns hinabwill, und ich würde ihm nur ungern begegnen.«

Das wird sich wohl kaum vermeiden lassen, wenn wir zurückgehen, dachte Adelayne und hoffte verzweifelt, dass es noch einen zweiten Ausgang aus dem Grab gab.

Leynelle legte ihre Hand flach auf Brojas magere, von Altersflecken gezeichnete Brust. Sie hauchte ein Wort der Macht, und Adelayne spürte einen tiefen, ziehenden Schmerz in ihrem Herzen.

Laurelin griff sich mit der verstümmelten Hand an die Brust. Nanduval keuchte. Und Broja schlug die Augen auf. Er sah sie verwirrt an.

»Das Grab …«, sagte Alathaia. »Erinnere dich. Wir stehen vor einem Labyrinth, wie es scheint. Ein Weg führt nach rechts, einer nach links. Welchen müssen wir nehmen?«

Der Kobold kratzte sich am Kopf. »Zwei rechts, zwei links.« Er sah Adelayne zweifelnd an. »Oder war es umgekehrt?«

»Du weißt es nicht mehr?«, fuhr Nanduval ihn an.

»Es ist eine Ewigkeit her, dass mein Vater mir die Geschichte erzählt hat. Und die verdammten Fallen waren ihm nicht das Wichtigste.«

»Was soll das denn heißen, zwei rechts, zwei links?«, fragte Laurelin auf seine unerschütterlich freundliche Art.

»Man geht ins Labyrinth, und dann biegt man zweimal rechts ab und danach zweimal links. Immer im Wechsel, bis wir es geschafft haben. Anschließend kommt der große Saal.«

»Was nun? Rechts oder links?«, fragte Nanduval.

Wieder war das unheimliche Donnern zu vernehmen, und Adelayne spürte den Boden unter sich leicht vibrieren.

»Haben wir etwas Schweres?«, wollte Broja wissen.

Laurelin zeigte ihm die Spitzhacke. »Genügt das?«

»Hatte ich nicht gesagt, wir brauchen kein Werkzeug?«, fragte der Kobold resignierend. »Dieses Grab ist von bösartigen Zaubern durchdrungen. Wenn ihr versucht, irgendwelche Wände oder Türen einzuschlagen, dann werden wir hier alle verrecken. Ihr bringt mich noch um mit eurer elfischen Unvernunft.«

Manchmal war er schwer zu ertragen, dieser kleine König der Fässer Rosans, dieser Herzog der Gosse, dachte Adelayne.

»Jetzt gerade brauchen wir das Werkzeug doch, oder?«, fragte Nanduval gereizt.

»Werft es dort links in den Gang. So weit wie möglich«, befahl Broja.

»Und dann …?«, wollte Nanduval wissen.

»Tut es einfach«, wies ihn Alathaia ruhig an.

Wieder war das schreckliche Donnern über ihnen zu hören. Ein faustgroßer Stein schlug neben Adelayne auf den Boden. Durch den

Spalt in der Decke rieselte schneeweißer Sand herab. Es fühlte sich an, als würde etwas das Grab angreifen. Aber was? Und warum, nach all den Jahrhunderten?

Laurelin schleuderte die Spitzhacke in den Gang links. Die Wege in diesem Abschnitt des Grabes waren bedrückend eng. Ging man hindurch, würden die Ellenbogen rechts und links fast die Mauern berühren. Beklemmend nach dem weiten Gang, den sie hüpfend durchquert hatten. Auch gab es hier nur wenige Barinsteine, deren Licht in der Finsternis erstrahlte.

»Mehr Gewicht«, forderte der Kobold. Seine Stimme war nach wie vor schwach, und er wirkte äußerst übellaunig.

Nanduval warf seine Schaufel in den Gang.

»Noch mehr!«, drängte der Kobold.

»Mach Licht«, wandte sich Leynelle an sie.

Adelayne konzentrierte sich auf das Licht im Tunnel mit den schwarzen und weißen Platten und bündelte einen Teil davon zu einer bernsteinfarben leuchtenden Kugel. Leynelle indes presste ihre Hände auf den Boden. Ihr Gesicht war vor Anspannung verzerrt.

Jetzt waren Platten in der rechten Seitenwand des Tunnels zu sehen. Einige trugen verschnörkelte Buchstaben und Zahlen, andere nur Wappen.

»Gräber«, bemerkte Broja. »Die Drachlinge haben richtige Gräber bekommen.«

Der Boden unter Adelayne vibrierte leicht. Ein wenig Staub wurde im engen Gang aufgewirbelt. Wie es schien, simulierte Leynelle mit dem Zauber, den sie gewoben hatte, etwas Schweres, das durch den Gang schritt. Und nichts geschah.

War der Kobold vielleicht doch nicht so hilfreich, wie sie alle gedacht hatten?

Broja entgingen ihre Blicke und deren Bedeutung nicht. Er deutete zu dem anderen Gang. »Versucht es dort. Ihr werdet sehen …«

Wieder donnerte es über ihnen. Adelayne bekam Staub in die Augen. Irgendwo in den Gängen polterten Steine zu Boden.

»Leuchtest du bitte den anderen Gang aus?«, sagte Leynelle freundlich.

Adelayne blinzelte gegen den Staub an. Ihre Augen tränten. Sie holte die Lichtkugel zurück und ließ sie nach rechts schweben. Auch hier waren Grabplatten in die Wände eingelassen.

Leynelle lenkte den Zauber der schweren Schritte in den rechten Gang. Der Boden vibrierte unter dem, was sie tat. Und nichts geschah.

»Worauf warten wir eigentlich?«, fragte Nanduval schneidend.

»Vielleicht hat die Zeit einige Fallen unbrauchbar gemacht«, versuchte Laurelin ihn zu beschwichtigen.

Auch Adelayne hatte das Gefühl, dass sie sich gerade mit Hirngespinsten aufhielten.

»Weiter«, beharrte Broja.

Wieder ertönte über ihnen das Donnern, das die ganze Grabanlage erbeben ließ.

»Weiter!«, drängte Broja. »Weiter.«

Adelayne sah ihm an, dass auch an ihm Zweifel nagten.

»Das ge...«, begann Alathaia, doch Broja fuhr ihr über den Mund.

»Bis etwa zur Mitte des Gangs! Wenn dann nichts passiert, hab ich mich ...«

Wieder war das Donnern zu hören. Ein übles steinernes Knirschen war im Gang rechts zu vernehmen, und Adelayne fragte sich, wann hier alles zusammenbrechen würde.

Plötzlich machte die rechte Wand des Tunnels einen Ruck. Dann glitt die ganze Wand vor und stieß mit Getöse gegen die linke Wand. Dort, wo gerade noch ein Tunnel gewesen war, existierte jetzt gerade einmal eine Fuge.

Broja grinste selbstgefällig und ungeheuer erleichtert. »Zwei links, so fangen wir an. Immer zweimal links abbiegen, dann zweimal rechts. So werden wir unbeschadet durch das Labyrinth kommen.«

Verfolgt

Ein abgetrennter Kopf rollte neben Melvyn die Treppenstufen hinab. Die verschrumpelte Haut entblößte gelbe Zähne. Schwarze Augenhöhlen glotzten ihn an. Und wieder erbebte die ganze Wendeltreppe. Steinsplitter und Putz lösten sich aus der Decke über ihnen.

»Wann hört der Idiot endlich auf?«, fluchte Melvyn. »Der muss doch begreifen, dass er seinen Arm nicht um die Biegung der Wendeltreppe schieben kann.«

»Der ist tot«, bemerkte Zafira. »Ich glaube, der denkt nicht mehr viel nach.«

Melvyn war von ihrer ruhigen Art beeindruckt. Er war einen Tag lang durch die Wüste gelaufen, hatte immer wieder die Richtung gewechselt und alles versucht, um den Riesen abzuschütteln, aber es war ihm einfach nicht gelungen. Zafira hatte schon vorgeschlagen, dass sie durch einen Albenstern von der Insel flüchten sollten, denn wie lange konnte man eine solche Hetzjagd durchhalten? Neben dem Riesen folgten ihnen auch allerlei andere Gruftgestalten. Damien und Elfen, Kentauren und Zwerge. Sogar einen Minotaurus mit halb skelettiertem Stierschädel hatte er unter ihren Verfolgern ausgemacht. Aber sie alle waren langsam. Selbst den Pferdemännern davonzulaufen machte keine Schwierigkeiten. Nur den Riesen hatte er einfach nicht abschütteln können. Ein Schritt des Hünen war so gut wie fünfzehn von seinen Schritten.

»Komm schon!«, sagte die Lutin.

Melvyn war auf der Wendeltreppe stehen geblieben und sah zurück. Irgendwie hatte er die Befürchtung, dass sich der Knochenarm am Ende doch schlangengleich um die Windungen der Wendeltreppe biegen würde. Aber stattdessen krachte er immer wieder wie ein Rammbock in den Eingangsbereich der Treppe.

»Ich verstehe das nicht. Der hat nicht einmal einen Kopf. Wie hat er uns sehen können?«

»Der ist nicht mal lebendig, wie kann er da herumlaufen?«, zog ihn die Lutin auf.

Sie hatte ja recht, dachte Melvyn. Und dennoch ... Dieser Riese war ein einziges Ärgernis.

Die Treppe endete in einem weiten Saal, in dem Tafeln für ein Festmahl aufgestellt waren.

Zafira hob warnend die Hand. »Die anderen sind schon hier gewesen. Wir sollten ihren Spuren folgen. Hier im Grab gibt es sicher jede Menge Fallen. Gut, dass jemand vor uns geht. Das erspart uns endlose Grübeleien und Blutvergießen.«

»Und wenn sie den Einfall haben, eine falsche Fährte zu legen, um uns in eine Falle laufen zu lassen?«

Zafira drehte sich zu ihm um und sah ihn kopfschüttelnd an. »Hoffen wir einfach, dass sie niemanden wie dich dabeihaben und auf so was nicht kommen. Wir müssen ...« Knirschend schob sich eine große Steintür vor den Durchgang am Ende des Festsaals.

Etwaige Fallen ignorierend, lief Melvyn los, packte eine der schweren Steinbänke und versuchte sie in den Durchgang zu schieben, bevor er ganz blockiert war. Zafira eilte ihm, nach kurzem Zögern, zu Hilfe. Aber sie schafften es nicht.

Resignierend klopfte Melvyn die Steintür ab. »Dick wie eine Mauer.«

»Wir werden herausfinden, wie man sie öffnet.« Die Koboldin deutete auf die Bodenmosaiken. »Dort gibt es bestimmt einen Hinweis, was zu tun ist.«

Melvyn betrachtete skeptisch die Bilder vom Hofleben und von spielenden Kindern. Das war nicht seine Welt. Selbst wenn es dort Hinweise gab, würde er sie ganz gewiss nicht entdecken.

Es donnerte über ihnen im Treppenschacht. Teile einer zerbrochenen Stufe rollten in den Saal. Vielleicht würde sich der Riese ja bis zu ihnen durcharbeiten und für sie die Steintür öffnen.

»Was grinst du?« Zafira wirkte zuversichtlich, ja sogar gut gelaunt.

»Du wirst die Tür schon aufbekommen«, sagte er halbherzig. »Und wenn wir lange genug warten, erledigt der Große das eventuell für uns.«

»Der wird wissen, dass wir noch hier drin sind. Da müssen wir uns …«

Eine Gruftgestalt kroch von der Wendeltreppe in den Festsaal. Sie besaß keine Beine mehr und zog sich mit den Armen vorwärts. Auf dem glatten Mosaikboden hatte sie sichtlich Mühe, Halt zu finden. Die leeren Augenhöhlen starrten zu Melvyn.

Er legte die Krallenhände an. »Ich halte uns den Rücken frei, und du machst die Tür auf.«

Der Wasserträger

Vor langer Zeit auf Darna

Sie waren noch etwas mehr als dreihundert, schätzte Zachri. Sieben Jahre hatte die Arbeit an dem Grab gedauert, und er wusste, er würde längst nicht mehr leben, wenn Ilak ihn nicht beschützt hätte. Warum sie ihn allen anderen vorgezogen hatte, hatte er nie begriffen. Aber er hatte vorsichtshalber auch nicht nachgefragt.

Heute hatten sie alle ein exquisites Mahl erhalten. Sie hatten in dem Saal am Eingang des Grabes getafelt. Seit der Nacht in Fürst Gyldions Zelt hatte Zachri nicht mehr so gut gegessen. Er lächelte bitter. Er würde es nie wieder tun. Er gehörte zu jenen, die ihren Kelch hatten stehen lassen. Im Moment war er noch stolz darauf, doch er ahnte, dass die Stunde kommen würde, in der er sich dafür verfluchte. Sie würden lebendig in dem Grab eingemauert werden. Die Himmelsschlangen hatten ihnen erklärt, was sie erwartete. Dass sie vor Durst sterben würden und dass ein üppiges, gut gewürztes Mahl den Tod noch schlimmer machen würde.

Soweit Zachri gesehen hatte, hatte sich niemand bei den Speisen zurückgehalten. Einen Kelch voll Wasser hatte jeder mitnehmen dürfen. Es gab keine Hoffnung auf Rettung, davon war Zachri überzeugt. Etwas Wasser dabeizuhaben würde die Leiden nur verlängern. Jetzt ging es allein darum, Haltung zu bewahren. Das war alles, was sie noch hatten. Ihren Stolz.

Sie waren in den großen Saal vor dem goldenen Tor gebracht

worden. Hier wie auch im Labyrinth waren die Wände bedeckt mit Grabplatten. In Tausenden Nischen ruhten die sterblichen Überreste der Drachlinge. Jeder von denen hatte ein Grab bekommen, egal ob Mammuttroll, Fledermauself oder Damien. Ihre Toten hingegen lagen draußen, meist unbestattet. Immer wieder hatte Zachri sie gesehen. Er war die meiste Zeit in den letzten Jahren Wasserträger gewesen, weil seine Kraft für die Arbeit in den Steinbrüchen bei den sieben Nadeln nicht ausgereicht hatte. Unzählige Male war er zum Fluss und zurück gegangen. Hatte jene gesehen, die sich zu Tode geschuftet hatten, und jene, die das Glück gehabt hatten, schon in der Schlacht zu sterben. Sie verrotteten nicht, wie Tote es eigentlich tun sollten. Es kamen keine Füchse oder Raben, um von ihnen zu fressen, nicht einmal Maden oder Würmer. Es schien, als würde alles, was lebte, jene meiden, die mit der Blutkönigin gezogen waren. Und gestern, als er zum letzten Mal Wasser holen gegangen war, da hatte sich einer der Toten, an denen er so oft vorübergegangen war, aufgesetzt und ihm nachgeschaut.

Der Flammende war die einzige der Himmelsschlangen, die gekommen war, um dem Ende beizuwohnen. In Elfengestalt hatte er sie in den weitläufigen Grabpalast begleitet, doch im großen Saal vor dem goldenen Tor hatte er dann Drachengestalt angenommen. Trotz seiner eindrucksvollen Abmessungen war der Saal zu klein für ihn. Er musste den geschuppten Schwanz einrollen und seine Flügel auf dem Rücken falten.

»Einer von euch wird dieses Grab heute verlassen.« Seine Stimme war überall, wie jene des Sonnendrachen, die den Himmel über dem Heerlager an der Küste gefüllt hatte.

Er neigte den Kopf ein wenig zur Seite. Seine großen gelben Augen blickten hinauf zu dem goldenen Tor. »Dort oben.« Seine Schnauze bewegte sich nicht. Seine Lefzen zuckten nicht. Nichts deutete darauf hin, dass die durchdringende Stimme von ihm kam.

»Einer von euch wird gehen. Man braucht immer einen, der geht. Sonst gibt es ja niemanden, der die Geschichte erzählt. Alle Albenkinder sollen wissen, was mit jenen geschieht, die sich gegen die Ordnung der Alben erheben. Uns, die Himmelsschlangen, haben die Schöpfer zu ihren Statthaltern auserwählt. Glaubtet ihr wirklich, dass es je Hoffnung gab, dass ihr siegen würdet?«

Er schwenkte den Kopf und sah die Gefangenen an, die an beiden Seiten des großen Saals in langen Reihen standen. Zachri hatte das Gefühl, dass die gelben Augen einen Herzschlag lang auch auf ihm ruhten.

»So viele Todgeweihte, eine ewig Verdammte und einer, der entkommen wird.« Ein leises Lachen brach sich in Echos an den Wänden der Halle. »Was für ein Abend! Selbst ich, der ich in meinem Leben, alt wie die Welt, schon alles gesehen habe, werde mich an diesen Tag erinnern. Nun, Ilak. Wer ist dein Auserwählter? Oder wird es eine Kriegerin sein, die entkommt?«

»Ich wähle Zachri Büffelfuß«, sagte die Blutkönigin mit fester Stimme.

Zachri schluckte. Er begriff es nicht. Sie alle waren Helden, die durch diese sieben Jahre gegangen waren. Töchter von Fürsten, großartige Fechter, Bogenschützinnen, die nie fehlten. Und wer war er? In den letzten sieben Jahren vor allem ein Wasserträger. Warum er?

Unzählige eisige Blicke trafen ihn. Doch keiner entehrte sich, indem er murrte.

»Der Kleinste soll also überleben. Wird ihm einer seine Geschichte glauben?«, höhnte die Stimme, die von überall zu kommen schien. »Du hast hier Dragasch, den Zwergenfürsten aus den Ehernen Hallen. Sein Wort hat Gewicht. Er wird gehört werden. Aber ein Kobold ...«

»Meine Entscheidung ist gefallen«, entgegnete die Blutkönigin ruhig.

»Dann gehe an den Ort, der dir bestimmt ist, und lege dein Kleid an.«

»Komm, Zachri!« Die Blutkönigin glitt auf die Treppe zu, die hinauf zur Empore führte. Manchen der Krieger, an denen sie vorbeikam, nickte sie zu.

Zachri folgte ihr, den Blick auf den sich windenden Schlangenleib gerichtet. Er ertrug es nicht, wie sie ihn ansahen. Ertrug nicht ihr bitteres Schweigen. Er hatte bekommen, wovon alle hier geträumt hatten. Aber wofür? Er war der Geringste von allen. Der einzige Kobold im Heer der Blutkönigin.

Stolz aufgerichtet, jeder Zoll eine Königin, glitt Ilak die Stufen zur Empore hinauf. Zachri hatte das Gefühl, dass ihm mit jeder Stufe die Beine schwerer wurden.

Endlich sah er vor sich das goldene Tor. Ilak selbst hatte es für ihr Gefängnis erschaffen. Ihre Gestalt war in das polierte Metall gegraben.

Niemand folgte ihnen auf ihrem Weg.

Zachri war die Stille im Grab unheimlich. All die Gefangenen fügten sich wortlos in ihr Schicksal. Die elende Himmelsschlange sagte nichts mehr. Sie hatte in den sieben Jahren die Arbeiten am Grabpalast überwacht.

Auch Zachri kannte hier jeden Winkel und jede Falle. Er wusste, dass es aus der Kammer hinter dem goldenen Tor keinen Fluchtweg gab. Was sollte die Geste, ihn hier mit der Königin hinaufgehen zu lassen, und was für ein Entkommen sollte ihn dort erwarten?

Ihm fiel auf, dass das Auge der Ilak aus Gold ein wenig missraten war. Es sah aus, als fehle etwas.

Der Flammende hatte sein Haupt erhoben, sodass er auf einer Höhe mit dem Tor war. Seine großen Augen blickten mitleidlos auf Zachri hinab.

Ilak wandte sich nicht um. Hoch aufgerichtet, glitt sie in die Kammer, die sie nie mehr verlassen sollte. Ein paar Dinge hatten sich verändert, seit Zachri zum letzten Mal hier gewesen war, um Steinmetzen und Zimmerleuten Wasser zu bringen. Die Stützgerüste für das steil aufsteigende Kreuzgewölbe waren verschwunden. Die weiß verputzten Wände waren mit sehr echt wirkenden Flammen bemalt.

»Sterbe lang, Rebellin«, war die Stimme des Flammenden zu vernehmen, leise zwar, aber so deutlich, als stünde er direkt hinter Zachri.

Mit einem Scharren schloss sich das goldene Tor.

Auf den Boden der Kammer war ein doppelter Kreis gemalt. Nur etwas mehr als eine Handbreit trennte das innere vom äußeren Rund. Der Raum dazwischen war mit merkwürdigen Symbolen gefüllt, Schlangenlinien, die sich zu verändern schienen, wenn man nur lange genug hinschaute.

Inmitten des Doppelkreises erhob sich eine Jadesäule, die Ilak bis zur Hüfte reichte. Darüber war ein grobes Kleid gelegt, von dem schwarz glänzende Seile hingen, die nach Pech stanken.

Ohne Scham legte die Blutkönigin ihr schlichtes rotes Kleid ab. Ihre Schuppen glänzten wie reines Gold im Licht des Barinsteins, der als Schlussstein in das Kreuzgewölbe eingelassen war. Der Stein schien beschädigt zu sein. Sein warmes Licht flackerte unstet wie die Flammen eines Feuers.

Obwohl Zachri nur ein dünnes Leinenhemd und eine fadenscheinige Hose trug, wurde ihm warm. Schweiß rann seinen Rücken hinab.

Es lag eine Spannung in der Luft, die Zachri inzwischen kannte. Etwas, was leicht auf der Haut kribbelte und ein unangenehmes Gefühl im Bauch verursachte. Etwas, was dafür sorgte, dass sich die feinen Härchen überall am Körper aufrichteten. Jeden Augenblick würde machtvolle Magie gewoben werden, oder vielleicht wirkte sie schon, und es fehlte ein letztes Ereignis, damit sichtbar wurde, welchem Zweck sie diente.

Die Blutkönigin streifte sich das plumpe, schmutzigweiße Kleid über. Es hatte lange Ärmel und reichte bis zum Boden. Es passte so gar nicht zu der Eleganz, die sie sich selbst in den letzten sieben Jahren immer bewahrt hatte. Die aufgenähten Seile glänzten wie Zöpfe aus fettigem, schwarzem Haar.

Das Kleid hatte ein Buch mit einem Einband aus abgegriffenem roten Leder verborgen, das auf der Säule lag.

Zachri hatte dieses Buch schon verschiedentlich gesehen. Auch hierauf hatte er Ilak nie angesprochen. Wenn sie über etwas reden wollte, dann tat sie es von sich aus. Wenn sie sich in Schweigen hüllte, war es sinnlos, sie zu bedrängen. Er hatte die anderen Gefangenen von dem Buch reden hören. Angeblich waren alle ihre Geheimnisse der Blutmagie darin niedergeschrieben. Und nicht wenige derer, die dort unten in dem großen Saal standen, hatten bis zuletzt darauf gehofft, dass die Blutkönigin noch einen letzten Zauber wirken könnte, der ihrer aller Schicksal wendete.

»Warum hast du nicht weitergekämpft?«, brach es unvermittelt aus Zachri heraus. »Du bist Ilak, die Eine, die den Himmelsschlangen gewachsen ist.«

Sie blickte mit ihren goldenen Augen auf ihn herab. Sie war so einschüchternd groß, nur dass sie diese unheimliche schlangenhafte Anmut besaß. »Du kommst aus der Zukunft, Zachri. Sag du es mir.«

»Ich …« Er hob resignierend die Hände.

»Du kommst aus einer Zukunft, in der es keine Himmelsschlangen mehr gibt, oder irre ich mich?«

»Ja …«, antwortete er zögerlich und erinnerte sich, dass sie ihn am Anfang ihrer Gefangenschaft einmal danach gefragt hatte.

Sie lächelte. »Ja, einmal bin ich schwach geworden. Und deshalb bleibe ich hier und begehre nicht mehr auf. Es ist ein Fluch, etwas über die Zukunft zu wissen, denn man verliert alle Freiheit. Seit ich weiß, dass die Himmelsschlangen besiegt sein werden, stelle ich mir immer wieder die Frage, wie es geschah. Spiele ich eine Rolle dabei? War mein Kampf wichtig? Hat er Ereignisse angestoßen, die zum Untergang der Himmelsschlangen führten? Und was wird geschehen, wenn ich noch einmal aufbegehre? War dies in der Zukunft, aus der du kommst, vorgesehen? Oder wird es alles verändern? Würde es die Himmelsschlangen vielleicht stärker machen, wenn ich jetzt Widerstand leiste und nicht siege? Du, Zachri, warst in den letzten Jahren mein Maß, ob ich alles richtig mache. Denn sollte sich die Zukunft durch meine Taten grundlegend verändern, dann würdest du wahrscheinlich nie geboren. Dich jeden Tag um mich zu sehen hat mich beruhigt, denn so wusste ich, es wird eine Zukunft geben, in der die Tyrannen fallen. Daraus ziehe ich die Kraft, alles zu ertragen. Und aus dem Gedanken an Vanduin. Ich weiß, er wird kommen und mich holen.«

Zachri sah sie fassungslos an. Er hatte nicht alles verstanden, was sie gerade gesagt hatte, und ihre Ideen kamen ihm einigermaßen verworren vor. Er hatte gedacht, es habe so etwas wie Freundschaft zwischen ihnen gegeben. Stattdessen war er nur ein lebendes Zeichen dafür, dass die Zukunft noch in Ordnung war. Er dachte an ihre Rede über den Minenvogel. Es hatte sich also all die Jahre nichts geändert! Was war er für ein Dummkopf, es nicht gemerkt zu haben!

»Du gehörst nicht in diese Zeit, und dies hier ist nicht dein Kampf, Zachri Büffelfuß. Deshalb bist du hier. Du musst zurückkehren, und ich möchte dich um einen letzten Dienst bitten. Finde Vanduin. Er soll wissen, dass ich ihm nie gezürnt habe. Sie haben ihn nicht in den Himmel steigen lassen, um zu kämpfen. Er war kein Verräter, da bin ich mir ganz sicher.«

Zachri nickte. Dann machte er eine hilflose Geste. »Und wie komme ich hier weg?«

»Indem du mich lebendig in Flammen setzt.«

Die Hosen herunterlassen

Vor langer Zeit auf Darna

Zachri traute seinen Ohren nicht. »Was?«

»Ich muss in Flammen stehen, dann kann alles beginnen. Die Himmelsschlangen wissen, dass ich nicht verhungern oder verdursten werde. Ich bin von anderer Beschaffenheit. Und sie vermuten, dass ich mit meiner Zauberkraft und meinem Einfallsreichtum einen Weg aus dem Grab heraus finden werde. Ich denke, es war der Flammende, der über mein Schicksal entschieden hat und der die Zauber wob, die hier zusammenspielen werden.«

»Können sie dich nicht einfach töten, wenn sie sich vor dir fürchten?«

»Himmelsschlangen denken anders. Für sie wäre das ein Eingeständnis von Schwäche. Ein Zeichen, dass sie meiner nur Herr werden können, wenn sie mich schlachten. Sie wollen etwas viel Abschreckenderes. Deshalb muss jemand mit mir in diese Kammer gehen, und er muss sie verlassen, um meine Geschichte zu erzählen.«

Wieder diese verqueren Gedankengänge! Vielleicht musste man teilweise eine Schlange sein, um Himmelsschlangen zu verstehen. »Und wie werde ich die Kammer verlassen?«

»Wenn du mich in Flammen setzt, wird der Zauber, der in den Bannkreisen gewoben ist, zu wirken beginnen. Der innere Kreis wird sich langsam auf die Säule im Herzen des Bannkreises zubewegen, sodass der mit Drachenrunen gefüllte Ring zwischen beiden Kreisen immer breiter wird. Die Himmelsschlangen gehen davon aus, dass ich gegen die Flammen ankämpfen werde. Ich werde entsetzlich leiden, aber nicht sterben. Sobald ich zusammenbreche, wird der innere Ring zurückweichen, bis es zwischen ihm und dem äußeren Ring nur noch einen fingerbreiten Abstand gibt. In diesem Augenblick meiner größten Schwäche öffnet sich etwa dort, wo du gerade stehst, ein magisches Portal, das mit dem Goldenen Netz verbunden ist, genauer gesagt, mit einem großen Albenstern. Mit jedem Herzschlag verbindet es sich mit einem anderen Albenstern. So ist dafür gesorgt, dass man dieses Tor niemals von außen finden kann, denn es ist ja jeden Augenblick an einem anderen Ort. Niemand wird also durch das Tor hierherkommen können, um mich zu holen. Es führt nur hinaus, nicht hinein.«

Zachri fuhr sich nervös mit der Zunge über die Lippen. »Also werde ich irgendwo in Albenmark durch einen Albenstern treten? Wenn ich Pech habe im Verbrannten Land oder beim Waldmeer?«

»Der Flammende hat mir gesagt, man kann den Ort beeinflussen, an dem man erscheint, indem man fest daran denkt, wohin man möchte. Du wirst dann durch den nächstgelegenen großen Albenstern treten und dann …«

»Aber werde ich auch in meine Zeit zurückkehren?«, platzte es aus Zachri heraus. »Ich will nicht irgendwo in der Vergangenheit stranden.«

»Das weiß ich nicht«, bekannte Ilak. »Aber du wirst entkommen.«

»Und vorher muss ich mit ansehen …« Er mochte es nicht aussprechen und wollte es sich auch nicht vorstellen, dabei zuzusehen, wie die Blutkönigin lebendig verbrannte.

»Du wirst mich nicht sterben sehen, Zachri. Der Drachenzauber ist perfide. Kurz bevor ich sterbe, verlöschen die Flammen, und ich habe ein Portal vor Augen, durch das ich an jeden Ort gelangen könnte, den ich je besucht habe. Oder zumindest in dessen Nähe. Aber ich werde zu geschwächt sein, um mich zu erheben. Und sollte ich es doch irgendwie schaffen, wird sich der schmale Ring zwischen den beiden Bannkreisen mit Flammen füllen, die noch heißer sind als jene, die mich zuvor gepeinigt haben. Sie werden das letzte Leben aus mir herausbrennen, wenn ich versuche, sie zu durchqueren. Da ich eine Kämpferin bin, werde ich meine Blutmagie nutzen, um mich zu heilen. Ich werde die Lebenskraft aus allem, was um mich herum lebendig ist, ziehen. Also werde mutmaßlich ich es sein, die meine letzten Gefolgsleute tötet, noch bevor sie verdursten. Während ich mit meiner Zauberkraft meine Wunden heile, entsteht das mit den Pechzöpfen behängte Kleid an meinem Leib ebenfalls neu. Zugleich beginnt der innere Kreis des Bannkreises wieder zu wandern. Sobald ich mich von den Verbrennungen erhole, wird der runengefüllte Ring zwischen den beiden Kreisen breiter. Der Weg, den ich durch ihn zum rettenden Portal zurücklegen muss, wird damit länger. Wenn ich mich dann fast ganz erholt habe, wird der innere Kreis so eng, dass ich die vorrückende Linie verletze. In dem Moment wird das Kleid, das ich trage, in Flammen aufgehen. Ich verbrenne erneut. Oder zumindest fast … Sterben soll ich ja nicht. Dann weicht der wandernde Kreis wieder zurück. Nur ein Fingerbreit des Runenstreifens liegt schließlich noch zwischen mir und dem Portal. Aber ich werde zu schwach sein, dem Kreis zu entfliehen. So beginnt der Zyklus von vorn. Ich erhole mich. Wenn im Grab niemand mehr lebt, werde ich meine Kraft aus den Tieren und Pflanzen rings um die sieben Nadeln ziehen, bis inmitten der fruchtbaren Insel ein Wüstenfleck entsteht. Wenn meine Kraft, um mein Leben zu kämpfen, erlahmt, werde ich endgültig verbrennen. Wenn meine Verzweiflung so groß wird, dass ich versuche, den Bannkreis zu durchbrechen, werde ich verbrennen. Vielleicht werde ich auch einfach wahnsinnig und gehe zugrunde, weil ich mir nicht mehr zu helfen weiß. Ganz gleich, es gibt keinen Weg hinaus für mich. Die Fackel, mit der du mein Kleid entzünden sollst, liegt übrigens hinter dir, gleich neben dem Tor. Sie wird von allein entflammen, in dem Augenblick, in dem du sie aufhebst.« Sie lächelte zynisch. »Die Flammen auf den Wänden, das Licht, das an ein flackerndes Feuer erinnert – all das soll dafür sorgen, dass keiner meiner Sinne Frieden findet, wenn die Marter erst einmal begonnen hat.«

Zachri blickte über die Schulter. Da lag wirklich eine Fackel bei der Tür. »Warum soll ich es tun?«

»Nimm es als einen letzten Dienst, den du mir erweisen kannst. Es würde mir zutiefst widerstreben, mich selbst zu verletzen. Ich bin sicher, die Himmelsschlange dort draußen ergötzt sich an unserem Dilemma. Du bist ein netter Kerl und magst kein anderes Albenkind anzünden, und ich … ich will es nicht mit eigener Hand tun.«

Wieder drehte sich Zachri zu dem goldenen Tor um.

»Er ist da draußen, hocherhobenen Hauptes«, sagte die Blutkönigin. »Er wird uns auf irgendeine Art zusehen, da bin ich mir sicher. Komm, Zachri! Erweise mir diesen letzten Dienst. Willst du nicht zurück ins Windland?«

Er sah sie zweifelnd an. »Gibt es wirklich keinen anderen Weg?«

Ilak schüttelte den Kopf. »Keinen, den ich erkennen könnte. Das Einzige, was unserem freien Willen überlassen bleibt, ist, ob wir dem dort draußen die Freude bereiten, sich daran zu ergötzen, wie wir uns mit dem Unvermeidlichen herumquälen, oder ob wir es schnell hinter uns bringen.«

Vermutlich hatte sie recht. Wutentbrannt blickte Zachri zu dem goldenen Tor und stellte sich den Flammenden inmitten der Todgeweihten aus Ilaks Gefolge vor, wie er im Bewusstsein seiner Unverwundbarkeit selbstgefällig wartete.

»Also dann …« Er nahm die Fackel auf. Kaum, dass er sie in

der Hand hielt, schlugen Flammen aus den harzgetränkten Leinenstreifen.

»Ich wusste, dass du ein Mann von Mut und Entschlossenheit bist, Zachri Büffelfuß. Auch deshalb habe ich dich auserwählt.«

Er trat vor die Blutkönigin und hob die Fackel an eines der pechverschmierten Seile. Erst schien es, als wolle das Feuer nicht übergreifen, dann endlich tanzte eine fast durchsichtige blaue Flamme auf dem Seil.

»Halte die Fackel an den Saum des Kleides«, befahl Ilak.

Zachris Hand zitterte, als er niederkniete und ihr den Wunsch erfüllte. Der Leinenstoff wurde schwarz. Dann leckten gelbrote Flammen an ihm hinauf.

»Danke.« Ilak schaffte es zu lächeln, obwohl das Feuer sich nun schnell über ihr Kleid ausbreitete. Sie glitt zurück. Jetzt befand sie sich in dem Bannkreis, den sie nie wieder verlassen würde.

Weitere der pechgetränkten Seile hatten Feuer gefangen. Von ihnen ging ein übel stinkender Qualm aus. Flammen tanzten vor dem Antlitz der Blutkönigin. Ihre Wangen röteten sich in der Hitze. Eine plötzliche Stichflamme verschlang ihr Haar.

Sie presste die Lippen zusammen und kämpfte gegen den Schmerz an. Ein Ärmel des Kleides war gänzlich verbrannt. Ascheflocken stiegen zur Decke empor.

Es begann nach verschmortem Fleisch zu riechen. Deutlich sah Zachri große Brandblasen auf dem nackten Arm. Die Brauen der Blutkönigin waren verschwunden.

Zum Gestank des Fleisches kam der Geruch von verschmortem Horn. Ihr goldenes Schuppenkleid verging in der Hitze. Zachri hatte den Eindruck, als habe ihr Fleisch selbst Feuer gefangen, und doch sahen ihn ihre Augen unverwandt an. Immer noch waren ihre Lippen geschlossen, und sie kämpfte dagegen an, der Himmelsschlange die Genugtuung zu geben, sie schreien zu hören.

Die Begrenzungslinien und die Runen im Bannkreis leuchteten auf. Die innere Kreislinie begann sich zu bewegen. Der Kreis um Ilak wurde enger.

Die Blutkönigin hielt mit beiden Händen das Kapitell der Säule umklammert, auf dem ihr Buch lag. Sie krümmte sich vor Schmerz.

Mit blauem Leuchten erschien das magische Portal, ganz wie es der Flammende versprochen hatte. Es fiel Zachri schwer, an das Windland zu denken und sich in die Zukunft zu wünschen, während Ilak vor seinen Augen die schrecklichsten Qualen litt. Und der Gedanke, dass jenseits des goldenen Tores eine Himmelsschlange kauerte und sich dieses Spektakel amüsiert ansah, entfachte einen maßlosen Zorn in ihm.

Es war ihm plötzlich egal, ob er ins Windland zurückkehrte. Es war ihm auch gleichgültig, welche Strafe ihn ereilte. Er wollte den Flammenden für seine Selbstgefälligkeit büßen lassen.

Zachri hob sein Hemd, griff nach seinem abgewetzten Ledergürtel und zog ihn durch die Schlaufen am Bund. Seine fadenscheinige, viel zu weite Hose fiel ihm auf die Knöchel.

Ilak, die sich jeden Schmerzenslaut verkniffen hatte, stieß ein Lachen aus, als er die *eine* Kugel aus dem Lederbeutel nahm, die dazu geschaffen war, einer Himmelsschlange die Selbstgefälligkeit auszutreiben.

Er ließ den Gürtel zweimal herumwirbeln, dann schleuderte er die Kugel gegen das goldene Tor. Sie durchschlug das Metall, und Zachri dachte wieder an das Windland.

Fast über seine Hose strauchelnd, taumelte er durch das Portal.

Willkommen

Im nördlichen Windland vor dreiundvierzig Jahren

»Man glotzt keinen Kobold ohne Hosen an«, sagte Zachri und drehte den hölzernen Spieß. Heißes Fett troff aus dem bratenden Fleisch ins Feuer. Er würde nicht auf Gebratenes verzichten, ganz gleich, was er auf Darna gerochen hatte.

Er war wirklich im Windland angekommen, daran gab es keinen Zweifel. Das weite Grasland mit den sanften Hügeln. Der Menhir, bei dem er plötzlich gestanden hatte. Er war in der Abenddämmerung zurückgekehrt, mit um die Knöchel schlackernder Hose. Und dieses Kaninchen hatte keine zehn Schritt entfernt gehockt und ihn blöde angeschaut. Einen Kobold mit einer Schleuderschlinge in der Rechten und einem Säckchen voller Wurfbleie in der Linken. Was für ein dummer Einfall, statt einfach in ein Erdloch davonzuhuschen. Er hatte das Kaninchen als Willkommensgeschenk des Landes aufgefasst.

Zachri stach mit einem spitzen Stock ins Fleisch. Es hatte eine gute, goldbraune Kruste, und schon zeigten sich die ersten schwarzen Stellen, aber war es auch im Innern gar?

»Ich glaube, du kannst es vom Feuer nehmen«, sagte eine kratzige Stimme in der Dunkelheit.

Zachri sprang auf.

»Versuch nicht wegzulaufen. Das würde dir nicht gelingen.« Eine riesige gebückte Gestalt trat ins Licht und ließ sich ihm gegenüber nieder. Milchig weiße Augen blickten auf ihn herab. Unzählige Amulette hingen um den Hals des Trollweibchens.

Zachri spähte ins Dunkel. Er hatte eine Ahnung, wer da gekommen war. Jeder im Windland hatte schon von der blinden Trollschamanin gehört. Sie war kein guter Umgang.

»Ich glaube, dein Kaninchen brennt an«, bemerkte sie ruhig. »Riecht gut.«

Hastig griff Zachri nach dem Holzspieß. Mit einer guten Jagd und Trollen hatte seine Geschichte begonnen. Eine Ewigkeit war seitdem vergangen, wie ihm schien. Er würde sich seine Beute nicht streitig machen lassen. All den Gefahren Darnas war er entgangen, nur um hier von diesen ranzig stinkenden Hünen aufgespürt zu werden. Doch ganz gleich, was geschah, er würde nicht mit leerem Magen sterben.

Er blies auf das heiße Fleisch. Dann knabberte er vorsichtig daran. Köstlich!

»Du bist ein ungewöhnlicher Reisender, kleiner Kerl«, unterbrach die Schamanin sein Mahl.

Zachri ließ den Spieß sinken. »Warum?«

»Dir wird nicht entgangen sein, dass ich nicht mehr mit meinen Augen sehe. Mein Blick in die magische Welt ist dafür umso schärfer. Die Art, wie du gegangen bist, und jetzt deine Rückkehr. Sehr eigenartig. Meine Späher beobachten dich schon eine Weile. Ein mörderischer Elf und ein Kobold – ein ungewöhnliches Paar.«

»Bin nicht mit ihm verheiratet oder so.« Zachri biss wieder in den Braten.

Die Schamanin stieß ein kurzes, bellendes Lachen aus. »Bist ganz schön frech für so einen winzigen Wicht. Hast du nie von mir gehört?«

»Skanga, nicht wahr?«, antwortete er kauend.

Sie nickte ihm zu. »Und du hast keine Angst vor mir?«

Er dachte darüber nach. Es war ihm gleichgültig, ob er sterben würde. »Bin ein mageres Kerlchen. Keine gute Jagdbeute für Trolle. Aber ich vermute, dass meine Rippen erstklassige Zahnstocher abgeben werden.«

Wieder dieses bellende Lachen. »Deine Aura ist ungewöhnlich. Du hast wahrhaft keine Angst.«

»Darf ich dich was fragen?«

Die milchigen Augen starrten ihn an. Als sie gar nichts sagte, entschied Zachri, dass dies zumindest kein Nein war. »Wenn deine Späher mich so genau beobachtet haben, dann sag mir doch, wie lange ich fort war.«

»Drei Tage.«

Der Holzspieß fiel ihm aus der Hand. »Drei Tage?« Das war unmöglich. Er war mehr als sieben Jahre auf Darna gewesen.

»Stimmt etwas nicht?« Die Schamanin legte den Kopf schief. Einige der Amulette um ihren Hals klickten leise. »Deine Aura verändert sich …«

Sie hatte keinen Grund, ihn anzulügen, dachte Zachri. Er war durch die Zeit gereist. Da war wohl alles möglich … Dennoch war ihm plötzlich kalt. Für Vanduin wäre es also so, als sei er kaum fort gewesen. Umgekehrt hingegen hatte er Vanduin eine Ewigkeit nicht gesehen.

»So tief in Gedanken, kleiner Wicht?«

Er hob den Spieß wieder auf und biss vom Braten ab. Etwas Warmes im Bauch zu haben würde die Kälte schon wieder vertreiben.

»Wir werden morgen gemeinsam deinen Freund, den Elfen, besuchen.«

Zachri schüttelte den Kopf. »Das ist kein guter Einfall. Er mag keine Trolle.«

»Ist mir bekannt, kleiner Wicht. Deshalb bin ich hier. Er hat zu viele aus meinem Volk getötet. Das muss aufhören.«

»Er macht nicht von sich aus Jagd auf Trolle«, stellte Zachri klar.

»Weiß ich.«

Wieder bedachte die Schamanin ihn mit einem langen Blick, und es fühlte sich an, als könne sie mit ihren blinden Augen doch irgendwie sehen.

»Er lebt hier auf Trollland. Es werden sich immer wieder junge Krieger aus meinem Volk herausgefordert fühlen und versuchen, ihn zu töten. Das muss aufhören.«

»Ich könnte mit ihm reden …«, bot Zachri an.

Die Schamanin nickte. »Ja, das wirst du. Und ich bin zuversichtlich, dass morgen ein guter Tag für Trolle sein wird.«

Alte Geschichten

Broja sah sich mit großen Augen in dem weiten Saal um, den sie erreicht hatten. Laurelin hatte das Gefühl, dass der Kobold auf seinem Arm die letzten Kräfte aufbot. Etwas hier wühlte ihn auf.

Ein riesiges Drachenskelett lag vor ihnen. Aber ein solches Skelett hatte er doch auch schon in der Höhle an der Küste Langollions gesehen. Beim ersten Mal war es überwältigend, einen Schädel, groß wie ein Haus, zu erblicken. Aber beim zweiten Mal …

»Ich muss wissen, wie er gestorben ist«, murmelte der Kobold vor sich hin.

An den Wänden regten sich Gruftbewohner. Die meisten hatten hingekauert dagesessen, bedeckt vom Staub der Jahrhunderte. Bei einigen standen silberne Becher. Ihre Gelenke knackten wie trockenes Holz, wenn sie sich aufrichteten.

»Bleibt in meiner Nähe!«, befahl Alathaia scharf. Der tote Drache füllte fast die gesamte Halle. Rechts und links von ihm blieb nur wenig Platz bis zu den Wänden. Und überall erhoben sich jetzt Tote.

Er würde sich an diesen Anblick nicht gewöhnen, dachte Laurelin. Das war einfach wider die Natur. Er sah aus den Augenwinkeln zu Leynelle. Sie wirkte völlig ruhig. Was hier geschah, machte ihr nicht nur nichts aus, sondern sie sah sich sogar interessiert um.

Alathaia ging an den Toten vorbei, ohne sich ein einziges Mal zu Broja umzudrehen. Es schien, als wisse sie nun genau, was sie wolle. Es war fast, als sei sie schon einmal hier gewesen.

Laurelin fühlte sich unnütz. Seit Tagen war es seine Aufgabe, den Kobold zu tragen. Einen Fährtensucher und Bogenschützen brauchte hier niemand. Er hatte erfahren müssen, dass seine Pfeile keine dieser Gruftgestalten aufhalten konnten. Was scherte es einen Toten schon, ob er einen Pfeil im Kopf stecken hatte? Aber er dachte mit großer Genugtuung an das Unheil, das die Schaufel unter den Kreaturen angerichtet hatte, gemeinsam mit Nanduvals Schwert und der Zaubermacht der Elfendamen würden sie sich ihren Weg freikämpfen, was immer auch geschehen mochte. Aber es wäre besser, wenn es erst gar nicht zum Kampf käme. Adelayne und Leynelle hatten vor allem die Aufgabe, den kleinen Kobold am Leben zu erhalten, der so erstaunlich viel über Darna, die Blutkönigin und das Grab wusste. Broja würde sterben, wenn sich keiner um ihn kümmerte.

Eine breite Treppe führte zu einer Empore hinauf, die von einem goldenen Tor beherrscht wurde. Dies war ganz sicher das Ziel der Reise. Dort musste die Blutkönigin beigesetzt sein.

Laurelin sah sich unruhig um. Welche Falle gab es hier? Der Kobold hatte vom Atem der Alben gesprochen. War damit gemeint, dass der Atem der Alben in die Toten gefahren war, sodass sie sich wieder erhoben hatten? Oder gab es noch etwas anderes?

In der Ferne erscholl wieder das Donnern. Hier rieselte kein Staub mehr von der hohen, gewölbten Decke. Aber vielleicht war auch schon längst alles herabgefallen. Wie lange war dieses bedrohliche Donnern nun schon zu hören? Zwei Tage? Hier im Grab hatte Laurelin jedes Zeitgefühl verloren. Das Licht der Barinsteine war immer gleich, sei es nun Tag oder Nacht.

»Nanduval!«, rief die Fürstin. »Steig auf den Drachenschädel. Dort muss es einen Stein geben wie bei dem anderen Drachen. Hol ihn mir aus dem Knochen.«

»Meine Fürstin«, sagte der Krieger ergeben.

Laurelin tauschte einen kurzen Blick mit Leynelle. Die Zauberweberin wirkte beunruhigt.

»Wir müssen auch hinauf«, flüsterte Broja matt. »Ich muss es sehen.«

»Was?«

»Weiß ich erst, wenn ich es sehe.« Der Kobold wirkte aufgewühlt.

»Mit dir auf dem Arm da hoch?« Laurelin betrachtete skeptisch den Schädel und die Grabesgestalten, die sich immer dichter um sie scharten. »Nanduval steigt doch schon hoch …«

»Ich muss es mit eigenen Augen sehen«, drängte Broja.

»Ich kann ihn dir hochreichen«, schlug Leynelle vor. »Steig in die Öffnung der Nüstern. Von dort müsstest du mit ihm leicht vorankommen.«

Laurelin sah zweifelnd zur Fürstin.

»Sie muss uns das nicht erlauben«, sagte die Zauberweberin scharf.

Laurelin blickte mitleidig auf den Kobold. Sie hatten die Auszehrung nicht umkehren können. Er sah aus wie ein Greis. Es war ungewiss, wie lange er noch leben würde. Nach dort oben zu kommen war vielleicht der letzte Wunsch, den man ihm erfüllen konnte. Egal, was Alathaia dachte! Er reichte Broja an Leynelle. Die glatten Knochen hinaufzugelangen war nicht leicht. Er folgte dem Ratschlag der Zauberweberin und stieg in die Höhlung der Nüstern.

Alathaia betrachtete ihn mit einem Stirnrunzeln, sagte aber nichts. Nanduval war schon oben und klopfte die Knochen mit dem Knauf seines Dolchs ab.

Leynelle stellte sich auf die Zehenspitzen und streckte sich, während Adelayne sie im Rücken stützte. Laurelin musste sich gefährlich weit vorbeugen, um Brojas Hände zu ergreifen. Ihn dann hochzuziehen war leicht. Er war kaum mehr als Haut und Knochen.

Vorsichtig stieg Laurelin mit dem Kobold im Arm auf die langgestreckte Schnauze. »Was suchen wir?«

»Ein Loch im Knochen. Etwa so groß, dass du deinen Zeigefinger hindurchstecken könntest.« Obwohl er kaum noch Kraft hatte, ruckte der Kopf des Kobolds aufgeregt hin und her.

Nanduval begann den Knochen mit der Klinge zu bearbeiten.

Broja wurde unruhig. »War dort ein Loch?«, fragte er den Hauptmann mit sich überschlagender Stimme.

Nanduval blickte kurz auf, und Laurelin sah, dass Nanduval einen unscheinbaren grauen Stein freigelegt hatte, der in den Knochen eingebettet war.

»Hier gab es kein Loch.« Der Hauptmann klang sehr nüchtern, wie immer.

Brojas Blick wanderte über den langen Schädel. Außer einigen Knochennähten und dem Loch, das der Hauptmann geschlagen hatte, gab es nichts zu entdecken.

Laurelin konnte spüren, wie das Herz des Kobolds im selben Maße schneller schlug, wie seine Verzweiflung wuchs.

Sie schritten den ganzen Schädel ab. Und da war nichts.

Brojas Kopf sackte ihm gegen die Brust.

Es tat Laurelin leid, den kleinen Kerl so zu sehen, auch wenn er nicht verstand, was an dieser Schädelverletzung des Drachen so unglaublich bedeutsam gewesen wäre.

»Seid ihr fertig?«, fragte Alathaia.

Der Kobold nickte schwach. Laurelin stieg vom Schädeldach in die Augenhöhle.

Leynelle stand unter ihnen schon bereit, um Broja wieder anzunehmen, als der Kobold plötzlich einen spitzen Schrei ausstieß. »Da! Warte!« Broja ruderte mit den Armen. »Schieb mich da rein!«

Laurelin half dem Kobold und kroch hinter ihm her. Der dünne Knochen der Augenhöhle knackte bedenklich.

Broja deutete auf ein Loch im Knochen. Es war genau, wie er es beschrieben hatte. Laurelin blickte hindurch. Auf der Rückseite des Schädels gab es noch ein Austrittsloch. Er pfiff anerkennend und wunderte sich. Etwas hatte das Auge des Drachen durchschlagen, war quer durch den Kopf gegangen und hinten wieder ausgetreten. »Merkwürdige Wunde. Das war weder Pfeil noch Armbrustbolzen …«

»Das war ein verärgerter Kobold«, sagte Broja, unglaublich stolz. Zugleich rannen ihm Tränen über die Wangen. »Und ich habe ihm nicht geglaubt, ihn zuletzt nur für einen verwirrten Märchenerzähler gehalten. Der einzige Drachentöter, den das Volk der Kobolde je hervorgebracht hat, ist mit einer Bettelschale neben sich in der Gosse gestorben.«

Öffne dich

Frustriert trat Zafira gegen die Steintür, verknackste sich einen Zeh und hüpfte fluchend zur nächsten Marmorbank. Was sie auch versuchte, diese Tür wollte sich verdammt noch mal nicht öffnen.

Weitere zertrümmerte Treppenstufen purzelten auf das Mosaik. Der Riese gab einfach nicht auf. Mit entnervender Regelmäßigkeit rammte er seinen Arm in die Wendeltreppe hinab. Längst lagen auch Knochensplitter zwischen den Steintrümmern.

Melvyn stand, die Krallenhände angelegt, nahe der Treppe und wartete, ob es einer der wandelnden Toten schaffte, an dem Riesen vorbeizukommen.

Bisher hatte der Wolfself sich lediglich einmal lustlos die Mosaikbilder angesehen, ein paar überflüssige Kommentare zu Höflingen abgegeben und sich dann wieder zu der Wendeltreppe begeben, um bereit zu sein, die Invasion der lebenden Toten aufzuhalten, die glücklicherweise nicht stattgefunden hatte.

Melvyn hob einen mehr als eine Elle langen Knochensplitter zwischen den Steintrümmern auf und schwenkte ihn. »Wenn wir Glück haben, ist von seinem Arm bald nichts mehr übrig, und wir bekommen Ruhe.«

»Beweg deinen schmalen Elfenarsch mal hier rüber, öffne dich ein paar neuen Gedanken, und sieh dir die verfluchten Mosaiken an. Die sind von Elfen gelegt worden! Es ist viel wahrscheinlicher, dass du die verborgene Botschaft findest, als dass eine Lutin sie entdeckt, die ihr halbes Leben mit einer Herde Hornschildechsen verbracht hat.«

Ihre Wut bewirkte tatsächlich, dass er von der Treppe herübergeschlendert kam. »Du hast mir erzählt, dass dich Emerelle an ihren Hof geholt hat und du da …« Melvyn stockte und glotzte mit offenem Mund etwas schräg hinter ihr an.

Zafira spürte das Vibrieren des Mosaikbodens, und dieses Mal rührte es nicht von den Rammstößen des Riesen her. Sie fuhr herum und sah, wie sich die Steintür öffnete.

Entgeistert schaute die Lutin zu Melvyn. »Wie hast du das gemacht?«

Der Elf zuckte mit den Schultern. »Keine Ahnung.« Entschlossen ging er auf den breiten, mit schwarzen und weißen Platten ausgelegten Gang zu.

Zafira sprang auf und stellte sich ihm mit ausgestreckten Armen in den Weg. »Nicht! Wir sollten da auf keinen Fall so hindurchschlendern.«

Jetzt wirkte Melvyn verärgert. »Sehe ich aus wie ein Idiot? Die anderen haben eine deutliche Spur im Staub hinterlassen. Allerdings …« Er trat an den Eingang des Tunnels. »Eine verdammt merkwürdige Spur. Sieht aus, als seien sie von Platte zu Platte gehüpft.«

Der Riese hatte seine zornigen Attacken nun eingestellt. Ein lebender Toter kam zwischen den Trümmern die Treppe hinab.

Melvyn hob sie auf den Arm. »Hüpfen wir!«

Die Letzte von meinem Blute

Es war das Amulett, das diese Grabesgestalten von ihnen fernhielt. Und jetzt nahm Alathaia es ab!

Beunruhigt blickte Adelayne zu den wandelnden Toten. Sie waren ihnen bis auf die Empore gefolgt. Vor ihnen lag ein massives goldenes Tor, und hinter ihnen, auf der Treppe und der Empore, standen Hunderte der Gefolgsleute der Blutkönigin. Wenn die Krieger der Herrscherin schon keinen Frieden gefunden hatten, was würde sie dann erst hinter diesem goldenen Tor erwarten?

Auf Kniehöhe war ein kleines Loch in dem Tor. Ein Abbild der Schlangenkönigin war aus dem edlen Metall gearbeitet. Nur das Auge schien ein wenig missglückt. Die Fürstin legte das Amulett hinein.

Die Grabesgestalten wichen von der Empore. Das Scharren der Knochenfüße auf dem Boden aus rotem Sandstein war das einzige Geräusch. Dann erscholl ein Laut wie ein Gongschlag.

Nun trat selbst Alathaia von dem Tor zurück. Einen Herzschlag lang glaubte Adelayne, Furcht im Antlitz der Fürstin aufflackern zu sehen, doch siegte trotziger Mut.

Das goldene Tor verschwand seitlich in der Wand. Dahinter lag eine überraschend kleine Kammer. Forsch wagte sich die Fürstin vor. Die Grabgestalten aber kamen nicht mehr auf die Empore.

Adelayne trat in das Tor, durchschritt es aber nicht. Links neben dem Eingang war eine flackernde Fläche aus blauem Licht.

Rechts der Tür neben einer Säule, auf der ein Buch lag, stand hoch aufgerichtet die Blutkönigin. Sie war kahlköpfig. Das flackernde

Licht eines einzelnen Barinsteins machte es schwer, die Dinge in der Kammer deutlich zu erkennen. Die Wände waren mit tanzenden Flammen bemalt.

Adelayne wollte eintreten, doch Leynelle hielt sie zurück. Nanduval war der Fürstin bereits übereifrig gefolgt.

»Etwas stimmt hier nicht«, raunte die Zauberweberin. »Geh nicht hinein.«

Es wirkte, als müsse sich die Blutkönigin abstützen. Ihr Gesicht schien fleckig zu sein. Und sie trug ein überaus seltsames Kleid, auf das Zöpfe aus fettigem Haar geheftet waren.

Jetzt erst sah Adelayne die beiden Kreise auf dem Boden. Der innere reichte bis fast an die Säule heran. Der äußere war mehr als zwei Schritt entfernt und berührte beinahe die auffällige Fläche aus tanzendem blauen Licht. Die Fläche zwischen den beiden Kreislinien war mit merkwürdigen, schlangenartigen Schriftzeichen bedeckt, wie Adelayne sie noch nie zuvor gesehen hatte.

»Es liegt Unheil in der Luft. Und Brandgeruch …«, flüsterte Leynelle.

Jetzt roch Adelayne es auch.

»Du also bist Alathaia«, begrüßte die Schlangenelfe die Fürstin von Langollion. In ihrer Stimme lagen Macht wie auch Selbstbewusstsein, aber da war auch ein Unterton, als müsse sie an die Grenze ihrer Kräfte gehen, um beherrscht zu wirken.

»Ich bin erstaunt, dass du mich kennst«, entgegnete Alathaia provokant. Es war herablassend von der Blutkönigin gewesen, die Fürstin zu duzen, und eine Frechheit von Alathaia, es ebenfalls zu tun.

»Ich lese in deinen Gedanken, seit du in das Grab eingedrungen bist. Mein Reich mag klein geworden sein, aber dafür entgeht mir nichts, was in ihm geschieht. Auch nicht, dass Emerelle dir einen Mörder geschickt hat, der jeden Augenblick erscheinen wird und entschlossen ist, sein blutiges Handwerk zu erledigen.«

Adelaynes Herzschlag setzte einen Augenblick lang aus.

Nanduval wandte sich zu ihr um und sah sie an.

Laurelin legte den Kobold auf den Boden und zog eine Sehne auf seinen Bogen.

Adelayne zwang sich zur Ruhe. Sie wandte den Kopf und blickte von der Empore in den großen Saal hinab, in der Erwartung, dass dort der Meuchler erscheinen würde. Schließlich hatte dieses Schlangenweib gesagt, der Meuchler werde noch kommen.

»Auch du warst einst eine Meuchlerin, Alathaia. Eine Mörderin in Diensten Emerelles. Und du hast oft für sie Blut vergossen. Erinnerst du dich noch an alle Opfer?«

Sollte Alathaia erschrocken oder auch nur verwundert sein, so verbarg sie es meisterlich, dachte Adelayne anerkennend.

»Ich habe allen, die ich getötet habe, in die Augen gesehen. Ich erinnere mich.«

»Auch an die Schlangenkönigin, die du im Drachentempel in den Mangroven des Waldmeers, nicht fern von Vahan Calyd, getötet hast?«

Jetzt versteifte sich Alathaia.

Laurelin schob Adelayne ein wenig zur Seite. Der Jäger hatte einen Pfeil in die Sehne gehakt.

»Weißt du, Alathaia, wir Schlangenfrauen spüren, wenn eine, die unser Blut in den Adern trägt, stirbt. Sie war die Letzte von meinem Blute.«

»Der Kreis!«, schrie Leynelle. »Zurück!«

Jetzt sah es auch Adelayne. Der innere Kreis auf dem Boden wurde enger. Er berührte die Schwanzspitze der Schlangenelfe, und lodernde Flammen schlugen aus dem Kleid der Blutkönigin.

Laurelin riss den Bogen hoch.

Nanduval zog das Schwert.

Die Blutkönigin schnellte vor, schloss Alathaia in ihre Arme, und auch die Fürstin war nun von Flammen eingehüllt, die so hell brannten, dass Adelayne die Augen tränten und sie den Blick abwenden musste.

Doch den gellenden Schreien Alathaias konnte sie nicht entfliehen.

Mit einem Kobold winken

Im nördlichen Windland vor dreiundvierzig Jahren

Vanduin musste gespürt haben, dass sie kamen. Er stand bereits mit verschränkten Armen auf seinem Grabhügel.

Der Troll, der Zachri den ganzen Morgen über bewacht hatte, packte ihn plötzlich. Er hielt ihn, mit dem Kopf nach unten, an einem Bein und schwenkte ihn, als sei er ein erlegtes Kaninchen.

Wie er diese Trolle hasste! Elfen waren oft genug arrogante Mistkerle, aber Trolle waren immer nur grobschlächtige Barbaren.

»Wir müssen reden, Totentänzer!«, rief Skanga.

Vanduin kam von seinem Hügel herunter. Er spazierte mit einer lässigen Arroganz durch das hohe Gras, als seien acht aufgebrachte Trolle, die auf ihn warteten, kein größeres Ärgernis als ein paar Fliegen, die sich auf einem Schmalzbrot niedergelassen hatten.

»Schön, dich wiederzusehen, Zachri«, grüßte er mit einem Nicken, als er auf etwa zehn Schritt heran war. »Dass ich dich jedes Mal in so übler Gesellschaft antreffen muss, wenn du allein unterwegs bist …« Er machte einen schnalzenden Laut mit der Zunge, lächelte aber, und Freude strahlte in den Augen des Elfen. Vanduin war eindeutig erleichtert, ihn wohlbehalten wiederzusehen.

Der Elf blickte zu der Trollschamanin. »Du musst die berühmte Skanga sein. Wollen wir den Teil mit den rituellen Beleidigungen überspringen und gleich zur Sache kommen? Was willst du von mir, damit ihr meinen Freund laufen lasst?«

»Du magst es also direkt und ohne Umschweife?« Obwohl die Trollschamanin gebeugt ging, überragte sie Vanduin immer noch um drei Haupteslängen.

Zachri sah alles verkehrt herum. Der tumbe Troll hielt ihn noch immer mit dem Kopf nach unten hoch und machte keine Anstalten, ihn abzusetzen.

»Heute ist der Tag, an dem du sterben wirst, Elf. Wir haben großen Respekt vor dir. Es gibt kein Trollrudel im Windland oder in der Snaiwamark, in dem man nicht deinen Namen kennt, Vanduin Totentänzer. Viele junge Trolle träumen davon, dich zu besiegen und dadurch immerwährenden Ruhm zu erlangen. Aber diese Jagden nehmen immer dasselbe Ende. Wem es gelingt, dich zu finden, der stirbt. Es waren zu viele, die diesen Weg gegangen sind.«

Vanduin legte die Hände auf die beiden Schwerter an seinen Hüften. »Glaubst du, du hast genügend Trolle mitgebracht, um mich zu töten?«

Zachri seufzte leise. Zu verhandeln war noch nie eine Stärke Vanduins gewesen. »Dürfte ich vielleicht auch …«

»Ein Wort der Macht von mir, und du stehst unbeweglich wie ein Stein, Elf«, sagte die Schamanin ruhig.

»Bist du dir sicher, dass dir das Wort noch über die Lippen kommt, bevor ich dir die Kehle durchschneide, Skanga?«

Das durfte doch nicht wahr sein!, dachte Zachri verzweifelt. Sie waren nur noch ein paar Herzschläge von einem Gemetzel entfernt. »Ich hätte möglicherweise …«

Skanga strich sich über die Brust. Ihre Amulette stießen leise aneinander. »Vielleicht trage ich etwas bei mir, was mich für Elfen und ihre Klingen unberührbar macht? Hast du je eine Geschichte gehört, die davon erzählt, wie ich besiegt wurde, Vanduin Totentänzer? Glaubst du, ich käme unvorbereitet?«

»Wollen wir herausfinden, ob du dich gut genug vorbereitet hast, Skanga?«

»Nein!«, rief Zachri, aber die beiden hörten nicht auf ihn. Dafür packte der elende Troll, der ihn festhielt, mit der freien Hand nun einen seiner Arme.

»Können wir natürlich.« Die Schamanin strich wieder über die Amulette an ihrem Hals: Knochen, vertrocknete Vogelkrallen, die Steine umklammerten, graue Holzspäne, in die Runen gebrannt waren. »Fest steht, dass Domgo deinen Freund zerreißen wird, bevor du etwas tun kannst. Der kleine Kobold wird also auf jeden Fall verlieren.«

»Hast du jemals gehört, dass ein Kobold und ein Elf befreundet gewesen wären?«

Zachri wusste, dass es nur ein Teil der Verhandlung war, und dennoch taten die Worte weh.

»Meine Späher haben euch beide beobachtet. Der kleine Wicht ist dein Freund, Elf, so unvorstellbar das auch klingt. Und nun entscheide, welchen Weg wir gehen.«

»Wie stellst du dir denn meinen Tod vor?«, fragte der Elf leichthin.

»Du trittst gegen zwei meiner Krieger an, Vanduin. Solltest du sie beide besiegen, schenken wir deinem Freund das Leben. Allerdings werden wir dein Herz essen.«

»Was ist das denn für ein absurder Vorschlag?«, platzte Zachri heraus. »Sein Herz fressen als Belohnung für einen Sieg?«

»Du bist die Belohnung«, sagte die Schamanin ruhig.

»Ich möchte deine Krieger nicht beleidigen.« Vanduin nahm die Hände von den Schwertgriffen. Er wirkte ganz entspannt. »Wie sollte ich gegen zwei Trolle nicht siegen können? Das muss dir doch klar sein.«

Skanga nickte. »Deshalb wirst du ohne deine Schwerter kämpfen.«

Vanduin lächelte breit. »Das ist in der Tat eine Herausforderung. Aber einen Stein oder einen Stock zu benutzen ist mir erlaubt?« Er blickte auf seine Hände. »Ich fürchte, es ist völlig unmöglich, deinen Männern nur mit bloßen Fäusten den Schädel einzuschlagen. Selbst sie zu erwürgen dürfte schwierig werden.«

»Das ist die Herausforderung, Elf. Aber Steine, Stöcke und dergleichen sollen dir erlaubt sein. Nur deine Schwerter nicht. Meine Krieger werden ihre Waffen hingegen benutzen.«

»Das ist ungerecht!«, protestierte Zachri. »Das ist …«

»Du hast nicht verstanden, Kobold. Es geht nicht darum, dass dein Freund gewinnt. Er soll sterben. Setzt ihn ab, Domgo.«

Der Troll setzte ihn nicht etwa ab, sondern ließ ihn einfach ins Gras plumpsen.

»Ich habe mit meinem Freund etwas zu besprechen«, sagte Vanduin bestimmt. Dann kam er zu ihm herüber, half ihm auf und drückte ihm mit der Hand die Schulter. »Gut, dich so schnell wiederzusehen.«

»Ich war mehr als sieben Jahre fort«, korrigierte ihn Zachri.

Vanduin runzelte die Stirn, dann nickte er. »Sieben Jahre. Was ist nach der Schlacht geschehen …« Der Elf blickte beschämt zu Boden.

Es waren Jahrhunderte vergangen, und Vanduin trug immer noch an dem Verrat, dachte Zachri. »Warum habt ihr in der Schlacht nicht geholfen?«

Der Elf erzählte eine krude Geschichte über Lehnstreue und ein Versprechen der Himmelsschlangen. Die ganze Zeit über sah er Zachri nicht an. »So oft habe ich mir gewünscht, ich könnte zurück, so wie du.«

»Ich habe da nicht hingewollt«, stellte Zachri klar. »Sie hat mich geholt, und du hast gewusst, dass es so kommen würde.«

»Ja«, bekannte der Elf. »Ich musste es tun. Du musstest in die Vergangenheit. Du warst wichtig für den richtigen Verlauf der Geschichte.«

Auch wenn Zachri hoffte, dass Vanduin es ihm nicht anmerkte, erfüllten ihn diese Worte mit tiefer Genugtuung. Er, ein unbedeutender Kobold, war wichtig für den Verlauf einer Geschichte mit einer Königin und Götterdrachen. Und vielleicht hatte er eine dieser verfluchten Himmelsschlangen erlegt. Aber davon wollte er Vanduin nicht erzählen. Er hätte zu sehr als Aufschneider dagestanden.

»Sie hat dir verziehen, Vanduin«, sagte er stattdessen. »Ilak hat geahnt, dass du gezwungen wurdest. Sie war sich deiner Treue bis zuletzt sicher.« Das war etwas dick aufgetragen, aber er wollte seinem Freund das Gewissen erleichtern.

»Sie hat mir verziehen? Wirklich?«

»Wirklich!«

Vanduin hob die Rechte an die Augen und massierte mit Daumen und Zeigefinger seine Lider. »Wie ist sie gestorben?«

»Wir mussten ein Grab bauen, sieben Jahre lang. Am Ende haben sie Ilak bei lebendigem Leib verbrannt.«

»Sieben Jahre?« Der Elf nahm die Hand herab.

»Du hättest nichts tun können …«

»Sieben Jahre!« Vanduin sah ihn verzweifelt an. »Ich hatte gedacht, es sei unmittelbar nach der Schlacht geschehen. Ich hätte …«

»Du wusstest es nicht«, beschwichtigte ihn Zachri und entschied, seinem Freund nicht zu sagen, dass Ilak überzeugt gewesen war, dass sie das Feuer noch lange überleben würde. Die Schlacht auf dem Schwertlilienfeld war vor mehr als zweitausend Jahren geschlagen worden. Jetzt war die Blutkönigin gewiss nur noch Asche. Es war undenkbar, diese Marter so lange durchzustehen. Aber er sollte Vanduin schnell auf ein anderes Thema bringen.

Aus dem Augenwinkel sah Zachri, wie die Trolle das Gras ringsum absuchten. Ab und an schafften sie einen Stein fort. Äste gab es nicht.

»Wie wirst du uns hier heraushauen?«

Vanduin lächelte ihn an, doch seine Augen wirkten traurig. »Keine

Sorge, ich werde gegen die Trolle siegen. Und Ilak hat mir meinen Verrat wirklich verziehen?«

»Du warst ihr letzter Gedanke, bevor … bevor …« Die Erinnerung daran, sie brennen zu sehen, war zu grausig.

Vanduin nickte nur. Jetzt strahlte er wieder die ruhige Zuversicht aus, die Zachri immer am meisten an ihm beeindruckt hatte.

Der letzte Tanz

Im nördlichen Windland vor dreiundvierzig Jahren

Vanduin war gerührt, dass Zachri zutiefst überzeugt war, dass er sie beide hier irgendwie heraushauen würde. Aber er kannte die Geschichten über Skanga. Selbst Emerelle fürchtete die Trollschamanin. Es gab hier keinen Weg mehr heraus. Nur noch für Zachri, und auch dafür standen die Aussichten denkbar schlecht.

Er schnallte den Schwertgurt ab und legte die Klingen Skanga zu Füßen. »Welche beiden möchtest du denn mit dem Tod bestrafen?«

Skanga schnitt eine spöttische Grimasse. Auch ihr war klar, wie das hier enden musste. Mit Fäusten konnte er nicht gegen zwei Trolle bestehen. Das war so aussichtslos, wie darauf zu hoffen, ein Wollnashorn in der Steppe mit einem Fausthieb niederzustrecken. Wenn er siegen wollte, dann musste er verzweifelte Maßnahmen ergreifen.

Skanga winkte zwei Trollen. Einer von ihnen war der, den sie Domgo genannt hatte. Beide waren selbst für ihr Volk ziemlich groß. Sie hielten wuchtige Knüppel in ihren Pranken. Domgo hatte seine

Keule mit den ellenlangen Stoßzähnen eines Walrosses bestückt. Wie weiße Dornen ragten sie aus dem dunklen Holz. Es würde Vanduin nicht helfen, den Trollen diese Waffen abzunehmen. Sie waren zu schwer und zu unhandlich für ihn. Würde er versuchen, mit diesen Keulen zu kämpfen, gäbe er seinen einzigen Vorteil auf: flinker zu sein als die beiden grauen Hünen.

Zachri hatte sich auf einem flachen Felsen niedergelassen und sah ihn zuversichtlich an. Für den Kobold schien es unvorstellbar zu sein, dass er einmal nicht siegte.

Vanduin hatte so eine Ahnung, dass Skanga sich einmischen würde, sobald er versuchte Zauber zu weben. So zu kämpfen war sonst auch nicht seine Art. Bislang hatte er stets durch Geschick und Schnelligkeit gewonnen.

Einen Fechtergruß imitierend, obgleich er keine Waffe hielt, hob er mit eleganter Geste die rechte Hand. Unter diesen Bedingungen unterzugehen war entschuldbar. Nicht zu entschuldigen wäre, es stillos zu tun. »Wollen wir unseren Tanz beginnen?«

»Das dein Totentanz!«, stieß Domgo in gebrochenem Elfisch hervor und schwang seine mit Stoßzähnen bestückte Keule mit einer Leichtigkeit, als habe sie kein Gewicht. Die Elfischkenntnisse überraschten Vanduin. Domgo war wohl ein Gelehrter unter Trollen.

Der andere Hüne trug etwas, das entfernt an einen Büffelhuf erinnerte, an einem dicken Lederriemen um den Hals. Vielleicht ein Talisman, wie andere eine Hasenpfote bei sich führten. Er hob das Ding kurz an seine Lippen und küsste es. Dann ließ er es auf seine von Schmucknarben entstellte Brust sinken. Die Narben zeigten irgendetwas Gehörntes. Vielleicht ein Büffelhaupt? Sie waren erschreckend dilettantisch ausgeführt.

»Bringt mir sein Herz!«, forderte Skanga.

Domgo und der Büffeltroll waren erfahrene Krieger. Sie stürmten nicht einfach auf ihn los, sondern umkreisten ihn, wobei sie versuchten, sich so zu bewegen, dass stets einer von ihnen in seinem Rücken stand. Sie hielten etwa fünf Schritt Abstand zu ihm. Vanduin musste sich nur auf der Stelle drehen, um den, der hinter ihm war, wieder in den Blick zu bekommen. Doch hieß das zugleich, eine neue Gefahr im Rücken zu haben. Schon nach wenigen Augenblicken war ihm klar, dass diese Strategie der Trolle ein schnelles Ende für ihn bedeuten musste. Sich gehetzt auf der Stelle zu drehen und zu versuchen, beide im Blick zu haben, hieß zudem, ihnen zu überlassen, wie dieser Kampf geführt wurde.

In den endlosen Jahren der Einsamkeit hatte Vanduin sich oft die Zeit damit vertrieben, in Gedanken alle möglichen Varianten von Kämpfen durchzugehen. Er hatte gern auf seinem Hügel gestanden und mit geschlossenen Augen seine erdachten Gegner bekämpft, hatte Ausfallschritte gemacht, schnelle Paraden gegen imaginierte Feinde im Rücken. Und er hatte auch an einen Kampf gegen Trolle gedacht, die es geschafft hatten, ihn von seinen Schwertern zu trennen. Diese zwei hier wussten genau, was sie taten. Sie waren Veteranen vieler Kämpfe, und sie würden ihn einfach schlachten, wenn er nicht zu verzweifelten Maßnahmen bereit war.

Er tanzte eine Weile mit ihnen, drehte sich, wich aus, versuchte sie müde zu machen, was nicht gelang. Die beiden hatten Ausdauer. Sie wurden auch nicht ungeduldig. Sie studierten ihn so wie er sie. Nur etwas vollkommen Unerwartetes, etwas Absurdes würde sie aus dem Gleichgewicht bringen.

Welcher von beiden war der gefährlichere Gegner? Der Kerl mit dem Büffelfuß oder Domgo? Die Stoßzähne auf Domgos Keule gaben schließlich den Ausschlag. Sie würden die Verletzung verursachen, die er benötigte, um zu siegen. Er musste sicher sein, dass sein Fleisch aufgerissen würde.

Vanduin beendete den Tanz des Ausweichens und Wegduckens. Er ging auf Domgo los. Der Troll war keinesfalls erschrocken, aber doch überrascht. Er hob die Keule. Jetzt lag ein Glitzern in seinen kleinen Augen. Er sah unsterblichen Ruhm zum Greifen nah. Er würde es sein, der den Totentänzer getötet hatte.

Vanduin tastete nach dem Amulett Ilaks, das er all die Jahrhunderte nie abgelegt hatte. *Blicke voraus*, dachte er, und für wenige Herzschläge überlagerten sich Gegenwart und Zukunft in einem Bild vor seinen Augen. Es konnte gelingen, wenn ihn der Schmerz nicht ohnmächtig werden ließ.

Er hatte die niedergehende Keule genau im Blick. Einem solchen Hieb musste man ausweichen, das wusste selbst ein Schüler in der ersten Fechtstunde. Mit einem Schild würde ihm der Versuch, einen solchen Angriff zu blocken, mindestens eine ausgekugelte Schulter einbringen, wahrscheinlicher aber einen gebrochenen Arm. Und er setzte der tödlichen Wucht des Keulenhiebs nur nacktes Fleisch entgegen.

Vanduin riss den linken Arm hoch.

Die zuschauenden Trolle johlten vor Vergnügen, dass der Totentänzer einen so törichten Fehler machte.

Der Hieb traf Vanduin dicht über dem Handgelenk, ganz wie er es beabsichtigt hatte. Der obere der zwei Stoßzähne drang in sein Fleisch. Er konnte spüren, wie er über die Elle glitt, an der Speiche vorbeischrammte und auf der anderen Seite austrat. Dann traf das knotige Holz der Keule auf seinen Arm. Die Wucht des Hiebs zerschmetterte die Elle. Das Knacken des Knochens war deutlich zu hören. Vanduin ging federnd in die Knie, um zumindest einen Teil der Kraft des Treffers abzuleiten.

Er sackte zu Boden.

Domgo stieß einen urtümlichen Schrei aus und riss triumphierend seine Keule hoch. Blut troff vom oberen der beiden Stoßzähne.

Der Büffeltroll eilte nun auch herbei, besorgt, keinerlei Anteil an diesem Triumph zu haben. Er versuchte Vanduin mit einem stampfenden Tritt zu zermalmen.

Vanduin rollte zur Seite. Er griff mit der Rechten in die Wunde und wich einem Tritt aus, der jetzt von Domgo kam. Die beiden Trolle dachten wohl, er sei es nicht mehr wert, ihm mit einer Waffe zu Leibe zu rücken. Sie wollten ihn einfach tottrampeln.

Vanduins Finger ertasteten den gebrochenen Knochen. Der Schmerz war exorbitant. Er schrie auf, vermochte sich nicht mehr zu beherrschen, und dann stieß er ein Wort der Macht hervor, suchte im magischen Netz nach der Kraft und der Willensstärke, die jenseits des Möglichen lagen.

Skanga beugte sich vor. Sie musste bemerkt haben, dass er einen Zauber wob. Aber die Magie war nicht gegen die Trolle gerichtet. Sie richtete sich gegen ihn.

Seine Finger schlossen sich um den gebrochenen Knochen in seinem zerfetzten Fleisch. Er drehte ihn mit einer Kraft, die über das hinausging, was Muskeln und Wille ohne den Rückhalt von Magie aufbieten vermochten. Vanduin spürte, wie sich der Knochen aus dem Gelenk zum Oberarmknochen löste, wie Muskeln und Sehnen rissen. Ihm wurde schwarz vor Augen. Einen Herzschlag nur.

Er spürte den Tritt kommen, ließ sich nach hinten fallen, und dennoch traf ihn ein Fuß vor die Brust. Er schmetterte auf den weichen Boden. Rollte wieder zur Seite und zerrte an dem Knochen, den er aus dem Gelenk gelöst hatte. Dann hielt er das lange Ende der gebrochenen Elle in der Hand. Einen blutverschmierten Knochen, der Zachris Leben retten sollte.

Vanduin schloss die Linke zur Faust. Ganz wollte es nicht mehr gelingen. Aber es musste genügen.

Wieder traten die Trolle nach ihm. Domgo konnte er ausweichen, doch der Kerl mit dem Büffelfuß traf ihn. Er gab sich der Bewegung hin, versuchte zu fließen und die Kraft in sich aufzunehmen, statt sich gegen sie zu stemmen. Ganz wollte es nicht gelingen. Der Troll mit dem Büffelfuß hatte ihn am Bauch erwischt. Der Schmerz ließ gleißende Lichter vor Vanduins Augen tanzen. Er war benommen. Klar zu denken fiel ihm schwer. Er würde sich an das halten, was er sich in seinen Schattenkämpfen ausgemalt hatte. Ein Knochen, kaum so lang wie ein Dolch, war eine lächerliche Waffe gegen einen Troll, aber selbst die grauen Hünen hatten ein paar Schwachpunkte.

Der Troll, der ihm den Fußtritt verpasst hatte, folgte ihm. Domgo rief etwas. Offensichtlich gefiel ihm nicht, wie sein Kamerad sich an die Beute heranmachte, die er hatte erlegen wollen.

Kurz blickte der Hüne mit dem Büffelamulett zu Domgo zurück.

Vanduin sprang auf die Füße und stürmte vor. Er riss die Linke hoch, griff in das Lederband, das dem Hünen auf die Brust hing, zog sich daran hoch und schrie. Seine Finger verkrampften sich und gehorchten nicht mehr seinem Willen. Er stieß sich vom Boden ab. Die Linke gab ihm kaum Halt. Er riss den rechten Arm hoch und hämmerte den spitzen Knochen mit drei harten Stößen seitlich in den Hals des Trolls. Blut sprühte aus zerfetztem Fleisch.

Vanduin ließ sich fallen. Der Hüne riss seine Linke hoch, presste sie auf die Wunden. Blut sprudelte zwischen seinen plumpen grauen Fingern hervor.

Die Trolle, die zusahen, waren still.

Der Büffeltroll stieß einen Schrei aus. Er hatte begriffen, dass er besiegt war. Er stampfte auf, versuchte Vanduin zu treffen, schlug mit der Keule nach ihm, doch mit jeder Bewegung wurde er langsamer.

Domgo hatte sich in seinen Rücken geschlichen. Vanduin drehte sich und rannte auf den Troll zu.

Als habe er Angst, dass es ihm ergehen könne wie seinem Gefährten, hob Domgo die Keule vor die Brust, um sich vor einem Angriff zu schützen. Doch er trug kein Lederband um den Hals. Da gab es nichts, wo Vanduin hätte Halt finden können.

Auf den Knien schlitterte er zwischen den Beinen des Trolls hindurch und rammte Domgo den spitzen Knochen in die rechte Wade.

Aber die improvisierte Waffe drang kaum ein. Diese Wunde genügte nicht, um Domgo zu fällen oder auch nur zu verlangsamen.

Der Troll fuhr herum, schlug mit der Keule nach ihm und versuchte ihm einen Tritt zu verpassen. Vanduin floh wie ein geprügelter Hund. Er musste an den Kopf seines Gegners herankommen, aber der Troll war mehr als drei Schritt groß, und er hatte gesehen, was mit seinem Kameraden geschehen war. Domgo würde auf seinen Hals achten.

Vanduin ließ sich von dem Troll jagen. Die Wunde in seinem Arm blutete stark. Lange würde es nicht mehr dauern, bis er vor Schwäche einfach umkippte und der Keule mit den Walrosszähnen nicht mehr ausweichen konnte.

Er zog sich in die Senke vor seinem Hügel zurück.

Die Trolle feuerten Domgo an. Es war allzu deutlich, dass sein Sieg nicht mehr fern war.

Die Keule verfehlte Vanduin ein weiteres Mal nur um eine Handbreit. Sie schlug in den Boden. Die Stoßzähne zerfurchten das schwarze Erdreich wie eine Pflugschar.

Vanduin dachte daran, wie er vor langer Zeit einen kleinen Eichenwald nahe am Hügel angepflanzt hatte. Er hatte den Anblick von Bäumen vermisst. Es hatte Jahrzehnte gedauert, bis er sich der bitteren Wahrheit gefügt hatte, dass Bäume im weiten Grasland, wo man allenfalls ein paar Birken und etwas Gebüsch entlang der Bachläufe fand, Aufmerksamkeit erweckten. Die Trolle waren häufiger gekommen, auch ab und an Kentauren und einmal sogar eine Jagdgruppe von Elfen. Er hatte damals versucht sich zu verstecken und war Kämpfen oder auch nur neugierigen Fragen so weit wie möglich aus dem Weg gegangen. Dann endlich hatte er ein Einsehen gehabt und den Wald abgeholzt. Aber die Wurzeln hatte er nie aus der Erde geholt. Vielleicht …

Er wich nach links aus. Domgo folgte ihm mit siegessicherem Lächeln.

»Durchhalten!«, rief Zachri aus Leibeskräften. »Du schaffst das!«

Die Trolle verfielen in derbes Gelächter. Es war unübersehbar, dass er am Ende war.

Noch einmal schaffte Vanduin es, der Keule auszuweichen. Wieder grub sich die schwere Waffe ins Erdreich. Als Domgo sie zu sich zurückziehen wollte, leistete sie Widerstand. Die Stoßzähne mussten sich in altem Wurzelwerk verfangen haben.

Domgo beugte sich vor und legte beide Hände um die Keule, damit er mehr Kraft aufbieten konnte.

Vanduin machte einen Satz nach vorn. Er rammte dem Troll den Knochen ins linke Auge, ließ los, drehte sich halb um die eigene Achse und versetzte dem Knochenende einen Fußtritt. Knirschend fuhr es durch die Augenhöhle in den Schädel. Domgo fiel wie vom Blitz gefällt.

Ein Heldenherz

Im nördlichen Windland vor dreiundvierzig Jahren

Er war unglaublich! Zachri lief durch das hohe Gras. Er war völlig verrückt, sein Elf, und einfach nur unglaublich. Wer hatte je von einer solchen Geschichte gehört? Sich einen Knochen brechen zu lassen, ihn sich aus dem eigenen Fleisch zu reißen und damit zwei Trolle abzustechen! Das brachte nur ein Verrückter zustande.

Vanduin war bei Domgo zusammengebrochen.

Zachri war der Erste an der Seite des Elfen. »Du bist nicht ganz richtig im Kopf!«, schalt er Vanduin und riss sich das Hemd vom

Leib. Der linke Arm seines Freundes sah fürchterlich aus. Das helle Wildleder von Vanduins Jagdhemd war dunkel vom Blut.

»Ich werde mit den Trollen reden.« Zachri musste reden, sonst hätte er angefangen zu flennen. Es zerriss ihm das Herz, Vanduin so zu sehen. Das Gesicht des Elfen war leichenblass. Er hatte zu viel Blut verloren. »Diese Schamanin, die wird dich sicher heilen können. Dieser Kampf war so großartig. Die müssen uns jetzt gehen lassen. Zwei Trolle ohne eine Waffe in Händen besiegen …«

Der Elf lächelte schwach. »Ich habe Fürsten und sogar eine Königin gekannt, man hat Heldenlieder über mich gesungen … Aber du warst der einzige Freund, den ich je hatte. Bitte verzeih mir, wenn ich dich jetzt allein lasse …«

»Unsinn!«, begehrte Zachri auf. »Ich krieg dich wieder auf die Beine. Ich …«

Die Schamanin war heran. Ihre Knochen knackten, als sie sich neben Vanduin kniete. »Du hast gut gekämpft, Elf. Du bist ein Held. Hast du noch einen Wunsch?«

»Steh zu deinem Wort«, sagte Vanduin.

»Das kann doch jetzt nicht wahr sein!« Zachri trat einen Schritt zurück. »Verdammt noch mal, er hat gewonnen. Und das in einem Kampf, in dem er eigentlich nicht siegen konnte. Du kannst ihn jetzt doch nicht … Ich meine, er ist der Sieger. Egal, was abgesprochen war.« Er zog den Gürtel aus den Schlaufen an seiner Hose, streifte den Lederbeutel vom Gürtel und nahm ein Wurfblei heraus.

Die Schamanin sah ihn mit ihren unheimlichen, milchigen Augen an. »Mach dich nicht lächerlich, Kobold.«

»Ich warne dich«, zischte Zachri und ließ die Schleuder kreisen. »Ich habe mit dieser Schleuder eine Himmelsschlange erlegt. Wahrscheinlich jedenfalls … Ich möchte dich nicht töten.« Er hob die Linke und deutete auf einen Troll, der sich ihm näherte. »Komm nicht noch näher, sonst ist deine Schamanin Geschichte.«

»Wahrscheinlich eine Himmelsschlange getötet?« Skanga lächelte auf ihn herab. »Du? Mit einer Schleuder?« Sie winkte ihren Kriegern. »Packt ihn! Aber bringt ihn nicht um. Ich habe mein Wort gegeben, dass er leben wird.«

Zachri wusste, dass sein Blei keine Drachentöterkugel war. Dennoch ließ er es davonschnellen. Irgendwie hoffte er auf ein Wunder.

Die Kugel schlug krachend gegen die Stirn der Schamanin. Er hatte es geschafft, sie zu verletzen. Kurz verzog sie ärgerlich das Gesicht. Ein dünnes Rinnsal Blut floss an ihrer Nase vorbei zu den breiten Lippen.

Zachri griff erneut in den Beutel mit den Wurfbleien, als er von hinten gepackt wurde.

Skanga zerriss mit ihren riesigen Händen das Lederhemd des Elfen.

Vanduin sah einfach nur zu der Schamanin auf. Er leistete keinen Widerstand. Als sie mit einem schmutzigen Fingernagel die Haut unter dem Rippenbogen des Elfen aufritzte, lächelte Vanduin. Er wandte den Kopf zu Zachri. »Ich hätte gerne noch die Geschichte über die Himmelsschlange gehört und mit dir …«

Die Schamanin schob ihre riesige Hand in den Brustkorb des Elfen.

Vanduin bäumte sich auf. Sein Blick war immer noch auf Zachri gerichtet. »Lebe wohl, Zachri Dra…« Blut sprudelte über die Lippen des Elfen. Der Lebensfunke in seinen Augen war verloschen.

Skanga zerrte einen Fleischklumpen unter dem Rippenbogen hervor. »So sieht ein Heldenherz aus, Kobold. Sieh es dir genau an. Ein Herz wie dieses wirst du nicht wieder sehen. Ein Krieger wie Vanduin Totentänzer wird vielleicht einmal in hundert Jahren geboren. Womöglich noch seltener.« Sie riss einen Streifen von dem Fleischklumpen und stopfte ihn sich ins Maul.

Zachri war angewidert. Er wandte nur deshalb den Blick nicht ab, weil er das Gefühl hatte, dass er es Vanduin schuldete, alles bis ganz zum Ende anzusehen.

Die Schamanin reichte das Herz einem ihrer Krieger, der ein Stück abbiss und es seinerseits weitergab.

»Du hältst uns für Ungeheuer?« Skanga riss das Amulett vom Hals des Elfen, das Geschenk der Blutkönigin. Sie hielt es sich vor die blinden Augen, dann legte sie sich das Amulett auf die Brust und knotete es zwischen den anderen Talismanen fest.

Zachri sagte dazu nichts. Sie waren eben Trolle. Da half es nicht zu reden.

»Wir ehren Helden auf diese Art. Wir essen sein Herz, weil dort der Mut wohnt, so wie der Verstand im Hirn wohnt. Wir hoffen, dass ein wenig seines Mutes in uns weiterleben wird und wir so großartige Kämpfer wie er sein werden. Willst du nicht doch ein Stück von seinem Herzen essen?«

»Er wird in meiner Erinnerung weiterleben«, entgegnete Zachri müde. Es war einfach nicht gerecht. Er hätte nicht hierherkommen dürfen. Ohne ihn würde Vanduin noch leben. Er hatte all die Jahrhunderte hier im Gebiet der Trolle überstanden.

Skanga erhob sich und winkte ihren Kriegern.

»Wie?«, fuhr Zachri sie an. »Das war es? Ihr geht? Ihr lasst ihn hier einfach liegen, den Krähen und Wölfen zum Fraß?«

»Totes Fleisch gehört den Krähen und Wölfen«, sagte die Schamanin mit einem Achselzucken.

»Was soll euer Gerede von Helden, wenn ihr ihn nicht behandelt wie einen Helden?«

Die Trolle umringten Zachri, doch er wich nicht zurück. Er war sie leid, diese verdammten hirnlosen Barbaren. Sollten sie ihn doch auch gleich schlachten!

»Wir haben ihn behandelt wie einen Helden.« Die Schamanin wirkte erstaunlicherweise nicht verärgert. »Was, denkst du, sollte anders sein? Wir werden auch unsere eigenen Krieger liegen lassen. Aber …« Sie beugte sich zu Domgo herab und zog den Knochen aus dessen Augenhöhle, um ihn Zachri zu reichen. »Das hat dein Leben gerettet. Du solltest es ehren. Und jetzt sag, was wir für deinen Elfen tun sollen.«

»Er muss in den Grabhügel. Er sollte vor der Blutkönigin ruhen. Er sollte …« Seine Stimme brach. »Ich kann ihn nicht dorthin tragen.«

»Dann tun wir es«, entschied Skanga.

»Und wir müssen den Eingang mit Erde verfüllen. Sein Grab soll aussehen wie die anderen Hügel.«

Die Schamanin kniete sich vor ihn, obwohl ihr dies sichtlich schwerfiel. »Mir scheint, dass in deiner kleinen Brust auch ein Heldenherz schlägt, Kobold. Bleib nicht hier, sonst könnte sich der eine oder andere junge Troll versucht fühlen, dich zu jagen.«

Zachri dachte, dass er gar nicht wusste, wohin er gehen sollte. Er blickte auf Vanduin, der seine Heimat verlassen hatte, weil er vor seiner Geschichte davongelaufen war. Weil er es nicht ertragen hatte, der Letzte zu sein, der die Geschichte vom Verrat an der Blutkönigin erzählen konnte.

Zachri legte seine Hand auf die schlanken, starken Finger des Elfen. »Du warst immer ein Held. Ich werde deine Geschichte aufschreiben. Und ich werde sie erzählen. Du wirst unvergessen sein, Vanduin Totentänzer. Du und all die anderen. Ilak, Dragasch, Nivellyn …«

»Wovon redest du, Wicht?«

Er sah in die blinden Augen. »Ist es nicht ungerecht? Wenn wir gegangen sind, dann bleibt von uns nur noch, wie die anderen von uns reden. Es ist nicht die Wahrheit. Es ist nur eine Geschichte.«

»Deshalb sind wir nach dem Tod endgültig frei. Wir können alles sein. Es hängt nur davon ab, wer unsere Geschichte erzählt. Deshalb brauchen wir auch keine Grabhügel.«

Zachri runzelte die Stirn. Dann schüttelte er entschieden den Kopf. »Vanduin wird seinen Grabhügel bekommen.«

»Ich stehe zu meinem Wort.« Skanga tastete über ihren Leib, über das Flickenkleid, das sie trug, die Amulette, und endlich fand sie einen Lederbeutel mit dunklen Flecken darauf. Sie öffnete ihn und holte drei gelbliche Klumpen heraus, an denen sich funkelnd das Sonnenlicht brach. »Pass auf. Die Elfen und viele andere sind verrückt nach den gelben Steinen, die man manchmal in den Flüssen hier im Norden finden kann. Diese Steine werden dir helfen, wenn du das Windland verlässt. Du hast heute die Saat für eine Geschichte gelegt, als du mich angegriffen hast. Keiner aus meinem Volk hätte das gewagt. Man wird sich von dem Kobold mit dem Heldenherzen erzählen. Folge meinem Rat: Sei nicht mehr hier, wenn der Erste kommt, um dieses Herz zu ernten.«

Das Ende der Jagd

Endlich hatten sie das Labyrinth hinter sich gelassen. Bloß den Spuren der anderen zu folgen war Zafira verdächtig einfach vorgekommen. Und dennoch hatten sie bislang Glück gehabt.

Wieder bog Melvyn ab. Sie hatte ihn vorgehen lassen. Er hatte den schärferen Blick, und er liebte es, an der Spitze des Rudels zu laufen. Auch wenn das Rudel verdammt klein war.

Plötzlich hielt er an der nächsten Biegung inne. Sie brauchte ein paar Herzschläge, um zu ihm aufzuschließen. Vor ihnen erstreckte sich ein weiter Saal, den ein gewaltiges Skelett fast ausfüllte.

»Noch eine Himmelsschlange!«, staunte Zafira.

»Scheint so.«

Dann erst sah Zafira die wimmelnden Gestalten auf der Treppe am Ende des Saals und auch davor. Die wandelnden Toten hatten sie ebenfalls bemerkt. Schon wandten sich die Ersten von der Treppe ab, der bis gerade eben noch ihre Aufmerksamkeit gegolten hatte, und kamen schlurfend in ihre Richtung.

»Sieht aus, als hätten wir unser Glück aufgebraucht«, seufzte Zafira bitter. Das waren weit über hundert Gruftgestalten. Wie tapfer Melvyn auch kämpfte, gegen diese Übermacht konnten sie nicht bestehen. Und es gab hinter ihnen keinen Fluchtweg, sondern nur den kopflosen Riesen und weitere Grabesgestalten. Sie waren erledigt!

»Hättest du etwas dagegen, dir von einem alten Drachen helfen zu lassen?«

Üblicherweise bewunderte sie Melvyns Zuversicht, die stets zu wachsen schien, je aussichtsloser die Lage wurde, wohingegen er bei alltäglichen Problemen manchmal nervtötend nörgelig war. Dieses Mal jedoch fand sie seinen Optimismus völlig unangemessen. »Was hast du vor? Noch möglichst viele Knochen zu zerschmettern, bevor die uns umbringen und wir uns dieser verfluchten Schar anschließen?«

»Das war eigentlich nicht mein Plan.« Der Elf kauerte neben ihr nieder. »Steig auf meinen Rücken, und halt dich gut fest.«

»Ich bin nicht gut in heroischen letzten Taten ...«

»Die stehen auch noch nicht an. Vertrau mir einfach.«

Er trug seine Krallenhände und wirkte überaus kampfeslustig, was sie ganz und gar nicht vertrauenswürdig fand.

»Nun mach schon«, drängte er noch einmal.

Mit einem Seufzer stieg sie auf seinen Rücken und hockte sich auf den fast leeren Rucksack, den er trug. Schicksalsergeben ergriff sie die Schulterriemen.

Melvyn warf den Kopf in den Nacken und heulte wie ein Wolf. Dann rannte er den Gruftgestalten entgegen. Auf halbem Weg wich er unter die Rippenbögen der Himmelsschlange aus. Überdeutlich sah Zafira die lebenden Toten. Die vorgestreckten Hände, die dunklen Augenhöhlen.

Plötzlich sprang Melvyn in die Höhe, schlug seine Krallen in die Drachenknochen. Er spannte die Muskeln an und zog sich auf den Rippenbogen empor. Mit zwei Schritten war er bei den Wirbeln, jeder einzelne groß wie eine Kleidertruhe. Sicheren Schrittes eilte er darüber hinweg, dem mächtigen Schädel des Götterdrachen entgegen.

Jetzt waren die Ersten der Gruftgestalten unter ihnen und streckten ihre Arme nach ihnen aus, doch sie beide waren außer Reichweite der lebenden Toten. Hilflos drängten die Gruftgestalten durcheinander. Für sie gab es keinen Weg hier hinauf.

Melvyn kletterte auf den Schädel.

»Du bist unglaublich!«, rief Zafira begeistert.

Der Wolfself wich einer beschädigten Stelle im Knochen aus. Alathaia hatte mit ihrem Gefolge einen weiteren Karfunkelstein geborgen, wie schon im Drachengrab in der Steilklippe.

Melvyn lief schneller und schneller. Gleich würden sie das Ende der Drachenschnauze erreichen. Zafira kam ein schrecklicher Verdacht. »Du wirst doch nicht …«

Zu spät. Er sprang. Dabei waren es mindestens fünf Schritt bis zum steinernen Geländer der Empore.

Klirrend schlugen die Krallenhände auf den Handlauf aus Sandstein. Melvyn zog sich hoch und stieg über das Geländer. Vor ihnen lag ein Tor, durch das flackerndes Licht fiel.

Zafira sah eine Elfe mit weißblondem Haar, das fast bis zum Boden reichte. Doch die nahm keine Notiz von ihnen, obwohl die Krallen einigen Lärm gemacht hatten.

Melvyn stürmte durch das Tor, an der Elfe vorbei. Die Jagd war zu Ende. Zwei schwarz verbrannte, zusammengekrümmte Gestalten lagen vor einer niedrigen Säule.

Hauptmann Nanduval kauerte bei ihnen am Boden und redete wirres Zeug. Eine Elfe, in der Zafira zu ihrem Erstaunen Adelayne erkannte, schien verzweifelt einen Heilzauber zu weben, obwohl sie doch von Emerelle als Meuchlerin geschickt worden war. Schräg hinter ihr stand ein Elf mit einem Bogen.

Auf den zweiten Blick erst bemerkte Zafira, dass eine der verbrannten Gestalten von den Hüften abwärts eine Schlange war, und sie sah frisch verbrannt aus. Was war hier geschehen?

»Ist das Alathaia?« Melvyn deutete mit der rechten Krallenhand auf die Gestalt, die wohl einmal eine Elfe gewesen war. Mit einer Hand hielt sie etwas umklammert. Den Karfunkelstein aus dem Drachenhaupt?

Zafira bemerkte ein bläuliches Flimmern am Rande des Raumes. Ein seltsames Portal. So etwas hatte sie noch nie gesehen. Es schien sich mit jedem Herzschlag zu verändern. Es war kein Albenstern, doch es war mit dem Goldenen Netz verbunden. Aber warum war die Blutkönigin dann nicht von hier geflohen?

»Und? Seid ihr zufrieden? Ihr habt es am Ende geschafft, sie zu Tode zu hetzen!« Der Hauptmann erhob sich. »Wollt ihr jetzt noch unsere Köpfe? Komm nur, versuch es, Wolfself!«

»Nicht!«, rief Zafira entschieden. »Es ist vorbei. Es gibt keinen Grund, jetzt noch zu kämpfen.« Sie sah zu der schwarz verbrannten Fürstin. Da schien noch ein wenig Leben in ihr zu sein. Aber dieser Lebensfunke würde nicht mehr lange glimmen. »Wir haben euch anderen nie nach dem Leben getrachtet.«

Der Hauptmann wirkte unentschlossen. Seine Rechte ruhte auf dem Griff seines Schwertes.

Zafira beugte sich auf dem Rucksack weit vor. »Mach jetzt keinen Unsinn«, raunte sie Melvyn ins Ohr. »Sie sind zu viert. Das würde nicht gut für uns ausgehen. Es ist jetzt vorbei. Keiner muss mehr sein Blut vergießen.«

Sie spürte Melvyns Anspannung. Er war bereit. Vielleicht würde er den Hauptmann sogar besiegen. Aber der Jäger hatte schon einen Pfeil auf seiner Sehne, und was von der Elfe mit dem langen Haar zu erwarten war, vermochte Zafira nicht einzuschätzen. Sie wirkte jedenfalls nicht ängstlich, und das war meist ein deutliches Zeichen dafür, dass jemand wusste, wie man sich seiner Haut erwehrte.

»Es wird hier keinen Kampf mehr geben!«, erklärte Zafira selbstsicher. Manchmal half es, wenn einfach jemand das Kommando übernahm. »Melvyn, du nimmst jetzt das Buch dort auf der Säule.«

»Warum sollten wir das zulassen?«, schnauzte der Hauptmann.

»Ihr wisst, wer uns geschickt hat«, versuchte Zafira ihn zu beschwichtigen. »Wir werden etwas mitbringen müssen. Das Buch und den Karfunkelstein. Dann ist alles vorüber.«

»Sie lebt noch! Wollt ihr Alathaias verbrannte Hand aufbrechen, oder wollt ihr sie vielleicht gleich abschneiden? Keiner von euch wird sie je anrühren!« Der Hauptmann zog sein Schwert.

»Wir brauchen einen Beweis«, murmelte Melvyn und hob seine Krallenhände.

»Ihr wird notfalls mein Wort genügen.« Zafira hatte zwar keine Ahnung, ob das stimmte, aber Emerelles Launen waren jetzt ihre kleinste Sorge. So gut Melvyn auch war, glaubte sie nicht, dass sie heil aus dieser Kammer entkommen würden, wenn der Kampf erst einmal begann.

Jetzt hob der verdammte Jäger seinen Bogen. Und die Elfe mit den langen Haaren hatte sich unauffällig zwischen sie und das flimmernde Portal gestellt, sodass es keinen Rückzugsweg außer in den Saal voller wandelnder Toter gab. Nur Adelayne kümmerte sich einzig um Alathaia. Man musste ihr nur ins Antlitz sehen, um zu wissen, dass sie einen verlorenen Kampf focht.

»Melvyn«, sagte Zafira scharf. »Wir nehmen jetzt dieses Buch dort, und dann gehen wir. Alles andere hier interessiert uns nicht. Zufrieden, Hauptmann?«

Nanduval sagte nichts, aber immerhin griff er nicht an.

»Gehst du bitte zu der Säule, Melvyn? Ganz langsam.«

Melvyn tat, worum sie ihn gebeten hatte.

Der Bogenschütze folgte ihrer Bewegung mit der Waffe.

»Ich nehme jetzt das Buch von der Säule.« Zafira beugte sich vor. Das Rote Buch war erstaunlich schwer. Sie drückte es fest an die Brust. Es war vor allem der Hauptmann, der ihr Sorgen machte. Er betrachtete sie argwöhnisch und mit verkniffenem Gesicht. Alathaia so vor sich liegen zu sehen hatte seine Welt aus den Angeln gehoben. Die anderen machten eigentlich einen vernünftigen Eindruck. Da war auch noch ein steinalter Kobold, der am Boden lag. Die Begleiter der Fürstin hatten für ihre Suche offenbar einen hohen Preis gezahlt.

»Wir gehen jetzt ganz langsam zu dem Portal. Wir haben hier keine Kämpfe auszufechten.« Zafira war angenehm überrascht, dass Melvyn keinen Ärger machte. Vorsichtig schlug er einen Bogen um die verbrannte Schlangenelfe und Alathaia.

»Das alles endet hier. Es muss keine weiteren Toten geben.« Sie hatten das flimmernde Portal fast erreicht. Zafira war verblüfft. Alles schien gut zu gehen. Es wäre schön, wenn sie jetzt mit einem Schritt bei Emerelle wären. Sehnsüchtig dachte sie an den Albenstern im Palast der Königin, auch wenn der Weg durch das Goldene Netz wohl noch lang würde. »Tritt durch das Portal, Melvyn!«

Die letzte Versuchung

Du kannst immer noch alles gewinnen.

Alathaia konnte nichts gegen Ilaks Stimme in ihrem Kopf tun. Es war wie mit Matha Blouta, sie war einfach da. Dabei waren die Worte der blanke Hohn. Alathaia wusste, dass ihre Verletzungen tödlich waren. So sehr sich Adelayne auch bemühte, ihr war nicht mehr zu helfen. Sie konnte kein einziges Glied ihres Körpers mehr bewegen. Alles, was sie noch spürte, war Schmerz. Aber sie begehrte gegen den Tod auf. Sie konnte sich nicht wünschen, dass es einfach vorbei war. Nicht so!

Wenn Leynelle ihr doch nur helfen würde! Aber die Zauberweberin stand einfach nur tatenlos da. Und war es verwunderlich nach dem, was sie ihr angetan hatte?

Erstaunlich war, dass sie noch sehen konnte, dachte Alathaia.

Weil ich deine Augen beschützt habe, behauptete Ilaks Stimme in ihr. *Ich kann dich heilen.*

Was für lächerliche Lügen! Warum solltest du das tun? Du wolltest Rache. Du hattest sie. Warum mich heilen?

Achte auf meine Augen.

Die Haut der Augenlider Ilaks war von schuppigem Schwarz, fast wie Holzkohle. Sie veränderte sich. Jetzt wirkte sie glatt, ja fast ein wenig glänzend. Die Lider öffneten sich, und goldene Augen mit geschlitzten Pupillen betrachteten Alathaia.

Seit Jahrhunderten verbrenne ich jeden Tag, und ich heile mich durch die Kraft des Landes. Ich könnte dich stattdessen heilen. Dann allerdings würde mein Leib sterben. Wir beide haben so starke Verbrennungen erlitten, dass meine Kraft nur ausreicht, um eine zu retten.

Warum solltest du mich retten?

Weil du der Schlüssel zu meinem Kerker bist. Seit Jahrhunderten sinne ich darüber nach, wie ich entkommen könnte, und ich bin zu dem Schluss gelangt, dass diese Kammer das vollkommene Gefängnis für meinen Körper ist. Ich werde ihm nicht entgehen. Außer, ich reise in dir.

Und damit ich dir wohlgesinnt bin, hast du mich verbrannt, statt mit mir zu reden?

Es stimmt, ich zürnte dir, Alathaia. Aber ich weiß auch, du warst nur die Klinge. Der Wille hinter dieser Klinge war Emerelle. Du hast dich gegen sie gewandt, und auch ich bin ihre Feindin. Das gibt uns ein gemeinsames Ziel.

Alathaia vertraute Ilak nicht. Aber das waren Zweifel, mit denen sie sich nicht mehr lange würde herumschlagen müssen. Ihre Lebenskraft verging mit jedem pfeifenden Atemzug. Das verbrannte Gesicht der Blutkönigin wurde zu einem undeutlichen Schemen.

Adelayne rief etwas. Sie wirkte aufgeregt. Jetzt kam Leynelle doch. Sie nutzte ihre Kraft. Alles wurde klarer. Aber mit der Klarheit kam auch die Gewissheit, dass selbst die Zauberweberin sie nicht mehr retten könnte. Sie konnte allenfalls ihr Leiden verlängern. Und vielleicht wollte sie ja genau das?

Dir bleibt nicht mehr viel Zeit, Alathaia. Ich kann nur eine von uns heilen, und wenn du mir nicht Asyl gewährst, dann werde ich meine Kräfte nutzen, um meinen Leib wiederherzustellen.

Warum musstest du mich verbrennen? Warum sollte ich dir trauen?

Siehst du es denn nicht? Ich habe es getan, um dich zu retten. Emerelles Meuchler hatten dich fast erreicht. Nun haben sie dich hier sterbend gesehen. Sie werden der Königin davon berichten. Die Jagd auf dich ist vorbei. Und am Ende wirst du mehr bekommen, als du dir je erträumt hast.

Worte, dachte Alathaia bitter. So geschwächt sie auch war, sie hatte gesehen, wie die beiden das Rote Buch an sich genommen hatten. Ohne die tiefsten Geheimnisse der Blutmagie zu kennen, würde sie die Karfunkelsteine nicht nutzen können. Alles war verloren!

Und wer hat das Rote Buch geschrieben? Ich weiß alles, was darin steht, und noch vieles, was nicht niedergeschrieben ist. Ich bin der viel größere Schatz als dieses Buch. Ich weiß auch, wie der Karfunkelstein in deiner Hand helfen kann, dich zu heilen.

Du könntest dir auch ohne meine Zustimmung meinen Körper stehlen, oder?

Ja. Es ist ein Zauber, den einst die Devanthar, die Erzfeinde der Himmelsschlangen, die Götter der Menschen, ersonnen haben, um die Könige in der Menschenwelt unsterblich erscheinen zu lassen. Ich könnte deinen Geist auslöschen und mir deinen Körper einfach aneignen, aber das ist der schlechtere Weg.

Also hast du mich vorhin angelogen. Du wirst deinen alten Leib nicht heilen. Du wirst mich auf jeden Fall besitzen.

Es stimmt. Ich habe vor langer Zeit verstanden, dass jemand hierherkommen muss, damit ich wieder frei sein kann. Aber du bist vollkommen, Alathaia. Unsere Feindschaft gegenüber Emerelle gibt uns ein gemeinsames Ziel. Wir sind füreinander geschaffen. Ich weiß, gemeinsam werden wir stärker sein, als jede für sich allein es je sein könnte.

Alathaia fiel es schwer, den Wendungen zu folgen. Sie war unendlich müde. Sie wollte kämpfen, aber sie spürte, dass sie am Ende ihres Weges angekommen war.

Du hast mit Emerelle gemeinsam die Himmelsschlangen bekämpft. Was hat euch entzweit?

Sie war es, die gegangen ist. Sie hat behauptet, dass sie nicht unnötig Albenkinder in einer großen Feldschlacht opfern wollte, in der das Feuer der Himmelsschlangen Unzählige das Leben kosten würde. Ich hatte sehr viel Zeit, über diesen Beweggrund nachzudenken. Ich glaube, sie war insgeheim zu der Überzeugung gekommen, dass sie auch ohne mich siegen konnte. Sie hat mich und alle, die mir folgten, geopfert. Und dafür will ich sie büßen lassen.

War das eine weitere Lüge? Alathaia war sich bewusst, dass die Blutkönigin wohl nichts unversucht lassen würde, um sie für sich zu gewinnen.

Du willst eine neue, gerechtere Welt erschaffen, Alathaia. Ich kenne alle deine Gedanken und Träume. Das wird niemals gelingen, solange Emerelle lebt. Ist dir nie aufgegangen, wie ähnlich sie den Himmels-

schlangen ist? Die Götterdrachen wollten der Welt ihren Willen aufzwingen, genau wie Emerelle es nun tut. Lange haben auch die Himmelsschlangen ihre Meuchler geschickt, um die Unbotmäßigen zum Schweigen zu bringen. Genau wie Emerelle es jetzt tut. Sie allein entscheidet, was richtig und was falsch ist, so wie einst die Himmelsschlangen. Siehst du das große Bild dahinter?

Alathaia sah es nicht. Sie schloss die Lider. Zu denken erforderte mehr Kraft, als sie noch besaß.

Die Herrschaft der Himmelsschlangen dauert bis auf den heutigen Tag an, Alathaia. Tief in deinem Herzen spürst du das, deshalb rebellierst du gegen Emerelle. Eure Elfenkönigin ist in Wahrheit die Tochter einer Himmelsschlange, und nichts hat sich geändert seit den Tagen der Götterdrachen. Nun öffne dich für mich, und lass all deine Träume wahr werden. Du warst die Gejagte. Wenn wir uns verbünden, werden wir es sein, die Emerelle jagen.

Wenn die Seele atmet

Sich in Emerelles Thronsaal wiederzufinden war für Zafira eine Überraschung. Sie hatte zwar geplant, hier die Reise zu beenden, aber es war ihr ein Rätsel, wie sie hierhergelangt waren. Sie blickte durch das Portal zurück. Sieben Albenpfade kreuzten sich hier. Aber keiner davon führte unmittelbar zurück in die Grabkammer der Blutkönigin.

Zafira wurde sich des Raunens um sich herum bewusst. Sie saß noch auf Melvyns Rücken. Der Hofstaat war zwar daran gewöhnt, dass durch den großen Albenstern jederzeit Reisende erscheinen konnten, aber selbst für die Verhältnisse auf Burg Elfenlicht waren sie und der Wolfself ein eigenartiges Paar.

Emerelle kam von ihrem Thronpodest herab. Sie nahm Melvyn, der gereizt wirkte, beim Arm und führte sie aus dem runden Saal in ein Gemach, in dem ein gemütliches Kaminfeuer brannte. Durch eine Tür aus Glas blickte man hinaus auf die Gärten der Burg. Es hatte zu schneien begonnen. Auf Hecken und Büschen blieb erstes Weiß liegen. Der Winter, von dem auf Darna nichts zu spüren gewesen war, war gekommen.

Zafira erzählte, wo sie Alathaia gestellt hatten. Die Königin hatte nur wenige Fragen. Schließlich nahm sie das Rote Buch an sich und blätterte darin. Abscheu spiegelte sich in ihrem Antlitz. Sie trat ans Feuer und warf das Buch in die Flammen. Schwarze Flecken bildeten sich auf dem roten Leder, es wölbte sich auf. Die Ränder der Pergamentseiten wurden schwarz, und Glut fraß sich nach innen.

»Es ist gut, wenn diese Art, Zauber zu weben, für immer in Vergessenheit gerät.« Die Herrscherin sah auf Zafira herab, die inzwischen von Melvyns Rücken gestiegen war. »Und ihr seid euch sicher, auch Ilak in der Grabkammer gesehen zu haben?«

»Sie wirkte, als sei sie unmittelbar vor unserem Eintreffen gemeinsam mit Alathaia verbrannt. Es schien, als habe es einen Kampf zwischen ihr und Alathaia gegeben. Sie haben einander umklammert. Vielleicht hatte Alathaia versucht, das Buch zu nehmen?«

Die Königin rieb sich über die Augen. Vordergründig wirkte sie höflich und müde, aber Zafira kannte sie lange genug, um ganz genau zu wissen, wie meisterlich sie ihre wahren Gefühle zu verbergen vermochte. In ihr schlummerte das Temperament einer gereizten Wildkatze. »Ihr habt die Überlebenden nicht zu dem Kampf befragt?«

Melvyn bedachte Emerelle mit einem verärgerten Blick.

»Sie waren nicht in sehr umgänglicher Stimmung, meine Königin«, beeilte sich Zafira zu erklären, bevor der Wolfself etwas Unbedachtes sagte.

»Verständlich ... Ja ...«, murmelte Emerelle und sah zum Feuer.

Das Buch war wie von Geisterhand aufgeklappt, als sich das Leder des Einbands zusammengezogen hatte. Die meisten Seiten waren bereits bis zur Bindung hinab verbrannt.

»Belassen wir es dabei. Ich sollte in den nächsten Wochen den Palast der tausend Blüten besuchen und mit Alathaias Kindern sprechen. Ich muss wissen, wie sie die Nachfolge klären und wie sie zur Krone stehen.« Sie bedachte Melvyn mit einem Lächeln. »Vielleicht werde ich einen erfahrenen Diplomaten an meiner Seite brauchen.«

Der Wolfself zuckte zusammen, als habe sie ihm einen glühenden Schürhaken ins Fleisch gerammt. »Ich glaube, ich ...«

»Nur ein Scherz.« Emerelles Lächeln verschwand. »Ich sollte den Höflingen nicht zu viel Zeit lassen, darüber zu spekulieren, was ich mit euch beiden zu besprechen habe. Ihr bleibt über Nacht? Ich werde Gemächer für euch herrichten lassen.« Damit zog sie sich zurück. Es gab kein Lob, keinen Tadel, es war einfach nur vorbei.

Melvyn ging zu der gläsernen Tür. Er sah eine Weile in den Garten, dann öffnete er sie und trat hinaus in den Schnee. Seine Schritte knirschten. Er ging bis zu einem kahlen Baum, ließ sich auf die Knie nieder und stützte sich auf die Hände auf.

Zafira folgte ihm verwundert. Sie mochte den Winter nicht. Die Kälte, das nasse Fell und der Geruch, der davon ausging, all das war ihr unangenehm.

»Geht es dir gut?«

Melvyn seufzte. »Wenn man am Ende einer langen Jagd seine Beute nicht stellt, dann ist das unbefriedigend.«

»Sie war ein besiegter Feind. Wir haben ehrenhaft gehandelt, sie, umgeben von ihren Getreuen, sterben zu lassen.«

Er knurrte leise. »Hast du einmal ein Wolfsrudel jagen sehen?

Wir hetzen unsere Beute manchmal tagelang. Wir lassen sie nicht zur Ruhe kommen, springen sie an, bringen ihr kleine Wunden bei, bis sie schließlich völlig entkräftet zusammenbricht und wir ihr die Kehle zerfetzen. So endet eine richtige Jagd.«

»Findest du, wir hätten Alathaia den Kopf abschneiden sollen?«

Melvyn sah sie mit seinen Wolfsaugen an. »Ich weiß, wir hätten das nicht geschafft. Aber ich hatte eben das Gefühl, dass es Emerelle lieber gewesen wäre, wenn wir mit Alathaias Kopf gekommen wären.«

Zafira stellte sich vor, wie Melvyn mit dem vom Feuer gezeichneten Haupt der Fürstin im Arm plötzlich im mit Gästen aus ganz Albenmark gefüllten Thronsaal erschienen wäre, und sie war sich ganz sicher, dass Emerelle das nicht zu schätzen gewusst hätte.

Der Elf legte den Kopf in den Nacken, sah ins Schneegestöber und zum fahlen Halbmond hinauf. Eine Weile starrte er nur empor, dann kam ein leiser, wimmernder Laut über seine Lippen, der langsam zu einem schauerlichen Heulen anschwoll.

Als er endete, wirkte er befreit. »Der Anfang des Winters ist eine gute Zeit, um zu jagen und sich noch ein bisschen Speck anzufressen, bevor die mageren Monde beginnen. Magst du mit mir in die Berge beim Albenhaupt kommen und zusammen mit meinem Rudel jagen?«

»Ich könnte dich hinbringen«, erwiderte Zafira ausweichend. Die Aussicht, mit einem Wolfsrudel durch verschneite Berge zu ziehen, fand sie so gar nicht verlockend.

Melvyn hatte ihre Antwort wohl richtig gedeutet. »Für den Mond zu singen ist eine gute Sache.«

»Füchse heulen nicht den Mond an«, stellte sie klar.

Melvyn schenkte ihr einen langen Blick aus seinen blauen Augen mit dem schwarzen Rand um die Iris, der sie so wölfisch aussehen ließ. »Du solltest es einmal versuchen. Es lässt die Seele atmen.«

Grosses Vollbringen

Am Ende war Leynelle eine Überraschung gewesen, dachte Nanduval zufrieden. Er stand auf einer hohen Düne am Strand und blickte abwechselnd auf das öde Land und das Meer. Es ließen sich bislang keine Gruftgestalten sehen, und in den nächsten Stunden sollte die *Bolzenspucker* in die Bucht einlaufen, wenn die Zwerge Wort hielten.

Erst nachdem sich Leynelle der verletzten Alathaia angenommen hatte, war der Zustand der Fürstin besser geworden. Zunächst nur schleichend, aber nachdem sie durch das Portal gegangen waren und sich nur wenige Meilen von der Küste entfernt wiedergefunden hatten, war alles schneller gegangen.

Der Stein aus dem Drachenhaupt schien eine Rolle bei der Heilung zu spielen. Adelayne hatte von Leynelle gelernt und kümmerte sich nun mit ihr gemeinsam um den Kobold.

Nanduval ließ ein letztes Mal den Blick über die Dünenlandschaft schweifen. Es drohte keine Gefahr. Erleichtert stieg er zum Strand hinab.

»Bitte achtet darauf, auch meinen jugendlichen Charme wiederauferstehen zu lassen«, feixte der Kobold gut gelaunt. Er hielt in jeder Hand einen der Karfunkelsteine, während sowohl Adelayne als auch Leynelle eine Hand auf seine nackte Brust gelegt hatten.

Nanduval betrachtete ihn eine Weile. Es waren tatsächlich alle Falten und Altersflecken verschwunden.

»Gefalle ich dir?« Broja grinste ihn frech an.

Bei derlei Anzüglichkeiten fehlte es ihm stets an Schlagfertigkeit, dachte der Hauptmann verärgert.

Laurelin sah ihn verständnisvoll an. »Ich weiß auch nie, wie ich ihn nehmen soll.« Der Jäger hatte den Verband von seiner Hand abgenommen. Die Stümpfe der fehlenden Finger waren unverändert, aber Nanduval ahnte, dass Laurelin sich Hoffnungen machte. Wenn Alathaia und Broja gerettet worden waren, wenn mithilfe der Steine plötzlich alles möglich schien, warum sollte nicht auch ihm geholfen werden können?

Der Hauptmann nickte dem Jäger zu und ging weiter den Strand entlang. Alathaia stand etwas abseits. Sie blickte schon seit Stunden auf das Meer hinaus.

»Die Zwerge werden ganz sicher kommen. Harr ist zuverlässig.«

Alathaia wandte sich ihm zu. Sie wirkte verändert. Vermutlich lag es allein daran, dass ihr das Haar fehlte. Bislang waren nur kurze schwarze Stoppeln nachgewachsen. Er hatte sie immer nur mit langem schwarzen Haar gekannt. Sie hielt die Augen zu schmalen Schlitzen zusammengekniffen, als störe sie das helle Sonnenlicht mehr als früher.

»Wir haben gewonnen, Nanduval.« Sie klang überaus gut gelaunt. »Nun, da Emerelle mich für tot hält, wirst du nicht mehr nach Meuchlern Ausschau halten müssen. Wir sind frei. Und ich habe den Willen und die Macht, Großes zu vollbringen.«

Epilog

Hagelschlag sammelte sich wie bleicher Winterschatten in den Winkeln. Melyssana verharrte im Dunkel der Hafengasse. Körperlos, auch selbst nur ein Schatten, wenngleich mit einem Willen und einem Ziel.

Einst war dies die Jahreszeit der Melancholie gewesen. Stunden um Stunden hatte sie damit verbracht, ihren weitläufigen Garten zu betrachten, der ihr grau und farblos vorkam, obgleich immer noch das Grün regierte. Nun erschien ihr Grau wie eine lebhafte Farbe, denn das Dunkel war ihre Welt.

Ihres Körpers und der meisten Sinne beraubt, floss sie dem Hafen entgegen. Sie wusste, ihr Schatten glich der Gestalt, die einst so viele Blicke auf sich gezogen hatte. Doch machte man Schritte, wenn man keinen Boden unter den Sohlen fühlte? Sie bewegte sich, doch ohne die sinnliche Erfahrung, die dazugehörte. Also floss sie, hatte sie für sich entschieden.

Ein Lebensfunke erweckte ihre Begierde. Sie spürte ihn mehr, als dass sie ihn sah. An der Straßenecke bei der *Muräne*. Ein Bettler, so schwach, wie der Funke glomm. Ein Siecher vielleicht, dem Rosan die Lebenskraft genommen hatte.

Ihre Welt war lautlos. Melyssana sah das Schild über dem Eingang der *Muräne* schwingen, doch klirrten keine Ketten für sie. Ob Andarion hinter der schweren Tür weilte? Ihm hätte sie mit Freuden die Lebenskraft aus den Gebeinen gesaugt. Ihn zu trinken wäre Genuss wie Genugtuung, langsam, sich an seinem Schrecken weidend …

aber er war ihr verboten. Matha Blouta hatte ihr ein ferneres Ziel benannt und ihr die Rückkehr all ihrer Sinne verheißen, wenn ihre Mission ein Erfolg war.

Und so floss sie von Schatten zu Schatten, dem Hafen entgegen. Die *Metered* war das einzige große Schiff, das vor Anker lag. Die Laufplanke war nur von einer Laterne bewacht. Melyssana zögerte, durch den Kreis aus Licht zu fließen, der all ihre Dunkelheit beleuchten würde. Doch es war niemand da, der den Schatten hätte sehen können. Nicht auf der Hafenmole und nicht auf dem Hauptdeck, und so floss sie in die Dunkelheit des Frachtraums und wurde eins mit ihr.

Bei einsetzender Flut würde die *Metered* gen Westen segeln. Und mit ihr die Saat der Finsternis.

Dramatis Personae

Adelayne – Elfe, Heilerin mit einem weiteren, mörderischen Talent
Agar – Troll, Anführer der Trolle in Ilaks Heer
Aillean – Elfe, an der der Goldene einst ausprobierte, ob er zu einer Liebesbeziehung fähig sei. Ihre Sippe wurde im Gegenzug zu den Fürsten von Langollion
Alathaia – Elfe, Fürstin von Langollion, die eine neue Welt erschaffen will
Alfadas – Mensch, erster König des Fjordlands aus der Sippe Mandred Torgridsons, Vater Melvyns
Alissa Federhand – Kentaurin, eine Dichterin, von Vanduin Totentänzer sehr geschätzt
Andarion – Elf, der in fast alle dunklen Geschäfte verwickelt ist, die in Rosan getätigt werden
Asamee – Elfe, Gemahlin des Fürsten Gyldion von Langollion
Assanael – Elf, ältester Sohn Alathaias, ein begabter Meuchler und Fährtensucher, der zu seiner Tarnung große Opfer bringt
Atossa – Elfe, berühmte Fechterin am Hof Alathaias
Atreos – Faun, Hofmeister des Fürsten Gyldion von Langollion
Atta Aikhjarto – Beseelte Eiche, steht nahe der Brücke Shalyn Falah
Bailyn – Elf, Krieger, gehört zu den Wachen am Albenstern auf dem Marktplatz von Rosan
Bienenhexe – Elfe, Schandname Leynelles, nachdem ihr die Morde an den Kindern Rosans angelastet wurden

Birga – Trollin, Schamanin, die, obwohl selbst schon alt und mächtig, nie aus dem Schatten Skangas hervorzutreten vermag

Blo – Troll, Streiter des Herzogs Orgrim und Opfer des Fluches des blutigen Glücks

Blutkönigin – Schlangenelfe, ihr eigentlicher Name ist Ilak, als Blutkönigin lebt sie in den Sagen Albenmarks fort

Bonnefay – Elf, Fürst, der einst zu den großen Helden Albenmarks gehörte, sich aber in seinem Ruhm verlor

Broja – Kobold, der in allerlei zwielichtige Geschäfte in Rosan verwickelt ist

Der Flammende – Himmelsschlange, von karmesinroter Farbe, berüchtigt dafür, wankelmütig und von aufbrausendem Temperament zu sein

Der Goldene – Himmelsschlange, mit goldener Schuppenpracht, schaffte es, als Zweitgeschlüpfter die größte Intrige gegen die Alben zu spinnen

Der Nachtblaue – Himmelsschlange, von dunkelblauer Farbe, mit dem Charakter eines Raubtiers, das besiegte Feinde mitunter verschlingt

Der Rote – Himmelsschlange, in allen Rottönen eines prächtigen Sonnenuntergangs, genießt mit allen Sinnen, tritt gern in Elfengestalt auf und gilt als Verführer

Der Smaragdfarbene – Himmelsschlange, mit smaragdfarbenem Schuppenkleid, sucht Harmonie und Ausgleich und spürt den Geheimnissen der Schöpfung nach

Domgo – Troll, ein Krieger aus dem Gefolge Skangas

Dragasch – Zwerg, der Alte in der Tiefe der Ehernen Hallen, Zwergenfürst und Oberbefehlshaber der Zwerge, die Ilak nach Darna folgen

Drau – Troll, Sohn des Fürsten Orgrim, dessen Zukunft der Elfenkönigin Emerelle Angst macht

Eldarian – Elf, Fürst von Langollion, Gemahl Alathaias

Elodrin – Elf, Seefürst von Alvemer, der sein Ansehen verlor, als er Kriegsverbrechen gegen die Trolle im Fjordland beging

Emerelle – Elfe, Königin Albenmarks, die seit ungezählten Jahrhunderten herrscht und glaubt, durch Mord und Intrigen große Kriege verhindern zu können

Fafalla – Elfe, ein kleines Mädchen, das gelbe Rosen liebt

Falrach – Elf, Held vergangener Tage, der ein hoch angesehenes Strategiespiel entwickelte, das viele Feldherren studierten

Farodin – Elf, Held, verschollen in der Zeit, seit er sich den Zorn Emerelles zuzog

Feentanne – beseelte Tanne, die im Obstgarten von Burg Elfenlicht steht und es liebt, dem Geschwätz der Blütenfeen zu lauschen

Fingayn – Elf, legendärer Jäger, verstrickt in die Bluttaten während des Angriffs auf die Nachtzinne. Halbbruder Morwallons

Flammenbringer – Sonnendrache, Heerführer in Diensten der Himmelsschlangen

Ganda Silberhand – Lutin, legendäre Heldin in ihrem Volk, erst Mündel und zuletzt enge Vertraute der Königin Emerelle

Gollo – Kobold, Bruder des Zachri Büffelfuß

Golwyn – Elf, Fischer aus Rosan, der überzeugt ist, dass die See keine Gefahren für ihn birgt

Groona – Koboldin, lebt in den Bergen Langollions. Wird von Alathaia auf dem Mondfest, das Melyssanas Namen trägt, beschenkt

Grumgri – Zwerg an Bord der *Bolzenspucker* und die lebende Karte der östlichen Inseln

Gryanne – Elfe, die in einer Regennacht in Rosan geboren wird

Gyldion – Elf, Fürst von Langollion und Gefolgsmann Ilaks, der sie schließlich verrät

Harr – Zwerg, Kapitän des Aals *Bolzenspucker* und harter Verhandlungspartner

Ichiko – Damien, die Kimmi eine weniger gute Freundin ist, als diese annimmt

Ilak – Schlangenelfe, Befehlshaberin der Rebellen, die gegen die Himmelsschlangen und Drachlinge kämpften. Auch bekannt als Blutkönigin

Jossi – Kobold, Bruder des Zachri Büffelfuß

Karmenion – Kentaur, Anführer der Kentauren bei der Schlacht auf dem Schwertlilienfeld

Kayne – Elf, Schwertführer, der die Wache am Albenstern auf dem Marktplatz von Rosan befehligt

Kimmi – Damien, die in der zwielichtigsten Schenke von Rosan arbeitet

Kleitos – Kentaur, gehört dem Gefolge Gyldions an und wird von seinem Fürsten verraten

Kylian – Elf, ältester Sohn des Fürsten Gyldion von Langollion

Lanessa – Elfe, lebt am Hof Alathaias und dressiert gern Kobolde

Laurelin – Elf, der selbst als Verfluchter nicht aufhört, seinen Träumen nachzuhängen

Lavalle – Elf, Hauptmann am Hof des Fürsten Bonnefay

Lay le Fay – Elfe, eine Zauberin aus Rosan, die zahllose Kinder der Stadt ermordete. Auch bekannt als Bienenhexe oder Leynelle

Leylin – Elfe, Gemahlin Melvyns, der das Schicksal nur wenig Glück gewährte

Leynelle – Elfe, Zauberweberin, die ein Opfer der Intrigen von Matha Blouta und Alathaia wurde

Mandalyn – Elfe, herausragende Fechterin, gehört zur Leibwache der Fürstin Alathaia

Marno – Kobold, Bruder des Zachri Büffelfuß

Matha Blouta – Beseelter Rubinrosenbusch, alt wie die Zeit

Meliander – Elf, Bruder der Königin Emerelle, der sich zuletzt mit seiner Schwester entzweite

Melvyn – Halbelf, der einzige seiner Art

Melyssana – Elfe, Kürschnerin aus Langollion, die gern Jagd auf Jäger macht

Memnon – Faun, der nur wenig Glück im Würfelspiel hat

Merkad – Lutin, Vater der berühmten Heldin Ganda

Morwallon – Elf, berühmter Jäger aus dem Volk der Maurawan, dem die Taten seines Halbbruders Fingayn zum Verhängnis werden

Morwenna – Elfe, jüngste Tochter Alathaias, begabte Heilerin

Nanduval – Elf, Hauptmann der Schattenkrieger, der Leibwache der Fürstin Alathaia

Nellie – Elfe, Spitzname, den die Zwerge an Bord der *Bolzenspucker* Leynelle geben

Nivellyn – Elfe, Pegasusreiterin aus dem Gefolge des Fürsten Gyldion von Langollion, die als einzige Elfe von Zwergen für ihren Heldenmut geehrt wird

Oglana – Lutin, Zweitälteste im Klan der Schlüsselträger, der sämtliche Informationen über die Fürstenfamilie von Langollion zugetragen werden

Ollowain – Elf, Schwertmeister der Königin Emerelle, in ganz Albenmark berühmter Held

Omoran – Elf, dessen Träume in den Gassen von Rosan zerbrochen sind

Orgrim – Troll, Herzog der Nachtzinne und einflussreichster Anführer seines Volkes

Pilzmaul – Hornschildechse, berühmt für ihren unersättlichen Appetit nach Pilzen

Raffa – Kobold, Bruder des Zachri Büffelfuß

Ralla – Silberlöwin des Elfen Andarion

Rotrücken – Wolf aus Silberohrs Rudel, der während einer Elchjagd stirbt

Sanassa – Elfe, älteste Tochter Alathaias, sieht ihrer Mutter zum Verwechseln ähnlich
Sekui – Minotaurus, Leibwächter des zwielichtigen Elfen Andarion
Sesha – Lutin, Mutter der berühmten Heldin Ganda
Shandral – Elf, berüchtigt für seinen Umgang mit Kobolden und seiner Gemahlin Leylin, die ihm von Melvyn geraubt wurde
Sieben Welpen – Wölfin aus dem Rudel Silberohrs, die einst sieben Junge gebar und den ganzen Wurf durchgebracht hat
Silberohr – Leitwolf des Rudels, mit dem Melvyn jagt
Skanga – Trollin, Schamanin, die seit Jahrhunderten die Geschicke ihres Volkes lenkt
Sternenhuf – Pegasus, auf dem Vanduin in seine Kämpfe am Himmel reitet
Swid – Zwerg, Navigator und Koch an Bord des Aals *Bolzenspucker*
Sylvelle – Elfe, Mutter von vier Kindern, die hofft, auf Langollion ihr Glück zu finden
Tallan – Elf, der alles für seine Mutter wagt
Tiranu – Elf, jüngster Sohn Alathaias, der stets im Schatten Assanaels steht
Trollspießer – Hornschildechse, die ihre Herde erfolgreich gegen ein Rudel Trolle verteidigte
Urungur – Riese, der sich dem Heer der Blutkönigin angeschlossen hat
Vanduin Totentänzer – Elf, Bannerträger des Fürsten Gyldion von Langollion und Ilaks Schwertmeister
Xylon – Elf, Sohn Alathaias. Ein Schriftgelehrter und Fechter, forscht in den Ruinen der *Blauen Halle*
Yka – Koboldin, eine Hellseherin mit zweifelhaftem Ruf, die sich jedoch niemals irrt, wenn es um den Tod geht
Zachri Büffelfuß – Kobold, Gefährte des Elfen Vanduin Totentänzer, der dessen Biografie schreibt

Zafira – Lutin, die älter ist, als es scheint

Zantissa – Elfe, Hofdame Alathaias, die dem wilden Charme Melvyns verfällt

Zinglin – Damien, berühmt für ihre Reiseberichte, versammelt in: *Orte der Schönheit und des Schreckens*

Glossar

Aal – Bezeichnung der Zwerge für ihre Tauchboote

Alben – Schöpfergötter Albenmarks, die ihre Welt nur noch betrachten, aber nicht mehr in ihre Geschicke eingreifen

Albenkinder – Sammelbegriff für die Völker Albenmarks

Albenmark – Name der Welt, in welcher die Albenkinder leben

Albenpfade – Magische Wege zwischen den Welten, auf denen weite Entfernungen mit wenigen Schritten bewältigt werden

Albenstein – Mächtiges magisches Artefakt, die Alben gaben jedem ihrer großen Völker einen solchen Stein

Albenstern – Ort, an dem sich bis zu sieben Albenpfade kreuzen

Alvemer – Elfenfürstentum im nördlichen Albenmark

Andere Welt – Bezeichnung der Albenkinder für die Welt der Menschen

Apsaras – Wassernymphen, die vor allem in der Lotussee, tief im Süden Albenmarks, heimisch sind

Arkadien – Elfenfürstentum im nördlichen Albenmark, dessen Landschaft im Laufe der Jahrhunderte den elfischen Vorstellungen von Schönheit und Harmonie angepasst wurde

Bainne Tyr – Alter Name des Verbrannten Landes

Blaue Halle – Der Ort, an dem die Himmelsschlangen einst ihre Spione ausbildeten und eine große Bibliothek errichteten. Liegt tief unter der Erde und ist seit einem Angriff der Devanthar verschüttet

Blutbucht – Bucht auf Langollion, hier legt die Flotte Gyldions nach seiner Rückkehr von Darna an

Blütenfeen – Kaum fingerlange Geschöpfe mit Flügeln von Schmetterlingen oder Libellen

Bolzenspucker – Aal des Kapitäns Harr, eines der wenigen Tauchboote, die hochseetauglich sind

Carandamon – Elfenfürstentum westlich der Snaiwamark

Damien – Volk Albenmarks, den Elfen ähnlich, aber weniger magiebegabt und langlebig

Darna – Insel im Süden Albenmarks, auf der die Blutkönigin ihre letzte Schlacht schlägt

Das Nichts – Die Dunkelheit zwischen den Welten. Durch das Nichts verlaufen die Albenpfade

Der Alte in der Tiefe – Zwergentitel für den Fürsten einer ihrer unterirdischen Städte

Devanthar – Götter der Menschenwelt, die Todfeinde der Himmelsschlangen

Dohlenstein – Magisches Artefakt aus der Zeit der Himmelsschlangen, das, in einen Kessel geworfen, Wasser zum Kochen bringt

Drachengrab – Auffällige Klippe, die weit in eine Meeresbucht nahe dem Palast der tausend Blüten in Langollion ragt

Eherne Hallen – Große Zwergenstadt, im Nordwesten der Wälder von Galvelun gelegen

Faun – Bocksbeiniges Volk von Albenkindern, treten häufig als Diener an Elfenhöfen auf

Fjordland – Königreich in der Welt der Menschen, in seinem Norden liegt eine Festung der Trolle

Galvelun – Uraltes Waldland östlich Arkadiens

Gelber Fluss – Großer Strom im Königreich Haiwanan auf dem Ostkontinent Albenmarks

Haiwanan – Königreich am Gelben Fluss, auf dem Ostkontinent Albenmarks

Herzland – Fürstentum im Herzen Albenmarks, von dem aus Emerelle regiert

Himmelsschlangen – Göttergleiche Drachen, die von den Alben einst als deren Statthalter in Albenmark eingesetzt wurden

Ishemon – Insel östlich des Herzlands, ursprüngliche Heimat der Sonnendrachen

Kentauren – Geschöpfe mit dem Unterleib eines Pferdes, die vor allem in den weiten Ebenen des Windlands anzutreffen sind

Langollion – Insel östlich von Alvemer, Fürstentum Alathaias

Maurawan – Elfenvolk, berühmt für seine Waldläufer und Bogenschützen

Meer der Stille – Östlicher Ozean, in dem unter anderem die großen Inseln Langollion, Ishemon und Darna liegen

Minotauren – Hünenhafte Geschöpfe mit dem Kopf eines Stiers und einem Hang dazu, wenig Textilien zu tragen

Mordstein – Trollfestung in der südlichen Snaiwamark. Nahe der Festung wurde eine der großen Schlachten des dritten Trollkriegs ausgetragen

Nachtzinne – Trollfestung, die im Norden des Fjordlands in der Welt der Menschen liegt

Palast der tausend Blüten – Bevorzugter Wohnsitz der Fürsten von Langollion, nahe der Stadt Rosan gelegen

Phylangan – Elfenstadt, die in dem Höhlenlabyrinth, welches die Trolle Königsstein nannten, errichtet wurde

Reilimee – Bedeutende Hafenmetropole an der Ostküste Albenmarks, auch *die Weiße* genannt

Riesen – Sehr seltene Spezies in Albenmark

Rosan – Wichtigste Hafenstadt Langollions und der Ort, an dem all jene verweilen müssen, denen es verweigert wird, frei auf Langollion zu leben

Rosenturm – Uralter Marmorturm, nahe dem Palast der tausend Blüten, der einst von der Himmelsschlange, die man den Goldenen nannte, errichtet wurde, um dem Geheimnis der Liebe nahezukommen

Rubinrose – Rosenart, die Vanduin schätzt und die auf Langollion sehr verbreitet ist

Schlüsselträger – Klan der Lutin, dem Zafira vorsteht

Schneerose – Seltene Rosenart aus Carandamon

Selkies – Kleines Volk in Albenmark, leben im Meer als Seeotter und können an Land die Gestalt von Elfen annehmen

Shalyn Falah – Die Weiße Brücke, liegt im Süden des Herzlands und ist Schauplatz vieler tragischer Ereignisse in der Geschichte Albenmarks

Slanga-Berge – Gebirgskette im Norden der Snaiwamark, Heimat der Maurawan

Snaiwamark – Heimat der Trolle im Norden Albenmarks

Sonnendrachen – Nach den Himmelsschlangen die mächtigsten Drachen Albenmarks. Ursprünglich in Ishemon beheimatet

Vahan Calyd – Stadt am Waldmeer in Albenmark. Alle 28 Jahre finden hier die Königswahlen statt

Vahlenmer – Elfenstadt an der Ostküste Albenmarks

Verbranntes Land – Auch Bainne Tyr oder Milchland genannt. Ursprüngliche Heimat der Pegasi

Wolvesdrüzzel – Ort in der Snaiwamark, an dem ein Menhir steht, der einen großen Albenstern markiert

Danksagung

In den Welten des Geistes unterwegs zu sein heißt, einsam zu reisen. Und in diesen Zeiten, in denen die Vernunft Lesungen und Messen verbietet, wird es im Elfenbeinturm noch etwas einsamer.

Gefährtin in dieser Einsamkeit war Xin, deren Geduld, asiatische Weisheit und Wissen um Stärkungsmittel nach einer schweren Geburt dieses Buch mitgetragen haben. Ebenso Melike und Pascal, die mir, obgleich sie keine eifrigen Leser meiner Werke sind, doch stets ihr Ohr geliehen haben, wenn ich im Zweifel war, welche Wege ich auf meiner Reise einschlagen sollte.

Ein Buch zu schreiben ist viel mehr Teamwork, als man sich gemeinhin vorstellt, und so folgen nun ein paar Worte des Dankes an jene, die mich begleitet haben:

Wenn die Zeilen zu gut fließen, besteht ganz besonders die Gefahr, sich treiben zu lassen und sich zu wiederholen. Ein zuverlässiger Wächter meiner Worte war ein weiteres Mal Karl-Heinz, der auch zu mitternächtlicher Stunde nicht müde wurde, den Text ein wenig mehr glänzen zu lassen.

Den Text glänzen zu lassen war für meine Lektorin Uta Dahnke für viele Wochen ein Vierundzwanzig-Stunden-Job. Sie war die Wächterin der Tore und Portale und so vieler anderer Details, deren Summe der erdachten Welt Tiefe verleihen.

Überrascht hat mich, dass auch die Programmchefin Julia Bauer das gesamte Buch gelesen hat und deren Anmerkungen den männlichen Helden zu etwas eindrücklicheren Auftritten an der Seite der dominierenden Frauenfiguren verhalfen und auch dem Ende noch eine Wendung gaben.

In fast siebzehn Jahren habe ich mehr als zehntausend Seiten über die Welten der Elfen geschrieben. Dass ich in diesem gewaltigen Papierwald nicht die Richtung verliere, verdanke ich ganz wesentlich den Schöpfern der Elfen Wiki, des Internetlexikons mit inzwischen mehr als 2000 Einträgen zu meinen Romanen.

Mein Dank gilt auch all den Buchhändlerinnen und Buchhändlern, die seit fast zwei Jahrzehnten einen Platz für die Elfen in ihren Regalen freihalten und so einer erdachten Welt erlauben, in die wirkliche Welt zu treten.

Wenn die Welt grau ist und die Reise schwerfällig wird, seid Ihr es, meine Leserinnen und Leser, die Ihr mir mit Euren freundlichen Kommentaren und Rezensionen neue Kraft gebt. Allzu oft antworte ich nicht, doch ich lese fast alles und gehe danach mit einem Lächeln ans Werk und weiß wieder, wohin mich meine Reise führen wird.

BERNHARD HENNEN
März 2021